GOLDMANN

Außer dem vorliegenden Band sind von Shirlee Busbee
als Goldmann-Taschenbücher erschienen:

Aufruhr der Herzen. Roman (41197)
Dem Feuer verfallen. Roman (41434)
Flammen der Sehnsucht. Roman (9685)
Lodernde Herzen. Roman (9462)
Die spanische Rose. Roman (41076)
Stürmische See. Roman (9132)
Umarmung um Mitternacht. Roman (9732)
Wie eine Lilie in der Nacht. Roman (9720)

Shirlee Busbee

IN LIEBE GEFANGEN

Roman

Aus dem Englischen
von Matthias Weigold

GOLDMANN VERLAG

Deutsche Erstveröffentlichung
Titel der Originalausgabe: Each Time We Love
Originalverlag: Avon Books, New York

Umwelthinweis:
Alle bedruckten Materialien dieses Taschenbuches
sind chlorfrei und umweltschonend.
Das Papier enthält Recycling-Anteile.

Der Goldmann Verlag
ist ein Unternehmen der Verlagsgruppe Bertelsmann

Umschlagentwurf: Design Team München
Farbige Umschlagzeichnung: Daeni / Agentur Schlück, Garbsen
Satz: IBV Satz- und Datentechnik GmbH, Berlin
Druck: Elsnerdruck, Berlin
Verlagsnummer: 42661
Redaktion: Angela Kupper
MV · Herstellung: Ludwig Weidenbeck
Made in Germany
ISBN 3-442-42661-8

1 3 5 7 9 10 8 6 4 2

Prolog

Trügerisches Glück

Spanisch Texas
Herbst 1804

Es war wirklich keine erfolgreiche Handelsreise für Jeremy Childers gewesen. Ein Jahr war er jetzt unterwegs, und was hatte er erreicht? Sein Partner war tot, und statt einer großen Herde wertvoller Mustangs besaß Jeremy nur die Kleider, die er auf dem Leib trug, ein zerschrammtes Gewehr und das alte, ausgemergelte Pferd, auf dem er saß. Er hatte viel riskiert und alles verloren. Doch wenn er über die vergangenen Wochen nachdachte, konnte er froh sein, überhaupt noch am Leben zu sein und ein Reittier zu haben.

Mit der Morgendämmerung waren die Fliegen wieder über ihn hergefallen. Es hatte keinen Sinn mehr, noch länger auf dem harten Boden zu schlafen. Jeremy erhob sich und verfluchte den Tag, an dem er den Sabine River überquert hatte und nach Spanisch Texas hineingeritten war. Verdrossen starrte er in die Morgenröte, die über den Cañons aufstieg. Mit den Indianern Pferdehandel zu treiben war die schlechteste Idee gewesen, die er je gehabt hatte. Er hätte auf die Warnungen seines alten Kumpanen Yates hören und sich nicht mit dem Narren Haley zusammentun sollen!

Doch damals, im Winter 1803, hatte er den riskanten Pferdehandel für eine lohnende Unternehmung gehalten. Er hatte sich mit Orval Haley in einer der zahllosen düsteren Kaschemmen von Natchez-under-the-Hill zusammengesetzt und das Vorhaben ausführlich mit ihm besprochen, wobei er unzählige Gläser Whiskey getrunken hatte. Am nächsten Morgen hatten Jeremy und Orval Partnerschaft geschlossen. Sie wollten so bald wie möglich nach Texas reiten, das den Spaniern gehörte und für alle Amerikaner verbotenes Land war. Spanisch Texas war gefährlich für Gringos, aber dort lebten auch die Indianer, dort zogen die Herden ihrer Mustangs über die Prärie, und dort würden Jeremy und Orval ihr Glück machen.

Ein Zufall gab dem verwegenen Plan mehr Triebkraft. Zwei Nächte später stolperten die beiden Partner über den völlig betrunkenen Kapitän eines Flußbootes. Sie waren Männer, die sich eine günstige Gelegenheit nicht entgehen ließen, und so durchsuchten sie die Taschen des Fremden und stahlen ihm alles Geld, das er bei sich hatte. Es war eine stattliche Summe.

Ohne zu zögern, kauften sie davon Pferde, Maultiere und die ganze Ausrüstung, die sie für ihr Abenteuer benötigten. Zuletzt beluden sie ihre Lasttiere mit allerlei Tand, bunt gefärbten Tüchern und billigem Schmuck. Anfang des Jahres 1804 überquerten die beiden Partner unbemerkt die Grenze nach Spanisch Texas und wandten sich nach Westen, wo das Land der Indianer war.

Das Glück war ihnen auch weiterhin hold. Und als die ersten Herbsttage kamen, hatten die beiden Partner wie geplant ihre Waren gegen eine große Herde erstklassiger Indianerpferde eingetauscht. In Louisiana wollten sie die Tiere mit hohem Gewinn verkaufen. Sie konnten sich nicht vorstellen, daß noch irgend etwas schief ging, bevor sie mit ihrer Herde den Mississippi erreichten, und sie freuten sich schon auf die wilde Zeit in New Orleans, wenn sie ihren Gewinn bei Wein und schönen, willigen Frauen verpraßten.

Doch dann kam der Tag, an dem der Erfolg die beiden Männer leichtsinnig machte. Statt mit dem Erreichten zufrieden zu sein, gierten sie nach mehr Geld. Jeremy und Orval hörten von einem Komantschenstamm, der sich »Kwerhar-rehnuh« nannte, die »Antilopen«. Es hieß, diese Indianer besäßen die besten Pferde von ganz Spanisch Texas. Es schreckte die beiden Pferdehändler nicht ab, daß die Komantschen als besonders wild und grausam galten, und es kümmerte sie auch nicht, daß die »Antilopen« tief in den windgepeitschten Wüsten des

Llano Estacado hausten. Jeremy und Orval sprachen nie über die Gefahr, sondern nur darüber, wie sie für ihre restlichen Waren noch möglichst viele der rassigen, wertvollen Pferde erwerben konnten.

Sie suchten sich einen abgelegenen kleinen Cañon mit ausreichend Wasser und saftigem Gras, wo sie ihre Herde versteckten, bis sie von den Komantschen mit noch mehr Pferden zurückkehrten. Doch dann verlief alles anders als erwartet. Die beiden Männer waren gerade dabei, den einzigen Ausgang des Cañons mit Dornengestrüpp abzusperren, als ganz überraschend eine spanische Militärpatrouille auftauchte. Es gab kein Entkommen für Jeremy und Orval, sie wurden gefangengenommen, ihre Herde und ihre Waren beschlagnahmt. Sie wußten, daß sie nun einige Zeit im Gefängnis verbringen mußten.

Doch noch einmal war das Glück auf ihrer Seite. Als die Soldaten mit ihren Gefangenen in die Nähe der kleinen Siedlung Nacogdoches kamen, wurden die Spanier nachlässig. In dieser Nacht konnten Jeremy und Orval fliehen und zwei Pferde und die Maultiere mitnehmen, die noch mit ihrer restlichen Handelsware beladen waren. Am nächsten Morgen beobachteten die beiden aus ihrem Versteck in einem Sumpfloch, wie die Spanier ein Weile lustlos nach ihnen suchten und dann davonritten. Die Pferde aber, die zu erwerben Jeremy und Orval viele Monate gekostet hatte, trieben die Soldaten vor sich her. Angesichts ihrer mißlichen Lage stritten Jeremy und Orval eine Weile darüber, was sie nun tun sollten. Schließlich beschlossen sie, unverzüglich zu den »Kwerhar-rehnuh« zu reiten. Doch das sollte ihnen schlecht bekommen.

Jeremy dachte voll Groll zurück, während er aus seiner Satteltasche ein steinhartes Stück Brot zog und hineinbiß. Die Worte seines alten Kumpans Yates verfolgten ihn immer noch, als er sich geweigert hatte, an dem Abenteuer teilzunehmen. »Seid ihr verrückt? Ihr denkt, ihr werdet reich, aber ich sage euch, was wirklich passieren wird: Ihr werdet sterben, und eure Knochen werden in der Prärie bleichen! Pferdehandel mit Indianern? Das ist das Dümmste, was ich je gehört habe!«

Yates hatte recht gehabt, dachte Jeremy niedergeschlagen, und Orval hätte auf mich hören sollen, nachdem wir unsere Pferde an die Spanier verloren hatten, und mit mir nach Natchez zurückkehren sollen. Aber nein! Orval meinte, wir könnten alles wieder zurückgewinnen, wenn wir nur mutig genug wären. Und was hat ihm sein Mut eingebracht? Nichts als ein paar schnelle Messerschnitte, mit denen ihm ein stinkender Komantsche den Skalp vom Kopf getrennt hat. Jeremy hatte kein bißchen Mitleid mit seinem toten Partner.

Lange kaute Jeremy am letzten Stück des trockenen Brotes herum. Dann rollte er seinen Schlafsack zusammen und begann mit mechanischen Bewegungen sein Pferd zu satteln. Es war sinnlos, jetzt noch darüber nachzudenken, was Orval und er besser hätten tun sollen. Aber als Jeremy sich auf sein Pferd schwang, bezeichnete er Orval als einen Idioten, weil er versucht hatte, die Komantschen beim Würfelspiel zu betrügen, was ihn schließlich das Leben gekostet hatte. Jeremy hatte sich den Weg aus dem Indianerlager freischießen und in einem halsbrecherischen Ritt entkommen können.

Noch immer hallte das Echo von Orvals gellendem Todesschrei in Jeremys Ohren nach. Er schauderte und blickte über seine Schulter. Die Angst war jetzt sein Begleiter, die Angst, daß sich jeden Moment eine Horde blutrünstiger Rothäute auf ihn stürzen könnte. Aber seit zwei Tagen hatte er keine Komantschen mehr gesehen. Alles, was seine Augen erblickten, waren die steil aufragenden Wände des Cañons und der mit Geröll übersäte Boden. Er konnte sich hier einigermaßen sicher fühlen, wenn der Anblick auch nicht wirklich ermutigend war. Jeremy war zwar den Indianern entkommen, hatte sich aber in einem Labyrinth aus trockenen Flußbetten voller Dornengestrüpp und zerklüfteten Cañons verirrt.

Verbissen setzte er sein Pferd in Trab. Bleib in Bewegung, sagte er zu sich, dann wirst du irgendwann an einer bekannten Stelle ankommen.

Als die brennende Sonne hoch über der Schlucht stand, atmete Jeremy erleichtert auf. Vor ihm öffnete sich der Cañon zu einer Ebene aus dürrem Buschland. Endlich hatte er den Ausweg aus diesem steinernen Irrgarten gefunden. Gerade wollte er seinem langsam trabenden Pferd die Sporen geben, als ein entsetzlicher Schrei die Stille zerriß. Jeremy gefror das Blut in den Adern. Es war der Schrei eines Mannes, der Todesqualen erlitt. Jeremy riß sein Pferd an den Zügeln zurück. Zuerst dachte er, seine Phantasie spiele ihm einen Streich und jage ihm Orvals Todesschrei durch den Kopf. Aber dieser Schrei hatte anders geklungen.

Kreidebleich und mit zitternden Händen griff Jeremy nach dem alten, abgenutzten Gewehr, das in einem Halfter am Sattel steckte. Dann stieg er ab, band sein Pferd an einem Stein fest und schlich sich lautlos zu der Öffnung des Cañons. Große Felstrümmer gaben ihm ausreichend Deckung. Vorsichtig spähte er über einen Fels.

Was er sah, nahm ihm den Atem und ließ sein Herz fast zerspringen. Nur einen Steinwurf von ihm entfernt lag ein nackter Mann mit ausgestreckten Armen und Beinen an den Boden gepflockt. Über ihm stand ein grimmiger Indianer mit einem bluttriefenden Messer in der Hand. Er war groß und bärenstark, und seine Haut hatte die Farbe glühender Bronze. Tintenschwarzes Haar umrahmte sein scharfes Adlergesicht und war zu langen Zöpfen geflochten, die in der Sonne schimmerten. Wie gebannt starrte Jeremy auf das Messer. Er war so entsetzt, daß er nicht daran dachte, den Indianer niederzuschießen.

Starr vor Schreck sah Jeremy, wie sich der Indianer geschmeidig auf sein Pferd schwang und davonritt, ohne einen weiteren Blick auf sein Opfer zu werfen. Als der Indianer längst in der Ferne verschwunden war, kauerte Jeremy noch immer in seinem Versteck, unfähig, sich zu bewegen. Sein Herz raste, in seinem Mund war der bittertrockene Geschmack der Angst.

Schließlich nahm Jeremy all seinen Mut zusammen und erhob sich. Vorsichtig sah er sich um, dann packte er die Zügel seines Pferdes und ging langsam zu dem gemarterten Mann.

Entsetzt wanderten seine Augen über den blutigen Körper zu seinen Füßen. Es war offensichtlich, daß dieser Mann grauenvolle Qualen durchlitten hatte, bevor der Indianer ihm die letzte, tödliche Wunde zugefügt und ihn kastriert hatte.

Jeremy betrachtete den Toten genauer. Den schwarzen Haaren und der dunklen Haut nach schien er ein Spanier zu sein. Seine Züge waren schrecklich entstellt, trotzdem sah Jeremy, daß der Mann einmal sehr attraktiv gewesen war. Noch im Tod strahlte der Mann eine unangenehme Arroganz aus. Das war nicht irgendein Herumstreuner, dachte Jeremy, sondern ein hochmütiger Hidalgo, der dem Indianer in die Quere gekommen war.

Langsam gewann Jeremy seine Fassung wieder. Er blickte auf. Vor ihm erstreckte sich endlos das leere Grasland, und hinter ihm lagen die Cañons mit ihren verwitterten Kuppeln und schroff aufragenden Steinsäulen. Nicht weit von dem toten Spanier entfernt war sein prachtvolles Pferd angebunden. Es trug einen reich mit Silber beschlagenen Sattel. Jeremy atmete durch. Er war allein mit der übel zugerichteten Leiche und den zwei Pferden.

Da er nichts mehr für den Spanier tun konnte, beschloß Jeremy, auf dessen Pferd weiterzureiten, das weit besser war als sein eigenes. Den silberbeschlagenen Sattel würde er natürlich auch behalten. Der steinige Boden knirschte unter seinen Stiefeln, als Jeremy zu seinem neuen Pferd hinüberging.

»Bluttrinker?« krächzte plötzlich eine Stimme hinter ihm. Jeremy wirbelte herum. Seine Augen weiteten sich ungläubig, als er den Mann anstarrte, den er für tot gehalten hatte. Jeremy kniete sich neben den Spanier und löste schnell dessen Fesseln. »Was hast du gesagt?« fragte er.

Der Spanier versteifte sich. »Wer seid Ihr?« ächzte er. Jeremy zögerte. Er mißtraute einem sterbenden Spanier nicht weniger als einem lebenden. Aber da ihm klar war, daß dieser Mann hier nur noch wenige Augenblicke zu leben hatte, antwortete er: »Mein Name ist Jeremy Childers. Und wer bist du?«

»Blas Davalos!«

Die Anstrengung, seinen Namen zu nennen, erschöpfte den Mann so sehr, daß Jeremy einen Augenblick wartete, bevor er weiter fragte: »Wer hat dir das angetan? Ich habe eine große Rothaut wegreiten sehen.«

Die schwarz zerschlagenen Lippen des Mannes zitterten vor Schmerz, als er flüsterte: »Jason Savage und... Bluttrinker haben mich... umgebracht.«

Die Namen sagten Jeremy gar nichts. Er holte seine Wasserflasche und träufelte etwas von der kühlen Flüssigkeit auf die Lippen des Mannes. Davalos schluckte gierig. Danach sagte er mit etwas kräftigerer Stimme: »Savage muß bestraft werden!« Doch als er weitersprach, wurde die Stimme wieder schwächer: »Findet ihn... in New Orleans oder... Plantage Terre du Coeur.«

Jeremy hatte kein Lust, sich in Davalos' blutige Streitigkeiten hineinziehen zu lassen. Aber weil er sah, daß es mit dem Spanier zu Ende ging, sagte er beruhigend: »Ich werde tun, was ich kann.« Dann fragte er freiheraus: »Gibt es jemanden, den ich von deinem Tod benachrichtigen soll?«

Davalos nickte schwach. »Tochter... unehelich«, stöhnte er. »Savanna O'Rourke... Crow's Nest... Stack Island.«

Jeremy zog erstaunt die Augenbrauen hoch. Er kannte diesen Ort und wunderte sich, daß die Tochter des Spaniers dort lebte. Crow's Nest lag fünfzig Meilen nördlich von Walnut Hills und war berüchtigt dafür, Halunken und Gesindel aller Art als Aufenthaltsort und Versteck zu dienen.

Davalos schien endgültig das Bewußtsein zu verlieren. Jeremy konnte den tödlich verletzten Mann nicht einfach liegen lassen und kauerte sich voll Unbehagen neben ihn, um sein Ende abzuwarten. Aber das Sterben des Spaniers dauerte lange. Plötzlich warf sich der Mann herum und murmelte: »Ich muß das Gold finden! Die Karte! Jason weiß davon!«

Es war offensichtlich, daß Davalos begonnen hatte zu phantasieren, aber bei dem Wort »Gold« wurde Jeremy hellwach. Seine Augen glitzerten gierig, als er sich nahe zu dem Sterbenden hinabbeugte und sanft fragte: »Gold? Welches Gold?«

»Nolans goldenes Armband... Ich habe ihn getötet... habe es versteckt!... Savanna sollte es haben...«

Jeremys Augen weiteten sich. Ein goldenes Armband! Ohne sich weiter um die Todesqualen des Mannes zu kümmern, fauchte er in Davalos' Ohr: »Erzähl mir von dem Gold!«

»Es ist hier! Und es gehört mir!« stieß Davalos hervor und keuchte dann fiebernd: »Mein Gold! Ein Azteken-Schatz! Savage und Nolan haben ihn gefunden, aber er gehört mir – mir ganz allein!« Nachdem er das gesagt hatte, holte er noch ein paarmal rasselnd Atem, dann lag er still da.

»Es ist hier?« schrie Jeremy und blickte wie irr über die öde Landschaft. »Wo genau?«

Aber Davalos gab keine Antwort mehr. Jeremy packte ihn und wollte die Antwort aus ihm herausschütteln. Aber als seine Hände den Spanier berührten, wußte er, daß Davalos gestorben war. Angewidert starrte Jeremy den Toten an. Tagelang hat der Kerl die Quälerei ausgehalten, warum konnte er nicht noch ein paar Minuten länger leben? Jetzt muß ich seine Tochter suchen und herausfinden, was sie weiß. Und danach muß ich diesen Jason Savage und diesen verdammten Indianer Bluttrinker ausfindig machen. Doch als er an den Wilden mit dem bluttriefenden Messer dachte, entschied er sich, nur Savanna O'Rourke und Jason Savage zu suchen, die in der Lage sein sollten, ihm zu erzählen, was er wissen wollte.

Jeremy ging zu den Pferden. Davalos' Tier war ein edles Vollblut, sein eigenes Pferd war dagegen eine Schindermähre. Er nahm sein Gewehr und seinen Schlafsack und befestigte sie am silberbeschlagenen Sattel. Dann stieg er auf, blickte ein letztes Mal zu der blutigen Leiche des Spaniers und stellte fest, daß seine Lage eine positive Wendung genommen hatte. Sein alter Kumpan Yates würde staunen und vor Neid erblassen. Jeremy blickte über die weite leere Landschaft. Ein Azteken-Schatz, der nur darauf wartete, gefunden zu werden.

Jeremy Childers verließ auf dem Pferd des ermordeten Spaniers reitend den Ort des blutigen Dramas und ließ seinen Klepper am Zügel hinterhertrotten. Seine Gedanken aber kreisten unablässig darum, wie er Savanna O'Rourke finden und zum Reden bringen konnte. Und sollte ihm das nicht gelingen, gab es immer noch Jason Savage. Jeremy war überzeugt, daß seine Pechsträhne endgültig hinter ihm lag. Er wollte Spanisch Texas auf schnellstem Weg verlassen und sofort mit der Suche nach dem Goldschatz beginnen.

Doch das Schicksal hatte noch einen herben Rückschlag für Jeremy Childers bereit. Drei Tage später ritt er einer weiteren spanischen Militärpatrouille in die Arme. Schlimmer noch: Diese Patrouille war von einem Leutnant namens Blas Davalos angeführt worden, der auf rätselhafte Weise mit einem Cherokee-Indianer namens Bluttrinker verschwunden war.

Fast eine Woche lang hatten Davalos' Leute vergeblich nach ihrem verschollenen Offizier gesucht. Und nun kam ihnen Jeremy entgegen, der sich illegal im Land aufhielt und das Pferd ihres Leutnants ritt. Jeremy versuchte sie zu überzeugen, daß er nichts Unrechtes getan hatte, aber was die Soldaten sahen, war ihnen Beweis für das Gegenteil. Als er spürte, wie sich die Schlinge immer enger um seinen Hals zog, erzählte er den Soldaten, wie er in den Besitz von Davalos' Pferd gekommen war. Aber die Spanier glaubten ihm kein Wort und wurden nur noch feindseliger.

In seiner Verzweiflung erklärte Jeremy sich bereit, die Soldaten zum toten Blas Davalos zu führen, aber das nützte ihm wenig. Als sie am Ort des grausigen Geschehens standen, waren die Soldaten nur noch überzeugter, daß Jeremy ihren Leutnant so brutal ermordet hatte. Der stellvertretende Anführer der Patrouille beschloß, daß sie Davalos begraben und danach ihren Gefangenen nach San Antonio bringen sollten. Ihre Vorgesetzten dort würden dann entscheiden, wie mit dem Gringo weiter zu verfahren sei.

Und so fand sich Jeremy wenige Tage später hinter den Ziegelmauern eines spanischen Gefängnisses in San Antonio wieder, zermürbt von der Angst, jeder Tag könne sein letzter sein. Monatelang schmachtete er in seiner kleinen Zelle, während die spanischen Offiziere über sein Schicksal stritten und auf Anweisungen aus der Hauptstadt Mexico City warteten. Als der Befehl dann endlich kam, sank Jeremy das Herz: Er sollte nach Mexico City gebracht und dort wegen Mordes an Blas Davalos angeklagt werden.

In der Hauptstadt besserte sich seine mißliche Lage nicht sonderlich. Er wurde zwar von der Mordanklage freigesprochen, aber er war ein Gringo, dem die Spanier mit Mißtrauen begegneten. Sie verurteilten Jeremy Childers zu zehn Jahren Gefängnis, weil er sich ohne Erlaubnis auf spanischem Territorium befunden und Blas Davalos' Pferd und Silbersattel gestohlen hatte.

Fast auf den Tag genau ein Jahr nachdem er den sterbenden Blas Davalos gefunden hatte, stand er am vergitterten Fenster der engen Zelle und starrte mürrisch aus dem Fenster. Er verfluchte aus tiefster Seele sein Schicksal, das ihn auf die Spur eines Goldschatzes gebracht hatte und ihn nun daran hinderte, diesen Schatz zu suchen.

Aber verdammt, auch diese zehn Jahre werden einmal vorüber sein, dachte Jeremy grimmig. Und er begann, mit einem Kieselstein Kerben in die Zellenwand zu kratzen, immer einen für jeden Tag, den er hinter sich gebracht hatte. Irgendwann werden diese zehn Jahre vorüber sein, und dann... Ein gerissenes Lächeln spielte um seine Lippen. Dann werde ich dieser Savanna O'Rourke einen Besuch abstatten.

Teil 1

Tochter des Glücks

Frühling 1815

I

»Savanna, nimm dieses verdammte Gewehr herunter! Du wirst mich doch nicht etwa erschießen!« Die Stimme des Mannes, der diese Worte ausrief, war tief und rauh und klang ziemlich verärgert. Doch sein Blick war warm. Andererseits bekamen die Augen aller Männer, die Savanna O'Rourke ansahen, einen warmen Glanz. Und in dieser Beziehung war Bodene Sullivan nicht anders als alle Männer – auch wenn er ihr Vetter war.

Savanna O'Rourke war so groß wie ein stattlicher Mann, und ihr edles Gesicht wie auch ihr vollkommener Körper konnten sich mit jeder antiken Göttin messen. Bei jedem Mann wäre das Blut in Wallung geraten, hätte er sie so anmutig und stolz wie an diesem Nachmittag in Louisiana sehen können. Die Sonnenstrahlen entzündeten auf Savannas hüftlanger, rotblonder Mähne ein helles Feuer, das um ihre betörenden Züge loderte. Das Kleid aus einfacher handgesponnener Baumwolle verbarg keinen der Reize ihres Körpers. Ihre vollen Brüste spannten verführerisch den Stoff über dem Mieder. Die Linie ihrer schmalen Taille und ihrer weiblich runden Hüften zeichnete sich unter dem groben Rock ab. Savanna war barfuß und stand, ohne zu schwanken, auf einem alten Holzbock. Hinter ihr ragte eine Sumpfzypresse auf, von deren Ästen graugrüne Moosschleier herabhingen. Kein Mann blieb in Savannas Gegenwart gleichgültig, aber an diesem Nachmittag war es weniger ihre sinnliche Erscheinung, die Bodenes ganze Aufmerksamkeit erregte, sondern das Gewehr, das sie drohend in ihren schmalen Händen hielt.

Da Savanna ihre Haltung jedoch nicht änderte, streckte

Bodene seine Arme besänftigend aus und sagte in einem schmeichelnden Ton, mit dem er immer Erfolg hatte: »Ich schwöre dir, ich bin nicht gekommen, um dich noch einmal hereinzulegen.«

»Genau das hast du mir letztes Mal auch gesagt«, fauchte Savanna und zielte mit dem Gewehr weiter auf Bodenes Brust. Sie war nicht im geringsten davon eingeschüchtert, einem ebenso charmanten wie kräftigen Mann gegenüberzustehen, der sie um Haupteslänge überragte. Ihre Stimme war dunkel vor Wut, und es war klar, daß sie jedes Wort genau so meinte, wie sie es sagte: »Ich habe dich gewarnt, Bodene, wenn du es wagst, hier noch einmal aufzutauchen, dann erschieße ich dich auf der Stelle.«

Bodenes wohlgeformte Lippen verzogen sich zu einem Lächeln. »Aber Schätzchen, du würdest doch niemals deinen eigenen Vetter erschießen, nicht wahr?«

Savanna versuchte diesem teuflisch verführerischen Lächeln und der einschmeichelnden Stimme zu widerstehen. Doch sie merkte, wie ihr Widerstand nachließ. Ihre tiefblauen Augen verengten sich. Nein, diesmal würde Bodene Sullivan sie nicht um den Finger wickeln. »Hau ab! Geh zurück nach New Orleans zu deiner Spielhölle und deinen Flittchen! Hier gibt es nichts für dich zu holen!«

»Doch! Du bist hier«, murmelte er und ließ seinen Blick über die deprimierend elende Umgebung wandern. Da stand er also groß, stark und elegant in seinen maßgeschneiderten Wildlederhosen, dem perfekt geschnittenen nachtblauen Jakkett und der reichbestickten Weste auf einem vergammelten Landungssteg am Ufer des schlammbraunen Mississippi. Und vor sich hatte er die betörende Savanna und dunkles, undurchdringliches Sumpfland. Eine Ansammlung baufälliger Hütten ließ darauf schließen, daß hier draußen tatsächlich Menschen lebten. Magere Hühner stakten auf der eingesunkenen Veranda einer der Hütten herum. Und von dem baufälligen Dach hing ein verwittertes Schild mit der Aufschrift »O'Rourkes Taverne«. Sullivan wußte, daß es hinter der Hütte noch ein paar Hühner gab, einige Schweine und eine magere Kuh. Seine Lippen verzogen sich angewidert.

Er wünschte sich fast, die verdammten Briten hätten dieses Gebiet im Norden von New Orleans noch erobert, bevor sie von den Amerikanern vertrieben worden waren, dann gäbe es hier nur noch einen Haufen verkohlter Trümmer und für Savanna keinen Grund, so hartnäckig auszuharren. Doch die Amerikaner hätten die Schlacht von New Orleans sicherlich nicht gewonnen, wenn sich die Engländer hier hätten festsetzen können. So aber endete der Krieg von 1812 mit einem Triumph der noch jungen Vereinigten Staaten von Amerika. Sullivan hatte allen Grund, dankbar zu sein für diesen Sieg der Amerikaner. Er lächelte grimmig. Aber noch viel dankbarer wäre er, wenn er Savanna endlich überreden könnte, dieses gottverlassene Stück Niemandsland aufzugeben. Wenn sie nur nicht so verdammt dickköpfig wäre!

Er fuhr sich ärgerlich mit der Hand durch sein störrisches schwarzes Haar und sagte: »Ich habe gehört, daß du Ärger hattest. Ein Spieler kam neulich in meinen Saloon und hat mir erzählt, er habe auf seinem Weg flußabwärts hier haltgemacht. Einer aus der alten Hares-Bande – genauer gesagt Micajah Yates – soll dir einen Besuch abgestattet und um ein Haar deine Taverne in Schutt und Asche gelegt haben.«

»Por Dios! Das hat nichts mit dir zu tun«, gab sie zurück. Sie war außer sich vor Wut darüber, daß er sie für außerstande hielt, auf sich selbst aufzupassen. Aber gleichzeitig schmeichelte es ihr, daß er sich Sorgen um sie gemacht hatte. Das war typisch für die widersprüchlichen Gefühle, die sie Bodene Sullivan gegenüber hegte. Ihr ganzes Leben lang fand sie ihren Vetter gleichermaßen abscheulich und hinreißend.

Bodene war achtundzwanzig Jahre alt, und Savanna war in diesem Februar zweiundzwanzig geworden. Und obwohl sie sich äußerlich nicht sehr ähnelten, war beiden doch die beeindruckende Größe, die willensstarke Linie ihres Kinns und der betörende Charme ihres strahlenden Lächelns gemeinsam. Auch in ihrem Wesen waren sie sich ähnlicher, als es ihnen lieb war. Beide waren sie temperamentvoll, unglaublich dickköpfig und stolz bis zur Arroganz. Doch waren sie auch großzügig, humorvoll und unerschütterlich loyal. Sie waren zusammen aufgewachsen, aber sie teilten mehr miteinander als nur ihre gemeinsame Kindheit: Beide waren sie die Kinder von Männern, die ihre Mütter verlassen hatten, und beide hatten sie schwer darunter gelitten.

Die Bindung zwischen Savanna und Bodene war außerordentlich stark, trotz der zahlreichen, lauten und wütenden Auseinandersetzungen. Und nun bekamen Bodenes Augen diesen Glanz von Bitterkeit, den Savanna so gut bei ihm kannte. Voll Ingrimm sagte er: »Das alles hat mehr mit mir zu tun, als mir lieb ist, und das weißt du auch verdammt genau! Glaubst du, ich fühle mich wohl, wenn ich höre, daß eine Bande Outlaws dir zusetzt? Vor allem der mörderische Micajah! Du bist hier draußen ganz allein, Meilen entfernt von Menschen, die dir helfen könnten. Natürlich warst du in Gefahr, egal was du mir erzählst!«

Da begann ein leichtes Lächeln um Savannas volle Lippen zu spielen. »Ich bin doch gar nicht allein hier draußen. Sam ist bei mir.«

»Sam!« Bodene spie den Namen aus wie verdorbenes Essen. »Wozu in aller Welt soll Sam noch taugen?«

»Oh, dieser Sam taugt noch zu mehr, als er aussehen mag, Mister Bo«, sagte eine sanfte Stimme, und ein alter graulockiger Neger kam zwischen den Hütten hervor, ein Gewehr drohend in seinen knochigen Händen haltend. Früher war Sam Bracken ein eindrucksvoller Mann gewesen, großgewachsen mit mächtiger Brust und unbezwingbar starken Armen. Nun aber hatten ihn fünfundsiebzig lange Jahre und die harte Arbeit in den Zuckerrohr- und Baumwollfeldern schmal und zerbrechlich werden lassen.

Bodene sah unbehaglich drein. Nur ungern dachte er daran, wie oft Sam ihn als Kind übers Knie gelegt und ihm den Hintern versohlt hatte. Trotz seines Alters konnte Sam sicherlich noch immer ein unangenehmer, schwer abzuschätzender Gegner sein, falls es sich als notwendig erweisen sollte.

»Tut mir leid, Sam, ich wollte dich nicht beleidigen«, entschuldigte sich Bodene widerwillig. »Ich werde nur verrückt bei der Vorstellung, wie Savanna hier draußen hebt. Dabei könnte sie sicher bei mir in New Orleans leben oder auch bei Elizabeth.«

Savanna rümpfte die Nase. »Mit meiner Mutter leben? Sie will aus mir doch nur eine respektable Frau machen. Seit ich achtzehn bin, will sie mich unbedingt mit einem gewissenhaften und langweiligen Ladenbesitzer verheiraten. Und nichts interessiert mich weniger als das.«

Bodene verzog sein Gesicht zu einer Grimasse. Elizabeth O'Rourke, Savannas Mutter, war zweifellos die liebevollste Frau der Welt. Aber nachdem sie selbst mit ihrer ehrbaren Herkunft gebrochen hatte, wünschte sie sich für ihre Tochter nichts sehnlicher als ein anständiges Leben und konnte Savannas Haltung nicht verstehen.

»Komm, Savanna«, lenkte Bodene ein, »laß uns nach drinnen gehen und in Ruhe reden.« Doch dann wurden seine Augen hart, und er fügte scharf hinzu: »Und nimm bitte endlich dieses verdammte Gewehr herunter, sonst tun wir beide am Ende noch etwas, das wir bereuen.«

»Zum Beispiel, daß ich dich über den Haufen schieße«, lächelte Savanna kalt.

»Genau!« lächelte Bodene ebenso kalt zurück.

Sie starrte ihn eine Weile an, dann schwang sie in einer nachlässigen Bewegung das Gewehr auf ihre schmale Schulter. »Du kannst hereinkommen, aber ich warne dich: Keine Tricks! Versuche nicht noch einmal, mich aus meiner Bar zu locken wie das letzte Mal!« Damit drehte sie sich um und ging eilig zu dem windschiefen Gebäude mit dem Wirtshausschild hinüber. Sie sprang die Stufen zur abgesackten Veranda hinauf und verschwand im Inneren.

Jeder, der wegen des schäbigen Äußeren von O'Rourkes Taverne einen ebenso heruntergekommenen Schankraum erwartete, wurde aufs angenehmste überrascht. Der Barraum war zwar nicht gerade elegant, aber komfortabel eingerichtet und erstaunlich sauber. Der Boden war so oft und gründlich geschrubbt worden, daß die Bohlen eine sanftweiße Patina bekommen hatten. Eine indianische Decke schmückte eine der rauhen Wände mit ihren intensiven Farben. Und die Tische und Stühle aus Pinienholz, die in lockeren Gruppen im Raum aufgestellt waren, glänzten vom vielen Polieren. Entlang der Rückwand verlief ein langer Tresen aus Eichenholz. In den Regalen dahinter waren Flaschen mit honig- und bernsteinfarbenen Getränken und funkelnde Gläser ordentlich aufgereiht. Die Luft war erfüllt von dem Aroma eines Wildeintopfs, der in der Küche über kleinem Feuer kochte. Diese Küche war an das eigentliche Gebäude angebaut worden und mit ihm durch einen schmalen Gang verbunden.

Der würzige Duft des Eintopfes erinnerte Bodene daran, daß er seit dem frühen Morgen nichts mehr gegessen hatte. Er zog sein Jackett aus und fragte: »Wäre es möglich, erst etwas zu essen, bevor wir weiterstreiten?«

Savanna stand hinter dem Tresen, und während sie geschickt ein Glas mit Whiskey einschenkte, spürte sie, wie ihre Lippen zuckten. Heimlich beobachtete sie ihren Vetter, wie er einen Stuhl von einem der Tische wegzog und sich darauf niederließ. Er streckte seine langen Beine lässig aus, seine breiten Schultern lehnten leicht gegen die Stuhllehne. Er sah so unglaublich zufrieden und selbstbewußt aus, daß Savanna mit dem Gedanken spielte, ihm das Glas Whiskey in sein schönes Gesicht zu schleudern. Doch ließ sie es bleiben, denn Bodenes Rache würde prompt erfolgen und äußerst unangenehm für sie sein.

Als sie über die wilden Fehden nachdachte, die sie mit ihrem Vetter während all ihrer gemeinsamen Jahre ausgetragen hatte, ließ sie endlich das Lächeln erstrahlen, das schon so lange um ihre Lippen gespielt hatte. Dios! Wie sehr hatte sie ihn vermißt, ihn und seinen aufreizenden Hochmut.

Sie stellte den Whiskey vor ihm auf den Tisch. Bodene nahm einen langen, genießerischen Schluck aus dem Glas. Savanna trat an den Durchgang zur Küche und rief: »Sam, Bodene möchte etwas zu essen haben. Bring uns von dem Eintopf und Brot, por favor.«

Während sie auf das Essen warteten, sah sich Bodene in dem Raum um. Er mußte lächeln, als er die schöne, silberne Glocke sah, die Savanna über der Tür zum Küchengang aufgehängt hatte. Es sind nur Kleinigkeiten, dachte er, aber Savanna gelingt es wirklich, dieser Bar am Rande der Sümpfe eine warme und stilvolle Atmosphäre zu geben. Savanna beschäftigte sich hinter der Theke, indem sie geistesabwesend die Gläser auswischte und mit den Flaschen hantierte. Dabei ignorierte sie ihren Vetter ganz bewußt. Es herrschte jedoch kein feindseliges Schweigen zwischen ihnen, während sie beide ihren Gedanken nachhingen.

Savanna bemerkte es nicht einmal, als ihr ein tiefer Seufzer entfuhr. Sie wünschte sich, daß Bodenes unerwartetes Auftauchen nicht immer diesen Sturm widersprüchlicher Gefühle in ihr aufwühlte. Ein Teil ihres Wesens lechzte danach, er möge immer wieder in ihr Leben geweht werden, ein anderer Teil wünschte mit gleicher Intensität, daß er endgültig aus ihrem Leben verschwand. Ich bin doch zufrieden mit meinem Leben hier, sagte sie verbissen zu sich selbst. Doch wenn sie dann Bodenes aufregenden Berichten über New Orleans lauschte, in denen er in lebhaften Einzelheiten die Ereignisse, Szenen und

Düfte der Stadt, Häuser und Leute beschrieb und ihr von den wunderbaren Kleidern der Frauen dort erzählte, spürte Savanna eine gefährliche Sehnsucht in sich aufsteigen.

Sie gab sich ärgerlich einen Ruck und fragte: »Wie geht es Mutter? Weiß sie, daß du mich besuchst?«

»Es geht ihr gut. Sie ist froh, daß der Krieg vorüber ist«, antwortete Bodene leichthin. »Sie weiß, daß ich hier bin. Sie läßt dich grüßen und wünscht dir alles Gute.«

»Natürlich«, erwiderte Savanna trocken. »Jetzt, wo sie weiß, daß ich niemals diesen Langweiler Henry Greenwood heiraten werde, will sie zumindest sichergehen, daß ich nicht anfange, in deiner Spielhölle zu arbeiten.«

Bodenes Lippen wurden schmal. »Du weißt verdammt gut, daß ich dich dort sowieso niemals arbeiten lassen würde!«

»Aber wie sonst sollte ich meinen Lebensunterhalt verdienen, wenn ich von hier weggehe?« fragte sie zuckersüß. »Als Putzfrau? Oder vielleicht als Geliebte eines reichen Mannes? Oder glaubst du, ich könnte eine brauchbare Hure abgeben?«

Bodene mußte sich zwingen, nicht wütend aufzuspringen. Er lehnte sich im Stuhl zurück und sagte so ruhig wie möglich: »Weißt du, Schätzchen, irgend jemand hätte dir sofort nach der Geburt den Hals umdrehen sollen. Du bist das frechste Weibsstück, dem ich je begegnet bin!«

Savanna lachte zufrieden. Wieder einmal war es ihr gelungen, Bodene bis zur Weißglut zu reizen. Ihr Lachen war so ansteckend, daß Bodene schließlich einstimmte. In diesem Moment kam Sam mit dem Essen aus der Küche.

Während des Essens ließen die beiden ihre Auseinandersetzung ruhen und tauschten Neuigkeiten aus. Zugegeben, Savanna hatte nicht allzuviel beizutragen. O'Rourkes Taverne zwischen Natchez und New Orleans lag am Rand eines wilden, menschenleeren Sumpfgebietes, wie es viele entlang des Mississippi gab. Zwangsläufig kehrten nicht viele dort ein. Die bekannteren und belebteren Uferstädte lagen auf der anderen

Seite des Flusses, und das vergrößerte die Isolation. Die wenigen Gäste, die die Annehmlichkeiten von O'Rourkes Taverne genossen, waren zumeist Männer, die vor dem Gesetz auf der Flucht waren. Nur ganz selten kam ein wagemutiger Siedler vorbei, um über Nacht zu bleiben. Dennoch machte die Einsamkeit Savanna nichts aus. Sie war in einer Umgebung wie dieser aufgewachsen, und die Nähe der wilden, undurchdringlichen Sümpfe gab ihr ein Gefühl von Ruhe und Zufriedenheit, die sie auf Campo de Verde, der Farm ihres Vaters, nie verspürt hatte. Die Gesetzlosen, die ihre Gäste waren, verhielten sich eher wie alte Freunde – was sie manchmal sogar waren – und nicht wie gefährliche Verbrecher vom Schlage des mörderischen Micajah. Viele der Outlaws kannten Savanna seit ihrer Kindheit und behandelten sie mit rauher Bewunderung und Respekt. Seit Bodene in New Orleans zu Hause war und bei jedem seiner Besuche hier am Rande der Wildnis vom strahlenden und aufregend sündigen Treiben dort erzählte, fand er in Savanna und Sam Zuhörer, die fasziniert und schier unersättlich seinen Berichten lauschten.

»Du hast tatsächlich den Flußpiraten Lafitte zusammen mit General Jackson gesehen?« fragte Savanna an einer Stelle atemlos und vergaß darüber ganz ihr Essen.

»Mmm, in der Tat, das habe ich, Schätzchen«, murmelte Bodene, während er den letzten Rest Bratensaft mit einem Stück Brot vom Teller wischte und in den Mund schob. »Die Schlacht von New Orleans hat wirklich zu den seltsamsten Kameradschaften geführt, das kann ich dir sagen.«

Savanna stützte ihre Ellenbogen auf den Tisch und legte das Kinn in ihre Hände, während sie ihren Vetter überwältigt anstarrte. »Wie sahen sie aus? Los, Bodene, erzähl uns alles, was du weißt!«

Bodene kam ihrer Bitte bereitwillig nach, und so verbrachten sie eine kurzweilige Stunde zusammen, während der Bodene von aufregenden Ereignissen aus New Orleans berichtete.

Doch zuletzt steuerte die Unterhaltung wieder auf gefährliches Gebiet zu.

»Und Mutter? Hatte sie Angst, als die Engländer New Orleans angriffen? Kam sie in die Stadt, oder blieb sie auf Campo de Verde?«

»Sie kam in die Stadt. Man mußte damit rechnen, daß alle Plantagen südlich von New Orleans in die Hände der Engländer fallen würden. Aber Elizabeth war kein bißchen ängstlich, als die Kanonen losdonnerten.« Bodene warf Savanna einen langen Blick zu. »Es gibt eigentlich nur eine Sache, die deiner Mutter Angst macht«, sagte er bedächtig, »und das ist die Vorstellung, du könntest in die Gewalt eines blutrünstigen Banditen geraten, der sich hier draußen herumtreibt.«

Savannas Gesicht spannte sich. Sie ließ ihre Hände sinken und lehnte sich zurück. »Davor hat sie keine Angst gehabt, als wir noch zusammen in Crow's Nest lebten – falls leben überhaupt der richtige Ausdruck dafür ist«, entgegnete sie scharf.

»Aber damals lebte Davalos noch, und du weißt genau, daß er wollte, daß ihr dort lebt«, sagte er ruhig, ohne seine Gefühle zu zeigen.

Ein langes Schweigen kam zwischen beiden auf, als sie sich in Erinnerungen an ihre schwere Kindheit verloren.

Bodene war gerade drei Jahre alt gewesen, als seine Mutter, Ann Sullivan, starb. Nur widerwillig nahm sein Vater Innis O'Rourke, ein reicher Plantagenbesitzer in Tennessee, seinen Sohn auf. Innis O'Rourke hatte Bodenes Mutter niemals geheiratet, und der ungewollte und ungeliebte Junge verbrachte auf der Plantage seines Vaters eine freudlose Zeit. Das änderte sich erst, als zwei Jahre später Innis' warmherzige Schwester, die sechzehnjährige Elizabeth aus Irland, zu einem längeren Besuch nach Tennessee kam. Elizabeth O'Rourke sollte Savannas Mutter werden. Als Elizabeth gleich nach ihrer Ankunft den schwarzhaarigen, dunkeläugigen, unglücklichen Jungen sah, schloß sie ihn sofort in ihr Herz, und die Tage wurden für den unerwünschten Jungen schön wie im Traum. Aber diese glückliche Zeit auf Sweet Meadows, wie die Plantage von Bodenes Vater hieß, dauerte nicht lange an. Eines Tages reisten Innis und Elizabeth zu einem längeren Besuch nach New Orleans. Einige Wochen nach ihrer Rückkehr weinte Elizabeth unentwegt, und Innis kochte vor Wut.

Dann kam der Spanier. Bodene mißtraute Blas Davalos, diesem schlanken, arroganten Mann, auf den ersten Blick. Dieses Mißtrauen verwandelte sich jedoch in glühenden Haß, als er nach und nach begriff, daß dieser Mann der Grund für Elizabeths Tränen, für Innis' Wut und zuletzt für die Vertreibung der jungen Frau von Sweet Meadows war. Bodene konnte sich immer noch lebhaft an diese eine Nacht erinnern, in der er von Elizabeths Schluchzen geweckt wurde. Er schlüpfte in seine Kleider, hetzte die lange Treppe hinunter und sprang blindlings in die kleine Kutsche, die vor dem Haus stand und von Davalos gelenkt wurde. Bodene sah seinen Vater oder Sweet Meadows nie wieder.

Er hatte nicht allzu viele Erinnerungen an die ersten Tage, nachdem er und die schwangere Elizabeth mit Davalos davongefahren waren. Erst als er herangewachsen war, begriff Bodene das Ausmaß von Elizabeths und Savannas Schicksal. Davalos weigerte sich, das Mädchen aus Irland zu heiraten. Die Geburt einer unehelichen Tochter in einer häßlichen kleinen Siedlung am Ufer des Mississippi brachte Schimpf und Schande über Elizabeth und machte sie zu einer Ausgestoßenen ihrer streng katholischen irischen Familie. Seine Tochter Savanna aber brandmarkte Davalos dadurch als Kind der Sünde, als verachtete Bastardbrut eines Spaniers.

Savannas erste Erinnerungen an ihren Vater waren ziemlich verschwommen. Mit sechs Jahren konnte sie sich erst vorstellen, daß dieser Spanier ihr Vater war. Das war auch nicht weiter verwunderlich, denn Davalos ließ Savanna und ihre Mutter nach Belieben für Monate und schließlich sogar für Jahre allein. In diesen einsamen Zeiten war das Leben für Mutter und Tochter freudlos und hart. Wenn Davalos dann aber völlig unerwartet auftauchte, veränderte sich ihre Lage für eine Weile dramatisch. Plötzlich schwammen sie in Luxus. Es gab Extrageld, die Mutter erhielt ein wunderschönes Seidenkleid, Bodene ein teures Messer und sie selbst eine Porzellanpuppe und Süßigkeiten. Als kleines Mädchen verband Savanna das unregelmäßige Auftauchen ihres Vaters immer nur mit angenehmen Dingen: der Freude der Mutter, den verlockenden Geschenken, mit denen er sie überhäufte, der Fröhlichkeit, die alle ansteckte, solange er bei ihnen war. In jenen fernen Tagen war Davalos für sie jemand, der jeden Tag glücklich und freudvoll machte. Aber immer blieb Davalos nur ein oder zwei Wochen, niemals länger als einen Monat, und ritt dann wieder davon. Erst viel später kam Savanna zu der bitteren Erkenntnis, daß sie und ihre Mutter nur eine untergeordnete Rolle in seinem Leben gespielt hatten. Solange er lebte, hatte Davalos bewußt ihre Existenz vor seiner eigentlichen Welt versteckt.

Savanna brauchte viele Jahre ihres Lebens, bis sie sich ein realistisches Bild von ihrem Vater machen konnte. Aus allem, was ihre Mutter sagte, und vor allem aus dem, was sie verschwieg, dazu aus Bodenes frühesten Erinnerungen zog sie den unangenehmen Schluß, daß Davalos Elizabeth verführt hatte, weil er hoffte, Innis würde sie mit einer großzügigen Mitgift für eine Ehe ausstatten. Als das aber nicht der Fall war, verheimlichte er Elizabeths Existenz und die seiner Tochter vor jedermann, um sich nicht die Chance auf eine gute Partie zu verderben. Lange hatte Savanna wütend darüber nachgedacht, warum sich ihr Vater überhaupt immer wieder mit ihnen abgegeben hatte. Und erst vor gar nicht allzu langer Zeit war sie zu der Überzeugung gelangt, daß Davalos Elizabeth auf seine Art tatsächlich geliebt hatte und vielleicht auch seine Tochter Savanna.

Bodene betrachtete Savanna, die mit leerem Gesicht dasaß. Er wußte, daß es für sie viel schwieriger gewesen war, mit ihrer unehelichen Geburt fertig zu werden, als für ihn.

Plötzlich stieß Savanna ein unbehagliches Lachen aus und schnitt eine Grimasse. »Entschuldige«, murmelte sie, »aber immer wenn ich an diese Jahre zurückdenke, habe ich Angst, das spanische Blut in meinen Adern bis ans Ende meines Lebens hassen zu müssen.«

Bodene lächelte, aber seine Augen blickten sie nachdenklich an. »Savanna, irgendwann mußt du ihm verzeihen. Was er getan hat, werden wir niemals ganz verstehen, und warum Elizabeth nicht aufhörte, ihn zu lieben, wird uns wohl auch unverständlich bleiben. Aber du mußt dein Schicksal annehmen. Solange du deinem Vater nicht verzeihen kannst, wird er dich innerlich zerstören.«

Ihr Blick verfinsterte sich sofort, und Bodene lenkte ein. »Du hast allen Grund, Davalos zu hassen. Er hätte deine Mutter heiraten sollen, aber er hat es nicht getan, und außerdem ist er tot«, sagte er eindringlich. »Er ist seit über zehn Jahren tot! Er kann nichts mehr ändern. Rechne es ihm wenigstens an, daß er einiges wiedergutmachen wollte, indem er dir alles vererbt hat, was er besessen hat.«

Savanna schnaubte vor Wut. »Glaubst du, Geld läßt das alles leichter ertragen? Außerdem weißt du genau, daß er mir wenig Geld und nur ein verwahrlostes Haus und fünfzig Hektar Land mit kaputten Dämmen südlich von New Orleans vererbt hat. Das war alles, was von der Plantage seiner Familie übriggeblieben ist.« Dann zog ein milder Ausdruck über ihr Gesicht. Sie lächelte Sam an, der ungeachtet des hitzigen Gesprächs das Geschirr abräumte. »Oh, und Sam. Ich darf nicht vergessen, daß mein Vater mir auch Sam und seine Familie gab.«

Sam grinste sie an. »Das hat er getan, Missy. Und es war 'ne feine Sache, daß Sie uns unsre Papiere gegeben haben! 'ne feine Sache, ja, daß Sie uns freigelassen haben!«

Bodene sah ungeduldig drein. »Ja, ja, es war eine feine Sache. Und noch feiner war, daß sie alles Geld dafür verwendete, Campo de Verde wieder bewohnbar zu machen, und darauf bestand, daß Elizabeth dort leben sollte. Aber es ist alles andere als fein, daß sie weiterhin in dieser gottserbärmlichen Drecksgegend leben will und daß du diese verdammte Starrköpfigkeit auch noch unterstützt!« Die letzten Worte schrie Bodene mühsam beherrscht hinaus. Als er aber die belustigten Blicke von Savanna und Sam sah, war es um ihn geschehen. Er schlug mit seinen Fäusten auf den Tisch und schrie: »Bei Gott, ihr beide seid völlig verrückt! Irgendwann wird euch ein Kerl wie Micajah oder Micajah selbst hier draußen überraschen. Und wenn du das überlebst, Savanna, dann wirst du mißhandelt und von ihm geschwängert worden sein oder nicht einmal wissen, von wem, weil dich eine ganze Bande Mann für Mann erbarmungslos mißbraucht hat.«

Savanna wurde bei seinen grausamen Worten blaß, und Bodene bemerkte zufrieden ein Aufflackern von Unbehagen in ihren schönen Augen. Dann hatte sie wenigstens nicht allen Selbsterhaltungstrieb verloren. Sein Zorn verrauchte, und er sagte mit sanfter Stimme: »Ich liebe dich. Es würde mich umbringen, wenn dir irgend etwas zustoßen sollte. Warum willst du dir von mir nicht helfen lassen?« Als sie keine Antwort gab, nahm er sich ein Herz und fuhr fort: »Ich weiß, du hast hart gearbeitet, um dir hier ein neues Leben aufzubauen, nachdem Stack Island bei dem Erdbeben vor vier Jahren untergegangen ist. Und ich weiß, wie stolz du auf alles bist, was du erreicht hast, denn du hast es ganz allein getan. Aber das Leben hier draußen ist nichts für dich. Du bist jung und schön! Du solltest dein Leben nicht am Rand dieser verdammten Sümpfe verbringen.« Er holte tief Luft. »Stolz ist ein bewundernswerter Wesenszug, aber bitte laß nicht zu, daß dein Stolz dich umbringt!«

Bodenes Worte trafen Savanna tief, denn sie wußte, daß er

recht hatte. Sie war sich stets bewußt, wieviel sie hier draußen riskierte. Aber sie fühlte sich in einer Umgebung und einem Leben, das sie seit ihrer Kindheit kannte, einfach wohl. New Orleans mit all seiner Pracht und seinen Freuden faszinierte und ängstigte sie gleichermaßen. Und Campo de Verde war keine besonders große Plantage, zu wenig Land war von dem einst so reichen Davalos-Besitz übriggeblieben. Aber mit ihrem Geld und Bodenes Hilfe waren das Haus und die Wirtschaftsgebäude renoviert worden. Und weil Sams Söhne Isaac und Moses mit ihren Familien das Land bewirtschafteten, konnte Elizabeth ein einigermaßen angenehmes und sorgloses Leben führen. Savanna hatte sich jedoch während der fünf Jahre, die sie dort bei ihrer Mutter verbracht hatte, eingeengt und beaufsichtigt gefühlt. An ihrem achtzehnten Geburtstag hatte sie ihre Mutter und Bodene mit ihrem Wunsch nach Selbständigkeit überrascht und war mit Sam zu der kleinen Bar in Crow's Nest zurückgekehrt, die sie mit ihrer Mutter betrieben hatte, solange Davalos noch lebte.

Elizabeth hatte die Nachricht von Davalos' Tod niedergedrückt. Savanna war sich jedoch über ihre Gefühle für ihren Vater bis zum heutigen Tag unklar. Sie glaubte nicht, daß sie diesen dunklen Fremden wirklich liebte, den sie all die Jahre so selten gesehen hatte, wenn sie auch nicht die glücklichen Tage vergessen konnte. Um ihrem Vater eine Freude zu machen, hatte sie begonnen, Spanisch zu lernen, und ihr Vater war sehr stolz auf sie gewesen, als sie ihn bei seinem letzten Besuch scheu auf spanisch willkommen geheißen hatte. Aber immer wenn sie an die guten Zeiten mit ihrem Vater zurückdachte, mußte sie auch an die Tränen und die Verzweiflung ihrer Mutter denken, wenn Davalos sie wieder einmal verließ.

Savanna lächelte Bodene an und sagte mit gespielter Heiterkeit: »Du machst dir zu viel Sorgen, Bodene. Ich glaube, es ärgert dich nur, daß ich erwachsen geworden bin und du mir nicht mehr als Verbündeter beistehen mußt.«

Bodene stieß den Atem aus und wollte eben zu einer bissigen Antwort ansetzen, als die silberne Glocke einmal läutete. Die Anspannung in Savannas Gesicht ließ ihn innehalten. Savanna wurde blaß und starrte alarmiert die Glocke an, als wollte sie sie durch ihren Blick bewegen, noch einmal zu läuten. »Was bedeutet das?« fragte Bodene scharf und griff nach seinem kurzläufigen Revolver, den er stets bei sich trug.

Savanna riß ihren Blick von der Glocke los und nahm das Gewehr zur Hand, mit dem sie zuvor ihren Vetter bedroht hatte. Doch diesmal ging sie zum Tresen, holte ein weiteres Gewehr hervor und gab es Bodene. »Die Glocke ist unser Signal«, sagte sie eindringlich. »Sam ist in Gefahr! In großer Gefahr!«

2

»Ein Signal? Was zur Hölle meinst du damit?« stieß Bodene hervor. Er packte das Gewehr, sprang auf und wich an die Wand zurück. So verharrte er, die Waffe im Anschlag.

Savanna zischte zurück: »Diese verdammte Glocke! Überall hängen hier welche, die man von verschiedenen Stellen aus läuten kann. Einmal läuten bedeutet große Gefahr. Zweimal, daß sich ein Fremder nähert, der uns Schwierigkeiten machen könnte. Dreimal läuten bedeutet, daß Leute kommen, die harmlos aussehen, deretwegen wir aber trotzdem auf der Hut sein sollten. Aber dieses eine Läuten jetzt – entweder hat Sam sich verletzt, oder...«

»Oder der mörderische Micajah ist zurückgekommen«, flüsterte Bodene kalt.

Savanna nickte und murmelte: »Meine Güte, was bist du für ein Schlaukopf, Bodene Sullivan!«

Ein Geräusch wie das Schlurfen von Stiefeln erklang auf dem Gang zur Küche. Savanna und Bodene erstarrten. Sie tauschten einen alarmierten Blick, dann zog sich Bodene noch weiter in eine schattige Ecke zurück, und Savanna hastete hinter den Tresen. Dort versteckte sie ihr Gewehr, legte es aber so, daß sie es jederzeit ergreifen konnte.

Inzwischen war Dämmerung eingetreten. Während des Essens und des langen Gesprächs hatten sie versäumt, Kerzen oder Lampen anzuzünden. So lag der Schankraum in einem düster-violetten Zwielicht. Savanna konnte Bodenes große Gestalt in der Ecke kaum mehr ausmachen. Aber das Wissen, daß er da war, milderte ihre nervöse Anspannung und das Rumoren in ihrem Magen.

Plötzlich wurde Sam gewaltsam durch die Tür hereingestoßen. Sein Gesicht war vor Schmerz verzerrt, denn er wurde an dem erbarmungslos auf den Rücken gedrehten Arm festgehalten. Als nächstes bemerkte Savanna die gefährlich blitzende Messerklinge an Sams Kehle. Direkt hinter Sam kam Micajah Yates herein. Savanna erkannte ihn sofort, sein stoppelbärtiges Gesicht, seine wirren Haare, die bis auf die Schultern fielen, und das boshafte Lächeln, das um seine zu vollen Lippen spielte.

Macajah Yates war kein häßlicher Mann, seine Augen waren von einem strahlenden Blau, und sein kräftiges, markantes Gesicht paßte gut zu seiner mächtigen, muskulösen Gestalt. Doch offensichtlich hatte er sich seit vielen Tagen weder gewaschen noch rasiert. Vor allem aber strahlte er die abstoßende Grausamkeit eines Mannes aus, der unterschiedslos jeden Menschen tötete, gleichgültig, ob er ihn wütend gemacht oder einfach nur das Pech gehabt hatte, seinen Weg zu kreuzen, als er schlecht gelaunt war. Micajah Yates war sechsunddreißig Jahre alt und ein weithin bekannter Verbrecher und Mörder. Savanna und Bodene kannten ihn seit ihrer Kindheit in Crow's Nest.

Micajah bemerkte Bodene nicht, der in der Dunkelheit stand. Er stieß Sam brutal in den Raum und sagte gedehnt: »Da staunst du wohl, Savanna, daß du mich so bald schon wieder siehst?«

Savannas Augen wurden schmal. Sie stützte ihre Ellenbogen auf die Theke und war froh, daß das Gewehr griffbereit dalag. Wütend stieß sie aus: »Sollte ich denn überrascht sein?«

»Das kommt darauf an«, sagte Micajah leichthin, »zum Beispiel ob du glaubst, du bist mich das letzte Mal endgültig losgeworden.«

»Warum läßt du Sam nicht los, und wir besprechen alles in Ruhe?« erwiderte sie besänftigend. Doch ihre Finger wanderten zentimeterweise näher zum Gewehr.

Micajah grinste gehässig. »Ich glaube nicht, daß wir das tun sollten, Schätzchen. Sobald ich Sam loslasse, wirst du versuchen, mich mit dem Gewehr zu erschießen, das du da hinter der Theke vor mir verborgen hast. Glaubst du, ich habe aus unserer letzten Begegnung gar nichts gelernt?«

Savanna atmete tief durch und versuchte zu lächeln. Micajah sollte nicht merken, wie recht er mit seiner Vermutung hatte. Sie ließ aber auch nicht davon ab, nach dem Gewehr zu fingern. »Was sollen wir also jetzt tun?« fragte sie, um das Gespräch in Gang zu halten.

Micajahs Augen wanderten ungeniert über ihr Gesicht und dann hinunter zu ihren vollen Brüsten. Dort blieben sie haften. Die Gier, die in seinem Blick aufglühte, ließ Savanna vor Angst schaudern. Es kostete sie alle Kraft, Bodene nicht einen verräterischen Blick zuzuwerfen, der sich unmittelbar hinter den arglosen Micajah geschoben hatte.

»Ich sage dir jetzt, was du tun wirst«, sagte Micajah Yates. »Du wirst ganz vorsichtig das Gewehr vor dir auf die Theke legen und dann hervorkommen. Und falls du das nicht tust, werde ich diesem Nigger hier die Kehle durchschneiden, und das willst du doch nicht, oder?«

Trotz der gefährlichen Situation spürte Savanna heiße Wut in sich aufkochen. »Und was dann?« fragte sie scharf.

Wieder ließ Micajah seine Augen über ihren üppigen Körper wandern. »Ja dann«, sagte er unverblümt, »dann wirst du Sam fesseln und mit mir für ein paar Stunden nach oben in dein Schlafzimmer gehen.« Als er das sagte, grinste er anzüglich. »Und dann, Savanna, wenn du wirklich ganz lieb zu mir bist, werde ich Sam vielleicht am Leben lassen, wenn ich mit dir fertig bin.«

Unbändige Wut ließ Savanna alles vergessen, die Gefahr, in der Sam schwebte, und auch Bodenes Anwesenheit. Sie riß ihr Gewehr hoch und brachte es in Anschlag. Der lange Lauf zielte genau auf Micajahs Stirn. Ihre Stimme klang stumpf vor Angst und Abscheu: »Na, mach schon, töte Sam, aber ich schwöre dir, noch bevor sein Blut den Boden erreicht hat, schieße ich dir das Hirn aus deinem widerlichen Kopf!«

»Aber nicht doch«, sagte Bodene sanft hinter Yates Rücken. »Cousinchen, ich bestehe darauf, daß du mir dieses Vergnügen überläßt!« Dabei rammte er hart seinen Gewehrlauf in Micajahs Rücken und fuhr gefährlich leise fort: »Tja, was willst du nun machen, mein schmutziger, übelriechender Freund?«

Micajahs Selbstbewußtsein verschwand. Er verzog verärgert sein Gesicht und hustete nervös: »Verdammt, Sullivan! Ich hätte wissen müssen, daß du dich hier herumtreibst.« Natürlich versuchte Micajah, seine Haut zu retten, denn er war der letzte, der einen Kampf riskierte, wenn er so chancenlos war. Also gab er klein bei, ließ Sams Arm los und nahm langsam und vorsichtig das Messer von der Kehle des alten Mannes. Dennoch konnte er ein freches Grinsen nicht unterdrücken, als er sagte: »Es sieht verdammt so aus, als ob du mich ein zweites Mal hereingelegt hättest, Savanna!« Und trotz seiner lebensgefährlichen Lage fügte er hinzu: »Nun, warum legen wir nicht alle unsere Waffen beiseite, setzen uns zusammen und genehmigen uns einen kräftigen Schluck? Wir wollen doch nicht nachtragend sein.«

Sam taumelte von Micajah fort und sank auf einen Stuhl. Er

massierte den schmerzenden Arm, den Micajah ihm mit seinem grausamen Griff beinahe gebrochen hätte. Savannas Gewehrlauf blieb weiter auf Micajahs Stirn gerichtet, als sie besorgt fragte: »Sam, ist es schlimm?«

Trotz der Schmerzen murmelte Sam beruhigend: »Geht schon, Missy! Er hat mich überrascht, als ich gerade in die Küche wollte – war über mir, bevor ich wußte, was los war.«

Dann tauschte Savanna einen ratlosen Blick mit Bodene, der nur eine Grimasse zog und mit seinen breiten Schultern zuckte. Er stieß seinen Gewehrlauf noch einmal zwischen Macajahs Schulterblätter und sagte nachdenklich: »Ich habe bisher noch keinen Menschen kaltblütig erschossen. Aber für alles gibt es ein erstes Mal.«

»Immer mit der Ruhe, Sullivan«, stieß Micajah in einer Mischung aus Wut und Angst hervor. »Ich habe doch getan, was ihr wolltet, und Sam losgelassen.«

»Aber nur, weil du kein faustgroßes Loch in der Brust haben wolltest.« Bodene ließ den Banditen noch einmal den Gewehrlauf spüren, dann sagte er scharf: »Wenn ich nicht hier gewesen wäre, hättest du Sam und Savanna nicht verschont.«

»Savanna ist ein so verdammt verführerisches Biest, da kannst du es mir doch nicht übelnehmen, daß ich den Kopf verloren habe.«

Savanna stieß zwischen zusammengebissenen Zähnen hervor: »Ich rate dir, so was nicht noch einmal zu versuchen, sonst wirst du tatsächlich deinen Kopf verlieren.«

»Und sollte Savanna dann danebenschießen«, sagte Bodene mit fester Stimme, »dann sei sicher, daß ich dich Hundesohn jagen werde, wie man einen räudigen Hund hetzt. Und ich werde bestimmt nicht danebenschießen. Hast du verstanden, Micajah?«

»Natürlich habe ich verstanden, ich bin doch kein Idiot«, sagte Micajah versöhnlich. »Aber ich weiß nicht, warum ihr euch so aufregt, es ist doch nichts passiert!«

Wütend fuhr Savanna ihn an: »Oh, halt den Mund, Micajah! Laß dein Messer fallen und verschwinde, bevor ich dich doch noch erschieße!«

Das Messer fiel klappernd zu Boden, und Micajah Yates stürmte aus der Taverne. Als Bodene die Waffe aufhob, sagte er ruhig: »Er wird zurückkommen, das ist dir doch hoffentlich klar?«

»Ja, natürlich. Und wahrscheinlich werde ich das nächste Mal nicht ungeschoren davonkommen.« Savanna blickte Bodene nicht in die Augen, als sie das sagte. So schwer es ihr fiel, sie mußte sich eingestehen, daß dieser neuerliche Angriff von Micajah Yates ihr Angst einjagte. Savanna schauderte. Wäre Bodene nicht bei ihr gewesen, wäre alles ganz anders und viel schlimmer ausgegangen. Sie mußte dieser Tatsache ins Auge sehen. Wegen ihrer Dickköpfigkeit hätte Sam vermutlich sterben müssen, und sie wagte nicht daran zu denken, was Micajah ihr danach angetan hätte. Bodene hatte recht, sie sollte sich nicht von ihrem Stolz zerstören lassen.

Entschlossen blickte sie ihren Vetter an. »Wie lange hast du vor zu bleiben?« fragte sie.

»So lange, bis ich dich überzeugt habe, daß es sinnlos ist, noch länger stur zu bleiben«, erwiderte er scharf und machte klar, daß er keinen Widerspruch mehr duldete.

Sie blickte Sam an, sah in sein freundliches, dunkles Gesicht und wußte, welche Entscheidung sie zu treffen hatte.

Solange sie zurückdenken konnte, waren Sam und seine Söhne Teil ihres Lebens in Crow's Nest gewesen. Elizabeth, die ohne Blas Davalos leben mußte, und der verwitwete Sam ergänzten sich gut. Er half ihr, die Bar zu führen, dafür kümmerte sie sich um die Kinder.

Savanna und Bodene waren wie Geschwister mit Isaac und Moses aufgewachsen, die nur wenige Jahre älter waren. Elizabeth hatte Zärtlichkeit und Küsse für alle übrig. Aber Sam stellte die Vaterfigur für die Kinder dar. Er hatte ein liebevolles, aber strenges Regiment geführt und konnte überaus wütend werden, wenn die Kinder frech oder ungehorsam waren. Und mehr als einmal hatte er ihnen kräftig den Hintern versohlt. Erst als Savanna älter geworden war, hatte Elizabeth ihr erklärt, daß Sam und seine Söhne Sklaven waren, die Blas Davalos gehörten und von ihm beauftragt waren, für Elizabeth zu arbeiten. Savanna war entsetzt gewesen und hatte Sam, Isaac und Moses nach dem Tod ihres Vaters sofort freigelassen. Nichts hatte sie jemals glücklicher gemacht. Und seither hatte ihr Sam diese Loyalität mit seiner unerschütterlichen Treue tausendmal vergolten.

Savannas Züge wurden weich. Wäre Sam damals nicht freiwillig mit ihr gekommen, als sie Campo de Verde verließ, hätte sie vermutlich nichts von dem erreicht, was sie geschafft hatte. Oder aber es wäre Bodene und Elizabeth gelungen, sie mit Gewalt davon abzuhalten, sich auf eigene Füße zu stellen. Beide waren aus ganzem Herzen gegen Savannas Entschluß gewesen.

Savanna wußte, daß sie eine starke Frau war, die durch nichts ernstlich zerbrochen werden konnte. Aber würde ihretwegen Sam etwas zustoßen und er gar getötet werden, könnte sie ihres Lebens nicht mehr froh werden. So straffte sie ihre schmalen Schultern und sagte bekümmert: »Ich brauche ein paar Tage, um hier alles zu regeln. Ein alter Trapper, ein Freund von Sam, könnte hier einziehen und die Arbeit so lange verrichten, bis ich weiß, was ich endgültig tun werde. Aber wir müssen diesen Mann erst finden, und das kann einige Zeit dauern.«

Bodene entspannte sich das erste Mal, seit er New Orleans verlassen hatte. Er lächelte seine Base voll Zuneigung an und sagte: »Das ist egal, Hauptsache, Sam und du kommt mit mir.«

Savannas Entschluß, O'Rourkes Taverne aufzugeben, war keine schnelle Kapitulation. Schon lange hatte sie gefürchtet, sie würde einmal in eine Situation kommen, die sie nicht mehr meistern konnte. Und Micajahs unerwünschtes Erscheinen hatte so eine Situation heraufbeschworen. Sie wußte längst, daß hier draußen auszuharren bedeutete, das Unmögliche zu versuchen. Es störte sie nicht, daß es nicht die Art Leben darstellte, die sich ihre Mutter für sie gewünscht hatte, und sie beschwerte sich nie darüber, daß das Leben hier draußen so mühsam und voll überraschender Schwierigkeiten und Gefahren war. Darauf war sie durch ihre Kindheit, in der sie ihre Mutter allein hatte kämpfen sehen, vorbereitet gewesen. Savanna war sicher, daß sie sich niemals in eine so verzweifelte, hoffnungslose Abhängigkeit von einem Mann begeben würde, wie Elizabeth es bei Blas Davalos getan hatte.

Ausgerüstet mit unerschütterlichem Mut, grenzenlosem Optimismus und einer großen Portion Dickköpfigkeit, hatte sie Campo de Verde verlassen, um in das einzige Zuhause zurückzukehren, das sie kannte – nach Crow's Nest. Aber Crow's Nest auf Stack Island hatte aufgehört zu existieren. Die Insel und mit ihr die kleine Bar, die Elizabeth bei der Nachricht von Davalos' Tod für eine geringe Summe verkauft hatte, waren wenige Wochen vorher bei einem heftigen Erdbeben in den lehmfarbenen Fluten des Mississippi versunken. Mit zusammengebissenen Zähnen hatte Savanna ihrer Vergangenheit den Rücken gekehrt, hatte den Fluß überquert und an seinen Ufern einen anderen Platz für eine neue Taverne gesucht und ihn zuletzt in dieser aufgegebenen alten Ufersiedlung gefunden. Mit verbissener Anstrengung und mit Sams Hilfe hatte sie das verwahrloste Gebäude in ein einigermaßen lohnendes Geschäft verwandelt. Es war kein leichtes Leben, das sie gewählt hatte, es war auch nicht die Art Leben, nach der sie sich im Innersten sehnte, aber was sie geschafft hatte, erfüllte sie mit Stolz. Im übrigen war das Leben im Grenzland zwischen Louisiana und der Wildnis hart für jedermann – wenn auch um einiges härter für eine alleinstehende junge Frau, die so verführerisch aussah wie Savanna...

In dieser Nacht stand Savanna vor dem fleckigen Spiegel in ihrem Schlafzimmer und betrachtete sich lange. Sie seufzte. Sie konnte nichts Begehrenswertes an der fast stechenden Klarheit ihrer meerfarbenen Augen finden, auch nicht an ihren hohen Wangenknochen und ebensowenig an den vollen geschwungenen Lippen. Auch für ihre flammendroten Haare, die wild ihr Gesicht umrahmten, hatte sie nichts übrig, betonten sie doch nur ihren alabasterweißen Teint und die dunklen Augenbrauen und Wimpern. Nein, das alles erschien ihr nicht besonders verführerisch. Sie haßte ihre Haarfarbe und wünschte sich nichts so sehr wie Bodenes schwarzes Haar, seine gebräunte Haut und seine klaren blauen Augen. Was aber ihren Körper anging, ihre schwellenden Brüste, ihre schmale Taille und die langen Beine, erstaunte sie die Wirkung auf Männer wie Micajah Yates – alles in allem sah sie doch aus wie jede normale andere Frau auch.

Verärgert wandte sich Savanna vom Spiegel ab und ging zu ihrem Bett. Wenn Yates und die anderen Männer sie nur in Ruhe lassen würden! Sie käme hier draußen mit Sam sehr gut zurecht. Aber nein! Irgend etwas an ihrer hochgewachsenen schlanken Gestalt machte sie zum Objekt der Begierde für fast alle Männer, denen sie begegnete.

Dabei ermutige ich doch niemanden, dachte sie, als sie unter die Decke schlüpfte. Am Schicksal ihrer Mutter hatte sie nur zu gut gesehen, was ein Mann einer Frau antun konnte. Und sie hatte sich geschworen, daß ihr selbst etwas Ähnliches nie passieren würde. Savanna hatte für Männer nicht viel übrig. Alles, was sie in das Leben einer Frau brachten, waren Sorgen und Angst, Verzweiflung und Tränen. Noch nie war sie einem Mann begegnet, dessen Gegenwart ihr einen wohligen Schauder über den Rücken gejagt oder sie erregt hätte.

Savanna lächelte in der Dunkelheit. Daß es in O'Rourkes Taverne keine Begegnung mit hinreißenden Männern gab, lag daran, daß der ebenso gierige wie ungepflegte Micajah Yates noch zu ihren attraktivsten Gästen gehörte. Von den Männern in New Orleans erwartete sie aber auch nicht viel mehr, bestenfalls, daß sie sauberer und reicher waren und kultiviertere Manieren besaßen. Tränen und Sorgen, dafür waren die Männer gut! Lieber würde sie als alte Jungfer enden, bevor sie auch nur einem dieser Männer erlaubte, die Schutzmauer zu durchbrechen, die sie um ihre Gefühle errichtet hatte. Ihre Einstellung zu den Männern hatte oft zu zermürbenden Auseinandersetzungen mit ihrer Mutter geführt, die der Meinung war, daß Savanna sich glücklich schätzen könne, wenn sie einen einigermaßen netten und tüchtigen Mann bekäme, der ihr ihre uneheliche Geburt nicht vorhielt.

Unruhig wälzte sich Savanna unter ihrer dünnen Decke und sehnte den Schlaf herbei. Der Gedanke, jetzt wieder nach Campo de Verde zurückzukehren, war alles andere als verlokkend. Nicht, daß sie ihre Mutter nicht liebte, aber schon der Gedanke, wie Elizabeth sofort wieder anfangen würde, einen ehrbaren Ehemann für sie zu suchen, machte sie rasend. Hinzu kamen noch diese langweiligen damenhaften Beschäftigungen, die ihre Mutter als einzig passend für eine junge Frau wie Savanna ansah: sticken, Blumenarrangements stecken, Duftkissen nähen. Savanna kämpfte viel lieber in O'Rourkes Taverne ums Überleben, auch wenn sie dabei unliebsame Begegnungen mit Männern wie dem gewalttätigen Micajah Yates riskierte. Nur weil sie erkannt hatte, daß sie einmal nicht mehr gegen Männer wie Micajah ankommen würde, kehrte sie nach Campo de Verde zurück. Doch das leere, langweilige Leben, das sie dort erwartete, erfüllte sie mit stiller Verzweiflung.

Micajah Yates schäumte vor Wut darüber, zweimal innerhalb eines Monats von Savanna hereingelegt und erniedrigt worden zu sein. Doch erst einmal brachte er eilig einige Meilen zwischen sich und O'Rourkes Taverne, bevor er sich sicher genug fühlte anzuhalten. Kurz kam es ihm in den Sinn, sofort zurückzukehren, Savanna zu überraschen und sein Ziel doch noch zu erreichen. Doch Savannas tödlicher Blick, als sie das Gewehr auf ihn gerichtet hatte, und das Wissen, daß Bodene Sullivan nach den Ereignissen noch länger bleiben mochte, ließen ihn zur Besinnung kommen. Wenn ihm nur nicht dieser verdammte Sullivan dazwischengekommen wäre! Ein Ausdruck mörderischer Wut trat auf sein Gesicht. Irgendwann einmal würde er diesem herausgeputzten Bastard die längst fällige Abreibung verpassen. Und wenn er mit Sullivan fertig wäre, würde er Savanna beibringen, was ein richtiger Mann mit ihrem Körper alles anstellen konnte.

Diese Rachegedanken hielten ihn warm, während er drei Tage lang durch kalten Regen nach Natchez ritt. Er war völlig durchnäßt, hungrig und in miserabler Stimmung, als er endlich die majestätischen Felstürme sah, die sich am Ufer des Mississippi erhoben. Natchez. Er hatte sein Ziel erreicht. Er stellte sein erschöpftes Pferd in einem Mietstall unter und machte sich sofort auf die Suche nach einem Platz, wo er bei einer Flasche Whiskey neue Kräfte sammeln konnte.

Natchez bestand eigentlich aus zwei Städten. Auf einem steil aufragenden, baumbestandenen Plateau hoch über dem Fluß lag der elegante Teil der Stadt, der von den reichen Plantagenbesitzern und den angesehenen Kaufleuten mit ihren Familien bewohnt war. Entlang der von Jasminbäumen beschatteten Straßen standen die herrlichsten Villen. Manche waren nach Art der Amerikaner mit schmiedeeisernen Geländern an Balkonen und Veranden gebaut, Korridore mit Gewölbedecken führten ins Innere dieser Gebäude. Andere Häuser schmückten Arkadengänge, anmutige Säulen und ausladende Galerien, wie es die Spanier liebten. Siebzig Meter unterhalb dieses Plateaus, getrennt durch eine abstürzende Felswand, lag auf lehmigem Schwemmland die andere Stadt: Natchez-under-the-Hill. Und in dem Maße, wie die obere Stadt für ihren Reichtum und die

Eleganz seiner Bewohner bekannt war, war Natchez-under-the-Hill dafür berüchtigt, Treffpunkt für gescheiterte Existenzen, zwielichtige Glückssucher und Gesetzlose zu sein.

Micajah Yates kannte die Gefahren ebenso gut wie die lasterhaften Vergnügungen, die Natchez-under-the-Hill im Überfluß bot. Auf direktem Weg ging er zu seinem Stammlokal. Es war eine schäbige Kaschemme, die »The White Cock« hieß. Sie lag an der berüchtigten Silver Street, und dort verkehrten vor allem hartgesottene Männer seines Kalibers. Er betrat den düsteren, von Rauchschwaden erfüllten Schankraum, drückte sich hinter der Türe seitlich weg und suchte in der hintersten Ecke einen Platz an einem kleinen wackeligen Tisch. Vorsichtig blickte er sich um, entdeckte aber nichts Beunruhigendes. Also lehnte er sich entspannt zurück und bestellte bei der Barfrau eine Flasche Whiskey.

Der Schankraum des White Cock war nur zur Hälfte gefüllt. Als einige Minuten nach Micajahs Eintreffen die Flügeltür aufschwang, konnte er die beiden eintretenden Männer genau betrachten. Den kleineren der beiden, einen Mann in einem zerschlissenen blauen Mantel und schmutzigen Lederhosen, erkannte er sofort. Es war Jem Elliot, mit dem er vor einiger Zeit ein paar Überfälle ausgeführt hatte. Der andere Mann war offensichtlich ein Fremder. Seine Kleidung – das elegante, maßgeschneiderte rotbraune Jackett, das makellos weiße Hemd mit dem gestärkten Kragen, die fleckenlosen Nankinghosen – zeichnete ihn als wohlhabenden Mann aus. Micajahs Interesse war geweckt. Wie zur Hölle kam der häßliche Jem in die Nähe eines solchen Mannes, überlegte Micajah, während er unauffällig die beiden Männer musterte. Wollte Jem den eleganten Fremden beim Pokern übers Ohr hauen? Wollte er ihn betrunken machen und dann ausrauben? Oder hatte er noch viel Interessanteres mit ihm vor?

Jem Elliot blickte sich ebenso wachsam im Raum um wie Micajah wenige Minuten zuvor. Und da seinen flinken, haselnußbraunen Augen nichts entging, bemerkte er auch Micajah. Den Gentleman hinter sich herziehend, trat er an Micajahs Tisch. Er enthüllte mit fröhlichem Lachen sein lückenhaftes Gebiß und rief leutselig: »Micajah! Was in drei Teufels Namen machst du denn hier? Ich habe gehört, du wolltest noch einmal dein Glück bei dieser rothaarigen Hexe Savanna versuchen.« Sein Lachen wurde zu einem hinterhältigen Grinsen. »Da du schon zurück bist, nehme ich an, sie hat dich davongejagt – wie beim letzten Mal!«

Micajah knurrte eine unverständliche Antwort. Dann lud er Jem und den Fremden ein, ihm Gesellschaft zu leisten. Die beiden Männer nahmen Platz. Doch an dem unwilligen Gesichtsausdruck des Fremden konnte man sehen, daß ihm die Wendung der Dinge nicht behagte.

Sie saßen schweigend beisammen, bis die Barfrau zwei weitere Gläser an den Tisch gebracht und Micajah sie großzügig mit Whiskey vollgeschenkt hatte. Der Fremde starrte das schmutzige Glas und die bernsteinfarbene Flüssigkeit darin an und rümpfte die Adlernase. »Ich dachte, wir wären unter uns!« sagte er. »Das hier ist eine delikate Angelegenheit!«

Elliot blinzelte Micajah zu, als er in großen Schlucken seinen Whiskey trank. »Immer mit der Ruhe, Mister!« sagte er dann. »Micajah und ich haben keine Geheimnisse voreinander. Und an einem Mord kann ich nichts Delikates finden! Aber wie auch immer, Micajah hier scheint mir der ideale Mann für Ihr Vorhaben zu sein. Er hat viel mehr Erfahrung als ich darin, sich um Leute wie Ihren Adam St. Clair zu kümmern.«

Der hochmütige Gesichtsausdruck des Fremden gefror zu einer Maske. Verdrießlich starrte er den aufmunternd grinsenden Jem Elliot an, der mit seinen verfilzten Haaren und dem stoppeligen Kinn noch heruntergekommener aussah als gewöhnlich. In das entstandene Schweigen fragte Jem leise: »Haben Sie schon mal was vom mörderischen Micajah gehört?«

Die grünen Augen des Fremden weiteten sich, als er den Blick Micajah zuwandte. Es war wie die wortlose Frage: Sind Sie tatsächlich der berüchtigte Micajah Yates?

Nicht ohne Stolz antwortete Micajah mit einem schwachen Lächeln und einem kurzen Kopfnicken.

Der Fremde griff nach seinem Glas und stürzte den Inhalt in einem Zug hinunter. Und indem er sein Glas langsam und sorgfältig auf den Tisch zurückstellte, sagte er ohne weitere Zurückhaltung: »Ich möchte, daß Sie mir einen bestimmten Mann aus dem Weg schaffen. Er ist ein reicher, angesehener Mann aus Natchez und hat einflußreiche Freunde.«

»Adam St. Clair?« fragte Micajah und begann sofort zu überlegen, wieviel Geld er für den Mord fordern sollte. Hinterher konnte er diesen eleganten Gecken dann immer noch ausnehmen, um das gemeinsame Geheimnis auch zu wahren.

Der Fremde nickte. Sein blondes Haar leuchtete dabei kurz im flackernden Kerzenlicht auf. Dann blickte er sich nervös um, ob auch niemand mithörte, und beugte sich vor. »Ich werde Ihnen viertausend Dollar in Gold bezahlen. Zweitausend sofort und den Rest, wenn Sie den Auftrag ausgeführt haben.«

Micajah griff nach seinem Glas und ließ den Whiskey langsam über die Lippen rinnen. Mit keiner Miene verriet er, wie sehr ihn die gebotenen viertausend Dollar beeindruckten. »Warum möchten Sie den Mann töten lassen?« fragte er bedächtig. »Mord ist immer eine drastische Lösung für ein Problem. Was hat er Ihnen getan?«

Der Fremde preßte seine Lippen zusammen. »Das geht Sie nichts an.«

Der Blick in Micajahs hellblauen Augen gefror zu Eis. »Dann suchen Sie sich jemand anderen«, blaffte er scharf.

Einlenkend seufzte der Fremde. »Es geht um eine Frau. Er hat sie, aber ich will nicht, daß er sie behält. So einfach ist das.«

Die Antwort schien Micajah zufriedenzustellen. Er goß sich und den beiden anderen Männern erneut die Gläser voll. Dann hob er sein Glas und sagte leise: »Laßt uns auf den Tod von Adam St. Clair trinken!«

Die drei Männer stießen mit ihren Gläsern an und tranken sie leer. Als sie sie mit einer kräftigen Geste wieder auf den rauhen Pinientisch gestellt hatten, fragte Micajah direkt: »Wann bekomme ich die ersten Zweitausend?«

»Wollen Sie nichts über St. Clair wissen? Zum Beispiel wo er lebt?« wunderte sich der Fremde, der sich bereits Sorgen machte, Micajah könnte mit der Anzahlung einfach verschwinden.

Micajah lächelte kalt. »Das können Sie mir alles erzählen, sobald Sie mir gesagt haben, wie das Geschäftliche abgewickelt wird.«

»Sie können Ihr Geld morgen früh haben«, sagte der Fremde zögernd.

»Gut, sehr gut! Kommen Sie morgen mit dem Geld um elf Uhr nach Spanisch Lick, und ich garantiere Ihnen, innerhalb von sieben Tagen wird Ihr Mr. St. Clair mit den Engeln singen!« Micajah stieß ein dunkles Lachen aus, als er fortfuhr: »Oder er wird mit dem Teufel tanzen!«

Nachdem der Fremde aufgestanden und eilig davongegangen war, sprachen Micajah und Jem Elliot über den Auftrag. Jem berichtete, daß er den Fremden noch nie zuvor gesehen hatte, seinen Namen nicht kannte und den Eindruck hatte, er sei nicht aus der Gegend um Natchez. Eine Weile spekulierten sie über den Mann, kamen aber zu dem Schluß, daß es egal war, für wen sie den Mord begingen. Hauptsache, es sprang genug Geld bei der Sache für sie heraus. Übergangslos wandten sie sich dann dem viel wichtigeren Thema zu, wie sie die Summe teilen sollten.

»Halbe-halbe, wie üblich?« fragte Elliot hoffnungsvoll.

Micajah schüttelte nicht einmal den Kopf zu der überzogenen Forderung. »Ich muß die ganze Drecksarbeit tun«, zischte er. »Alles, was du getan hast, war, daß du diesen Gecken hierhergeschafft hast.«

Elliot grinste. »Nichts für ungut, Micajah, man wird's ja mal versuchen dürfen. Was hältst du davon: ein Viertel für mich, drei Viertel für dich?«

»Das klingt schon viel besser«, sagte Micajah zufrieden. »Aber jetzt genug davon, erzähl mir lieber, was alles passiert ist, während ich weg war.«

So unterhielten sich die beiden Männer eine Zeitlang weiter. Erst als sie die Flasche leer getrunken hatten, brachen sie auf. Mit unsicherem Schritt ging Micajah zu der Herberge, in der er immer übernachtete, wenn er sich in Natchez-under-the-Hill aufhielt.

Die Stadt war ein gefährliches Pflaster, selbst für so abgebrühte Verbrecher wie Micajah Yates. Und obwohl er betrunken war, bewegte er sich so wachsam und vorsichtig wie möglich. Während er mehr wankend als gehend eine der schmalen, winkeligen Gassen durchmaß, hatte er den Eindruck, daß irgend jemand ihn verfolgte. Sofort griff er zu seinem Messer – doch die Scheide an seinem Gürtel war leer. Leise fluchend erinnerte er sich, daß er es in O'Rourkes Taverne hatte fallen lassen müssen. Sein Revolver war in der Satteltasche, drüben im Mietstall. Der kalte Schweiß brach ihm aus, als er erkannte, daß er unbewaffnet war. Und er war sich jetzt vollkommen sicher, daß in der Dunkelheit jemand hinter ihm her schlich.

Die Nähe der Gefahr vertrieb die Trunkenheit aus seinem Kopf. Sein Gesicht verzerrte sich zu einer grimmigen Fratze, als er die Fäuste ballte. Da hatte es also irgendein Halunke auf ihn, Micajah Yates, abgesehen? Sollte er nur kommen. Er wäre nicht der erste, der durch die bloßen Hände des mörderischen Micajah starb.

Micajah beschloß, den Moment der Überraschung gegen seinen Verfolger zu nutzen. In einer blitzschnellen Bewegung wirbelte er herum, riß die Fäuste hoch und stürzte sich auf die schlanke Gestalt im Schatten der Gasse. Sofort schlug er zu und hämmerte seinem Verfolger unerbittlich die Fäuste ins Gesicht und in den Magen.

Der von dem Angriff völlig überrumpelte Mann stöhnte vor Angst und Schmerz auf, als die Fäuste seinen Körper bearbeiteten. Er wurde quer über die Gasse rücklings gegen eine Hauswand geschleudert. Der Mann streckte die Hände vor, um sich vor weiteren Schlägen zu schützen und um Gnade zu flehen, aber Micajah wischte die Hände einfach beiseite, packte den Mann an der Kehle, hob ihn mühelos hoch und schmetterte ihn wieder und wieder gegen die Hauswand. Er grub seine Finger tiefer in die magere Kehle seines Verfolgers und knurrte ihn an: »Du erbärmlicher Haufen Dreck dachtest wohl, du könntest mich ausrauben?«

»Nein! Nein!« ächzte der hilflose Mann und versuchte mit beiden Händen Micajahs Griff zu lockern. »Um Gottes willen, bring mich nicht um! Ich bin es doch, Micajah, Jeremy Childers!«

3

»Jeremy Childers!« rief Micajah in ungläubigem Staunen. »Ich dachte, deine Knochen würden irgendwo auf einer gottverlassenen Prärie in Texas liegen.« Er nahm die Hände von der Kehle des anderen Mannes und fuhr verärgert fort: »Was zum Teufel willst du?«

Zehn Jahre lang hatte sich Jeremy Childers in seiner Zelle auf und ab gehend die erste Begegnung mit seinem alten Kumpan ausgemalt. Er hatte sich alles mögliche vorgestellt, nur nicht, daß ihn das Wiedersehen um ein Haar das Leben gekostet hätte. Er hustete einige Male schmerzvoll und rieb sich den mißhandelten Hals. »Ich muß mit dir reden«, krächzte er heiser, »unter vier Augen!«

Jeremys vielsagende Andeutung rief keinerlei Interesse bei Micajah hervor. Immer gab es irgendwelche Leute, die vertraulich mit ihm sprechen wollten. Da Micajahs Gier nach Geld vorerst gestillt war, machte ihn Jeremy nicht im geringsten neugierig.

So zuckte Micajah nur seine breiten Schultern, drehte sich um und setzte seinen Weg zur Herberge fort. »Wo hast du die letzten Jahre gesteckt?« fragte er schließlich, als Jeremy ihm folgte. »Ich dachte, Orval und du wolltet durch Pferdehandel mit den Komantschen reich werden?«

Jeremy kniff den Mund zusammen. »Alles ist schiefgelaufen. Orval ist von den Indianern skalpiert worden, und ich bin einer spanischen Patrouille in die Hände gefallen. Ich habe zehn verdammte Jahre in Mexiko im Gefängnis gesessen, wenn du es genau wissen willst.«

Micajah warf ihm einen Blick über die Schulter zu. »Natürlich mußte es schiefgehen«, sagte er ohne jedes Mitgefühl. »Ich habe dir doch gleich gesagt, daß dieser Pferdehandel ein idiotischer Plan war.«

Sie erreichten die Herberge, ein Holzhaus mit krummen Wänden und einem durchhängenden Dach. Es stand abseits von den anderen nicht minder schäbigen Gebäuden, die das eigentliche Natchez-under-the-Hill ausmachten. Der Fluß lag von der Herberge nur einen Steinwurf entfernt, und bis zu dem Stall, in dem Micajah sein Pferd untergestellt hatte, waren es auch nur ein paar Schritte. Micajah schätzte die Lage dieser Unterkunft sehr, denn sollte er einmal überstürzt aufbrechen müssen, konnte er es von dort besser als von jedem anderen Haus des Ortes. Außerdem kam er sowohl mit der Witwe, die die Herberge betrieb, als auch mit dem Besitzer des Mietstalles gut zurecht. Sie behandelten ihn zuvorkommend, und er war bereit, sie großzügig zu honorieren.

Die Witwe Blackstone hielt stets im rückwärtigen Teil der Herberge, abseits von den anderen Gästen, ein halbwegs ordentliches Zimmer für ihn reserviert. Ohne ein Wort zu sprechen, betraten Micajah und Jeremy das dunkle Haus und gingen zu diesem Zimmer. Erst als sie die Tür hinter sich geschlossen hatten, riß Micajah ein Streichholz an und hielt es gegen den Docht einer Kerze. Der wachsende Lichtschein fiel über eine dürftige Möblierung. Es gab nur einen Holzstuhl, eine Kommode und ein Bett mit einer fadenscheinigen Wolldecke, die kaum die durchgelegene Matratze bedeckte. Ein Metallständer für das Waschgeschirr, ein kleiner Wandspiegel und ein paar Kleiderhaken vervollständigten das Mobiliar.

Die einzige Annehmlichkeit bestand in einer Flasche Whiskey und einigen Gläsern, die die Witwe für Micajah auf die Kommode gestellt hatte. Der Outlaw zog die Jacke aus, warf sie auf das Bett und ging zur Kommode, wo er zwei der Gläser für sich und Jeremy bis fast an den Rand vollschenkte. Mit einer nachlässigen Handbewegung hieß er Jeremy auf dem Stuhl Platz nehmen, ließ sich selbst auf dem Bett nieder und nahm, halb sitzend, halb liegend, den ersten Schluck.

Im flackernden Kerzenlicht musterte er den ausgemergelten Mann, der ihm gegenübersaß. Jeremy Childers hatte augenscheinlich eine schlimme Zeit hinter sich. Sein Gesicht war eingefallen und von Falten durchzogen, die ihn krank aussehen ließen und ihn zehn Jahre älter machten, als er tatsächlich war. Sein glattes hellbraunes Haar hing in stumpfen Strähnen um seine wachsfahle Haut. Die Augen lagen in tiefen Höhlen, und dunkle Schatten betonten ihren fiebrigen Glanz. Auch früher war Jeremy Childers kein großer, massiger Mann gewesen, aber wie er so vor Micajah saß, wirkte er um einen ganzen Kopf kleiner als ehemals und fast beängstigend mager. Zudem war er überaus nervös. Er rutschte unruhig auf seinem Stuhl herum, und schon das leiseste Geräusch ließ ihn auffahren. Dann sprang der Blick seiner braunen Augen gehetzt im Raum umher, als fürchtete er, jeden Moment von einem heimtückischen Gegner angefallen zu werden.

Micajah war gut mit Jeremy und Orval befreundet gewesen, bevor die beiden zu ihrem waghalsigen Pferdehandel aufgebrochen waren. Sie hatten ein paar kleine Gaunereien zusammen durchgeführt, und Jeremy war auch sein Partner bei ein paar größeren Raubüberfällen gewesen. Zusammen mit Jem Elliot hatten sie eine gefürchtete Bande gebildet. Doch meistens ging jeder der Männer seinen eigenen Plänen und verbrecherischen Geschäften nach, und sie taten sich nur zusammen, wenn ein einträgliches Verbrechen für nur einen von ihnen zu gewagt war.

Was sie auch zusammen anstellten, immer war Micajah ihr unangefochtener Anführer gewesen. Er war eine beherrschende Persönlichkeit und auch vier oder fünf Jahre älter als die anderen, hatte die meiste Erfahrung und zögerte niemals auch nur eine Sekunde, wenn es darum ging, gewalttätig zu werden oder gar zu töten. Jeremy war immer ein Mitläufer gewesen. Bei allen Unternehmungen war er entweder Micajah oder Orval gefolgt. Und nun, da Orval tot war, verwunderte es Micajah überhaupt nicht, daß Jeremy ihn aufsuchte, kaum daß er aus dem Gefängnis entlassen worden war.

Zwischen zwei genußvollen Schlucken sagte Micajah träge: »Laß mich mal raten, was ein Mann will, der nach zehn Jahren aus einem spanischen Gefängnis zu mir kommt: einen Platz, wo er unterkriechen kann, und Geld. Habe ich recht?« Mit der Aussicht auf dreitausend leicht verdiente Dollar gab sich Micajah ungewöhnlich großzügig und bot seinem alten Kumpan an: »Ich lade dich ein, hier zu schlafen, solange du willst. Und was das Geld angeht, ich habe gerade einen Auftrag angenommen, der eine Menge Golddollar einbringt. Vielleicht lasse ich dich mitmachen. Das würde ein paar Münzen in deine leeren Taschen bringen.«

Ein schwaches Lächeln trat auf Jeremys blasse Lippen, und der fiebrige Glanz in seinen Augen verstärkte sich. Er nahm einen hastigen Schluck Whiskey, schluckte hart, atmete rasselnd durch und stieß dann hervor: »Danke, aber vielleicht lasse ich dich bei einer Unternehmung mitmachen, bei der es nicht um Golddollars, sondern um Azteken-Gold geht, und zwar um so viel, daß du darin baden kannst!«

Jeremy machte mit diesen Worten bei weitem nicht den Eindruck auf Micajah, den er erwartet hatte. Micajah blieb reglos liegen, blickte ihn nur mit einer Mischung aus Mitleid und Argwohn an und sagte kalt: »Soll ich dir sagen, was ich davon halte? Ich glaube, die zehn Jahre im Gefängnis haben dich ein bißchen wirr im Kopf gemacht!«

»Nein! Verdammt noch mal, nein! Was ich sage, stimmt!« rief Jeremy äußerst erregt aus. Er hatte niemals daran gedacht, Micajah könnte ihm nicht glauben. »Es gibt diesen Goldschatz! Ich bin nicht verrückt!«

In Jeremys Stimme lag so viel Überzeugungskraft, daß Micajah in einem Anflug von Interesse die Brauen hob. »Also gut, erzähl mir alles, was du weißt«, sagte er schließlich.

Das war genau das, was Jeremy wollte. Er sprang auf, eilte an Micajahs Bett und sank davor auf die Knie. Mit hastig hervorgestoßenen Worten, die wie ein heiseres Keuchen klangen, erzählte er seinem alten Kumpan die ganze Geschichte von seinem mißglückten Trip nach Spanisch Texas im Jahr 1804, berichtete von der Begegnung mit dem entsetzlich mißhandelten, sterbenden Spanier und wie er danach der Militärpatrouille in die Hände geriet. Als er geendet hatte, seufzte Jeremy tief auf. Die Kerze war während der langen Erzählung niedergebrannt, ihre Flamme begann im Kerzenhalter zu flakkern. Lange verharrten die beiden Männer schweigend und hingen ihren Gedanken nach.

Fast elf lange Jahre hatte Jeremy das Geheimnis von dem Goldschatz in seiner Brust verschlossen gehalten, und es erleichterte ihn sehr, daß er nun davon erzählen durfte. Micajah starrte in die blakende Kerzenflamme. Er war ein kaltblütig planender Verbrecher, der mit Geschichten von verborgenen

Schätzen und den Männern, die ihnen nachjagten, nie seine Zeit verschwendete. Er kannte diese wie im Wahn getriebenen Spinner, die Jahre ihres Lebens damit vergeudeten, den berühmten Schatz des Gesetzlosen Sam Mason zu finden, der angeblich in der Gegend von Natchez in der Höhle Cave-in-Rock vergraben sein sollte, nur zu gut und verachtete sie. Für die Geschichte seines alten Kumpans hatte er auch nur Verachtung übrig. Das änderte sich jedoch, als Jeremy die Namen Blas Davalos und Savanna O'Rourke erwähnte. Sofort war Micajahs Interesse geweckt. Nachdem Jeremy geendet hatte, wußte Micajah nicht, ob er ihm die Geschichte glauben sollte oder nicht, aber er erkannte, daß Jeremy von der Richtigkeit felsenfest überzeugt war. Das einzige, was Micajah vorerst faszinierte, war der Gedanke, daß es ihm mit dem Wissen um diese Geschichte schneller als erwartet gelingen mochte, Savanna doch noch in seine Gewalt und in sein Bett zu bekommen.

Indem er einen letzten, nachdenklichen Schluck von seinem Whiskey nahm, murmelte Micajah mehr zu sich selbst als zu Jeremy: »Savanna O'Rourke hat also ein goldenes Armband und eine Karte, die zu dem Azteken-Gold führt?«

Jeremy nickte nachdrücklich: »Das hat dieser Blas Davalos jedenfalls gesagt, bevor er starb. Seine Tochter Savanna hat den Armreif und die Karte... oder hat sie nur den Armreif, und dieser Jason Savage hat die Karte...?« Jeremy hielt verwirrt inne.

Auf diesen John Savage verschwendete Micajah vorerst keinen weiteren Gedanken. Nur Savannas Rolle in dieser zweifelhaften Geschichte interessierte ihn. Er richtete sich auf. »Vergiß Jason Savage, denn ich weiß, wo wir diese Savanna finden können, und das ist das einzige, worum wir uns vorerst kümmern müssen.«

Jeremy starrte seinen alten Partner überrascht an. Micajah war nicht nur kaltblütig und erbarmungslos, er schien auch allwissend! »Du weißt tatsächlich, wo sie ist?« fragte Jeremy.

Micajah nickte. »Allerdings. Nachdem wir den kleinen Auftrag, den ich hier übernommen habe, erledigt haben, werden wir ihr einen Besuch abstatten und mit ihr ein freundliches Schwätzchen über ihren Vater halten. Mit dem Geld, das ich für die Beseitigung von Adam St. Clair bekomme, können wir uns für den Ritt nach Texas ausrüsten. Eins nach dem anderen.«

Von der Lebensgefahr, in der er schwebte, wußte Adam St. Clair nichts. So setzte er unbeirrt fort, was er nach vierunddreißig Jahren Übung perfekt und stilvoll beherrschte wie kein anderer Mann in Natchez: Er umgarnte eine schöne Frau, verführte sie mühelos und brachte sie mit seiner raffinierten Liebeskunst zur Raserei. Diesmal allerdings hatte er sich einer überaus triebhaften jungen Frau angenommen, die er nicht erst lange und mit großem Aufwand verführen mußte, um sie in sein Bett zu bekommen. Ihr Name war Betsey Asher.

Sechs Monate zuvor war Betsey Asher zusammen mit ihrem Bruder Charles aus Charleston kommend in Natchez eingetroffen. Beide wollten sie hier ihre ältere verheiratete Schwester Susan Jeffries besuchen. In den Wochen darauf begegnete Betsey zum ersten Mal Adam St. Clair, und als ihr Blick auf diesen großen, geschmeidigen, schwarzlockigen Mann fiel und sich in seinen spöttischen saphirfarbenen Augen verfing, wußte sie, daß sie diesen Mann auf der Stelle haben mußte. Daß dieser Adam St. Clair zudem sehr reich war, über beste gesellschaftliche Verbindungen verfügte und einige Meilen nördlich von Natchez die für ihre Schönheit berühmte Plantage Belle Vista besaß, registrierte sie mit erfreuter Aufmerksamkeit. Aber im Grunde war es Adam selbst, sein blendendes Aussehen, sein Charme, sein verführerisches Lächeln, das Betsey so faszinierte, daß sie sich mit schamloser Offenheit daranmachte, ihn zu erobern. Ihr Bruder Charles war von ihrer Wahl alles andere als erfreut. Seiner Ansicht nach sollte sie einen etwas weniger außergewöhnlichen Mann aus der Gesellschaft heiraten. Aber Betsey hörte nicht einmal mehr zu, wenn er über diese Dinge mit ihr sprach. Sie wollte Adam St. Clair haben, und sie würde ihn bekommen!

Adam St. Clair war größer als die meisten Männer und fiel allein dadurch schon auf. Da er aber zudem einen muskulösen Körper von geradezu klassischen Proportionen, hinreißend attraktive Gesichtszüge und einen geradezu teuflischen Charme hatte, war Betseys Interesse nicht weiter verwunderlich. Doch bei aller Verliebtheit hatte sie mehr im Sinn als nur einen prickelnden Flirt oder eine leidenschaftliche Affäre. Sie war immerhin schon sechsundzwanzig Jahre alt, hatte aber bisher die Männer genossen, ohne an Heirat zu denken. Doch lange konnte sie nicht mehr so flatterhaft weiterleben. Natürlich sollte sie sich so reich wie möglich verheiraten, und das hielt die Zahl der in Frage kommenden Kandidaten recht klein. Nun aber, da sie einem Mann begegnet war, der sowohl reich als auch so anziehend war, daß ihr beim bloßen Anblick schon die Sinne schwanden, trieb es sie fast zur Weißglut, daß er sich so zurückhaltend zeigte, was das Thema Ehe anging.

In der Tat war Adam St. Clair nur zu gerne bereit, die abenteuerlustige und sinnliche Betsey in sein Bett zu holen. Dort trieb er sie mit spielerischer Leichtigkeit zur Raserei, bis sie schluchzend vor Wollust um Gnade flehte. Aber es kam ihm nie in den Sinn, Betsey zu fragen, ob sie seine Frau werden wolle, schenkte sie ihm doch auch so ihren willigen Körper.

Seit Betsey zum ersten Mal während eines Balles, den ihre Schwester für sie gegeben hatte, den Blick ihrer großen grünen Augen auf Adam St. Clair geworfen hatte, konnte sie nur noch an zwei Dinge denken. Sie wollte, daß Adam ihr die Kleider vom Leib riß und ihren bebenden Körper unter sich begrub. Und sie wollte, daß er sie heiratete!

Betsey stammte aus einer reichen Familie und war etliche Jahre jünger als ihre Geschwister. Sie war der Sonnenschein ihrer Eltern gewesen, war von frühester Kindheit an vergöttert und verhätschelt worden und darum gewöhnt, daß ihr jeder Wunsch erfüllt wurde. Als sie herangewachsen war, änderte sich das nicht. Doch nun waren es nicht die Eltern, sondern die Männer, die Betsey ihr Herz zu Füßen legten und selbst ihre ausgefallensten Wünsche erfüllten. Zum ererbten Reichtum ihrer Familie war ein Reichtum besonderer Art getreten: Betsey war betörend schön. Wie aus Gold gesponnen fielen ihre Haare um ihr ebenmäßiges Gesicht, in dem geheimnisvoll grüne Augen unter langen Wimpern leuchteten. Aber mehr als ihr Gesicht war es ihr aufreizend geformter zierlicher Körper, der die Männer wie von Sinnen um sie werben ließ. Seit ihrem sechzehnten Geburtstag war Betsey gewöhnt, von einer Schar hoffnungslos verliebter Freier umworben zu sein. Doch alsbald hatte sie entdeckt, daß sie die wollüstigen Freuden der Liebe in den Armen der verschiedensten Liebhaber finden konnte, ohne sich in die Fesseln der Ehe zu begeben. Seither lebte sie das schamlose Leben einer zügellosen Kokotte und weigerte sich, auch die ernsthaftesten Heiratsanträge der begehrtesten Junggesellen in Erwägung zu ziehen. Doch nun war Betsey dem hinreißenden Adam St. Clair begegnet, und mit einemmal sah alles ganz anders aus.

»Warum willst du mich nicht heiraten?« fragte Betsey mit einem ärgerlichen Zug um ihren entzückenden Schmollmund.

Adam saß lässig an einen Pfosten des Bettes gelehnt, dessen zerknitterte Laken deutliche Spuren ihrer eben gestillten Leidenschaft aufwiesen. Amüsiert betrachtete er Betsey. Sie kauerte in unbefangener Nacktheit auf dem Bett, und was Adam St. Clair sah, gefiel ihm sehr. Seine Augen leuchteten anerkennend auf, aber um seinen sinnlichen Mund spielte ein spöttisches Lächeln. Als Betsey das sah, sagte sie scharf: »Ich habe meine Frage ernst gemeint, lach mich nicht aus!«

»Ich lache dich nicht aus«, sagte Adam leichthin. »Ich habe nur Schwierigkeiten, mich auf etwas anderes als deinen verführerischen kleinen Körper vor mir zu konzentrieren.«

Sie befanden sich in dem luxuriös eingerichteten Raum eines kleinen Hauses, das Adam in einem abgelegenen Hain seiner großen Plantage Belle Vista hatte errichten lassen. Die ehemalige Jagdhütte war vor einigen Jahren mit verschwenderischem Aufwand in ein Liebesnest verwandelt worden, als Adam in eine heftige Affäre mit einer verheirateten Frau verstrickt war. Er hatte so viel Geld in dieses sündige Häuschen gesteckt, daß er am Ende der Affäre nicht einsah, warum er es herunterkommen lassen sollte, zumal es genügend Frauen gab, die aus Sorge um ihren guten Ruf ihre Affäre mit Adam St. Clair vor der strengen Gesellschaft von Natchez geheimhalten wollten.

Adam betrachtete die nackte Betsey mit Wohlgefallen, als sie sich unter seinen schmeichelnden Worten auf dem Bett räkelte. Ihre apfelrunden Brüste hoben sich, und ihre rosa Brustwarzen kräuselten sich, als habe eine nachlässige Zärtlichkeit sie erregt. Aber tief in seinem Herzen überlegte Adam bereits, ob es nicht ein Fehler war, Betsey von Anfang an in dieses geheime Liebesnest mitzunehmen. Natürlich genoß er immer wieder ihren festen weißhäutigen Körper, den sie ihm so rückhaltlos auf den Laken darbot. Und erst recht genoß er all diese raffinierten Unerhörtheiten, die sie ihm mit ihrem behenden Schmollmund bescherte. Beide waren sie sich einig gewesen, daß sie Leidenschaft, Wollust und Genuß miteinander teilen wollten, ohne sich zu mehr verpflichtet zu fühlen. Zu Beginn ihrer Affäre war das auch kein Problem gewesen, denn Betsey hatte unverfroren zugegeben, daß Heirat für sie noch nie das Ziel gewesen war, wenn sie das Lager mit einem Liebhaber teilte. Aber dummerweise hatte dieses durchtriebene kleine Engelchen Betsey Asher ihre Meinung geändert. Adam seufzte. Meine Güte, wie sehr er Szenen haßte!

Ermutigt von Adams Kompliment, streckte sich Betsey behaglich auf dem Bett aus und beobachtete ihn unauffällig, während sie mit kehliger Stimme lockte: »Wenn wir verheiratet wären, müßten wir uns nicht immer heimlich treffen. Mein ›verführerischer kleiner Körper‹, der dir so viel Lust bereitet, würde jede Nacht in deinem Bett auf dich warten.«

»Und wessen Bett würde er an den Nachmittagen erwartungsvoll zieren, wenn ich unterwegs bin?« fragte Adam sardonisch und gab damit Betsey unmißverständlich zu verstehen, daß er sich, was ihren Charakter betraf, keinen Illusionen hingab.

Betsey setzte sich auf. Ein wütender Laut entrang sich ihrer Brust, und sie starrte Adam an. Ahnte er tatsächlich etwas von den Männern, mit denen sie ihn betrog? Sie war doch sehr vorsichtig gewesen. Keiner dieser anderen Männer war im Bett auch nur annähernd so zärtlich, ungestüm und ausdauernd wie Adam St. Clair. Warum mußte dieser begehrenswerte, charmante, hinreißende Mann zugleich so arrogant und unnahbar sein, dachte Betsey in einer Mischung aus Ärger und Bedauern.

Adam war einfach ein Traum von einem Mann, wie er da lässig gegen den Bettpfosten gelehnt saß. Eine schneeweiße Batistdecke verhüllte seinen Unterleib, doch seine breiten Schultern, sein muskulöser Oberkörper, seine Taille und sein fester, flacher Bauch waren nackt. Der weiche Stoff der Decke umspielte die schmalen Hüften, die langen Beine und zeichnete mit erregender Deutlichkeit die Kontur seiner beeindrukkenden Männlichkeit nach. So saß er entspannt da wie ein Sultan, der die Frauen seines Harems beobachtete. Betsey spürte die Aura von Adams Begierde auf ihrem Körper brennen wie ein Feuer. Die schwarzen Haare auf seiner breiten Brust betonten seine Dunkelhäutigkeit und wiesen, schmaler werdend wie ein unmißverständlicher Wegweiser, den Bauch hinunter auf diesen hungrigen Körperteil, der sich unter der Decke bereits wieder regte. Adam St. Clair war ein selbstbewußter, skrupelloser Verführer, der einfach phantastisch aussah: Immer fiel ihm eine störrische Locke seiner lackschwarzen Haare in die Stirn, seine Augen leuchteten in einem Blau, das so unergründlich war wie ein Saphir. Die edel geschwungenen schwarzen Augenbrauen betonten seine Attraktivität, seine hohen, ausgeprägten Wangenknochen, das kräftige Kinn und der sinnliche Mund machten ihn zu einem Mann, der von den Frauen bis zum Wahnsinn angebetet und begehrt wurde, seit er zum Jüngling herangewachsen war.

Waren Frauen aber erst einmal seine Beute geworden und in seinem sündigen Bett in seinen Armen gelandet, wurde es für sie noch schlimmer, denn Adam war ein göttlicher Liebhaber, phantasievoll und verdorben, stark und unersättlich. Betsey erging es wie allen Frauen. Am schlimmsten für sie war, daß sie den Verlockungen seiner unwiderstehlichen Liebeskunst immer wieder erlag.

Betseys Augen leuchteten in plötzlicher Begierde auf. Sie schlängelte sich auf Adam zu und flüsterte mit versöhnlichem Lächeln: »Adam, laß uns nicht miteinander streiten. Nicht jetzt, nicht, wenn wir nur so wenig Zeit füreinander haben!« Ihr Atem ging rascher, als sie seinen Körper mit den Augen liebkoste.

Adams Stimme war berauschend wie Wein, als er fragte: »Soll ich das als eine Aufforderung verstehen?«

Ein erwartungsvoller Schauer lief bei diesen Worten über Betseys Rücken. Gleichgültig, wie oft er sie an so einem Nachmittag liebte und wie erschöpft und befriedigt sie danach in seinen Armen lag, Betsey hatte niemals genug davon, sich von Adam in die süßesten Qualen und unaussprechlichsten Ekstasen treiben zu lassen. Sie begehrte ihn, wie sie nie zuvor irgend etwas oder irgend jemanden begehrt hatte. Sie war Adam mit Haut und Haaren verfallen. Und als sie sah, wie seine Männlichkeit unter der leichten Decke anschwoll und sich aufrichtete, erstickte sie fast vor Lust. Mit dem Lächeln einer läufigen Katze zog Betsey die Decke herab, beugte sich über seine Lenden und liebkoste hingebungsvoll sein schwellendes Fleisch. Und als ihre Lippen und Hände ihn zu voller Größe aufgerichtet hatten, hielt sie kurz inne und fragte: »Soll ich das als eine Aufforderung verstehen?«

Adams starke Hände packten ihre schmalen Schultern, und mit einer Langsamkeit, die jede Pore ihres Körpers bereits vibrieren ließ, zog er sie zu sich, ließ ihren bebenden Leib über seinen muskulösen Körper gleiten, bis er seine Lippen auf die ihren legen konnte. »Nun, was meinst du denn selbst dazu?« flüsterte er mit heißem Atem.

Dann brach seine Zunge ihre Lippen auf, und er küßte sie mit solch wilder Leidenschaft, daß alle bösen Worte, die sie gewechselt hatten, aus ihrem Kopf verschwanden. Sie verlor beinahe die Besinnung, als er seine Arme um sie schloß und ihre festen Brüste gegen seine breite Brust preßte. Als sie den Druck seiner harten, wundervoll erbarmungslosen Rute gegen ihre Lenden spürte, wimmerte sie vor Lust. Sie wollte ihn jetzt in sich spüren, jetzt sofort!

Aber in einer herrischen und doch anmutigen Bewegung schob Adam sie von sich und legte sie neben sich auf das kühle Laken. Dann waren seine Lippen über ihren Brüsten, saugten an ihnen, während seine Zunge die Brustwarzen erregte, bis sie hart wurden. Betsey jammerte wie ein Tier. Schon zwangen Adams kundige Hände mühelos ihre Schenkel auseinander, seine wissenden Finger teilten und öffneten ihr feuchtes Fleisch, tauchten tiefer und tiefer in ihre Höhle, tanzten dann auf dem kleinen Lusthügel und trieben sie so zu einem Orgasmus, der sie keuchen und zuletzt hell aufschreien ließ.

Während sich Betsey noch unter seinen drängenden Zärtlichkeiten wand, lehnte Adam sich zurück und hob sie hoch wie eine von zu wildem Spiel erhitzte Puppe. Dann ließ er sie mit einer sicheren Bewegung auf seinen riesigen, gierig wartenden Pfahl sinken und stieß tief in ihren schmalen Leib. Sein Mund legte sich auf ihre Lippen, seine Hände packten ihre Lenden, hoben ihren Körper und ließen ihn wieder auf dieses mächtige Werkzeug der Lust sinken, schneller und schneller, wilder und wilder, bis beide in den erschütternden Orgasmus stürzten, den sie voneinander wollten.

Betsey lehnte kraftlos und zitternd an Adams Körper und murmelte: »Wäre es nicht wundervoll, wenn wir unsere Leidenschaft jederzeit ausleben könnten, wenn wir verheiratet wären?«

Adam knurrte unwillig, stieß Betsey beinahe grob von sich, setzte sich auf und schwang seine Beine über den Rand des Bettes, als wollte er sich endgültig erheben. Er fuhr sich durch seine schwarzen Locken, wandte sich dann aber wieder Betsey zu und sagte: »Betsey, ich versuche immer ein Gentleman zu sein. Aber ich habe es dir gleich gesagt – und wenn ich mich recht erinnere, war das eine unmißverständliche Warnung –, sollten wir eine Affäre haben und sollte tatsächlich mehr zwischen uns sein als nur Sex, dann bedeutet das trotzdem nicht, daß ich die Absicht habe, dich zu heiraten! Ich habe dir mit allem Nachdruck zu verstehen gegeben, daß ich bisher für keine Frau zu haben gewesen bin und daß sich daran auch nichts ändern wird! Wenn du damit nicht mehr umgehen kannst, sollten wir noch heute unsere Beziehung beenden und uns nicht mehr sehen.«

Betsey verdrängte den Ansturm bitterer Wut und Enttäuschung und bemühte sich, so traurig wie möglich auszusehen, zwang Tränen in ihre Augen und schluchzte: »O Adam! Wie kannst du nur so herzlos sein? Ich bete dich an, und ich weiß, daß auch du mich liebst! Warum willst du mich nicht heiraten?«

»Du irrst dich, aber vielleicht willst du es auch nur nicht wahrhaben: Ich liebe dich nicht! Ich habe niemals gesagt, daß ich dich liebe! Ich habe noch nie zu einer Frau gesagt, daß ich sie liebe! Und ich habe dir nie irgendeinen Anlaß gegeben zu glauben, es wäre mehr zwischen uns als die Lust, die wir einander mit unseren Körpern bereiten!« Bisher hatte Adam noch beherrscht und sachlich gesprochen. Doch nun gingen auch ihm die Gefühle durch. »Endgültig: Ich werde dich nicht heiraten, Betsey! Sollte ich irgendwann einmal verrückt genug sein, doch heiraten zu wollen, dann möchte ich eine Frau haben, von der ich weiß, daß sie sich nicht nach Belieben mit anderen Männern abgibt!«

Er kümmerte sich nicht um Betseys empörten Aufschrei, stand rasch auf, ging durch den Raum und zog mit hastigen Bewegungen eine weiche Wildlederhose und ein weites Baumwollhemd an. Als er sich dann der nackten Frau auf seinem Bett zuwandte, war sein schönes Gesicht hart wie Stein. »Ich wollte nicht, daß wir uns im Streit trennen. Aber falls du auf nichts anderes aus bist als auf eine Ehe, dann sollten wir uns tatsächlich nicht mehr treffen. Unabhängig davon scheint es mir am besten zu sein, wenn wir uns eine Zeitlang nicht mehr sehen.«

Voller Schrecken erkannte Betsey, daß sie zu weit gegangen war. Einen Mann wie Adam St. Clair konnte man zu nichts zwingen, man konnte ihn bestenfalls beharrlich um den Finger wickeln. Am meisten aber schockierte sie, daß Adam von ihren anderen Affären wußte. Sie hatte ihn fast verloren und machte einen letzten Versuch, seine Zuneigung zurückzugewinnen. »O Adam!« jammerte sie. »Wovon redest du nur? Du weißt doch, daß du der einzige Mann bist, den ich liebe!« Und mit unschuldiger Miene fügte sie hinzu: »Ich weiß gar nicht, wie du darauf kommst, daß ich Affären mit anderen Männern habe, das ist doch Unsinn!«

Da wurden Adams saphirblaue Augen zu Eis, und seine Stimme war scharf wie ein Messer, als er sagte: »Hör mit diesen Lügen auf! Ich weiß alles über deine intimen Treffen mit Reginald, Matthew und dem armen Edward. Es ist mir egal, daß du anscheinend mehrere Liebhaber brauchst, um dich wohl zu fühlen. Aber es ist mir nicht gleichgültig, daß du mir hier vormachst, ich sei der einzige Mann in deinem Leben und mein Bett sei das einzige, in dem du dich hingibst.«

Betsey war durchschaut. Sie sprang auf und schrie unbeherrscht: »Du mieser, hergelaufener Zigeunerbastard! Woher nimmst du das Recht, mich so zu beleidigen?«

Adam erstarrte für die Dauer eines Atemzuges zur Reglosigkeit. Etwas Gefährliches trat in sein verhärtetes Gesicht. Dann war er mit einem Satz am Bett, packte Betsey an den Oberarmen, riß sie hoch und blickte ihr in die Augen. Hierauf sagte er langsam und leise: »Ich bin derselbe Zigeunerbastard, den du angeblich eben noch wie von Sinnen geliebt hast und unbedingt heiraten wolltest. Aber das spielt jetzt keine Rolle mehr. Trotzdem möchte ich bei dieser Gelegenheit etwas richtigstellen: Ich bin als Kind von Zigeunern entführt, aber nicht von einem Zigeuner gezeugt worden. Wenn du also unbedingt jemanden einen Zigeunerbastard nennen willst, dann...« Adam hielt mitten im Satz inne. Betsey wußte nicht, wie recht sie mit ihrer Beschimpfung hatte. In der Tat war Adam St. Clair ein Bastard, der illegitime Sohn des Guy Savage. Doch das war sein wohlgehütetes Geheimnis. Offiziell hieß es, daß er, der Sohn eines längst verstorbenen angesehenen Mannes, als Kind in die Hände von Zigeunern gefallen war. Er entspannte sich, ließ Betseys Arme los, lächelte und sagte leichthin: »Vielleicht bin ich tatsächlich ein Zigeunerbastard, aber das zeigt nur, was du für einen miserablen Geschmack bei der Wahl deiner Männer hast, Liebling.«

»Du Mistkerl!« kreischte Betsey und begann vor Wut zu zittern.

Adam war wieder Herr der Lage. Alle Härte wich aus seinem Gesicht und machte einem spöttischen Lächeln Platz. »Ach Liebling, du weißt doch gar nicht, was für ein Mistkerl ich wirklich bin!«

Wütend schlüpfte Betsey in ihre verführerische Spitzenwäsche, nestelte dann ungeduldig an den Haken ihres hellgrünen Kleides aus teuerstem indischen Musselin. Als sie endlich angezogen war, zischte sie: »Du bist nicht nur arrogant und verkommen, Adam St. Clair, du bist auch widerwärtig und abstoßend! Ich will dich nie wiedersehen! Wage es nur nicht, noch einmal meinen Weg zu kreuzen!«

»Den Gefallen will ich dir gerne sofort tun«, sagte Adam verschmitzt. »Aber dann müßtest du die ganzen fünf Meilen bis zum Haus deiner Schwester zu Fuß gehen, und es ist ein heißer Tag heute. Ich fürchte also, du mußt meine abstoßende Gegenwart noch eine Weile länger ertragen.«

Also saß Betsey in wütendes Schweigen gehüllt neben Adam, während der seine elegante Kutsche zurück nach Natchez lenkte. Die Spannung zwischen dem entzweiten Paar nahm unablässig zu. Bald würde Adam an der Gartentür vorfahren, durch die Betsey einige Stunden zuvor Magnolia Hills, den Besitz ihrer Schwester, verlassen hatte. Immer tiefer schnitt die Erkenntnis in Betseys Verstand, daß Adam sie tatsächlich beim Wort nehmen und nie mehr wiedersehen würde. War es ihr schon fast unerträglich, daß ein Mann es wagte, ihr den Laufpaß zu geben, machte sie der Gedanke fast krank, daß sie nie wieder in Adams Armen liegen würde, von seiner männlichen Liebeskunst zur Raserei getrieben. Sie wollte Adam St. Clair besitzen, und niemand sollte es wagen, sie daran zu hindern! Sie warf ihm einen verstohlenen Blick aus den Augenwinkeln zu. Sein Gesicht war hart und verschlossen. In ihrem Kopf rasten die Gedanken, wie sie noch einmal das Gespräch mit ihm in Gang bringen und das fast aussichtslos verlorene Spiel zum Guten wenden konnte.

Doch da erreichte die Kutsche bereits die schmiedeeiserne Tür, die zu den weitläufigen Gärten von Magnolia Hills führte. Adam zog die Zügel an und ließ das Pferd halten. Dann sprang er von der Kutsche, ging auf Betseys Seite und hob sie vom Sitz, ohne ein Wort zu sagen.

Betsey trug ein schwarzes Seidencape, dessen Kapuze ihr schmales, hübsches Gesicht beschattete und ihre auffälligen hellblonden Haare verhüllte. Für zufällig vorbeikommende

Nachbarn war sie nicht zu erkennen. So stand sie neben der Kutsche und wußte, daß ihr nur noch Sekunden blieben. Sie blickte zu Adam hoch und versuchte mit dem letzten Trick, mit dem sie bisher immer Erfolg gehabt hatte, ihn umzustimmen. Sie ließ Tränen in ihre Augen treten, die in glitzernden Tropfen über ihre Wangen rollten. Dabei schluchzte sie in herzzerreißender Trauer: »O Adam! Ich kann einfach nicht glauben, daß es so mit uns zu Ende gehen soll!«

Doch Adam nahm in einer höflichen, fast sanften Geste ihren Arm und führte sie zur Gartentür. »Wir beide wußten von Anfang an, daß es eines Tages so kommen würde. Ich gebe zu, es ist früher passiert, als ich erwartet habe. Aber du hast keinen Zweifel daran gelassen, was du willst und was du über mich denkst.« Mit diesen Worten öffnete er die Gartentür und schob Betsey hindurch, bevor sie sich dem widersetzen konnte. »Was zu sagen war, haben wir gesagt. Es hat keinen Zweck mehr, jetzt noch weiterreden zu wollen! Wir würden in einen schrecklichen Streit geraten, wie ich ihn auf keinen Fall mit einer schönen Frau führen möchte!«

»Aber das stimmt doch alles nicht, Adam«, flehte sie. »Du hast mich so wütend gemacht, daß ich nicht mehr wußte, was ich sagte! Wenn ich dich beleidigt habe, dann tut es mir leid! Aber ich war so verzweifelt, weil ich dich so liebe!«

Adam betrachtete sie einen Augenblick, als wollte er sich ein letztes Mal die schönen Stunden mit ihr vergegenwärtigen. Dann sagte er mit leichtem Bedauern in der Stimme: »Es ist vorbei, Betsey. Du willst unbedingt heiraten, und ich will das auf gar keinen Fall. Es wird nie einen Kompromiß zwischen uns geben, sondern nur Streit. Also laß uns zu einem Zeitpunkt auseinandergehen, an dem zwischen uns noch etwas Freundschaft und nicht nur blanker Haß ist. Gute Nacht, Betsey! Leb wohl!«

Mit diesen Worten drehte Adam sich um und ging zu seiner Kutsche. Betsey schaute ihm wie gelähmt vor Erschütterung nach, als er die Kutsche bestieg und sein Pferd antraben ließ, um nach Belle Vista zurückzufahren. Er verläßt mich, er verläßt mich tatsächlich, dachte sie ungläubig. Dann stampfte sie vor Wut mit dem Fuß auf, vergaß alle Heimlichkeit und schrie hinter ihrem davonfahrenden Liebhaber her: »Wage es nicht, Adam St. Clair! Kehre auf der Stelle um und komm zu mir zurück, oder es wird dir leid tun!«

»Es tut mir jetzt schon leid, Liebling!« rief Adam zurück und ließ den Worten ein trockenes Lachen folgen. Dann trieb er sein Pferd zu raschem Galopp an.

Betseys Brust hob und senkte sich in wilden Atemzügen. In hilfloser Wut sah sie zu, wie Adams Kutsche von Dämmerung und Staub verschluckt wurde. Er war der beste Mann, den sie je gehabt hatte. Aber im Grunde war er ein Teufel in Menschengestalt!

4

Mochte Adam auch Betsey Asher auslachen, während er davonfuhr, so wich dieses Lachen doch nur allzu rasch aus seinem Gesicht, als er daran dachte, was eine heiratswütige Frau einem widerstrebenden Mann alles an Schwierigkeiten bereiten konnte. Nach all den Jahren war er ziemlich abgebrüht, was Frauen anging, aber das bedeutete nicht, daß er die Gefahr unterschätzte, die von einer zurückgewiesenen, bis ins Herz gekränkten Frau ausging. Adam fluchte leise vor sich hin. Frauen waren etwas Wunderbares, etwas Unentbehrliches, aber, bei Gott, sie konnten sich auch in teuflische Furien verwandeln, wenn man nicht tat, was sie wollten!

Zurück auf Belle Vista, begab sich Adam St. Clair in seine elegante Bibliothek. Dieser mit teuerstem Mahagoni getäfelte, mit chinesischen Seidenteppichen ausgestattete Raum war sein Heiligtum, sein Rückzugsort. Hier war er völlig ungestört.

Diesmal jedoch konnte er in der Stille zwischen all den ledergebundenen Büchern keine Ruhe finden. Rastlos ging er auf und ab. Was er in diesen Tagen auch unternahm, immer saß ihm eine zähe Rastlosigkeit im Nacken. Immer fühlte er sich gehetzt und hatte das Gefühl, in Bewegung bleiben zu müssen, obwohl er kein Ziel vor Augen hatte, dem er sich zuwenden konnte. Eigentlich sollte er hundemüde sein. Es ging auf vier Uhr morgens zu, und er war seit fast vierundzwanzig Stunden auf den Beinen. Und davon hatte er immerhin einige doch recht anstrengende Stunden damit verbracht, Betsey Asher durch alle Gipfel der Lust zu treiben und es sich dabei nicht minder wohl ergehen zu lassen. Dennoch war an Schlaf nicht zu denken. So schenkte er sich ein großzügig bemessenes Glas Brandy ein und nahm seine rastlose Wanderung wieder auf.

Er überlegte, ob Betseys wütende Beschimpfung, er sei ein Zigeunerbastard, Grund für seine Schlaflosigkeit war. Nicht, daß die groben Worte ihn wirklich beleidigt hätten, sie hatten aber die Erinnerung an jene lange vergangenen zehn Jahre heraufbeschworen, während derer er zusammen mit seiner Halbschwester Catherine Tremayne bei den Zigeunern in England gelebt hatte. Er war gerade fünf Jahre alt gewesen, als ihn die Zigeuner aus Mountacre, dem Herrensitz seines Stiefvaters, entführt hatten. Zuerst zerbrach er fast an der Sehnsucht nach seiner Mutter Rachael. Doch dann gewöhnte er sich mehr und mehr an das abenteuerliche Nomadenleben der Zigeuner. Er wuchs wild und ohne bürgerliche Erziehung auf. Während gleichaltrige Jungen in der Schule lesen, schreiben und rechnen lernten, wurde er in der Kunst des Messerkampfes und des Taschendiebstahls unterrichtet. Er war einschränkungslos frei, während er mit der Zigeunersippe, die nun seine Familie geworden war, über die Straßen Englands zog. Als Adam nach zehn Jahren durch seltsame Fügung wieder nach Mountacre zurückkehrte, wirkte die Umgebung, der er entrissen worden war, wie ein Schock auf ihn. Er fühlte sich wie ein Fremder, wie ein Außenseiter in einer Welt, die ihm eigentlich hätte völlig vertraut sein sollen.

Jeder fünfzehnjährige Junge, der wie ein Wolf in der Wildnis der Straße aufgewachsen war, hätte große Schwierigkeiten gehabt, von einem Tag zum anderen das strenge, formelle, von unverrückbaren Verhaltensweisen bestimmte Leben eines reichen Lords des englischen Landadels zu führen. Doch der junge Adam hatte noch härter zu kämpfen, denn sein Stiefvater Lord Tremayne, der Graf von Mountacre, hegte ihm gegenüber eine tiefe, unverhohlene Abneigung. Auseinandersetzungen und Streit waren an der Tagesordnung. Doch dann kam Adams achtzehnter Geburtstag. Zu seiner größten Überraschung wurde ihm mitgeteilt, daß sein leiblicher Vater, ein Amerikaner, ihm einen riesigen Landsitz in der Nähe der Stadt Natchez am Mississippi vererbt hatte. Natürlich bereitete Adam sofort seine Abreise nach Amerika vor. Nur der Abschied von seiner Halbschwester Catherine Tremayne fiel ihm schwer, hatten sie doch gemeinsam so viel bei den Zigeunern erlebt. Seine Mutter Rachael hingegen war ihm fremd geworden, und mit seinem Stiefvater verband ihn nichts, und Adam trat leichten Herzens die Reise nach Amerika an.

Für einen aus England kommenden Mann von gerade achtzehn Jahren stellte das Leben in der Neuen Welt, in diesem wilden und gesetzlosen Land, die größte denkbare Herausforderung dar. Adams Reichtum konnte nicht den Mangel aufwiegen, ohne väterlichen Freund und Ratgeber zurechtkommen zu müssen. Was Adam wirklich half, war die rauhe Erziehung, die er bei den Zigeunern genossen hatte. Kein Risiko war ihm zu groß, kein Trick zu gemein, kein Einsatz zu hoch, kein Duell zu gefährlich. So erwarb er sich innerhalb kurzer Zeit den Ruf eines tollkühnen Heißsporns. Dazu kam, daß alle vom englischen Adel zutiefst verachteten Ausschweifungen in der Gesellschaft von Natchez als größte Tugenden betrachtet wurden: hartes Trinken, waghalsiges Reiten, Streitlust, Kaltblütigkeit und eine mörderische Lust an Duellen. Adam stach bei allem hervor und wurde mit Freuden im Kreis der Edlen, Adligen und Reichen der Stadt Natchez aufgenommen.

Mit den Jahren war Adam kaum ruhiger geworden. Einmal war seine Halbschwester Catherine plötzlich in Belle Vista aufgetaucht. Sie hatte ebenfalls England verlassen und in Amerika einen Mann namens Jason Savage geheiratet. Sie erwartete ein Kind von ihrem Mann, hatte sich aber im Streit von ihm getrennt und suchte ein Unterkommen bei ihrem reichen Halbbruder. Das war vor zwölf Jahren gewesen. Inzwischen lebten Catherine und Jason Savage längst wieder versöhnt als glückliches Ehepaar. Überall wurde geheiratet, kamen Kinder zur Welt und wurden Familien gegründet, doch Adam blieb allein. Nach wie vor trieb ihn seine Rastlosigkeit an, und die wilde Lust am Risiko brannte unverändert in ihm. So war es nicht verwunderlich, daß er es immer wieder fertigbrachte, in lebensgefährliche Abenteuer verstrickt zu werden.

Er war nicht einmal davor zurückgeschreckt, während des Krieges gegen die Engländer im Auftrag seines Schwagers Jason Savage die Militäraktionen der Feinde auszuspionieren. Adam grinste bei der Erinnerung an diese aufregende Zeit. Es war wie ein spannendes, wundervolles Spiel gewesen, bei dem er Kopf und Kragen riskieren konnte. Adam war felsenfest davon überzeugt, daß sich Jason immer wieder solche aberwitzigen Unternehmungen für seinen Schwager ausdachte, um ihn zu beschäftigen.

Adam nahm einen herzhaften Schluck Brandy und verlor sich in der Erinnerung, wie er Jason Savage zum ersten Mal begegnet war. Damals war seine Mutter Rachael überraschend aus England eingetroffen. Adam begleitete sie von Belle Vista nach Terre du Coeur, der Plantage, wo Catherine mit Jason Savage lebte. Dort überstürzten sich die Ereignisse, denn Adams Mutter war keineswegs nur gekommen, um ihre verheiratete Tochter und ihre Enkel zu besuchen. Adam erfuhr nicht nur, daß seine geliebte Schwester Catherine in die Hände von Jasons schlimmstem Feind Blas Davalos gefallen war, sondern auch, daß Jasons Vater Guy Savage sein eigener leiblicher Vater war. Seine Mutter Rachael Tremayne war nach Amerika gekommen, um ihren alten Geliebten Guy Savage zu besuchen!

In langen Gesprächen erklärten Guy und Rachael den beiden jungen Männern, was vor so vielen Jahren geschehen war, aber Adam und Jason fiel es schwer, das, was sie hörten, auch zu glauben. Es war alles zu ungeheuerlich. Damals hatte Guy Savage sich von Jasons Mutter Antonia scheiden lassen. Im sicheren Glauben, daß das Urteil nur noch eine Formsache war, war er nach England gereist, um dem ganzen Streit und allen Unannehmlichkeiten zu entkommen. Als er in England die junge Rachael kennenlernte und sich Hals über Kopf in sie verliebte, hielt er sich für einen freien Mann. So heiratete er sie ohne Bedenken. Rachael ging bereits mit Adam schwanger, als die schreckliche Nachricht eintraf: Antonia hatte ihre Meinung geändert und die Zustimmung zur Aufhebung ihrer Ehe verweigert. Vor dem Gesetz war Guy Savage also immer noch mit Antonia verheiratet, und somit war seine Ehe mit Rachael ungültig. In England brachte eine Situation wie diese unweigerlich Schimpf und Schande über eine junge Frau wie Rachael und konnte nur allzu leicht ihr Leben zerstören. Also sorgte Guy dafür, daß sein Sohn Adam den Mädchennamen seiner Mutter erhielt: St. Clair. Zudem stattete er Rachael mit einer großzügigen Apanage aus und brachte es auch noch fertig, daß ein gerade verstorbener Ehrenmann zu Adams leiblichem Vater erklärt wurde. Dann schiffte Guy Savage sich eilends nach Amerika ein.

Die Jahre vergingen, Rachael heiratete Lord Tremayne und gebar ihm die gemeinsame Tochter Catherine. Die Halbbrüder Jason in Amerika und Adam in England wuchsen heran, ohne voneinander zu wissen. Doch dann wollte das Schicksal, daß

Jason nach England reiste, um Pferde für seine Zucht zu kaufen. Bei dieser Gelegenheit verliebte er sich ausgerechnet in Catherine. So begannen die Ereignisse, in deren Folge die ganze Wahrheit ans Licht kam. Und obwohl diese Ereignisse so viele Jahre zurücklagen, wühlten sie Adam noch immer auf. Inzwischen war Guy längst von Antonia geschieden und seit fast zwölf Jahren mit Rachael verheiratet. Niemand war überrascht, daß Rachael genau neun Monate nach der Hochzeit die Tochter Heather gebar und ein Jahr darauf den Sohn Benedict. Das Geheimnis um Adams Geburt aber blieb gewahrt. Alle Welt hielt ihn für den Stiefsohn von Guy Savage.

Adam seufzte und blickte lange versonnen aus den großen Fenstern der Bibliothek. Der Morgen war noch nicht gekommen, aber die Dunkelheit schien bereits ihre undurchdringliche Schwärze zu verlieren. Ein neuer Tag stand Adam bevor, und in einer Mischung aus Traurigkeit und Zynismus überlegte er, wie er diesen Tag wohl am besten hinter sich bringen könnte. Ein überaus gewissenhafter Verwalter und die zuverlässigen Bediensteten sorgten dafür, daß Adam keine der vielen alltäglichen Pflichten zu erfüllen hatte, die der Betrieb einer Plantage von der Größe Belle Vistas unweigerlich mit sich brachte. Bestens geschulte Diener und Reitknechte waren Tag und Nacht bereit, Adams Wünschen nachzukommen. Es war ein niederschmetternder Gedanke, aber genaugenommen hatte Adam St. Clair nicht das geringste mit der klugen Verwaltung und dem erfolgreichen Geschäftsgebaren zu tun. Auch sein stetig wachsender Reichtum war nicht sein Verdienst. Sein Verwalter, sein Rechtsanwalt, sein Handelsagent ließen Belle Vista gedeihen. Schon lange war Adam an dem Punkt angekommen, an dem er der überflüssigste Mensch der ganzen Plantage war. So hatte er alle Zeit der Welt, die er ohne irgendwelche Pflichten nach Belieben verbringen konnte.

Doch langweilte ihn dieser Überfluß an Zeit und die flüchtige Ablenkung, die ihm die Vergnügungen und Laster von

Natchez boten. Und wie so oft in solchen Stunden, wenn die Langeweile und die Rastlosigkeit unerträglich wurden, überlegte er sich, ob es nicht das Beste wäre, für einige Monate seine Plantage und die Gegend von Natchez zu verlassen, um irgend etwas gegen die wachsende Leere in seinem Leben zu unternehmen.

Zu viele Nächte hatte er bis zur Erschöpfung getrunken, zu vielen Frauen nachgestellt, zu viele Stunden und Tage in rauchgeschwängerten Räumen am Spieltisch gesessen. Ein langer Ritt irgendwohin würde seinen Geist reinigen. Er sehnte sich nach neuen Eindrücken und nach der tiefen Befriedigung, die es bereitete, einen von körperlicher Arbeit erschöpften Körper zu spüren. Er brauchte etwas Neues in seinem Leben, das diesen Überdruß von ihm nahm und ihn wieder mit Freuden jeden neuen Tag begrüßen ließ. Doch Adam wußte nicht, wohin er sich wenden konnte. Es gab nur ein einziges Ziel, und das war Terre du Coeur, die Plantage seines Halbbruders Jason Savage. Ein Ausdruck von Konzentration trat auf Adams Gesicht, als er ernstlich über diese Idee nachzudenken begann. Er mußte zugeben, daß einiges für Terre du Coeur sprach. Jasons Plantage lag im wilden, dünn besiedelten, wenig erforschten Norden von Louisiana. Es gab kaum Nachbarn, und ein gesellschaftliches Leben existierte so gut wie gar nicht. Außerdem gab es weit und breit keine Lasterhöhle. Nichts und niemand konnte ihn in schwachen Momenten verführen, den liederlichen Lebenswandel wiederaufzunehmen, den er in Natchez geführt hatte. Weder mit Schnaps noch mit Poker oder verkommenen Frauen würde er sich von der rauhen Ursprünglichkeit des Landlebens ablenken können.

Adam trank sein Glas aus und grinste. Die wilde Einsamkeit von Terre du Coeur erschien ihm jeden Moment verlockender. Er dachte an die unermeßliche Weite des Horizontes, an das wild überwucherte Land und die verschiedenen Farben, die das gleißende Sonnenlicht überall aufleuchten ließ, und eine tiefe

Sehnsucht erfüllte ihn. Mit einer heftigen Bewegung setzte er sein Brandy-Glas ab. Ein Besuch bei Catherine und Jason war genau das, was er brauchte. Er würde keinen weiteren Tag vergeuden. Er würde noch heute aufbrechen, sobald es hell geworden war! Er mußte nur noch seinen Verwalter und seinen Butler von dem Vorhaben informieren. Beide waren äußerst verschwiegene Männer, sie würden niemandem, schon gar nicht Betsey Asher, verraten, wo sich Adam während der kommenden Wochen aufhielt.

Falls es auf Belle Vista Verwunderung oder gar Mißbilligung über Adam St. Clairs überstürzten Aufbruch gab, wurden sie höchstens durch ein kurzes Stirnrunzeln geäußert. Obwohl er während der Nacht kein Auge zugetan hatte, brach Adam um zehn Uhr vormittags nach Terre du Coeur auf. Er hatte nur ein paar Kleidungsstücke zum Wechseln und ein paar persönliche Gegenstände für den Aufenthalt bei seiner Schwester eingepackt. All das hatte in den Satteltaschen Platz. Mehr als diese Taschen, einen Schlafsack, etwas Kochgeschirr und seine Waffen nahm er nicht mit. Natürlich ritt Adam sein Lieblingspferd, einen großen schwarzen Hengst.

Adam hatte keinerlei Bedenken, ohne Begleitung und Schutz zu reiten. Er war ein Mann der Wildnis. Hatte er die ersten Lektionen bei den Zigeunern in England gelernt, so war sein Lehrer in Amerika der Cherokee-Krieger Bluttrinker gewesen, ein Blutsbruder Jasons. Von dem Indianer hatte er alles gelernt, was ein Mann wissen mußte, um in der Wildnis zu überleben. Unter der Führung von Bluttrinker hatte Adam die Spuren von Tieren und Menschen lesen gelernt und ihnen tödliche Fallen gestellt, selbst wenn ihm dafür nur ein Stock, ein Stein und ein Lederriemen zur Verfügung standen. Für viele Monate waren Adam und Bluttrinker in die Wildnis gegangen mit nichts als ihren Kleidern auf der Haut und ihren Messern am Gürtel. Dort in den fernen Steppen und Gebirgen lebten sie in den Tag hinein, jagten, fischten und durchstreiften Landstriche, die noch nie ein Weißer betreten hatte. Bluttrinker war ein gewissenhafter und strenger Lehrer und Adam ein begabter und gelehriger Schüler.

Als Adam nach einem rauhen Ritt von drei Wochen Terre du Coeur erreichte, sah er gesund und kräftig aus. Seine Wildlederkleidung mochte abgetragen und staubig aussehen, er selbst schien noch muskulöser geworden zu sein, sein Blick war ruhig und klar, seine Haut von der erbarmungslosen Sonne zu einem tiefen Bronzeton verbrannt. Adam machte nicht im geringsten den Eindruck eines Mannes, der einen wochenlangen, anstrengenden Ritt durch wildes Land hinter sich hatte, auf dem blanken Boden geschlafen und jeden Bissen erjagt hatte.

Es war an einem Nachmittag gegen drei Uhr, als Adam St. Clair die Plantage von Jason Savage erreichte. In einem leichten Trab ritt er auf das Haus seines Halbbruders zu, das im spanischen Stil aus Lehmziegeln und schweren Balken erbaut war. Eine weit geschwungene Freitreppe führte zu den weinumrankten Arkaden des oberen Geschosses. Adam ließ lange seinen Blick über das vertraute Gebäude wandern. Und noch während er abstieg, erschien sein Halbbruder Jason am oberen Ende der Treppe.

»Mon Dieu!« rief er in gespieltem Entsetzen aus. »Du kommst zu Besuch? Sag, daß es nicht wahr ist! Sag, daß ich nur träume! Ich hatte gehofft, die Flittchen und Spielsalons von Natchez würden dich bis ans Ende deiner Tage beschäftigen und mir eine ruhige Zeit gönnen!«

Adam grinste breit zurück. Seine Zähne leuchteten weiß in seinem von dichten schwarzen Bartstoppeln bedeckten Gesicht. Mit einer unbewußten Kopfbewegung warf er eine dichte Locke seines schwarzen Haares aus der Stirn. »Du bist selber schuld an meinem Besuch, schließlich hast du mir einmal gesagt, ich könne jederzeit zu dir kommen.«

»Oui! Aber ich habe doch nicht im Traum daran gedacht,

daß du Verrückter das auch wirklich tun würdest!« So hart die Worte klangen, so sehr zeigte Jasons warmes Lächeln, wie sehr er sich freute. Er stürmte die Treppe hinunter, lief auf Adam zu und umarmte ihn. »Ach, es ist so schön, dich zu sehen, kleiner Bruder!« sagte er voller Herzenswärme.

In mancher Hinsicht ähnelten sich die beiden Männer, doch nicht so sehr, daß man sie sofort für Brüder gehalten hätte. Auffällig war bei beiden ihr tiefschwarzes Haar und ihre überdurchschnittliche Größe. Lange Zeit war Adam wirklich der um eine Handbreit kleinere Bruder gewesen. In diesen Tagen aber, da Adam vierunddreißig Jahre zählte und Jason zweiundvierzig, waren sie auf den Zentimeter genau gleich groß. Im Vergleich zu Jasons fast einschüchternder Körperfülle jedoch wirkte der durchaus muskulöse Adam gertenschlank. Dennoch bewegten sich beide mit der gleichen Schnelligkeit und tödlichen Sicherheit. Es gab mehr als genug Narren, die Streit mit ihnen gesucht und das bitter gebüßt hatten. Jason hatte die smaragdgrünen Augen seiner kreolischen Mutter Antonia geerbt, während Adams saphirblaue Augen von Rachael stammten. Beiden gemeinsam war das markant geschnittene Kinn und die fast arrogante Schärfe ihrer Nasen. Beides waren Züge ihres gemeinsamen Vaters Guy Savage.

»Dein ›kleiner Bruder‹ ist genau so groß wie du«, erwiderte Adam mit leichtem Unwillen auf Jasons Begrüßung.

Doch der lachte nur: »Sei doch nicht gleich beleidigt, Bruder Hitzkopf. Laß uns hineingehen, du möchtest dich doch nach dem langen Ritt sicher frisch machen.«

Da bemerkte Adam, daß etwas bei dieser Begrüßung fehlte. Normalerweise rannten ihm bei seiner Ankunft auf Terre du Coeur drei oder vier begeistert schreiende Kinder entgegen. Und auch Catherine wäre längst die Treppe herabgeeilt, um sich in seine Arme zu werfen und ihn willkommen zu heißen.

Adam blickte Jason an. Er brauchte nichts zu sagen, seine Miene fragte deutlich genug: Was ist los?

»Mach dir keine Sorgen!« sagte Jason rasch. »Alles ist in Ordnung. Catherine und die Kinder sind in New Orleans. Sie sind seit einigen Monaten bei Freunden zu Besuch. Wärst du nur einen Tag später hier aufgetaucht, hättest du mich auch nicht mehr angetroffen. Ich werde morgen früh nach New Orleans aufbrechen, um sie alle nach Hause zu holen.«

»Dann ist es ja gut«, rief Adam erleichtert aus. Bis zu diesem Moment war er sich nicht bewußt gewesen, wie sehr er sich auf seine Schwester und ihre wilden Kinder gefreut hatte.

»Du könntest mich eigentlich nach New Orleans begleiten«, schlug Jason vor, während sie die Freitreppe hinaufstiegen und in den kühlen Schatten der Arkaden traten.

Adam verzog sein Gesicht zu einer mißmutigen Grimasse. »Ich bin hierhergekommen, um mich von den dummen Vergnügungen zu erholen, die Natchez bietet. Da werde ich doch nicht nach New Orleans reiten, wo ich alle Laster von Natchez eine Nuance eleganter wiederfinde!«

Jason lächelte zustimmend, sah aber nachdenklich aus. Er sagte jedoch nichts, während er Adam durch die große Halle in sein Arbeitszimmer führte.

Erst als Adam ausgestreckt in einem der schweren rostfarbenen Ledersessel saß und ein Glas kühlen Whiskey mit Minzblättern in der Hand hielt, begann Jason zu sprechen. »Ich muß morgen auf jeden Fall nach New Orleans aufbrechen, denn Catherine erwartet mich. Du kannst hier bleiben, solange du willst – nein, mehr noch, ich wünsche, daß du hier bleibst, bis ich mit meiner Familie zurück bin. Catherine würde es mir nie verzeihen, wenn sie erfährt, daß du zu Besuch gekommen bist und ich dich nicht hierbehalten konnte, bis sie selbst zurück ist, um dich zu sehen!«

Adam versprach ihm zu bleiben und erzählte ihm von seinem Überdruß an seinem bisherigen Lebenswandel und von seiner immerwährenden Unruhe, die ihn rastlos umhertrieb.

Niemand kannte die Teufel, die Adam jagten, besser als Jason. Adam war des Lebens überdrüssig, weil er von allem zu viel besaß. Er hatte zu viel Freiheit, um, unbehelligt von irgendwelchen Pflichten und Verantwortungen, jeden Tag, jede Stunde tun und lassen zu können, wonach ihm der Sinn stand. Er hatte zu viel Geld und Macht, aber niemanden, der ihn jemals in die Schranken wies. Dazu kam dieses Übermaß an Stolz, feurigem Temperament und an Attraktivität, dem jede Frau erlag. Nichts und niemand stellte eine ernste Herausforderung für Adam St. Clair dar. Nie mußte er sich ernstlich bemühen, weder um Frauen noch um Einfluß oder Geld und auch nicht um Freunde. Was Adam St. Clair auch haben wollte – er bekam es. Jason hatte seinen Bruder schon lange durchschaut und die Gründe erkannt, die ihn wie besessen nach Abenteuern, Lastern, Affären und sinnlosen Herausforderungen suchen ließen. Jason war es früher nicht anders ergangen. Und als ihm sein Vater Guy vorgeschlagen hatte, er solle endlich heiraten, hatte er sich darüber maßlos aufgeregt. Wenn Jason heute auf die vergangenen zwölf Jahre zurückblickte, mußte er sich eingestehen, daß sein Vater recht gehabt hatte. Und nicht ohne Vergnügen sagte er nun seinem wilden kleinen Bruder die gleichen Dinge wie sein Vater damals.

So sicher sich Jason war, daß eine Heirat Adams rastlose Jagd nach sinnlosem Nervenkitzel beenden würde, so sehr war ihm klar, daß es schon einer wirklich außerordentlichen Frau bedurfte, seinen Halbbruder zu zähmen. Eine Ehe mit einem wohlerzogenen, zimperlichen Mädchen würde sicherlich schnell zu einer Katastrophe werden, für Adam ebenso wie für das Mädchen. Andererseits konnte Jason sich seinen Bruder auch nicht an der Seite einer hochgebildeten Dame aus bester Gesellschaft vorstellen. Was Adam brauchte, war eine Frau wie Catherine: ungewöhnlich, mit unerschütterlichem Willen, um neben Adams starker Persönlichkeit überhaupt bestehen zu können, dazu temperamentvoll, loyal und mit einem Herzen voll Wärme und Liebe.

Jason Savage wußte nicht, wie sehr er sich bis in alle Einzelheiten eine Frau wie Savanna O'Rourke für seinen Halbbruder wünschte. Da sich Adam aber auf Terre du Coeur im Norden Louisianas aufhielt und Savanna gerade dabei war, sich an das Leben mit ihrer Mutter auf Campo de Verde, einige Meilen südlich von New Orleans, zu gewöhnen, schien es völlig ausgeschlossen, daß sich die Wege der beiden jemals kreuzen würden. Dazu kam, daß ein Ehemann ungefähr das letzte war, wonach sich Savanna sehnte, denn Bodene verhielt sich seiner Base gegenüber herrischer und unnachsichtiger als der schlimmste Ehemann.

Savanna lag auf einem Plaid im Schatten einer hochgewachsenen Trauerweide, die am Rande eines verschilften Teiches stand, von denen es viele auf Campo de Verde gab. Savanna mußte zugeben, daß Bodene sich nicht mit Absicht so autoritär verhielt, er war nur einfach gewöhnt, alles so zu regeln, wie es ihm am besten schien, und er duldete dabei keinen Widerspruch. Savanna war ihm darin nur zu ähnlich. Doch hier auf Campo de Verde wollten Bodene und Savanna ganz gegensätzliche Dinge.

Bodene hatte sich durch Savannas scheinbar so schnelle Flucht vor den Gefahren in O'Rourkes Taverne in seiner Position gestärkt gefühlt. Und da Savanna mit ihm nicht über unwichtige Kleinigkeiten streiten wollte, ließ sie ihn die ganze Reise nach Campo de Verde organisieren. Da diese Reise ziemlich ereignislos verlief, verbrachte Savanna mit Bodene eine recht angenehme Zeit ohne größere Auseinandersetzungen. Das wurde allerdings schlagartig anders, als sie New Orleans erreichten.

Bodene schlug vor, sie sollten ein oder zwei Tage in New Orleans haltmachen. Als Savanna keine Einwände dagegen erhob, meinte Bodene, sie sollte doch bei dieser Gelegenheit den besten Schneider der Stadt aufsuchen, der auch für Savannas Mutter Elizabeth arbeitete. Beiläufig erwähnte er, wie gerne er Savannas Garderobe auf den neuesten Stand der Mode bringen würde. Sie konnte doch auf Campo de Verde und erst recht nicht im eleganten New Orleans immer nur in diesen groben Baumwollkleidern herumlaufen. Doch davon wollte Savanna nichts wissen. Sie raste vor Wut bei der Vorstellung, Bodene könnte sie in eine Rolle drängen, wie sie sonst nur kleine Bedienstete oder willige, aber auch völlig abhängige Geliebte spielten. Bodene regte sich wiederum über seine dickköpfige Base auf, die sich weigerte, sich angemessener zu kleiden. Diesem Streit folgten weitere, denn es gab nichts, worüber sie sich nicht in die Haare gerieten. Es fing damit an, daß Savanna unbedingt bei der Hausarbeit helfen wollte, obwohl es für jeden Handschlag Knechte, Diener, Wäscherinnen und Köchinnen gab, und es endete damit, daß Savanna die meiste Zeit barfuß laufen wollte.

Savanna seufzte tief, verdrehte die Augen und blickte müßig in den grünen Baldachin, den die schwingenden Äste der Trauerweide über ihr bildeten. Der Himmel war strahlend blau, aber sie nahm keine Notiz davon, denn ihre Gedanken drehten sich nur um ihr Leben auf Campo de Verde.

Erst am Tag ihrer Ankunft hatte Savanna bemerkt, wie sehr sie doch ihre Mutter vermißt hatte. Und auch Elizabeth war die Treppe hinuntergestürzt, um ihre Tochter willkommen zu heißen und in die Arme zu schließen.

Savanna überragte ihre Mutter um Haupteslänge. Und obwohl Elizabeths blonde Haare durchaus einen roten Schimmer aufwiesen, verblaßten sie schier neben der feuerroten Mähne ihrer Tochter. Die strahlenden, aquamarinblauen Augen aber hatten sie gemeinsam und ebenso die üppigen, weiblichen Formen, die durch die Schlankheit ihrer Körper noch betont wurden.

Elizabeth O'Rourke war neununddreißig Jahre alt und immer noch eine überaus attraktive Frau. Ihre Sprechweise und die Art, wie sie sich bewegte, zeigten, daß sie in Irland gut erzogen und eigentlich zu Besserem geboren worden war. Diese Eleganz hatte sie nie verloren, auch nicht während der langen harten Jahre in Crow's Nest. Dennoch hatte dieses harte Leben seine Spuren als feine Falten und Linien in ihrem ehedem so makellos schönen Gesicht hinterlassen.

An diesem ersten Abend auf Campo de Verde saßen die beiden Frauen beisammen und redeten über alles, was ihnen in den Sinn kam, dabei wurden sie nicht müde, bis der nächste Morgen graute. Es waren Stunden voller Offenheit, Herzlichkeit und Vertrauen. Zum ersten Mal begegneten sich Elizabeth und Savanna nicht wie Mutter und Tochter, sondern wie ebenbürtige Frauen. Und wie ihre Meinungsverschiedenheiten früher auch ausgesehen haben mochten, in dieser Nacht waren die beiden ein Herz und eine Seele.

Savanna hatte auch keine Scheu, über ihren Vater Blas Davalos zu reden, ein kritisches, gefühlsbeladenes Thema, das sie bisher nach Möglichkeit gemieden hatte. »Kannst du mir erklären, warum mir Vater Campo de Verde vererbt hat, obwohl er mich niemals öffentlich als seine Tochter anerkannt hat?«

Der Ausdruck von Schmerz und Trauer, der daraufhin auf das Gesicht ihrer Mutter trat, schnitt Savanna ins Herz. Sie kniete sich neben den Stuhl ihrer Mutter, berührte ihren Arm und sagte: »Entschuldige, ich weiß, wie weh dir noch alles tut, was Blas dir angetan hat!«

Elizabeth lächelte wehmütig. »Ach, Savanna, manchmal schmerzt mich die Ablehnung und Bitterkeit, die du immer noch deinem Vater gegenüber empfindest, mehr als das, was er mir angetan hat.«

Savanna verzog das Gesicht. »Ich habe ihn kaum gekannt, aber ich habe jahrelang mit angesehen, was er dir angetan hat. Das kann ich ihm nicht verzeihen!«

Elizabeth legte ihre Hand unter Savannas Kinn und hob es an. Als sie dann sprach, tat sie es langsam und wohlüberlegt.

»Davalos hätte mich nicht so behandeln können, wenn ich es nicht auch zugelassen hätte. Vergiß das nie! Bodene und du habt nie verstanden, daß ich deinen Vater bedingungslos geliebt habe. Am Anfang war er auch alles, wovon ein junges Mädchen wie ich nur träumen konnte – er sah blendend aus, hatte einen betörenden Charme und viel Humor. Er war mein Märchenprinz, und ich habe ihm alles geschenkt, mein Herz, meinen Körper, meine Seele. Ich weiß noch genau, wie ich ihn damals auf diesem Ball des Gouverneurs in New Orleans zum ersten Mal gesehen habe. Da stand er mit seinen glühenden Augen, all dem spanischen Stolz, dieser fast arroganten Männlichkeit. Für mich war er der Mann meines Lebens, es war Liebe auf den ersten Blick. Später dann, als ich erkannte, was für ein Mann er wirklich war, konnte ich nicht aufhören, ihn zu lieben. Verstehst du, man kann nicht aufhören, den Mann seines Lebens zu lieben, selbst wenn man an seinen Fehlern und Schwächen fast zerbricht.« Elizabeths Augen waren feucht, als sie den Blick hob und aus dem Fenster starrte, als sähe sie dort draußen noch einmal all die Szenen ihrer so süßen und so bitteren Vergangenheit.

»Ich weiß, er war kein guter Mann, er hatte keinen guten Charakter«, fuhr sie nach einer langen Pause mit trauriger Stimme fort. »Ich weiß, er hat uns in Schimpf und Schande leben lassen. Aber er konnte mich noch so sehr kränken und verletzen, ich konnte einfach nicht aufhören, ihn zu lieben. Und bei Gott, ich habe es so oft versucht! Ich hätte stärker sein und mehr Stolz haben sollen. Ich hätte es irgendwie fertigbringen müssen, ihn für alles zu hassen, was er uns antat. Aber glaub mir, Savanna, die Liebe kümmert sich nicht um das, was der Verstand von ihr fordert.«

Savanna legte ihr Kinn auf die Knie ihrer Mutter. »Hast du ihm nie übelgenommen, was er dir angetan hat?«

Elizabeth schüttelte traurig den Kopf. »O doch. Du kannst dir nicht vorstellen, wie sehr ich ihm sein Verhalten übelgenommen habe. So sehr, daß es manchmal fast wie Haß war. Aber dann tauchte er wieder auf, umwarb mich, als würden wir uns zum ersten Mal begegnen, machte mich glücklich und sagte, daß er mich sehr bald heiraten und mich an den mir gebührenden Platz an seiner Seite stellen werde. Und ich glaubte ihm, war selig, daß ich weiter hoffen durfte, liebte ihn weiter wie eine Närrin!« Elizabeth schüttelte heftig den Kopf, als könne sie selbst nicht mehr begreifen, wie sie so von Blas Davalos besessen gewesen sein konnte. Dann sagte sie langsam: »Manchmal weiß man, daß eine Situation oder ein Mensch unerträglich schlecht ist, und kann sich doch nicht aus dem Bann lösen, der einen gefangenhält – und genauso ist es mir mit deinem Vater ergangen.« Sie legte ihre Hände auf Savannas Schultern. »Ich habe mich niemals selbst belogen, habe mir immer eingestanden, daß er kein guter Mann für mich war. Wahrscheinlich war er auch in dem Leben, das er ohne uns führte, ein zerrissener, treuloser, skrupelloser Mann. Aber tief in meinem Herzen spürte ich, daß er uns auf eine merkwürdige, unglückliche, hilflose Art sehr liebte. Nun ist er schon so lange tot, aber bis heute halte ich es für möglich, daß er eines Tages zu uns gekommen wäre, um mich zu heiraten und dich als seine Tochter anzuerkennen.«

Elizabeth streichelte lächelnd über das Haar ihrer Tochter. »In gewisser Weise hat er dich ja auch anerkannt, nicht wahr? In seinem Testament hat er ganz klar festgestellt, daß du seine Tochter bist und seine Erbin sein sollst.«

Savanna erhob sich und lenkte das Gespräch auf einen anderen Punkt: »Was, glaubst du, hat er drüben in Spanisch Texas eigentlich getrieben, als er getötet wurde?«

Elizabeth hob die Schultern: »Ich habe nicht die geringste Ahnung. Aber wahrscheinlich hatte es mit diesem Schatz zu tun.«

Als Savanna sie erstaunt anstarrte, fuhr Elizabeth widerstrebend fort: »Als er das letzte Mal bei uns war, redete er viel

Unsinn über einen Goldschatz. Dabei sprach er auch von einem Mann, der sein ärgster Feind war. Jason Savage war sein Name. Und Davalos war sicher, dieser Jason Savage würde ihn eher töten, als ihn den Goldschatz finden zu lassen.«

»Hast du ihm das alles geglaubt? Konnte es nicht so gewesen sein, daß dieser Jason Savage Vater in Spanisch Texas getötet hat?«

Elizabeth schüttelte heftig den Kopf: »Damals wußte ich nicht, wer Jason Savage war. Heute weiß ich, daß er einen untadeligen Ruf in Louisiana besitzt. Damals wie heute war er ein sehr reicher Mann, der in den höchsten Kreisen der Gesellschaft verkehrt. Ich kann mir keinen Grund vorstellen, warum ausgerechnet er deinen Vater hätte töten sollen.«

Savanna war von den Worten ihrer Mutter durchaus nicht überzeugt. Eine steile Falte stand zwischen ihren Brauen, als sie sagte: »Die Dinge geraten schnell außer Kontrolle, wenn es um einen Goldschatz geht.«

Elizabeth lachte freundlich und schüttelte wieder den Kopf. »Nein, nein, Savanna, ich bin sicher, es gab keinen Schatz. Es war nur wieder eines dieser Phantome, denen dein Vater so gerne nachjagte. Immer hatte er solche wirren Pläne. Und jedesmal, wenn er mich verließ, um sie irgendwo zu verfolgen, versprach er mir, er werde mich nie wieder verlassen müssen, denn dieses Mal werde er als schwerreicher Mann zurückkehren.«

Auch diese Erfahrung befriedigte Savanna nicht. Da das alles aber schon so lange zurücklag, verlor sie das Interesse an der Schatzgeschichte, und sie und ihre Mutter unterhielten sich über andere Dinge.

Während der ersten Tage im Haus ihrer Mutter stellte Savanna zu ihrer eigenen Überraschung fest, daß ihr die Stille und der langsame, geruhsame Gang der Dinge auf Campo de Verde gefielen. Doch diese Zufriedenheit hielt nur eine Woche an, dann ging ihr alles auf die Nerven. Natürlich sah sie, wie sehr sich Elizabeth über ihre Anwesenheit und Gesellschaft freute, und sie schämte sich für ihr kaum zu versteckendes Unbehagen. Aber wie immer war ihr klar, daß Campo de Verde kein Platz war, an dem sie sich je heimisch fühlen würde.

Nachdem sie die rauhen Jahre in Crow's Nest überstanden hatte, führte Elizabeth auf Campo de Verde einen völlig anderen Lebensstil, den Savanna als unerträglich einengend empfand. Hier wußte niemand von Elizabeths niedrigem, ehrlosem Vorleben, hier wurde immer angenommen, sie und Blas Davalos wären verheiratet gewesen, hier hielt man sie also für eine Witwe von tadellosen Manieren und einwandfreiem Ruf. Und demzufolge pflegte Elizabeth Umgang mit Nachbarn von ebensolchen Manieren und Ruf. Natürlich erwarteten alle diese Bekannten und Freunde, daß sich Savanna diesem Lebensstil anpaßte. Unglücklicherweise erschien Savanna gar nichts an diesem heiter-gelassenen Leben verlockend, das sich nur um Sticken, Dinnerpartys, die neueste Mode, Kinder und vermutete oder tatsächliche Liebesaffären drehte. Dios! Die Zukunft sah an diesem warmen, klaren Aprilnachmittag für Savanna trostlos aus.

Sie versuchte, ihre unangenehmen Gedanken zu durchbrechen, indem sie sich umdrehte und auf den Bauch legte. Mit finsterer Miene starrte sie über das schmale Rasenstück zum Haus, das am Ende einer kleinen Eichenallee stand. Das Wohnhaus von Campo de Verde war nicht besonders eindrucksvoll, aber wie alle anderen, größeren Herrenhäuser der Nachbarschaft lag es über dem Ufer des breiten Mississippi. Vor sechzig Jahren war das Haus einmal als Sommerhaus gebaut worden. Daher war es nicht besonders groß, besaß aber immerhin ein hochgelegenes Erdgeschoß und zwei Stockwerke, die für die Wohnräume der Familie ausreichten. Hohe, schlanke Säulen trugen die breite Veranda des zweiten Stockwerks, die um das ganze Haus herumlief. Das weit ausladende Dach spendete dieser Veranda Schatten. Eine geschwungene Treppe führte außen zu den oberen Stockwerken. Das Haus war von einer vollkommenen Harmonie und einem einnehmenden Charme, der den weit größeren Herrenhäusern oft fehlte. Vor Jahren war das Haus in einem leuchtenden Weiß gestrichen gewesen, inzwischen war die Fassade zu einem warmen Elfenbeinton verwittert, der viel besser zu den grauen Zedernschindeln des Daches paßte.

Alles hatte sich in einem jämmerlichen Zustand des Verfalls befunden, als Savanna damals mit Elizabeth und Bodene von Crow's Nest kommend auf Campo de Verde eintraf. Doch mit viel Arbeit und dem Einsatz von so viel Geld, wie sie es sich nur leisten konnten, hatten sie das Haus in ein schönes, wohnliches Heim verwandelt. Himmelhoch aufgeschossene Zypressen umstanden das Haus, und ausladende Eichen, die mit Vorhängen aus spanischem Moos behangen waren, beschatteten es. Wohin man blickte, gediehen üppig Palmen und Schwertlilien, Magnolien, Geißblatt und Jasmin. Diese kaum zu beherrschende Dschungelhaftigkeit von Campo de Verde war so ziemlich das einzige, was Savanna am Zuhause ihrer Mutter gefiel. Mit mißmutigem Stirnrunzeln warf sie sich wieder auf den Rücken und überlegte, wie sie ihre komfortable, aber dennoch unerträgliche Lage ändern sollte, als ein leises Geräusch ihre Aufmerksamkeit auf sich zog. Sie öffnete die Augen und blickte zu ihrem Schrecken in das Gesicht des hämisch grinsenden Micajah Yates.

5

Zwei Tage lang hatte Micajah versucht herauszubekommen, wohin Adam St. Clair gereist war, nachdem er seine Plantage Belle Vista verlassen hatte. Danach war er so ratlos wie zuvor. Mit grimmiger Enttäuschung mußte er sich eingestehen, daß sein Opfer wie vom Erdboden verschluckt war. Micajah saß in einer Zwickmühle. Einerseits hatte er bereits die eine Hälfte des Blutgeldes für den Mord erhalten, andererseits drängte Jeremy Tag und Nacht mit entnervender Ausdauer darauf, Savanna O'Rourke ausfindig zu machen und nicht Adam St. Clair. Zuletzt hatte sich Micajah von Jeremy überreden lassen. Er konnte St. Clair ja auch später töten, falls aber Jeremys Schatzgeschichte wirklich wahr war, und davon war Micajah inzwischen überzeugt, schien ein Besuch bei Savanna O'Rourke am vernünftigsten zu sein.

Die Enttäuschung traf die beiden Männer hart, als sie herausfanden, daß auch Savanna verschwunden war. Es brauchte aber nur ein paar gezielte Faustschläge und etwas Aufmunterung mit dem Messer, bis der Trapper, der O'Rourkes Taverne übernommen hatte, jammernd verriet, wohin Savanna aufgebrochen war. Daraufhin reisten die beiden Männer unverzüglich flußabwärts nach Campo de Verde. Dort lagen sie ungeduldig eineinhalb Tage im dichten Unterholz auf der Lauer und warteten auf eine günstige Gelegenheit, Savanna zu entführen.

Seit Micajah begonnen hatte, Jeremys Geschichte und Savannas Verstrickung darin zu glauben, hatte er viele Stunden darüber nachgedacht, wie er Savanna dazu bringen konnte, bei der Suche nach dem Schatz mitzuhelfen. Er glaubte nicht wirklich, daß Savanna von dem Goldschatz wußte – niemals hätte sie sonst am Rande der Sümpfe O'Rourkes Taverne betrieben. Und mochte Davalos auch gesagt haben, er habe ein goldenes Armband für sie hinterlassen, so hatte sie das bisher sicherlich noch nicht entdeckt. Mehr und mehr kam Micajah zu der Erkenntnis, daß es wohl Jason Savage war, der alles über das Gold wußte. Über das Armband machte sich Micajah keine weiteren Gedanken, das konnte er in aller Ruhe suchen, wenn er erst einmal den Schatz selbst gefunden hatte. Bis dahin würde ihm auch Savanna, von seiner harten, unentrinnbaren Liebeskunst besiegt, eine ergebene Begleiterin sein. Und wenn sie sich im Bett tatsächlich als so triebhaft und hingebungsvoll erwies, wie ihr Aussehen es versprach, dann konnte er sie ja als reicher Mann heiraten.

Micajah Yates liebte diese Vorstellung. Zuerst aber mußte er Savanna dazu bringen, sich seiner Suche nach dem Gold anzuschließen. Er war zu dem Schluß gekommen, daß es am wirkungsvollsten wäre, wenn er Savanna erzählte, ihr Vater wollte zu ihr und ihrer Mutter zurückkehren, wenn nicht Jason Savage diesem Plan ein blutiges Ende bereitet hätte. Micajah würde Savanna diesen Savage als den teuflischsten aller Bösewichte ausmalen und den armen Blas Davalos als den liebenden Vater hinstellen.

Nachdem er sich zu diesem Vorgehen entschlossen hatte, ließ Micajah Jeremy die Geschichte von Blas Davalos' Sterben immer wieder erzählen und sich jedes einzelne Wort wiedergeben, das gefallen war. Und immer wenn Jeremy alles, was er wußte, gesagt hatte, grinste Micajah zufrieden und zischte: »Überlaß das Reden mir. Es genügt, wenn du Stein und Bein schwörst, daß alles, was ich ihr erzähle, die Wahrheit ist. Wichtig ist nur, daß wir Savanna dazu überreden können, mit uns zu gehen und diesen Jason Savage für den verkommensten Schurken auf Gottes weiter Erde zu halten.«

Jeremy verstand nicht genau, was Micajah eigentlich plante, aber wie gewöhnlich erkannte er ihn als seinen Anführer an und war bereit, bei allem mitzumachen. Ihm ging es nur um das Gold. Und wenn Micajah der Meinung war, Savannas Begleitung werde die Suche erleichtern und beschleunigen, dann würde er eben helfen, sie zu entführen.

Aber Savanna zu entführen war nicht so leicht, und Jeremy begann ernste Zweifel an Micajahs Vorgehen zu hegen. An diesem Nachmittag hatten sie sich am Rande eines zur Hälfte zugewucherten Teiches versteckt und lagen dort gut verborgen hinter verwilderten Weinranken. Plötzlich flüsterte Micajah mit tiefster Zufriedenheit in der Stimme: »Ich werd' verrückt! Da ist sie, ganz allein! Sie liegt neben dieser verdammten

Weide und schaut in den Himmel, als würde sie auf uns warten. Es geht los, Jeremy!«

Jeremy spähte durch das dichte Blattwerk und sah kaum zehn Meter entfernt eine schlanke, rothaarige Frau auf einer Decke liegen. Sein Herz machte einen freudigen Sprung. Das also war Savanna O'Rourke! Und sie war tatsächlich ganz allein. Das Haus war weit genug entfernt, niemand würde dort etwas von dem Überfall auf Savanna bemerken, wenn sie nur schnell und beherzt genug vorgingen. Jeremy machte sich schon zum Sprung bereit, als Micajah ihn zurückhielt. Er grinste boshaft: »Laß mich das machen. Mich kennt sie, du würdest ihr nur einen unnötigen Schreck einjagen.«

Micajah vergewisserte sich noch einmal, daß alles ruhig war, dann pirschte er sich lautlos an Savanna heran. Sie war so in ihre Gedanken versunken, daß sie den grinsenden Micajah erst bemerkte, als er unmittelbar vor ihr stand.

Bevor er aber auch nur die Hand heben konnte, war Savanna schon blitzschnell aufgesprungen und stand in einer leicht gebückten Kampfhaltung vor ihm. In ihrer Hand glitzerte ein Messer, das sie irgendwo in ihrem Kleid getragen hatte. Die Art, wie sie es hielt, ließ keinen Zweifel daran, daß sie auch damit umzugehen verstand. Ihre aquamarinblauen Augen waren nur noch enge Schlitze wie die Augen einer Katze vor dem Sprung. »Dios! Was machst du denn hier?« zischte sie.

Micajah war völlig auf Savannas Messer konzentriert, sein Grinsen spurlos erloschen. »Ich habe dich gesucht«, sagte er unbehaglich. »Ich habe interessante Neuigkeiten für dich.«

Sie blieb weiter wachsam und fauchte: »Ich glaube dir kein Wort!«

»Ich weiß etwas über deinen Vater Blas Davalos. Er wußte von einem Goldschatz. Er ist bei der Suche danach ermordet worden.«

Savanna war von Micajahs Worten so überrascht, daß sie für den Bruchteil einer Sekunde nicht an ihre Verteidigung dachte.

Darauf hatte Micajah gewartet. Schnell wie eine Schlange schlug seine Faust zu und traf Savanna hart am Kinn. Sie ächzte leise und stürzte zu Boden.

Wieder blickte sich Micajah um, dann hob er Savannas reglosen Körper auf und schleppte ihn in das Versteck. Gemeinsam mit Jeremy trug er die Frau in die Tiefe des verwilderten Sumpflandes, das vom Ufer des Mississippi bis weit in das Land von Campo de Verde hineinreichte.

Als Savanna wieder zu Bewußtsein kam, saß sie gefesselt und geknebelt gegen einen Baum gelehnt. Und ihr gegenüber saßen der zufrieden grinsende Micajah und ein dünner Mann, den sie nie zuvor gesehen hatte und der sie auf den ersten Blick an ein Wiesel erinnerte. Sie schluckte krampfhaft und spürte den bitterscharfen Geschmack der Angst in ihrer Kehle brennen. Doch dann begann sie wütend an den Fesseln zu zerren und Flüche zu schreien, die jedoch von dem Knebel zu einem dumpfen Lallen gedämpft wurden.

Micajahs Grinsen wurde nur noch breiter. Er nickte aufmunternd und sagte: »So ist es recht, Schätzchen, verfluche mich, soviel du willst. Falls dich aber interessiert, worum es hier eigentlich geht, dann solltest du lieber still sein und zuhören!«

Aber sie wußte ja, worum es ging. Micajah wollte ihren Körper haben, und sie wußte, daß er ihr Gewalt antun und sie mißbrauchen würde, weil sie niemals bereit sein würde, sich ihm freiwillig hinzugeben. Dennoch gab sie ihren fruchtlosen Versuch auf, die Fesseln zu lockern, und starrte ihn wütend an. Was sie nicht wußte, war, wie verführerisch sie gerade in ihrer Notlage wirkte. Ihre flammendroten Haare fielen wirr um ihr schönes Gesicht und verhießen wilde Leidenschaft. Weil Micajah ihre Arme straff hinter ihrem Rücken zusammengebunden hatte, wölbte sich ihr Oberkörper stark nach vorne, und ihre großen, festen Brüste schienen jeden Moment das eng geschnittene schlichte Baumwollkleid sprengen zu wollen. Micajahs Finger hungerten schon danach, den Stoff zu zerreißen und dieses wundervoll schwellende weiße Fleisch zu berühren und in Besitz zu nehmen.

Savanna war Micajah hilflos ausgeliefert. Niemand war in der Nähe, der sie retten konnte. Micajah erhob sich, und sein Grinsen verwandelte sich in eine gierige Fratze. Da flüsterte Jeremy angstvoll: »Laß uns von hier abhauen! Vielleicht hat man bereits bemerkt, daß sie verschwunden ist, und sucht schon nach ihr!«

Micajah wandte sich halb zu Jeremy um und sah einen Moment aus, als wollte er seinen Kumpel auf der Stelle niederschlagen. Doch dann nickte er und knurrte: »Du hast recht! Hol die Pferde! Das hier kann noch etwas warten.«

Savanna hatte Angst wie nie zuvor in ihrem Leben. Trotzdem versuchte sie, einen halbwegs klaren Kopf zu bewahren. Sie mußte unbedingt verhindern, daß sie noch weiter verschleppt wurde. Ihre Hände waren gefesselt und ihr Mund geknebelt, aber ihre Füße waren frei. Und sobald Jeremy außer Sicht war, sprang sie auf und lief los, hetzte stolpernd und strauchelnd durch das dichte Unterholz, versuchte die Richtung zu halten, in der sie das Haus vermutete.

Micajah stieß einen überraschten Fluch aus und jagte hinter ihr her. Einen kurzen Moment hoffte Savanna, sie werde davonkommen, dann aber holte Micajah sie ein, warf sich mit einem wilden Sprung auf sie und riß sie nieder. Savanna kämpfte mit dem Mut der Verzweiflung, stieß mit den Knien und Füßen nach Micajah, aber nur allzu bald hatte ihr Entführer sie überwältigt. Seine Hände zwangen ihre Schenkel auseinander, und dann lag sein massiger Körper auf ihrem sich windenden Leib, als wollte er doch vollziehen, was Jeremy vor wenigen Minuten verhindert hatte.

Genüßlich bewegte Micajah seine Hüfte auf ihrem Körper und ließ Savanna spüren, wie stark er erregt und wie wehrlos sie war. Wieder trat dieses höhnische Grinsen auf sein Gesicht, und er sagte: »Wir haben nicht genug Zeit, um das hier zu Ende zu bringen. Aber keine Sorge, ich werde mich um dich kümmern, sobald wir in Sicherheit sind und ich Jeremy losgeworden bin!«

Dann zog er Savanna auf die Füße und stieß sie durch das Unterholz das kurze Wegstück zurück, das sie auf ihrer Flucht zurückgelegt hatte. Jeremy hatte indes drei gesattelte Pferde am Zügel herangeführt und wartete voll Sorge auf sie. Micajah hob Savanna hoch und setzte sie grob auf eines der Reittiere, dann band er ihre Füße an den Steigbügeln fest, nahm den Zügel ihres Pferdes und bestieg sein eigenes Pferd.

Später konnte sich Savanna an keine Einzelheiten dieses wilden Rittes durch den Dschungel des Sumpflandes erinnern. Ihre Arme waren so straff auf den Rücken gefesselt, daß bei jedem Galoppsprung des Pferdes ihre Schultergelenke knackten und Stiche scharfer Schmerzen ihren Körper durchzuckten. Sie konnte sich kaum ducken, um Zweigen, herabhängenden Ranken oder den dürren Fahnen des spanischen Mooses auszuweichen.

Stundenlang ritten sie, so schnell die Pferde vorankamen. Und je weiter sie sich von Campo de Verde entfernten, um so verzweifelter wurde Savanna. Ihr Leben war in Gefahr! Bei dem Gedanken aber, daß sie Micajahs Willkür ausgeliefert war, verkrampfte sich ihr ganzer gepeinigter Körper. Was sie von ihm zu erwarten hatte, würde schlimmer sein als der Tod.

Doch als sie viele Stunden und viele Meilen später endlich am Rande eines schlammigen Weihers anhielten, hatte Micajah zu Savannas größter Erleichterung anderes im Kopf, als seine Begierde an ihr zu stillen. Er band ihre Füße los, hob sie vom Pferd und setzte sie neben einer verkümmerten, kahlen Zypresse nieder. Danach holte er aus seiner Satteltasche eine alte Sklavenkette, schloß das eine Ende um den Baumstamm und befestigte das andere um Savannas Knöchel. Dann kümmerte er sich nicht mehr weiter um sie, sondern schlug zusammen mit Jeremy in aller Ruhe ein Lager auf.

Erst eine Stunde später, als alle Arbeiten getan waren, als ein munteres Feuer brannte und aus einem rußschwarzen Topf der Duft eines scharf gewürzten Maisgerichtes aufstieg, nahm Micajah wieder Notiz von ihr. Er zog ein langes Messer, das jenem glich, das er bei seinem letzten Angriff in O'Rourkes Taverne verloren hatte, und schlenderte zu Savanna. Sie starrte ihn grimmig an und versuchte, ihre Panik vor ihm zu verheimlichen.

Sie erwartete das Schlimmste, aber zu ihrem maßlosen Erstaunen schnitt Micajah ihren Knebel und die Handfesseln auf. Er tat das mit schnellen Bewegungen und sprang dann sofort zurück, damit sie ihn nicht angreifen konnte.

Die Kette hielt sie eng an den Baumstamm gekettet, aber nachdem sie das Stück Stoff, das in ihren Mund gestopft worden war, ausgespuckt und die Handfesseln abgestreift hatte, sah sie einen Hoffnungsschimmer. Nun konnte sie wenigstens kämpfen und versuchen, sich Micajah vom Leib zu halten, selbst wenn er sie am Ende doch niederringen würde. Aber sie konnte es ihm so schwer und unerfreulich wie möglich machen. Sie stöhnte vor Erleichterung, als sie zum ersten Mal seit Stunden ihre Arme wieder normal bewegen und ihre schmerzenden Schultern massieren konnte. Ihre Hände brannten wie in kochendes Öl getaucht, als das Blut in die stundenlang abgeschnürten Adern strömte. Aber das würde vorübergehen.

Sie verfolgte jede von Micajahs Bewegungen. Der aber ging zum Feuer, füllte einen Teller mit dem duftenden Maisgericht und legte einige Streifen Dörrfleisch dazu. Dann kehrte er mit dem Teller in der Hand zurück und reichte ihn ihr. Savanna war viel zu erschöpft und hungrig, um lange zu überlegen, was Micajah damit beabsichtigte. Sie riß ihrem Entführer den Teller aus der Hand und aß hungrig. Micajah setzte sich neben Jeremy ans Feuer und begann ebenfalls zu essen.

Als sie die Mahlzeit beendet hatte, fühlte sie sich besser, und sie spürte auch ihr Selbstvertrauen zurückkehren. Also stellte sie mit einer energischen Bewegung den leeren Teller ab und rief scharf zu Micajah hinüber: »Micajah, kannst du mir endlich sagen, was das alles soll?«

Doch statt zu antworten, steckte sich der Outlaw einen großen Bissen in den Mund, kaute langsam und genüßlich und würdigte sie keines Blickes. Erst als auch er gesättigt war, sagte er: »Das habe ich dir doch bereits gesagt, ich habe Neuigkeiten über deinen Vater.«

Sofort entgegnete sie: »Über meinen Vater? Der ist seit mehr als zehn Jahren tot! Jeder weiß das!«

»Das ist wohl richtig«, grinste Micajah gedehnt. »Es gibt aber etwas, das du und alle anderen nicht wissen. Nämlich, daß mein alter Freund Jeremy hier bei deinem Vater war, als er starb. Die beiden hatten eine äußerst interessante Unterhaltung, bevor es mit deinem Vater zu Ende ging.«

Savanna war zu verwirrt, zu müde und zu verängstigt, um noch lange Gespräche führen zu wollen. So blaffte sie zurück: »So, hat Jeremy das? Wie schön für ihn. Aber was geht das mich an?«

»Eine ganze Menge«, sagte Micajah grinsend. »Ob du es glaubst oder nicht, die letzten Gedanken und Worte deines Vaters galten dir. Er wollte dir endlich ein guter Daddy sein und hat es nicht mehr geschafft, weil er ins Gras beißen mußte. Das hat ihn mehr gequält als das Sterben. Er war wohl auf der Suche nach einem Azteken-Schatz, wollte das Gold unbedingt finden und es dir und deiner Mama bringen, um euch zu zeigen, was ihr ihm bedeutet. Ihr solltet euch jeden Wunsch erfüllen können: ein großes Haus, jede Menge Diener, die schönsten Kleider, Schmuck.« Zufrieden registrierte er ihre wachsende Aufmerksamkeit.

»So ziemlich das letzte, was dein Vater Jeremy noch sagen konnte, war, daß er deine Mama heiraten wollte, sobald er den Schatz gefunden hatte. Er sagte, er fühle sich ohne das Gold deiner Mama nicht würdig. Dann sagte er noch, daß Jason Savage ihn ermordet hat, um ihn daran zu hindern, den Schatz endlich zu heben und zu euch zurückzukommen.«

Micajah sah, daß Savanna O'Rourke ein paarmal nach Luft schnappte und dann mit offenem Mund stier geradeaus blickte. Alles an ihr zeigte ihr maßloses Erstaunen über das, was sie eben gehört hatte. Nach dem ersten Schock wollte sie schon die ganze Geschichte als blanken Unsinn abtun, als ihr die Unterhaltung einfiel, die sie am ersten Abend auf Campo de Verde mit ihrer Mutter geführt hatte. Elizabeth hatte ganz klar gesagt, daß ihr Vater auf der Jagd nach einem Goldschatz gewesen war und daß ein Mann namens Jason Savage sein Todfeind bei dieser Suche war. Elizabeth hatte das alles zwar als abstruse Gerüchte abgetan, aber konnte sie sich nicht irren? Savanna schüttelte den Kopf, um ihre wirbelnden Gedanken klar zu bekommen. Was sollte sie tun, sollte sie dem Halunken Micajah Yates mehr glauben als ihrer Mutter? Eine Weile war sie verwirrt und unentschieden. Dann wurde ihr Mund schmal, und sie sagte: »Das ist die idiotischste Geschichte, die ich je gehört habe! Dios! Bist du betrunken, Micajah, oder hat dich die Sonne verrückt gemacht?« Eigentlich wollte sie das mit aller Entschiedenheit sagen, aber Savanna bemerkte selber, daß die Erinnerung an die Erzählung ihrer Mutter Unsicherheit in ihren wütenden Worten mitschwingen ließ.

Micajah warf Jeremy einen Blick zu. Der räusperte sich und mischte sich zum ersten Mal in das Gespräch ein: »Es ist genau so gewesen. Ich schwöre es beim Grab meiner Mutter! Jedes Wort ist wahr! Ich habe deinen Vater Blas Davalos sterbend in der Nähe des Palo Duro Cañons gefunden. Mit letzter Kraft hat er mir von dem Schatz, von dir und von Jason Savage erzählt.«

»Ich habe Jeremy die Geschichte zuerst auch nicht geglaubt«, ergriff Micajah wieder das Wort. »Ich dachte, zehn Jahre in einem spanischen Gefängnis hätten ihn um den Verstand gebracht. Aber er hat mich dann doch überzeugt. Angeblich soll dein Vater noch gestanden haben, einen Mann namens Nolan getötet und einen goldenen Armreif versteckt zu haben. Er sagte, du hättest ihn.«

Stumm starrte Savanna vor sich hin, ihre Gedanken tanzten wie ein aufgestörter Schwarm Bienen in ihrem Kopf. Mehr und mehr war sie bereit zu glauben, daß ihre Mutter sich geirrt hatte. Und wenn Micajah und dieser Jeremy logen? Aber warum? Nur um zu erreichen, daß sie mit ihnen ging? Das machte keinen Sinn! Also bedeutete es, daß die beiden Männer tatsächlich an das glaubten, was sie sagten! Dann mußte es auch diesen goldenen Armreif geben. Sie besaß ihn aber nicht und hatte auch niemals ein Wort darüber gehört bis zu diesem Augenblick. Mit wütender Entschlossenheit hob sie den Blick und sagte: »Ich habe diesen verdammten goldenen Armreif nicht! Ich habe ihn nie gesehen und glaube auch nicht, daß es ihn überhaupt gibt!«

Micajah nickte wie ein weiser, allwissender Mann. »Dein Daddy hat Jeremy gesagt, er habe den Armreif für dich versteckt. Er wollte, daß du ihn findest, falls ihm etwas zustößt, damit du und deine Mama dann zumindest halbwegs versorgt seid. Jeremy hat mir erzählt, daß fast alles, was dein Daddy im Sterben sagte, nur von dir handelte, wie sehr er dich und deine Mutter liebte, wie sehr er euch endlich gut versorgt und glücklich sehen wollte.«

»Es ist die Wahrheit. Dein sterbender Vater, der Mord an Nolan und der versteckte goldene Armreif – alles war genau so, wie Micajah sagt«, bekräftigte Jeremy ergeben.

Savanna konzentrierte sich auf Jeremy. Immer noch wirkte er wie ein Wiesel auf sie. Aber anders als Micajah schien ihr Jeremy durchaus glaubwürdig. Dios! Sprachen die beiden doch die Wahrheit? Aber was wäre dann? Sie schluckte schwer und schüttelte wieder den Kopf, in dem die Gedanken aufs neue herumwirbelten. Unglücklich murmelte sie: »Ich glaube euch nicht! Ihr lügt!«

Micajah blieb gelassen. »Aber warum sollte Jeremy lügen? Was hätte er davon?«

Savannas Verwirrung wuchs. »Also gut, angenommen, alles ist wahr – was hat das mit mir zu tun?«

Mit zermürbender Gelassenheit griff sich Micajah noch ein Stück Dörrfleisch, biß davon ab und zerkaute es langsam. Erst dann fuhr er fort: »Da dein Daddy mit dem Schatz zu euch zurückkehren wollte, um deine Mama zu heiraten und dich als seine Tochter anzuerkennen, könnte ich mir vorstellen, daß du gerne an dem Mann Rache nehmen möchtest, der ihn daran gehindert hat: Jason Savage.«

Savanna barg ihr Gesicht in den Händen, rieb sich lange die Augen, atmete tief und langsam durch und versuchte den Sinn in dieser ganzen verrückten Geschichte zu finden. Dann fragte sie höhnisch: »Verstehe ich euch richtig, ihr habt mich nur entführt, damit ich mich an Jason Savage räche?«

»Durchaus nicht!« sagte Micajah, und seine Stimme klang plötzlich so gemein, daß Savanna schauderte. Er ließ seinen Blick über ihren Körper wandern wie eine kalte Berührung. »Du weißt genau, warum ich dich entführt habe, also spar dir deine frechen Fragen. Es gibt aber auch noch einen anderen Grund. Es war schließlich dein Daddy, der wohl herausgefunden hatte, wo dieser Schatz liegt. Von Rechts wegen müßte das Gold jetzt dir und deiner Mama gehören. Für einen angemessenen Anteil wären Jeremy und ich bereit, ihn für dich zu suchen. Nebenbei würden wir dir bei deiner Rache an Jason Savage behilflich sein.«

»Ich müßte verrückt sein, wenn ich glaubte, ihr würdet meine freundlichen, fairen Partner sein«, fauchte Savanna, deren Temperament wieder an Kraft gewann.

»Mir ist völlig egal, was du glaubst«, sagte Micajah gleichgültig. »Aber du kannst davon ausgehen, daß wir diesen Schatz finden werden. Und Jason Savage werden wir töten, nur damit er uns nicht wie deinen Vater töten kann.«

»Aber angenommen, mich interessiert der Schatz nicht und Jason Savage kann mir auch gestohlen bleiben, was dann?«

»Das wäre großartig, dann müßten wir den Schatz deines Vaters nicht mit dir teilen, und Jason Savage wird sterben, ohne zu erfahren, warum er den Tod verdient hat.«

Immer noch war Savanna unentschieden. Es fiel ihr schwer, diese ganze bizarre Geschichte zu glauben. Falls aber ihr Vater tatsächlich diesen Schatz gefunden hatte, dann hatten sie und ihre Mutter einen berechtigten Anspruch darauf. Und falls dieser Jason Savage ihren Vater wirklich ermordet hatte, dann mußte er dafür büßen. Aber die Vorstellung, sie sollte sich bei dieser Unternehmung ausgerechnet mit dem Verbrecher Micajah verbünden, schien ihr undenkbar.

Ihre Züge strafften sich zu einem arroganten Ausdruck. »Ihr könnt den Schatz haben! Macht mit Jason Savage, was ihr wollt! Und jetzt laß mich gehen, Micajah!«

Da trat in Micajahs Gesicht ein bösartiges Hyänenlächeln. Er schüttelte den Kopf und sagte bedächtig: »Das kann ich nicht, Schätzchen. Ich wollte dich schon so lange haben, und jetzt, da du in meiner Gewalt bist, werde ich dich doch nicht einfach wieder laufen lassen. Nicht, bevor ich deinen Körper zugeritten habe, verstehst du, ich werde dich besteigen, dich brechen und dich zähmen wie eine wilde Stute. Aber vielleicht weißt du auch mehr über den Schatz, als du uns gesagt hast. Ich müßte verrückt sein, wenn ich dich freilasse, nur damit du uns heimlich folgst und uns den Schatz vor der Nase wegschnappst.«

Savannas Augen wurden schmal, und in ihrer Stimme lag unverhohlene Drohung: »Ich werde gegen dich kämpfen! Ich werde jeden deiner Tage vergiften, bis du die Stunde bereust, in der du mich zum ersten Mal gesehen hast!«

Die Drohungen machten keinerlei Eindruck auf Micajah. Er schüttelte nur den Kopf und sagte selbstsicher: »Du wirst nicht nur mit mir kommen, sondern auch alles tun, was ich dir sage.

Sonst muß ich nämlich den Nachbarn deiner Mutter die Wahrheit erzählen über ihre angebliche Ehe mit Blas Davalos, über ihre uneheliche Tochter und über die Spelunke in Crow's Nest, die sie jahrelang betrieben hat. Ihre Nachbarn und Freunde werden das bestimmt alles sehr aufregend finden.«

Wieder begannen die Gedanken in Savannas Kopf zu rasen. Sie biß die Zähne zusammen. Würden die Freunde ihrer Mutter Micajah Glauben schenken? Oder würden sie es als boshaftes Gerücht abtun, das ein zwielichtiger Halunke in die Welt gesetzt hatte? Manche würden Micajah kein Wort glauben, andere doch. Sollte Savanna dieses Risiko eingehen? Elizabeth war ihr neues, achtbares Leben so wichtig, daß sie womöglich an einem Skandal zerbrechen würde. Savanna verzweifelte. Sie wußte, Micajah war ein Mann, der keine leeren Drohungen ausstieß. Es blieb ihr keine Wahl. Um ihrer Mutter willen mußte sie mit Micajah gehen. Als sie diesen Entschluß gefaßt hatte, richtete sie sich auf, straffte ihre Schultern und sagte mit einem Glimmen von tiefstem Haß in ihren Augen: »Gut, ich werde mit dir gehen, aber nur unter drei Bedingungen – ich gehe ungehindert durch diese verdammte Kette mit, nicht ohne mein Messer und nur, wenn du schwörst, hörst du, Micajah, schwörst, mich nicht anzurühren.«

Micajah dachte eine Zeitlang darüber nach. Keine von Savannas Forderungen behagte ihm, am wenigsten die letzte. Aber er wußte auch, daß sie nicht fliehen würde, solange er seine Begierde zügelte. Dann nämlich war die Angst vor dem Skandal um ihre Mutter größer als ihre Abscheu vor ihm. Als wollte er sich von ihm verabschieden, ließ er seinen Blick noch einmal über Savannas blühenden Körper wandern, dann seufzte er. So sehr er sie auch begehrte, er wußte doch, daß sie eine Gefahr für ihn darstellte, wenn er mit Gewalt zu nehmen versuchte, was sie ihm freiwillig nicht geben würde. Daher beschloß Micajah, auf ihre letzte Bedingung einzugehen, bis sie den Schatz gefunden hatten, und sagte: »Ich schwöre, daß ich dich nicht anrühren werde. Ich nehme dir sogar die Kette ab, aber ich wäre ein Narr, wenn ich dir eine Waffe in die Hand geben würde!«

Savanna glaubte ihm keine Sekunde, daß er sie in Ruhe lassen würde, aber als Micajahs Gefangene war es sinnlos, mit ihm zu streiten. Andererseits hatte sie nicht erwartet, daß er überhaupt einer ihrer Bedingungen nachkommen würde. So überwog die wilde Zufriedenheit, ihre Lage zumindest etwas verbessert zu haben. Sie rüttelte an der Kette und forderte: »Gut! Dann laß mich jetzt aber auch frei!«

Vorsichtig, als wollte er einem Puma die Kette abnehmen, näherte sich ihr Micajah, gab dann aber Savanna nur den Schlüssel zum Schloß und trat sofort wieder zurück. Aus sicherer Entfernung knurrte er: »Da wir ja jetzt so etwas wie Partner sind, kannst du gleich das Kochgeschirr saubermachen. Dort drüben bei den Pferden liegt dein Schlafsack, ohne Ketten bist du auch frei genug, dir deinen verdammten Schlafplatz selber zu richten!«

Savanna kam der Aufforderung nach, wobei sie Micajah keine Sekunde aus den Augen ließ. Sie traute ihm nicht und wollte trotz des Schwurs auf einen überraschenden Angriff vorbereitet sein. Jeremy fürchtete sie nicht. Ihr Instinkt sagte ihr, daß er ihre Reize überhaupt nicht wahrnahm, sondern sich nur für das Gold interessierte. Als Savanna zu den Pferden ging, um ihren Schlafsack zu holen, war plötzlich die Versuchung zu fliehen übermächtig. Da standen die Pferde, sie brauchte nur aufzuspringen und...

»Wenn ich du wäre, würde ich nicht einmal an Flucht denken«, sagte Micajah, der ihr lautlos gefolgt war und nur wenige Meter hinter ihr stand. »Wenn du auch nur den Versuch machst zu verschwinden, ist unsere Abmachung geplatzt. Und ich schwöre dir, ich werde dich dafür büßen lassen, daß du dir wünschst, du wärest gleich nach deiner Geburt gestorben!«

Die Chance, jetzt davonzukommen, war denkbar gering.

»Ich weiß«, sagte sie leise und beschloß zugleich, geduldig auf eine bessere Gelegenheit zu warten. Sie nahm ihren Schlafsack auf und breitete ihn so weit wie möglich von Micajah und Jeremy entfernt am äußersten Rand des Lagerplatzes aus, wo sie der Schein des Feuers gerade noch erreichte. Als sie sich auf dem harten Boden ausstreckte, war sie sicher, daß sie nicht würde schlafen können, doch sie schlief ein, sobald ihr Kopf den Boden berührte.

Es schienen nur wenige Minuten vergangen zu sein, als Micajahs Hand sich auf ihren Arm legte, um sie zu wecken. Wie eine aufgeschreckte Katze sprang sie hoch, doch dann bemerkte sie, daß bereits eine trübe Morgendämmerung zwischen den wild emporwuchernden Bäumen des Sumpflandes heraufgezogen war.

Micajah sagte kurz: »Wir brechen das Lager ab, pack deine Sachen aufs Pferd.«

Dann ritten sie viele Stunden, ohne ein weiteres Wort zu wechseln. Erst am Mittag, als sie kurz anhielten und starken Kaffee tranken und dazu trockenes Brot und Dörrfleisch aßen, erfuhr Savanna von Micajah, wohin sie unterwegs waren.

»Wir werden Jason Savage einige Tagesritte nördlich von hier finden. Dort lebt er mit seiner Frau und seinen Kindern auf einer Plantage, die Terre du Coeur heißt. Wir werden ihn entführen und dann mit ihm zum Sabine River reiten. Ich habe dafür gesorgt, daß wir in Nacogdoches frische Pferde, Lebensmittel und Ausrüstung für unsere Suche bekommen. Sobald wir in Sicherheit sind, werde ich Savage zwingen, uns zu sagen, wo wir das Gold finden.«

Das war keine gute Nachricht für Savanna. Micajah hatte alles bestens vorbereitet. Sie war sich sicher, daß sie bis Nacogdoches keine Gelegenheit zur Flucht finden würde. Aber wollte sie denn überhaupt noch entkommen? Die Geschichte vom Scheitern der Schatzsuche ihres Vaters fand sie inzwischen glaubwürdig. Dadurch konnte sie endlich für ihren Vater etwas anderes empfinden als nur bittere Ablehnung. Widerwillig gestand sie sich ein, daß sie die Geschichte deshalb glauben wollte.

Sie sah Micajah an. Es war unwahrscheinlich, daß er ihr einen Anteil des Goldschatzes überlassen würde. Aber bis sie den Schatz erst einmal gefunden hatten – falls es ihn überhaupt gab –, würde genug Zeit vergehen, in der sie über einen Fluchtplan nachdenken konnte. Und wenn sie dann davonritt, würde sie natürlich nicht vergessen, so viel Gold wie möglich mitzunehmen. Es stand ihr ja ohnehin zu, denn es war ja das Erbe ihres Vaters. Dann dachte sie daran, wieviel Gold sie wohl brauchte, um ihrer Mutter ein sorgenfreies Leben zu gewährleisten und sich selbst ein neues Leben außerhalb des langweiligen Campo de Verde aufbauen zu können. Zuletzt beschloß sie, alle diese Überlegungen zu vertagen, bis das Gold tatsächlich gefunden war. Das einzige, was vorerst zählte, war der Gedanke, daß Blas Davalos sie wirklich geliebt hatte und den Schatz nur finden wollte, um endlich ein normales Leben mit seiner Frau Elizabeth und seiner Tochter zu führen. Und dann war dieser Jason Savage gekommen und hatte ihren Vater getötet. Elizabeth hatte sich in allem geirrt, was sie über Jason Savage und das Gold gedacht hatte.

Als sich die drei Reiter einige Tage später der Plantage Terre du Coeur näherten, war Savanna bereits restlos davon überzeugt, genau richtig zu handeln. Sie hatte in ihrem Herzen einen beständig brennenden Haß auf Jason Savage geschürt, den Schurken, der ihren Vater ermordet hatte.

Micajah hatte bisher Wort gehalten und sich ihr in keiner Weise genähert. Dennoch traute sie ihm nicht, vor allem, weil sie immer wieder dieses fiebrige Glühen in seinen Augen bemerkte, wenn er sie ansah. So tief und traumlos wie in der ersten Nacht ihrer Entführung schlief sie nicht wieder. Zu groß war ihre Angst, im Schlaf von Micajah überfallen zu werden.

Tief in ihrem Herzen war Savanna eine Abenteurerin, die das Risiko liebte. Verglichen mit dem langweiligen Leben auf Campo de Verde war diese Schatzsuche alles, was sie sich nur wünschen konnte. Und der Gedanke, am Ende vielleicht wirklich vor einem Haufen Gold zu stehen, gefiel ihr nicht minder.

Die beiden Männer hatten beschlossen, bis zum Einbruch der Nacht zu warten, bevor sie in das Haus der Plantage eindringen wollten, um Jason Savage zu überwältigen und zu entführen. Micajah weigerte sich hartnäckig, Savanna zu dem Überfall mitzunehmen. Nach einem heftigen Streit, der fast zu einem Kampf geworden wäre, kettete er Savanna an eine kleine Eiche. Als sie die Kette wieder um ihren Knöchel spürte, wurde sie erneut von aller Angst und Verzweiflung des ersten Tages ihrer Entführung überwältigt.

Micajah sah von seinem Pferd auf sie herunter und sagte kalt: »Ich traue dir kein bißchen. Und ich möchte dir keine Gelegenheit geben, aus unserer kleinen Abmachung auszusteigen, während ich weg bin und dich nicht daran hindern kann. Also mach es dir bequem und warte, bis Jeremy und ich mit Jason Savage zurück sind.«

Wie ein gefangener Tiger zerrte Savanna an der Kette und verfluchte Micajah in den zwei Sprachen, die sie gelernt hatte. Aber die beiden Schurken drehten sich nicht mehr nach ihr um, bis sie in der Dunkelheit verschwunden waren. Als ihr Knöchel von den unsinnigen Versuchen, sich zu befreien, brannte, setzte sich Savanna, lehnte sich gegen den Baum und wartete. Und während die Minuten zäh verrannen, als wären sie Stunden, gewann wieder die Wut Oberhand über ihre Angst. Um sich die Zeit zu vertreiben, dachte sie an Jason Savage, den Mann, dem sie noch nie begegnet war und den sie haßte, als wäre sie mit ihm durch jahrelange Fehden verbunden. Soweit sie Micajah kannte, stand diesem Jason Savage eine äußerst unangenehme Zeit bevor.

Aber Savanna sollte sich irren. Jason Savage weilte längst bei seiner Frau und seinen Kindern in New Orleans. Ihm drohte also von Micajah und Jeremy nicht die geringste Gefahr. Die beiden Angreifer wußten davon jedoch nichts. Und als sie sich dem eleganten Wohnhaus von Terre du Coeur näherten, lautlos wie Schatten dort eindrangen und einen großgewachsenen, schwarzhaarigen Mann in der Bibliothek bei einem Glas Brandy sitzen sahen, dachten sie natürlich, daß sie Jason Savage vor sich hatten.

Adam St. Clair hatte es sich auf Terre du Coeur wohlergehen lassen, seit sein Bruder nach New Orleans aufgebrochen war. Er rechnete keinen Augenblick mit irgendeiner Gefahr. So hatte er die Diener früh entlassen und es sich in der Bibliothek bequem gemacht, um den Tag bei einem gut gefüllten Glas Brandy ausklingen zu lassen. Er wollte gerade das bauchige Glas an die Lippen führen, als ihn seine feinen Sinne alarmierten. Obwohl nichts Verdächtiges zu hören war, sprang er aus seinem Sessel auf und fuhr herum. Doch da schlug Micajah bereits mit aller Wucht einen schweren Holzstock auf seinen Kopf. Schmerz explodierte in Adams Kopf, Funken und Feuerbälle trübten seinen Blick. Dann verlor er das Bewußtsein.

Savanna wußte nicht, ob sie froh oder enttäuscht sein sollte, als Micajah und Jeremy zu ihr zurückkehrten und einen leblosen Körper mit sich schleppten, den Micajah vor seinem Sattel über den Rücken seines Pferdes geworfen hatte. Aber es blieb keine Zeit, irgend etwas zu sagen, sie mußten fliehen, bevor die Entführung auf der Plantage bemerkt wurde. Mit etwas Glück würde der Hausherr nicht vor dem nächsten Morgen vermißt werden, aber die beiden Schurken wollten kein Risiko eingehen.

Zu Savannas großer Erleichterung schloß Micajah sofort ihre Kette auf, und Minuten später galoppierten sie durch die Nacht, die von der Sichel des zunehmenden Mondes nur schwach erhellt wurde. Das Sumpfland des Mississippi lag bereits zwei Tagesritte zurück, und das Land um Terre du Coeur dehnte sich trocken und eben, wenn auch dicht bewaldet, vor ihnen aus. Trotzdem kamen die drei Reiter gut voran. Fast die ganze Nacht ritten sie so. Als Micajah endlich sein Pferd zügelte und zu einer Rast haltmachte, sank Savanna vor Erschöpfung fast zu Boden, sobald sie vom Pferd gestiegen war. Während sie das Lager aufschlugen, hielt sie den Blick von dem reglosen Körper Jason Savages abgewandt. Micajah hatte ihn kunstvoll gefesselt und ihn dann wie einen Sack Maismehl beiseite geworfen. In dieser Nacht schlief Savanna wie ein Stein.

Die Hand, die sie diesmal weckte, berührte sie nicht am Arm, sondern schloß sich fest um ihre linke Brust. Savanna reagierte instinktiv, ihr Kopf schnellte vor, und ihre Zähne gruben sich tief in die Hand, die sie so rüde gepackt hatte. Micajah stieß einen Schmerzensschrei aus und sprang zurück, während Savanna in einer einzigen geschmeidigen Bewegung aufsprang. Wie so oft, wenn sie vor Wut raste, leuchtete ihre Mähne auf, als würde sie in Flammen stehen. Und in ihrer Erregung war Savannas Gesicht noch schöner. Der Blick ihrer aquamarinblauen Augen war scharf wie ein Messer, als sie Micajah anfauchte: »Was soll das! Du hast geschworen, mich nicht zu berühren!«

Der Bandit rieb sich die schmerzende Hand und senkte seinen struppigen Kopf in verlogener Reue: »Es war ein Versehen. Ich wollte dich wecken wie immer, und dann habe ich die Kontrolle über meine Hand verloren.«

»Wenn du nicht willst, daß ich dir die Finger einzeln abbeiße, dann achte in Zukunft darauf, daß du nicht noch einmal die Kontrolle über deine Hand verlierst!«

Micajah zuckte die Achseln und ging wortlos an das kleine Feuer zurück, das Jeremy inzwischen entfacht hatte. Da die Gefahr vorerst gebannt schien, wandte sich auch Savanna ab und ging zu dem kleinen Bach, an dessen Ufer sie ihr Lager aufgeschlagen hatten. Sie benetzte ihr Gesicht und den Nacken mit dem kalten, klaren Wasser. Das erfrischte und stärkte sie gleichermaßen. Dann versuchte sie, ihr hüftlanges, während der Tage in der Wildnis zu wilden Locken verworrenes Haar zu ordnen, ließ es aber nach einer Weile sein. Irgendwann würde sie wieder unter einem Dach schlafen, und dort würde es warmes Wasser geben und auch eine Bürste.

Sie kehrte ans Feuer zurück, nahm die Blechtasse mit heißem, starkem Kaffee, die Jeremy ihr wortlos reichte, und trank voll Genuß. Nun fühlte sie sich imstande, den Mann zu betrachten, der Jason Savage war und immer noch reglos wie ein Kleidersack am Boden lag. »Ist er immer noch ohnmächtig?« fragte sie, ohne eine Antwort darauf zu erwarten.

»Micajah hat ihm fast den Schädel eingeschlagen«, erwiderte Jeremy unbehaglich und warf einen besorgten Blick auf den Bewußtlosen.

»Reg dich nicht auf! Er ist nicht tot«, gab Micajah kalt zurück. »Schau dir seine Brust an, er atmet noch. Er wird schon zur rechten Zeit wieder aufwachen.«

»Ich habe ehrlich gesagt wenig Lust, stundenlang hier herumzusitzen und zu warten, bis Mister Savage sich bequemt aufzuwachen«, bemerkte Savanna. »Wenn ihr also nichts dagegen habt, werde ich dem ein bißchen nachhelfen.« Damit nahm sie einen leeren Kochtopf, ging zum Bach und füllte ihn mit kaltem Wasser.

Als sie sich damit dem hilflosen Jason Savage näherte, rief sie sich mit aller Kraft ins Bewußtsein, daß dies das widerliche Scheusal war, das ihren Vater ermordet hatte. Hatte Davalos nicht vor Jahren selbst zu ihrer Mutter gesagt, daß Jason Savage alles daransetzen würde, ihn zu töten? Einen Augenblick lang betrachtete sie den Mann. Sie hatte immer gedacht, als Todfeind ihres Vaters müßte Jason Savage auch ungefähr sein Alter haben. Dieser Mann zu ihren Füßen jedoch war überraschend jung, und obwohl seine Schläfe von Micajahs Schlag geschwollen und blauschwarz verfärbt war, bemerkte sie sofort, daß er atemberaubend gut aussah. Sie ärgerte sich maßlos darüber, wie sehr ihr das von tiefschwarzen Locken gerahmte Gesicht des Mörders gefiel. Also trat sie ihm mit voller Kraft in die Rippen. Und als er davon nur stöhnte und seine Augenlider nur leicht zitterten, schüttete sie ihm das Wasser ins Gesicht.

Dieser Schock ließ Adam wieder zu Bewußtsein kommen. Er richtete sich auf und bemerkte mehrere unangenehme Dinge zur gleichen Zeit. Sein Kopf war ein einziger dumpf pochender Schmerz, seine Hände und Füße waren hart gefesselt worden, und irgend jemand hatte ihm eine große Menge kaltes Wasser ins Gesicht geschüttet. Er versuchte, seinen Geist von den Schmerzen zu lösen, die seinen Körper quälten, damit er sich über seine Umgebung und die Lage, in der er sich befand, Klarheit verschaffen konnte. Er wußte nicht, wo er war, der schmale Fluß und das Tal waren ihm völlig unbekannt. Auch die beiden zwielichtigen Gestalten, die am Feuer saßen, hatte er noch nie zuvor gesehen. Dann kam die Erinnerung an die vergangene Nacht zurück. Adam war klar, daß es diese beiden Männer gewesen sein mußten, die in Terre du Coeur eingedrungen waren, ihn niedergeschlagen und fortgeschafft hatten.

Dann erst bemerkte er die dritte Person. Er hob die Augen und sah über sich eine Frau stehen, die schöner war als alle Frauen, denen er bisher in seinem Leben begegnet war. Er starrte sie an wie eine Erscheinung. Das einfache Baumwollkleid verhüllte nichts von ihrem großen, betörend weiblich geformten Körper. Rotgoldenes Haar fiel in wilden Locken um ihr Gesicht, und sie wirkte auf ihn wie ein wilder Engel. Ihre Augen aber waren von solcher Klarheit und Tiefe, daß er sich trotz seiner erbärmlichen Lage sofort darin verlor. Sein Herz setzte aus und begann dann mit drängenden Schlägen zu hämmern. Erst etwas später bemerkte Adam den Haß in diesen hypnotisierenden Augen und die Abscheu, die in dem ebenmäßigen Gesicht der Frau stand. Da er nicht einmal eine vage Vermutung hatte, was das zu bedeuten hatte, begann er langsam und sorgfältig zu sprechen: »Ich weiß nicht, was Sie von mir wollen, aber ich fürchte, es liegt ein fataler Irrtum vor.«

Savanna mußte sich zusammenreißen, um ihren Blick von dem attraktiven Gesicht des Mannes zu lösen. Und als sie es tat, erschauerte sie unter einem wohligen Kitzel in der Tiefe ihrer Brust und ihrer Lenden, wie sie ihn noch nie zuvor gespürt hatte. Sie wurde so wütend darüber, wie sehr ihr dieser Schurke gefiel, daß das Blut in ihren Adern zu kochen begann. Unbeherrscht schrie sie ihn an: »Das ist kein Irrtum! Du Hurensohn hast meinen Vater umgebracht! Ich werde dich dafür büßen lassen, du Dreckskerl Jason Savage!«

6

Adams erster Impuls war zu rufen: Ich bin nicht Jason Savage, das ist alles ein Irrtum! Doch während er bereits die Lippen dazu öffnete, wurde ihm klar, daß es seine Lage in keiner Weise verbessern würde, wenn er seinen Entführern sagte, wer er wirklich war. Wahrscheinlich würden die zwei zwielichtigen Gestalten ihm aus Ärger über die Verwechslung die Kehle durchschneiden und danach umgehend nach dem richtigen Jason Savage suchen. Wenn er den Irrtum aufklärte, würde er nicht nur sich selbst in größte Schwierigkeiten bringen, sondern auch noch seinen Halbbruder Jason gefährden.

Er schloß seine Augen zu schmalen Schlitzen, während er sich konzentrierte, und musterte diese umwerfend aussehende, aggressive Frau, die vor ihm stand. Ein Teil seines Gehirns überlegte, welche Rolle sie wohl bei seiner Entführung spielen mochte. Ohne jeden Zweifel war sie überzeugt, daß Jason Savage ihren Vater auf dem Gewissen hatte. Und wenn Adam sich ins Bewußtsein rief, was er alles über Jasons wilde Jahre wußte, dann war es durchaus möglich, daß sein Bruder tatsächlich den Vater dieser haßerfüllten Frau umgebracht hatte. Doch ebenso gut wußte Adam, daß Jason seit Jahren niemanden mehr getötet hatte, nicht einmal in einem Duell. Es ergab für Adam keinen rechten Sinn, daß diese ganze Entführung geschehen sein sollte, um einen fragwürdigen Mord zu rächen. War es möglich, daß es um etwas ganz anderes ging? Und wie paßten die beiden skrupellosen Gesellen, die da am Feuer saßen, in das Szenario der Rache? Hatte die Frau die beiden Halunken angeheuert, um Jason für sie zu entführen?

Durch die fast geschlossenen Lider betrachtete Adam die Frau in aller Ruhe. Zuerst tat er es, weil er ihre Beweggründe zu erkennen suchte, doch nur zu bald wurden diese Überlegungen unwichtig, und was blieb, war das rückhaltlose Interesse des triebhaften Mannes für eine aufregende Frau. Sein Blick wanderte über ihr Gesicht, verweilte auf den vollen, leidenschaftlichen Lippen, glitt zu ihren üppigen Brüsten, die sich gegen den Stoff des einfachen Kleides preßten, als lechzten sie nach einer Hand, die diesen Stoff zerreißen sollte, daß sie hungrig der Berührung entgegenspringen konnten. In einer Mischung aus Ärger und Vergnügen bemerkte Adam, wie stark sein Körper auf diese Frau reagierte.

Es entging Savanna keineswegs, wie sehr sich der Gefangene mit seinen Blicken an ihrem Körper weidete, und das ärgerte sie über alle Maßen. Sie biß wütend die Zähne zusammen und zischte: »Du solltest dich lieber gegen meine Vorwürfe verteidigen, statt mich mit den Augen auszuziehen!«

Adam war kein bißchen verlegen, daß sie seinen ungenierten Blick bemerkt hatte. Er verzog seine Lippen zu einem schrägen Grinsen und erwiderte ungerührt: »Nachdem Sie mich bereits des schändlichen Mordes an Ihrem Vater beschuldigt haben, sehe ich keinen Sinn darin, Sie von meiner Unschuld überzeugen zu wollen.« Und mit einer Stimme, die von Ironie troff, fügte er hinzu: »Hatte Ihr Vater eigentlich einen Namen?«

Es verblüffte Savanna maßlos, daß dieser Mann trotz seiner bedrohlichen Lage nicht im geringsten besorgt oder eingeschüchtert schien. Und sie wünschte sich, der Mörder ihres Vaters wäre alt und häßlich und nicht so jung und aufwühlend attraktiv. Einem Mann wie ihm war sie nie zuvor begegnet. Und noch nie hatte sie einen so wilden Aufruhr der Gefühle, eine so heiße Wallung ihres Blutes verspürt. Und daß der Urheber dieser Erregung ein Mann war, den sie eigentlich hassen sollte, verwirrte und verärgerte sie gleichermaßen.

Ungeachtet seiner Kopfverletzung und der Tatsache, daß er von zwei skrupellosen Banditen entführt und gefesselt worden war, strahlte dieser schamlose Bursche eine Aura unerschütterlicher Eleganz aus, von spielerischem Hochmut und völliger Gleichgültigkeit seinem drohenden Schicksal gegenüber. Jeder andere Gefangene hätte jämmerlich ausgesehen, gedemütigt von Angst und den schmerzvollen Fesseln. Er aber lag mit fast lässig ausgestreckten Beinen da, wohl wissend, wie vorteilhaft die enge Wildlederhose seine langen, starken Beine zur Geltung brachte. Und ebenso wußte er, daß ein Blick auf seine enge Hose keinen Zweifel darüber ließ, wie sehr ihn der Anblick der Frau erregt hatte. Er genoß es sogar, daß Savanna seine obszön angeschwollene Männlichkeit bemerkte und wie ihre Hand zuckte, um ihn in sein wundervolles Gesicht zu schlagen. Das Hemd aus feinstem weißen Baumwollstoff wirkte wie zu dem einen Zweck maßgeschneidert, seine breiten Schultern wirkungsvoll zur Geltung zu bringen. Die weiten Ärmel betonten seine kräftigen Arme, in dem nachlässig offen getragenen Ausschnitt lockten sich schwarze Haare. Und schwarz war auch die störrische Locke, die über seine klare Stirn fiel. Doch vor allem der intensive Blick seiner saphirblauen Augen war es, der Savannas Herz tanzen und ihr Blut singen ließ. Dieser Mistkerl war so selbstbewußt, so überheblich!

Ohne weiter an die beiden Männer am Feuer zu denken, spie Savanna die nächste Frage aus: »Hast du so viele Männer auf dem Gewissen, daß du den Überblick verloren hast?«

Adam zuckte herablassend mit den Schultern: »Ich kann mich zumindest nicht erinnern, jemals einen Mann getötet zu haben, der auch nur die entfernteste Ähnlichkeit mit Ihnen hatte, meine Teuerste!«

Vor Wut knirschte Savanna so laut mit den Zähnen, daß es wie der Tritt eines Pferdes auf Kies klang. Und bevor sie recht wußte, was sie tat, stieß sie dem Gefangenen mit aller Kraft den Stiefel in die Rippen. »Vielleicht sagt dir der Name Davalos etwas!« schrie sie.

Der Tritt jagte ein Gewitter aus Schmerz durch seinen Körper, aber es war die Erwähnung des Namens Davalos, die Adam zusammenzucken ließ. Er wußte, wer Blas Davalos gewesen war. Und als er an den Kummer dachte, den dieser Mann seiner Familie gebracht hatte, breitete sich eine Wut so kalt wie Eis in seinen Adern aus. O ja, er wußte nur zu genau, wozu Davalos fähig war. Er hatte den Spanier in Natchez kennengelernt, als sich seine Schwester Catherine in Belle Vista aufgehalten hatte. Sie war damals im Streit von Jason gegangen und hoffte, daß er kommen und sie um Verzeihung bitten und sie zu sich zurückholen werde. Dann hatte Blas Davalos Catherine entführt, sie vergewaltigt und mit seiner schonungslosen Begierde bewirkt, daß sie das Kind verlor, das sie damals unter dem Herzen trug. Von Jason und Bluttrinker hatte er immer mehr Einzelheiten über Blas Davalos erfahren bis hin zu seinem qualvollen Sterben, das ihm Bluttrinkers Folter bereitet hatte. Wenn es überhaupt etwas gab, das Adam leid tat, dann nur die Tatsache, daß das Schicksal es ihm vorenthalten hatte, Blas Davalos eigenhändig zu töten!

Es war kaum zu glauben, daß diese atemberaubende junge Frau die Tochter von Blas Davalos sein sollte. Davalos war eher klein, von dunkler Haut und tiefschwarzem Haar wie die meisten Spanier gewesen. Nichts, aber auch gar nichts an dieser haßerfüllten Frau erinnerte an Davalos, weder ihre imposante Größe noch die wilde feuerrote Mähne, die ihr makelloses

Gesicht umloderte, noch die eisklaren aquamarinblauen Augen.

»Ehrlich gesagt, Miss Davalos, Sie sehen kein bißchen wie Ihr Vater aus«, sagte Adam schließlich kühl.

Savanna sank das Herz, als der Gefangene so offen zugab, ihren Vater gekannt zu haben. Und erst in diesem Moment spürte sie, wie sehr sie gehofft hatte, der Name Davalos wäre fremd und nichtssagend für ihn gewesen. Aber seine offenen Worte machten ihn des Mordes schuldig. Savannas Wangen spannten sich. Am liebsten hätte sie dem Mann vor sich die Rippen mit ihrem Stiefel eingetreten. »Mein Name ist O'Rourke! Und ob ich Blas Davalos ähnle oder nicht, ist völlig nebensächlich! Wichtig ist nur, daß du meinen Vater getötet hast und dafür jetzt bezahlen sollst!«

Obwohl Adam äußerlich kühl und beinahe verächtlich wirkte, raste sein Verstand. Aber alle Schlüsse, die er zog, waren gleichermaßen unerfreulich. Seine Lage war überaus prekär. Je mehr er jedoch nachdachte, um so stärker wurde sein Verdacht, daß es um mehr ging als nur um Rache für den Tod von Blas Davalos. Und tief in seinem Kopf dämmerte bereits eine Ahnung von den wahren Zusammenhängen, und die machten ihn beinahe schaudern. Dennoch gelang es ihm, herausfordernd zu fragen: »Wie wollen Sie mich denn für den Tod Ihres Vaters zahlen lassen? Falls Sie vorhatten, Tod mit Tod zu vergelten, hätten Sie mich schon letzte Nacht umgebracht. Warum haben Sie sich da zurückgehalten?«

Da erhob sich der große, stämmige Mann, der bisher wortlos und aufmerksam lauschend der Auseinandersetzung gefolgt war, verließ seinen Platz am Feuer und trat zu Adam. »Die Antwort ist, daß du vorerst lebend für uns interessanter bist als tot. Wir können dich töten, wann immer wir wollen, aber wir werden es sicherlich erst tun, wenn du uns alles über das goldene Armband und den Azteken-Schatz erzählt hast, dessentwegen du Savannas Vater ermordet hast.«

Nicht einmal durch ein Wimpernzucken ließ Adam erkennen, ob er etwas von einem Armband oder einem Schatz wußte. Tatsache aber war, daß er sehr wohl wußte, wo sich dieses Armband befand – zu oft hatte er es an Jasons Arm gesehen. Und ebenso genau kannte er die Geschichte von dem Azteken-Schatz, die Jason, Bluttrinker und Jasons väterlicher Freund Paul Nolan von einer ihrer Handelsreisen zu den Komantschen zurückgebracht hatten. Das einzige, was Adam wirklich überraschte, war, daß noch jemand anderer diese Geschichte kannte.

Adams saphirblaue Augen bohrten sich in den blaßblauen Blick seines Entführers, und er sagte trocken: »Ich habe keine Ahnung, wovon Sie sprechen!«

Der stämmige Mann grinste breit, zog sein Messer und liebkoste die lange Klinge. »Ich dagegen bin überzeugt, daß du genau weißt, wovon ich rede. Und ich bin sicher, daß dieses Messer deinem Körper so unangenehm werden kann, daß du danach winseln wirst, uns alles verraten zu dürfen, was du weißt.«

»Micajah! Nicht jetzt!« fuhr Savanna scharf dazwischen. »Du hast gesagt, wir können uns erst sicher fühlen, wenn wir den Sabine River überquert haben. Sollten wir nicht längst schon wieder unterwegs sein?«

Eine zermürbende Sekunde lang fürchtete Adam, der Mann, der Micajah genannt wurde, werde den Einwand der Frau ignorieren, aber zuletzt nickte er doch und murmelte: »Vielleicht hast du recht. Ein paar Tage hin oder her machen auch keinen großen Unterschied mehr.« Dann bedachte er Adam mit einem bösartigen Lachen: »Und dieser Herr wird uns auf jeden Fall begleiten, egal wie lange wir reiten und wohin.«

Micajahs Entschluß gewährte Adam eine ersehnte Galgenfrist. Sie würden etwa drei Tage zügig reiten müssen, bevor sie den Fluß erreichten, drei Tage, innerhalb derer einiges passieren konnte.

Doch wie unter Zwang zog diese wilde, außergewöhnliche Frau Adams Aufmerksamkeit wieder auf sich. Nach wie vor konnte Adam nicht glauben, daß sie die Tochter von Blas Davalos sein sollte. Immerhin nannte sie sich auch nicht Davalos, sondern Savanna O'Rourke. Dann ging ihm ein lästiger Gedanke durch den Kopf, und voll Ärger erkannte er, wie unangenehm ihm dieser Gedanke war: War diese Savanna etwa mit dem Halsabschneider Micajah verheiratet? Reizten sie grobe und gewalttätige Verbrecher? Mit Mühe vertrieb er diesen Gedanken aus seinem Kopf. Es ging ihn nichts an, selbst wenn die beiden tatsächlich ein Paar waren. Das einzige, was zählte und worauf er seine ganze Aufmerksamkeit richten mußte, war die Flucht aus seiner lebensbedrohlichen Gefangenschaft.

Als Micajah und Savanna zum Feuer zurückgekehrt waren, prüfte Adam als erstes den Sitz seiner Fesseln. Sie waren unentrinnbar fest geknotet, aber das überraschte Adam nicht. Er hatte nichts anderes erwartet, als daß ein Gesetzloser wie Micajah sein Handwerk verstand. Da ihm also diese Chance verwehrt war, beschränkte er sich vorerst darauf, seine drei Entführer genau zu beobachten und irgendwelche Schwächen zu finden.

Bei Savanna war es sicherlich ihr Temperament, das viel zu leicht mit ihr durchging. Der wilde Fußtritt in Adams Rippen war ein nur allzu schmerzhafter Beweis dafür. Micajah war skrupellos und brutal. Er liebte es, andere Menschen zu quälen. Der freudige Ausdruck in seinem Gesicht, als er das Messer gezückt hatte, sprach eine deutliche Sprache. Außerdem war er ein Bulle von Mann und sicherlich ein erfahrener, gnadenloser Kämpfer. Gerade schlug er seinem kleinen, schmächtigen Partner, mit dem er sich stritt, die Faust auf den Kopf. Worum es bei der Auseinandersetzung ging, konnte Adam vorerst nicht erkennen. So ließ er seinen Blick weiterwandern. Doch seine Augen sprangen sofort zu den drei Menschen am Feuer zurück, als er bemerkte, daß sich die Meinungsverschiedenheit verschärft hatte.

Savanna hatte die Fäuste geballt, und Adam erkannte sofort, daß sie bereits wieder Mühe hatte, ihre Wut zu zügeln. »Vergiß es, Micajah! Ich werde nicht mit dir auf demselben Pferd reiten!« schrie sie.

»Wie sollen wir denn sonst reiten, du dickschädelige Hexe«, schrie Micajah zurück. »Wir haben nur drei Pferde, sind aber zu viert, falls dir das noch nicht aufgefallen sein sollte.«

»Und wessen Verschulden ist das?« fragte sie plötzlich honigsüß. »Habe ich die drei Pferde besorgt oder du?« Sie würde auf keinen Fall klein beigeben. Schon der Gedanke, sie müßte Micajah Yates stundenlang so nahe sein, wie man es zu zweit auf einem Pferd unweigerlich war, machte sie krank. Sie würde ihn berühren müssen, würde die Arme um seinen schmutzigen Körper legen, seinen Atem, seinen Schweiß riechen müssen. Lieber würde sie barfuß über glühende Kohlen bis an den Sabine River gehen, als mit Micajah zu reiten!

Der betrachtete sie mit einer Mischung aus Begehren und Wut. Er war zu nachsichtig mit ihr gewesen, und schon wurde sie hochmütig und dachte, sie wäre seine gleichberechtigte Partnerin und nicht seine Gefangene. Es war an der Zeit, Savannas Mut zu kühlen.

Micajah ballte die Faust und holte aus, um Savanna ins Gesicht zu schlagen. Aber als ob sie seine Absicht vorhergesehen hätte, war Savanna schon in Bewegung. »Nein!« schrie sie, duckte sich ans Feuer, packte eins der Scheite, sprang wieder auf und ging mit dem hell lodernden Scheit direkt auf Micajahs Gesicht los.

Ihr Angriff kam so überraschend, daß Micajah kurz keuchte und zur Seite wegtänzelte. Doch Savanna setzte ihm nach und stieß mit dem funkensprühenden Scheit nach dem Gesicht ihres Gegners. »Vergiß es, du Bastard«, knurrte sie, »ich lasse mich von niemandem schlagen, und von dir schon gar nicht!«

Mit Genugtuung sah sie, daß Micajah unbehaglich weiter zurückwich, doch sie machte sich keine Illusionen. Sie hatte ihn überrascht, aber sie wußte wohl, daß Micajah sich niemals so schnell geschlagen gab. Er brauchte sie, darum zögerte und stürzte er sich nicht auf sie, um ihr Gesicht, ihren Körper, ihren Willen zu zerschlagen, ungeachtet der Verletzungen, die sie ihm vielleicht mit dem brennenden Holzstück zufügen mochte. So aber hatte sie die Oberhand, und sie setzte nach: »Denke immer daran, Micajah, ich weiß, du bist stärker als ich, du kannst mich überwältigen und so zurichten, daß ich nicht mehr weiß, ob ich tot oder lebendig bin. Aber du wirst meinen Willen niemals brechen, verstehst du, niemals! Und irgendwann wirst du schlafen müssen. In einer dieser Nächte werde ich dir die Leber herausschneiden und sie dir zum Frühstück servieren.«

Adam verfolgte die Szene mit größtem Interesse. Es war offensichtlich, daß dieser hartgesottene Micajah keine Sekunde daran zweifelte, daß Savanna ihre Drohung wahr machen würde. Der massige Mann spuckte aus und lenkte ein: »Du weißt doch, Savanna, daß ich dir nie weh tun könnte! Du hast mich einfach nur wütend gemacht, Schätzchen, und ich habe eben die Beherrschung verloren. Dafür müßtest doch gerade du Verständnis haben.«

Verächtlich ließ Savanna das Scheit sinken. »Jedenfalls werde ich nicht mit dir reiten!«

»Dann reite meinetwegen mit Jeremy«, sagte Micajah mürrisch, der es nicht gewohnt war, klein beizugeben. »Sobald wir am Sabine River sind, haben wir genug Pferde und Ausrüstung. Bis dahin kannst du machen, was du willst! Geh meinetwegen zu Fuß, wenn du mit uns Schritt halten kannst!« Er hütete sich vor einem weiteren Versuch, Savanna seinen Willen aufzwingen zu wollen. Doch die Niederlage floß wie scharfe Galle durch seine Adern. Er, der mörderische Micajah, der Anführer, hatte vor einer Frau den Schwanz eingezogen und sich vor

Jeremy blamiert. Doch der Augenblick würde kommen, wo er Savanna nicht mehr brauchte, und dann würde sie bezahlen.

Als Jeremy, der der Auseinandersetzung mit offenem Mund gefolgt war, seinen Namen hörte, wehrte er sofort nervös ab: »Ich werde auf keinem Fall mit dieser wahnsinnigen Hyäne reiten!« Dann nickte er in Adams Richtung und sagte: »Laß doch die beiden miteinander reiten!«

Savanna öffnete bereits den Mund, um gegen diesen Vorschlag zu protestieren, aber da erkannte sie, daß sie sich in eine Sackgasse manövriert hatte. Sie hatte klargestellt, daß sie auf keinen Fall mit Micajah reiten würde, und Jeremy weigerte sich, mit ihr zu reiten. So blieb als Partner für den Ritt nur der Mörder ihres Vaters.

Sie blickte hinüber zu dem Gefangenen. Der nickte freundlich und sagte mit einem frechen, wissenden Lächeln: »Stets zu Ihren Diensten, Madame.«

»Ach, beiß dir die Zunge ab!« fluchte Savanna schon wieder wütend und tat, als wollte sie erneut nach ihm treten.

Der kritische Moment war vorüber. Aber statt zu triumphieren, fühlte sich Savanna ausgelaugt und hatte Mühe, das Zittern ihrer Hände zu kontrollieren. Es war lebensgefährlich gewesen, Micajah die Stirn zu bieten, aber sie hatte keine andere Wahl gehabt. Seit der Stunde, als Micajah sie in seine Gewalt gebracht hatte, waren ihre Nerven bis zum Zerreißen gespannt. Es hatte seither keine Sekunde gegeben, in der sie sich nicht ihrer gefährlichen Lage bewußt war und mit ihrer Wachsamkeit nachgelassen hätte. Bei Tag und bei Nacht, ob sie wachte oder schlief, fürchtete sie Micajahs unberechenbare Brutalität, fürchtete Schläge, Vergewaltigung, Demütigung. Mehr als alles aber fürchtete sie, er werde nicht nur sie, sondern auch das Leben ihrer Mutter zerstören, indem er ihre anrüchige Vergangenheit enthüllte.

Es lag noch ein so weiter Weg vor ihnen. Indem sie sich Micajah widersetzt hatte, hatte sie ihm gezeigt, daß sie kein williges

Opfer war. Aber sie wußte auch, daß er sich eine solche Erniedrigung nicht noch einmal bieten lassen würde.

Äußerlich mochte sie ruhig und beherrscht wirken, innerlich jedoch war sie von blanker Angst geschüttelt, während sie im Lager hin und her ging und die wenigen Gerätschaften zusammenpackte, die sie mit sich führten. Der Sabine River lag noch einige Tagesreisen entfernt, vielleicht würde sich bis dahin ihre Lage irgendwie zum Besseren wenden. Dabei war an Flucht nicht zu denken, denn auch wenn sie sich vielleicht selbst in Sicherheit bringen konnte, würde sie dadurch aber unausweichlich Schimpf und Schande über ihre Mutter bringen.

Während Micajah sein Pferd sattelte, betrachtete sie ihn abschätzend, und ihr Mund wurde schmal. Solange er lebte, konnten weder sie noch ihre Mutter sich wirklich sicher fühlen. Es gab nur einen einzigen Weg, dafür zu sorgen, daß der Outlaw ihnen nichts mehr antun konnte: Sie mußte ihn töten! Savannas Augen wurden düster bei diesem Gedanken. Aber ob es ihr behagte oder nicht, es war tatsächlich die einzige Lösung.

Der Entschluß, Micajah umzubringen, erfüllte Savannas Herz mit Schaudern. Müßte sie mit ihm kämpfen, um sich einer Vergewaltigung zu erwehren, würde sie ihn ohne Zögern töten können. Einen kaltblütigen Mord zu planen war viel schwieriger. Und es kam ihr in den Sinn, daß sie, wenn sie Micajah in kalter Berechnung tötete, nicht viel besser wäre als der Mann, der ihren Vater ermordet hatte. Sicherlich hätten sie verschiedene Gründe für ihr Verbrechen, die Tat an sich aber wäre die gleiche: brutaler Mord an einem Menschen.

Grimmig wandte sie sich dem Gefangenen zu. Ihr Herz machte einen erregten Sprung, als sie bemerkte, daß er sie die ganze Zeit über genau betrachtet hatte. Was er dabei dachte, war nicht zu erkennen. Aber es war auch nicht wichtig, sagte sie sich. Er hatte sein Leben ohnehin verwirkt. Sobald er verraten hatte, wo das Gold versteckt war, würde Micajah ihn töten. Und obwohl sie wußte, daß dieser gutaussehende junge Mann durch den Mord an ihrem Vater den Tod mehr als verdient hatte, fühlte sie eine unbegreifliche Traurigkeit in sich aufsteigen. In Gedanken sah sie diese strahlenden, spöttischen Augen starr und blicklos, dieses herrliche Gesicht von Maden zerfressen, sah diesen schönen, muskulösen Körper in irgendeinem hastig geschaufelten Grab vermodern.

Sie gab sich einen Stoß und wandte sich ab. Sollte er zum Teufel gehen! Es war seine eigene Schuld! Er hatte ihren Vater auf dem Gewissen, hatte dadurch ihr Leben zerstört, und sie haßte ihn dafür – das war alles, was zählte. Warum also brach ihr fast das Herz, wenn sie an sein Schicksal dachte?

Während der folgenden Stunden wußte Savanna nicht, wen sie eigentlich mehr hassen sollte, Micajah Yates oder diesen schwarzhaarigen Hurensohn, mit dem sie auf einem Pferd saß. Sobald sie in den Sattel gestiegen war, hatte sich der Gefangene hinter ihr auf das Pferd geschwungen. Und mit einem hämischen Grinsen im Gesicht hatte Micajah die Hände seines Gefangenen an das Sattelhorn gebunden. So fand sich Savanna unentrinnbar von zwei Armen gehalten, deren Muskeln sie hart wie Eisen spürte. Aber es kam noch schlimmer. Nicht nur, daß die Arme des Gefangenen sie eng umschlossen, seine breite Brust, die sich an ihren Rücken drückte, und sein warmer Atem, der durch ihr Haar die empfindliche Haut ihres Nackens liebkoste, machten den Ritt auf eine ihr unliebsame Weise intim. Bei jedem Schritt des Pferdes schmiegten sich seine langen Beine gegen ihre Schenkel, und je länger sie so ritten, desto mehr kam Savanna zu der Überzeugung, daß der Mann nicht das geringste tat, um die dauernden Berührungen ihrer Körper zu vermeiden. Sie hatte den starken Verdacht, daß er diesen Ritt mit unverschämter Freude genoß. Sie haderte mit sich, daß sie nicht schlauer gewesen war und gefordert hatte, daß der Gefangene nicht mit ihr, sondern mit Jeremy ritt. Während sie ihre Augen nicht von den gepflegten, langgliedrigen Händen lassen konnte, die brutal vor ihr an das Sattelhorn gefesselt waren, überlegte sie, ob es nicht besser gewesen wäre, mit Micajah zu reiten. Sie warf dem Verbrecher einen Blick zu, und der bloße Gedanke, sie würde hinter ihm sitzen und sich an ihm festhalten müssen, ließ sie vor Ekel frösteln. Sie hatte von zwei Übeln doch das kleinere gewählt. Sie ließ ihre finsteren Gedanken bei Micajah verweilen, und das fiel ihr mehr als leicht. Zwar hatte sie die Zügel ihres Pferdes in der Hand, doch er hatte einen Lederriemen am Zaumzeug ihres Pferdes befestigt, und den hielt er um sein Handgelenk geschlungen, als sie endlose Stunden lang nebeneinander durch die Wildnis ritten.

Unter anderen Umständen hätte Adam die Situation tatsächlich von Herzen genossen. Immerhin lagen seine Arme so eng, wie er es sich nur wünschen konnte, um den Leib einer anziehenden jungen Frau, und zusammen ritten sie durch wildes Land von harter, menschenfeindlicher Schönheit. Was aber sein Vergnügen deutlich minderte, war das Wissen, daß diese attraktive junge Frau ihm am liebsten jede Rippe einzeln mit ihren Fußtritten brechen würde und daß ihre beiden Kumpane ohnehin vorhatten, seinen Körper zu häuten und seine Muskeln in Streifen von den Knochen zu schneiden. Ja, diese beiden Halunken wollten Gold, und dafür würden sie ihn wie Bestien foltern und zuletzt töten. Es war alles andere als eine vergnügliche Aussicht. Aber es gab vorerst nichts, was Adam tun konnte, um diesem entsetzlichen Sterben zu entgehen. Und während ein Teil seines Verstandes alle Möglichkeiten einer Flucht abwog, beschäftigte sich der andere genießerisch mit dem verführerischen Körper der betörenden, heißblütigen Wildkatze, die vor ihm auf dem Pferd saß.

Sie war hinreißend und bezaubernd. Adam mußte zugeben, daß sie ihm immer und überall aufgefallen wäre. Sie aber hatte mit ihrem rüden Fußtritt ein Nest aus Schmerzen in seinen Rippen hinterlassen, und nie zuvor hatte eine Frau Ähnliches bei ihm gewagt. Obwohl er mit viel Genuß ihre Taille, ihre Hüften und manchmal, wenn das Pferd in einer Bodensenke überraschend strauchelte, auch ihre festen Brüste gegen seine Unterarme prallen spürte, so entging ihm doch bei aller Begeisterung für diese Frau nicht ihre kalte Ablehnung. Sie haßte es, diesen Ritt mit ihm durchstehen zu müssen. Mit einem diabolischen Grinsen im Gesicht tat er darum alles, um ihr so nahe wie möglich zu kommen. Das Ganze hatte nur eine einzige unangenehme Folge: Er verbrachte den ganzen Ritt in einem Zustand höchster sexueller Erregung, die sie niemals stillen würde. So war er zuletzt doch ziemlich mißgestimmt, als Micajah endlich anhalten ließ, um das Lager für die kommende Nacht aufzuschlagen.

Kaum hatte Micajah dann Adams Fesseln gelöst, sprang Savanna hastig vom Pferd und machte unmißverständlich klar, daß sie diesen Ritt in seinen Armen keineswegs genossen hatte. Adam überlegte, ob er gekränkt darüber sein sollte, aber dann kam er zu der Einsicht, daß sie natürlich der Nähe zu einem Mann, den sie für den Mörder ihres Vaters hielt, nichts Angenehmes abgewinnen konnte.

Dennoch fuhr Adam fort, jede ihrer Bewegungen genau zu beobachten, während sie auf dem Lagerplatz umherging und die ihr übertragenen Arbeiten erledigte. Nach dem Tag, den sie so eng aneinandergedrängt verbracht hatten, kannte sein Körper jede Rundung ihres Körpers. Er wußte, wie schmal ihre Taille war, wie rund ihre Hüften, wie flach ihr Bauch und wie fest schwingend ihre vollen Brüste waren, die von dem einfachen braunen Stoff ihres Kleides nur mit Mühe in Zaum gehalten wurden. Auch jetzt noch konnte er es sich kaum vorstellen, daß diese Frau die Tochter von Blas Davalos sein sollte. Aber noch unglaublicher schien ihm sein eigenes Geschick, daß er entführt worden war, um den Platz zu verraten, an dem Jason den Azteken-Schatz gefunden und zurückgelassen hatte. Adams Miene verfinsterte sich, als er sich wieder daran erinnerte, daß er in etwa achtundvierzig Stunden zu Tode gefoltert würde, um diesen Platz zu verraten. Noch hoffte er, das Schicksal werde gnädig sein, aber zugleich wußte er, daß er eigentlich auf ein Wunder hoffte.

In dieser Nacht schlief Adam St. Clair trotz seiner Erschöpfung schlecht. Es waren aber nicht nur die trommelnden Schmerzen in seinem übel zugerichteten Kopf, die ihn keinen Schlaf finden ließen, sondern auch die rasenden Gedanken, die tausend Fluchtpläne schmiedeten, von denen keiner erfolgversprechend schien. Als ihn am nächsten Morgen Savannas harter Fußtritt in die Rippen weckte, war er der Lösung seiner Lage keinen Schritt näher gekommen. Während des Rittes an diesem Tag hatte er mehr als einmal Gelegenheit, seine beiden Entführer ebenso zu verfluchen wie die Frau, mit der er wieder das Pferd teilte.

Auch Savanna hatte eine unruhige Nacht verbracht. Doch diesmal raubte ihr nicht nur die ständige Angst um ihre Sicherheit den Schlaf, sondern auch die wohlig-beunruhigende Erinnerung an den betörenden Körper dieses saphiräugigen Mörders. Obwohl sie diesen Schuft aus ganzem Herzen haßte und ihm die schlimmsten Foltern wünschte, die sich ein Mann wie Micajah ausdenken konnte, so spürte sie doch gleichzeitig, wie erregt und aufgewühlt ihr Körper auf seine Nähe reagierte. Jedesmal wenn er im Sattel gegen sie geschleudert wurde, war da dieser Kitzel tief in ihren Lenden, und als sie eine Weile seinen Atem auf ihrem Nacken gespürt hatte, waren zu ihrem ärgerlichen Entsetzen ihre Brustwarzen angeschwollen und hart geworden, als hätte er sie schamlos berührt. Savanna war diesen aufwühlenden Gefühlen hilflos ausgeliefert, die nie zuvor ein Mann in ihr erregt hatte. Doch größer als ihre Verwunderung darüber war ihr Ärger, daß ausgerechnet der Mann, der ihren Vater getötet hatte, diese verwirrenden Gefühle in ihr entfachte. Den größten Teil der Nacht über hatte sich Savanna auf ihrem Lager schlaflos hin und her geworfen und sich tausend schreckliche Methoden ausgedacht, diesem hochmütigen, spöttisch lächelnden Mistkerl das Leben unerträglich zu machen.

Natürlich sollte Savanna am nächsten Morgen wieder mit dem Gefangenen reiten. Mit steinerner Mine stieg sie also in den Sattel und wartete ergeben, daß Micajah Jason Savages Hände um ihre Hüften legte und vor ihr an den Sattelknauf fesselte. Doch an diesem Tag war Savanna wild entschlossen, sich seinen Körper vom Leib zu halten. Und jedesmal, wenn er sich gegen ihren Rücken preßte, sei es zufällig oder mit Absicht, stieß sie ihm mit aller Kraft ihren Ellenbogen in die Rippen. Als sie ihm so einige Male den Atem aus der Brust geschlagen hatte, bemerkte sie mit grimmiger Genugtuung, daß er sich spürbar zurückhielt. Sie aber kannte kein Erbarmen. Gestern hatte er sie mit seiner Nähe aufgewühlt und fast zur Verzweiflung gebracht, heute sollte er dafür büßen!

Und Adam büßte! Als Micajah an diesem Abend anhalten ließ, schmerzte sein Körper, als sei eine Herde Mustangs über ihn hinweggaloppiert. Jeder Atemzug durchstach schmerzhaft seine Brust. Er befürchtete, daß Savanna ihm einige Rippen gebrochen hatte. An diesem Abend empfand er ihren Körper nicht mehr als besonders verführerisch. Wenn sie nun in seine Nähe kam, juckten ihm die Finger, aber nicht um sie zu umarmen und zu streicheln, sondern um sie zu erwürgen!

Seine Gedanken waren schwarz wie der Nachthimmel, als er gefesselt unter einer Decke lag und starr zu den Sternen blickte. Micajah hatte ein schonungsloses Tempo eingeschlagen, und morgen würden sie bereits den Sabine River erreichen. Adams verbleibende Zeit wurde rasend schnell knapp. Bisher hatte er nicht die geringste Chance zur Flucht gesehen. Tag und Nacht waren seine Hände und Füße kunstvoll gefesselt, und seine drei Entführer ließen ihn nie unbeaufsichtigt.

Obwohl ein Kampf allein gegen zwei Entführer immer ein ziemlich aussichtsloses Wagnis dargestellt hätte, wäre Adam bereit gewesen, dieses Risiko gegen Savanna und Jeremy einzugehen. Micajah aber war ein harter Gegner, den Adam schon im Kampf Mann gegen Mann nur mit äußerster Anstrengung hätte besiegen können.

Als der nächste Morgen dämmerte, war Adam in einer Stimmung so bitter und schwarz wie der Kaffee, den Jeremy zu brühen pflegte. Er hatte es endgültig satt, das passive, herumgestoßene Opfer zu sein. Als Savanna sich näherte, um ihn mit dem üblichen Fußtritt in die Rippen zu wecken, wartete er bereits auf sie. Sie holte aus, doch während sie noch zutrat, wirbelte Adam mit unglaublicher Schnelligkeit herum, und es gelang ihm trotz der eng gefesselten Arme, Savannas Fuß zu packen und ihn brutal zu verdrehen. Sie schrie auf und stürzte zu Boden.

So lagen sie Gesicht an Gesicht, Auge in Auge, beide gleichermaßen heiß vor Wut. Ruhig und gleichmäßig atmend sagte Adam: »Sie sollten sich in Zukunft eine etwas freundlichere Art ausdenken, mich zu wecken.« Obwohl Savanna ihm am liebsten die Augen ausgekratzt hätte, gelang es ihr, ebenso ruhig zu kontern: »Da das der letzte Morgen ist, den du erleben wirst, brauchen wir über dieses Thema kein weiteres Wort zu verlieren!«

Dann sprang sie auf, wandte sich ab und ging hocherhobenen Hauptes zurück zu ihrem Schlafplatz. Sie hätte zufrieden sein können, denn sie hatte diesem hochmütigen Gefangenen so eiskalt geantwortet, wie er es verdiente, dennoch hatten ihre eigenen Worte sie erschreckt. Micajah war überzeugt, daß sie den Sabine River im Laufe des Nachmittags erreichen würden. Sobald sie in Sicherheit waren, würde er sofort beginnen, den Gefangenen zu befragen und die gewünschten Antworten notfalls mit Folter aus ihm herauszulocken. Danach würde er ihn töten, ohne mit der Wimper zu zucken. Die Kehle wurde ihr eng, und ihr ganzer Körper fühlte sich schwer und kalt an, als wäre er mit Steinen gefüllt. Sie war zutiefst verwirrt. Eigentlich sollte sie mit tiefer Vorfreude darauf warten, daß der Mörder ihres Vaters bekam, was er verdiente, aber das konnte sie nicht. Da war nur dieses schreckliche Verlangen ihres Körpers nach dem seinen!

An diesem dritten Tag herrschte eine Art Waffenstillstand zwischen Savanna und Adam. Er machte keine Anstalten, ihr näher zu kommen, als unvermeidbar war, und sie unterließ die schmerzhaften Stöße mit dem Ellenbogen, mit denen sie ihm am Vortag zugesetzt hatte. Hatten sie während der vergangenen Tage nur wenige feindselige Worte miteinander gewechselt, so lastete nun Schweigen zwischen ihnen, während sie durch einen dichten Pinienwald ritten. Beide wußten, daß mit jeder Meile, die sie zurücklegten, Adams Chancen weiter schwanden, doch noch seinem grauenvollen Los zu entgehen.

Adams Züge waren zu einer reglosen Maske erstarrt, als sie am späten Nachmittag den Sabine River erreichten und an einer flachen Stelle überquerten. Er konnte nur noch daran denken, daß Jason und seine Familie niemals erfahren würden, was mit ihm geschehen war. Sein Verschwinden würde für immer ein Rätsel bleiben, und mehr als der Tod, der ihm bevorstand, stimmte ihn der Gedanke traurig, daß seine Familie niemals wissen würde, was mit ihm geschehen war, und daß sie niemals von ihrer Sorge um ihn und der falschen Hoffnung auf seine Rückkehr erlöst würde bis ans Ende ihrer Tage. Er lächelte ohne Freude. Sein Ende stand nun bevor. In wenigen Stunden würde er den härtesten Kampf seines Lebens führen, indem er versuchte, Micajahs barbarische Folter klaglos über sich ergehen zu lassen, und sich dabei nur an die einzige verbleibende Gewißheit klammern konnte, irgendwann vom Tod erlöst zu werden.

Teil 2

Die Gegner

7

Savanna sprach nichts mehr. Sie war tief bedrückt, als sie die kleine Lichtung im Pinienwald abschritt, die Micajah als Lagerplatz gewählt hatte. Es war später Nachmittag. Unter besseren Umständen hätte Savanna den Platz romantisch gefunden. Ein kleiner Bach plätscherte durch den lichten Pinienhain. Der starke Harzgeruch der Bäume mischte sich mit dem Honigduft der Wildblumen, die den Boden wie einen Teppich bedeckten. Bienen summten durch die langen, schrägen Strahlen der tiefstehenden Sonne, und Schmetterlinge taumelten wie trunken umher. In kleinen Buschgruppen wuchsen Magnolien und Azaleen zwischen den Bäumen.

Von all dieser Schönheit nahm Savanna nichts wahr. Nur noch eine Vorstellung beherrschte ihr Denken: Sie hatten wie beabsichtigt den Sabine River überquert, und der Moment, in dem Micajah sein Messer mit der langen, tödlich scharfen Klinge aus der Scheide ziehen und sein schreckliches Werk an dem Gefangenen beginnen würde, stand unmittelbar bevor. Dieser Jason Savage wirkte wie ein hartgesottener Mann. Savanna wußte, daß die blutige Befragung viele Stunden, vielleicht sogar Tage dauern konnte. Sie schluckte, aber ihr Hals war eng. Sie war durchaus nicht zimperlich, sie konnte ein Huhn schlachten, einen Hasen ausnehmen oder sogar Wild häuten und zerteilen, ohne viel darüber nachzudenken. Sie konnte auch ein Gewehr auf einen Menschen anlegen, abdrükken und seinen Tod bewirken – aber Folter…

Natürlich konnte auch Adam nur noch an die Folter denken, die ihm bevorstand. Er war wild entschlossen, ohne mit der Wimper zu zucken alles zu ertragen, was Micajah ihm an

Schmerzen zufügen mochte. Er würde sterben wie ein Mann und Micajah nicht den Triumph gönnen, ihn gebrochen zu haben. Das war alles, was ihm noch zu tun blieb, um seinen Stolz zu retten. Seit Adam vor drei Tagen in Micajahs Gewalt geraten war, hatte sich keinerlei Gelegenheit zur Flucht ergeben, und dabei würde es wohl auch bleiben. Obwohl er sich also nur noch mit aller Kraft gegen die Qualen wappnen konnte, die ihn erwarteten, blieb ein Teil von Adams Denken nach außen gerichtet und aufmerksam, um auch die allergeringste Chance zu erkennen und zu nutzen.

Immer und immer wieder hatte Adam während des zwei Tage dauernden Rittes seine Fesseln überprüft, aber stets waren sie so fest geknotet, daß seine Finger taub wurden. Micajah verstand sein Handwerk. Doch an diesem Nachmittag war es anders! Adam lag am Rand des Lagerplatzes. Die Sonne war schon tief gesunken, und erste dunkle Schatten flossen über seinen Körper. Seine Hände waren so fest wie immer vor dem Bauch gefesselt. Dennoch versuchte er mit aller Kraft, die Lederriemen zu dehnen. Als das bei den Händen keinen Erfolg brachte, versuchte er es mit den Fußfesseln. Und da spürte Adam ein winziges Nachgeben der Riemen! Micajah war nachlässig geworden.

Sorgsam hielt er seine Füße im Schatten und lag ganz still. Auf seine Entführer wirkte es, als habe er sich in sein Schicksal ergeben. Doch mit winzigen, kaum sichtbaren Bewegungen mühte Adam sich ab, seine Füße frei zu bekommen. Es war ein hartes Stück Arbeit. Und jedesmal, wenn Micajah oder die anderen wachsam zu ihm herübersahen, erstarrte er, und sein Herz schien stillzustehen.

All seine Konzentration war auf die Befreiung von den Fußfesseln gerichtet. So hörte er auch nicht, was die drei am Feuer sprachen. Er wurde erst aufmerksam, als Micajah zu seinem Pferd ging, sich in den Sattel schwang und sagte: »Ich will verflucht sein, wenn ich heute abend noch einmal Maisbrei esse!

Wir sind vorhin an einer frischen Wildspur vorbeigeritten, und ich könnte schwören, sogar einen Buschtruthahn gehört zu haben. Ich werde uns frisches Fleisch holen!«

Dann warf er einen scharfen Blick auf Jeremy und sagte drohend: »Und du paßt hier auf. Halte Augen und Ohren offen! Trau niemand! Hier im Grenzland treiben sich immer irgendwelche Banditen herum. Was auch passiert, schieß zuerst und kümmere dich hinterher darum, wen du getroffen hast!« Und an Savanna gerichtet befahl er: »Und du, sammle reichlich Feuerholz, aber geh nicht zu weit vom Lager weg, die Halunken hier würden mit dir nicht so langmütig sein wie ich.«

Als er schon losreiten wollte, warf er auch Adam einen Blick zu, lachte heiser auf und schrie: »Savanna, hol viel Holz, wir werden uns heute nacht mit Mister Jason Savage beschäftigen, und das wird sicherlich ein paar Stunden dauern!«

Als Micajah davonritt, mußte Adam mit aller Kraft ein Lächeln unterdrücken. Zum ersten Mal seit seiner Entführung ließ Micajah ihn mit Jeremy und Savanna allein. Adams Herz raste vor Genugtuung, denn kaum war Micajah zwischen den Bäumen verschwunden, der dumpfe Hufschlag seines Pferdes auf dem mit Piniennadeln bedeckten Boden verklungen, als er mit einer letzten Anstrengung die Fußfesseln sprengte: Seine Beine waren frei!

Verstohlen beobachtete Adam jede Bewegung der beiden anderen. Savanna hatte mit dem Holzsammeln begonnen, und einige Male, als sie sich bückte, konnte Adam tief in den Ausschnitt ihres Kleides blicken und die fast völlig entblößten Wölbungen ihrer Brüste sehen. Zu seiner Freude über seine befreiten Beine gesellte sich ein Ansturm sexueller Erregung. Um die eindeutige Schwellung in seiner Hose zu unterdrükken, richtete Adam seine Aufmerksamkeit auf Jeremy und überlegte, was er als nächstes tun wollte.

Jeremy war offensichtlich sehr nervös. Seine kleinen Augen

wanderten ununterbrochen zwischen Savanna und dem Gefangenen hin und her, so als könnte er sich nicht entscheiden, von wem der beiden die größere Gefahr ausging. Adam nickte sacht. Jeremy war nervlich und körperlich ausgelaugt von einer erbarmungslosen Vergangenheit, die Adam nicht kannte. Er war von den drei Entführern der schwächste.

Savanna dagegen war nicht so leicht zu überwältigen und erst recht nur schwer zu bändigen. Aber für die Beschimpfungen, die erlittenen Fußtritte und Ellenbogenhiebe würde Adam sich reichlich Entschädigung von ihrem herrlichen, verführerisch geformten Körper holen. Er würde sich diese Lippen, diese Brüste, diese Lenden gefügig machen und sich an ihnen weiden bis zur restlosen Sättigung seiner Begierde! Wieder kreiste Adams Denken ebenso stark um Savanna wie um den bevorstehenden Fluchtversuch.

Die Zeit drängte, und so setzte Adam die Ereignisse in Gang. Jeremy wollte sich gerade daranmachen, die Pferde abzusatteln, wodurch er näher bei ihm als bei Savanna war, die tiefer im Wald nach mehr Holz suchte. Adam bäumte sich plötzlich auf, als verspürte er große Schmerzen, und schrie: »O Gott! Eine Schlange! Sie hat mich gebissen!«

Jeremy sprang herum, blieb aber wie angewurzelt stehen. Sein Gesicht wurde blaß. Savanna ließ das Bündel Holz fallen und kam herbeigelaufen. Adam stöhnte noch einmal so qualvoll wie möglich. Jeremy blieb weiter unschlüssig und reglos stehen. Da schrie Savanna: »Dios! Hilf ihm doch, du Narr!«

Diese Worte setzten Jeremy in Bewegung. Er packte sein Gewehr, das er an einen Baum gelehnt hatte, und näherte sich zögernd. Adam stöhnte schwach. »Wo ist die Schlange?« fragte Jeremy furchtsam. »Ich sehe sie nirgends!«

»Hier ist sie!« stöhnte Adam. Und mit einer Bewegung, die so schnell war, daß die Augen ihr kaum folgen konnten, stieß er Jeremy beide Füße in den Bauch.

In einem pfeifenden Luftstoß entwich Jeremys Atem, dann

brach er zusammen. Und schon war Adam auf den Beinen und trat mit aller Kraft seine Stiefelspitze gegen die Schläfe seines Entführers. Jeremys Kopf wurde herumgerissen, als sei sein Genick gebrochen. Danach lag er wie leblos da. Sofort beugte Adam sich nieder und packte das Gewehr. Trotz seiner gefesselten Hände bekam er es in Anschlag und richtete den Lauf auf Savanna.

Das alles hatte nur wenige Sekunden gedauert, und bevor Savanna begriff, was geschehen war und in welcher Gefahr sie sich plötzlich befand, war es schon zu spät. Sie gab sofort auf, Jeremy zu Hilfe eilen zu wollen, und warf sich in einem Fluchtreflex herum.

»Halt!« rief Adam scharf. »Ich werde schießen, und es ist mir egal, falls ich dich dabei in den Rücken treffe!«

Instinktiv wußte Savanna, daß er tatsächlich feuern würde, und hielt in der Bewegung inne. Ihre Gedanken rasten. Alles war so schnell vor sich gegangen, daß sie den Umschwung der Lage noch nicht ganz ermessen konnte. Fast ergeben wartete sie, was als nächstes passieren würde.

Einige nervenaufreibende Sekunden mühte Adam sich ab, seine Handfesseln mit Jeremys Messer zu durchtrennen, während er gleichzeitig versuchen mußte, Savanna mit dem Gewehr in Schach zu halten. Er schaffte auch das und schleuderte zuletzt die Lederriemen beiseite, als wären sie mit brennendem Gift bestrichen. Dann blickte er sich wachsam um. Er wußte, Micajah konnte jederzeit zurückkehren und seine Flucht im letzten Augenblick noch verhindern. So zischte er Savanna zu: »Komm her, feßle Jeremy! Beeil dich!«

Savanna bemerkte sofort, daß er nicht den höflichen Ton anschlug, mit dem er sie bisher verhöhnt hatte, sondern sie behandelte wie ein Sieger sein Opfer. Und das alarmierte sie noch mehr als die Ereignisse der letzten Sekunden. Mit bleischweren Gliedern gehorchte Savanna. Sie war erleichtert, daß Jeremy nicht tot war, obwohl er völlig reglos dalag. Um Zeit zu gewinnen, hantierte sie so ungeschickt wie möglich mit den Fesseln, aber Adam trieb sie ungeduldig an. Sie verschnürte Jeremy, so fest sie konnte, steckte ihm auch wie befohlen einen dicken Knebel in den Mund. Dann erhob sie sich und wandte sich dem Mörder ihres Vaters zu, der nun auch sie in seiner Gewalt hatte.

Nun, da er die Oberhand gewonnen hatte, sah dieser Jason Savage geradezu einschüchternd bedrohlich aus. Er wirkte um Haupteslänge gewachsen, seine Schultern in dem teuren, längst beschmutzten Hemd noch breiter, seine Arme und Beine noch kräftiger. Er blickte so grausam und grimmig, daß selbst einem kriegserfahrenen Haudegen die Knie geschlottert hätten.

Nur mit äußerster Mühe konnte Savanna den hysterischen Aufschrei unterdrücken, der in ihrer Kehle aufstieg. So starrte sie nur in diese kalten Augen zurück. Das erbarmungslos kalte Raubtierlächeln, das um die Lippen ihres Bezwingers spielte, erschütterte sie mehr als alles, was sie in den vergangenen Tagen erlebt hatte.

Sie schob ihr Kinn bemüht kaltblütig vor und fragte: »Und was passiert jetzt?«

Weder das grausame Lächeln noch die Entschlossenheit seiner Haltung änderten sich. Er tippte mit dem Gewehrlauf kurz in Richtung der beiden verbliebenen Pferde und sagte: »Als nächstes werden wir von hier verschwinden, bevor dein merkwürdiger Freund Micajah zurückkommt.«

Ihre Augen weiteten sich in Panik: »Heißt das, du willst mich mitnehmen?«

»Genau das!« Und während er ihren Körper mit einem obszönen Blick maß, fügte er hinzu: »Es gibt ja noch ein paar Dinge zwischen uns ins reine zu bringen, oder siehst du das anders?«

Savanna schüttelte den Kopf so heftig, daß ihre Haare wie ein vom Sturm angefachtes Buschfeuer aufleuchteten. Sie machte einen schwachen Versuch, ihr Schicksal abzuwenden: »Hau ab, Jason Savage! Du bist frei! Das ist mehr, als du erhoffen konntest! Nimm dir ein Pferd und laß mich in Frieden!«

Schlagartig veränderte sich der Ausdruck in Adams Gesicht, und er tat ein paar Schritte vorwärts. Schon war er bei ihr, legte einen Arm fest um ihre Taille, zog sie so nahe an sich, daß sie seinen heißen Atem auf ihrem Gesicht spürte, und sagte leise: »Wie sollte ich dich in Frieden lassen können, Feuerhexe, wenn ich dich doch ebenso dringend haben will wie meine Freiheit!«

Und schon lagen seine Lippen auf den ihren. Seine Zunge schlüpfte zwischen ihre Lippen, bevor sie noch den Mund in empörter Abwehr verhärten und schließen konnte. Und dann war diese Zunge wie ein lebhaftes, gierig forschendes Tier in ihrem Mund, spielte mit ihrer Zunge, erkundete ihre feuchte Wärme bis in die Tiefe. Doch statt wütenden Widerstand zu leisten, explodierte in Savannas Körper eine sexuelle Begierde, die sie fast um den Verstand brachte. Benommen und willig verharrte sie in seiner Umarmung, während seine Zunge ihren Mund nach Belieben eroberte und erforschte. Dann spürte sie eine Regung seines an sie gepreßten Körpers, spürte das Anwachsen seines Geschlechts, das sich herrisch und fordernd gegen ihren Leib drängte. Und sofort schwollen ihre Brüste an, und hart wie Stein preßten sich die aufgerichteten Spitzen an seine Brust.

Dieser erste Kuß war ebenso wild wie kurz. Und bevor Savanna die Kraft zu irgendeiner Abwehr fand, wurde sie bereits in einer rauhen Bewegung zurückgestoßen. Mit Augen so groß wie die eines verschreckten Rehs und Lippen, die geschwollen waren von seiner ungestümen Bezwingung, starrte sie den Mann an, der ihr Todfeind sein sollte.

Aber auch Adam brauchte alle Kraft, um seine tobenden Sinne wieder unter Kontrolle zu bringen. So groß war sein Verlangen gewesen, diese vollen, vielversprechenden Lippen zu küssen und diese Frau zu schmecken, daß er dieser Begierde blindlings nachgegeben hatte. Er war beinahe schockiert, mit welch unwiderstehlicher Gewalt die Anziehungskraft dieser Frau auf ihn wirkte. Adam atmete schwer, aber sein Gesicht war kontrolliert und ausdruckslos. Keine Spur war mehr in seinen Zügen von der besinnungslosen Leidenschaft, mit der er sie eben geküßt hatte. Dennoch fröstelte ihn innerlich, denn diese Savanna O'Rourke hatte Macht über ihn, als hätte sie einen Bann um ihn gewoben – und sie wußte es nicht einmal. Die Gier, sie weiterzuküssen, ihr dann die Kleider vom Leib zu reißen, um sodann seinen heißen, schmerzhaft pochenden, nach Erlösung schreienden Pfahl in ihr zuckendes Fleisch zu bohren, brachte ihn an den Rand der Raserei. Fast haßte er Savanna dafür. Daher sagte er mit aller Kälte, zu der er fähig war: »Ich habe mich jetzt hoffentlich klar genug ausgedrückt. Wir werden zusammen von hier verschwinden, und zwar sofort!«

Savanna fühlte sich, als ob sie in den schlimmsten Alptraum ihres Lebens stürzte. Der Mörder ihres Vaters packte sie brutal an der Schulter und stieß sie zu den Pferden, die noch gesattelt dastanden. Seit Adams erstem Aufschrei waren nur wenige Minuten vergangen, und zu Savannas Schreck über seine plötzliche Befreiung kam der Schock über diesen wilden Kuß. Sie wußte, daß sie jetzt handeln mußte, schreien, davonlaufen oder kämpfen. Aber ihr Kopf und ihr Körper fühlten sich an, als gehörten sie einer mit weicher Baumwolle ausgestopften Stoffpuppe. So taumelte sie mehr in die Richtung, in die Adam sie stieß, als daß sie ging. Adam dagegen bewegte sich kontrolliert und schnell. Schnell hatte er Savanna in den Sattel gehoben und ihre Hände an den Sattelknauf gebunden. Dann bestieg er das andere Tier, und mit Savannas Zügel in der Hand galoppierte er in den Wald.

Für Savanna war diese Wendung der Dinge eine grauenvolle Wiederholung ihrer Entführung durch Micajah Yates. Verzweifelt dachte sie, daß Micajah zwar ein gewalttätiger Verbrecher und verkommener Mörder, aber dieser Mann hier noch viel schlimmer war. Er stand Micajah an Brutalität und Erbarmungslosigkeit in nichts nach, aber er wühlte in ihr Gefühle auf, die sie nie zuvor einem Mann gegenüber empfunden und mit denen umzugehen sie nie gelernt hatte. Bei Micajah hatte sie jede Sekunde in Angst gelebt, er könnte seinen Schwur brechen und sie doch vergewaltigen; falls dieser Jason Savage aber beschloß, sie zu nehmen, dann würde er sie nicht vergewaltigen müssen, da sie sich ihm nur allzu bereitwillig hingeben würde. Sie taumelte in ein Wechselbad der Gefühle, Furcht kämpfte gegen Wut, Ablehnung gegen Sehnsucht. Aber ohne sich nach ihr umzudrehen, ritt dieser Mann vor ihr her. Sie wußte, sie würde Micajah niemals so hassen können, wie sie diesen Mann haßte, der ihren Vater getötet und ihren Körper in ein nach Hingabe lechzendes Stück Fleisch verwandelt hatte.

Adams Gedanken über Savanna waren kein bißchen freundlicher als ihre. Sie war eine hitzköpfige, eigensinnige, unberechenbare Hexe. Er mußte völlig von Sinnen gewesen sein, als er beschlossen hatte, sie auf seine Flucht mitzunehmen. Sie würde ihn nur stören und behindern. Die Flucht vor Micajah war schon ohne eine rebellische, feuerhaarige, zänkische, leidenschaftliche, anbetungswürdig schöne Gefangene wie Savanna O'Rourke gefährlich genug. Er verfluchte sich mit den übelsten Schimpfwörtern, aber trotzdem zügelte er nicht sein Pferd, um ihre Fesseln zu zerschneiden und ihr Pferd mit einem Fußtritt zu Micajah und Jeremy zurückzujagen. Denn da war der frische Geschmack ihrer Lippen auf seiner Zunge, und seine Brust glühte noch immer an den Stellen, die ihre anschwellenden Brüste gespürt hatten.

Als ihm zum zweiten Mal ein Pinienzweig ins Gesicht peitschte, beschloß Adam, seine Gedanken von seiner lästigen, aber heiß begehrten Begleiterin abzuwenden und sich völlig auf die Flucht zu konzentrieren.

Adam hatte während seiner Gefangenschaft seine Entführer genau studiert. Dabei hatte er schnell erkannt, daß der gefährliche, schwer einzuschätzende und zu überwältigende Gegner Micajah war. Jeremy mochte vielleicht eine Schlüsselposition bei der Unternehmung einnehmen, aber allein war er harmlos, ein erschöpfter, geschwächter, übernervöser Mann. Adam schüttelte den Kopf bei dem Gedanken, daß er Belle Vista aus Langeweile verlassen und Terre du Coeur besucht hatte in der Hoffnung auf irgendein Abenteuer. Verdammt, jetzt steckte er bis zum Hals in dieser Sache drin und brauchte alles Glück der Welt, um lebend daraus hervorzugehen. Für Sekunden war er sich nicht klar darüber, ob er sein Schicksal verfluchen oder ihm danken sollte, weil er von den Entführern für Jason Savage gehalten wurde. Zuletzt war er dankbar, daß diese Verwechslung Jason die Entführung und möglicherweise Folter und Tod erspart hatte.

So mußte Adam also nicht nur versuchen, Micajah und Jeremy zu entkommen, sondern auch verhindern, daß die beiden Verbrecher ihren Irrtum erkannten und Jason in Gefahr geriet. Adam erkannte klar, daß er nicht in die Nähe von Terre du Coeur zurückkehren durfte, bevor er nicht Micajah unschädlich gemacht oder ihn gar getötet hatte. Auch nach Belle Vista konnte er nicht zurückkehren, solange er nicht völlig sicher war, seine Verfolger abgeschüttelt zu haben. Adam mißfiel diese Erkenntnis, denn so blieb ihm nur ein einziger Weg: Er mußte zuerst nach Spanisch Texas, dort Micajah und Jeremy abschütteln und dann in einem weiten Bogen nach Natchez zurückkehren.

Obwohl Adam konzentriert nachdachte, nahm er die Umgebung weiterhin aufmerksam wahr. Und als er das Plätschern von Wasser hörte, lenkte er sein Pferd sofort in die Richtung, aus der das Geräusch kam. Sie erreichten einen schmalen Flußlauf, und Adam trieb sein Pferd in das seichte Wasser, zog Savannas Reittier nach und ließ die Pferde mit der Strömung traben. Adam wußte nicht, ob Micajah ein guter Spurensucher war oder nicht, jedenfalls wollte er ihm die Verfolgung so schwer wie möglich machen. Ebenso wußte Adam nicht, wie groß ihr Vorsprung war, der davon abhing, wann Micajah bei der Jagd Erfolg gehabt oder das Vorhaben erfolglos abgebrochen hatte.

Als Adam den Blick zum Himmel wandte, schätzte er, daß sie noch knapp zwei Stunden Tageslicht haben würden. Er beschloß, so lange im Wasser weiterzureiten, um Micajah und Jeremy die Verfolgung möglichst schwer zu machen.

In der Eile des Aufbruchs hatte Adam sich nicht um Vorräte und Ausrüstung gekümmert. Und da er keine Anzeichen einer Verfolgung gesehen oder gehört hatte, beschloß er, das rasch schwindende Tageslicht zu nutzen und eine Bestandsaufnahme ihrer Ausrüstung vorzunehmen. Er lenkte die Pferde an das schlammige Ufer des Flusses, sprang ab und untersuchte die Satteltaschen.

Sie hatten nicht viel dabei: die zwei Pferde samt Sätteln, Jeremys schmutzigen Schlafsack, eine Sklavenkette mit Schloß und Schlüssel, einen kleinen Sack mit Mais, der den Pferden und ihnen als Nahrung dienen mußte, eine Pfanne und einen Topf, ein in Wachstuch eingeschlagenes Feuerzeug, einen kleinen Lederbeutel mit Schießpulver und Kugeln, Jeremys Gewehr und das Messer. Der größte Schatz jedoch war nicht in den Satteltaschen verstaut, sondern saß wütend auf einem der Reittiere: Savanna!

Als er den Blick zu ihr hob und sie in der hereinbrechenden Dämmerung auf dem Pferd sitzen sah, durchschoß ihn eine Welle prickelnder Erinnerung an ihren Körper. Amüsiert dachte er, er würde zum notorischen Dieb werden, wenn seine Beute hin und wieder auch in einer feuerhaarigen, meeräugigen Hexe wie Savanna bestand.

Zufrieden mit der derzeitigen Lage, stieg Adam wieder auf sein Pferd, lenkte die Tiere in die Mitte des Flußlaufes und ließ sie dort lostraben. Die wenigen Spuren, die er am schlammigen Ufer hinterlassen hatte, würden schnell von dem bevorstehenden Regen weggewaschen werden.

Keine zehn Minuten später setzte der Regen zuerst sanft und noch von der Wärme des Tages erfüllt ein und wurde dann zunehmend stärker und kälter. War Savanna bisher nur müde, hungrig und verstört gewesen, so fühlte sie sich nun, als würde das Wasser alle Kraft aus ihrem Körper waschen. Mit dem Regen war die Dunkelheit gekommen, und Savanna überlegte schwach, ob ihr Entführer die ganze Nacht weiterreiten wollte. Doch in dem Moment zügelte Adam sein Pferd und trieb es ans Ufer. Hoffnung glomm in Savanna auf, daß er ein Lager aufschlagen und damit der Ritt ein Ende haben würde. Als sie sich aber an den wilden Kuß erinnerte, den er ihr aufgezwungen hatte, fürchtete sie sich vor dem, was er mit ihr machen würde, sobald das Lager aufgeschlagen war.

Obwohl Adam ebenso müde, hungrig und naß wie Savanna war, setzte er den wilden Ritt fort, der sie aus Micajahs Nähe bringen sollte. Die Nacht machte den Ritt zwar mühsamer, aber die Verfolgung auch schwerer. Solange die Pferde noch Kraft hatten, wollte Adam diesen Vorteil nutzen. Mochte Micajah ihre Spuren schließlich auch finden, so würde er Tage statt Stunden dafür brauchen.

Die Dunkelheit wurde undurchdringlich, der Regen prasselte immer dichter auf sie nieder, und die Pferde gingen nur noch langsam und widerstrebend. Dennoch setzte Adam verbissen die Flucht durch den schier endlosen Pinienwald fort. Der Boden war einigermaßen eben, die Huftritte der Pferde wurden von dem dicken Teppich aus Piniennadeln fast bis zur Lautlosigkeit gedämpft und hinterließen kaum Spuren. Fast eine Stunde lang zwang Adam die Tiere noch voran, dann sah er ein, daß er sie nicht in der ersten Fluchtnacht zugrunde richten durfte.

Mitten im Wald gab es keinen Unterschlupf, der sie vor dem

Regen hätte schützen können. Sie mußte also mit dem Schutz der Bäume vorliebnehmen und hielten endlich unter einer weitausladenden Pinie an, durch deren dichte Krone nur einzelne schwere Tropfen fielen.

Adam stieg ab, band die Pferde an den nächsten Baumstamm, befreite Savannas Hände vom Sattelhorn und hob sie vom Pferd, als wäre sie leicht wie eine Feder oder als habe ihm der Ritt durch den Regen neue Kräfte verliehen, statt ihn zu erschöpfen. Obwohl Adam ihre Hände weiterhin gefesselt ließ, war schon die Tatsache, nicht mehr im Sattel sitzen zu müssen und sich bewegen zu können, eine so große Erleichterung für Savanna, daß sie aufseufzte.

Adam fragte mitfühlend: »Bist du müde? Das darfst du auch sein, der Tag war lang und anstrengend. Aber ich fürchte, er ist noch nicht vorüber!«

Savanna konnte in der Dunkelheit Adams Gesicht nicht mehr erkennen, doch dann sah sie das Aufleuchten seiner Zähne und wußte, daß er lautlos lachte. Das alarmierte sie, und sie wußte, daß er noch nicht fertig war mit ihr. In ihren Schrekken mischte sich ungläubiges Staunen darüber, wie sehr sie sich danach sehnte, daß er sie wieder küßte oder sich mehr nehmen würde. Sie schüttelte den Gedanken ab. Obwohl sie völlig erschöpft war und sich nicht mit ihm anlegen wollte, sagte sie mit eisiger Stimme: »Ich fühle mich miserabel. Aber bei dem bloßen Gedanken, daß ich noch mehr Zeit mit dir verbringen muß, wird mir erst richtig hundeelend!«

Das Lachen erlosch in seinem Gesicht. Dann stand er wortlos da mit leicht gespreizten Beinen, die Hände in die Hüften gestemmt, und musterte sie langsam von oben bis unten, und sie fühlte sich, als ob sein Blick ihr Kleid zerrisse und es von ihrem Körper streifte, bis sie nackt vor ihm stand.

Nach schier endlosen Sekunden sagte er leise: »Es tut mir leid, daß du dich schlecht fühlst, denn ich bin sicher, du wirst gleich dafür sorgen, daß es mir wunderbar geht!«

Es gab keinen Zweifel, was er damit meinte. Savanna fauchte: »Ich würde nicht darauf wetten – es sei denn, es bereitet dir Wohlbehagen, eine Frau zu nehmen, die kalt vor Ekel ist!«

Adam zögerte keine Sekunde. Er packte mit beiden Händen Savannas Gesicht, bog ihren Kopf weit zurück und murmelte: »Keine Frau, die ich liebe, bleibt kalt vor Ekel, Herzchen.« Und dann waren seine Lippen wieder auf den ihren.

Während er sie fordernd küßte, hielt er ihren Kopf mit seinen Händen fest, als wäre er in einen Schraubstock gepreßt. Ihr gelang es nicht, sich von seinem unersättlichen Mund zu lösen und sich aus seinem Griff zu befreien.

Savannas Körper wurde von wollüstigen Explosionen erschüttert, und als seine Zunge in ihren Mund drang und ihn leidenschaftlich erforschte, zitterte sie ekstatisch in seinen Armen. Dann ließ sein Mund von ihrem Mund, und seine Lippen begannen über ihr Gesicht zu wandern, den Hals hinab zum Ansatz ihrer Schultern und dann tiefer zu ihren Brüsten, die sich wild hoben und senkten. Savannas Brustwarzen wurden spitz und hart, als wollten sie den nassen Stoff des Kleides durchbrechen, um nackt und bereit zu sein für seine Liebkosungen. In ihrem Magen flatterten Hunderte Schmetterlinge auf, und zwischen ihren Schenkeln, geborgen in einem feuerroten Lockenpelz, öffnete sich feucht und verlangend ihr Fleisch, bereit, seinem Ansturm jederzeit Einlaß zu gewähren. Obwohl ihr Körper längst wußte, wie sehr er sich diesem Mann hingeben wollte, so widersetzte sich doch Savannas Verstand. Und der Gedanke, daß ein Mörder sie so spielend entflammte, verstärkte ihre Gegenwehr. Sie riß den Kopf weg und schrie: »Du widerst mich an!«

Er aber lachte nur und erwiderte: »Das sagst du nur so, denn dein Körper sagt mir was anderes.«

Mit seinen Lippen erstickte er jedes weitere Wort, und erneut loderte leidenschaftliches Verlangen in Savanna auf.

Adam löste seinen Mund von ihrem und begann, ihr Kleid aufzuknöpfen. Als die helle Haut ihrer vollen Brüste verheißungsvoll aufleuchtete, riß plötzlich eines der Pferde den Kopf hoch und schnaubte unwillig.

Sofort preßte Adam eine Hand auf Savannas Mund und packte mit der anderen das Gewehr. Er starrte wachsam in die schwarze Nacht und knurrte Savanna wütend an: »Nur der leiseste Laut von dir, und ich schlage dir das Gewehr auf deinen wunderschönen Hitzkopf!«

Savanna nickte wie betäubt, verwirrt von der plötzlich veränderten Situation. Vielleicht lauerte Micajah im Dunkeln, schließlich waren sie auf der Flucht. Sie stand immer noch an ihn geschmiegt wie eine verliebte junge Frau an den Mann ihres Herzens, ihren Kopf an seiner breiten Schulter geborgen. So verharrten sie voll Anspannung. Für eine Sekunde lag Adams Blick weich, fast liebevoll auf ihr, dann hob er wieder wachsam die Augen.

Nach einigen Minuten vernahmen sie plötzlich ein leises Rascheln wie von dahineilenden kleinen Beinen. Adam spannte die Muskeln an, dann lachte er leise. Ein kleines, schwarz-weißes Tier huschte aus dem Gebüsch, lief unmittelbar an ihnen vorbei und setzte seinen Weg fort.

Sie sahen dem kleinen Stinktier nach, bis es im nächsten Gebüsch verschwunden war. Das Auftauchen des kleinen Tieres hatte den Bann fiebriger Leidenschaft zwischen ihnen gebrochen. Kaum war es wieder still, sagte Adam: »Wir sollten besser ein paar Stunden schlafen, ich will morgen weiterreiten, sobald es hell wird.« Mit diesen Worten schob er Savanna sanft, aber bestimmt von sich.

»Willst du nach Nacogdoches?« fragte sie so freundlich, als wären sie keine Gegner.

Adam warf ihr einen scharfen Blick zu. »Das geht dich nichts an! Ich bin hundemüde und habe keine Lust, mich von dir verführen zu lassen.«

Statt Ärger kam Hoffnung in Savanna auf. Wenn er fest genug schlief, konnte sie...

»Vergiß es, Herzchen!« unterbrach Adam ihre Gedanken, als habe er sie gelesen. »Du wirst mich nicht los, nicht bevor ich genug von dir habe und dich gehen lasse!«

»Daran zweifle ich nicht«, sagte Savanna unschuldig, und ihre Augen waren weit geöffnet vor gespielter Arglosigkeit. »Aber wie willst du sichergehen, daß ich mich nicht einfach davonschleiche, während du schläfst?«

Adam entgegnete nichts darauf, sondern ging wortlos zu seinem Pferd und holte die alte Sklavenkette aus der Satteltasche. Mit schnellen und genauen Bewegungen schloß er Savanna den einen Eisenring der Kette um den rechten Knöchel. Und bevor sie wußte, was er vorhatte, und sich dagegen wehren konnte, schloß er den anderen Ring um seinen linken Fuß. Ihr Zorn traf auf sein höhnisches Lachen. Er hielt ihr den Schlüssel vor die Nase, und als sie wütend danach greifen wollte, hängte er ihn so hoch an einen Aststumpf der Pinie, unter der sie standen, daß sie ihn unmöglich erreichen konnte.

Bei allem, was Adam dann tat, zerrte er Savanna herrisch und achtlos an der Kette hinter sich her, und sie mußte ihm überallhin folgen, wollte sie von ihm nicht einfach umgerissen und über den Boden geschleift werden. Adam ließ die Pferde für alle Fälle gesattelt, fütterte sie aber mit Mais, denn der Boden war dicht mit trockenen Nadeln bedeckt und bot den Tieren nichts zu fressen. Dann rollte er den dreckigen Schlafsack aus, ließ sich darauf nieder, nahm eine Handvoll Mais aus dem Futterbeutel und hielt sie Savanna hin. »Das ist unser Abendessen. Wir werden kein Feuer machen, um uns nicht zu verraten.«

Schweigend saßen Savanna und Adam beisammen, bis sie auch das letzte Maiskorn gegessen hatten. Als er sich dann seufzend auf dem Schlafsack ausstreckte und Savanna neben ihm lag, blickte sie sehnsüchtig nach dem Schlüssel, der so verlockend und unerreichbar hoch über ihr am Baum hing.

Adam entging dieser sehnsüchtige Blick nicht. »Vergiß den Schlüssel, Feuerhexe«, grinste er. »Du wirst heute nacht nicht einmal unbemerkt die Stirn runzeln können. Also entspanne dich und versuch zu schlafen.«

Wütend funkelte sie ihn an und fauchte voller Verachtung: »Du bist ein widerwärtiger Gringo, Bastard und Mörder, Jason Savage.«

Adam drehte sich um und beugte sich mit bedrohlicher Langsamkeit über Savanna, als wollte er sie erwürgen. »Nenn mich nicht so!« knurrte er.

»Magst du den Klang deines eigenen Namens nicht? Hast du soviel Blut und Dreck an den Händen, daß du deinen eigenen Namen haßt?«

Adam war so wütend, daß er ihr fast seinen richtigen Namen, seine Identität, die Geschichte der ganzen Verwechslung verraten hätte, aber da er wußte, wie gefährlich das werden konnte, beherrschte er sich mit aller Kraft, legte sich wieder zurück und sagte bemüht gleichgültig: »Nenn mich Adam, die meisten Leute tun das.«

»Ist dein vollständiger Name also Jason Adam Savage?«

»Vielleicht«, sagte er ausweichend. »Aber merk dir nur Adam, auf was anderes höre ich nicht.«

8

Adams wütende Reaktion darauf, daß sie ihn Jason Savage genannt hatte, machte Savanna nachdenklich. Schämte er sich wirklich seines Namens? Es war schwer vorstellbar, daß ein überheblicher Mann wie er so empfindlich sein konnte.

Angespannt lag sie neben ihm und wartete nervös darauf, was er als nächstes tun würde. Doch kurz darauf war er eingeschlafen, und auch sie fiel vor Erschöpfung in Schlaf.

Es kam ihr vor, als habe sie nur einige Minuten geschlafen,

als »Adam« sie wachrüttelte. Verschlafen sah sie ihn an, aber er war nur ein Schatten in der Dunkelheit.

»Zeit aufzustehen, schlafende Schönheit, wir brechen gleich auf«, sagte er knapp.

Es war noch kein Zeichen der anbrechenden Morgendämmerung zu sehen. Savanna setzte sich auf und rieb sich die Augen. Dann bemerkte sie überrascht, daß Adam ihr die Fußkette, die sie die ganze Nacht an ihn gefesselt hatte, abgenommen hatte. Sie sah, wie er die Pferde mit raschen, genauen Bewegungen fütterte. Sie schien in diesem Moment nicht für ihn zu existieren.

Doch als die Pferde gefüttert waren, drehte er sich zu ihr um und reichte auch ihr etwas von dem Mais. »Es wird deinen Hunger stillen, bis ich etwas Besseres für uns gefunden habe, was hoffentlich bald sein wird.«

Savanna aß wortlos und träumte von einer Tasse heißen, starken, duftenden Kaffees, einem Stück Brot, von dem Butter tropfte, einer knusprig gebratenen Scheibe Speck und Ei. Oh, wie sehr sehnte sie sich nach einem Bad und einem Bett mit einer weichen, strahlend weiß bezogenen Daunendecke!

Seufzend schluckte sie den Mais, erhob sich und streckte sich ausgiebig. Jeder Muskel ihres Körpers war steif und schmerzte. Das schmutzige Kleid kratzte auf ihrer Haut. Sie fuhr sich mit den Fingern durch die Haare und versuchte ihre Locken zu entwirren. An diesem Morgen gab es nicht einmal einen kleinen Bach, in dem sie sich waschen konnte. Sollte sie je unbeschadet nach Hause zurückkehren, würde sie jeden Tag vier Stunden in einer Wanne mit heißem, schaumduftendem Wasser verbringen.

Sie fühlte sich schrecklich. Um sich von ihrem knurrenden Magen abzulenken, begann sie den Schlafsack zusammenzurollen. Dann übergab sie ihn Adam, der ihn mit flinken Bewegungen hinter seinen Sattel band.

Dann sah Adam sich um, ob sie auch nichts liegengelassen

hatten. Zuletzt ließ er seinen Blick auf ihr ruhen. Sie sah schmutzig, struppig und erschöpft aus, trotzdem erregte sie ihn sofort. Sollte er ihr je begegnen, wenn sie gewaschen und sauber gekleidet war, mochten ihm alle Götter beistehen!

Um seine Erregung zu verbergen, hieß er sie mit rauhen Worten in den Sattel steigen, wo er ihre Hände wieder an den Sattelknauf fesselte. Adam arbeitete emotionslos und schweigend, und Savanna ließ alles widerstandslos über sich ergehen. Dann nahm Adam den Zügel von Savannas Pferd, stieg auf sein eigenes müdes Reittier und setzte es in Trab.

Er hatte keinen klaren Plan, wohin er sich wenden sollte. Er wußte nur, daß er in Bewegung bleiben und die vertrauten Gegenden um Belle Vista und vor allem Terre du Coeur meiden mußte, um Jason und seine Familie zu schützen. Ebenso klar war, daß sie so bald wie möglich neue Pferde, Nahrungsmittel, Kleidung und mehr Waffen und Munition benötigten, damit sie lange genug in der unermeßlichen Wildnis von Spanisch Texas überleben konnten.

Adam lenkte die Pferde nach Westen, denn es war die einzige Richtung, die ihnen offenstand. Ob er dort aber ihren dringenden Bedarf an Ausrüstung decken konnte, wußte er nicht. Ihre Pferde waren schon erschöpft gewesen, als sie den Fluchtritt begonnen hatten, jetzt waren sie von den Anstrengungen des Gewaltritts und dem wenigen Futter bis zum Umfallen müde. Adam würde für beide zusammen nicht einmal ein einziges halbwegs ausgeruhtes Tier eintauschen können. Er wußte, daß in Nacogdoches frische Pferde und gute Ausrüstung für Micajah bereitstanden. Kurz erwog er, ob sie ihren Verfolgern dorthin vorauseilen und die Reittiere und die Ausrüstung an sich bringen sollten, aber das war zu gefährlich. Möglicherweise hatte Micajah bereits während des Regens die Verfolgung abgebrochen, war in die Stadt geritten und hatte neu ausgerüstet die Verfolgung wiederaufgenommen.

Savanna und Adam ritten schweigend durch den anbrechenden Tag. Nach einiger Zeit gewann Savannas Neugier die Oberhand über ihre Erschöpfung. Sie fragte scharf: »Da wir anscheinend nicht nach Nacogdoches reiten, wüßte ich gerne, wohin du mich bringst!«

»Weit weg von deinen beiden finsteren Freunden, da kannst du sicher sein!« sagte er lakonisch.

Savanna schüttelte wütend den Kopf. »Du mußt doch irgendein Ziel haben! Also: Wohin bringst du mich?«

Er blickte sich um und sagte mit kaltem Spott: »Ins nächste Bett natürlich.«

Verärgert darüber, daß er ihrer Frage mit einer Anzüglichkeit begegnete, zerrte sie in hilflosem Zorn an den Fesseln, versank dann aber wieder in verbissenes Schweigen, als ihr klar wurde, daß er ihre Frage nicht beantworten würde.

Eine Stunde später verspürte Adam so starken Hunger, daß er ihn nicht mehr ignorieren konnte. Sie näherten sich einem kleinen Bach, und er hatte Wildspuren entdeckt, die zum Wasser führten. So beschloß er, eine Pause zu machen, ein paar Fallen aufzustellen und auf Beute zu warten. Micajah konnte ihnen nicht sehr nahe sein.

Savanna lebte bei dem Gedanken an Essen auf, versuchte aber nach außen hin gleichmütig zu wirken. Adam fertigte mit geübten Handgriffen einfache Schlingenfallen und baute sie entlang einiger Wildspuren auf. Da es noch früh am Morgen war, konnten sie hoffen, daß noch Wildtiere unterwegs waren. Es dauerte tatsächlich nicht lange, da gingen ihnen ein fetter Truthahn und zwei Hasen in die Fallen.

Die Aussicht auf frisch gebratenes Fleisch ließ Savanna und Adam ihre Feindseligkeit vergessen. Sie entfachten am Ufer des Baches ein Feuer und häuteten und zerteilten die Hasen mit schnellen Bewegungen.

Nach der Mahlzeit kam es Savanna vor, als habe sie zum ersten Mal seit vielen Wochen wieder einen vollen Magen. Sie wischte sich den Mund am Ärmel ihres ohnehin schmutzigen

Kleides ab und warf einen begehrlichen Blick auf den Truthahn, den Adam am Ufer hatte liegen lassen.

Adam bemerkte den Blick und erklärte in einem versöhnlichen Ton: »Laß uns den Truthahn aufbewahren. Vielleicht kommen wir an irgendeiner Siedlung vorbei, bevor er schlecht wird. Dann können wir ihn gegen ein paar Dinge eintauschen, die wir dringend brauchen.«

Die Spannung zwischen den beiden hatte nachgelassen, weil sie so angenehm gesättigt waren. Adam wollte die gute Laune seiner kratzbürstigen Gefangenen ausnützen und fragte: »Wie bist du eigentlich an Micajah und Jeremy geraten?«

Savanna aber war entschlossen, seine Fragen ebensowenig zu beantworten wie er die ihren. So sagte sie schroff: »Das geht dich nichts an!«

Adam erwiderte: »Ich werde dir all deine Fragen beantworten, aber dafür mußt du mir zumindest eine beantworten. Ist das ein faires Angebot?«

Savanna nickte und begann sofort: »Warum hast du meinen Vater getötet?«

Diese Frage hatte Adam nicht erwartet, und darauf wußte er keine Antwort. Er überlegte, welche Erklärung Jason wohl geben würde. Schließlich sagte er vorsichtig: »Dein Vater starb, weil er den Tod verdient hatte. Er hat meinen Freund getötet und hätte auch mich getötet. Der Hauptgrund aber ist, daß er die Person, die ich am meisten liebe, mißbraucht hat!«

»Das ist eine gemeine Lüge!« brach es aus Savanna hervor. »Das sagst du nur, um dein Verbrechen zu entschuldigen!«

Adam blickte sie direkt an und schüttelte den Kopf. Sein Verhalten erschütterte Savanna. War es möglich, daß er die Wahrheit sagte? Jeremy hatte erzählt, Davalos habe den Mord an einem Mann namens Nolan gestanden. Mußte sie deswegen nicht Jason Adam Savage glauben? Nein, sie wollte nicht! Alles in ihr sträubte sich dagegen! Trotzdem wurde sie den Eindruck nicht los, daß er die Wahrheit sagte.

Sie war nicht überzeugt, aber sie war so verwirrt, daß sie seinem Blick nicht länger standhalten konnte. »Was ist mit dem Gold? Ist das alles auch nur eine Lüge?«

Adam erwiderte bedächtig: »Zwei Menschen, denen ich bedingungslos vertraue, haben mir von der Existenz des Schatzes berichtet. Sie haben ihn gesehen!«

Immer noch schlug sie sich mit dem herum, was er über ihren Vater gesagt hatte, und daß es den Schatz wirklich gab, konnte sie nicht beruhigen. Sie fragte weiter: »Bist du hinter dem Gold her?«

Doch statt zu antworten, sagte er: »Ich denke, jetzt bin ich mit meiner Frage an der Reihe.«

Savanna zog eine Grimasse und zuckte mit den Schultern.

»Was bedeutet dir Micajah?«

Savanna ließ nicht erkennen, ob sie von dieser Frage überrascht war oder nicht. Doch da sie keine Lust hatte, mit ihm zu streiten, gab sie offen zu: »Ich kenne Micajah seit meiner Kindheit. Zuerst war er für mich nur ein lästiges Ärgernis, dann eine Bedrohung und nun eine echte Gefahr. Wenn ich könnte, würde ich ihm die Kehle durchschneiden!« Dabei warf sie Adam einen finsteren Blick zu und zischte: »Allerdings würde ich dir die Kehle noch viel lieber durchschneiden, aber leider hast du mir keine Gelegenheit dazu gegeben!«

Adam überging ihre bissigen Worte und fragte weiter: »Wenn du ihn so verabscheust, warum hast du dich dann mit ihm zusammengetan? Er müßte doch die letzte Person sein, von der du dir helfen lassen würdest, das Gold zu finden!«

»Du bist die letzte Person, mit der ich mich zusammentun würde!« konterte Savanna.

Adam stand auf. Er beherrschte seine Lust, sich auf sie zu stürzen, und sagte nur: »Da dich die offene Beantwortung der Fragen wohl schon langweilt, können wir auch aufstehen und weiterreiten, statt hier unsere Zeit zu vergeuden. Los, beweg dich! Steig auf dein Pferd!«

Savanna kam seiner Aufforderung widerspruchslos nach, da sie sich schuldig fühlte. Doch als sie sich unterwegs seine Verbrechen vor Augen hielt, loderte ihr Zorn wieder auf, und sie sann über eine Fluchtmöglichkeit nach.

Sie mußte ihn irgendwie ablenken, so daß sie davonreiten konnte. Vielleicht gelang es ihr auch, ihn zu ihrem Gefangenen zu machen. Ein boshaftes Lächeln spielte um ihre Lippen. Diesen Adam würde sie mit größtem Vergnügen als Gefangenen haben! Plötzlich riß Adam sein Pferd am Zügel zurück, und Savanna sah durch eine Schneise zwischen den Bäumen auf eine große Lichtung, in deren Mitte einige kleine Hütten und Ställe um ein großes Blockhaus standen. Zwei Hunde, ein Dutzend Hühner und ein Schwein mit einer Rotte Ferkel tummelten sich vor dem Haus. Etwas abseits spielten zwei schwarzhäutige Kinder im roten Staub.

Die Hunde hatten noch keine Witterung von ihnen aufgenommen, und Adam bemühte sich, daß es auch so blieb, zumindest so lange, bis er Savanna versteckt hatte. »Wenn du auch nur das kleinste Geräusch machst, schlage ich dich nieder!« drohte er ihr.

Einige Minuten später hielt er mitten im Wald an. Savanna ahnte, was er vorhatte. Sie sträubte sich, keifte und trat nach ihm, aber es hatte keinen Zweck. Schon war sie gefesselt und geknebelt und ihr Fuß an einen kräftigen Eichenschößling gekettet. Jetzt wünschte Savanna sich, sie hätte laut geschrien, als sie die Lichtung und das Blockhaus erblickt hatten. Staunend sah sie Adam an, als er den Schlüssel zur Sklavenkette wie in der vergangenen Nacht hoch über ihrem Kopf an einen Zweig des Baumes hängte.

Erklärend sagte er: »Ich werde versuchen, den Truthahn gegen etwas Brauchbares einzutauschen. Sollte aber etwas Unvorhergesehenes passieren und ich nicht zurückkehren, dann kannst du dich irgendwann von deinen Fesseln befreien und die Kette aufschließen.«

Savanna starrte ihn nur an.

Während Adam zu seinem Pferd ging, fügte er hinzu: »Ich möchte mir keine Vorwürfe machen müssen, dich hier im Wald dem sicheren Tod ausgesetzt zu haben.« Damit schwang er sich auf sein Reittier, warf ihr einen kühlen Blick zu und sagte: »Und verzehre dich nicht allzusehr nach mir, während ich weg bin!«

Ihre Augen funkelten vor Zorn, als sie ihm nachblickte und sah, wie er im Wald verschwand. Er hatte sie tatsächlich gefesselt und geknebelt mitten im Wald zurückgelassen! Sie blickte sehnsüchtig zu dem Schlüssel hinauf, der über ihr hing. Wie von Sinnen begann sie an den Fesseln zu zerren, aber die Lederriemen waren so fest geknotet, daß es ihr wohl nie gelingen würde, sie abzustreifen. Und nach einer Weile wünschte sie, daß dieser widerwärtige Jason Savage, der Adam genannt werden wollte, zu ihr zurückkehrte.

Doch wie um sie zu quälen, blieb Adam den ganzen Tag fort. Immer wieder nahm sie den Kampf gegen die Lederriemen auf, aber immer wieder sank sie erschöpft zurück, ohne sie gelöst zu haben. Der Knebel hatte ihren Mund ausgetrocknet, ihre Handgelenke waren wundgescheuert, und immer häufiger überschwemmten sie Wellen nackter Angst, er könnte sie einfach verlassen und hilflos dem Tod ausgesetzt haben.

Erst gegen Abend hörte sie den Hufschlag eines sich nähernden Pferdes. Sie zitterte am ganzen Leib, als Adam lässig herangeritten kam, so als habe er sie erst vor wenigen Minuten verlassen. Er lachte zufrieden, als er sich aus dem Sattel schwang, sich zu ihr beugte und sie von dem Knebel befreite.

»Du Bastard!« fuhr sie ihn an. »Wage es nicht noch einmal, mich so zurückzulassen!«

»Ich wußte, daß du mich vermissen würdest«, lachte er vergnügt. Dann erhob er sich und griff mühelos nach dem Schlüssel, der den ganzen Tag über so quälend nahe über Savanna am Baum gehangen hatte.

»Es tut mir leid«, sagte er, während er ihre Fesseln löste. »Ich dachte nicht, daß ich so lange fortbleiben würde. Dafür habe ich aber auch einige lebenswichtige Dinge für uns erwerben können.«

»Wie?« fragte sie knapp und rieb sich die wunden Handgelenke. »Du hast doch kein Geld. Bist du nicht nur ein Mörder und Entführer, sondern auch ein Dieb?«

Statt einer Antwort ging Adam zu seinem Pferd, nahm ein dickes Kleiderbündel von seinem Sattel und warf es ihr zu. »Du solltest diese Dinge zu würdigen wissen, ich habe hart dafür gearbeitet«, sagte er mit einem hintergründigen Grinsen. »Der Besitzer der kleinen Plantage ist mit seinem ältesten Sohn für sechs Wochen nach New Orleans gegangen und hat die stärksten Sklaven mitgenommen. Seine Frau ist allein zurückgeblieben, und es gab einige Notstände, die nur ein Mann beheben konnte.«

Sie hätte ihn erwürgen können, als die Vorstellung von ihren Gedanken Besitz ergriff, wie er den ganzen Tag über dieser fremden Frau im Bett zu Diensten war und ihren willig dargebotenen Körper in die hemmungsloseste Raserei trieb, während er sie gefesselt und geknebelt im Wald schmachten ließ. Doch zu ihrem Mißvergnügen mischte sich in ihre Wut brennende Eifersucht. Sie wandte sich dem Kleiderbündel zu, öffnete es und fand darin ein seltsames Durcheinander von Gegenständen: ein Päckchen Zucker, einen Beutel Salz, eine kleine Dose Kaffee, ein Stück geräucherten Speck und ein Säckchen mit Bohnen. Diese so lange entbehrten Lebensmittel ließen ihr das Wasser im Mund zusammenlaufen, doch gaben zwei andere Gegenstände in dem Bündel Savanna das Gefühl, einen kleinen Schatz entdeckt zu haben: ein alter Kamm und ein abgebrochenes Stück Lavendelseife! Zudem enthielt es noch ein altes weißes Baumwollhemd, eine verblichene Reithose, ein Paar abgetragene Stiefel, einen löchrigen Hut und ein Rasiermesser.

Adam kam zu ihr, beugte sich über ihre Schulter, nahm das Rasiermesser aus dem Bündel und sagte: »Das ist für mich. Sobald wir an einen einigermaßen sauberen Fluß kommen, werde ich es benutzen. Für dich scheinen mir Hemd, Hose und Stiefel weit passender als das ramponierte Kleid.«

Savanna haßte das schmutzige Kleid mittlerweile, aber bei Adams Worten war es ihr plötzlich wieder lieb und teuer. Sie würde es für nichts auf der Welt gegen Kleidungsstücke eintauschen, die Adam erworben hatte, indem er eine unbefriedigte Ehefrau beglückte. Ihre aquamarinblauen Augen verfärbten sich zu einem giftigen Grün, als sie überheblich sagte: »Falls das alles ist, was du erwerben konntest, dann war diese Frau mit deinen Diensten nicht sonderlich zufrieden.«

Sie konnte Adams Gereiztheit wie gefährliche Hitzewellen spüren, doch dann entspannte er sich und sagte: »Glaub mir, die Frau war zufrieden. Alle Frauen, denen ich bisher zu Diensten war, waren es mit mir.«

Er ließ keinen Zweifel daran, was er damit meinte, und Savanna schoß das Blut ins Gesicht, obwohl sie sich dafür haßte. Rasch wandte sie sich ab. Wütend vor sich hin murmelnd, sortierte sie die mitgebrachten Sachen. Oh, wie sehr wünschte sie, er würde ein einziges Mal das Nachsehen haben, nur ein einziges Mal!

Sie verbrachten diese Nacht aneinandergekettet wie die Nacht zuvor. Sie hätte geschworen, daß sie in ihrer Wut keine Minute Schlaf neben ihm finden würde, aber trotz seiner Nähe und der lästigen Fußkette fiel sie in einen tiefen, traumlosen Schlaf, sobald sie sich hingelegt hatte.

Wieder wurde sie von Adam vor Anbruch der Morgendämmerung geweckt, und sie brachen unverzüglich ihr Lager ab. Als die Sonne über den Horizont stieg, waren sie bereits eine Stunde unterwegs, und Savanna fand sich damit ab, daß ihr ein weiterer zermürbender Ritt bis zum Abend bevorstand. Die Sonne stieg in den klaren, stahlblauen Himmel über Texas hinauf, und Savanna ritt hinter Adam her nach Südwesten. Nach drei Stunden fühlte sie sich bereits so müde, hungrig und schmutzig, daß ihr ganzes Denken von ihrem Zorn auf diesen hartherzigen, miesen Bastard beherrscht wurde, der sie wie Beute nach Belieben mit sich führte. So bemerkte sie nicht sofort, daß Adam sein Pferd zügelte und sie anhielten. Nach einer Weile blickte sie auf und starrte ihn verbittert an.

»Warum halten wir? Hast du wieder eine Plantage mit einer einsamen Frau entdeckt, die dringend deiner Dienste bedarf?« fragte sie sarkastisch.

Flink wie ein Puma beugte sich Adam zu ihr, löste die Fessel um ihre Hände, zog sie auf sein Pferd und zwang sie, sich vor seinen Sattel zu setzen. Obwohl ihre Brüste gegen seinen Körper gepreßt waren und seine Arme sie wie Eisenzwingen hielten, erwiderte sie kalt seinen zornigen Blick. Durch zusammengepreßte Lippen stieß er hervor: »Wenn du noch einmal so über mich redest, könnte es sein, daß ich glaube, du möchtest meine Dienste nur allzu gerne selber in Anspruch nehmen!«

Mit heißem Atem konterte sie: »Da täuschst du dich! Ich verabscheue dich!«

»Wie schlecht du dich kennst. Du denkst, du willst mich nicht, dabei hast du nur noch nicht bemerkt, wie sehr du mich begehrst«, widersprach er ihr beinahe mild. Dann senkte er seine wissenden Lippen auf ihren Mund. Es war kein versöhnlicher Kuß. Adam war so wütend auf diese widerspenstige rothaarige Hexe, daß er sich nicht darum kümmerte, ob sie den Kuß wollte oder nicht. Er wollte ihn!

In Savannas Körper tobte nun diese rauschhafte Erregung, die er mit jeder Berührung, jeder Zärtlichkeit in ihr entfachte. Reflexartig öffnete sie die Lippen für seine eroberungswütige Zunge. Doch dann erinnerte sie sich wieder, wer er war und wer sie war, griff mit beiden Händen in seine schwarzen Locken, riß daran und biß gleichzeitig mit aller Kraft in seine Zunge.

Mit einem dumpfen Fluch stieß Adam sie von seinem Pferd und rief dann ebenso wütend wie erstaunt aus: »Bist du verrückt geworden?«

Ohne auf ihren schmerzenden Rücken zu achten, sagte Savanna liebenswürdig: »Ich habe doch gesagt, daß ich dich verabscheue.«

Dieser Spott versetzte Adam in solche Wut, daß Savanna vor Angst aufsprang und blindlings in den Pinienwald davonstürmte. Wie ein Tier floh sie vor ihrem Entführer, dem Mörder ihres Vaters, vor dem Hochmut und dem Stolz des Mannes, der auch ihr Verführer war. Sie wollte all dem nur entkommen, frei und wieder sie selbst sein. So schnell sie konnte, rannte sie durch den Wald, bemerkte kaum, wie niedrige Zweige ihr ins Gesicht peitschten, riß sich los, wenn Ranken sich um ihre Füße legten, Dornen an ihrem Kleid rissen, als wollten sie sie behindern als Verbündete des Mannes, dessen Gefangene sie war. Sie hörte nicht das Hufgetrappel, als Adam mit dem Pferd hinter ihr her galoppierte und schnell näher kam.

Erst als Adams Arme sich wie dicke Schlangen um ihre Taille legten, sie mühelos emporgehoben und quer über den Rücken seines Pferdes geworfen wurde, setzte ihr klarer Verstand wieder ein, und sie begriff, daß sie keine Chance hatte, ihm jemals zu entkommen. Sie war diesem übermächtigen Mann ausgeliefert.

Das Gefühl völliger Hilflosigkeit lähmte sie so sehr, daß sie kaum Widerstand leistete, als Adam sein Pferd gemächlich zu dem Platz zurücktrotten ließ, von wo Savanna geflüchtet war.

Adam hatte während des Ritts kein Wort gesprochen, und als er sein Pferd zügelte, erwartete sie eine wütende Tirade von Bosheiten und Beschimpfungen oder, schlimmer noch, daß er sich von ihrem Körper holte, was er schon so lange heiß begehrte. Zu ihrer Überraschung ließ er sie jedoch nur unsanft auf den Boden fallen und stieg dann selber ab. Wieder war es, als ob er ihre Gedanken lesen könnte, denn er sagte mißmutig:

»Vergewaltigung erregt mich nicht besonders, also beruhige dich.«

Dennoch war sie verzagt und sah ihm wortlos zu, als er den Pferden die Sattelgurte lockerte und sie mit langem Zügel an zwei Bäumen festband. Danach wühlte er in den Satteltaschen herum und warf ihr das Kleiderbündel zu, das er auf der kleinen Plantage erstanden hatte. »Falls dich interessiert, warum ich angehalten habe, sieh dich um«, sagte er so sachlich, als hätte sich der Vorfall in den vergangenen Minuten überhaupt nicht ereignet.

Savanna drehte sich um und stieß einen Überraschungsruf aus. Vor ihr lag ein kleiner See in Form einer Träne. Das Wasser war kristallklar, nur am gegenüberliegenden Ufer, wo einige Bäume ins Wasser gestürzt und vermodert waren, hatte sich ein kleiner Teppich aus Algen gebildet. Klares Gewässer wie dieses war tatsächlich eine Seltenheit in Texas, wo die meisten Flüsse und Bäche trübe von Schlamm und Lehm waren. Hier aber konnten Adam und Savanna bis auf den Grund des Sees sehen und große Fische und Schildkröten beobachten, die träge dahintrieben. Der See lag am Fuß einer felsigen Anhöhe, und von dort rauschte frisches Wasser in einem verzweigten kleinen Wasserfall herunter, sammelte sich zu einem Bach und mündete an der schmalsten Stelle in den See. Wo das Spritzwasser den Boden beständig näßte, hatte sich ein kleiner Dschungel aus Palmen, Schilfrohr, mannshohen Farnen und wilden Lilien gebildet.

Savanna sprang auf ihre Füße. Adam und all der Ärger, den er in ihr Leben gebracht hatte, waren vergessen. Gebannt ging sie auf den See zu und ging so weit hinein, bis sie das kühle Wasser an ihren Hüften spürte. Sie hätte nie gedacht, daß die Aussicht auf ein Bad sie berauschen konnte wie in der Hitze des Mittags zu schnell getrunkener kühler Wein. Sie drehte sich zu Adam um und bat: »Bring mir die Seife, schnell!«

Adam lachte und holte das wertvolle Stück Seife aus dem

Kleiderbündel. Damit ging er zu ihr ans Wasser, gab es ihr aber nicht. Langsam sagte er: »Ich denke, wir sollten vorübergehend einen Waffenstillstand schließen. Ich möchte dich nicht an einen Baum ketten müssen, während du dich und dein Kleid wäschst, und dich auch nicht dauernd beobachten müssen, während ich versuche, diesen verdammten Staub von meiner Haut und aus meinen Haaren zu bekommen.« Dann fixierte er sie mit einem harten Blick. »Habe ich dein Wort, daß du nicht zu fliehen versuchst, solange wir hier sind?«

»Ich verspreche es«, gelobte Savanna, und ihr Herz hüpfte bei dem Gedanken, er könnte ihr wirklich Glauben schenken. Natürlich dachte sie nicht im Traum daran, dieses Versprechen auch zu halten.

Etwas in Savannas Gesichtsausdruck schien sie verraten zu haben, oder aber Adam konnte tatsächlich ihre geheimsten Gedanken lesen, jedenfalls sagte er enttäuscht: »Es war ein faires Angebot. Da du es aber nicht annehmen willst, wird unser Aufenthalt hier etwas aufregender!«

Er ließ seine Arme vorschnellen, packte sie und zerrte sie grob zu sich ans Ufer. Ein Lächeln war auf sein Gesicht getreten, aber dieses Lächeln war so finster und so heimtückisch, daß Savanna sich unbehaglich fühlte. Mit einer Stimme, die so dunkel war wie sein Lächeln, knurrte er: »Wir hätten hier eine so angenehme Zeit haben können. Da du aber lieber das arme Opfer bleiben möchtest, das von mir, dem Bösewicht, hierher verschleppt worden ist, spielen wir unser Spiel eben nach den harten Regeln. Andererseits sehe ich nicht ein, warum ich bei diesem Spiel nicht doch etwas Vergnügen haben sollte.«

Bevor Savanna begriff, was er damit meinte, hatte Adam bereits den Verschluß ihres Kleides geöffnet und sie mit einer einzigen schnellen Bewegung bis zur Taille entblößt. Savanna ächzte empört, aber ein köstliches Lustgefühl ließ sie stillhalten. Mit tiefem Erstaunen bemerkte sie, daß Adam ihre Nacktheit fast andächtig betrachtete.

Ihre Haut war weiß wie Alabaster, nur die sich bereits verhärtenden Brustwarzen hatten die Farbe von Aprikosen. Adams Augen waren schon über so viele willig entblößte Frauenkörper gewandert, aber was Savanna ihm enthüllte, war der vollkommenste, betörendste und erotischste Körper, den er je gesehen hatte. Es war, als habe die Natur Savannas Haare so feuerrot gefärbt, damit sie in diesem Moment in flammenden Kaskaden auf ihre Schultern fielen und das Weiß ihrer Haut noch betonten. Ihr Gesicht war wunderschön, ihre Schultern schmal, ihr Bauch flach, doch vor allem zog ihr großer fester Busen seinen Blick auf sich. Wie gebannt starrte er sie an.

Ehrfürchtig konnte Adam nur noch flüstern: »Du meine Güte, Liebling, schon in deinem Kleid haben sie wunderbar ausgesehen, aber sie sind noch viel schöner, als ich erwartet habe.« Dann wurde ihm die Kehle eng, als er daran denken mußte, wie diese kleinen, rosafarbenen Nippel wohl schmekken würden.

Als Savannas Brustwarzen plötzlich anschwollen, dunkler wurden und sich hart aufrichteten, spielte ein fast liebevolles Lächeln um seine Lippen. Zornig bäumte sie sich auf und versuchte, sich seinem Griff zu entwenden, aber er ließ es nicht zu. Und obwohl ihrem Körper anzusehen war, wie sehr sie die Situation erregte, fauchte Savanna kalt und abweisend: »Bist du langsam fertig, mich wie ein blöder Hinterwäldler-Kretin anzustarren?«

Adam hob nicht einmal den Blick, als er entgegnete: »Vergiß nicht, du hast dieses Spiel herausgefordert.«

Hilflos wand sich Savanna in seinem harten Griff, aber er ließ nicht locker. Ihre Augen schleuderten Blitze, trafen aber nur auf sein spöttisches Lachen. Er war so viel stärker als sie und kostete es schamlos aus. Je mehr sie sich wehrte, um so mehr hatte sie den Eindruck, daß ihr Widerstand ihn erregte.

Adam lockerte fast spielerisch leicht das Kleid an ihren Hüften und ließ es an ihren Beinen herabsinken. Als er sie dann völlig nackt vor sich hatte und ihren flachen Bauch, die langen, wohlgeformten Beine und das Dreieck aus feuerrot leuchtenden Locken sah, das zwischen ihren glatten Schenkeln glühte, wurde er von einer so heftigen Begierde gepackt, wie er sie bisher bei keiner Frau verspürt hatte. Bis zu diesem Augenblick war sein Werben und ihre Zurückweisung ein Spiel gewesen, ein Vorspiel, das er genossen hatte, da er wußte, daß sie etwas Besonderes und das Werben angemessen war. Aber nie hatte er daran gezweifelt, sie am Ende zu erobern. In diesem Moment wurde es ernst, und Adam fühlte sich, als stünde er innerlich in Flammen. Sein stürmisch pulsierendes, hartes, kaum mehr zu beherrschendes Geschlecht ließ ihn fast hilflos den Kopf schütteln. Er konnte nur noch daran denken, wie er diese herrlichen, alabasterweißen Schenkel öffnete, um seinen Körper mit dem ihren zu verbinden.

Der fast verträumte Ausdruck auf seinem Gesicht ließ Savanna mit neuer Anstrengung gegen ihn kämpfen. Irgend etwas in ihr wußte, daß er diesmal erst von ihr ablassen würde, wenn er sie erobert hatte. So warnte sie ihn atemlos vor Begehren und Angst: »Wenn du mich berührst, bringe ich dich um, du Bastard!«

Wie eine kalte Dusche brachten diese haßerfüllten Worte Adam wieder zur Besinnung. Mühelos wehrte er ihre wütenden Fausthiebe ab und sagte lachend: »Ich bin sicher, du wirst es versuchen, aber ich glaube nicht, daß es dir auch gelingen wird!« Und obwohl das Verlangen fast unkontrollierbar stark war, diesen üppigen Frauenkörper durch alle Stufen der Ekstase zu jagen und ihn zu seiner Beute zu machen, beherrschte sich Adam noch ein letztes Mal, wie er sich schwor. Er stieß Savanna rüde von sich, und sie fiel mit einem lauten Aufplatschen ins Wasser.

Das Wasser war an dieser Stelle nicht tief, und Savanna kam sofort wieder an die Oberfläche, die nassen Haare schüttelnd und wie eine Furie Wasser und Beschimpfungen ausspeiend.

Dann fiel ihr ein, daß sie nackt war, und sie kauerte sich im vermeintlichen Schutz des Wassers nieder. Als wäre das Wasser nicht imstande gewesen, das Feuer ihrer Haare zu löschen, trieben die lockigen Strähnen glühend um Savannas Gestalt. Finster musterte sie den Mann, der mit ihr machte, was er wollte.

Adam blickte auf Savannas Kleid nieder, das wie ein schmutziger Haufen Stoff zu seinen Füßen lag. Er bückte sich, nahm das Kleid und schleuderte es zu Savanna ins Wasser. Dazu rief er: »Wenn du es sauber gewaschen hast, lege ich es zum Trocknen aus. Danach bekommst du die Seife, um deinen so überaus ansehnlichen Körper für mich zu waschen!«

Savanna griff nach dem Kleid, das sich mit Wasser vollgesogen hatte. Dann schwamm sie in die Mitte des Sees, wo sie einigermaßen sicher vor ihm war. Hier im Wasser fühlte sie sich nicht mehr so nackt und ihrem Entführer ausgeliefert. Außerdem hatte sie das Kleid, das sie wie eine undurchdringliche Haut vor Adams Nachstellungen schützen konnte. Sie blickte sich um. Adam stand immer noch an derselben Uferstelle, von der aus sie losgeschwommen war. Vielleicht konnte sie zur anderen Seite des Sees schwimmen und dort weit genug in den Wald laufen, bevor er ihre Flucht bemerkte.

Doch Adams Stimme schnitt durch ihre Fluchtpläne wie ein scharfes Messer durch weiche Butter. Sie hatte nicht verstanden, was er gesagt hatte, aber als sie zu ihm hinsah, erkannte sie zu ihrem Schrecken, daß er das Gewehr auf sie gerichtet hielt.

»Ach, Liebling, warum hörst du nicht endlich auf, immer nur an Flucht zu denken«, rief er ihr beinahe enttäuscht zu. »Falls du zu nahe ans andere Ufer schwimmst, werde ich auf dich schießen und deinen Eifer bremsen.« Savanna konnte sein verhaltenes, spöttisches Lachen hören, als er hinzufügte: »Und glaube mir, ich werde dich so treffen, daß du höllische Schmerzen haben wirst.«

Es war zum Verzweifeln, wieder hatte er in ihren Gedanken

gelesen wie in einem offenen Buch. Savanna warf dem rettenden Ufer einen wehmütigen Blick zu, dann schwamm sie zu der Stelle, wo sich der Wasserfall in den See ergoß, und zog dabei ihr Kleid wie einen braunen Schleier aus Seegras hinter sich her. Sie verschwendete keinen weiteren Blick an ihn, hielt sich aber ständig unter Wasser. So wusch sie das Kleid aus und benutzte einige runde Steine, um den schmutzigen Stoff daran auszuschlagen. Als das Kleid so sauber war, wie es ohne heißes Wasser und Seife nur sein konnte, wrang sie es aus und schleuderte es zu Adam ans Ufer. Sarkastisch fragte sie: »Bist du zufrieden?«

»Zufrieden schon, aber nicht befriedigt«, antwortete er mit anzüglichem Grinsen. »Aber ich glaube, es wird nicht mehr lange dauern, bis ich auch das bin.«

Savanna glaubte, ihre Empörung werde bald das Wasser um ihren Körper brodeln lassen. Heftig stieß sie hervor: »Gib mir die Seife, und zwar jetzt gleich!«

Mit einer theatralischen Geste legte Adam das kostbare Stück Seife am Ufer nieder. »Stets zu deinen Diensten«, rief er vergnügt, dann wandte er sich um und ging zu den Pferden.

Sie schoß so giftige Blicke auf seinen breiten Rücken ab, daß sie glaubte, er müßte jeden Moment niederstürzen. Doch dann zügelte sie ihren Zorn. Sie wußte, er würde ihr nur wenige Minuten Ungestörtheit gönnen, also schwamm sie zu der Stelle, wo die Seife lag, und nahm sie sich. Dabei rechnete sie mit einem seiner heimtückischen Tricks, daß er sich ohne Warnung plötzlich umdrehen und sie wieder ungeniert anstarren würde, sobald sie das Wasser verlassen hatte. Doch das tat er nicht, und verwirrt zog sie sich in tieferes Wasser zurück. Das Wohlbehagen, das das sonnenwarme Wasser und die nach Lavendel duftende Seife ihr bescherten, war so stark, daß ihre Gedanken sich angenehmeren Dingen zuwendeten.

Das Wasser wirkte wunderbar belebend. An der Oberfläche war es wohltuend warm, doch sobald sie tiefer tauchte, war es kühl und erfrischend. Fast schnurrte Savanna wie eine Katze vor Genuß, als sie ihre Haare einschäumte und mit der betörend nach Lavendel duftenden Seife über ihre Haut strich. Für eine Weile verloren Adam, Micajah und alle ihre Schwierigkeiten an Bedeutung, und sie überließ sich der Wonne, den Schweiß und Schmutz der vergangenen schrecklichen Woche abzuwaschen. Sorglos schwamm sie bis zur Mitte des Sees, und ihr Glücksgefühl brach in einem plötzlichen frohen Lachen aus ihr heraus.

Adams Stimme aus nächster Nähe brachte sie schlagartig in die rauhe Wirklichkeit zurück. »Bevor du alle Seife aufbrauchst, gib sie bitte mir.«

Sie fuhr herum und erschrak, als sie sah, wie nahe er ihr gekommen war, ohne daß sie etwas davon bemerkt hatte. Sein Haar hing in nassen, lackschwarzen Locken auf seine breiten Schultern. Als sie ihren Blick tiefer wandern ließ, erkannte sie, daß er nackt war. Das Wasser war so klar, als blickte sie durch Glas. Sein Körper war dunkel und kräftig, dichtes Haar bedeckte seine breite Brust und wies am Bauch schmal werdend wie ein Pfeil zwischen seine Schenkel. Sie wollte diesem schwarzen Pfeil nicht mit ihrem Blick folgen, aber sie konnte nicht anders, sie mußte genau das tun. Ihre Augen weiteten sich, als sie sah, daß sich sein Penis zu voller Größe aufgerichtet hatte.

Sie riß den Blick los und starrte Adam beinahe anklagend ins Gesicht. Doch der lächelte nur: »Was soll ich tun? Ich habe keine Kontrolle über ihn. Du solltest mir besser ganz schnell die Seife geben und ein Stück in den See hinausschwimmen.«

Savanna schleuderte ihm fast die Seife ins Gesicht, dann schwamm sie eilig davon. Lachend rief Adam ihr nach: »Es ist ein Jammer, daß du nicht immer so gehorsam bist.«

Diesmal verzichtete Savanna darauf, ihm eine scharfzüngige Erwiderung zu geben, und begnügte sich damit, ihn einfach nicht mehr zu beachten und in der Mitte des Sees herumzupaddeln. Obwohl sie sich Mühe gab, ihn zu vergessen, konnte sie doch die Laute großen Wohlbehagens nicht überhören, die Adam von sich gab, als er sich ausgiebig wusch. Und schon war wieder das Bild in ihrem Kopf, wie er da so nackt, so männlich, so erregt neben ihr im Wasser gewesen war, und ein lustvolles Prickeln lief durch ihren Körper.

Plötzlich drang ein Geräusch aus dem Wald, als bewegte sich nahe am Ufer etwas Großes, Schweres. Alles, was Adam nun tat, war das reflexartige Handeln eines erfahrenen Kämpfers. Er schwamm eilig ans Ufer, schnellte aus dem Wasser und stürmte zu dem Platz, wo seine Waffen versteckt lagen. Schon hatte er das Gewehr im Anschlag, als keine zwei Meter vor ihm ein Bär aus dem Gebüsch tapste. Mensch und Tier waren gleichermaßen erstaunt, als sie so unverhofft voreinander standen. Dem Bären schien die Begegnung unheimlicher zu sein, und mit einem grollenden Brummen wandte er sich um und trottete in den Wald zurück. Sofort suchte Adams Blick Savanna im Wasser. Sie hatte aber dem Zwischenfall nur gespannt zugesehen und ihn nicht zur Flucht genutzt.

Die Unterbrechung seines Bades erinnerte Adam daran, daß es eine Menge während ihrer Rast zu erledigen gab. Allerdings hatte er bisher auch keine Zeit verschwendet. Während Savanna sich genüßlich im Wasser aalte, hatte er ihr Kleid zum Trocknen über einen Busch gehängt und danach am Ufer sein verschwitztes Hemd und die staubige Hose gewaschen. Erst dann war auch er in den See hinausgeschwommen. Da er aber seine Kleidung im Gebüsch versteckt hatte, war sie noch nicht trocken. Mit mürrischer Miene stieg er in die klammen Sachen. Doch der Tag war sonnig und warm, Hemd und Hose würden also bald trocken sein. Er ließ sein Hemd offen, damit sich der Wind darin fangen konnte. Dann zog er die Stiefel an und schnallte den Gürtel mit dem Messer um. Nun mußte er sich nur noch rasieren, um sich rundum wohl zu fühlen. Er nahm das Gewehr und ging zu den Pferden.

Während er am Ufer kniete, sich einschäumte und rasierte, so gut es bei dem unruhigen Wasserspiegel ging, machte er Pläne für den weiteren Verlauf des Tages. Es war fast Mittag, aber Adam sah keine Veranlassung, sich mit dem Aufbruch zu beeilen. Es war wichtig, daß sie nicht nur erfrischt und sauber, sondern auch ausgeruht und gestärkt ihre Flucht fortsetzten. Allein schon der Gedanke an eine heiße Mahlzeit aus Bohnen und Speck ließ seinen Magen knurren, und er machte sich daran, ein Lager aufzuschlagen.

Da Savanna keine Anstalten machte, das Wasser zu verlassen, arbeitete er allein, warf ihr nur hin und wieder einen wachsamen Blick zu. Er sammelte Holz und entzündete ein Feuer. Dann füllte er am Wasserfall den Topf, gab Bohnen und Salz hinzu und stellte ihn auf die Flammen. Als nächstes löste er den dreckigen Schlafsack von seinem Sattel und rollte ihn aus. Schaudernd sah er auf ihn hinunter. Dann ging er damit ans Ufer und schleuderte ihn in Savannas Richtung. »Du hast dein Kleid sauber bekommen, dann wirst du auch unseren Schlafsack säubern können. Wenn wir Glück haben, ist er bis zum Abend trocken!« rief er ihr zu.

Was immer Adam sagte oder tat, immer kam in Savanna Widerstand hoch. Doch diesmal beherrschte sie sich und tat wie geheißen. Nachdem sie ihn eingeweicht und an einem runden Felsen ausgeschlagen hatte wie zuvor schon ihr Kleid, sah er sogar im nassen Zustand viel besser aus als zuvor. Sie ließ den Schlafsack am Ufer liegen, und Adam holte ihn und hängte ihn an einem starken Ast auf. Savanna sah nun keinen Grund mehr, länger im Wasser zu bleiben.

9

Adam lag ausgestreckt im Schatten einer großen Eiche und betrachtete Savanna in aller Seelenruhe. Er wußte genau, in welchem Dilemma sie steckte. Er hatte diesen Moment seit geraumer Weile mit wachsendem Vergnügen kommen sehen und war nun gespannt, wie Savanna sich verhielt.

Langsam schwamm Savanna näher an das Ufer und stellte sich in dem brusttiefen Wasser auf. Sie ahnte nicht, daß das klare Wasser jeden Körperteil preisgab und Adam seine übereifrige Phantasie nicht weiter zu beanspruchen brauchte, um sich ein genaues Bild von ihrer Nacktheit zu machen. Widerstrebend gestand Adam sich ein, daß Savanna die schönste Frau war, der er in seinem ganzen Leben begegnet war. Ihre nassen Haare strömten in einer wie dunkelrot lackiert schimmernden Lockenflut um ihr makelloses Gesicht, und ihre weißen Schultern erhoben sich wie aus edelstem Marmor gemeißelt aus dem türkisfarbenen Wasser des Sees. Das klare Wasser gab den Blick auf ihre vollen Brüste frei, die im Spiel der Wellen zu schwingen schienen, und auf ihre schmale Taille und ihre wundervoll geformten Hüften. Und schon war es um Adams Behaglichkeit geschehen. Unruhig wand er sich, denn seine Reithose wurde ihm unerträglich eng. Verfluchte Feuerhexe!

Ärgerlich über die Erregung, die ihn jedesmal überfiel, wenn er Savanna betrachtete, erhob sich Adam. Er sagte sich, je eher sie bekleidet wäre, desto erträglicher würde die Versuchung sein, die sie für ihn darstellte. Er ergriff die Reithose und das Männerhemd, das er gestern auf der einsamen Plantage erworben hatte, und trat an das Ufer des Sees. Dort warf er die Kleidungsstücke auf die Erde und sagte barsch: »Zieh diese Sachen an, wenn du soweit bist.«

Savanna knirschte mit den Zähnen vor Empörung über seinen groben Ton. Sie sah zwar ein, daß Reithose und Hemd viel praktischer waren als ihr zerschlissenes Baumwollkleid, aber ihre Dickköpfigkeit ließ es nicht zu, daß sie sich kampflos seinen Wünschen fügte. Vor allem würde sie nicht unter seinem lüsternen Blick das Wasser verlassen, nackt vor ihm stehen und sich ankleiden. Doch hatte sie keine Wahl, denn sie konnte unmöglich bis zum Anbruch der Nacht im See herumschwimmen.

Unwillig schlug sie auf das Wasser ein. »Ich werde diese verdammten Kleider tragen, aber nur wenn du dich umdrehst, während ich mich anziehe.«

Doch Adam beachtete sie nicht. Seine Augen waren starr auf eine Stelle hinter ihr im Wasser gerichtet. Plötzlich schrie er: »Savanna! Komm aus dem Wasser! Schnell!«

Sie spürte sofort, daß es kein übler Trick war, sondern eine ernsthafte Warnung. Sie wandte sich um, und das Blut gefror in ihren Adern, als sie die beiden großen, häßlichen Wasserschlangen bemerkte, die rasch auf sie zuschwammen. Da Savanna auf einer Insel des Mississippi und in den Sumpfgebieten an seinen Ufern aufgewachsen war, erkannte sie die Reptilien sofort: Es waren weißmäulige Mokassinschlangen. Sie waren aggressive, gefährliche Tiere, wenn man sie störte, und ihr giftiger Biß war absolut tödlich. Und diese Schlangen waren schon entsetzlich nahe an Savanna herangeschwommen!

Die überwältigende Schönheit des tränenförmigen Sees hatte Savanna vergessen lassen, welche Gefahren in den Gewässern der halbtropischen Staaten im Süden Amerikas lauerten. Wann immer man sich Wasserstellen in Sumpfgebieten oder kristallklaren Seen wie diesem näherte, mußte man darauf gefaßt sein, Wassermokassins oder gar Alligatoren zu begegnen. Savannas Unbekümmertheit hatte sie in Lebensgefahr gebracht! Sie warf sich nach vorne und schwamm in wilden Bewegungen auf das rettende Ufer zu, voll hysterischer Angst, daß sie vielleicht auch noch von einem hungrigen Alligator angefallen werden könnte.

Es ging nun nicht mehr darum, ihren Stolz zu retten oder den Streit mit Adam zu Ende zu führen – es ging ums nackte Überleben! Verzweifelt schwamm Savanna zum Ufer, erfüllt von Panik, daß sie jede Sekunde den spitzen stechenden Biß einer der Schlangen spüren würde. Die Angst verlieh ihr Riesenkräfte. Schon fühlte sie den Grund unter ihren Füßen, und sie richtete sich auf und lief im knietiefen Wasser los.

Plötzlich packten sie zwei starke Arme und rissen sie hoch. Adam war ihr ins Wasser entgegengestürzt und trug sie nun das letzte Stück ans sichere Ufer zurück.

Schon war eine der Schlangen bis an sein Bein geschwommen. Mit einer blitzschnellen Bewegung fuhr Adam herum, trat dem Tier den Absatz seines Stiefels auf den flachen, dreiekkigen Kopf und zerdrückte ihn im Ufersand. Dann kümmerte er sich nicht mehr um die wild zappelnde sterbende Schlange, sondern setzte Savanna am Ufer ab, griff nach seinem Messer und stieß die breite Klinge dem zweiten Reptil hinter dem Kopf in den Leib, gerade als es aus dem Wasser schnellen wollte.

Zitternd vom Schock und ihrer Nacktheit nur halb bewußt, starrte Savanna mit schreckensweiten Augen auf die zuckenden Körper der Giftschlangen. Der Gedanke, wie nahe sie einem schrecklichen Tod gewesen war, ließ sie beinahe in die Knie sinken. Ihre Zähne begannen unkontrolliert aufeinanderzuschlagen, und sie schlang ihre Arme um ihren nackten Körper, als könnte sie sich auf diese Weise wärmen und die Eiseskälte vertreiben, die sich in ihren Gliedern ausgebreitet hatte.

Erst als Adam sicher war, daß die beiden Wassermokassins keine Gefahr mehr darstellten, wandte er seine Aufmerksamkeit wieder Savanna zu. Er fluchte unhörbar, als er ihren Zustand bemerkte. Sogleich zog er ihren Körper an sich, umschloß ihn mit seinen starken Armen und begann ihn besänftigend zu streicheln. Savanna preßte ihren Kopf haltsuchend gegen seine Schulter, und er flüsterte ihr ins Ohr: »Es ist vorüber, Savanna! Du bist in Sicherheit!«

Und wie sie so an seinen warmen Körper geschmiegt stand und die Minuten vergingen, während deren Adam sie unaufhörlich streichelte und beruhigende Worte in ihr Ohr flüsterte, bemerkte Savanna, daß ihre Angst vor den Schlangen langsam nachließ, aber einer anderen Angst Platz machte: der Angst vor Adams Berührung, die sie stark erregte.

Adam fühlte sich durch Savannas nackten, an ihn gepreßten Körper ebenfalls dermaßen erregt, daß er nach einer Weile meinte, die Umarmung nicht mehr ertragen zu können. Er hob Savannas Kinn und senkte seinen Mund auf ihre Lippen.

Er küßte sie mit all dem Hunger, der in ihm aufgestaut war, und seine Lippen waren warm, hart und fordernd. Es gab für Adam kein langsames Hineingleiten in die Leidenschaft. In der Sekunde, als seine Lippen die ihren berührten, überschwemmte ihn die Begierde, Savanna nicht mehr nur in seinen Armen zu halten, sondern ihren Körper überall zu berühren und mit seinen Händen und Lippen jeden Zentimeter, jede Wölbung, jede Höhlung zu erforschen und sich zuletzt mit diesem Körper zu vereinigen, das seidenweiche Fleisch aufzuwühlen und zu durchdringen, um sich selbst in der Ekstase zu verlieren, die er ihm verschaffen konnte.

Adams Körper war so stark, warm und männlich, daß Savanna sich so eng wie möglich gegen ihn gedrängt hatte. Und als er sie küßte, kam es ihr so selbstverständlich, einfach und richtig vor, daß sie sich schwach und willig fühlte und ihre Lippen weich wurden, sich öffneten und seiner hungrigen Zunge Einlaß gewährten. Und sie wußte genau, daß das Eindringen seiner Zunge nur ein Vorspiel war und daß Adam nicht von ihr ablassen würde, bis er ganz in sie gedrungen war und sie in Besitz genommen hatte. Je tiefer Adams Kuß wurde, um so fester schlossen sich seine Arme um ihren Leib und preßten ihn gegen seine harten Muskeln. Schon packten seine Hände ihr Gesäß, hoben sie an und schoben sie gegen seine Hüften. Staunend spürte sie wie in einem sündigen Traum, wie erregt

Adam war, wie hart und groß sein Penis in der Hose lauerte, wie schmerzlich er sie begehrte und wie wenig es bedurfte, daß sie sich ihm hingab.

Sein weißes Hemd stand halb offen, und ihre Brüste wurden gegen seine nackte Haut gepreßt, ihre hart gewordenen Brustwarzen rieben sich an den rauhen Locken seiner Behaarung. Feuer entzündete sich in diesen rauh liebkosten Warzen, und der Brand rollte an Wildheit und Hitze zunehmend durch ihren Bauch, bis er sich zwischen ihren Schenkeln festfraß und dort in schrecklicher Lüsternheit loderte. Savanna wurde von Erschrecken gepackt über dieses wilde, zügellose Begehren, das ohne jede Warnung von ihrem Körper Besitz ergriff. Verzweifelt kämpfte sie gegen ihren Trieb an, widersetzte sich den stürmischen Wünschen ihres Körpers und den wollüstigen Gedanken, die ihr einflüsterten, daß sie willig geschehen lassen sollte, wonach sie sich im innersten, heimlichsten Winkel ihrer Seele seit langem sehnte. Doch ihr Verstand widersetzte sich. Sie haßte diesen Mann doch! Sie wollte ihn nicht begehren, sie wollte nicht, daß ihr lüsterner Körper ihren Stolz und ihren Haß unter dem Ansturm seiner Küsse und seines lauernden Geschlechts einfach verriet. Aber ihr Körper war ein gewissenloser Verräter, er wollte berührt, geküßt, gestreichelt, geöffnet, besessen und besiegt werden! Und ihr Mund wollte von seiner forschenden und liebkosenden Zunge erobert werden. Ein schrecklicher Kampf tobte in Savanna!

Wie eine Besessene kämpfte sie gegen Adams Umarmung. Sie riß ihren Mund von seinen Lippen und schrie mit einer Stimme, die hell war vor Verzweiflung: »Hör auf! Ich will das nicht! Ich will dich nicht!«

Doch seine sonst so saphirblau strahlenden Augen waren längst schwarz geworden vor Begierde. Wortlos blickte er auf ihr gerötetes Gesicht nieder, betrachtete lange ihren rosigen Mund, dessen Lippen von seinem stürmischen Kuß geschwollen waren.

Nervös schob sie sich weiter von seinem Körper weg, blickte zu ihm auf und wartete voll unangenehmer Spannung, was er als nächstes tun würde. Doch lange veränderte sich seine Miene nicht, und auch seine Hände lockerten nicht den festen Griff um ihr Gesäß, mit dem er sie an sich gezogen hatte. Erst nach einer langen spannungsgeladenen Weile senkten sich seine Augen auf ihre Brüste und verharrten dort. Da spürte sie wie eine allumfassende Erniedrigung, daß ihr Körper den Verrat fortsetzte, daß sich allein schon unter der Liebkosung seines Blickes ihre Brustwarzen erneut verhärteten und kühn aufrichteten.

Ein spöttisches Lächeln spannte seine Lippen, und er murmelte hingerissen: »Lügnerin! Wir beide wollen, daß es geschieht, seit wir uns zum ersten Mal gesehen haben!«

»Nein! Das stimmt nicht! Du irrst dich!« erwiderte Savanna verzweifelt. Doch nur zu gut wußte sie, wie recht er doch hatte. Zu verlockend waren seine sinnlichen Lippen, zu erregend der harte Griff seiner Hände auf ihrer nackten weichen Haut, zu sehr loderte die Lust in ihrem Unterleib, kochte in der feuchten Höhle, die von den rotlockigen Haaren am Ansatz ihrer Schenkel bedeckt wurde. Sie wollte nicht, daß sie ihn begehrte! Er war doch der kaltherzige, grausame Bastard, der ihren Vater getötet und der sie entführt hatte. Nichts würde diese schrecklichen Tatsachen je außer Kraft setzen! Wenn da nur nicht dieser süße Schmerz in ihrem Herzen gewesen wäre, der mit jeder Stunde zugenommen hatte, seit sie sich in seiner Nähe befand. Und der glühende Schmerz in der heißen Grotte ihres Leibes zeugte von blanker, unbefriedigter Sexualität. Und wie leicht wäre es, sie zu befriedigen, indem sie ihren Körper einfach diesem dunkelhäutigen Mann hingab.

Lange und nachdenklich betrachtete Adam sie mit seinen dunkelblauen Augen. Dann wanderte sein Blick über ihr liebliches Gesicht, verharrte auf ihrem verführerischem Mund, folgte der Linie ihres Halses und senkte sich weiter bis auf ihre großen, festen Brüste. Unwillkürlich verkrampften sich seine Hände um ihr Gesäß und zogen sie mit scharfem Ruck an die eiserne Härte seines Geschlechts, das sich einschüchternd groß gegen den Stoff der Hose drängte. Als sie bei dieser Berührung erschauerte, legte er seine Lippen an ihren Mund und flüsterte heiß: »Du lügst. Du willst mich – auch wenn du es dir nicht eingestehen magst! Du willst mich ebensosehr wie ich dich. Also laß uns nicht mehr darüber sprechen. Die Zeit der Worte ist vorüber.« Und wieder küßte er sie mit aller Intensität. Seine Hände lösten sich von ihrem Gesäß und strichen liebkosend ihren Rücken hinauf bis zum Nacken. Dann packten sie überraschend wieder zu, hoben sie gegen seinen Körper. Und als sie mit einem tiefen Seufzer ihre Bezwingung eingestand und ihre Arme hob und um seine breiten Schultern schlang, atmete er schwer und fuhr mit einer Hand zärtlich über ihre Lippen. Dabei murmelte er: »Du kannst dir selbst vielleicht einreden, daß du mich haßt und daß du mich nicht willst. Aber beleidige nie mehr deinen Körper, indem du von ihm behauptest, er sehne sich nicht nach mir!«

Dann hob er sie mühelos hoch und trug sie zu einer Stelle unter den Bäumen, wo ein weiches grünes Graspolster wuchs, und legte sie dort nieder. Dann richtete er sich auf und entkleidete sich. Gebannt starrte Savanna den vollkommenen nackten Körper an, der tiefgebräunt, männlich hart und zugleich in vollkommener Harmonie geformt war. Sein Gesicht mit dem Ausdruck arroganter Schönheit zog sie ebenso unwiderstehlich an wie sein muskulöser Körper. Savannas Augen starrten wie magisch angezogen auf seinen stolz erhobenen, wie harte Bronze glänzenden Phallus, der sie kraftvoll bezwingen würde.

Als Adam sich neben ihr niederließ, machte sie einen letzten Versuch, ihm zu entkommen, doch ihrem Widerstand war die Kraft genommen. Schon hatte er die Arme um sie gelegt und ihren Leib an seinen Körper gezogen. Wieder küßte er sie, und seine Zunge fand sofort Einlaß in ihren warmen Mund.

Diesmal jedoch gingen seine kundigen Hände zielstrebiger vor. Seine eine Hand legte sich um eine Brust und drückte sie zärtlich, wanderte dann zur anderen und liebkoste sie ebenfalls. Seine Finger ergriffen den hart aufgerichteten Nippel und massierten ihn sanft, bis Savanna sich stöhnend aufbäumte und sich an seinen Körper preßte. Ihre Haut, ihre Nerven, alles war Hingabe und Begehren nach mehr.

So sehr Adam und Savanna auch gegeneinander gekämpft hatten, ihre Körper verstanden sich instinktiv. Auf ihr Drängen hin legte sich sein mächtiger Pfahl gegen ihre Hüfte, und seine verlockende Bedrohung ließ Angst und animalisches Verlangen durch ihren Körper wirbeln. Adams Lippen schlossen sich über ihrer Brust. Als die Zähne und die Zunge ihr schamloses Spiel begannen, zuckte ihr Körper auf, sie jammerte unter dem Ansturm der Lust, und ihre Lenden bebten.

Adam spürte, daß ihn Savanna mehr erregte als jede andere der vielen Frauen, die er bisher besessen hatte. Die Lust, die es ihm bereitete, Savanna zu küssen und dann mit Lippen und Händen ihren Körper zu erforschen und ihm die angenehmsten Empfindungen zu entlocken, überraschte ihn selbst. Sie brachte ihn zur Raserei, bis sein Geist nur noch von dem wilden Wunsch beseelt war, sich tief in diesen Körper zu bohren, ihn zu lieben und herrisch zu unterjochen und mit der Urgewalt seiner Männlichkeit durch alle Ekstasen zu peitschen, bis die Erinnerung an die Liebe aller Männer, die sie bisher besessen hatten, ausgelöscht war in ihr und kein anderer Mann jemals mehr neben seiner Liebe für sie bestehen konnte. So hatte er noch nie für eine Frau empfunden. Die fast unschuldige, bedingungslose Hingabe, mit der sie sich dem Ansturm seiner Zärtlichkeiten überließ, spornte ihn nur um so stärker an. Er riß ihren Körper an sich, als wollte er ihn nie wieder aus seinen Zärtlichkeiten entlassen.

Seine Lippen und seine Hände liebkosten ihre Brüste, ihren flachen Bauch, ihr rundes Gesäß, und sie wälzte sich wohlig unter seinen Berührungen. Wie benebelt von seinen süßen Zärtlichkeiten ergab sie sich endgültig. Seine Finger fuhren durch die flammenden Haare über ihrer Scham und berührten ihr samtweiches nasses Fleisch, das bereit war, ihn zu empfangen. Sie hechelte jetzt wie ein gehetztes Tier unter seinem Kuß, als seine Finger in sie eintauchten und ihre Hitze, ihre Nässe, ihre dampfende Tiefe erforschten. Und als seine Finger ihre kleine, harte Lustperle streiften und immer wieder darüberfuhren, taumelte sie bereits am Rand der Ekstase.

Der Zweikampf der Lust währte lange zwischen ihnen. Adam nahm sich diese Frau ganz, seine Lippen waren auf ihren Brüsten, seine Zähne knabberten an ihren hoch aufgerichteten Warzen, seine Hände fuhren über ihre Lenden, seine Finger steckten in ihrer Spalte, in der das Verlangen raste. Sie wand sich wie von Sinnen, und er hielt sie, wie ein Raubtier seine Beute hält, sie ächzte und stöhnte um Gnade und Erlösung, und er trieb sie immer weiter in die Gier und auf ihren Höhepunkt zu, ohne sie jedoch zu erlösen.

In diesem wahnsinnigen Tanz ihrer überreizten Körper bemerkte Savanna kaum, wie Adam sich über sie lehnte, ihre Schenkel sanft und unwiderstehlich auseinanderzwang und Platz schuf für seinen Körper.

Adam hatte viele Frauen besessen und beglückt, aber keine dieser Frauen hatte sich ihm so wild, so stürmisch, so verzweifelt und rückhaltlos hingegeben wie Savanna. Sie war eine Göttin, sie war eine Meisterin, sie war alles, was Adam immer gesucht, aber bisher nicht gefunden hatte. Sie war alles für ihn! Sein Körper fieberte, und Schweiß rann seinen Rücken hinunter, seine Gedanken taumelten, und sein harter Phallus schmerzte unter dem Ansturm des Blutes. Adam kniete nun vor ihr, und ihre weit gespreizten Schenkel offenbarten ihm alles. Adam versuchte sich zu beruhigen, versuchte abzukühlen, aber Savannas keuchender Atem forderte ihn auf, in sie einzudringen. Sie bog ihren Körper seinem harten Pfahl entgegen, wollte sich holen, was er ihr noch nicht zu geben bereit war. So war sie es, die ihn zuletzt bezwang. Er packte ihr Gesäß und hob es an, um leichter in sie eindringen zu können. Dann stieß er langsam zu. Er zitterte, als er die Spitze seines pulsierenden Geschlechts in ihrer samtweichen Spalte versenkte. Als er dann auf eine Barriere stieß, zu hart und zu eng, um sie einfach zu durchdringen, als etwas in ihr zerriß und ihr Körper sich versteifte, als sie vor ihm zurückschreckte, nur um sich dann noch wilder gegen ihn zu pressen, erkannte Adam die Wahrheit, aber da war es bereits zu spät.

Savanna trieb durch einen Wirbelsturm der Wollust. In beinahe unerträglicher Wonne dehnte sie sich aus, als sie vor ihm lag und seinen harten Schaft spürte. Mit den weit ausholenden Stößen seiner Hüften preßte er sie tiefer in das weiche Gras, als wollte er dort für alle Zeiten den Abdruck ihres vollkommenen Körpers hinterlassen. Jeder dieser Stöße linderte Savannas Schmerz, und im Rhythmus mit ihnen keuchte sie und stieß schließlich immer wieder »Ja! Ja! Ja!« aus. Sie war wie besessen von ihm in diesen wilden Minuten, und alles andere war bedeutungslos. Dann spürte Savanna eine fast beängstigend schwingende Spannung in ihrem Körper aufsteigen, die durch Adams Bewegungen stärker und stärker wurde, bis sie zitterte und nicht mehr zu atmen wagte. Und als Adam dann aufstöhnte wie ein verletztes Raubtier und er sich in wilden Spasmen in sie ergoß, brach die Spannung, und etwas in ihrem Körper zerbarst in einer funkenstiebenden Explosion, die sie einer Ohnmacht nahebrachte. Dann beruhigte sich Savannas Herzschlag, und sie fühlte einen nie gekannten Frieden in sich aufsteigen.

Tiefe Stille herrschte zwischen Savanna und Adam, der weiterhin auf ihr lag und dessen Glied noch immer tief in ihr steckte. Langsam dämmerte Savanna die Ungeheuerlichkeit dessen, was gerade geschehen war. Sie versteifte sich, öffnete die Augen und begegnete Adams hartem blauen Blick.

Er richtete sich leicht auf und nahm das Gewicht seines starken Körpers von ihrem Leib, indem er sich auf seine Arme stützte. Aber immer noch achtete er darauf, daß er nicht aus ihr glitt. Er atmete bereits ruhig, und sein Verstand arbeitete wieder klar. Sofort dämmerte ihm die Erkenntnis, daß er, der Savanna O'Rourke tagelang genau beobachtet hatte und glaubte, er kenne sie durch und durch, sie in einem wichtigen Punkt falsch beurteilt hatte, und das machte ihn wütend. Aber er fühlte sich noch nicht in der Lage, sich von ihrem weichen, warmen Körper zu lösen. So starrte er in ihr schönes, von dem leidenschaftlichen Kampf gerötetes Gesicht. Ärger und Verbitterung stritten in ihm mit seiner tiefen Befriedigung. Diese schlaue, heimtückische, durchtriebene Hexe! dachte er wütend. Sie hatte ihn mit ihren Reizen geködert, wie es Frauen seit Menschengedenken taten. Und er hirnloser gieriger Trottel war ihr in die Falle gegangen, hatte sich geradezu in ihre wie aus Seidenfäden gewobene Falle gestürzt!

Tief in seinem Inneren fühlte Adam eine satte Zufriedenheit, daß er Savannas erster Liebhaber gewesen war. Aber er fühlte sich auch verraten. Frauen, die aussahen und ein Leben führten wie Savanna O'Rourke, hatten einfach keine Jungfrauen mehr zu sein. Er war sicher gewesen, Micajah und sie wären ein Paar gewesen, wenn auch ein merkwürdiges. Er runzelte die Stirn. Adam St. Clair war ein Mann von klaren Grundsätzen. Er war zwar ein besessener Frauenheld, aber um Jungfrauen machte er stets einen großen Bogen. Wer unberührte Frauen verführte, bekam es mit unkontrollierbaren Schwierigkeiten zu tun! Die größte Gefahr, die von ihnen ausging, bestand darin, daß sie einige Liebesnächte nicht als anregende, aber unbedeutende Affäre abtun konnten, weil sie Sex immer als Eheversprechen begriffen und mit entnervender Erbarmungslosigkeit daran festhielten.

Adam löste sich von ihr, und seine Augen wurden gefährlich schwarz, als er fauchte: »Gott im Himmel, eine Jungfrau!

Warum zum Teufel hast du mir nichts davon gesagt?« Dann musterte er sie feindselig. »Also gut! Jetzt wirst du mir wohl den Preis dafür nennen, daß ich dich entjungfern durfte. Oder wartest du lieber, daß ich dir ein Angebot mache, um dich für deinen Verlust angemessen zu entschädigen? So ist das doch bei entehrten Jungfrauen üblich?«

Was immer Savanna als Adams erste Worte nach diesem Sturm der Leidenschaft erwartet hatte, es waren sicherlich nicht diese bösen, wütend hingeworfenen Sätze gewesen. Sie betrachtete ihn in fassungslosem Staunen. Sie hatte ihn doch gar nicht verführt! Er war es doch gewesen, der alles in Gang gesetzt hatte. Er wollte sie haben, er hatte sie mit seinen Küssen betört und sich über ihren Körper hergemacht, ihren Widerstand gebrochen und sie in Besitz genommen. Sie war es, die eigentlich allen Grund hatte, wütend zu sein. Entschädigung? Genau das war es, was er ihr schuldete!

Wütend schleuderte sie ihm entgegen: »Du hast meinen Körper verletzt, nicht ich deinen. Spar dir also deine gehässigen Worte! Du hast mich genug belästigt!«

»Belästigt?« Hemmungslose Wut packte ihn bei dieser beleidigenden Bezeichnung ihres Liebesakts. Bebend vor Zorn funkelte er sie an. »Schätzchen, glaub mir, ich habe noch nicht einmal angefangen, dich zu belästigen. Warum hast du mir diese interessante Tatsache verheimlicht, bis es zu spät war?«

Savanna bebte vor Wut nicht weniger als Adam. Ihre Augen leuchteten in einem gefährlich dunklen Türkis, als sie Adam anfuhr: »Hätte das denn irgendeinen Unterschied gemacht? Hättest du von mir abgelassen? Ich bat dich aufzuhören, aber du hast weitergemacht! Hast du das bereits vergessen?«

Adam empfand ihre Worte wie eine Ohrfeige und preßte die Lippen aufeinander. Sie hatte recht. Doch statt Gewissensbissen fühlte er, wie seine Wut zunahm. Als er spürte, wie sehr sein Körper bereits wieder auf Savannas herausfordernde Nacktheit neben sich reagierte, wandte er sich von Savanna ab, legte sich auf den Rücken und starrte verdrossen in den Himmel. Ärgerlich knurrte er: »Savanna O'Rourke, du hast mich ebenso sehr begehrt wie ich dich! Versuch nicht abzustreiten, daß du es genauso genossen hast wie ich!«

Savanna glaubte ihren Ohren nicht zu trauen. Sie richtete sich auf und betrachtete seinen liegenden Körper neben sich. Und in diesem Augenblick haßte sie Jason Savage, der sich Adam nennen ließ, wie keinen Menschen in ihrem Leben zuvor. Er war ein schlimmerer Bastard, als Micajah Yates es je hätte sein können! »Wie kommst du darauf, daß ich es genossen habe? Du ekelhafter, arroganter Hurensohn hast mich entführt und keine Gelegenheit ausgelassen, mich zu quälen! Du hast mich vergewaltigt, mir die Unschuld geraubt und glaubst auch noch, ich hätte das genossen!«

Da verlor Adam alle Selbstbeherrschung. Die Tatsache, daß Savanna es wagte, ihre leidenschaftliche Vereinigung mit so bösen, verletzenden Worten in den Dreck zu ziehen, ließ ihn durchdrehen. Langsam richtete er sich auf, beugte sich über Savanna wie ein Racheengel und flüsterte mit einer Stimme, die flach und tonlos war: »Ich soll dich vergewaltigt haben? Vergewaltigt? Herzchen, ich werde dir zeigen, was eine Vergewaltigung ist!«

Er warf sich über sie und drang hart und rücksichtslos in sie ein. Savanna versuchte, sich gegen ihn zu wehren, aber sie schaffte es nicht. Er wütete in ihr, tobte sich aus, trieb seine ganze Wut in ihren Körper. In einem Zustand seltsam gelassenen Staunens ließ Savanna diesen feindseligen Gewaltakt über sich ergehen. Sie fühlte keinen Schmerz, aber auch nicht den kleinsten Anflug von Lust. Schnell kam Adam zu seinem Höhepunkt, löste sich von ihr und stand auf.

Alles in Adam dröhnte von Enttäuschung, Scham und kaum gestillter Wut. Er drehte Savanna den Rücken zu, als ob er sich seiner Nacktheit jetzt schämte, und zog mit raschen Bewegungen seine Reithose an. Doch obwohl die Wut auf Savanna zur

Wut auf sich selbst geworden war, wollte er sich nicht bei ihr für das entschuldigen, was er getan hatte. Mit kalter Stimme sagte er: »Das, meine Liebe, war eine Vergewaltigung. Ich nehme an, in Zukunft wirst du den Unterschied wissen.«

Doch Savanna blieb Adam nichts schuldig. Nun war ihre Wut ebenso unkontrollierbar wild, wie es seine gewesen war. Ohne recht zu wissen, was sie tat, griff sie nach einem dicken Holzstrunk, der nicht weit von ihr im Gras lag. Sie packte ihn fest, sprang geschmeidig auf die Füße, holte weit aus und schlug Adam den Strunk mit aller Kraft auf den Hinterkopf. Adam stürzte seufzend vor Savannas Füßen zu Boden. Sie aber blickte wie gelähmt auf den reglosen Körper, unfähig zu fassen, was sie eben getan hatte.

Doch ihre Erstarrung hielt nur wenige Augenblicke an. Ihr Körper setzte sich instinktiv in Bewegung, und ohne sich um ihre Nacktheit zu kümmern, fesselte sie Adam. Tief befriedigt, daß er völlig hilflos sein würde, wenn er wieder zu sich kam, kauerte Savanna neben seinem Körper im Gras und betrachtete ihn lange. Es überraschte sie, wie unerträglich anziehend dieser Mann für sie war trotz allem, was geschehen war. Ohne es zu wollen, liebkoste sie sein Gesicht mit ihrem Blick, diese unglaublich langen dunklen Wimpern seiner geschlossenen Augen, diese hohen Wangenknochen, diese kühn gemeißelte Nase, dieses männlich harte Kinn und diese sinnlichen Lippen!

Nur mit Mühe konnte sie ihren Blick von dem bewußtlosen Mann losreißen. Doch dann stand sie entschlossen auf, schlüpfte in die Hose und das Hemd, zog die Stiefel an und begann mit fieberhafter Hast, das von Adam aufgeschlagene Lager zu durchsuchen. Sie nahm sich die Hälfte der Vorräte, packte sie in ihre Satteltaschen und machte ihr Pferd fertig. Als sie fertig war und auf ihrem Pferd saß, erlaubte sie sich einen letzten Blick auf die reglose Gestalt am Boden. Sie sah unbehaglich drein. Sollte er nicht schon längst aus seiner Ohnmacht erwacht sein? Mit Absicht hatte sie seine Hände vor der

Brust und nicht auf den Rücken gefesselt, und sie hatte ein Messer ganz in seiner Nähe in einen Baumstamm gerammt. Er würde sich ohne viel Mühe befreien können. Denn sie wollte nicht, daß er starb, obwohl er genau das verdient hatte nach allem, was er ihr angetan hatte. Sie hatte ihm auch sein Pferd und die Hälfte der Vorräte dagelassen, sie brauchte also kein schlechtes Gewissen zu haben, ihn so seinem Schicksal zu überlassen. Er war der Mörder ihres Vaters, er hatte sie gemein behandelt und wie eine Hure zur Befriedigung seiner Lust benutzt. Sie brauchte sich nicht um ihn zu sorgen, mußte ihn nur hassen, ihr Pferd wenden und befreit, erleichtert und glücklich davonreiten. Sie war tatsächlich frei, sie hatte es geschafft! Doch als sie von Adam davonritt, der so still und verletzlich am Boden lag, wollte sich kein Glücksgefühl einstellen. Savanna fühlte sich traurig und verzweifelt, als ob ihr Herz jeden Moment brechen wollte...

10

Savanna ritt einige Meilen dahin, ohne auf die Umgebung zu achten. Ihre Gedanken wanderten wie unter Zwang zu dem Mann zurück, den sie hilflos am Ufer des so idyllisch wirkenden Waldsees zurückgelassen hatte. Würde ein Alligator, eine Wasserschlange oder ein Bär ihn angreifen? Als Savanna sich erinnerte, wie Adam ihr entgegengestürzt war, um sie vor den Schlangen zu retten, fühlte sie sich schuldig. Er hatte ihr das Leben gerettet, statt dessen hatte sie ihn wehrlos zurückgelassen und damit in Lebensgefahr gebracht. Doch hatte er ihr nicht übel genug mitgespielt? Und bei diesem Gedanken verspürte sie auch kein Mitgefühl mehr.

Plötzlich zügelte sie ihr Pferd und sah sich voll Unbehagen um. Sie ritt durch einen Urwald, der sich schier endlos vor ihr erstreckte. Die einzige Abwechslung boten verfaulende Baumstümpfe, wild wuchernde, sattgrüne Vorhänge aus Schlingpflanzen und strotzende Büsche. Eine Zeitlang saß sie reglos im Sattel, während ihre Gedanken wild durcheinandergingen. Sie war das Leben am Rand der undurchdringlichen Sumpfwälder des Mississippi gewohnt, dennoch schüchterte sie die Erkenntnis ein, daß sie allein einen Weg aus diesem unermeßlichen Wald finden mußte. Dann schüttelte sie die Angst ab. Sie mußte nur stetig Richtung Südosten reiten. Nach einigen Tagen würde sie zwangsläufig in eine Gegend kommen, die sie wiedererkannte. Und sollte das nicht der Fall sein, würde sie schließlich irgendwo auf den Mississippi stoßen und gerettet sein.

Erst in diesem Moment fiel ihr ein, wie lange sie keinen Gedanken mehr an den Goldschatz verschwendet hatte. Sie hatte noch nie nach Reichtümern gestrebt. Und obwohl ihr der Gedanke gefiel, ihre Mutter mit allen Annehmlichkeiten zu überschütten, die der Besitz eines Goldschatzes ermöglichte, konnten Elizabeth und sie auch ohne diesen Reichtum glücklich leben. Es lohnte aber kaum, gerade jetzt über den Schatz nachzudenken. Ohne eine Karte oder einen Führer wäre die Suche ein hoffnungsloses Unterfangen. Außerdem würde kein Schatz der Welt ein so leichtsinniges und gefährliches Abenteuer rechtfertigen, das schon ihren Vater das Leben gekostet hatte. Ebenso würde keine Kiste voll Gold sie dazu bringen können, sich wieder mit Micajah Yates zusammenzutun. Nach dem, was Adam ihr angetan hatte, als er sie das zweite Mal mit Gewalt genommen hatte, konnte Savanna sich glücklich schätzen, daß sie nicht Micajah zum Opfer gefallen war, der ihren Körper gewiß schonungslos mißhandelt, geschändet und zerstört hätte. Dennoch versuchte sie sich einzureden, daß es ihr bei Adam schlecht genug ergangen war, aber es gelang ihr nicht, wirklich daran zu glauben. Dachte sie nur an diesen rauhen, wütenden Gewaltakt, konnte sie ihn noch mit Micajah vergleichen. Aber sie konnte die erste, wundervoll zärtliche, sinnliche, leidenschaftliche Vereinigung mit ihm nicht vergessen, und es war ihr, als spürte sie die Spuren seiner Zärtlichkeiten noch auf ihren Lippen, ihren Brüsten und tief in ihrem Leib.

Ärgerlich darüber, daß sich Adam wieder in ihre Gedanken eingeschlichen hatte, stieß sie ihrem Pferd die Absätze in die Flanken und trieb es zu schnellem Trab an. Sie war auf dem Weg nach Hause! Und wieder gelang es ihr eine Weile, alles zu vergessen, was ihr widerfahren war, seit sie auf Campo de Verde in das unrasierte, grinsende Gesicht des mörderischen Micajah geblickt hatte. Lange hatte sie gedacht, sie habe einen Anspruch auf das Gold und es wäre gerechtfertigt, den Mörder ihres Vaters zu entführen und zu zwingen, das Versteck des Schatzes preiszugeben, doch hatte das Gold inzwischen an Reiz für sie verloren. Es genügte ihr zu wissen, daß ihr Vater zuletzt seine wahren Gefühle für sie und Elizabeth bekannt und sie von Herzen geliebt hatte. Es blieb nur die Sorge, Micajah könnte sich rächen, indem er die wahren Lebensumstände ihrer Mutter verriet. Savannas Züge verhärteten sich. Was sie gegen Micajah unternehmen sollte, wußte sie nicht. Aber das war kein vordringliches Problem. Bis zu dem Zeitpunkt, an dem sie ihn wiedersah – falls das je der Fall sein sollte –, würde ihr etwas Passendes eingefallen sein, das ihn zum Schweigen brachte. Ja, Micajah mußte schweigen. Um das angesehene Leben ihrer Mutter zu schützen, war jedes Mittel gerechtfertigt. Als sie diesen Entschluß gefaßt hatte, war ihr leichter ums Herz. Sie würde ihr normales Leben wiederaufnehmen und einfach vergessen, daß sie je einem saphiräugigen Teufel namens Jason Adam Savage begegnet war!

Das jedoch erwies sich als leichter gesagt als getan. Schon flogen ihre Gedanken wieder zu dem Mann, der halbnackt, gefesselt und ohnmächtig am Rand des Waldes lag. Sie hätte ihn zur Besinnung bringen sollen, bevor sie fortgeritten war. Er hätte noch genug mit seinen Fesseln zu tun gehabt.

Als Savanna einfiel, daß er ein verheirateter Mann war,

schloß sie in einem Anflug von Verzweiflung die Augen. Wie konnte sie nur vergessen, wer er war und was er war! Wie konnte sie sich erlauben, so schamlos fasziniert von ihm zu sein! Wie konnte sie ihren halbherzigen Widerstand gegen ihn so willfährig aufgeben, als sie in seinen Armen lag? Sollte er doch sehen, wie er zurechtkam! Sie haßte ihn! Und sie schämte sich für die animalische Lust, die sie in seiner Umarmung empfunden hatte, und dafür, daß sie sich von einem Mann hatte verführen lassen, der ihrer so wenig wert war. Wäre sie diesem Mann nur nie begegnet!

Zuletzt gab Savanna es auf, Adam seinem wohlverdienten Schicksal zu überlassen. Was auch geschehen mochte, sie wendete ihr Pferd und ritt zurück. Sie mußte einfach sichergehen, daß er nicht mehr ohnmächtig und völlig hilflos war. Die Angst, er könnte jetzt nach Stunden noch mit gebrochenem Schädel und ohne Bewußtsein daliegen, ließ ihr den Atem stocken. Obwohl sie wollte, daß er für immer aus ihrem Leben verschwand, wollte sie nicht, daß er starb.

Von düsteren Gedanken niedergedrückt, ritt sie den ganzen Weg ihrer Flucht zurück. Ihr Aufbruch lag etwa fünf Stunden zurück, und sie wußte nicht, wie sie den Lagerplatz vorfinden würde. Etwa eine halbe Meile von dem See entfernt hielt sie an, stieg ab und band das Pferd an einen Baum. Dann ging sie weiter, darauf bedacht, keine Geräusche zu machen. Ihre Gedanken und Gefühle waren voller Widersprüche. Eigentlich wollte sie ihren Entführer und Verführer nicht wiedersehen, aber dennoch sorgte sie sich um ihn. Ihr Herzschlag wurde schneller, je näher sie ihrem Ziel kam.

Als sie den Waldrand erreichte, ließ sie sich nieder und kroch langsam weiter, bis sie hinter einem Gebüsch hervor den Lagerplatz überblicken konnte. Alles sah noch so aus, wie sie es zurückgelassen hatte. Adams Pferd war immer noch am selben Baum festgebunden, die Satteltasche, das Kochzeug, der Proviant lagen dort, wo sie alles hingeworfen hatte. Nur von

Adam war nichts zu sehen. Nichts! Savanna schloß die Augen und sah sofort schreckliche Bilder, wie sein zerschundener Körper von einem Puma oder einem Bären davongezerrt wurde. Nur mit Mühe konnte sie die aufsteigende Panik beherrschen und sich zur Ruhe zwingen. Wieder sah sie sich um und bemerkte, daß das Messer, das sie für Adam in einen Baum gestoßen hatte, verschwunden war.

Das war alles, was sie sehen wollte: Adam hatte es geschafft, sich zu befreien. Und das machte ihr plötzlich Angst. Sie drehte sich um und wollte zu ihrem Pferd zurückschleichen, um davonzureiten und so viel Abstand wie möglich zwischen sich und diesen Platz zu bringen. Doch sie prallte gegen einen harten, warmen Körper, den sie nur zu gut kannte. Adams Arme packten sie brutal. Zuerst versuchte sie noch, sich freizukämpfen, dann fügte sie sich in ihr Schicksal: Sie war wieder Adams Gefangene.

Sie in festem Klammergriff haltend, sagte er mit kalter Stimme: »Sieh an, du bist also zurückgekommen. Wolltest du mir zusehen, wie ich um mein Leben kämpfe? Oder hat dich etwa das Mitleid gepackt, und du wolltest mich lieber erschießen, statt mich verhungern zu lassen?«

Seine Vermutungen waren so haßerfüllt, so abwegig und hatten so wenig mit ihren wahren Motiven zu tun, daß es ihr die Sprache verschlug. Wie konnte er denken, daß sie so brutal und herzlos sein könnte? Sie starrte ihn wortlos und mit verkniffenem Mund an.

Er schüttelte sie und fuhr sie an: »Bekomme ich keine Antwort? Bist du so in Anspruch genommen, dir eine schlaue Lüge auszudenken?«

Rasende Wut auf ihn wie auf sich selbst ließ sie nach Luft ringen. Dann fauchte sie: »Du Mörder! Du Bastard! Hast du denn etwas anderes erwartet nach allem, was du mir und meinem Vater angetan hast?«

Ein seltsamer Ausdruck huschte über sein Gesicht. War es

Bedauern, war es Scham? Doch schon war seine Miene wieder hart und beherrscht. Und seine Worte knirschten wie Eis in einer Frostnacht: »Ich könnte dich auch fragen, was du eigentlich von mir erwartet hast, da ich deiner Meinung nach doch ein gefühlskaltes Monster bin.«

Seine verbitterten Worte schmerzten sie bis tief in ihr Herz. Wenn sie ihn auch für einen hochmütigen Verführer hielt und ihn in ihrer Wut beschimpfen mochte, so hielt sie ihn doch niemals für ein Monster. Dabei wäre es so viel einfacher, wenn sie ihn einfach nur hassen könnte, wie sie es sich schon so oft vorgenommen hatte. Ihre Stimme war spröde wie verwitterter Stein, als sie sagte: »Ich will nicht mehr darüber sprechen!«

Sie spürte, wie er mit den Achseln zuckte. »Nichts lieber als das«, stimmte er zu. Dann stieß er sie vor sich her zum Lager. »Wo ist dein Pferd mit den Vorräten?« fragte er schroff, während er sie mit der alten Sklavenkette an einen Weidenschößling anschloß.

Savanna blickte auf das verhaßte Fußeisen und verwünschte sich, weil sie in der Hast ihres Aufbruches vergessen hatte, die Kette so weit wie möglich hinaus in den See zu werfen. Weil es ihr aber auch keinen Vorteil brachte, auf seine Frage nicht zu antworten, sagte sie: »Es steht eine halbe Meile von hier.« Dann nickte sie in die Richtung, aus der sie sich genähert hatte.

Adam nickte, zog sich sein weißes Hemd über und verschwand im Wald. Savanna starrte ihm nach, und ein resigniertes Lächeln trat auf ihre Lippen. Das also war der Lohn dafür, daß sie ihrem Mitgefühl und ihrer Sorge um ihn nachgegeben hatte!

Während Adam rasch in der Richtung durch den Wald lief, die Savanna ihm gewiesen hatte, waren seine Gedanken nicht minder von Reue erfüllt. Seine Beweggründe aber waren ganz anderer Art. Er hatte niemals zuvor eine Frau so brutal und gefühllos mißbraucht wie Savanna. Und die Tatsache, daß er es wenige Minuten, nachdem er sie ihrer Jungfräulichkeit beraubt hatte, getan hatte, machte das Vergehen nur noch schlimmer. Tiefe Scham quälte ihn, und er überlegte, ob er in der Gesellschaft von Verbrechern wie Micajah Yates auch ein grausamer, brutaler Unmensch geworden wäre. Obwohl er es versuchte, konnte er keine Entschuldigung für sein widerwärtiges Verhalten finden, und er warf sich sein Vergehen beschämt vor. Doch lange verweilte er nicht bei seinen Selbstvorwürfen, denn er mußte sich nun wieder auf die Flucht vor Micajah und Jeremy konzentrieren und so bald wie möglich neue Pferde und neue Ausrüstung auftreiben.

Als er mit dem Pferd wieder im Lager eintraf, band er es, ohne Savanna eines Blickes zu würdigen, neben seinem an und packte alle Vorräte aus, die sie auf ihre Flucht mitgenommen hatte. Die tiefstehende Sonne sagte ihm, daß es zu spät war, um jetzt noch aufzubrechen. Außerdem hielten ihn auch seine Kopfschmerzen von einem Nachtritt ab. Er würde morgen vor Anbruch der Dämmerung aufbrechen und dann keine Zeit mehr irgendwo vertrödeln. Und plötzlich wußte Adam auch, wohin er sich wenden wollte: San Antonio. Dort kannte er einen Mann, den korrekten spanischen Adligen Don Felipe Santana, dem er vor Jahren einmal auf Terre du Coeur begegnet war. Dieser Mann war ein entfernter Vetter von Jason. Und obwohl Adam den Gedanken haßte, dort um Pferde und Vorräte zu bitten, war das die einzige Chance, die er sah. Zudem würde der Ritt nach San Antonio einige ihrer Probleme lösen. Sie entkämen sicherlich Micajah, und Don Felipe würde sie, wenn auch widerstrebend, einige Zeit verstecken und schützen und sie mit neuen Pferden und Proviant ausstatten, damit sie den Ritt zurück nach Natchez wagen konnten. Von morgen an würden sie so hart und lang reiten, wie es die Pferde zuließen. Und er hoffte, daß er dann abends erschöpft genug sein würde, damit ihn die Erinnerung an Savannas verführerischen Körper nicht in erneute Versuchung bringen konnte.

Am nächsten Tag bemerkte Savanna sehr schnell, daß Adam zu einer Entscheidung gekommen war. Doch sie erriet nicht, welchen Plan er nun verfolgte. So blieb ihr nichts übrig, als sich in ihr ungewisses Schicksal zu fügen, während er in mörderischem Tempo voranritt. Immer häufiger zweifelte sie daran, jemals ihr Zuhause, ihre Mutter und ihren Vetter Bodene wiederzusehen. Niemals zuvor in ihrem Leben war sie so lange in einem so schonungslosen Galopp geritten, und bald fühlte sie, wie sich alle Muskeln und Fasern ihres Körpers vor Schmerzen verhärteten. Nie zuvor hatte sie sich so erschöpft, hungrig und schmutzig gefühlt. Tagelang dauerte dieser Gewaltritt an. In der Morgendämmerung brachen sie auf und ritten zumeist rastlos bis in die Nacht hinein. Adam zügelte sein Pferd nur, wenn es ihm möglich war, schnell ein Stück Wild zu erlegen, um ihre mageren Vorräte zu ergänzen. Während all dieser langen, schier endlosen Stunden, die sie durch die Wildnis ritten, schwiegen die beiden. Aber es war nicht das Schweigen zwischen Freunden, deren ganzes Sinnen darauf gerichtet war, gemeinsam einen erschöpfenden Ritt durchzustehen, sondern es war ein verbittertes, zorniges, vorwurfsvolles und gefährlich schwelendes Schweigen, das sich in einem neuerlichen Kampf entladen würde. Doch weder Adam noch Savanna hatten während dieser Tage des Gewaltrittes die Kraft dazu.

Als die beiden weiter wie gehetzt nach Südwesten ritten, tiefer und tiefer in das Land von Spanisch Texas hinein, kamen sie durch Waldland, in dem Eichen und Kastanien vorherrschten. In feuchten Niederungen wuchsen dichte, undurchdringliche Haine aus Weiden und Magnolienbäumen.

Sie überquerten den Angeline River und dann den Neches River. Manchmal schien es, als würde die Welt nur noch aus Wäldern bestehen. Erst als sich die beiden Flüchtlinge viele Tage später dem Trinity River näherten, blieben die Bäume zurück, und vor ihnen lag die erste Prärie. Nachdem sie so lange durch Wälder geritten waren, atmeten beide auf, als sich nun weites Land vor ihnen erstreckte, das sie bis zum Horizont überblicken konnten.

Sie erreichten den Trinity River an einer Stelle, an der er sich tief in das Land eingegraben hatte. Weil Adam keinen Umweg machen wollte, ritten sie das halsbrecherisch steile Ufer hinunter und kämpften sich dann durch wirbelnde Schlammfluten.

Entlang des Flusses wuchsen halbtropische Pflanzen. Knisternde Wände aus wildem Zuckerrohr versperrten ihnen mehr als einmal den Weg, und überall wuchsen riesige Bäume, deren Stämme von Schlingpflanzen und wildem Wein umrankt waren und von deren Ästen geisterhaft grüngraue Vorhänge aus spanischem Moos hingen.

Diese Nacht verbrachten sie am Rand des Uferdschungels, der den Trinity River begleitete. Da Adam und Savanna nun schon so lange zusammen ritten, hatten sie eine fast partnerschaftliche Routine darin entwickelt, abends das Lager aufzuschlagen. Am späten Morgen dieses Tages hatten sie ein Rudel Wildschweine überrascht, und Adam hatte eine ihrer wertvollen Kugeln geopfert und ein junges Tier erlegt, das sie an diesem Abend aßen.

Adam hätte eigentlich zufrieden sein müssen. Auch an diesem Tag hatte er keinerlei Zeichen von Verfolgern gesehen, war aufs angenehmste gesättigt, und Savanna war fügsam und schien auch weiterhin keine Schwierigkeiten machen zu wollen. Doch seit eineinhalb Tagen spürte er ein unablässiges Prickeln in seinem Nacken, das ihn alarmierte. Aber obwohl er sich immer wieder überraschend umgeblickt und dann das Land, das hinter ihnen lag, aufmerksam betrachtet hatte, hatte er nie das geringste Anzeichen von Verfolgern entdecken können. Trotzdem beschloß er, sich gegen einen überraschenden Angriff zu wappnen. Nachts versuchte er, möglichst lange wach zu bleiben. Wenn er dem Ansturm des Schlafes nicht mehr standhalten konnte, legte er sich mit der Waffe in der

Hand nieder. Falls ihnen aber tatsächlich Micajah und Jeremy folgten, warum zögerten sie und hatten sie nicht schon längst überfallen?

Aber auch andere Sorgen plagten Adam in dieser Nacht. Savanna und er hatten ihre letzten Vorräte schon vor Tagen verzehrt und lebten seitdem von ihren Tagesfängen. Die wenige Munition schwand dadurch, was in ihrer Lage äußerst gefährlich war. Seit der Mais aufgebraucht war, bekamen auch die Pferde zu wenig Futter.

Mit einem von Sorgen verfinsterten Blick starrte Adam in die Dunkelheit. Es war nur noch eine Frage der Zeit, bis eines der Pferde lahm ging oder einfach zusammenbrach und vor Erschöpfung verendete. Und es war ihm klar, daß eine Flucht durch die unermeßliche Wildnis von Texas ohne Pferde, mit nur wenig Munition und ohne Vorräte tödlich war.

Sein Blick wanderte zum Feuer hinüber, wo Savanna ausgestreckt lag und schlief. Ohne daß er es bemerkte, wurde sein verkniffenes Gesicht weich. Savannas Wangen waren von den Entbehrungen und Anstrengungen hager geworden, ihre Hände und Arme sonnenverbrannt und zerkratzt, Hemd und Hose verschwitzt und schmutzig. Aber sie hatte den erbarmungslosen Gewaltritt ohne jede Klage ertragen, und er war ein Mann, der das anzuerkennen wußte.

Adam registrierte mißmutig, daß ihre Anziehungskraft auf ihn ungebrochen war. Und in den Träumen seines unruhigen, wachsamen Halbschlafes kam sie jede Nacht zu ihm, und er versank in der Süße ihrer Küsse, in der Weichheit ihrer Umarmung und in der verschlingenden heißen Tiefe ihres Körpers. Morgens wachte er dann schlecht gelaunt auf, wütend darüber, daß er sich nicht einmal im Schlaf ihrem Zauber entziehen konnte.

Der nächste Morgen dämmerte, und bald hing die Sonne wie ein glühender Goldball über ihnen und strahlte heiß auf sie nieder. Sie brachen wortlos ihr Lager ab und ritten weiter. Als sie sich vom Trinity River entfernten, wurde das Land wieder zu einer Prärie, in der einzelne dunkle Waldstücke aufragten wie undurchdringlich verwucherte Inseln in einem Meer aus rauhem, dürrem Gras. Sie ritten unter der brennenden Sonne den ganzen Tag, so schnell ihre Pferde vorankamen. Und als die Sonne bereits dem westlichen Horizont zusank, änderte sich die Landschaft ein weiteres Mal, und wieder ritten sie durch ein großes Waldgebiet. Adam nahm davon wenig wahr. Seine ganze Konzentration richtete sich auf die Verfolger, die er hinter sich vermutete.

Daher war Adam völlig überrascht, als sie zwischen den Bäumen hervorkommend plötzlich ein verwahrlostes kleines Dorf vor sich liegen sahen. Adam zügelte sein Pferd und ließ es rückwärts in den Schutz der letzten Bäume zurücktänzeln. Von dort starrte er ungläubig auf das halbe Dutzend erbärmlicher Holzhäuser, die eng aneinandergebaut in der zermürbenden Leere der Landschaft standen. Natürlich war Adam der Anblick des Dorfes willkommen, aber ebenso sehr war er sich bewußt, daß sie sich illegal mitten in Spanisch Texas befanden und er als Strafe dafür mit einigen Jahren Haft in einem verlausten spanischen Gefängnis rechnen mußte. Daher hütete er sich, in die Siedlung zu reiten.

Im schwindenden Abendlicht betrachtete er das Dorf, wenn diese Ansammlung schäbiger Hütten überhaupt so bezeichnet werden konnte. Adam vermutete, daß es sich um einen Außenposten der spanischen Armee handelte, was eine noch größere Gefahr bedeutete. Einige Pferde standen angebunden vor den Häusern, und auf einem nachlässig eingezäunten Weidestück liefen noch weitere Reittiere frei herum. Adam hoffte, daß diese schäbige Garnison einigermaßen gut ausgerüstet war. Und noch während er reglos auf seinem Pferd saß und auf das Dorf blickte, erklang das Muhen einer Kuh und dann auch die Laute von Hühnern und Schweinen. Adam konnte also sicher sein, daß es in der Garnison genug Vorräte gab. Das Problem bestand für ihn nur darin, an diese Vorräte heranzukommen, ohne daß ihn die Spanier bemerkten und ein Wettschießen auf ihn veranstalteten.

Lange starrte er nachdenklich auf die kleine Siedlung. Die meisten Bewohner waren vermutlich Soldaten, hinzu kamen vielleicht die Familien der wenigen Offiziere. Dann erkannte er, daß eines der etwas größeren Gebäude eine Cantina war, denn der Wind wehte Gitarrenmusik, das Klirren von Gläsern und rauhes Gelächter herüber. Adams Augen wurden schmal, und ein Wolfslächeln spielte um seinen Mund. Die Männer hier draußen würden, zermürbt von der Ereignislosigkeit und Langeweile des Tages, den Abend mit Trinken und Kartenspielen oder Würfeln zubringen. Er hatte also eine Chance...

Adam blickte sich zu Savanna um. Er würde sie irgendwo angekettet zurücklassen wie das letzte Mal, als er auf der Suche nach Vorräten zu der einsamen Plantage geritten war. Doch diesmal mußte er ernsthaft damit rechnen, daß er nicht zu ihr zurückkehren konnte, sollten ihn die Soldaten dabei überraschen, wie er ihre Pferde und Vorräte stahl. Er mußte Savanna so fesseln, daß sie sich nach einigen Stunden selbst befreien konnte, falls er bei seiner Unternehmung gefangen oder getötet wurde. Er wollte nicht, daß sie hier im Dickicht der Bäume umkam oder den Spaniern in die Hände fiel. Doch zu seiner Überraschung stellte Adam fest, daß er nicht die geringste Lust hatte, Savanna allein zurückzulassen, beschloß aber dann, vernünftig vorzugehen.

Sein Plan war riskant, aber er hatte großes Vertrauen in seine Kaltblütigkeit und Gewandtheit. Er wußte, daß er in die Garnison eindringen, Vorräte und Pferde stehlen und verschwinden konnte, bevor ein Spanier auch nur ahnte, daß ein Raubzug stattfand. Er würde bereits wieder zu Savanna zurückkehren, bevor sie ihre Fesseln gelöst hatte.

Die Dunkelheit war wie ein mattvioletter Vorhang von Osten über den Himmel herangezogen. Aus einigen kleineren

Hütten fiel Kerzenlicht. Es würde noch Stunden dauern, bevor alle Bewohner der Garnison schliefen und Adam sich heranwagen konnte. Daher wendete er sein müdes Pferd und führte Savanna eine knappe Meile den Weg zurück, den sie gekommen waren.

Als er dann anhielt, abstieg und zu Savanna trat, um ihre Hände vom Sattel loszubinden, trat tiefe Verwunderung in ihre schönen Augen. »Warum sind wir nicht einfach in das Dorf geritten?« fragte sie.

»Weil wir hier auf spanischem Gebiet nicht besonders willkommen sind. Ich lege keinen Wert darauf, einige Jahre in einem spanischen Gefängnis zu schmoren«, sagte Adam. Und dann fügte er sarkastisch hinzu: »Aber vielleicht hast du Lust, dir von den Soldaten zeigen zu lassen, was eine richtige Vergewaltigung ist? Die können das viel besser als ich.«

Savanna zog wütend die Luft ein, unterließ es dann aber, etwas auf seine gemeinen Worte zu erwidern. Sie beobachtete mit zornigem Schweigen, wie er die Umgebung ihres Rastplatzes überprüfte, danach aber keine Anstalten machte, ein Lager aufzuschlagen. Savanna wußte nun, daß er etwas im Schilde führte. Sie trat Adam in den Weg, blickte ihm gerade in die Augen und fragte ihn: »Was hast du vor?«

In der Dunkelheit konnte sie sein Mienenspiel kaum erkennen, und der volle schwarze Bart, der inzwischen seine Wangen und das kräftige Kinn bedeckte, ließ keinerlei Regung durchscheinen. Doch aus seinen schwarzen Augen sprach kalte Entschlossenheit, und Savannas Herz begann wild zu schlagen. »Du willst allein in das Dorf gehen?« fragte sie, und plötzlich war sie von Angst erfüllt.

Er nickte knapp und erklärte: »Es ist unsere einzige Chance, neue Vorräte und ausgeruhte Pferde zu bekommen. Ich werde bis nach Mitternacht warten und dann gehen. Du bleibst hier. Aber mach dir keine Sorgen, ich werde schnell wieder zurück sein.«

Savanna schluckte schwer. »Und wenn sie dich fangen, was passiert dann mit mir?«

Da war wieder dieses spöttische Lächeln um Adams Lippen, das nicht einmal der dichte Bart tarnen konnte. »Dann bist du wieder frei. Niemand wird dich dann fesseln, ärgern und küssen, und zudem hättest du die befriedigende Gewißheit, daß irgendein Spanier dir auch noch den Gefallen getan hat, mir die Kehle durchzuschneiden.«

Seine harten Worte trafen ihr Herz wie der Stich eines langen, eiskalten Messers. Staunend erkannte sie, wie sehr sie wünschte, ihm würde nichts geschehen, obwohl sie seit Wochen versuchte, sich das Gegenteil einzureden. Doch um ihre große Sorge zu verbergen, nahm sie wie so oft Zuflucht zu wütender Kaltschnäuzigkeit. »Ich wünschte nur, ich könnte dabei zusehen!«

Danach sprachen sie nicht mehr miteinander. Als die Zeit gekommen war und er aufbrechen mußte, ertrug sie es widerstandslos, daß er sie aufs neue fesselte und sie an einen Baum kettete. Wie die letzten Male auch hängte er den Schlüssel an einen Zweig, den sie nur erreichen konnte, wenn es ihr gelungen war, ihre Fesseln zu lösen. Als er ihr jedoch einen Knebel in den Mund schieben wollte, flehte sie: »Bitte keinen Knebel! Bitte nicht!«

Lange starrte er sie nachdenklich an. Doch schon beschäftigten sich seine Gedanken nicht mehr mit der Überlegung, ob er es wagen konnte, sie ohne Knebel zurückzulassen, sondern sie füllten sich mit Schmerz bei der Vorstellung, es könnte das letzte Mal sein, daß er in die klaren aquamarinblauen Augen dieser bezaubernden Frau blickte. Es hätte ihm gleichgültig sein sollen, aber das war es nicht. Er warf den Knebel achtlos beiseite und riß Savanna an sich, küßte sie mit beinahe verzweifelter Wildheit, die von Trauer und Abschied erfüllt war und zugleich eine wortlose, hilflose Bitte um Verzeihung darstellte für alles, was er ihr an Kränkungen zugefügt hatte. Dann stieß er sie zurück und ging zu seinem Pferd. Er drehte sich nicht um, als er aufstieg und in die Nacht davonritt.

Die von schwachem Mondlicht kaum erhellte Nacht legte eine alptraumhafte Betäubung über Savanna. Die Zeit schien stillzustehen, als wollte es nie wieder Morgen werden. Doch dann schlich sich in ihre bleischwere Verzweiflung das seltsame Gefühl, gar nicht allein zu sein in dieser Nacht. Kalte Panik stieg in ihr auf bei der Vorstellung, von jemand, der in der Dunkelheit lauerte, beobachtet zu werden. Sie drängte sich gegen den Baum, an den Adam sie gekettet hatte, als könnte dieser sie schützen. Dann redete sie sich ein, daß es nur ein umherstreifendes Nachttier war. Aber falls da etwas im Dunkeln lauerte, mußte es größer als ein Hase, ein Waschbär oder ein Dachs sein. Viel größer! Da begann Savanna die Rückkehr von Adam herbeizuflehen.

Und als wäre ihr Flehen erhört worden, trat Adam plötzlich wie ein Nachtgeist aus der Dunkelheit zu ihr und führte einige Pferde hinter sich her. Sie seufzte wie aus einem Alptraum erwacht. Als er abstieg, sah Savanna seine weißen Zähne in einem breiten, zufriedenen Grinsen aufleuchten. Er schloß die Kette auf und löste ihre Fesseln. Dann erhob er sich wieder und begann, ihren Sattel einem der gestohlenen Pferde aufzulegen. Dabei sagte er: »Es muß vor kurzem ein Versorgungstreck eingetroffen sein, denn der Vorratsschuppen war voll bis unter das Dach. Und die Pferde sind in bester Verfassung.« Dann warf er ihr einen ironischen Blick zu. »Niemand hat etwas bemerkt. Ich fürchte, du mußt noch etwas warten, bevor jemand dafür sorgt, daß ich aus deinem Leben verschwinde.«

Ihre Freude über seine wohlbehaltene Rückkehr verblaßte, und mit vorgespiegeltem Zorn fauchte sie: »Ich wünschte, es würde noch vor dem Morgengrauen passieren!« Adam lachte nur vergnügt, als er den Sattelgurt festzog.

In dem Wechselbad aus Freude, Aufregung und Ärger vergaß Savanna das seltsame Gefühl, aus dem Dunkel des Waldes beobachtet worden zu sein. Und Adam war so beschäftigt, den Aufbruch vorzubereiten, um so schnell wie möglich aus der Umgebung der Garnison wegzukommen, daß auch er nicht spürte, daß sich aus der Finsternis zwischen den Bäumen eine große Gestalt löste und lautlos wie ein Schatten auf die beiden zukam. Savanna betrachtete Adam noch mit der sie stets aufs neue lähmenden Mischung aus Zorn und Faszination, als dieser Schatten plötzlich in einer schnellen Bewegung vorsprang und einen Knüppel auf Adams Hinterkopf niedersausen ließ.

Sie schrie warnend auf, und Adam fuhr herum, doch in der Drehung krachte der Knüppel auf seinen Schädel. Die Wucht des Schlages warf Adam zu Boden. Sofort warf sich Savanna dem Angreifer entgegen. Sie handelte instinktiv wie eine Tigerin, die ihr Junges verteidigen will. Doch als sich der Mann zu ihr umdrehte, erstarrte sie mitten in der Bewegung. Er war kein Fremder und auch kein Feind!

Wie ein Gespenst starrte sie den Mann an, den sie fast so gut kannte wie sich selbst. Ungläubig stieß sie seinen Namen aus: »Bodene!«

11

»Hast du denn jemand anderes erwartet?« fragte ihr Vetter aufgebracht, als er sich niederkniete und Adam die Hände auf den Rücken fesselte.

Savanna lachte hysterisch auf, immer noch völlig überrascht vom unerwarteten Auftauchen ihres Vetters. Erst als er sich erhob und sie mit der für ihn so typischen Mischung aus tiefer Zuneigung und Gereiztheit betrachtete, konnte Savanna fassen, daß Bodene Sullivan tatsächlich vor ihr stand. Gleichzeitig lachend und weinend warf sie sich an seine breite Brust, und als seine starken Arme sie liebevoll umfingen, brach ihre seit Wochen so eisern aufrechterhaltene Selbstbeherrschung zusammen. Tränen schossen aus ihren Augen, strömten über ihre Wangen, und Schluchzen schüttelte sie, als könnte ihr Körper niemals mehr zu ruhigem Atmen finden.

Nur langsam verebbte der Ansturm der Gefühle. Doch dann straffte Savanna sich, löste sich von Bodene und wischte sich mit einer heftigen Bewegung die Tränen aus dem Gesicht. Mit unsicherem Lächeln blickte sie ihren Vetter an. »O Bodene, ich glaube, niemals hat mich ein Mensch mit seinem Erscheinen so glücklich gemacht wie du mich heute!«

»Das will ich hoffen!« erwiderte er stolz. »Dich zu finden war ein Ritt, als wollte ich den Teufel in die Hölle verfolgen! Aber kannst du mir jetzt mal erklären, was eigentlich los ist? Seit Wochen versuche ich dich zu finden. Und das einzige, was mich während dieses Höllenrittes bei Kräften gehalten hat, war der Gedanke, dir dafür den Hals umzudrehen, aber vorher noch herauszufinden, warum zum Teufel du ohne irgendeine Nachricht einfach aus Campo de Verde verschwunden bist. Deine Mutter ist vor Sorge fast verrückt geworden!«

Ein Lächeln huschte über ihr Gesicht, als sie bemerkte, wie sorgsam Bodene verschwieg, daß er mindestens ebenso verrückt vor Sorge gewesen war wie Elizabeth. Dann aber sagte sie nur knapp: »Das ist eine lange Geschichte – ich erzähle sie dir, wenn wir weit weg von hier sind.«

Dann blickte sie zu Adam, und bevor sie wußte, was sie tat, kniete sie bereits neben seiner reglosen Gestalt und atmete erleichtert auf, als sie feststellte, daß er nur in tiefer Bewußtlosigkeit lag. Zu Bodene gewandt sagte sie ärgerlich: »Mußtest du gleich so kräftig zuschlagen? Wie soll er mit uns reiten, wenn er ohnmächtig ist!«

Bodene starrte sie verblüfft an. »Willst du diesen Halunken etwa mitnehmen?«

»Wir können ihn doch unmöglich hier liegen lassen«, rief sie aus. »Hier kann ihm alles mögliche zustoßen!«

»Das will ich auch hoffen«, schleuderte Bodene ihr ebenso

lautstark entgegen. »Ich weiß zwar nicht, was genau passiert ist, aber allem Anschein nach hast du Campo de Verde nicht freiwillig mit diesem Kerl verlassen. Oder wurdest du zu deinem Vergnügen gefesselt? Eure Unterhaltung vorhin klang auch nicht so, als ob ihr in tiefer Freundschaft miteinander verbunden wäret!«

Savanna zog eine Grimasse. »Du hast ja recht, und trotzdem irrst du dich! Ach, Bodene, alles ist viel komplizierter, als du glaubst. Dieser Mann hier hat mich nicht entführt, jedenfalls nicht von Campo de Verde – das war Micajah Yates!«

Auf diese überraschende Erklärung hin starrte Bodene seine Base lange an. Dann stieß er die Luft ärgerlich aus und verlangte: »Erzähl mir diese wirre Geschichte von Anfang an!«

»Das werde ich, ich verspreche es dir! Aber zuerst müssen wir von hier verschwinden. Dieser Mann hat die Pferde und die Vorräte aus einer spanischen Garnison gestohlen, die keine Meile von hier entfernt liegt. Spätestens wenn es hell wird, werden die Soldaten das bemerken und nach uns suchen.«

Bodene kniff den Mund zusammen, und an seiner Wange zuckten die Muskeln vor Unwillen. Dickköpfig, wie er war, wollte er sich nicht dazu bewegen lassen, jetzt sofort loszureiten, ohne Antwort auf seine Fragen erhalten zu haben. Doch als er die Anspannung in Savannas Gesicht bemerkte, entschloß er sich anders. Er nickte in Richtung des Mannes, den er niedergeschlagen hatte, und brummte unwillig: »Na meinetwegen! Wir werden den Kerl mitnehmen. Aber du wirst mir eine verdammt gute Geschichte erzählen müssen, um mich zu überzeugen, daß es nicht besser gewesen wäre, ihn einfach hier liegen zu lassen!«

Savanna nickte in eifriger Zustimmung. Die nächsten Minuten verbrachten sie damit, so schnell wie möglich das von Adam nur hastig auf die Pferde geworfene Diebesgut sorgfältig festzubinden. Dann legte Bodene Adams Sattel auf eines der gestohlenen Pferde und band den reglosen Mann darauf fest wie einen Sack Getreide. Die erschöpften Pferde, die Adam und Savanna bisher geritten hatten, scheuchten sie mit einem Schlag auf die Flanken in den Wald. Dann verließen sie den Lagerplatz und gingen zu der Stelle, wo Bodene sein Pferd und das Maultier mit seiner Ausrüstung zurückgelassen hatte. Obwohl man den beiden Tieren die Anstrengungen der wochenlangen Verfolgung ansah, waren sie dennoch in ausreichend guter Verfassung.

Seit Bodenes überraschendem Auftauchen waren noch keine fünfzehn Minuten vergangen, da trabten sie bereits durch die Nacht davon, zurück in die Richtung, aus der sie alle gekommen waren. Bodene führte sein Maultier und eines der gestohlenen Packpferde, Savanna zog Adams neues Pferd und ein weiteres Packpferd am Zügel hinter sich her.

Während sie so ritten, sprachen sie nicht miteinander. Gemeinsam trachteten sie nur danach, sich so schnell wie möglich aus der Umgebung des spanischen Außenpostens zu entfernen. Und obwohl die Nacht vom Mondlicht schwach erhellt war, war es doch ein harter Ritt, der all ihre Aufmerksamkeit erforderte. Es erwies sich als unschätzbarer Vorteil, daß sie nun das Gelände einigermaßen kannten, durch das sie kamen. Wann immer sie es wagen konnten, trieben sie ihre Pferde zum Galopp an. So kamen sie gut voran.

Zuerst verloren sie noch Zeit, weil Bodene versuchte, ihre Spuren zu verwischen. Doch bald sah er ein, daß es sinnlos war. Selbst bei Tag wäre es ihm nicht gelungen, alle Hufabdrücke und die abgeknickten Zweige an den Büschen, die sechs Tiere hinterließen, zu beseitigen. Als der Morgen dämmerte, trieb Bodene die Tiere noch mehr an, entschlossen, ohne jede Rast bis zum Abend durchzureiten. Als er sah, wie blaß und erschöpft Savanna war, verfluchte er den Halunken, der ihr das alles angetan hatte. Zornig betrachtete er den Mann, dessen regloser Körper über dem Sattel lag und bei jedem Galoppsprung des Pferdes durchgeschüttelt wurde. Das geschah diesem Mistkerl nur recht! Wer Savanna etwas zuleide tat, hatte eine härtere Strafe verdient, als einen Tag wie ein Sack Mehl auf einen Sattel gebunden zu verbringen! Bodene wandte seine Aufmerksamkeit wieder dem Weg zu, den sie nehmen mußten.

Doch auch Savanna warf während des Rittes immer wieder einen Blick auf Adam. Im Gegensatz zu ihrem Vetter war sie in großer Sorge, der Gewaltritt könnte dem verletzten Mann noch mehr Schaden zufügen. Hunderte Male während des wilden Galopps dachte sie die gleichen Gedanken: Wenn er sich nur endlich rühren würde! Warum wacht er nicht endlich auf! Und jedesmal, wenn Bodene kurz anhielt, um die Pferde etwas verschnaufen oder sie an einem Wasserloch trinken zu lassen, stieg Savanna sofort ab und untersuchte Adam. Als es später Nachmittag geworden war und Adam noch immer bewußtlos war, hielt Savanna es nicht mehr aus.

»Sollte er nicht langsam wieder zu Bewußtsein kommen?« fragte sie Bodene, und es gelang ihr nicht, den Ausdruck tiefer Sorge in ihrer Stimme zu unterdrücken.

Natürlich entging Bodene das merkwürdige Verhalten seiner Base nicht. Sie war so verdammt besorgt um den Kerl, der sie offensichtlich entführt und während eines wochenlangen erbarmungslosen Rittes ihre Kraft erschöpft hatte. Etwas stimmte nicht! Aus allem, was er beobachtet hatte, bevor er Savannas Entführer angegriffen und unschädlich gemacht hatte, mußte er entnehmen, daß die beiden erbitterte Feinde waren. Und nun kümmerte sie sich um den Mann, als wäre er ein guter Freund. Was zum Teufel mochte zwischen den beiden vorgefallen sein?

Er runzelte unwillig die Stirn und fragte scharf: »Warum sorgst du dich um den Mistkerl? Als ich dich gefunden habe, hatte er dich in der tiefsten Wildnis an einen Baum gekettet! Und jetzt bist du ganz nervös, weil er nicht aufwacht. Wer ist der Kerl? Und was ist mit euch beiden los?«

Abwehrend schüttelte Savanna den Kopf. Sie wollte nicht, daß sich auch noch Bodene in die Probleme mischte, die sie mit Jason Adam Savage hatte und nicht lösen konnte.

Daher sagte sie schroff: »Verdammt, ich will doch nur nicht, daß er stirbt! Das ist alles!« Doch ohne es zu merken, streichelte sie bei diesen Worten Adams dunklen Kopf, als könnte ihn diese Zärtlichkeit wieder zu Bewußtsein bringen.

Bodene kickte ärgerlich einen kleinen Stein weg, untersuchte dann aber doch den Mann, der reglos über dem Sattel hing. »Er atmet normal, und besonders blaß ist er auch nicht!« befand er grob. »Er wird spätestens heute abend aufwachen. Und ich hoffe, du kannst es ertragen, wenn er dir vorjammert, daß er höllische Kopfschmerzen hat!«

Damit hieß er Savanna wieder aufsteigen, schwang sich selber auf sein Pferd und setzte den Ritt fort. Völlige Erschöpfung machte sich in Savannas Körper breit. Immer wieder fielen ihr die Augen zu, und es war ihr egal, wohin sie ritten. Manchmal hoffte sie, ihr Pferd werde von sich aus in der Lage sein, Bodene zu folgen, meistens war ihr aber auch das gleichgültig. Nur wenn sie einnickte und fast aus dem Sattel stürzte, schreckte sie mit rasendem Herzen hoch. Dann gelang es ihr für einige Zeit, dem Ansturm der Müdigkeit standzuhalten, bis ihre Augen wieder schwer wurden und sie in einen Dämmerzustand verfiel, der fast einer Ohnmacht glich.

Eine knappe Stunde nach der kurzen Rast und Savannas Gespräch mit Bodene tauchte Adam langsam aus seiner tiefen Bewußtlosigkeit auf. Bei jedem Sprung, den sein Pferd tat, explodierte greller Schmerz in seinem Kopf. Und die Tatsache, daß er über den Sattel eines Pferdes gebunden war und sein Kopf auf der einen Seite hinunterhing, machte es nicht angenehmer für ihn. Er stieß leise ein paar Flüche aus. Wie verdammt satt hatte er es, andauernd von irgendwelchen Leuten mit Holzknüppeln auf den Kopf geschlagen zu werden!

Über die Erkenntnis hinaus, daß er wieder einmal bewußtlos

geschlagen worden war, wußte er allerdings nicht, was eigentlich vorgefallen war. Doch langsam dämmerten ihm die Ereignisse der vergangenen Nacht. Er hatte die Spanier bestohlen, und irgend jemand hatte ihn dort, wo er Savanna zurückgelassen hatte, angegriffen und niedergeschlagen. Aber wer? Micajah?

Langsam bewegte Adam seinen Kopf und sah sich, so weit es seine Fesseln erlaubten, um. Noch wollte er nicht zu erkennen geben, daß er wieder bei Bewußtsein war. Außerdem hätten heftige Kopfbewegungen die Schmerzen, die zwischen seinen Schläfen tobten, nur noch verschlimmert. So wie er über dem Sattel lag, konnte er nicht allzu viel erkennen. Nach einer Weile war ihm aber klar, daß Savanna sein Pferd und ein Packpferd führte und daß sie hinter jemandem herritt. Aber wer war das? Micajah? Der Gedanke war so entsetzlich, daß Adam sich fast dankbar in die Schwärze der Bewußtlosigkeit zurücksinken ließ. Doch immer wieder wachte er während des Nachmittages auf und blieb dann immer länger bei sich, während sein Verstand immer klarer arbeitete. Aus den wenigen Worten, die Savanna und der Mann wechselten, konnte er entnehmen, daß er nicht Micajah in die Hände gefallen war. Obwohl er erleichtert darüber war, verdüsterte sich seine Stimmung, als er Savanna ohne Fesseln reiten sah. Wer der Mann auch sein mochte, der ihm fast den Schädel eingeschlagen hatte, er war ein Freund von Savanna, und von ihm hatte Adam kaum mehr Freundlichkeit zu erwarten als von Micajah!

Erst als es fast dunkel geworden war, beschloß Bodene, ein Lager für die Nacht aufzuschlagen. Am Fuß eines schroffen Felsens, der wie ein verwitterter Zahn aus der Prärie aufragte, beschlossen sie, sich niederzulassen. Hinter ein paar Bäumen verborgen, konnten sie die Gegend, aus der sie gekommen waren und wo möglicherweise die Spanier auftauchen würden, gut überblicken.

Savanna konnte vor Erschöpfung kaum mehr vom Pferd steigen. Und als Bodene beobachtete, wie sie mit langsamen, steifen Bewegungen ihr Reittier an einen Baum band und keine Kraft mehr hatte, den Sattelgurt zu öffnen, sagte er mit schroffem Wohlwollen: »Laß es sein, Cousinchen, ich kümmere mich darum und bereite auch das Lager. Schau du nur, wie es deinem geliebten Feind geht, und dann ruh dich aus!«

Zum ersten Mal in ihrem Leben war Savanna zu müde, um über eine von Bodenes Anzüglichkeiten zu streiten. Sie schenkte ihm ein dankbares Lächeln und ging dann zu Adams Pferd. Ganz sanft, beinahe zärtlich legte Savanna ihre Hände unter Adams herabhängenden Kopf. Zu ihrer Überraschung blickte sie nicht in das Gesicht eines Ohnmächtigen, sondern in zwei saphirblaue Augen, die sie scharf musterten. Sie stieß einen leisen Aufschrei aus.

»Wolltest du mich wach küssen oder mir noch mal einen Knüppel auf den Kopf schlagen?« fragte Adam trocken.

Savannas Mund spannte sich. »Das wäre genau das, was du verdienst!«

Adams eine Augenbraue hob sich. »Einen Kuß?« fragte er.

»Nein, einen Schlag auf den Kopf!« fauchte Savanna. Dann ließ sie ihn los und wandte sich von ihm ab.

Als Bodene hörte, daß Savanna mit dem Gefangenen sprach, ließ er von seiner Arbeit ab und trat zu Adam. Der hob den Kopf und betrachtete zum ersten Mal abschätzend den Mann, der ihn überwältigt hatte. Er mußte alle Selbstbeherrschung aufbieten, um nicht laut zu stöhnen. Er war bisher selten einem Mann begegnet, der ihn durch sein schieres Auftreten eingeschüchtert hätte. Doch als er sich dem großen, massigen Bodene gegenübersah, stieß er einen lautlosen Pfiff der Anerkennung aus. Bei Gott, wer hätte gedacht, daß Savannas Retter ein Gigant von einem Mann war! Doch Adam ließ sich nichts von seinen wahren Gefühlen anmerken. Statt dessen sagte er mit hohntriefender Förmlichkeit: »Guten Abend! Ich schätze, ich verdanke Ihnen meine Kopfschmerzen.«

Bodene nickte und erwiderte knapp: »Richtig. Es schien mir der einfachste Weg, Savanna zu befreien. Ich hätte Sie auch erschießen können, aber das war wegen Savanna etwas riskant.«

Adam blickte Savanna hinterher und sagte dann mit einer Schärfe, die Steine schneiden konnte: »Unter gar keinen Umständen wollen wir, daß dieser jungen Dame irgendein Leid geschieht!«

Unwillig runzelte Bodene die Stirn. Es war nicht zu überhören, daß der Mann, der da vor ihm über dem Sattel hing, genau das Gegenteil von dem meinte, was er sagte. Und wieder fragte er sich, in was für ein eigenartiges Abenteuer Savanna geraten sein mochte. Er warf ihr einen zweifelnden Blick zu und rief: »Dein scharfzüngiger Freund hier scheint ohne bleibende Schäden davongekommen zu sein. Allerdings erscheint er mir dir gegenüber bemerkenswert feindselig. Wer ist dieser Kerl eigentlich?«

Savanna musterte Adam giftig, bevor sie sagte: »Er heißt Jason Savage. Micajah und ein Mann namens Jeremy Childers haben ihn von seiner Plantage Terre du Coeur entführt.«

»Bist du sicher, daß das auch stimmt?« fragte Bodene kühl.

Die ironische Kälte in der Stimme des anderen Mannes ließ Adam aufblicken. Ein Schauder des Unbehagens lief seinen Rücken hinunter. Was würde als nächstes passieren?

Aber vorerst geschah nichts. Bodene wandte seine Aufmerksamkeit von Adam ab und begann, ein möglichst bequemes Lager herzurichten. Erst als ein munteres Feuer brannte und ein Topf mit Kaffee und ein anderer mit Bohnen und Speck darüber kochten, richtete Bodene sein Interesse wieder auf den Mann, der noch immer wie ein Sack Getreide über dem Sattel seines Pferdes hing. Alle anderen Tiere waren bereits abgesattelt und grasten an langen Leinen. Savanna hatte sich müde niedergesetzt, lehnte am Stamm eines umgestürzten Baumes und starrte erschöpft in die tanzenden Flammen des Feuers.

Bodene trat an Adams Pferd, löste die Lederriemen, die ihn an den Sattel banden, ohne ihn jedoch von den Fesseln an Händen und Füßen zu befreien. Mit einem leisen Ächzen hob er Adams schweren Körper vom Pferd und legte ihn sich über die breiten Schultern. Dann trug er ihn zu einem der Bäume in der Nähe des Feuers und ließ ihn dort einfach fallen. Wortlos wandte er sich ab und begann nun, das letzte Pferd abzusatteln und anzuleinen. Er sah zu, wie es sich zu den anderen Tieren gesellte und zu fressen begann. Es schien, als wäre ihm das Wohlergehen der Pferde im Moment das Wichtigste auf der Welt. Erst nach einer geraumen Weile näherte er sich wieder Adam, baute sich vor ihm auf und musterte ihn ungeniert wie ein Stück Vieh, das er zu kaufen gedachte.

Es war nicht ein Hauch von Freundlichkeit in diesem Blick. Adam verfluchte insgeheim seine hilflose Lage. Aber was ihn auch an Strafe dafür erwartete, er erwiderte den Blick des mächtigen Mannes voller Arroganz.

Dann sagte Bodene: »Du heißt also Jason Savage, wie?« Und an Savanna gewandt fuhr er fort: »Es scheint, als ob dein feindseliger Freund hier nicht nur ein Entführer, sondern auch ein Lügner ist!«

Savanna richtete sich überrascht auf. »Was meinst du damit?«

Bodene kniete sich am Feuer nieder, nahm einen hell auflodernden Ast und hielt ihn nahe an Adams Gesicht. Ohne eine Miene zu verziehen, blickte der zurück.

Savanna hielt es nicht mehr an ihrem Platz. Sie erhob sich und eilte zu den beiden Männern. Dort legte sie die Hand auf Bodenes Schulter, schüttelte ihren Vetter und fragte: »Wieso glaubst du, daß er ein Lügner ist?«

»Ich bin Jason Savage schon einmal begegnet. Und ich will verdammt sein, wenn dieser Kerl Jason Savage ist!«

»Ich verstehe nicht!« rief Savanna ungläubig aus. Und dann widersprach sie wild: »Er muß Jason Savage sein! Schließlich war er doch auf Terre du Coeur. Und als Micajah ihn entführt hatte, hat er auch zugegeben, Jason Savage zu sein. Micajah wollte ihm bestimmte Auskünfte entlocken, notfalls unter Folter. Wenn er nicht Jason Savage ist, warum hat er das dann behauptet?«

»Ich habe keine Ahnung«, sagte Bodene kühl. »Warum fragst du das nicht einfach deinen lieben Feind hier?«

Savanna schoß Blicke wie Feuerblitze auf Adam ab. »Was soll das Ganze?« fragte sie wütend.

Doch Adam zuckte nur wortlos die breiten Schultern. Solange er nicht wußte, was die überraschende Wendung der Dinge mit sich brachte, schien es ihm das Beste zu schweigen.

Savanna stürzte in völlige Verwirrung. Sie schüttelte ihren Vetter, als wäre er es, den sie aus tiefer Verwirrung herausholen müßte, und flehte eindringlich: »Bodene, bist du sicher, daß das nicht Jason Savage ist?«

Mit einer entschlossenen Bewegung warf Bodene das brennende Stück Holz zurück ins Feuer. »Ja, völlig. Jason Savage ist eine prominente Figur in New Orleans. Ich bin mehrmals auf ihn aufmerksam gemacht worden. Einmal hat er auch meinen Saloon besucht, um ein Spielchen zu wagen. Er hatte in dieser Nacht teuflisches Glück, wenn ich mich recht erinnere.«

Savannas Verwirrung wurde durch diese Worte nur noch größer. Wie in Trance sprach sie mehr zu sich selbst als zu Bodene: »Aber wenn er nicht Jason Savage ist, wer ist er dann? Warum hat er behauptet, Jason Savage zu sein, obwohl er damit riskierte, zu Tode gefoltert zu werden?«

Bodene ließ Adams ausdrucksloses Gesicht keine Sekunde aus den Augen. Nachdenklich kratzte er sich am Kinn und sagte schließlich: »Vielleicht fürchtete er, Micajah würde ihm kurzerhand die Kehle durchschneiden, wenn er die Wahrheit gesagt hätte, oder er wollte den echten Jason Savage schützen.«

»Ist das wahr?« wandte sich Savanna an Adam, und ihre Augen irrten ziellos über sein vertrautes Gesicht.

Adam schwieg, doch seine Gedanken rasten. Falls dieser Bodene tatsächlich Jason Savage kannte, war hiermit sein Verwirrspiel zu Ende. Was sollte er tun? Seinen wahren Namen preisgeben? Aber was hätte das für Folgen? Während er um eine Entscheidung rang, musterten Adams Augen gewohnheitsmäßig den Mann, der vor ihm stand, um ihn so gut wie möglich einschätzen zu können. Bodene besaß keinerlei Ähnlichkeit mit Savanna, dennoch hatte Adam das unangenehme Gefühl, daß die beiden miteinander verwandt waren. War das der Fall, würde er für Savannas Entführung härter büßen, als wenn er nur irgendeinem entfernten Freund in die Hände gefallen wäre. Daran, was Bodene von den Ereignissen am See halten mochte, wagte Adam gar nicht zu denken. Als er den hochgewachsenen, breitschultrigen Mann vor sich sah und dessen harten, entschlossenen Zug um den Mund bemerkte, kam er zu dem Schluß, daß sein Los als ein Gefangener von Micajah nicht viel schlimmer hätte sein können.

Während die Minuten verflossen, hatte Bodene ebenfalls seinen Gefangenen unverwandt beobachtet. Endlich knurrte er mit drohend leiser Stimme: »Savanna hat Sie etwas gefragt, wollen Sie darauf nicht antworten?«

Und Savanna fuhr ihn wütend an: »Verdammt noch mal, du bist doch sonst nicht so wortkarg! Sag mir endlich, wer du bist!«

Um Savanna noch mehr zu reizen, seufzte Adam in gespielter Verzweiflung auf. Da es nichts mehr zu gewinnen gab, indem er schwieg, sagte er: »Dein Freund Bodene hat recht. Ich bin nicht Jason Savage.«

Savanna starrte ihn an wie ein Gespenst. Sie konnte die Ungeheuerlichkeit dieser wenigen Worte kaum fassen. Micajah hatte ihn von Terre du Coeur entführt und ihm mit der Folter bis zum Tod gedroht – und dieser Mann war gar nicht Jason Savage! Er hatte ihre Gedanken und ihren Körper in Aufruhr gebracht, hatte sie geliebt und ihr Gewalt angetan an diesem

See – und war irgendein Unbekannter! Und er war auch nicht der Mörder ihres Vaters! In Savannas Kopf herrschte ein Orkan aus Fassunglosigkeit, tobendem Ärger und lähmender Verletztheit. Wer war dieser Mann, dieser Fremde, der ihr ganzes Leben aufgewühlt und verändert hatte? Doch wie die Antwort auch lauten würde, sie hatte Angst davor. Der sichere Glaube, dieser Mann sei Jason Savage, der Mörder ihres Vaters, gab ihr zumindest Grund, ihn zu hassen, obwohl sie ihn so begehrte. Daß der verhaßte und geliebte Jason Savage jetzt wie ein Spuk aus ihrem Leben verschwunden und ein anderer Mann an seine Stelle getreten war, von dem sie überhaupt nichts wußte, nicht einmal den Namen, machte sie wütend und zugleich verletzlich wie ein kleines Mädchen.

Mit zusammengekniffenen Lippen und verzweifelter Härte in den aquamarinblauen Augen fragte sie: »Stimmt wenigstens dein Name Adam?«

Mit offener, ruhiger Stimme erwiderte er: »Ja, ich heiße wirklich Adam, und mein voller Name ist Adam St. Clair. Ich weiß sehr wohl, wer Jason Savage ist. Er ist mit meiner Halbschwester Catherine verheiratet. Ich hielt mich in Jasons Haus auf, während er mit seiner Familie in New Orleans war. Dann kam Micajah und lud mich mit einem Schlag auf den Kopf dazu ein, eurer kleinen Bande zu folgen. Er hätte mir besser die Zeit lassen sollen, mich vorzustellen.«

Das Lächeln in Bodenes Gesicht zeugte von großer Zufriedenheit. »Ich hatte gleich den Verdacht, daß Sie Adam St. Clair sind. Ich habe Sie einmal gesehen. Aber mit diesem wilden Bart würden Sie wahrscheinlich nicht einmal Ihr Schwager und Ihre Schwester sogleich erkennen.« Dann wurde Bodenes Stimme schärfer, als er fortfuhr: »Können Sie mir nun erklären, warum Sie, nachdem Sie Micajah entkommen sind, mit Savanna weiter nach Westen geritten sind, statt einfach umzukehren? Sie hätten uns allen viele Anstrengungen erspart.«

Müdigkeit durchflutete Adam. Erschöpft schloß er die

Augen, lehnte seinen schmerzenden Kopf gegen den Baumstamm und murmelte: »Ich wollte Micajah nicht nach Natchez oder New Orleans zurückführen, wo er ziemlich bald seinen Irrtum bemerkt hätte. Nur indem ich immer weiter nach Westen ritt, konnte ich Jason und seine Familie schützen.«

Bodene nickte bedächtig. Adams Motive leuchteten ihm ein. Aber da war noch etwas, das er wissen mußte: »Warum haben Sie Savanna mitgenommen, als Sie geflohen sind? Warum haben Sie sie nicht bei Micajah gelassen?«

Adam bewegte sich unbehaglich in seinen Fesseln. Selbst wenn er bereit gewesen wäre, seine Beweggründe dafür preiszugeben, hätte er es gar nicht gekonnt. Nicht einmal er selbst konnte sich offen eingestehen, warum er Savanna mitgenommen hatte. Darum antwortete er ausweichend: »Hätten Sie Savanna bei Micajah zurückgelassen?«

»Ich bin ihr Vetter, ich hätte die Ehrenpflicht gehabt, sie mitzunehmen«, sagte Bodene ruhig. Dann warf er Savanna wieder diesen halb liebevollen, halb verärgerten Blick zu und sagte: »Obwohl ich zugeben muß, daß sie oft ein launisches, lästiges, nervtötendes Miststück sein kann!« Dann fixierte er erneut Adam: »Mit Ihrer Antwort haben Sie übrigens meine Frage nicht beantwortet.«

Adam lächelte mit kaltem Blick. »Nun, ebenso wie Sie empfand ich Ihre Base als ein launisches, lästiges und nervtötendes Miststück, und es schien mir nicht unpassend, ihr eine kleine Lektion zu erteilen.«

Wieder nickte Bodene, als ob er Adams Erklärung verstünde und akzeptierte.

Savanna fühlte sich wie ein unartiges Kind, über dessen angemessene Bestrafung sich zwei Erwachsene unterhielten. Unwillig stieß sie Bodene in den Rücken und schimpfte: »Es ist doch egal, warum er mich gezwungen hat, mit ihm zu reiten. Dieser Bastard verdient ein paar Hiebe mehr auf den Kopf eher als deinen höflichen Umgangston!«

»Bist du dir da ganz sicher?« fragte Bodene mit offenem Erstaunen. »Dann verstehe ich nicht, warum es dir so wichtig war, daß wir diesen Bastard mit uns genommen haben, statt ihn einfach im Wald bei der spanischen Garnison liegen zu lassen. Wenn ich mich recht erinnere, wollte ich genau das tun, aber du warst dagegen. Du warst geradezu besorgt, es könnte diesem Bastard etwas zustoßen!«

Adam nickte ihr spöttisch und wissend zu, und Savanna spürte, wie ihr das Blut in die Wangen schoß. »Das ist doch jetzt gleichgültig!« stieß sie abwehrend hervor. »Ich will nur nicht, daß du glaubst, er wäre eine arme, unschuldige, mißbrauchte Nebenfigur, die gegen ihren Willen in alle diese Ereignisse verstrickt worden ist. Glaub mir, er ist es nicht!«

Da erhob sich Bodene zu seiner vollen Größe und sagte bestimmt: »Sei es, wie es wolle, Cousinchen, auf jeden Fall wirst als nächstes du mir einige Fragen beantworten müssen, damit ich mir mein eigenes Urteil bilden kann! Aber jetzt setz dich erst mal hin und iß etwas. Wenn du damit fertig bist, kannst du mir bei einer Tasse Kaffee genau erzählen, was alles passiert ist, seit du von Campo de Verde verschwunden bist.«

Savanna kam willig Bodenes Anweisungen nach. Aber sie war alles andere als glücklich über die Wendung der Ereignisse. Mehr und mehr hatte sie das Gefühl, als würde ihr die Schuld an allen Vorfällen gegeben. Doch der Ärger darüber wurde besänftigt, je mehr sich ihr knurrender Magen mit Essen füllte. Der Kaffee, den ihr Vetter gebrüht hatte, war heiß, bitter und wunderbar belebend. Obwohl Bodene Adams wahre Identität nun kannte und offensichtlich einige Sympathie für ihn empfand, hatte er ihm die Fesseln nicht abgenommen. Er hatte sie zwar so weit gelockert, daß Adam essen und trinken konnte, hatte sie danach aber wieder festgezogen.

Das Feuer war nun niedergebrannt. Bodene hatte Savanna verboten, ihm beim Saubermachen des Geschirrs zu helfen, und wieder hatte sie dankbar angenommen. Doch mit jeder

Minute, die verging, rückte der Zeitpunkt näher, da sich ihr Vetter zu ihr ans Feuer setzen würde, um endlich eine ausführliche Schilderung der Vorfälle zu erhalten bis zu dem Punkt, an dem er seine Base gefunden hatte.

Bedächtig blickte sie in die tiefe Schwärze ihres Kaffees, in dem sich ihre hellen Augen spiegelten. Die reinen Fakten ihrer Entführung zuerst durch Micajah und dann durch Adam waren unverfänglich und leicht zu erzählen. Schwieriger war es schon, ihre Motive zu erklären, warum sie zuletzt bereit gewesen war, Micajah bei seiner Suche nach dem Azteken-Gold zu helfen. Und ihre Beziehung zu Adam St. Clair? Unter ihren langen Wimpern hervor feuerte sie einen Blick wie einen lautlosen Schuß auf ihn ab. Ihre Beziehung zu Adam war etwas, das Bodene nicht das mindeste anging! Von ihren verwirrten Gefühlen, von ihrer leidenschaftlichen Sehnsucht und der panischen Ablehnung brauchte er nichts zu wissen – und erst recht nichts von den Ereignissen am See!

Als sich Bodene dann wie erwartet neben ihr niedergelassen hatte, gab sie ihm eine ausführliche Schilderung der Ereignisse. Während sie sprach, wurde ihr unangenehm bewußt, daß Adam jedes ihrer Worte mithören konnte. Voller Unbehagen überlegte sie, welche Schlüsse er aus der Tatsache ziehen mochte, daß sie mit keinem Wort die seltsame Anziehungskraft zwischen ihnen erwähnte, ebenso wenig wie die feurigen Küsse und erst recht nicht diese wilde, leidenschaftliche, hemmungslose Vereinigung am Ufer des Sees.

Als sie ihren Bericht beendet hatte, breitete sich ein langes Schweigen zwischen ihnen aus. Irgendwann beugte Bodene sich vor, stocherte im verglimmenden Feuer herum und sagte dann langsam: »Nach allem, was ich gehört habe, scheint mir Mr. Adam St. Clair eher ein Opfer als ein Übeltäter zu sein!«

Savannas Züge verhärteten sich sofort. »Wie kannst du das sagen! Er hat mich entführt und schlecht behandelt!« fauchte sie.

»Aber Cousinchen, das hat er getan, nachdem Micajah und du ihn entführt und sicherlich noch schlechter behandelt habt!« erwiderte Bodene scharf. »An dem, was dir widerfahren ist, bist du nicht weniger schuld als er!«

Adams breites und zustimmendes Grinsen schürten Savannas Zorn noch mehr. Ihre Augen sprühten Funken, als sie tobte: »Verdammt, Bodene, ich habe gleich gemerkt, daß er dir sympathisch ist. Ich hätte darauf wetten können, daß du irgendwann seine Partei ergreifst. Als nächstes entschuldigst du dich wahrscheinlich bei ihm, bindest ihn los und fesselst mich dafür!«

»Nein, losbinden werde ich ihn nicht – vorerst jedenfalls noch nicht«, sagte Bodene ruhig und blickte zu Adam. »Ich weiß immer noch nicht genau, wohin Sie mit Savanna reiten wollten und was Sie dort mit ihr vorhatten. Und solange ich nicht sicher bin, daß Sie mich nicht überwältigen, um wieder mit Savanna zu verschwinden, muß ich Sie leider gefesselt lassen. Aber Sie haben mein Wort, daß ich Sie anständig behandeln werde. Und sobald ich weiß, daß Sie keine Gefahr für mich darstellen, werde ich Sie freilassen. Bis dahin aber werden wir reiten wie bisher – und zwar zurück nach New Orleans!«

Adam nickte. »Einverstanden. Da nun alles zu unser aller Zufriedenheit geregelt ist, tut es mir fast leid, noch ein unangenehmes Thema ansprechen zu müssen: Was machen wir mit Micajah?«

Bodene zuckte mit den Schultern. »Aus den Spuren am Lagerplatz, von dem aus Sie Ihre Flucht begonnen haben, konnte ich ablesen, daß Micajah und dieser Jeremy nach Nacogdoches geritten sind. Darüber, wo die beiden Halunken jetzt stecken mögen, kann man nur Vermutungen anstellen.«

Adam konnte seine Neugier nicht mehr zügeln. »Wie haben Sie uns übrigens gefunden? Ich dachte, ich hätte unsere Spuren gut verwischt.«

»Das haben Sie auch getan, fast zu gut!« entgegnete Bodene

säuerlich. »An vielen Tagen habe ich Sie verflucht, weil ich fürchtete, Ihre Spur endgültig verloren zu haben. Am Anfang, als Sie alle noch zusammen ritten, war Ihre Spur so leicht zu verfolgen wie die einer Büffelherde. Von dem Zeitpunkt an aber, als Micajahs und Ihre Spuren auseinanderliefen, war ich mir überhaupt nicht mehr sicher, ob ich noch der richtigen Fährte folgte. Glauben Sie mir, weil ich mich nicht entscheiden konnte, habe ich an dem Lagerplatz eine Münze geworfen. Und die sagte mir, daß ich die Spuren, die nach Nacogdoches führten, vergessen und denen folgen sollte, die nach Westen im Wald verschwanden.« An diesem Punkt lächelte Bodene wieder zufrieden. »Ich habe die Münze verdammt gut geworfen, finden Sie nicht auch, Mr. St. Clair? Zugegeben, ich habe die Spur immer wieder verloren, und der Gedanke, ich könnte den Falschen folgen, hat mich fast wahnsinnig gemacht. Es waren schreckliche Tage, glauben Sie mir! Selbst als ich Savanna und Sie vor einigen Tagen zum ersten Mal zu Gesicht bekam, war ich mir nicht sicher, ob ich überhaupt den richtigen Leuten nachjagte. Sie habe ich nicht erkannt, und Savanna sah mit diesem häßlichen Hut auch äußerst befremdlich aus. Erst gestern mittag, als eine rotgoldene Strähne unter dem Hut hervorfiel, konnte ich endlich aufatmen.«

Als Bodene geendet hatte, sprachen die beiden Männer und die Frau nicht mehr viel miteinander. Als sie ihre Schlafplätze für die Nacht vorbereitet hatten, wandte sich Bodene noch einmal an Adam. »Für wie wahrscheinlich halten Sie es, daß die Spanier, die Sie bestohlen haben, uns auf den Fersen sind?«

Adam zog die Schultern hoch. »Das kann ich nicht sagen. Bevor ich die Garnison verließ, habe ich alle Pferde losgelassen. Ich hoffe, die Soldaten haben erst am Morgen ihre Tiere wieder eingefangen und festgestellt, daß vier fehlen. Zu diesem Zeitpunkt müßten unsere Spuren von den herumlaufenden Pferden schon verwischt worden sein. Ich schätze, wir sind ziemlich sicher.«

Bodene brummte zufrieden. Dann nahm er eine Decke aus dem Gepäck und breitete sie über Adam aus. Danach erst holte er eine Decke für sich, legte sich ebenfalls nieder, wobei er den Sattel als Kopfkissen benutzte. Er hatte beschlossen, am Rand des Lagers gleich neben Adam zu schlafen, während Savanna ihren Schlafsack nahe beim glimmenden Feuer ausgerollt hatte. Es dauerte nur wenige Minuten, bis sie alle eingeschlafen waren.

Doch dann war Savanna plötzlich hellwach. Was sie geweckt hatte, wußte sie nicht, sie wußte nur, daß sie mit rasendem Herzen aus tiefstem Schlaf hochgeschreckt war. Ihre Sinne waren bis zum Zerreißen gespannt und alarmierten sie, daß etwas Lebensgefährliches vor sich ging. Sie lag wie erstarrt da, doch ihre Ohren suchten fast schmerzhaft ein Geräusch zu erhaschen, das ihr Aufschluß darüber gab, wovon sie geweckt worden war. Aber die Nacht war still, totenstill. Am Himmel trieben dünne rosafarbene Fasern, und so wußte Savanna zumindest, daß sie zu Beginn der Morgendämmerung erwacht war. Einige Atemzüge lang versuchte sie sich mit dem Gedanken zu beruhigen, daß sie ganz normal aufgewacht war. Aber das konnte nicht den rasenden Herzschlag erklären und das instinktive Wissen, daß etwas Schreckliches passierte. Sie wagte kaum zu atmen, als sie sich mit ihren Fingern zentimeterweise näher an ihr Gewehr herantastete, das sie neben sich auf den Boden gelegt hatte. Erleichterung durchfuhr sie, als sie die Waffe endlich packte.

Plötzlich drang ein seltsames Geräusch, ein schmerzvolles Seufzen von dort zu ihr herüber, wo Bodene lag. Savannas Reflexe waren schneller als ihre Gedanken. In einer katzenschnellen Bewegung sprang sie auf und riß das Gewehr hoch. Was sie sah, wirkte wie ein Schock auf sie. Ein riesenhafter Indianer mit dicken, pechschwarzen Zöpfen war gerade dabei, Adams Fesseln durchzuschneiden, während ein kleinerer, aber nicht minder kräftig wirkender Mann mit smaragdgrünen

Augen Bodene den Arm brutal auf den Rücken drehte und ihn niederhielt. Beide Angreifer hoben ihre Köpfe und erstarrten dann in ihren Bewegungen, als sie sich unerwartet einer rothaarigen Furie gegenübersahen, deren wild entschlossene Haltung keinen Zweifel daran ließ, daß sie das Gewehr, das sie hielt, auch bedenkenlos abfeuern würde. Daher verharrten sie völlig reglos.

Der Mann mit den grünen Augen war der erste, der reagierte. Plötzlich hielt er ein Messer in der Hand, drückte die Klinge gegen Bodenes Kehle und zischte scharf: »Nehmen Sie das Gewehr runter, Lady, und werfen Sie es weg, oder Ihr Freund stirbt!«

Savanna zögerte nur den Bruchteil einer Sekunde, dann schwang sie als Erwiderung das Gewehr herum, richtete den Lauf auf Adam, der sich neben dem riesenhaften Indianer erhoben hatte, und sagte nicht minder scharf: »Ich denke nicht daran. Wenn Sie ihn töten, schieße ich Adam das Herz aus der Brust!«

Gegen seinen Willen trat ein bewunderndes Lächeln auf Adams Lippen. Dann sagte er zu dem Mann gewandt, der bei Bodene kniete: »Sie meint es ernst. Ich fürchte, wir befinden uns in einer tödlichen Lage. Es ist wohl besser, du läßt ihren Vetter Bodene frei, denn es gibt nichts, was diese Frau lieber täte, als mir ein paar Kugeln durch die Brust zu jagen!«

Der grünäugige Mann runzelte leicht die Stirn, doch sein Griff um Bodenes Arm lockerte sich. An Adam gewandt, sagte er ironisch: »Das kann doch nicht wahr sein! Hat dein berühmter, unwiderstehlicher Charme dieser Frau gegenüber zum ersten Mal versagt? Ich habe dich immer gewarnt, daß das einmal passieren und daß es dann böse für dich enden wird!« Dann wandte der Mann, der Bodene noch immer gepackt hielt, seinen Blick Savanna zu und musterte mit seinen klaren Augen ihren Körper. Endlich sagte er höflich: »Gut, Madame, es scheint, als ob wir beide einander trauen müßten. Wenn ich

Ihren Vetter freigebe, habe ich dann Ihr Wort, daß Sie nicht auf uns schießen?«

Savanna schüttelte nur ihren Kopf. »Ich handle nicht. Lassen Sie Bodene frei, oder ich schieße!«

Adam und der grünäugige Mann wechselten einen schnellen Blick, und als Adam nachdrücklich nickte, zog der andere mürrisch die Luft ein, ließ Bodene los und trat langsam zurück. Während dieser kurzen Auseinandersetzung stand der Indianer reglos da, hielt die Arme vor seiner nackten Brust verschränkt, doch seinen schwarzen, wachsamen Augen entging nichts. Als Bodene aufstand, sich den mißhandelten Arm rieb und auf Savanna zuging, richtete sie ihre ganze Aufmerksamkeit auf den Indianer, der ihr gefährlicher schien als die anderen beiden Männer.

Bodene ging an seiner Base vorbei, bückte sich hinter ihr zum Feuer und legte Holz nach, das schnell aufloderte. Dann erst trat er neben Savanna, legte seine Hand schwer auf den Gewehrlauf und sagte ruhig: »Alles in Ordnung, Savanna! Laß das Gewehr sinken! Vertrau mir. Ich kenne diesen Mann. Ich vermute, er hat eben das Gleiche getan wie ich vergangene Nacht – er hat versucht, einen gefangenen Verwandten zu finden und zu befreien!«

Savannas Augen weiteten sich erstaunt. Sie ahnte bereits, was passiert war, als Adam auf sie zutrat, begleitet von dem Indianer und dem grünäugigen Mann. Adam lächelte, und auch wenn es eher zynisch als freundlich war, so war es doch ein Lächeln. Dann sagte er: »Dein Vetter hat recht. Ich glaube, nach all deinen wechselvollen Erlebnissen hast du dir wirklich ein Recht darauf erworben, diese beiden Männern persönlich kennenzulernen. Ich möchte dir meinen Schwager Jason Savage und seinen Blutsbruder Bluttrinker vorstellen!«

12

Was für eine merkwürdige Abfolge der Ereignisse, dachte Savanna bitter, als sie in die unergründlichen grünen Augen von Jason Savage blickte. Zuerst entführte Micajah irrtümlich den falschen Mann, und nun stand sie doch dem echten Jason Savage gegenüber, dem Mörder ihres Vaters.

Sie preßte ihre Zähne so fest aufeinander, als wollte sie einen Stein zerbeißen. Was zwischen ihr und Adam vorgefallen war, konnte sie nicht als Irrtum abtun. Sie konnte nur weiter durchstehen, was auch das Schicksal für sie bereithielt. Voll Stolz hob sie den Kopf, als sie zu Jason Savage sagte: »Ich kann nicht behaupten, daß ich mich freue, Sie zu sehen. Ebenso wenig wie ich mich gefreut habe, Ihrem Schwager zu begegnen.« Dann blickte sie zu Adam und fuhr fort: »Erwarte nicht, daß ich mich dafür entschuldige, daß ich dich für Jason Savage hielt und dich dafür aus ganzem Herzen haßte. Aber du hast ja auch alles getan, um diese Verwechslung möglichst lange aufrechtzuerhalten. Für alles, was geschehen ist, bist ganz allein du verantwortlich!« Ihre Wut wuchs an. »Wir sind uns nichts schuldig. Ich bin fertig mit dir, Adam St. Clair!«

Adams Gesicht war völlig ausdruckslos, doch ohne es zu wollen, erwiderte er Savannas Vorwürfe mit einem fast unmerklichen zustimmenden Nicken.

Die erbitterte Anklage und die wortlose Erwiderung wurden von den anderen aufmerksam verfolgt. Dann trat Jason auf Savanna zu und fragte höflich: »Nachdem Sie nun wissen, wer ich bin, würden Sie so freundlich sein, sich Ihrerseits vorzustellen?«

Savanna lächelte freudlos. »Gerne. Wenn ich auch glaube, daß der Name Savanna O'Rourke Ihnen nichts sagt. Um so mehr aber dürfte der Name Blas Davalos für Sie von Bedeutung sein. Er war mein Vater!«

Jasons Züge gefroren zu Eis. »Ich verstehe«, sagte er. Dann ließ er prüfend seinen Blick über Savanna wandern und versuchte, irgendeine Ähnlichkeit mit seinem verhaßten Todfeind zu entdecken. Als er keine fand, korrigierte er sich: »Ehrlich gesagt, ich verstehe doch nicht. Sie haben nicht die geringste Ähnlichkeit mit Ihrem Vater!«

Savanna lächelte: »Das hat Ihr Schwager auch gesagt, es ändert aber nichts an der Tatsache, daß ich die Tochter von Blas Davalos bin!«

Jason und Bluttrinker tauschten einen kurzen Blick. »Davalos hat niemals erwähnt, daß er eine Frau und ein Kind hat«, sagte Jason.

Da wurde Savannas Lächeln bitter. »Blas Davalos hat meine Mutter nie geheiratet.«

Bodene durchbrach die Spannung, indem er gelassen sagte: »Ich glaube, diese Geschichten zu erzählen wird ziemlich lange dauern. Ich weiß nicht, wie Sie alle darüber denken, aber ich für mein Teil würde mich diesen Geschichten mit einem vollen Magen und einer Tasse Kaffee in der Hand besser gewachsen fühlen. Ich finde, wir verbringen hier einen höllischen Morgen!«

Adam lächelte zustimmend, und auch Jason nickte abwesend, während er Savanna nicht aus den Augen ließ. Bluttrinker wirkte völlig unbeteiligt an allen Vorgängen. Doch auch er ließ die Augen nicht von dieser feuerhaarigen jungen Frau. Und als Adam und Bodene bereits begannen, das Feuer für das Frühstück zu schüren, sagte der Indianer plötzlich: »Euer Vater war ein böser Mann. Ich war es, der ihn getötet hat, und ich würde es jederzeit wieder tun! Ja, Blas Davalos war ein Teufel und hat meinem Blutsbruder Jason schreckliche Dinge angetan. Aber in Euren Zügen, Savanna O'Rourke, sehe auch ich keine Spuren seiner Schlechtigkeit und seiner Schwächen. Und obwohl alles dafür spricht, daß Ihr ebenso gierig das Gold der Azteken jagt wie Euer Vater, kann ich diese Gier bei Euch nicht spüren.

Doch denkt daran, Eurem Vater hat diese Gier den Tod von meiner Hand gebracht!«

Mit jedem Wort, das Bluttrinker sprach, erbleichte Savanna mehr. Blinde, naive Loyalität zu ihrem Vater wollte Savanna aufbrausen lassen, und die schlimmsten Beleidigungen drängten sich schon auf ihre Lippen. Nur mit größter Mühe hielt sie ihre Zunge im Zaum. So ballte sie nur die Fäuste und sagte dumpf: »Egal was Ihr sagt, Bluttrinker, Ihr seid ein grausamer Mörder, dafür gibt es keine Entschuldigung.«

Bluttrinker starrte sie bedrohlich eine Zeitlang an. Dann sprach er gemessen: »Meine Tat war nicht brutaler als das, was er meinem Blutsbruder Jason und seiner Frau angetan hat.« Seine schwarzen Augen bohrten sich in Savannas klaren Blick, als wäre es ein Duell, das sie gegeneinander ausfochten. Doch als Savanna standhielt, fügte Bluttrinker nur noch hinzu: »Blas Davalos hatte den Tod verdient, und er hatte es verdient, so zu sterben, wie ich ihn sterben ließ.«

Zu viel war auf Savanna während der vergangenen Tage und Wochen eingestürzt. Unabhängig davon, wie sie zu ihrem toten Vater stehen mochte, brauchte sie jemanden, den sie für alle Anspannung, Angst, Erschöpfung und Verwirrung büßen lassen konnte. Und was Bluttrinker gesagt hatte, war mehr, als sie ertragen konnte. Mit einem Aufschrei stürzte sie sich auf den Indianer und wollte ihm die Augen auskratzen.

Adam hatte das Wortgefecht der beiden aufmerksam verfolgt. Und als Savanna losstürzte, war er schon in Bewegung und fing ihren Angriff auf Bluttrinker ab. Er nahm sie in den Arm und sagte beschwichtigend: »Beruhige dich, Savanna! Bevor du dich in den Kampf stürzt, um die Ehre von Blas Davalos zu verteidigen, solltest du dir vielleicht unsere Version der Geschichte anhören!«

Jason schenkte sich eine Tasse Kaffee ein und sagte diplomatisch: »Mein Schwager hat recht. Es gibt immer zwei Versionen einer Geschichte. Und mag sich Ihr Vater Ihnen gegenüber als rechtschaffen und gutherzig dargestellt haben, so war er es in Wirklichkeit keineswegs!«

Doch diese von Adam und Jason so bemüht beruhigend gesprochenen Worte machten Savanna noch wütender. Die Tatsache, daß Adam sie immer noch in den Armen hielt, ließ ihre aquamarinblauen Augen giftige Funken sprühen. Irgendwo in ihrer Seele hatte sie eine verzehrende Sehnsucht und vorbehaltlose Wollust gespürt, doch gerade deswegen spie sie Adam ihre Worte ins Gesicht wie Säure: »Nimm deine Hände von mir, Adam St. Clair! Die Zeiten sind vorbei, da du mich nach Belieben anfassen und festhalten konntest!«

Adam zuckte zurück wie unter einem Schlag ins Gesicht und lockerte den Griff seiner Hände. Seine Stimme jedoch war eisig: »Du hast das Temperament einer angeschossenen Wildkatze. Ich hoffe allerdings, daß du nicht so verblendet bist, deine Ohren vor unserer Geschichte zu verschließen, die gerade für dich von großer Bedeutung ist.«

Bevor Savanna etwas entgegnen konnte, trat Bodene mit einer Tasse Kaffee zu ihr, drückte sie ihr in die Hand, obwohl sie widerstrebend zurückzuckte, und sagte: »Es reicht, Cousinchen. Trink den Kaffee, setz dich da drüben auf deine Decke und laß die Männer erzählen!« Dann beugte er sich zu ihr und flüsterte ihr ins Ohr: »Verdammt, du bist nicht in der Position, hier große Szenen zu machen. Du kannst es drehen und wenden, wie du willst, aber du hast an Adams Entführung teilgenommen. Hast du schon einmal daran gedacht, daß dich Savage und St. Clair deswegen vor Gericht bringen können? Und so wie ich die Richter kenne, werden sie dich schon deswegen verurteilen, damit ihnen niemand nachsagen kann, sie hätten dich geschont, weil du so prächtige rote Haare und so einen hübschen Körper hast.«

Bodenes Worte hatten auf Savanna eine Wirkung, als habe man einer sich nicht bewegenden Marionette mit einem Schnitt alle Fäden durchtrennt. Sie hatte nie darüber nachgedacht, daß sie sich an einem Verbrechen beteiligt hatte, wofür man sie zur Rechenschaft ziehen konnte. Sie seufzte und taumelte unter dem plötzlichen Ansturm der Müdigkeit. Bei allen Göttern im Himmel, wie müde war sie! Erschöpft von diesen unzähligen Stunden, während deren sie gefesselt war, zermürbt von diesen endlosen Tagen im Sattel, geschwächt von dem ewigen Hunger, ausgelaugt von den schrecklichen Nächten, die sie auf dem harten Boden liegend in unruhigem Schlaf verbracht hatte, der keine Erholung brachte. Und wie müde war sie von dem Kampf gegen die Liebe zu Adam, den sie in ihrem Herzen führte. Alles, was sich Savanna wünschte, war, sich niederlegen und wochenlang schlafen zu dürfen, bis alles, was passiert war, aus ihrem Gedächtnis verschwunden war.

Da spürte sie die Blicke der vier Männer auf sich. Sie ließ sich auf ihrer Decke nieder, blieb aber trotz der bleischweren Müdigkeit aufrecht und beinahe würdevoll sitzen. Sie nahm einen Schluck Kaffee und sagte rauh: »Also los! Erzählt eure verdammte Geschichte!«

Doch Jason Savage schüttelte seinen Kopf: »Nein! Ich denke, wir alle sollten erst einmal Ihre Geschichte hören!« Und wie er das sagte, machte Savanna klar, daß er keinen Widerspruch duldete.

Sie hob resigniert die Schultern. Es war ihr im Grunde vollkommen gleichgültig. Da sie Bodene die ganze Geschichte schon einmal erzählt hatte, jede Wendung der Ereignisse, die sie zuletzt mit Adam in die Nähe der spanischen Garnison geführt hatten, kamen ihr die Worte diesmal leicht über die Lippen. Sie starrte in die Ferne und sprach fast geistesabwesend. Doch auch diesmal verbarg sie ihre durch Adam aufgewühlten Gefühle und verschwieg die Vereinigung am See.

Ihr Bericht hatte auf Jason die gleiche Wirkung wie auf Bodene. Jason nickte nachdenklich. Dann hob er den Blick und wandte ihn seinem Schwager zu. »Eine Frage, Adam: Warum hast du Savanna, die du für die Komplizin Micajahs halten mußtest, eigentlich mit auf deine Flucht genommen? Es wäre für dich doch viel leichter gewesen zu entkommen, wenn du allein geritten wärest.«

Adam fuhr sich mit einer Hand durch den dichten Bart, was zeigte, wie wenig ihm diese Frage behagte. Der Blick aber, den er Savanna zuwarf, war finster und feindselig. Wieder flüchtete sich Adam in die Antwort, die er bereits Bodene auf dessen ähnliche Frage gegeben hatte: »Sie hat mir während meiner Gefangenschaft ziemlich zugesetzt. Sie hatte verdient, daß ich ihr eine Lektion erteilte!«

Diese Antwort schien Jason zufriedenzustellen. Doch um seine Mundwinkel spielte ein winziges Lächeln, das zeigte, wie wenig Bedeutung er Adams Worten beimaß. Dann wandte er sich Savanna zu, und sein Lächeln erstarb. Statt dessen furchte eine tiefe Falte seine Stirn, als er Savanna noch einmal eingehend musterte. Dann murmelte er: »Blas Davalos' Tochter! Es ist kaum zu glauben!«

Seit Jahren hatte Jason nicht mehr an Blas Davalos gedacht, aber sein tödlicher Haß, den er für den Mann empfand, der einmal sein Freund gewesen war, war unauslöschlich in seinem Herz eingegraben. Und nun wurden die Erinnerungen aufgerissen wie eine verkrustete Wunde, und der Schmerz durchzuckte ihn, als ob sich alles, was geschehen war, eben erst ereignet hätte. Da war dieser grauenvolle Morgen, als er seine Frau in den Armen hielt und hilflos zusehen mußte, wie sie das Kind verlor. Und da war diese allumfassende Angst, Catherine könnte sterben, könnte in seinen Armen verbluten. An all dem war Blas Davalos schuld gewesen! Nur einige Tage später, als endlich sicher war, daß Catherine überleben würde, erfuhr Jason zu seiner Verbitterung, daß Blas Davalos seine Frau nicht nur von Terre du Coeur entführt, sondern immer wieder brutal vergewaltigt hatte. Es gibt Dinge, die ein Mann niemals vergessen oder vergeben kann. Die Vergewaltigung seiner Frau und der Verlust seines ungeborenen Kindes zählten dazu. Und obwohl er wußte, wie ungerecht es war, und sich dagegen wehrte, fühlte er Abneigung und Feindseligkeit gegen Savanna in sich aufsteigen.

Eine sanfte Berührung an seinem Arm unterbrach Jasons Gedanken. Er wandte sich um und sah Bluttrinker neben sich. Die Miene des Indianers strahlte tiefes Verständnis für die Gefühle aus, die Jason bewegten. Und so leise, daß nur Jason es hören konnte, flüsterte er: »Es ist hart, mein Bruder. Aber auch wenn es schwer ist, verurteile diese Frau nicht für die Untaten ihres Vaters. Sie hat nichts damit zu tun. Sie war noch ein Mädchen, als Davalos unseren Freund Nolan tötete und ihm den goldenen Armreif stahl. Sie war vollkommen unbeteiligt an den grausamen Ereignissen, die uns alle geprägt haben. Wir haben uns an Blas Davalos gerächt, daher bestrafe diese Frau nicht für Dinge, die längst zu einem Ende gekommen sind.«

Jason lächelte schwach und flüsterte zurück: »Du hast recht wie immer, mein Freund. Aber es wird nicht leicht sein, diese Frau anzusehen und dabei nicht an ihren Vater und all das Leid, das er uns zugefügt hat, zu denken.«

Bluttrinker nickte langsam, und seine dicken, schwarzen, glänzenden Zöpfe schwangen über seiner mächtigen Brust. »Du wirst damit fertig werden. Aber ich mache mir Sorgen um Adam.«

Natürlich hatte auch Jason längst bemerkt, daß sein leichtsinniger Halbbruder von Savanna äußerst fasziniert war, was nichts Gutes verhieß. Warum mußte Adam sein Herz ausgerechnet an die Tochter seines ehemaligen Todfeindes verlieren, dachte Jason wütend. Großer Gott, Catherine würde verzweifeln, wenn sie von Adams unseliger Wahl hörte! Schon aus diesem Grund wünschte Jason sich, er wäre Savanna O'Rourke niemals begegnet!

Während Jason und Bluttrinker leise miteinander gesprochen hatten, hatte Bodene sich darangemacht, ein Frühstück für alle zuzubereiten. Unter den Vorräten, die Adam von den

Spaniern gestohlen hatte, befand sich auch ein großes Stück Speck. Da es in der Hitze bald verderben würde, schnitt Bodene das ganze Stück in Scheiben und briet sie in der Pfanne. Schon bald zog ein Duft über den Lagerplatz, der allen den Mund wäßrig machte. Und als auch der unvermeidliche Maisbrei fertig war, versammelten sich alle am Feuer.

Mit Beginn des Frühstücks unterhielten sich die vier Männer und die Frau höflich. Sie hatten beschlossen, sich den Genuß am Essen nicht durch Feindseligkeiten nehmen zu lassen. Nach und nach wurde die Atmosphäre freundlicher. Jason begann wie beiläufig Bodene und Savanna auszufragen, wie sie zusammengekommen waren und wie ihre Kindheit ausgesehen hatte. Die beiden antworteten geduldig, ohne allzu viel preiszugeben.

Als das Frühstück beendet und das Geschirr gereinigt und wieder verstaut war, lehnte sich Jason bequem gegen den Stamm einer kleinen Eiche und begann von seiner Beziehung zu Blas Davalos zu erzählen.

»Savanna, wußten Sie, daß Beauvais, die Plantage meines Großvaters, unmittelbar an Campo de Verde grenzt?« fragte er.

Auch die anderen hatten es sich sitzend oder liegend am Feuer bequem gemacht. Nur Bluttrinker stand reglos im Halbdunkel der Bäume hinter Jason, und seine schwarzen Augen wanderten unablässig und wachsam über die Prärie und die Hänge des Felskegels. Savanna und Bodene saßen nebeneinander links von Jason an den Stamm eines umgestürzten Baumes gelehnt. Adam hatte sich zwischen den Wurzeln eines Baumes niedergelassen, der Jason direkt gegenüberstand. Alle mit Ausnahme von Bluttrinker hatten sich eine letzte Tasse Kaffee eingeschenkt.

Savanna, die versonnen auf den Kaffee geblickt hatte, hob den Blick zu Jason. »Nein, das wußte ich nicht«, sagte sie. »Ich habe nur einmal von einem alten Mann gehört, der dort leben soll.«

Die Bezeichnung »alter Mann« ließ Jason lächeln. »Armand, mein Großvater, wäre nicht sehr erfreut, als ein alter Mann bezeichnet zu werden. Er hat zwar vergangenen Februar seinen dreiundachtzigsten Geburtstag gefeiert, versteht aber immer noch, die Damen mit seinem Charme zu bezwingen.«

Savanna zuckte die Schultern. »Das mag sein. Jedenfalls bin ich ihm noch nie begegnet. Vielleicht ist meine Mutter ihm einmal vorgestellt worden.«

»Das glaube ich nicht«, sagte Bodene trocken. »Unser Zweig der O'Rourkes verkehrt nicht in so erlauchten Kreisen!«

Jason fuhr fort, ohne darauf einzugehen. »Aufgrund dieser Nachbarschaft und weil ich den größten Teil meiner Jugend bei meinem Großvater auf Beauvais verbracht habe, lernte ich zwangsläufig den Sohn unserer Nachbarn kennen – Blas Davalos. Wir waren fast gleich alt, und in jenen Jahren interessierten wir uns auch für die gleichen Dinge: Pferde, Frauen und Glücksspiele!« Einen Moment hielt Jason versonnen lächelnd inne. »Unsere Freundschaft hätte wohl für den Rest unseres Lebens angedauert, wäre nicht irgendwann um 1795 die gesamte Indigo-Ernte verdorben. Von einem Monat zum anderen war der Reichtum der Davalos', die ausschließlich Indigo anbauten, ausgelöscht.« Jasons Blick verfinsterte sich. »Blas hat das wie ein Schock getroffen, von dem er sich nie ganz erholt hat. Plötzlich war er nicht mehr der Erbe eines großen Vermögens, sondern mußte für seinen Lebensunterhalt hart arbeiten. Das letzte Bargeld der Familie wurde dafür ausgegeben, ihm den Rang eines Offiziers der spanischen Armee zu verschaffen. Ein anderer Mann hätte mit seiner verlorenen goldenen Vergangenheit abgeschlossen und sich ein neues Leben aufgebaut, vielleicht sogar ein neues Vermögen erworben. Doch Blas konnte das nicht. Er wurde verbittert und neidisch. Und mehr und mehr mißgönnte er mir das Glück, daß ich nicht von einem ähnlichen Schicksalsschlag getroffen worden war. Meine Familie blieb von der Indigo-Katastrophe verschont, weil wir einige Jahre zuvor begonnen hatten, Zuckerrohr anzubauen.« Jason seufzte und blickte zum Himmel, als wären dort die Bilder der alten Zeit in die Wolken gemalt. »Es war eine schwere Zeit für Blas. Vermögen wie die unseren überdauern normalerweise Generationen. Er war nicht darauf vorbereitet gewesen, plötzlich mittellos dazustehen. Am Anfang blieben wir noch Freunde. Dann begann ich mich zunehmend über seinen Neid und sein endloses Hadern mit seinem Schicksal zu ärgern. Wir entfremdeten uns einander. Zum Teil lag das auch daran, daß Blas sich den Lebensstil, den wir bisher gepflegt hatten, nicht mehr leisten konnte. Aber vor allem trieb mich seine Verbitterung und seine wachsende Bösartigkeit von ihm weg. Er stürzte sich auch in illegale Unternehmungen, um so schnell wie möglich wieder zu Reichtum zu kommen.«

Einige Minuten schwieg Jason und verlor sich in der Erinnerung an die Vergangenheit, die so schwarz und schrecklich geworden war. Dann fuhr er fort: »Ich hatte noch einen anderen Freund, der Philip Nolan hieß. Er war einige Jahre älter als ich. Auch wenn er nicht viel weiser war als ich, so war er doch mein verehrter Held, der mich gern unter seine Fittiche nahm. Bluttrinker und ich verdanken ihm einige wilde Abenteuer. Ich liebte Philip Nolan!«

Wieder verstummte Jason. Und als er schließlich weitersprach, wurde seine Stimme immer intensiver und zog die anderen mit seiner Erzählung so in den Bann, daß sie vergaßen, wo sie waren und was sie zusammengebracht hatte. Jason erzählte von dem abenteuerlichen Ritt, den die drei Männer, Jason Savage, Philip Nolan und Bluttrinker, gewagt hatten, um mit den Komantschen Handel zu treiben. Und wie viele Jahre später der Pferdehandel von Jeremy Childers mit den Indianern zur Gefahr wurde, so mußten damals auch Jason, Philip und Bluttrinker um ihr Leben reiten. Sie retteten sich in die Seitenschlucht eines Cañons und entdeckten dort in einer Höhle einen großen Azteken-Schatz. Jason beschrieb die beiden goldenen, mit Smaragden verzierten Armbänder, die sie an den Armknochen eines Skeletts fanden. Offensichtlich war es das letzte Opfer, dem die Azteken-Priester das zuckende Herz aus der Brust gerissen hatten, um es ihrem blutgierigen Gott darzubringen. Die beiden Armbänder glichen sich bis ins kleinste Detail. Und als Philip und Jason das geheime Tal und den Goldschatz verließen, trug jeder von ihnen eines der Armbänder am rechten Handgelenk.

Jason rollte den Ärmel seines Hemdes hoch und zeigte Bodene und Savanna das Armband, das er noch immer trug. Gebannt von der fremdartigen Schönheit starrte Savanna das Schmuckstück an, bis Jason den Ärmel darüberstreifte und weitersprach.

Doch Savanna war von dem bisher Gehörten so aufgewühlt, daß sie Jason unterbrach: »Warum haben Sie den Schatz zurückgelassen? Sind Sie nie in das Tal zurückgekehrt, um ihn zu holen?«

Jason lächelte schwach. »Wir hatten nur unsere Reitpferde. Und mit einer Horde Komantschen auf den Fersen, die uns nur zu gerne skalpiert hätten, wäre es Selbstmord gewesen, wenn wir uns auch noch mit Gold belastet hätten. Daher haben wir uns nur die beiden Armbänder genommen. Und zum Schatz zurückkehren…« Er brach ab und blickte über die Schulter zu Bluttrinker.

Ein düsterer Zug lag auf dessen wie aus Bronze gemeißeltem Gesicht, als er bedächtig sagte: »Es war ein böser Platz, zu dem mein Blutsbruder und ich nicht mehr zurückkehren wollten. Außerdem brauchten wir das Gold nicht. Jason besaß bereits ein großes Vermögen, und meine Familie ist sehr reich, selbst nach den Maßstäben der Weißen. Außerdem sind die Dinge, die mich glücklich machen, ohnehin nicht mit Gold zu erwerben. Der Schatz der Azteken reizte mich nicht.«

Savanna fixierte den Indianer eindringlich. »Aber könnten Sie den Schatz denn wiederfinden?«

Bluttrinker nickte langsam und sagte abwehrend: »Wenn ich es wirklich wollte, fände ich ihn wieder.«

Bodene fragte mit wachsender Neugier: »Ist euer Freund Philip Nolan noch einmal zu dem Schatz zurückgekehrt?«

Jason hob die Schultern. »Er hatte dies wohl vor«, antwortete er. Dann blickte er Savanna an. »Unglücklicherweise ist er aber Ihrem Vater begegnet.«

Ein kurzes unbehagliches Schweigen tat sich zwischen ihnen auf. Dann aber fuhr Jason mit seiner Erzählung fort. Alter Schmerz färbte seine Stimme dunkel, als er davon sprach, wie Nolan von Blas Davalos gefesselt und fortgeschleppt wurde und sie ihren Freund niemals wiedergesehen hatten.

Die Vermutung, daß Philip Nolan gefoltert und dann ermordet worden war, war eine schreckliche Anklage. Doch Savanna wußte, daß ihr Vater Philip Nolan tatsächlich getötet hatte. Ihr sterbender Vater hatte es Jeremy gestanden. Ihr Mund verzog sich zu einem schmalen, bitteren Lächeln. Was für eine entsetzliche Wahrheit hatte ihr Vater für sie hinterlassen!

Aber Jasons weiterer Bericht entsetzte sie noch mehr, als er stockend berichtete, wie Blas Davalos Jason dazu bewegen wollte, ihn zum Schatz zu führen. Davalos entführte Jasons junge Frau Catherine und erpreßte Jason. Bluttrinker und Adam kannten Jasons Geschichte, die längst Teil ihres eigenen Lebens geworden war. Mit versteinerten Mienen hörten sie zu, als Jason erzählte, wie es der vergewaltigten und mißhandelten Catherine endlich gelang, Davalos zu entkommen und sich zu Jason zu flüchten, nur um in seinen Armen das Kind zu verlieren, das sie ihm hatte schenken wollen.

Als Jason seine Geschichte beendet hatte, lastete düsteres, schmerzerfülltes Schweigen über dem Lagerplatz. Savannas weiches Herz zog sich zusammen vor Mitleid mit Jason und Catherine, und sie konnte beinahe auch Adams Feindseligkeit ihr gegenüber verstehen. Sie fühlte sich elend und blickte auf den körnigen Bodensatz in ihrer Tasse. Nach allem, was sie gehört hatte, schien ihr auch ihr Anspruch auf den Goldschatz nicht mehr gerechtfertigt und ebenso wenig, daß sie sich von Micajah, dem der Schatz auch nicht zustand, dazu hatte bewegen lassen, bei der Schatzsuche mitzumachen. Gewiß, Micajah und Jeremy hatten sie gezwungen, aber innerlich hatte Savanna zunehmend dem Unternehmen zugestimmt. In dem Bedürfnis, ihr Verhalten zu erklären und zu entschuldigen, sagte sie Jason, daß Micajah ihr ganz anderes erzählt hatte, was sie schließlich auch geglaubt hatte, weil er so überzeugend sprach.

Jason, dessen Herz immer noch verbittert war, wollte kein Verständnis für sie aufbringen, und Adam mußte sie vor ihm verteidigen, um das anklagende und verletzende Wortgefecht der beiden zu beenden. Da das Gespräch nun auch wieder auf Micajah gekommen war, machten sie sich Gedanken darüber, wie sie mit ihm verfahren sollten, wenn sie auf ihn trafen.

Adam teilte den anderen seine nüchterne Ansicht mit: »Falls wir ihn bei Gericht wegen der Entführung anzeigen und falls Micajah irgendwo von einem Sheriff gefaßt und vor Gericht gebracht wird, wird die ganze Geschichte an die Öffentlichkeit gezerrt werden. Und ein Mann wie Micajah reißt Savanna lieber mit ins Verderben, als sie ungeschoren davonkommen zu lassen.« Einen Moment hielt er nachdenklich inne. »Wir haben keine Ahnung, wo Micajah gerade steckt, und wissen auch nicht, was er inzwischen getan hat und weiter plant. Er könnte sich noch in Nacogdoches aufhalten, aber auch nach Natchez zurückgekehrt sein und über einen neuen Plan, an das Gold zu kommen, nachsinnen. Ebenso gut kann er aber auch durch Texas streifen auf der Suche nach Savanna und mir. Vielleicht aber hat er auch mit Jeremy die Schatzsuche fortgesetzt, da Jeremy ihn zumindest bis zu dem Ort führen kann, an dem Blas Davalos starb. Ich finde jedenfalls, wir sollten ihn nicht suchen, das wäre Zeitverschwendung. Solange er nicht plötzlich bei uns auftaucht, können wir nichts weiter tun, als wachsam zu sein, damit er uns nicht überrascht.« Dann trat ein böses Lächeln auf Adams Lippen. »Sobald wir aber zufällig in Erfahrung bringen, wo er steckt, dann werde ich ihn dazu bringen, daß er mich angreift, damit ich ihn töten kann!«

Jason nickte zustimmend zu allem, was Adam gesagt hatte, und fügte hinzu: »Falls Micajah aber bei mir auftaucht, weil er seinen Irrtum erkannt hat und den richtigen Jason Savage entführen möchte, dann erlaube bitte, daß ich ihn töte!«

»Aber selbstverständlich«, sagte Adam mit einer spöttischen Verbeugung, und Jason wußte, daß Adam ihm seinen Entführer niemals überlassen würde.

»Also gut!« beendete Jason das lange Gespräch. »Nachdem wir also Micajah hiermit zum Tode verurteilt und unser Frühstück beendet haben, schlage ich vor, daß wir unsere Pferde satteln und aufbrechen. Die Sonne steht schon hoch am Himmel, und der Weg nach Hause ist weit.«

Die fünf durch das Schicksal zusammengeführten Menschen beschlossen, den Heimweg gemeinsam zurückzulegen. So konnten sie die Vorräte teilen und im Falle eines Angriffs durch die Spanier oder Micajah mehr Widerstand leisten.

Während der nächsten Tage legten sie ein großes Stück ihres Weges ohne weitere Zwischenfälle zurück. Und je näher sie dem Sabine River kamen, um so mehr ließ die Spannung zwischen den Mitgliedern der kleinen Gruppe nach. Alle wußten, sobald sie den Sabine River überquert und das spanische Territorium verlassen hatten, waren sie weitgehend in Sicherheit.

Zwischen den Männern entwickelte sich eine Art unbeschwerte Kameradschaft. Doch Savanna fühlte sich nur in Bodenes Nähe wohl. Die Scham über die Vergangenheit ließ sie die von Jason und Bluttrinker angebotene Freundschaft zurückweisen. Und was Adam anging...

Immer wieder packte sie eine unbezwingbare Wut, wenn sie sich umblickte und dem harten Blick seiner blauen Augen begegnete. Die Erinnerung an ihre Vereinigung am See wühlte sie auf, und voller Sehnsucht dachte sie an die Zärtlichkeiten, die sie getauscht hatten. Sie haßte ihn dafür, daß er in ihr eine Leidenschaft entfacht hatte, die es ihr unmöglich machte, ihm gegenüber gleichgültig zu sein und ihn zu vergessen.

Eine fast kindliche Sehnsucht erfüllte Savanna, wieder die junge Frau zu sein, die sie vor der Begegnung mit Adam St. Clair gewesen war. Wie einfach war das Leben gewesen, als sie noch nicht verwirrt war von den Gefühlen, die die Zärtlichkeiten eines Mannes bei einer Frau auslösten und sie sich hingeben ließen. Wie stolz und zufrieden war sie als unnahbare, unberührbare Frau gewesen, die jeden Mann, der ihr begegnete, kalt abblitzen ließ. Adam hatte diese Savanna mühelos zerstört, und sie haßte ihn dafür. Der Gedanke, ihm nie entkommen zu können, ängstigte sie. Seine Macht über sie war wegen seiner Anziehungskraft groß, und Savanna fürchtete, wie ihre Mutter Jahre voll Schmerzen, Erniedrigung und ungestillter Sehnsucht verbringen zu müssen, wenn sie sich seinem Bann nicht entzog.

In den letzten Tagen hatte sie erschreckt daran denken müssen, daß ihre Monatsblutung überfällig war. Zuerst hatte sie das auf die anstrengenden Ritte und wechselhaften Ereignisse zurückgeführt, doch seit Adam sie geliebt hatte, fühlte sie Panik in sich aufsteigen, und es schien ihr für das Ausbleiben ihrer Monatsblutung nur einen Grund zu geben: Sie war schwanger! Sie versuchte, diesen erschreckenden Gedanken zu verdrängen, aber er erwachte immer wieder zu neuem Leben.

Eines frühen Morgens erreichten sie endlich den Sabine River und verließen Spanisch Texas. Savanna schienen viele Monate vergangen zu sein, seit sie mit Micajah als Anführer und Adam als Gefangenem den Fluß in der Gegenrichtung überquert hatte. Als die fünf an diesem Abend ihr Lager aufschlugen, waren sie alle von dem Wissen erfüllt, daß sie sich am nächsten Morgen trennen würden. Savanna und Bodene würden nach Campo de Verde im Süden Louisianas reiten, das Ziel der anderen war Terre du Coeur im Norden. Das Abenteuer war zu einem Ende gekommen.

Seit Bodene und später Jason und Bluttrinker zu ihnen gestoßen waren, hatte es zwischen Savanna und Adam kein vertrauliches Gespräch mehr gegeben. Dennoch spürte Savanna, daß er sie unablässig mit seinen saphirblauen Augen beobachtete. Was er dabei dachte, vermochte sie nicht zu entschlüsseln. Einige Male während der vergangenen Tage hatte Adam versucht, sie abseits der anderen ungestört zu sprechen, aber stets war sie ihm ausgewichen. Es gab nichts, so versuchte sie sich mit aller Kraft einzureden, was sie Adam St. Clair noch zu sagen hatte. Und sie konnte sich nicht vorstellen, daß es etwas gab, was sie von ihm hören wollte – nicht einmal eine Entschuldigung! Es gab nichts, womit er ungeschehen machen konnte, was zwischen ihnen vorgefallen war, ebenso wenig wie sie nicht die Untaten ihres Vaters an Jason und Catherine ungeschehen machen konnte. Sie waren sich nichts mehr schuldig, und Savanna wollte, daß es so blieb – unabhängig davon, was in ihrem Körper vorgehen mochte.

In der Nacht nach der Überquerung des Flusses schlief Savanna schlecht. Sie wälzte sich auf ihrem Lager rastlos herum und war froh, als endlich der Morgen dämmerte. Nachdem sie gefrühstückt hatten, verließ Savanna die Männer, die noch eine letzte Tasse Kaffee zum Abschied tranken. Savanna wollte einen Moment Ruhe finden in dem hellen Uferwald. Voller Ingrimm freute sie sich, daß sie in wenigen Minuten von Adams beunruhigender Gegenwart befreit war.

Sie ging eine Weile durch den lichten Wald, doch als sie zu den Männern zurückkehren wollte, sah sie Adam an einem der Bäume lehnen. Er hatte die Arme lässig vor der Brust gekreuzt und wartete auf sie. Sie spürte, wie das Blut in ihren Schläfen zu dröhnen begann. Er stand ihr direkt im Weg. Sie grüßte ihn mit einem kurzen Nicken und hoffte, daß er sie ungehindert vorbeigehen lassen würde, doch diese Hoffnung zerstob, als er sie bei den Armen packte und mit leiser Stimme sagte: »Ich glaube, es ist höchste Zeit, daß wir noch ein paar Worte miteinander reden.«

Mit versteinertem Gesicht stand Savanna vor ihm und fauchte: »Ich habe dir nichts zu sagen, gar nichts!«

Seine Augen wurden schmal. »Ich habe gelernt, daß du oft das Gegenteil von dem meinst, was du sagst, Schätzchen!« Dann ließ er seinen Blick über sie wandern und fühlte angesichts ihrer von den Anstrengungen der letzten Wochen gezeichneten Gestalt fast Mitleid mit ihr. Doch schien sich ihre Schönheit nur noch verstärkt zu haben. Ihre klaren aquamarinblauen Augen leuchteten viel zu groß in ihrem fast mageren Gesicht, die hohen Wangenknochen und ihr Kinn wurden dadurch betont. Ihre Taille war noch schlanker geworden und die Handgelenke so schmal wie bei einem Mädchen. Doch war an Savanna noch eine weitere, schwer zu fassende Veränderung vor sich gegangen, die Adam mit den Strapazen ihrer Odyssee nicht erklären konnte und die ihm gerade deshalb Sorgen machte.

In seinem Herzen spürte er eine Zärtlichkeit für diese Frau, die ihn schaudern ließ. Freundlich sagte er: »Wir werden uns heute trennen, und ich möchte noch eine Sache mit dir klären. Bitte hör mich an und schrecke nicht wieder vor mir zurück wie eine Katze, die sich die Pfoten verbrannt hat.« Er löste seinen harten Griff, ließ seine Hände aber sanft auf ihren Unterarmen liegen.

Und wieder sah sich Savanna dieser unentrinnbaren Anziehungskraft ausgeliefert, die Adam immer noch auf sie ausübte. Alles in ihr wollte sich vor dieser Berührung in Sicherheit bringen, aber sie hielt aus und sagte so gelassen wie möglich: »Ich wüßte nicht, was es zwischen uns noch zu klären geben sollte.«

Sein spöttisches Lächeln blitzte auf und erlosch wieder, bevor es noch die Augen erreicht hatte. »O doch, du weißt genau, worüber ich mit dir reden möchte. Du siehst aus, als wärest du schwanger. Stimmt das?«

Savanna stöhnte bei dieser Frage wie unter einem Peitschenschlag. Sie starrte Adam mit schreckensweiten Augen an, bevor sie sich wieder faßte, den Kopf hochmütig hob und scharf erwiderte: »Was kümmert es dich, ob ich schwanger bin oder nicht?« Dann lächelte sie spöttisch: »Willst du dich hier am Ende noch als Ehrenmann aufspielen und um meine Hand anhalten?«

Adam zischte einen Fluch, dann zog er Savanna an sich und küßte sie mit einer Leidenschaft, als hinge sein Leben von diesem einen Kuß ab. Als er wieder von ihren Lippen abließ, flüsterte er: »Verdammt, du Hexe, genau das hatte ich vor!«

Teil 3

Gefährliches Begehren

13

Bestürzt blickte Savanna in Adams dunkles Gesicht. Hatte er tatsächlich von Heirat gesprochen? Sie wollte ihren Ohren nicht trauen. Ihre Lippen zitterten noch von der Kraft seines Kusses, und ihr ganzer Körper dehnte sich in der Wärme, die Adams Nähe ihm spendete. Dennoch verspürte Savanna keine Freude. Adam schien zwar – anders als ihr eigener Vater – ein Ehrenmann zu sein, doch zweifelte sie daran, daß er aus Liebe handelte. Er vermutete aus gutem Grund, daß sie schwanger war, und sah sich nun gezwungen, einer Frau die Ehe anzubieten, die er zwar begehrte, für die er aber keine tieferen Gefühle hegte. Aber wie lange mochte dieses Begehren anhalten? Und welche Ehe würden sie führen? Er wäre an eine Frau gekettet, die ihm weder an Reichtum noch an gesellschaftlicher Stellung ebenbürtig war. Unter normalen Umständen wären sich Adam St. Clair und Savanna O'Rourke niemals begegnet. Zu verschieden waren die Welten, in denen sie sich bewegten. Daß sie zudem die Tochter des Erzfeindes seiner Familie war, machte alles nur noch schwieriger. Würden sie sich aus tiefstem Herzen und vorbehaltlos lieben, verlören diese Gegensätze vielleicht an Bedeutung. Doch das einzige, was sie verband, war die Begierde ihrer Körper. Aber ihre von Haß und Stolz durchzogene Wollust war eine schlechte Grundlage für eine dauerhafte Ehe. War sie zur Ehe mit Adam bereit, würde sie sich und ihn nur unglücklich machen. Und falls sie doch in der Lage waren, die unselige Feindschaft zwischen ihnen beizulegen, blieb immer noch ihr Makel, Blas Davalos' Tochter zu sein. Konnten Adam und seine Verwandtschaft jemals vergessen, wer sie war? Würden sie aufhören können, sie insgeheim dafür zu hassen, was ihr Vater an Unglück über Jason und Catherine gebracht hatte? Konnte sie es also wagen, Adam zu heiraten, nur um ihr Kind in geordneten Verhältnissen aufwachsen zu lassen? Sollte Adams Kind seinen Vater überhaupt kennen, der es vielleicht gar nicht in Liebe, sondern während einer wütenden Vergewaltigung gezeugt hatte? Oh, sie wußte nur zu gut, daß ihre beiden Körper auch wundervolle Werkzeuge der Liebe sein konnten. Aber Savanna war sicher, daß Adams Faszination nach einer Weile nachlassen würde, und mußte er dann nicht sie und das Kind hassen, als habe sie ihn wissentlich in eine Falle gelockt?

Das Herz in Savannas Brust verkrampfte sich. Sie würde Adams Verachtung und Haß ertragen können, aber sie mußte an das Kind denken, das sie vielleicht haben würde. Hatte sie selbst nicht als Kind bitter gelitten, obwohl ihr Vater sie nicht einmal gehaßt, sondern nur eine unentschiedene Haltung zu ihr eingenommen hatte?

Als Savanna auf Adams Frage hin so lange schwieg und ihm nur gedankenverloren in die Augen blickte, schüttelte er sie sanft und fragte noch einmal: »Also was ist? Willst du meine Frau werden?«

Savanna atmete tief ein. Dann entwand sie sich seiner Umarmung, schlug die Augen nieder und wischte ein Blatt von ihrem Hosenbein weg. Mit fester Stimme sagte sie dann: »Nein, das will ich nicht!«

Ungläubig riß Adam die Augen auf. Sein Herz schmerzte, als habe ein Skorpion seinen Stachel hineingestoßen, und dieser Stich ließ ihn fast in die Knie gehen. Nur mit Mühe bewahrte er seine Fassung. »Du willst mich nicht heiraten? Du willst nicht meine Frau werden?« fragte er mit bebender Stimme.

Savanna schüttelte steif den Kopf, denn sie hatte keine Kraft mehr, noch einmal nein zu sagen.

Rasende Wut schoß in Adam auf. Er wollte sie mit dem bloßen Blick seiner Augen zu Boden schlagen, sie mit seinen übelsten Flüchen überhäufen und sie schütteln, bis sie in seinen Händen zerbrach, und sie küssen, bis ihr Widerstand zerschmolz und ihre Tränen ihn begnadigten und seine Seele reinwuschen. Und weil Adam das alles gleichzeitig wollte, stand er wie vom Donner gerührt da, atmete wie im Fieber, stemmte die Fäuste in die Seiten und knurrte heiser: »Warum nicht? Ich wette, du hast in deinem ganzen Leben keinen besseren Heiratsantrag bekommen.«

Da riß Savanna empört den Kopf hoch. Seine Worte entflammten in ihr eine stürmische Wut, die der seinen nicht nachstand. Voller Abscheu sagte sie: »Ich bin dir keine Begründung schuldig, Adam St. Clair, für nichts! Aber diese Erklärung gebe ich dir gerne: Nach allem, was in den vergangenen Wochen zwischen uns war, meinst du da im Ernst, ich hätte Lust, auch noch den Rest meines Lebens mit dir zu verbringen? Du bist ein unerträglicher, arroganter Bastard! Warum sollte ich ausgerechnet dich heiraten wollen?«

Mit einem Schlag war Adam wieder ganz ruhig. So müssen sich Delinquenten fühlen, wenn bei der Hinrichtung die Kugeln des Exekutionskommandos den Körper zerfetzen, dachte er. Und dann gestand er sich ein, daß die Art, wie er Savanna während der vergangenen Wochen umworben hatte, alles andere als romantisch war. Und obgleich er ahnte, daß die Gründe, warum er sie heiraten wollte, nicht nur die waren, ihr aus ihrem Dilemma und dem Kind zu einem ehrenwerten Namen zu verhelfen, versteifte er sich darauf, Savanna von seinen vordergründigen Motiven überzeugen zu wollen. Er selbst war als uneheliches Kind zur Welt gekommen und wußte nur zu gut, was das bedeutete. Daher war er voll Ingrimm entschlossen, kein Kind, dessen Vater er war, dieses schmachvolle Los erleiden zu lassen. Savanna hatte keine Wahl, sie würde ihn heiraten, ob sie wollte oder nicht!

Als er sie in seine Arme riß, war sie nicht darauf vorbereitet. Und bevor sie sich noch wehren konnte, lagen seine Lippen auf den ihren. Er küßte sie, als hätten sie alle Zeit der Welt. Bestürzt erkannte er, wie sehr er ihre Nähe vermißt hatte, und küßte sie voll Sehnsucht und Leidenschaft.

Savanna versuchte dem Rausch ihrer Sinne zu widerstehen, als Adams Mund seinen heißen Zauber über sie wob, aber es gelang ihr nicht. Mit einem tiefen, verzweifelten Seufzer fügte sie sich in ihre süße Niederlage, schmolz in seinen Armen dahin, drängte sich schließlich mit aller Kraft an den Mann, den sie ebenso sehr zu hassen glaubte wie sich selbst. Mit lasziver Eindringlichkeit eroberte seine Zunge ihren Mund und erforschte ihn rückhaltlos. Sie wurde schwach wie nie zuvor in ihrem Leben und verlor sich in unkontrollierbarer Lust. Reste von Scham zuckten durch ihren fiebrigen Verstand, als sie sich an ihn preßte, als wollte sie auf der Stelle mit ihm verschmelzen. Ihre Finger krallten sich in seinen Rücken, ihre geschwollenen Brüste suchten die harten Muskeln seiner Brust und rieben sich lüstern daran, ihr Leib stieß gegen seine Hüften und sein erigiertes Glied.

Lange küßten sie sich so und trieben außerhalb von Raum und Zeit. Doch dann erklang aus einiger Entfernung Bodenes Stimme, und das brachte Adam zur Besinnung. Benommen, als erwache er aus einem Traum, löste er sich von Savanna und blickte sich verwirrt um. Nur eine Sekunde später wußte er wieder, wo sie waren. Ein schiefes Lächeln trat auf seine Lippen, als er in Savannas verschleierte Augen blickte und flüsterte: »Ich denke, wir haben gerade einen entscheidenden Grund gefunden, warum du mich doch heiraten solltest!«

Adams leichtsinnige, freche Worte wirkten auf Savanna wie eine eiskalte Dusche, die sie brutal aus dem Zauber des Moments riß. Alle Schwierigkeiten bäumten sich wieder zwischen ihnen auf wie ein häßliches Ungeheuer. Und bevor sie noch wußte, was sie tat, schlug sie ihm mit aller Kraft ins Gesicht. »Für mich ist das noch lange nicht Grund genug!« zischte sie kalt.

In Adams Gesicht schwollen die Adern, als wollten sie platzen vor Wut. Er trat vor, packte und schüttelte sie, als er mit drohender Stimme sagte: »Du bist der einzige Mensch, den ich nicht auf der Stelle töte, weil er mich geschlagen hat. Aber wenn du noch einmal deine Hand gegen mich erhebst, werde ich dir dafür die Seele aus dem Leib prügeln!«

Da trat Bodene aus den Bäumen hervor. Ohne erkennen zu lassen, wieviel er von ihrer Begegnung mitbekommen hatte, sagte er: »Alle dachten, ihr beide wärt davongerannt. Wir brechen jetzt das Lager ab. Ihr solltet besser zurückkommen, oder Jason und Bluttrinker kommen und holen euch!«

Savanna warf Adam einen vernichtenden Blick zu, als sie sagte: »Je eher wir das Lager abbrechen, um so besser. Es gibt gewisse Männer, die ich so schnell wie möglich aus den Augen verlieren und nie wiedersehen möchte.«

Adam ergriff ihren Arm. »Wir haben unser Gespräch noch nicht beendet«, beharrte er hartnäckig, und an Bodene gewandt sagte er: »Sagen Sie den anderen, daß wir gleich kommen. Savanna und ich müssen noch einige Dinge zwischen uns klarstellen.«

Da Bodene sah, wie ernst es Adam damit war, nickte er nur knapp und ging zum Lagerplatz zurück.

Adams Finger lagen weich an Savannas Wange, und er zwang sie sanft, ihn anzusehen. Seine Stimme war ernst: »Savanna, was du mir gegenüber auch empfindest, denk an unser Kind. Möchtest du, daß es als ein Bastard aufwächst?«

Savanna biß sich auf die Lippen, befreite ihren Kopf und stieß hervor: »Ich weiß noch nicht mal sicher, ob ich schwanger bin. Also laß uns jetzt um Gottes willen nicht von Hochzeit reden!«

»Schau mir in die Augen!« befahl er herrisch, und sein Griff um ihre Arme wurde eisern. Als sie ihm starr entgegenblickte, fragte er: »Wenn du feststellst, daß du von mir schwanger bist, läßt du es mich dann wissen?«

Die Anstrengungen der vergangenen Wochen hatten Savanna fast alle Kraft gekostet, und ihre innere Zerrissenheit benebelte immer öfter ihren Verstand. Sie war es müde zu kämpfen, gegen die Widrigkeiten einer unabsehbaren Odyssee ebenso wenig wie gegen Adam. Doch war da ihr Stolz, der ihr keine Schwäche erlaubte und ihre letzten Energien verbrannte, und sie sagte: »Adam, selbst wenn ich schwanger wäre, würde das meine Entscheidung nicht beeinflussen. Ich werde dich nicht heiraten! Und du wirst mich auch nicht dazu zwingen können!«

Für Adam war das keine Kränkung mehr, sondern eine Herausforderung. Mit einem beinahe vergnügten Funkeln in den Augen nickte er. »Ich habe verstanden, mein Schatz, aber ich glaube dir wieder nicht. Also laß uns einfach abwarten, ob ich dich am Ende nicht doch zu meiner Frau machen kann!«

Dann ließ er sie los und schob sie vor sich her zum Lagerplatz. Der neugierig abschätzende Blick, mit dem Jason sie empfing, ließ Savanna erröten. Sie murmelte einen vagen Gruß und machte sich sofort an ihrem Pferd zu schaffen.

Wenige Minuten später saßen alle auf. Es war an der Zeit, Abschied zu nehmen und auseinanderzugehen. Savanna saß schweigend und beklommen auf ihrem Pferd. Aber Bodene tippte an die Krempe seines Hutes, verbeugte sich knapp und sagte höflich: »Nun denn, meine Herren, leben Sie wohl.«

Jason erwiderte den Gruß mit einem Kopfnicken, dann wendeten er und Bluttrinker ihre Pferde, ein Packpferd mit sich führend. Sie ritten nach Norden, geradewegs nach Terre du Coeur. Adam blieb einige Minuten länger, als nötig gewesen wäre, so als könnte er sich nicht zum Aufbruch aufraffen. Er lächelte Bodene zu und sagte: »Wenn ich das nächste Mal nach New Orleans komme, statte ich Ihrem Saloon einen Besuch ab!«

Sein Blick verdunkelte sich, als er Savanna ansah. Langsam und eindringlich sagte er zu ihr: »Falls du mir eine Nachricht zukommen lassen möchtest, dann schicke sie nach Belle Vista bei Natchez. Ich werde dafür sorgen, daß sie mich auf jeden Fall erreicht!«

Savannas Worte waren hart und spröde wie verwitterter Stein. »Ich wüßte nicht, warum ich dir eine Nachricht schikken sollte!« Sie wartete keine Antwort mehr ab, stieß ihrem Pferd die Absätze in die Flanken und galoppierte davon.

Bodene warf Adam einen entschuldigenden Blick zu. »Sie ist sehr stolz – und so halsstarrig wie ein bockiger Esel!«

»Ja, das habe ich auch schon bemerkt«, murmelte Adam versonnen. Dann fügte er noch hinzu: »Sollte Savanna in Schwierigkeiten geraten, lassen Sie es mich bitte wissen!«

Bodene nickte und tippte zum Gruß an seine Hutkrempe. Dann ritt er, ein Packpferd an langen Zügeln hinter sich herführend, hinter Savanna her. Adam blieb noch eine Zeitlang auf seinem Pferd sitzen und starrte zu den Bäumen, zwischen denen Savanna verschwunden war. Alles in ihm wollte seinem Pferd die Sporen geben und hinter ihr herjagen und ihr die Zustimmung zur Ehe abringen. Aber er wußte nur zu gut, daß alle Chancen vertan waren – wenn es überhaupt je eine gegeben hatte. Die einzige Hoffnung, die Adam blieb, war, daß die Zeit Savannas Wut und Widerstand vertreiben würde. Mit diesem Gedanken wendete er sein Pferd und galoppierte in die Richtung davon, die Jason und Bluttrinker genommen hatten.

Bodene brauchte nicht lange zu reiten, bis er Savanna eingeholt hatte. An ihrem verschlossenen Gesicht erkannte er sofort, daß sie keine Lust zu reden hatte – über gar nichts! So ritten sie schweigend nebeneinander her. Viele Stunden vergingen. Die wenigen Worte, die sie dann doch wechselten, waren nur kurze Beratungen, welche Richtung sie einschlagen und ob sie widriges Gelände umreiten oder auf direktem Weg durchqueren sollten.

Es war lange nach Mittag, als Bodene schließlich vorschlug, eine Pause zu machen, den Pferden Erholung zu gönnen und selbst etwas zu essen. Immerhin waren sie nicht mehr auf der Flucht! Savanna nickte wortlos und stieg ab. Sie wunderte sich, warum sie, nun wirklich frei, unbehelligt von Adam und auf dem Weg zurück nach Campo de Verde, nicht glücklich war, sondern traurig und bedrückt.

Bodene entzündete ein Feuer und kochte Kaffee für sie beide. Vom Frühstück hatte er gekochten Maisbrei aufgehoben, den er jetzt zu kleinen Tortillas formte und in der Pfanne briet. Als er Savanna dann das Essen reichte, sagte er mit gespieltem Ernst: »Glaub mir, wenn wir wieder zurück in Campo de Verde sind, werde ich einige Zeit kein Maisgericht mehr anrühren. Wahrscheinlich werde ich für den Rest meines Lebens keinen Mais mehr essen!«

Savanna kaute appetitlos auf ihrer Tortilla herum und nickte zustimmend. »Ich glaube, ich werde schon wegschauen, wenn ich auch nur Mais auf den Feldern stehen sehe. Andererseits war ich während der letzten Wochen dankbar für jedes Maiskorn, das ich essen durfte.«

Als Bodene seine Base aufmerksam beobachtete und ihre veränderte Schönheit bewunderte, bemerkte er auch, daß der verkniffene Zug um ihren Mund verschwunden war, seit sich Adam St. Clair nicht mehr in ihrer Nähe befand. Vorsichtig fragte er: »Willst du mir nicht erzählen, was zwischen Adam und dir vorgefallen ist?«

Savanna versteifte sich sofort, und Kummer verdunkelte den Blick ihrer klaren Augen. »Was meinst du? Ich habe dir doch alles gesagt, was es zu erzählen gibt.«

Doch Bodene schüttelte den Kopf. »Das hast du nicht – versuche gar nicht erst, mich zu belügen. Du kannst anderen Menschen erzählen, was du willst. Aber ich kenne dich zu gut, und ich weiß, daß etwas Schlimmes zwischen euch passiert sein muß. Man hätte ein Idiot sein müssen, um nicht zu bemerken, wie kühl ihr euch verhalten habt, wenn ihr euch näher als fünf Schritte gekommen seid.«

»War das so deutlich zu sehen?« fragte Savanna gequält und haderte mit sich, weil ihr Verhalten Adam gegenüber so leicht zu durchschauen gewesen war.

Bodene nickte. »Und ich war nicht der einzige, der sich darüber gewundert hat.«

Sie senkte den Kopf. »Meinst du Adam?«

»Ich meine Jason und Bluttrinker. Adam war viel zu beschäftigt, jede deiner Bewegungen zu beobachten, um überhaupt wahrzunehmen, was um ihn herum vorging!«

»Er haßt mich«, flüsterte sie, ohne ihrem Vetter in die Augen zu blicken.

»Ich glaube eher, das Gegenteil ist der Fall! Sag, was vorgefallen ist!«

»O Bodene!« brach es aus ihr hervor. »Ich kann es nicht erklären! In der einen Minute hasse ich ihn, weil er der arroganteste, unerträglichste, kälteste, charakterloseste Bastard ist, dem ich je begegnet bin, und im nächsten Moment...« Ihre Stimme versagte, und sie schluckte schwer, bevor sie weitersprechen konnte. »...im nächsten Moment fühle ich mich, als müßte ich sterben, wenn ich nicht mit ihm zusammensein kann.«

»Das habe ich mir gedacht, aber das ist nicht das, was ich wissen will. Sag mir lieber, ob das eine oder andere ›Fiasko‹ zwischen euch schlimme Auswirkungen haben wird – und du weißt ganz genau, was ich damit meine!« Ein harter Zug lag um Bodenes Mund. Er mochte Adam St. Clair gern haben, aber er würde keinesfalls tatenlos zusehen, wenn er Savanna das gleiche leidvolle Schicksal bescherte, wie es schon Savannas Mutter durch Blas Davalos erlitten hatte. Er würde keine Sekunde zögern, Adam einen Revolver an die Schläfe zu setzen, wenn das Savannas Unglück verhindern konnte.

»Dazu kann ich dir nichts weiter sagen, außer daß ich seit der Entführung dünner geworden bin und meine Tage nicht mehr gehabt habe.«

Bodene wurde blaß. »Soll das heißen, Micajah hat dich vergewaltigt?«

Ihre großen Augen in dem sonnengebräunten Gesicht weiteten sich. »Bei Gott, nein! Ich hätte ihn getötet dafür!«

Die Farbe kehrte in Bodenes Gesicht zurück, aber er hakte nach: »Aber Adam hast du dafür nicht getötet?«

Verwirrt wiederholte Savanna: »Nein, Adam habe ich dafür nicht getötet.«

»Soll ich das für dich erledigen?« fragte er, und in seine Augen trat ein dunkler, tödlicher Ausdruck. Es war klar, daß er auf der Stelle losreiten würde, um Adam zu töten, wenn es das war, was Savanna wünschte.

Doch sie schüttelte heftig den Kopf. »Nein!« Und dann schoß das Blut in ihre Wangen, als sie den Kopf abwandte und flüsterte: »Ich habe mich doch danach gesehnt, daß er das mit mir macht. Er hat mir nichts genommen, und ich habe ihm alles gegeben, was er wollte!«

Dieses Geständnis befriedigte Bodene nicht, aber vorerst wollte er nicht weiter in sie dringen. Daher fragte er nur: »Was sollen wir jetzt tun?«

»Wir reiten nach Hause und nehmen unser gewohntes Leben wieder auf.«

»Und falls du schwanger bist, was dann?«

Savanna zuckte in einer ratlosen Geste die Schultern. »Ich weiß es nicht. Aber bevor du beschließt, dir Adam vorzuknöpfen, solltest du wissen, daß er mich gefragt hat, ob ich seine Frau werden will. Und ich habe ihn abgewiesen.«

In ungläubigem Staunen öffnete Bodene den Mund. Dann fuhr er sie ärgerlich an: »Warum hast du das getan, du Närrin?« Seine Base mußte irgendwo unter der brennenden Sonne von Spanisch Texas den Verstand verloren haben!

»Ich bin dir keine Rechenschaft schuldig«, gab sie scharf zurück und stand auf. »Aber wenn du es genau wissen willst, dann frage dich doch selbst: Was für eine Ehe würde ich denn führen mit einem Mann, der mich nur geheiratet hat, damit sein Kind auch seinen Namen trägt? Mit einem Mann, der auch noch einen berechtigten Grund hat, mich zu hassen. Oder glaubst du, er würde je vergessen können, wer ich bin und was mein Vater seiner Schwester angetan hat? Glaubst du, er würde jemals über meine niedere Herkunft hinwegsehen können? Kannst du dir vorstellen, daß seine eleganten, reichen Freunde und seine Familie mich, die illegitime Tochter einer ehemaligen Kneipenwirtin aus Crow's Nest, willkommen heißen würden?« Mit Tränen in den Augen fügte sie hinzu: »Bevor ich für Adam und mich ein höllisches Leben heraufbeschwöre, ziehe ich mein Kind lieber allein groß, und der Rest der Welt kann meinetwegen zur Hölle fahren.«

Bodene betrachtete Savanna bei diesem Ausbruch voll Mitgefühl. Jede dieser Fragen stellte sie mit gutem Grund, und auf jede dieser Fragen gab es nur eine unangenehme Antwort. Er erhob sich ebenfalls, trat zu ihr und nahm sie zärtlich in die Arme. »Es tut mir leid, Cousinchen. Ich habe über diese Dinge noch nicht viel nachgedacht. Aber du hast vollkommen recht. Doch wenn du ein Kind bekommen solltest, bist du nicht allein. Ich werde immer dasein und mich darum kümmern, daß es dir und dem Kind an nichts fehlt.«

Sie barg ihr Gesicht an seiner Schulter und schluchzte: »Ach, Bodene, Bodene! Wie sollte ich ohne dich zurechtkommen!«

»Ich habe nicht die leiseste Ahnung«, erwiderte er und versuchte so, Savanna wieder aufzuheitern. »Da wir heute noch ein gutes Stück vorankommen müssen, sollten wir jetzt aufbrechen und weiterreiten.«

Der Rest ihrer Reise verlief ohne irgendwelche Zwischenfälle. Und als sie an einem Spätnachmittag die Grenze von Campo de Verde erreichten, war Savanna erfüllt von dem überwältigenden Gefühl, endlich wieder in Sicherheit zu sein. Zum ersten

Mal in ihrem Leben empfand sie die Plantage als ihr Zuhause, das sie mit keinem Platz der Welt tauschen wollte. Die wilde Abenteuerlust, die sie im Alter von achtzehn Jahren aus Campo de Verde getrieben hatte, war ihr durch die Ereignisse der vergangenen Wochen gründlich ausgetrieben worden. Als sie neben Bodene über die schattige Auffahrt ritt, die zum Haupthaus führte, verfiel Savanna in tiefes Nachsinnen. Hatte sie früher das gemäßigte Leben ihrer Mutter auf Campo de Verde verachtet und sich gegen alle damenhaften Verhaltensweisen aufgelehnt, die Elizabeth von ihr erwartet hatte, so sehnte sie sich jetzt geradezu nach diesem Leben. Und sie wünschte sich aus ganzem Herzen, sie könnte in dieses Leben eintauchen, als habe es die Entführung durch Micajah Yates und vor allem die Begegnung mit Adam St. Clair nicht gegeben. Oh, wie sehr wünschte sie sich, Adam würde für immer aus ihrer Erinnerung verschwinden!

Doch mußte Savanna sich eingestehen, daß ihre Begegnung mit Adam zumindest ein Gutes bewirkt hatte: Nun konnte sie ihrer geliebten Mutter nicht mehr die durch nichts zu erschütternde Liebe zu Blas Davalos vorwerfen. Bevor Adam in ihr Leben getreten war, verstand Savanna nicht, was starke Gefühle im Leben eines Menschen anrichten konnten. Immer hatte sie Frauen wie ihre Mutter, die ihr ganzes Leben einem geliebten Mann opferten, fassungslos und hochmütig betrachtet. Savanna war davon überzeugt, daß sie solchen Gefühlen niemals zum Opfer fallen würde. Ihre Lippen bebten unter einem traurigen Lächeln, das sie nicht zulassen wollte. Noch konnte sich Savanna nicht eingestehen, daß ihr Gefühl für Adam Liebe war. Doch seit ihrer Trennung war sie krank vor Sehnsucht nach ihm. Zutiefst beschämt gestand sie sich ein, daß sie einen neuerlichen Heiratsantrag von Adam nicht mehr zurückweisen würde. Und dann beschimpfte sie sich als eine schwache Frau, die jeden Stolz verloren hatte.

Sie erreichten das Haus, und als sie ihre Pferde zügelten,

wurde bereits die Tür aufgerissen. Elizabeth stürmte die breite Freitreppe herab und lief ihnen entgegen. Als sie ihre Mutter so auf sich zukommen sah, wurde Savanna die Kehle eng. Zum ersten Mal empfand sie eine vorbehaltlose und von tiefem Verständnis erfüllte Liebe zu ihrer Mutter. Denn nun hatte das Leben Savanna auf bittere und rauhe Art verstehen gelehrt, warum ihre Mutter sich einfach nicht von Blas Davalos hatte lösen können, obwohl sie unter dieser unseligen Verbindung gelitten hatte. Savanna sprang vom Pferd, warf sich in die offenen Arme ihrer Mutter und drückte sie an sich. Nachdem sie so viele Wochen nur in der Gesellschaft starker, großer Männer zugebracht hatte, staunte Savanna, wie klein und zart ihre Mutter war. Und wie sehr sie sie liebte: Heiße Tränen schossen in Savannas Augen.

Aber auch Elizabeth war zu Tränen gerührt. »O mein Liebling! Ich hatte solche Angst um dich! Ich bin fast verrückt geworden! Ich dachte, ich würde dich nicht mehr lebend wiedersehen! Was ist passiert? Warum bist du einfach verschwunden?«

Savanna drückte einen sanften Kuß auf die Stirn ihrer Mutter und sagte: »Sei beruhigt, mir geht es gut. Ich bin nicht absichtlich davongegangen. Micajah hat mich entführt. Aber jetzt ist alles wieder gut.«

Erschrocken starrte Elizabeth sie an. »Micajah, diese Bestie! Ist jetzt wirklich alles wieder gut?«

Savanna lächelte. »Es ist zwar kaum zu glauben, aber Micajah hat mir nichts angetan, wenn er mir auch gehörig Angst gemacht hat. Aber er hat mich nicht mißbraucht.«

»Nein«, sagte Bodene trocken, als er näher trat und Elizabeth einen Begrüßungskuß auf die Wange gab. »Das hat ein Mann namens Adam St. Clair getan.«

Elizabeths Blick wanderte verwirrt zwischen Savanna und Bodene hin und her. »Was meint Bodene damit? Wer ist Adam St. Clair? Was hat er mit Micajah und Savanna zu tun?«

Savanna warf ihrem Vetter einen giftigen Blick zu, doch der blickte gelassen zurück. Sie hatte vorgehabt, ihrer Mutter die ganze Wahrheit zu ersparen, zumindest solange sie nicht wußte, ob sie schwanger war oder nicht. Sie umarmte ihre Mutter liebevoll und sagte leise: »Das ist eine sehr lange Geschichte, Mutter. Und ehrlich, ich würde sie am liebsten erst erzählen, nachdem ich ein ausgiebiges Bad genommen und etwas gegessen habe, das nicht aus Mais und Speck besteht!«

Elizabeth betrachtete die beiden jungen Leuten, die vor ihr standen, und lächelte. Voller Wärme sagte sie: »Natürlich, ihr seht ja schlimm aus, meine Lieben, natürlich sollt ihr ein heißes Bad und frische Kleider bekommen!« Dann führte sie die beiden die Treppe hinauf und sagte eifrig: »Ich lasse den Koch eine Mahlzeit zubereiten. Ihr bekommt nachher gegrilltes Hühnchen mit gebackenen Kartoffeln und Erbsen und Karotten zu essen und zum Nachtisch eine Brombeertorte mit geschlagener Sahne.« Savanna und Bodene blickten einander in die Augen und seufzten voller Vorfreude.

Das Abendessen war dann auch so köstlich, wie die Ankündigung vermuten ließ. Und so saßen sie einige Stunden später gesättigt im Wohnzimmer beisammen und tranken Kaffee. Savannas Gesicht strahlte vor Sauberkeit, ihre langen roten Haare waren gewaschen und so lange ausgebürstet worden, bis sie wie mit Gold durchwebt schimmerten. Sie hatte ein hübsches Kleid aus blaßgrünem Musselin angezogen. Elizabeth bat Savanna, ihr nun die ganze Geschichte zu erzählen.

Also erzählte Savanna zum dritten Mal von ihrer Entführung, den Ängsten und Strapazen, den verschiedenen Begebenheiten und wie Adam St. Clair in ihr Leben getreten war und wie sie zueinander standen.

Als sie geendet hatte, sagte Elizabeth: »O Liebling, wie konntest du dich nur Micajah anschließen und dich in solche Gefahren bringen, nur um mir einen kleinen Skandal zu ersparen! Du bist mir doch so viel mehr wert als mein guter Ruf! Laß dich nie wieder von Micajah unter Druck setzen, nur um mich zu schonen!«

»Aber das Gerede der Leute... deine Freunde«, widersprach Savanna.

Da richtete sich Elizabeth hoheitsvoll auf. »Meine wirklichen Freunde würden auch weiterhin zu mir stehen, egal was ein vulgärer Mensch wie Micajah Yates an Schmutz über mich verbreiten würde.« Sie stieß verächtlich die Luft aus. »Und was den Tratsch betrifft, so habe ich in meinem Leben bereits Schlimmeres durchgestanden als das.« Voller Zuneigung lächelnd fügte sie hinzu: »Vergiß nicht, daß du das Wichtigste auf der Welt für mich bist!« Dann schloß ihr Blick auch Bodene ein. »Zusammen werden wir mit allem fertig! Haben wir das in der Vergangenheit nicht mehr als einmal bewiesen?«

Mit feuchten Augen nickte Savanna und murmelte dann: »Ich wünschte nur, wir hätten damals schon etwas von dem Gold der Azteken gewußt und davon, was mein Vater für uns tun wollte, sobald er es gefunden hatte.«

Ein besorgter Ausdruck trat auf Elizabeths Gesicht. »Liebling, versprich mir, daß du dich niemals nach diesem verfluchten Gold aufmachst, das deinem Vater den Tod gebracht hat. Ich könnte nicht damit leben, wenn du davon so besessen würdest, wie er es war! Versprich mir, daß du von dem Gold abläßt!«

Savanna schnitt eine angewiderte Grimasse. »Ich habe mir den Schatz längst aus dem Kopf geschlagen! Er hat schon zu viel Böses bewirkt.«

Elizabeth lächelte beruhigt, und sie unterhielten sich noch eine geraume Zeit weiter. Savanna beruhigte ihre Mutter, als diese besorgt fragte, ob es nicht besser gewesen wäre, den Heiratsantrag von Adam St. Clair anzunehmen, damit, daß es ja gar nicht sicher war, daß sie auch schwanger war.

Der Abend endete in einer Atmosphäre der Aussöhnung und Sorge, der Erleichterung und Beklommenheit.

Keines der Themen dieses Abends wurde in den folgenden Tagen noch einmal angesprochen. Dennoch war sich Savanna wohl bewußt, daß ihre Mutter sie mit wachsender Sorge beobachtete. Bodene war zu einem kurzen Besuch nach New Orleans aufgebrochen, um zu überprüfen, daß es in seiner Spielhölle Golden Lady keine Probleme gab. Doch alsbald kehrte er wieder nach Campo de Verde zurück, und dann beobachtete er Savanna mit dem gleichen sorgenvollen Blick wie Elizabeth.

Wenn man von dem Problem absah, ob sie schwanger war oder nicht, waren diese Tage auf Campo de Verde für Savanna ruhig und angenehm. Sie wunderte sich selbst darüber, wie schnell sie sich der Routine der ruhig dahingleitenden Tage anpaßte. Noch brauchte sie Zeit, um sich von den Strapazen ihrer Entführung zu erholen, und sie verbrachte viele Stunden schlafend im Bett, im Bad oder bei belanglosem Geplauder mit ihrer Mutter und Bodene. Sie war glücklich und zufrieden. Sie aß erstaunliche Mengen, und ihre Hohlwangigkeit verschwand. Und je weiter die überstandenen Strapazen zurücklagen, desto mehr begann Savanna ihrer Mutter bei der Hausarbeit und der Verwaltung der Plantage zu helfen.

Täglich betete Savanna jedoch verzweifelt um ein Zeichen, daß sie nicht schwanger war. Aber nichts geschah. Dann stellte sie fest, daß ihre Brüste fester und größer wurden. Sie nahm das als Anzeichen für das Herannahen ihrer Menstruation. Doch dann, an einem Morgen, drei Wochen nachdem sie nach Campo de Verde zurückgekehrt war, ließ ihr Körper keinen Zweifel mehr an ihrem Zustand. Als sie an diesem Morgen früh aufwachte und wie gewöhnlich sofort aufstand, begann sich der Raum wie wild um sie zu drehen, und ihr wurde schrecklich übel. Sie klammerte sich am Bett fest und wartete, bis der Ansturm von Brechreiz nachließ. Doch auch danach stand sie noch lange im Zimmer, starrte ins Leere und sah sich der grausamen, schmerzvollen, schrecklichen Wahrheit gegenüber, die sie seit Wochen verzweifelt zu verdrängen versucht hatte: Sie war schwanger! Sie trug das Kind von Adam St. Clair unter dem Herzen!

14

Es vergingen noch einige Tage, bevor Savanna soweit war, Elizabeth und Bodene von ihrer Schwangerschaft zu berichten. Da sie sich nach zwölf Tagen unentwegten Unwohlseins völlig sicher war, gab es keinen Grund mehr, ihren Zustand zu verschweigen.

Am Abend dieses zwölften Tages saß sie mit ihrer Mutter und Bodene im Wohnzimmer beisammen. Die beiden Frauen tranken Limonade, Bodene hatte sich einen Whiskey eingeschenkt. Savanna räusperte sich und teilte ihnen dann mit, daß es an ihrer Schwangerschaft keinen Zweifel mehr gab. Weder Elizabeth noch Bodene waren sonderlich überrascht. Elizabeth, die neben ihrer Tochter auf der Couch saß, wurde blaß, ergriff aber sofort liebevoll Savannas Hand und sagte aufmunternd: »Wie schön! Mein erstes Enkelkind! Es ist zwar noch lange hin, aber ich freue mich schon darauf, es zum ersten Mal im Arm zu halten!«

Bodene nickte nur und sandte Savanna einen säuerlichen Blick zu. Als er ihre angespannten Züge sah, fragte er offen: »Hast du Adam schon geschrieben?«

»Nein!« erwiderte sie scharf. »Und ich habe es auch nicht vor!« Sie blickte auf ihre Hände nieder, die sie in ihrem Schoß verschränkt hatte. Und in einem Ton, der all ihre bittere Traurigkeit zum Ausdruck brachte, fuhr sie fort: »Was zwischen uns an diesem See geschehen ist, ist bedeutungslos – wenigstens für ihn. Bodene, gäbe es nicht dieses Kind, könntest du deine Golden Lady darauf verwetten, daß ich Adam nie mehr näher als eine Meile an mich heranlassen würde! Und die Tatsache, daß ich ein Kind von ihm bekomme, ändert nichts an meiner Einstellung zu ihm – und nichts an seiner zu mir! Was von nun an passiert, geht ihn nichts an!«

»Aber er ist der Vater dieses Kindes!« brauste Bodene auf. »Meinst du nicht, daß er das Recht hat, davon zu wissen?«

Savanna verzog wütend das Gesicht, doch in ihrer Stimme schwang Schmerz. »Wir sind jetzt seit über einem Monat wieder auf Campo de Verde. Wenn es Adam auch nur ein bißchen interessierte, wie es um mich steht, hätte er doch Zeit genug gehabt, es selbst herauszufinden, meinst du nicht auch, Bodene?«

Doch der erwiderte: »Wenn ich mich richtig erinnere, dann hat er dich doch gebeten, ihm zu schreiben!«

Elizabeth, die ihre Tochter sorgenvoll betrachtete, fragte sanft: »Meinst du nicht auch, daß ein Brief eine gute Idee wäre? Jetzt, da du weißt, daß du schwanger bist, solltest du dich dieser Tatsache auch stellen. Dazu gehört auch, daß du Adam davon in Kenntnis setzt.«

Savanna schloß die Augen. Die beiden hatten recht, und sie hatte dem nichts entgegenzusetzen. Seit sie sicher war, daß sie ein Kind bekommen würde, hatte sie sich mit der Entscheidung herumgequält. Doch wie bei allem, was mit Adam zu tun hatte, war sie auch hierbei innerlich zerrissen. Am meisten schreckte sie die Vorstellung davon zurück, ihn zu benachrichtigen, daß er sie nun zur Heirat drängen und sie dem Kind zuliebe klein beigeben könnte.

Als Savanna bemerkte, daß die beiden anderen immer noch schweigend dasaßen und auf eine Antwort warteten, öffnete sie wieder die Augen, hielt den Blick aber auf ihre Hände gesenkt. »Es tut mir leid! Ich weiß, daß ihr das Beste für mich und das Kind wollt. Aber wenn ich Adam davon berichte, wird er mich zur Heirat zwingen, und das will ich nicht.« Sie hob den Blick und sah zu Bodene. »Bitte versprich mir, daß du ihm nichts erzählst.«

Bodene blickte sie nachdenklich an. Wieder bemerkte er die

Vollkommenheit ihres Gesichts und ihrer stolzen Haltung. Und er fand, daß seine Base noch schöner geworden war, seit sie ein Kind unter dem Herzen trug. Er sah ein, daß es keinen Sinn machte, die Auseinandersetzung fortzusetzen. An dem Glühen ihrer Augen erkannte er, daß sie ihn nicht gehen lassen würde, bevor er ihr nicht das gewünschte Versprechen gegeben hatte. »Wenn du unbedingt willst!« murmelte er vage und wandte den Blick von ihr.

Aber Savanna traute ihm nicht. Sie lehnte sich vor und forderte eindringlich: »Ich will, daß du es mir sagst, und zwar laut!«

Bodene nahm einen Schluck Whiskey, setzte das Glas hart auf dem Tisch ab und knurrte: »Also gut! Ich werde kein Sterbenswörtchen zu Adam St. Clair sagen – bist du jetzt zufrieden?«

Savanna traute ihm zwar noch immer nicht, aber sie kannte ihn auch gut genug, um zu wissen, daß er nichts mehr dazu sagen würde. Also gab sie sich zufrieden. Langsam ließ die Anspannung in ihrem Körper nach, und sie lehnte sich wieder tiefer in die Kissen der Couch zurück. »Ich danke dir, Bodene!« lächelte sie. »Ich weiß, ihr glaubt, daß ich einen Fehler mache, aber der Meinung bin ich nicht. Ich bedeute Adam nichts – und er mir auch nicht! Die Argumente gegen eine Ehe mit ihm, die ich euch schon genannt habe, haben immer noch ihre Gültigkeit. Sollte er mich noch einmal bitten, seine Frau zu werden, würde ich sofort wieder ablehnen!«

Bodene stieß grimmig die Luft aus und erhob sich. »Ich gehe noch ein paar Stunden ins Büro und kümmere mich darum, daß es unserer nächsten Generation um einiges besser geht als uns.«

Als er dann etwa eine halbe Stunde am Schreibtisch gesessen und einen Brief geschrieben hatte, klopfte es leise an die Tür. Es war Elizabeth, die bat, eintreten zu dürfen. Sie sah besorgt, aber auch verärgert aus, als sie leise die Tür hinter sich schloß.

Das Büro war ursprünglich ein großer Lagerraum gewesen, der an einer Seite des Haupthauses angebaut war. Auf Elizabeths Anweisung hin war der Raum in ein Büro verwandelt worden. Von dort aus leiteten Bodene und sie die Geschicke der Plantage Campo de Verde. Breite Bücherregale aus Eichenholz standen entlang der einen Wand, ihnen gegenüber befand sich ein langer Tisch, auf dem einige Werkzeuge verstreut lagen und Gläser neben Flaschen mit Spirituosen aufgereiht waren. Gegenüber der Tür stand der große Schreibtisch, an dem Bodene auf einem schweren Ledersessel saß. Zwei bequeme, leicht abgewetzte samtbezogene Stühle standen vor dem Schreibtisch. Auf einem dieser Stühle nahm Elizabeth Platz und blickte Bodene unbehaglich an.

In besonderen Momenten wie diesen stellte Bodene immer wieder fest, wie liebreizend Elizabeth O'Rourke war. Trotz ihrer Sorgen saß sie anmutig vor ihm in ihrem blauen, dezent gemusterten Musselinkleid. Ihr blondes, von rotschimmernden Strähnen durchzogenes Haar trug sie locker und dennoch kunstvoll hochgesteckt. Doch heute lag in ihrem sonst so ruhigen Blick Trauer und Sorge.

Seit Bodene zum Mann herangewachsen war, hatte er sie vor allen Widrigkeiten, Schmerzen und Gefahren beschützt. So begann er auch jetzt zu sprechen, noch bevor sie etwas sagen konnte. »Du solltest dich nicht so sorgen, Liza, alles wird sich zum Guten wenden, glaube mir!«

Doch Elizabeth seufzte und sagte: »Ach, Bodene! Wie kannst du so sicher sein? Immer wieder habe ich gebetet, Savanna möge einem netten, ordentlichen Mann begegnen, ihn heiraten und ein glückliches und achtbares Leben mit ihm führen. Und jetzt will sie unbedingt ein uneheliches Kind zur Welt bringen. Ich könnte es nicht mit ansehen, wie sie unter der Mißbilligung und Ablehnung unserer Freunde und Nachbarn leidet, sobald die Wahrheit herauskommt!«

Tränen traten in Elizabeths Augen, und sie barg das Gesicht

in ihren Händen. »Die Menschen sind so grausam. Savanna weiß nicht, was es bedeutet, von den Leuten betrachtet zu werden, als wäre man Abfall unter ihren Füßen. Und am schlimmsten sind die Männer! Sie halten dich sofort für eine schamlose Schlampe – immer bereit, mit ihnen ins Bett zu gehen. Ich kann den Gedanken nicht ertragen, daß Savanna das alles durchleiden muß. Es muß doch einen Weg geben, ihr diese Scham und Erniedrigung zu ersparen. Bodene, wir müssen einen Ausweg finden!«

Bewegt von ihren Worten, stand Bodene auf, kam hinter dem Schreibtisch hervor und kniete sich neben Elizabeths Stuhl. Dann nahm er ihre schlanke Hand und beschwichtigte sie: »Liza, quäle dich nicht so! Ich verspreche dir, niemand wird Savanna das antun, was dir angetan wurde! Ich war damals zu jung, um dich beschützen zu können. Doch heute soll ein Mann es nur wagen, Savanna zu kränken und ihr weh zu tun, dann bekommt er es mit mir zu tun. Und du kennst mich gut genug, um zu wissen, was das bedeutet!«

In seiner Stimme schwang so viel wilde, finstere Entschlossenheit, daß Elizabeth ihn liebevoll ansah und bestürzt einwandte: »Bodene, ich weiß, du würdest für Savanna und mich dein Leben hingeben, aber du kannst doch nicht immer unser Beschützer sein, der Puffer zwischen uns und der rauhen Wirklichkeit. Wie, glaubst du, würde sich Savanna fühlen, wenn du ihretwegen im Duell stirbst?«

Da stieß Bodene ein heiseres Lachen aus. »Ach, Liza, du weißt doch, ich kann mit dem Revolver ebenso gut umgehen wie mit dem Säbel – in meinem Gewerbe muß man das können. Ich halte es für höchst unwahrscheinlich, daß ich ein Duell verlieren könnte. Aber beruhige dich, ich glaube nicht, daß ich mein Leben für Savannas Ehre opfern muß. Savanna wird nicht dein Schicksal erleiden müssen, sei also unbesorgt.«

Elizabeth hörte am Klang seiner Stimme, daß er sie nicht einfach nur trösten wollte, sondern daß er von dem, was er sagte, überzeugt war. Verwirrt sah sie ihn an. »Was macht dich so sicher? Da Savanna mit diesem Adam St. Clair nichts zu tun haben will, kann ich in ihrer Zukunft nur Unglück sehen.« Doch plötzlich wurden ihre Augen schmal, und mißtrauisch fragte sie: »Bodene, gibt es da etwas, was ich nicht weiß?«

Breit grinsend erhob sich Bodene und verschränkte seine Arme vor der breiten Brust. »Savanna hat dir eine ziemlich verzerrte Beschreibung ihrer Beziehung zu Adam gegeben. Du hast die beiden nicht gesehen – sie sind unsterblich verliebt ineinander. Dummerweise wissen sie das noch nicht und führen sich deswegen wie zwei verrückte Kampfhähne auf! Aber ich würde eine Jahreseinnahme darauf verwetten, daß Adam Savanna dazu bringen wird, seine Frau zu werden, sobald er erst einmal erfahren hat, daß sie ein Kind von ihm erwartet! Natürlich müssen wir beide bei allem etwas nachhelfen. Aber falls alles so funktioniert, wie ich mir das denke, wird deine Tochter bald mit einem gutaussehenden, reichen Mann aus bester Familie und mit besten Verbindungen verheiratet sein! Er wird zwar nicht der nette, ordentliche Mann sein, den du dir für Savanna gewünscht hast, aber ich bin sicher, du wirst einsehen, daß dein zukünftiger Schwiegersohn genau der Mann ist, den sich alle Mütter Louisianas für ihre Töchter wünschen! Wenn du ihn kennenlernst, wirst du ihn mögen, Liza, glaub mir! Ein netter, ordentlicher Mann würde an einer Frau wie Savanna sowieso innerhalb eines Jahres zerbrechen!«

Elizabeth schüttelte zweifelnd den Kopf. »Das klingt ja alles vielversprechend, Bodene, aber wie soll ich ihn jemals kennenlernen, wenn Savanna ihm nicht einmal wissen lassen will, daß sie ein Kind von ihm erwartet? Außerdem hast du ihr versprechen müssen, Adam nichts davon zu sagen.«

Da wurde Bodenes Grinsen noch breiter, und ein schelmisches Funkeln trat in seine Augen. »Ich bin gerade dabei, eine kleine, aber wichtige Lücke in meinem Versprechen für meinen Plan auszunutzen. Savanna hat mich versprechen lassen, kein Wort zu Adam zu sagen – daß ich ihm darüber nichts schreibe, habe ich nicht versprochen!«

Elizabeth kicherte erleichtert. »Du bist ein durchtriebener Schurke, Bodene Sullivan! Ist das der Brief an Adam, den du da gerade schreibst?«

Er nickte selbstzufrieden. »Morgen bei Sonnenaufgang wird Isaac mit diesem Brief auf meinem schnellsten Pferd losreiten. Und falls ich Adam richtig einschätze, wird deine Tochter innerhalb eines Monats Mrs. St. Clair sein!«

Tatsächlich war Bodene bei weitem nicht so optimistisch, wie er Elizabeth gegenüber tat. Es war durchaus möglich, daß Adam, sobald er in seine gewohnte Umgebung und zu seinen alten Freunden zurückgekehrt war, die stürmische und zermürbende Begegnung mit Savanna vergaß. Dann würde er wahrscheinlich den Brief nur überfliegen und ihn achtlos beiseite legen. Andere Männer in seiner Position würden genau das tun – für sie wäre die Schwangerschaft irgendeiner hitzköpfigen Hinterwäldlerin nichts, worum man sich kümmern mußte. Sie würden die Achseln zucken, ihr normales Leben wiederaufnehmen und die lästige Angelegenheit einfach vergessen. Bodene glaubte nicht, daß Adam sich bei der Nachricht von Savannas Schwangerschaft auch so verachtungswürdig verhalten würde. Adam war ihm sympathisch, aber was wußte er schon über ihn? Fast gar nichts, auf jeden Fall aber zu wenig, um vorhersagen zu können, ob er immer noch bereit war, Savanna zu heiraten, so wie damals am Tag des Abschiedes. Doch das Hauptproblem war und blieb Savanna. Sie würde toben vor Wut, wenn sie erfuhr, daß Bodene hinterhältig sein Versprechen umgangen und Elizabeth dieses kleine Ränkespiel geduldet hatte. Außerdem hatte Savanna immer wieder unmißverständlich klargemacht, daß sie niemals Adam St. Clair heiraten werde. Halsstarrig, wie sie war, bedurfte es eines tollkühnen, hartnäckigen, hitzköpfigen und zupackenden Mannes, um sie umzustimmen. Bodene beneidete Adam St.

Clair keine Sekunde lang um die Aufgabe, diese dickköpfige, stolze und temperamentvolle Raubkatze Savanna zu zähmen und ihr das Jawort abzuringen!

Adam erhielt Bodenes Brief am Abend eines Tages Anfang August. Und als er die unverblümte Nachricht gelesen hatte, stand er nachdenklich am Fenster der eleganten Bibliothek von Belle Vista und starrte auf das Land jenseits des Mississippi, über das sich eine purpurfarbene Dämmerung legte. In seinem Herzen rangen jubelnde Freude und wütende Verzweiflung miteinander. Bodene hatte in seinem Schreiben keinerlei Zweifel daran gelassen, daß Savanna trotz ihrer Schwangerschaft immer noch erbittert gegen eine Ehe mit Adam war. Verdrossen kniff Adam die Lippen zusammen. Savannas andauernder Widerstand gegen eine Ehe mit ihm sollte ihn eigentlich nicht überraschen und tat es doch. Er kannte seinen Wert. Seit Jahren wetteiferten die attraktivsten und elegantesten Frauen aus den besten Familien Louisianas darum, seinen Namen tragen zu dürfen, und keine hatte ihn je erweichen können. So empfand er es als eine bittere Ironie des Schicksals, daß die einzige Frau, um deren Hand er je angehalten hatte, ihn wutschnaubend zurückwies, als hätte er sie tödlich beleidigt – und das, obwohl sie ein Kind von ihm erwartete!

Er wandte sich vom Fenster ab und ging zu dem Tisch, auf dem die Getränke standen. Dort nahm er sich einen Cognacschwenker und schenkte sich aus einer Flasche aus geschliffenem Kristallglas einen großen Schluck ein. Während er das Glas schwenkte und das Aroma des Brandy einatmete, ließ er sich auf einem großen, dunkelroten Ledersessel nieder, blickte ins Leere und haderte mit dem Schicksal. Plötzlich glomm ein sardonisches Lächeln um seine Lippen auf. Es war unvorstellbar: Adam St. Clair als verheirateter Mann und Vater eines Kindes! Noch vor einem halben Jahr hätte er geschworen, daß das nie geschehen würde. Aber vor einem halben Jahr war er ja auch noch nicht dieser verführerischen rothaarigen Hexe Savanna O'Rourke begegnet.

Adam schüttete den Brandy hinunter, als wäre er eine hochdosierte Medizin, die ihn von der Verzauberung durch Savanna heilen könnte. Wenn er an die vergangenen Wochen zurückdachte, seit er nach Belle Vista zurückgekehrt war, schienen seine Tage nur noch von Leere und Sinnlosigkeit geprägt zu sein. Der Ritt mit Jason und Bluttrinker zurück nach Terre du Coeur war ereignislos verlaufen. Der Empfang durch Catherine war rührend und aufwühlend und – was sie betraf – tränenreich gewesen. Aber schon als die Freude darüber abebbte, am Leben und unbeschadet zu seiner Familie zurückgekehrt zu sein, wurde sich Adam schmerzlich bewußt, daß er etwas Belebendes verloren hatte, und die Zukunft erschien ihm grau und schal und nicht im geringsten aufregend und lebenswert. Es bedurfte nicht vielen Nachdenkens, um zu erkennen, was ihm fehlte: Savannas Nähe! Es war eine bittere Erkenntnis. Weil er hoffte, sein Zustand werde sich bessern, wenn er erst einmal in seine vertraute Umgebung, zu seinen Pflichten und Vergnügungen zurückgekehrt war, blieb er nur einige Tage bei Jason und Catherine. Und als er ihnen klargemacht hatte, daß seine trübe Stimmung nichts mit den drei Schlägen auf den Kopf zu tun hatte, die er während seines Abenteuers hatte einstecken müssen, sattelte er eines Morgens seinen Rappen und ritt in einem Tempo zurück nach Belle Vista, als wäre ihm der leibhaftige Teufel auf den Fersen.

Rastlos stand Adam aus seinem Sessel auf, goß sich noch einmal ein, ging wieder zu den großen Fenstern der Bibliothek und blickte grimmig in die dunkelviolette Nacht. Sobald er in Belle Vista eingetroffen war, hatte er den Kampf um seine Seelenruhe aufgenommen. Zur Verwunderung seines Verwalters und seines Agenten hatte er sich nach wochenlanger Abwesenheit die Tage randvoll gepackt mit den Pflichten und Verrichtungen, die die Leitung einer so großen Plantage wie Belle Vista mit sich brachte. Die Nächte verbrachte Adam entweder außer Haus, weil er Freunde und Feste besuchte, oder er gab große Gesellschaften auf Belle Vista, um nicht allein zu sein. Aus vielen anderen Nächten kehrte er erst morgens auf seine Plantage zurück, weil er bis zum Exzeß gespielt und getrunken hatte. Natürlich gab es Frauen, die ihn nur allzu gerne trösten wollten, aber er mied sie, wohl wissend, daß sie seinen Zustand nur noch verschlimmern und nicht lindern würden. Doch was er auch tat, um Savanna zu vergessen, es blieb eine große, kalte, zermürbende Leere in seinem Leben, die nur sie an seiner Seite mit Leben hätte füllen können.

Sie hat mich verhext, gestand er sich widerwillig ein. In dem Moment, als ich erwachte und in ihr unvergeßliches Gesicht blickte, war es schon um mich geschehen. Sie hat mich verzaubert, und seither ist mir ein Leben ohne sie unerträglich. Er ging an den Tisch, wo er Bodenes Brief aus der Hand gelegt hatte, und las ihn erneut. Ein grimmiges Lächeln trat auf seine Lippen. Trotz der Kürze der Mitteilung war nur allzu klar, daß es ungeheuer anstrengend würde, Savanna zur Heirat zu bewegen. Eine Zuckerrohrplantage in der dürren Prärie von Spanisch Texas aufzubauen würde weniger gefährlich und aufreibend sein. Doch dann erwachte plötzlich Adams Kampfgeist. Er war ein Mann, den extreme und riskante Herausforderungen immer gereizt hatten.

Und dann stieß Adam tief in seinem Herzen auf die verblüffende Erkenntnis, daß er auch ohne Bodenes Nachricht die Werbung um Savanna wiederaufgenommen hätte. Es würde ihm keine Erleichterung bringen, sich jede Nacht aufs neue bis zur Bewußtlosigkeit zu betrinken. Und er würde aufhören, er selbst zu sein, wenn er die unentschiedene Beziehung zu Savanna einfach hinnahm. Tief in seiner Seele, wo Adam sich selbst nicht in die Schranken weisen konnte, hatte er schon geplant, Belle Vista wieder zu verlassen, um auf der Plantage Campo de Verde die Auseinandersetzung mit dieser wilden

Feuerhexe zu beenden, die ihn jede Nacht in seinen Träumen heimsuchte. Bodenes Brief hatte seinen Entschluß also nur beschleunigt. Adam überschlug, wieviel Zeit er benötigte, um nach den Wochen emsiger Aktivität ein weiteres Mal auf unbestimmte Zeit die Geschäfte der Plantage seinem Verwalter und seinem Agenten zu übertragen. Adam kam zu dem Schluß, daß er innerhalb einer Woche aufbrechen konnte. In der Zwischenzeit würde er Isaac einen seinen Plänen entsprechenden Brief mitgeben und ihn mit dem Flußboot nach New Orleans schicken, wo Bodene in der Golden Lady bereits ungeduldig auf Antwort wartete. Adam nickte anerkennend. Dieser Bodene war ein schlauer Mann, da er den Kontakt zu Adam von dort hielt. So würde Savanna wenigstens nicht vorzeitig gewarnt sein, daß sie es wieder mit Adam St. Clair zu tun bekam!

Einige Tage später saß Bodene in seinem Büro in einem der hinteren Räume der Golden Lady, als er plötzlich Stimmen und merkwürdige Geräusche vor seiner Tür vernahm. Er wollte gerade aufspringen, um nach der Ursache zu sehen, als St. Clair lässig hereinschlenderte. Er sah vom Scheitel seiner tiefschwarz gelockten Haare bis zur Sohle seiner glänzend polierten Stiefel aus wie ein reicher, selbstbewußter Mann, der er ja auch war. Seine elegante Erscheinung stand in so starkem Gegensatz zu dem rauhen, stoppelbärtigen, schmutzigen Burschen, den Bodene kennengelernt hatte, daß er Adam wie vom Donner gerührt anstarrte. Adams dunkelblaue Jacke war maßgeschneidert und brachte seine breiten Schultern und die schlanke Gestalt vortrefflich zur Geltung. Seine hellblau und cremefarben gestreifte Weste stand in einem gleichermaßen kühnen wie geschmackvollen Kontrast zu seiner grauen Hose. Der neuesten Mode von New Orleans folgend, trug er einen dieser kurzen Stöcke, in dessen Schaft eine schmale Klinge steckte. So trat Adam bis vor Bodenes edel geschnitzten

Schreibtisch aus Walnußholz und grüßte lächelnd: »Irgendeiner Ihrer Männer wollte mich unbedingt bei Ihnen anmelden, aber ich habe ihn überzeugen können, daß ich kein Mann bin, der sich anmelden läßt!«

Bodene brach in Lachen aus, als er Jake sah, der neben der Tür am Boden kauerte und sich sein wundgeschlagenes Kinn rieb. »Ist schon in Ordnung, Jake. Dieser Herr ist ein Freund. Solange ich keine anderen Anweisungen gebe, kann er mich jederzeit aufsuchen!«

Jake nickte mit seinem strohblonden Kopf und murmelte etwas, das klang wie: »Diesem Herrn sitzt die Faust aber verdammt locker.« Dann schloß er die Tür.

Adam machte es sich auf einem der reich mit Messingbeschlägen verzierten Stühle bequem, die in dem großen Zimmer standen. Dann zog er in gespielter Neugier eine Augenbraue hoch und fragte: »Wie sieht es aus? Haben sich irgendwelche Neuigkeiten ergeben, seit ich Ihren Brief erhalten habe?«

Bodene schüttelte entnervt den Kopf. »Savanna will nach wie vor nicht, daß Sie etwas von dem Kind erfahren. Und offen gestanden, es hat mich all meine Selbstbeherrschung gekostet, ihr nicht mit ein paar kräftigen Ohrfeigen einen Hauch von Vernunft einzubläuen.«

Adam verzog sein Gesicht zu einer vergnügten Grimasse und sagte: »Überlassen Sie Savanna getrost mir. Binnen eines Monats werde ich mit ihr vor dem Traualtar stehen. Es wäre nur schön, wenn wir unsere Ehe nicht als entkräftete Überlebende eines Vernichtungskrieges beginnen würden.«

»Können Sie mir verraten, wie Sie das anstellen wollen?«

»Die Hochzeit oder den Versuch, einen Vernichtungskrieg zu vermeiden?« fragte Adam mit spöttisch funkelnden Augen.

»Die Hochzeit natürlich!«

Da wich plötzlich aller Hochmut aus Adams Gesicht. Wenn er ehrlich war, hatte er keinerlei Vorstellung davon, wie er Savanna zu seiner Frau machen sollte. Er wußte nur, daß sein

Leben ohne sie schrecklich sinnlos war und daß er bereit war, entweder ihr Jawort aus ihr herauszulocken oder ihr kurzerhand den Hals umzudrehen! Von seinen eigenen Gedanken beunruhigt, zeigte Adam ein gezwungenes Lächeln. »Zum Teufel mit ihr! Warum muß sie immer alles so schwierig wie nur möglich machen?«

Auch Bodene räkelte sich unbehaglich in seinem Sessel. Plötzlich wußte er nicht mehr, ob es eine gute Idee gewesen war, Adam zu schreiben. Darum fragte er fast grob: »Angenommen, Savanna wäre nicht schwanger, würden Sie sie dann auch heiraten wollen?«

»Sie fragen wie ein Narr«, gab Adam ebenso grob zurück. »Ich würde Savanna auf jeden Fall heiraten wollen! Ich hatte bereits alle Vorbereitungen getroffen, um nach New Orleans zu kommen und um Savannas Hand zu bitten, lange bevor Ihr Brief mich erreichte! Die Tatsache, daß Savanna ein Kind bekommt, zwingt mich nur, schneller zu handeln als beabsichtigt.« Dann blickte er Bodene gerade in die Augen. »Ich will offen zu Ihnen sein: Ihre Base treibt mich in den Wahnsinn. Entweder möchte ich sie küssen oder ihr den Hals umdrehen. Ich bin sicher, solange ich lebe, werde ich zwischen diesen extremen Empfindungen hin- und hergerissen sein, aber ich möchte mit keiner anderen Frau mein Leben teilen. Bei keiner anderen Frau habe ich je so gefühlt!«

Obwohl Adam das Wort »Liebe« nicht ausgesprochen hatte, war Bodene doch überzeugt, daß Adam seine Base nicht in eine lieblose Ehe führen würde. Und Savanna kannte er gut genug, um zu wissen, daß sie Adam trotz allen Widerstandes von ganzem Herzen liebte. Bodene kam zu dem Schluß, daß alle Menschen von dieser brennenden Liebe wußten, nur Adam und Savanna nicht!

Befriedigt lehnte sich Bodene in seinem Sessel zurück. »Wie wollen Sie eigentlich vorgehen?«

Ein freches Lächeln trat auf Adams Lippen. »Ich werde sie

mit meinem Charme betören. Mag sie mich auch mit den schlimmsten Flüchen beschimpfen, so weiß ich doch, daß ich ihr alles andere als gleichgültig bin. Und dieses eine Mal, als wir uns liebten, hat sie sich mir aus freiem Willen leidenschaftlich hingegeben und es sehr genossen, glauben Sie mir! Darum wird sie es auch wieder tun. Und weiß Gott, ich kann ihr auch sonst einiges bieten! Ich will nicht wie ein Angeber klingen, aber ich bin alles andere als ein hinterwäldlerischer, grobschlächtiger Habenichts!« Und mit einem komplizenhaften Zwinkern fügte er hinzu: »Ich frage Sie, wie kann Savanna mir da auf die Dauer widerstehen?«

Bodene nickte. Falls es irgend jemanden gab, der Savanna umstimmen konnte, dann war es Adam St. Clair. Doch Bodene war überzeugt, daß er dazu nicht so sehr seinen Charme, seine Eleganz und seinen Reichtum brauchte, sondern all seine Kampfkraft, Ausdauer und Bedenkenlosigkeit. Raubkatzen reagierten nun einmal nicht auf Reichtum und Eleganz! Bodene lächelte bei der Vorstellung, was für eine wilde, leidenschaftliche, kriegerische Brautwerbung auf Campo de Verde bevorstand. »Sie können auf meine und Elizabeths Hilfe zählen. Ich werde morgen nach Campo de Verde zurückkehren und sie auf Ihr Kommen vorbereiten.«

Als Bodene Savannas Mutter erwähnte, runzelte Adam leicht die Stirn. »Ist sie denn rückhaltlos einverstanden mit einer Hochzeit zwischen Savanna und mir? Sie kennt mich doch gar nicht. Alles, was sie weiß, hat Savanna ihr erzählt, und ich glaube nicht, daß sie mich besonders liebenswert beschrieben hat! Aber vielleicht hat Savanna gar nicht so unrecht damit. Ich fürchte, wir sind uns unter den widrigsten Umständen begegnet, die man sich vorstellen kann. Wir waren erbitterte Feinde, bevor wir bemerkten, daß wir füreinander geschaffen sind.«

Bodene versicherte Adam, daß Elizabeth ganz auf seiner Seite stand. Als das Thema Savanna abgeschlossen war, blieben die beiden Männer noch zusammen sitzen und unterhielten sich weiter miteinander. Die Sympathie füreinander und die Kameradschaft, die sich zwischen ihnen auf dem Ritt aus Spanisch Texas entwickelt hatte, war in den vergangenen Wochen nicht schwächer geworden. Über welches Thema die beiden jungen Männer auch sprachen, stets stimmte ihre Meinung und Beurteilung der Dinge überein. Nach Mitternacht stießen sie auf ihre frisch gewachsene Freundschaft an.

Erst als es draußen hell wurde, bemerkten sie überrascht, daß sie die ganze Nacht in angeregter Unterhaltung miteinander verbracht hatten. Adam erhob sich, drückte den Stumpen der schwarzen Zigarre aus, die er geraucht hatte, und sagte anerkennend: »Ich habe selten eine so angenehme Nacht verbracht. Sobald ich in aller Ehre deine Base geheiratet habe, müssen wir wieder so zusammenkommen!«

Und als sie Seite an Seite durch den kalten Rauch der dunklen und leeren Räume der Golden Lady gingen, sagte Bodene: »Ja, das sollten wir auf jeden Fall tun – ich hoffe, es wird bald sein!«

Adam lachte kehlig. Und als sie aus der eleganten Mahagonitür des Spielsalons traten, fragte er beiläufig: »Hast du eigentlich irgend etwas von Micajah oder Jeremy gehört, seit du wieder in New Orleans bist?«

Bodene schüttelte den Kopf. »Nein. Ich habe ein paar Ganoven, die mir hin und wieder einen kleinen Dienst erweisen, beauftragt, Augen und Ohren offenzuhalten. Aber bisher habe ich nichts erfahren. Es scheint, als ob sich die beiden Halunken in Luft aufgelöst hätten. Wie ist es bei Jason und dir?«

Adam hob die Schultern. »Micajah hat sich ja nicht eigentlich für mich interessiert. Vermutlich weiß er gar nicht, daß es überhaupt einen Adam St. Clair gibt. Deswegen wird er wohl auch nicht in Natchez nach mir suchen. Solange wir jedoch nicht wissen, wo Micajah steckt, ist Jason in Gefahr. Aber nun weiß er ja, daß sie es auf ihn abgesehen haben, und ist stets bewaffnet. Bluttrinker und er sind auf jeden Angriff vorbereitet – falls Micajah und Jeremy verrückt genug sind, noch einmal nach Terre du Coeur oder zu den anderen Häusern, die Jason bewohnt, zurückzukehren. Doch wahrscheinlich irren die beiden auf der Suche nach dem Goldschatz durch die Prärie von Texas oder sind längst tot.«

So schlenderten die beiden Männer durch den Morgen zu dem Hotel, in das Adam sich einquartiert hatte, weil er nicht in Jasons Stadthaus wohnen wollte, um nicht wieder verwechselt zu werden.

Sowohl Adam als auch Bodene wären bezüglich Micajahs und Jeremys nicht so unbekümmert gewesen, wenn sie gewußt hätten, daß die beiden Verbrecher keineswegs in Spanisch Texas umgekommen waren, sondern in einer düsteren Spelunke an der Silver Street von Natchez-under-the-Hill saßen und ihren Ärger und ihre Enttäuschung in billigem Whiskey ertränkten. Und kein anderer als Adam St. Clair war das Thema ihrer Unterhaltung!

Micajah hatte vor Wut getobt, als er von seinem Jagdausflug in das Lager zurückgekehrt war und entdecken mußte, daß der Mann, den er für Jason Savage hielt, geflohen war. Damit hatte er den einzigen Menschen, der ihn zu dem Gold führen konnte, aus seiner Gewalt verloren. Und als er bemerkte, daß Jason Savage auch noch Savanna mitgenommen hatte, zog Micajah sein Messer, um Jeremy die Kehle durchzuschneiden, weil er sich so plump hatte hereinlegen und überwältigen lassen. Nur ein Gedanke hielt Micajah zurück: Jeremy kannte den Platz, an dem Blas Davalos gestorben war. In der Gegend mußte auch irgendwo das Gold versteckt liegen.

Die beiden Verbrecher verschwendeten nur ein paar Stunden darauf, Adams kaum auszumachende Spur zu verfolgen. Sie brauchten bessere Pferde und Ausrüstung, bevor sie eine sorgfältige Suche beginnen konnten. So hetzten sie ihre Pferde nach Nacogdoches. Dort verhökerten sie ihre zu Tode erschöpften Reittiere, kauften von Micajahs Killerlohn neue Pferde und ausreichend Proviant, bevor sie die Verfolgung von Adam und Savanna wieder aufnahmen. Dabei stellten sie sich weit weniger geschickt an als Bodene. Unfähig, der Spur zu folgen, waren sie gezwungen, in größer werdenden Kreisen zu reiten, bis sie immer wieder einmal zufällig auf die Spur stießen, um sie gleich darauf wieder zu verlieren. Viele Tage ging das so, bis sie die Spur endgültig verloren hatten. Entnervt beschlossen sie, die Suche abzubrechen. Doch da bemerkten sie, daß sie längst nicht mehr wußten, wo in der unermeßlichen Landschaft von Spanisch Texas sie sich eigentlich befanden. Es gelang ihnen nicht einmal mehr, ihre eigene Spur nach Nacogdoches zurückzuverfolgen. So irrten sie durch die Prärien, die überall gleich aussahen. Zermürbende Wochen vergingen so, bis sie endlich eine Gegend erreichten, die ihnen vage bekannt vorkam. Zuletzt schafften sie es, nach Nacogdoches zurückzukehren. Ihre Pferde hatten sie ebenso zuschanden geritten wie jene Reittiere, die sie bei ihrem letzten Aufenthalt verkauft hatten. Auch die Vorräte waren aufgebraucht, nur hatte diesmal Micajah kaum noch Geld. So lungerten die beiden in der Stadt herum und warteten auf eine günstige Gelegenheit, jemanden zu töten und auszurauben. Eines Nachts, lange nach Einbruch der Dunkelheit, beobachteten sie, wie ein wohlhabend aussehender spanischer Kaufmann in Nacogdoches einritt. Kaltblütig überfielen ihn Micajah und Jeremy an einem düsteren Straßenstück und erstachen ihn. Auf seinen edlen Pferden und mit Gold in den Taschen ritten sie nach Natchez-under-the-Hill – zwei Tage nachdem Adam in Richtung New Orleans aufgebrochen war.

Nachdem Micajah und Jeremy viele Wochen in mehr Dürre, Staub und Schweiß verbracht hatten, als sie ertragen konnten, betranken sie sich erst einmal bis zur Bewußtlosigkeit. In Gesellschaft zweier Huren blieben sie eine ganze Woche lang in trunkenem Zustand. Als sie dann wieder nüchtern genug waren, um der Realität ins Auge zu sehen, stellten sie fest, daß ihre Beute bereits wieder aufgebraucht war.

Micajah hatte trotz seines gescheiterten ersten Versuchs seinen Plan nicht aufgegeben, den Azteken-Schatz zu suchen, denn Jeremys blinde Gier nach dem Gold hatte ihn angesteckt. Zudem war er überzeugt, daß er sich ein Anrecht auf diesen Schatz erworben hatte. Angesichts der Mißgeschicke seit der Flucht von Jason Savage mit Savanna war Micajah der Meinung, das Schicksal sei ihm das Gold schuldig!

Vor allem aber Savannas Verschwinden schmerzte Micajah wie eine schwärende Wunde. So lange schon verzehrte er sich nach ihr. Und die Tatsache, daß er sie in seiner Gewalt gehabt hatte, ohne ihr weißes, seidenweiches Fleisch berührt zu haben, zerfraß ihn innerlich. Immer wieder dachte er an Savanna und was wohl aus ihr geworden sein mochte. Er vermutete, daß sie tot war. Dieser Jason Savage würde mit ihr getan haben, was er selbst vorgehabt hatte: sie benutzen und auskosten bis zum Überdruß und ihr dann die Kehle durchschneiden und sie irgendwo verscharren. Ähnlich wie Adam war auch Micajah überzeugt, daß Savanna ihn verhext und dazu gebracht hatte, sie zu schonen. Und er hatte sich geschworen, Savanna sofort seinen Wünschen zu unterwerfen, wenn sie am Leben sein und ihm noch einmal begegnen sollte.

Als Micajah mit Jeremy an einem der zerschrammten Tische im White Cock saß und billigen Whiskey in sich hineinschüttete, sagte er wütend: »Wir brauchen dringend Geld! Und im Moment gibt es nur einen Weg, um da ranzukommen.«

Jeremy sah ihn interessiert an.

Micajah lachte grausam und sagte langsam: »Ich glaube, der richtige Zeitpunkt ist gekommen, daß wir uns ernsthaft mit diesem Adam St. Clair beschäftigen. Wir brauchen ihm nur ein Loch in den Schädel zu schießen, und schon haben wir uns noch mal zweitausend Dollar verdient!«

15

Jeremy starrte Micajah unverwandt an. Der Whiskey hatte ihn noch begriffsstutziger gemacht, als er ohnehin war. Als er dann aber die Bedeutung von Micajahs Worten verstand, trat ein bösartiges Glimmen in seine trüben Augen, und er sagte mit schwerer Zunge: »Aber du solltest diesen St. Clair doch schon vor Monaten umbringen. Meinst du, dieser aufgeputzte Fremde wird jetzt noch bezahlen?«

Micajah kratzte sich unwillig am stoppeligen Kinn und trank erst einmal einen großen Schluck, bevor er antwortete. »Dieser Kerl wollte den Tod von St. Clair so sehr, daß er mir schon einen Teil des Lohns vorab gab. Ich glaube nicht, daß er seine Meinung geändert hat, nur weil ein paar Monate vergangen sind.«

Doch gab es eine Schwierigkeit, die Micajah bislang nicht bedacht hatte. Er hatte keine Ahnung, wer der Mann war, der ihm den Auftrag erteilt hatte, Adam St. Clair zu ermorden. Zudem wußte er nicht, wo dieser Mann sich aufhielt und wie er mit ihm Kontakt aufnehmen konnte. Als er damals den ersten Teil des Killerlohns bei Spanisch Luck erhalten hatte, hatten sie vereinbart, daß auch der zweite Teil dort versteckt liegen würde. Wie konnte er nur so dumm gewesen sein und sich darauf eingelassen haben?

Vor Wut über seine Nachlässigkeit schlug Micajah die Faust auf den Tisch, daß die Gläser tanzten. Verdammt, er würde nach Jem Elliot suchen, vielleicht wußte der mehr über den Verbleib des blonden Mannes. Und dann mußte er herausfinden, ob Adam St. Clair wieder auf seiner eleganten Plantage Belle Vista aufgetaucht war.

Jem Elliot war leicht zu finden. Micajah und Jeremy trafen ihren alten Kumpan in seiner Lieblingsspelunke, die nur ein paar Häuser weiter an der Silver Street lag. Dort saß Jem gedankenversunken bei einem Glas Whiskey. Als er jedoch Micajah und Jeremy eintreten sah, trat ein überraschtes Lachen auf sein schmutziges Gesicht. »Ich träume wohl! Bist du ein Gespenst oder mein alter verschollener Freund Micajah Yates? Wo zum Teufel hast du die letzten Monate über gesteckt?«

»Das ist unwichtig«, knurrte Micajah und sank auf einen ächzenden Stuhl neben Jem. »Was weißt du über den Mann, der St. Clair töten lassen wollte?«

»Was interessiert dich das?« fragte er, und seine haselnußbraunen Augen funkelten wütend. »Du bist mit dem Geld verschwunden, und ich durfte mich hier mit ihm herumschlagen.«

Seinen Vorwurf nicht beachtend, fragte Micajah: »Weißt du, wie er heißt?«

»Nein, er hat mir seinen Namen nicht gesagt!« erwiderte Jem scharf. »Allerdings hat er mich wütend beschimpft und war nahe daran, mich dem Sheriff ans Messer zu liefern. Und ich war nicht weniger wütend auf dich als er! Du hast meinen Ruf ruiniert, weißt du das? Von diesem Mann werden wir keinen so gut bezahlten Auftrag mehr bekommen.«

Micajah wand sich einen Moment unbehaglich auf seinem Stuhl. Er war der mörderische Micajah, niemand sollte ihm nachsagen können, er habe einen Auftrag nicht ausgeführt. »Es würde die Laune des Fremden bestimmt bessern, wenn ich diesen St. Clair jetzt töte. Meinst du, er würde mir dann den Rest zahlen?«

Jem leckte sich gierig die Lippen. »Willst du das wirklich tun?«

»Wenn ich das Geld bekomme, ja«, sagte Micajah entschlossen.

Da wurde Jem hellwach. »Ich werde sehen, was ich herausfinden kann. Wohnst du wieder in der Herberge der Witwe?«

Micajah nickte. Dann ließ er sich von Jem berichten, was in Natchez während der vergangenen Monate vorgefallen war.

Über ihren plötzlichen Aufbruch aus Natchez und ihre Erlebnisse schwiegen Micajah und Jeremy jedoch. Kurz darauf verließen sie Jem und gingen zusammen zur Herberge der Witwe Blackstone.

Früh am nächsten Morgen brachen Micajah und Jeremy auf, verließen die unmittelbare Umgebung von Natchez und ritten in die struppige Wildnis am Natchez Trace, der einzigen Verbindungsstraße zwischen New Orleans und Nashville. Diese Gegend war berüchtigt für ihre Gefährlichkeit. In dem dichten Gestrüpp und den undurchdringlichen Zuckerrohrwäldern lauerten immer wieder Räuber und Mörder arglosen Reisenden auf, und Micajah und Jeremy ritten aus demselben Grund dahin. Sie machten an einer Stelle halt, die ihnen für einen Überfall geeignet erschien. Abseits des Weges in einer von Dornbüschen überwucherten Senke schlugen sie ihr Lager auf und legten sich auf die Lauer.

Sie brauchten nur zwei Tage zu warten, als zwei Kaufleute aus Nashville, Vater und Sohn, herangeritten kamen. Sie kamen von New Orleans, wo sie gute Geschäfte gemacht hatten, und ritten heimwärts. Als Micajah und Jeremy über sie herfielen, hatten die beiden ehrbaren Männer keine Chance. Der mörderische Micajah zögerte keine Sekunde, sie von den Pferden zu schießen und dann aus nächster Nähe zu töten, und machte damit seinem Namen alle Ehre. Die beiden Leichen zerrte er mit Jeremys Hilfe tief ins Gestrüpp und ließ sie dort liegen. In den Satteltaschen der beiden Kaufleute fanden die Verbrecher Gold im Wert von viertausend Dollar. Mit ihrer Beute kehrten Micajah und Jeremy nach Natchez zurück, wo sie über ihre nächsten Schritte nachdachten.

Jeremy wollte umgehend Proviant und gute Pferde kaufen und sofort wieder nach Spanisch Texas aufbrechen. Doch Micajah hatte es, obwohl er ebenso nach dem Gold gierte wie sein Partner, weniger eilig, wieder die Strapazen eines solchen Rittes auf sich zu nehmen. Wenn er nur die Informationen besäße, die dieser blauäugige Mistkerl Jason Savage in seinem Kopf trug! Immer wieder mußte Micajah über die Flucht von Jason Savage nachdenken, den er wohl nie mehr in seine Gewalt bekommen würde. Micajah konnte nur hoffen, daß ihn Jeremy zu dem Platz führen würde, wo er den sterbenden Blas Davalos gefunden hatte, von wo sie dann weitermachen konnten.

Da sie vorerst genug Gold erbeutet hatten, wollte Micajah viel lieber nach New Orleans reisen und sich dort amüsieren. Danach konnten sie sich immer noch in das trockene, endlose, abweisende Texas aufmachen. Micajah hätte sich allerdings eher die Zunge abgebissen als zugegeben, daß der eigentliche Grund für die Reise nach New Orleans Savanna war. Dort würde er in Bodene Sullivans Spielsalon sicherlich irgendeinen Hinweis auf Savannas Schicksal und Verbleib erhalten.

Jeremy hatte zuerst überhaupt keine Lust, mit seinem Partner wertvolle Zeit in New Orleans zu verschwenden. Doch dann erschien ihm die Aussicht auf besseren Schnaps, aufregendere Kartenspiele und schönere Huren, als Natchez sie bot, verlockend genug, daß er sich schließlich zu dem Ausflug nach New Orleans bereit erklärte. Sie kleideten sich neu ein und beschlossen, nach Orleans aufzubrechen, sobald sie mit St. Clair fertig waren.

An einem Dienstagvormittag traf Bodene auf Campo de Verde ein. Hätte er die Wahl zwischen einer Auseinandersetzung mit Micajah und Jeremy oder Savanna gehabt, nachdem sie von seinem Brief an Adam erfahren hatte, so hätte er sicherlich die Begegnung mit den beiden Verbrechern vorgezogen. Elizabeths Freude, als er ihr von der Begegnung mit Adam und dessen Plan berichtete, hob seine bedrückte Stimmung, und er freute sich auf Adams Eintreffen am späten Nachmittag. Bodene und Elizabeth sollten sich mit einer Ausrede davonstehlen, damit die beiden Liebenden ungestört waren.

Elizabeth konnte nicht verhindern, daß ihre Augen in freudiger Erwartung glühten, und auch Bodene geriet immer wieder ein verschwörerisches Lächeln auf die Lippen, aber Savanna war viel zu sehr von ihrem eigenen Elend in Anspruch genommen, als daß ihr die Erregung der beiden aufgefallen wäre. Der Gedanke, ihrem Kind nicht das bieten zu können, was es verdiente, drückte Savanna nieder. Adam würde das Kind nicht nur materiell weit besser absichern können, als sie es mit Elizabeths und Bodenes Hilfe je konnte. Doch schlimmer war, daß sie ihr Kind der gleichen Geringschätzung und Verachtung aussetzte, unter der sie selber als Kind gelitten hatte. Hatte sie überhaupt das Recht, ihr Kind dazu zu verurteilen? Um ihre Mutter und deren guten Ruf zu schützen, hatte sie mit Micajah gemeinsame Sache gemacht, und nun würde sie sie ins Gerede bringen, weil sie zu stolz war, Adam zu heiraten, und lieber einen kleinen Bastard in die Welt setzte.

Und konnte sie Bodene zumuten, sie und ihr Kind jahrelang durchzubringen? Bodene war in Geldangelegenheiten sehr diskret, aber Savanna wußte, daß er immer schon einen beträchtlichen Teil seines Geldes dafür verwendet hatte, die begrenzten Mittel ihrer Mutter aufzubessern – sollte er nun auch noch sie und ihr Kind unterstützen? Savanna wußte nicht, ob es ihr leichter fiel, ihren Stolz vor Adam aufrechtzuerhalten oder ihn Elizabeth und Bodene gegenüber aufzugeben.

All die selbstquälerischen Grübeleien zermürbten Savanna sehr, und sie aß nur noch wenig und lief bedrückt umher.

Als Bodene am Nachmittag vorgab, er wolle Elizabeth zu einer Einladung von Freunden begleiten, war Savanna in so tiefe, ratlose Melancholie gestürzt, daß sie kaum zuhörte. So kam ihr nicht einmal der Gedanke, daß diese kurzfristige Einladung sie ausschloß. Nachdem ihr Vetter und ihre Mutter in Bodenes roter Kutsche davongefahren waren, wanderte Savanna trübsinnig über die von Eichen beschattete Rasenfläche vor dem Haus. Obwohl sie tief in düstere Gedanken versunken war, entfernte sie sich nicht aus der Sichtweite des Hauses. Sie wollte nicht noch einmal in Micajahs Hände fallen. Im Schatten einer riesigen alten Eiche ließ sie sich auf dem Gras nieder und lehnte sich an die graubraune Rinde des Stammes, zog die Beine an und breitete den weich fließenden, apfelgrünen Stoff ihres Batistkleides darüber aus wie eine runde Decke. Der hohe Kragen des Kleides umrahmte ihr wunderschönes Gesicht sehr vorteilhaft. Ihre schimmernden rotgoldenen Haare hatte sie zu einem lockeren Knoten hochgesteckt und mit einem apfelgrünen Band geschmückt. Ihre Erscheinung wies nicht die geringste Ähnlichkeit mit der schmutzigen, verfilzten Amazone in Männerkleidern auf, die Adam kennengelernt hatte und deren Bild er unauslöschlich in seiner Erinnerung trug.

Als Adam und Bodene am frühen Morgen des Vortages auseinandergegangen waren, fühlte Adam eine seltsame Rastlosigkeit, die ihn trotz der schlaflos zugebrachten Nacht davon abhielt, sich hinzulegen. Daher nahm er nur ein Bad, zog sich um, frühstückte und verließ das Hotel. Ziellos streifte er durch die Straßen der erwachenden Stadt. Seine Gedanken jedoch weilten bei Savanna und wie er sie zur Heirat bewegen konnte. Als er an dem Salon einer in New Orleans wohlbekannten Modistin vorbeikam, wurden seine Schritte langsamer, und ein Lächeln trat auf sein schönes Gesicht. Da Savanna auf jeden Fall vor Wut schäumen würde, wenn er ihr seinen Besuch abstattete, brauchte er keine besonderen Rücksichten zu nehmen und konnte tun, was ihm beliebte. Mit einem Glitzern der Vorfreude in den Augen betrat er entschlossen den Salon.

Der nächste Tag würde die Entscheidung bringen. Bodene hatte Adam vorgeschlagen, er solle mit dem Flußschiff den Mississippi hinunterfahren. Adam wollte aber lieber am Ufer entlangreiten, und so brach er einige Stunden vor seinem Mitverschwörer auf. Bodene sollte einige Zeit vor Adam eintreffen und Elizabeth auf die kommenden Ereignisse vorbereiten. Während er dahinritt, versuchte Adam sich auf den Moment des Wiedersehens vorzubereiten und die passenden Worte zu finden, mit denen er Savanna begegnen wollte. Aber als er schließlich in den ausgefahrenen Weg einbog, der Bodenes Angaben zufolge zum Haupthaus der Plantage führte, wußte Adam immer noch nicht genau, wie er sich verhalten sollte.

Wenn er sich auch keine klaren Vorstellungen von diesem ersten Wiedersehen gemacht hatte, so hatte er jedenfalls nicht erwartet, Savanna im Schatten einer alten Eiche vorzufinden wie eine bezaubernde Waldnymphe. Ihrem gedankenverlorenen Gesichtsausdruck konnte Adam entnehmen, daß sie ihn gar nicht bemerkte. Adam wollte den Moment der Überraschung nutzen, hielt sein Pferd an, stieg lautlos ab und ließ es neben dem Weg grasen. Dann ging er langsam auf Savanna zu. Tief erstaunt betrachtete er sie. Langsam wanderte sein Blick über ihr von Sonnenstrahlen gestreicheltes Gesicht. Wie fein ihre Augenbrauen geschwungen waren, wie edel geformt ihre Nase und die Linie ihres Kinns! Wie voll und einladend lockten ihre Lippen! Dann wanderten seine Augen weiter und weideten sich an den üppigen Formen ihres Körpers, die sich unter dem weichen Batist des enggeschnittenen Kleides abzeichneten. Adam war hingerissen und bemerkte, daß ihr Anblick ihn atemlos gemacht hatte wie ein schneller Lauf über eine weite Strecke. Seine übliche Entschlossenheit war von ihm abgefallen.

Dann mußte Savanna seine Nähe gespürt haben, denn plötzlich sah sie auf, und ihre unglaublich klaren aquamarinblauen Augen weiteten sich erschreckt, als sie Adam vor sich stehen sah. War Adam über ihr verändertes Aussehen aufs äußerste erstaunt, so erging es Savanna bei ihm nicht anders. Sie hatte einen verschwitzten, unrasierten, ungekämmten Kerl zurückgelassen, der nun als elegant gekleideter, atemberaubend gutaussehender Mann vor ihr stand. Die dichten schwarzen Haare hatte er aus der Stirn gekämmt, und sie fielen in üppigen Locken bis auf seine Schultern. Sein bronzefarbenes Gesicht war glatt rasiert und enthüllte die hohen Wangenknochen, sein energisches Kinn, die sinnlichen Lippen und die stolze Haltung seines Kopfes. Sein flaschengrünes Jackett brachte seine breiten Schultern und die kräftigen Arme zur Geltung, und die sandfarbene taillierte Weste harmonierte perfekt mit den gelben Hosen, die sich eng an seine langen, muskulösen Beine schmiegte. Seine Stiefel waren aus feinstem, glänzend poliertem Leder. Halb benommen und halb verärgert stellte sie fest, daß das einzige, was sich an Adams Aussehen nicht verändert hatte, das spöttische Funkeln in seinen unvergeßlichen saphirblauen Augen war.

Sie versteifte sich. Alle Gründe, warum sie über sein Auftauchen nicht glücklich sein durfte, lärmten in ihrem Körper. Wütend dachte sie, daß ihr Vetter ein hinterhältiger, verlogener Hurensohn war. Ihre Kiefer schlossen sich hart, und ihre Augen blitzen auf, als sie voll Abscheu sagte: »Bodene!«

Adam lächelte schief. »Natürlich«, sagte er trocken. Und als habe er ihre Wut und Kränkung nicht bemerkt, ließ er sich neben ihr im Gras nieder und fuhr fort: »Ich bin froh, daß zumindest einer von euch so vernünftig war, mir mitzuteilen, daß ich Vater werde.«

Seine Worte, sein aufreizend gelassener Ton und der Wortbruch ihres Vetters ließen Savannas Temperament aufkochen. Doch sie beherrschte sich mit aller Kraft und sagte steif: »Ich sah keinen Grund, dich davon in Kenntnis zu setzen. Ich bin durchaus imstande, mein Kind allein zur Welt zu bringen und großzuziehen. Ich brauche deine Hilfe nicht!«

Adam sah sie lange an. Dann erwiderte er leichthin: »Immer wenn du solchen Unsinn redest, weiß ich nicht, ob ich dich bewußtlos schlagen oder bewußtlos küssen soll!«

Savannas Augen bohrten sich in seine. »Wage keines von beidem, oder du bereust es!« drohte sie.

Er lagerte sich bequem, stützte sich auf einen Arm, und sein Blick wanderte über Savanna, die schönste Frau, der er je begegnet war.

Savanna fand die unverhohlene Bewunderung ihrer Reize jedoch alles andere als angenehm, und sie herrschte ihn an: »Zieh mich nicht mit deinen Blicken aus, ich bin nicht mehr in deiner Gewalt. Ich bin frei und nicht gewillt, dir das zu erlauben!«

Adam stellte betroffen fest, daß ihre unerbittliche Ablehnung ihn tief traf. Ohne sich anmerken zu lassen, wie verletzt er war, sagte er: »Ich verstehe nicht, was mich so zu dir hinzieht, Savanna! Sicher, du bist wunderschön, atemberaubend, verführerisch, aber du bist auch ein atemberaubendes Ärgernis! Du hast das Temperament einer Klapperschlange und die Scharfzüngigkeit einer Hexe! Du brauchst nur die Augenbraue zu heben, und ich werde wütender als je bei einem anderen Menschen!« Er warf ihr einen düsteren Blick zu. »Es ist kein Scherz, daß ich nicht weiß, ob ich dich küssen oder ohrfeigen soll! Aber eines weiß ich genau: Wenn du nicht bei mir bist, fühle ich mich nur noch halb lebendig, so als ob ich einen wichtigen Teil meiner selbst verloren hätte!«

Savanna und Adam waren beide gleichermaßen überrascht von diesem Geständnis. Savanna starrte ihn verblüfft an. Doch es war Adam, den seine eigenen Worte bis ins Mark erschütterten. Er hatte unbedacht etwas Ungeheuerliches ausgesprochen! Und mit der Plötzlichkeit eines Blitzschlages erkannte er, daß Savanna eine solche Macht über ihn besaß, weil er sie liebte.

Sein Herz schlug bei dieser Erkenntnis schmerzhaft gegen seine Rippen. Er fühlte sich hin- und hergerissen zwischen kaltem Erschrecken und dem Gefühl, gemein und ungerecht behandelt zu werden. Er blickte verwirrt über den kleinen, mit Eichen bestandenen Park bis zum Haus und versuchte mit der unerwarteten und beunruhigenden Wahrheit fertig zu werden:

Sie war die Frau seines Lebens. Savanna, die Tochter des Mannes, den er haßte wie keinen anderen! Savanna, die er aus ganzem Herzen zur Frau haben wollte, die aber nichts mit ihm zu tun haben wollte! Ein Lächeln voll trauriger Ironie trat auf seine Lippen, als er sich als den Mann sah, der bislang nur die Frauen verführt und verhöhnt hatte und nun verliebt um eine Frau warb, die ihn ablehnte. Bislang hatte er immer die Frauen abgewiesen.

Schweigend versuchte er, seine Liebesempfindung zu akzeptieren. Savanna hing ebenfalls überrascht ihren Gedanken nach und kam zu dem Schluß, daß er nur vorgab, mehr als körperliche Begierde für sie zu empfinden, weil er sie zur Ehe bewegen wollte.

Sie konnte den Zorn über seine Unaufrichtigkeit und über diesen eiskalt geplanten Schachzug nicht unterdrücken und fauchte ihn an: »Das sind die verlogensten und gemeinsten Worte, die ich je gehört habe! Denkst du wirklich, ich bin so naiv, daß ich nicht weiß, warum du mir diese ganzen Schmeicheleien erzählst?«

Adam hatte von Savanna alles mögliche erwartet, nur nicht diesen bitter hingeworfenen Satz. »Wovon, zum Teufel, sprichst du?«

»Du weißt genau, wovon ich rede: von dem Kind! Deswegen bist du doch nur hier! Du willst unbedingt, daß ich dich heirate. Du bist so verdammt zielstrebig darauf aus zu erreichen, was du dir in den Kopf gesetzt hast, daß dir dazu die mieseste Lüge recht ist! Was du auch sagst, ich werde mich von dir nicht einschüchtern und nicht betören lassen, um in einer langweiligen Ehe zu enden, die du nur schließen willst, damit niemand schlecht über dich spricht.«

Adams Augen wurden gefährlich schmal, und einige Sekunden fürchtete Savanna, daß sie zu weit gegangen war. Doch es gelang ihm, seine Selbstbeherrschung zu behalten, und er sagte mit einem Leuchten in den Augen: »Du hast zumindest teilweise recht. Ich bin hierhergekommen, um dich zur Heirat zu bewegen. Ich habe die Ehe bisher immer für eine Falle gehalten, in der man unglücklich verendet. Ich war überzeugt, daß eine Heirat das Ende meiner Jugend und Freiheit bedeuten würde. Doch unsere Ehe würde nicht einengend und unglücklich sein, Savanna. Nur mit dir an meiner Seite kann ich glücklich werden.«

Seine offenen Worte vermochten jedoch gegen Savannas Besessenheit, daß Adam ihr übelwollte, nicht anzukommen. Jahrelang hatte sie hilflos miterleben müssen, wie Blas Davalos ihre Mutter mit Schmeicheleien, Liebesschwüren und Komplimenten hingehalten hatte, nach Belieben zu ihr gekommen war und sie wieder verlassen und damit in unendliches Unglück gestürzt hatte. Vielleicht konnte Savanna deshalb jedes Wort, das Adam sagte, immer nur mißverstehen und ins Böseste, Gemeinste und Schändlichste verdrehen. Mit metallener Kälte entgegnete sie: »Ich fürchte, du hast dir die falsche Frau ausgesucht! Ich habe nicht vor, dich zu heiraten und auch sonst niemanden. Vergiß mich und das Kind! Wir brauchen dich nicht! Es wird uns gut gehen – auch ohne deinen Namen, dein Geld und deine Anwesenheit als Mann und Vater!«

»Wenn ich mich recht entsinne, hast du mich gebraucht, um das Kind zu zeugen, und mir schien es, als hätten wir das recht begeistert und leidenschaftlich getan.«

»Du magst dabei deinen Spaß gehabt haben, aber für mich ist dieses unglückselige Ereignis noch lange kein Grund, mich auf eine erdrückende Ehe mit dir einzulassen.«

Adam seufzte resigniert. Wieder überlegte er, ob er sie küssen oder ihr Vernunft einbleuen sollte. So betrachtete er sie nur ratlos. Bisher hatte er niemals Schwierigkeiten gehabt, eine Frau mit seinem Charme zu betören und zu verführen, aber bei Savanna war offenbar alles Bemühen vergeblich. Seinen wachsenden Ärger über ihre Halsstarrigkeit hielt er vorerst im Zaum. Der Gedanke an bevorstehende leidenschaftliche

Kämpfe im Bett, wenn Savanna erst mal seine Frau war, stimmte ihn wieder freundlicher, und er sagte fast liebevoll zu ihr: »Eine Ehe mit dir würde niemals langweilig werden, Savanna. Im Gegenteil erscheint sie mir als die größte Herausforderung, der ein Mann sich überhaupt stellen kann. Wahrscheinlich ist es leichter, einen Haufen blutrünstiger Komantschen zu bändigen als dich!«

Savanna glaubte, sie müsse platzen vor Wut. Sie holte aus und verpaßte ihm eine saftige Ohrfeige, worüber Adam aber nur lachte. Dann hatte er sich plötzlich aufgerichtet, sich zu ihr gebeugt, ihre Arme gepackt, sie vom Baum weggezogen und vor sich ins Gras gezwungen. Spöttisch blickte er auf sie herunter. »Liebling, ich dachte, ich könnte dich überzeugen, indem ich meine Gefühle vor dir ausbreite. Aber ich finde, daß wir genug geredet haben, ohne daß es uns weitergebracht hätte. Dann muß ich dich eben anders überzeugen!«

Damit beugte er sich über sie und preßte seine Lippen auf ihren Mund. Nach den vielen Wochen, die er ohne sie verbracht hatte, lechzte sein Körper so sehr nach ihr, daß er zitterte. Er lag bereits halb über ihr, und ihr Widerstand und ihr sich aufbäumender Körper erregten ihn nur noch mehr. Er vergaß alles um sich herum. Unbändiges Verlangen nach ihr durchströmte ihn. Er umarmte Savanna so fest, als wollte er sie nie wieder loslassen.

Adams Berührung stürzte Savanna in ein Chaos der Gefühle. Sie schauderte bei der Erkenntnis, daß der Mann, den sie haßte, bei ihr solche Begierde und Wollust hervorrufen konnte, daß sie sich vergaß. Doch wie konnte sie den Vater ihres Kindes hassen, der sie mit nur einem Kuß derart verzauberte? Und dann wußte sie plötzlich mit erschütternder Klarheit, daß sie diesen Mann nicht wirklich hassen konnte, ihn nie wirklich gehaßt hatte, obwohl sie es sich immer wieder eingeredet hatte. Und sie wußte, daß er nur deshalb diese bezwingende Macht über sie hatte, weil sie ihn liebte. Voll Angst vor dem, was diese Liebe aus ihr machen konnte, versuchte sie ihren Körper zu beherrschen.

Aber sein Mund war zu köstlich und zu gierig, und seufzend gab sie ihren Widerstand auf. Sie öffnete die Lippen und gewährte seiner Zunge Einlaß. Und als sie die Erinnerung an ihre leidenschaftliche Vereinigung am See durchzuckte und sie sein hartes Glied an sich gepreßt fühlte, schloß sie ihre Arme noch fester um seine breiten Schultern und war bereit, sich ihm hinzugeben mit all der Lust, die er bei ihr entfacht hatte.

Als Adam spürte, wie ihr Widerstand brach, seufzte er auf. Er schloß eine Hand um ihre schwellende Brust und streichelte sie. Dann fuhr er mit seinen Lippen über ihre Wangen und flüsterte: »Heirate mich, Savanna! Laß es zu, daß ich mich um dich und das Kind kümmere!«

Diese Worte ließen Savanna aus allen Himmeln hart zurück auf die Erde stürzen. Verstört und erniedrigt registrierte sie, wie leicht er sie allen Haß und alle Vorbehalte vergessen lassen konnte. Ohne das Kind und Bodenes Verrat hätte sie sich längst aus dem unseligen Bann gelöst, den Adam über sie gelegt hatte. Sie wandte den Kopf von ihm ab und kämpfte sich von ihm frei. Zitternd vor Schmerz sagte sie: »Darum also dieser Kuß! Ein weiterer Schachzug, um mich matt zu setzen?«

Adams Blicks wurde kalt und seine Lippen schmal. Doch als er sprach, klang es, als plauderte er während einer Cocktailstunde. »Weißt du, Savanna, es gibt Situationen, da könnte ich dich schlagen, daß dir Hören und Sehen vergeht!« Dann sprang er auf, wischte ein paar Grashalme von seiner Hose und sagte mühsam beherrscht: »Ich bin gekommen, um dich zu meiner Frau zu machen. Ich habe dir alle meine Gründe genannt und komme mir jetzt wie ein Narr vor deswegen. Denn du willst trotz deiner Gefühle für mich so verstockt, verblendet und dumm bleiben, wie du es von Anfang an warst!«

Wieder wollte sie aufbrausen in sinnloser Wut. Doch dann spürte sie alle die Zweifel, die sie während der vergangenen schrecklichen Wochen gehegt hatte. Um ihrer selbst, um des Kindes und ihrer gemeinsamen Zukunft willen wollte sie die winzige Chance nutzen, die Adam und sie noch hatten, bevor alles zwischen ihnen zerstört war. »Du täuschst dich«, begann sie. »Es ist nicht so, wie du denkst...«

Wäre Adam in diesem Augenblick aufmerksam gewesen und hätte er Savanna angesehen, dann hätte er aus ihrem Gesichtsausdruck und ihrer Haltung erkannt, wie schwach ihr Widerstand gegen ihn war, wie sehr sie daran zweifelte, richtig zu handeln, wenn sie ihn abwies, wie sehr sie ihn liebte und wie nahe sie daran war, ihm ihr Jawort zu geben. Hätte Adam das alles bemerkt, hätten seine nächsten Worte sicherlich anders gelautet. So aber beschäftigte ihn nur eines: Zum ersten Mal in seinem Leben waren seine tiefsten Gefühle beteiligt, und alles, was sie ihm entgegenbrachte, war blanker Haß. Die Tatsache, daß er sich gerade seiner Liebe zu einer Frau bewußt geworden war, die ihn am liebsten umbringen würde, machte ihn fast verrückt. Enttäuscht, verzweifelt und wütend schleuderte er ihr entgegen: »Du hast es dir also in deinen gottverdammten rothaarigen Dickschädel gesetzt, uns alle unglücklich zu machen! Zur Hölle mit dir, Savanna, du bist eine hirnverbrannte Eselin! Du hörst auf niemanden, der es gut mit dir meint. Du hörst nicht auf deine Mutter, nicht auf Bodene und nicht einmal auf dein Herz! Bei allem, was ich sage und tue, witterst du nur Verrat, Lüge und Intrige!« Sekundenlang waren seine Züge weicher. »Ich weiß doch, daß alles über dir zusammenstürzt. Glaube mir, wäre das Kind nicht unterwegs, würde ich anders um dich werben, so daß du Zeit hättest, zu einer anderen Sicht zu gelangen. Aber wir haben keine Zeit!«

»Hättest du das wirklich getan?« fragte Savanna eindringlich. »Hättest du mich auch, wenn ich nicht schwanger wäre, gebeten, deine Frau zu werden?«

»Ja!« sagte Adam ruhig. »Ich war dabei, meine Reise zu dir vorzubereiten, noch bevor Bodenes Brief mich erreichte.«

Unglücklich starrte sie ihn an, gewillt, seinen Worten zu glauben, aber sie konnte es nicht. Da stand er vor ihr, Adam St. Clair, dieser fabelhaft aussehende, überaus charmante, reiche Mann aus bester Familie. Ein Mann, der praktisch jede Frau haben konnte, die er sich wünschte. Er konnte es unmöglich ehrlich meinen, wenn er sagte, er wolle gerade sie heiraten. Sie war Savanna O'Rourke, die uneheliche und schwangere Tochter einer Kneipenwirtin aus Crow's Nest auf Stack Island und von Blas Davalos, dem Mann, der Adams Schwester entführt, mißhandelt und brutal vergewaltigt hatte! Die wenigen Wochen, die sie gezwungenermaßen miteinander verbracht hatten, waren eine Folge von Streitereien, Kämpfen, erzwungenen Küssen und sinnverwirrter Sexualität gewesen. Warum sollte sie zulassen, daß es so weiterging?

Sie machte eine wegwerfende Geste. »Das spielt keine Rolle. Ich werde dich auf keinen Fall heiraten, und du wirst mich durch nichts dazu zwingen können!«

Tief verletzt, weil sie ihn derart heftig abwies, aber entschlossen, für das zu kämpfen, was er wollte, sagte er, ohne sich der schäbigen Worte richtig bewußt zu sein: »Irrtum, Savanna! Du wirst mich heiraten! Denn entweder wirst du innerhalb einer Woche meine Frau, oder ich zerstöre die kleine heile Welt deiner Mutter! Ich werde allen Nachbarn erzählen, daß die nette Dame auf Campo de Verde keineswegs die Witwe von Blas Davalos ist, sondern ein kleines Flittchen aus Irland, das er zwar mit Freuden geschwängert hat, das zu heiraten ihm aber nie der Mühe wert erschien! Und dann werde ich die Geschichte natürlich damit abrunden, daß ihre uneheliche Tochter drauf und dran ist, es ihr gleichzutun!« Seine Worte waren so brutal, als würde er Savanna seinen Revolver auf die Brust setzen und ihr alle Kugeln ins Herz jagen. Aber er kämpfte um seine Zukunft – und auch um ihre, selbst wenn sie das jetzt nicht erkennen konnte! Er ließ sich nicht von Savannas schreckensbleichem Gesicht erweichen, sondern setzte kalt, hart und gnadenlos hinzu: »Wie, denkst du, würde das deiner Mutter gefallen? Sag schon, mein Herz!«

Savanna war so geschockt, als habe Adam ihre Mutter vor ihren Augen geschlagen. Sie sprang auf, stürmte auf ihn zu und funkelte ihn mit mordlustigen Augen an: »Du Bastard der Hölle! Eher bringe ich dich um, als daß ich dich das Leben meiner Mutter zerstören lasse!«

Adam fing ihren Angriff ab, indem er ihre Handgelenke packte. Keuchend und haßerfüllt kämpfte sie gegen ihn, und Adam hatte Mühe, sie niederzuringen. Endlich gelang es ihm, sie an sich zu ziehen und wütend zu küssen. Und erst als er sicher war, daß ihre Lippen brannten und schmerzten von diesem Kuß, ließ er von ihr ab und sagte: »Du wirst mich nicht umbringen! Oder möchtest du tatsächlich den Vater deines ungeborenen Kindes töten? Ich sage dir, was du mit mir tun wirst: Du wirst mich heiraten, und zwar diese Woche noch!«

16

Adam sollte mit seiner Vorhersage recht behalten. Nur vier Tage später heiratete Adam St. Clair an einem sonnenwarmen Nachmittag die Frau seines Lebens, Savanna O'Rourke. Elizabeth war vor Rührung in Tränen aufgelöst, und Bodene blickte mit grimmiger Zufriedenheit drein. Der gute alte Sam Bracken lachte strahlend. Die Ehe wurde in aller Stille in einer kleinen Kirche in einem Weiler südlich von New Orleans geschlossen. Um zu verhindern, daß sich irgend jemand schlecht über die Eheschließung äußerte und sie in unmittelbaren Bezug zur Geburt des Kindes setzte, hatten Adam und Savanna auf eine große Hochzeitsfeier, eine allgemeine Bekanntmachung der Eheschließung und auf Flitterwochen verzichtet. Doch beschlossen sie, noch einige Tage gemeinsam in New Orleans zu verbringen, bevor Adam Savanna nach Campo de Verde brachte und selbst die Reise nach Belle Vista antrat. Savanna, von dumpfer Gleichgültigkeit gegenüber allem in ihrer Umgebung erfüllt, seit Adam die Mittel gefunden hatte, sie zur Heirat zu bewegen, fügte sich wortlos in alles.

Am Abend des Hochzeitstages machte die kleine, reisemüde Gesellschaft an einer anständigen, wenn auch einfachen Herberge halt, die einige Meilen südlich von New Orleans lag. Da ihnen nur ein Schlafraum angeboten wurde, entschied Adam, daß Savanna und Elizabeth dort schlafen sollten, während Bodene und er die Nacht auf Decken vor der Tür verbringen würden. Adam hatte seinen teuflischen Spaß daran, als er sah, wie sich bei dieser Entscheidung Savannas Augen in ungläubigem Staunen weiteten. Und es entging ihm auch während der restlichen Stunden des Abends nicht, daß sie ihn immer wieder verwirrt ansah. So sehr sich Adam auch danach sehnte, seine wunderschöne junge Braut zu lieben, so wenig schien ihm der enge Raum mit den dünnen Wänden und dem ungepflegten Bett der geeignete Ort für seine Hochzeitsnacht zu sein.

Auch später, als Savanna mit ihrer Mutter allein in dem Zimmer war und sich unentwegt von ihr anhören mußte, was für einen wohlerzogenen, charmanten, zuvorkommenden Mann sie gerade geheiratet hatte, besserte sich ihre Laune nicht. Adam hatte sie gemein und hinterhältig zu dieser Ehe gezwungen, sie wollte nichts Gutes über ihn hören! Als sie sich auskleidete und für die Nacht fertigmachte, wurden ihre Bewegungen heftiger. Schließlich öffnete sie den Mund, um Elizabeth aufzuklären, was für ein arroganter und skrupelloser Mistkerl ihr Schwiegersohn war, doch als sie sah, wie glücklich und beschwingt ihre Mutter war, unterließ sie es. Bevor sie ins Bett ging, gab sie ihrer Mutter einen liebevollen Kuß auf die Stirn und legte sich dann mit dem Gedanken ins Bett neben ihre Mutter, daß dies wohl die merkwürdigste Hochzeitsnacht war, die sich eine Braut vorstellen konnte. Sehnsüchtig wartete sie auf den Moment, an dem die kleine Gesellschaft auseinandergehen würde. Adam und Savanna wollten auf den beiden Pferden nach New Orleans reiten, während sich Elizabeth und Bodene von Sam zurück nach Campo de Verde kutschieren lassen wollten. Und so geschah es dann auch. Kaum hatte sich Savanna von ihrer Mutter und ihrem Vetter verabschiedet, wandte sie sich ihrem Mann zu, und Kampfeslust funkelte in ihren aquamarinblauen Augen.

Adam war für die Dauer seiner Werbung und Eheschließung nicht aus seiner Hotelsuite ausgezogen. Dorthin brachte er nun seine Braut. Savanna war von den prachtvollen Räumen und den eleganten Möbeln tief beeindruckt, ließ sich davon aber nichts anmerken. Sie wollte sich nicht versöhnlich stimmen lassen durch die Wirkung, die die wertvollen Gegenstände wie dicke, bernsteinfarbene Teppiche, goldgerahmte Spiegel, funkelnde Kandelaber und seidenes Bettzeug auf sie ausübten!

Adam, der damit rechnete, daß Savanna ihre lang gezügelte Wut jeden Augenblick explodieren ließ, machte es sich in einem tiefen Sessel bequem, streckte seine Beine vor sich aus, verschränkte die Hände hinter seinem Kopf und sagte betont lässig: »Ach, meine Herzallerliebste, nun sind wir endlich allein und können ungehemmt schmusen und turteln wie verliebte Täubchen.«

Wie erwartet, war Savanna nicht nach scherzhaftem Geplänkel. »Verliebte Täubchen?« schrie sie. »Neben dir gemeinem heimtückischen Bastard fühle ich mich, als hätte ich einen Aasgeier geheiratet! Ich liebe dich nicht, ich hasse dich!«

Adam lachte sie aus, doch seine Augen blieben dunkel und ernst. Dann sagte er ruhig: »Du haßt mich? Ach ja, richtig, ich habe dich geheiratet, habe dich damit vor Schande bewahrt, unserem Kind meinen Namen gegeben und es damit vor aller Welt anerkannt. Damit habe ich wirklich ein abscheuliches Verbrechen begangen.«

Savanna wandte sich ab. Ihre Empfindungen schwankten zwischen Ärger und tiefem Schuldgefühl. In seinen Worten war zu viel Wahrheit, die sie nicht leugnen konnte. Obwohl sie wütend war und Streit mit ihm suchte, fand sie kein Argument, das ihr als Waffe gegen ihn dienen konnte. Seine Worte trafen sie tief, und der Ärger, den sie immer wieder wie ein Schutzschild gegen ihn aufbaute, zerbröselte. Doch er hatte unfair gekämpft und erbarmungslos in die einzige Stelle, an der sie verwundbar war, gestoßen. Kein Liebender würde so etwas tun. Aber in der Tiefe ihres Herzens wußte sie, daß sie ihm dankbar sein sollte. Seufzend ging sie an eines der großen, von Samtportieren gerahmten Fenster und sah blicklos auf die Straße hinab. Nur mit aller Kraft gelang es ihr, die Worte auszusprechen: »Du hast ehrenvoll gehandelt, das kann ich nicht leugnen. Die meisten Männer wären nicht so weit gegangen.« Plötzlich füllten sich ihre Augen mit Tränen, und sie fügte leidenschaftlich hinzu: »Unglücklicherweise hast du uns dadurch für den Rest unseres Lebens aneinandergekettet! Abgesehen von unserem Kind verbindet uns nichts – vor allem keine Gefühle außer Haß!«

Als sie hörte, daß Adam sich erhob und hinter sie trat, versteifte sie sich. Er stand so nahe bei ihr, daß sie die Hitze seines Körpers auf ihrem Rücken spürte. Ihr Herz machte einen wilden Sprung, als Adam seine Hand sanft auf ihre Schulter legte. Sein warmer Atem liebkoste ihr Ohr, als er sich zu ihr beugte und leise sagte: »Savanna, ich hege dir gegenüber starke Gefühle, und bitte glaub mir, es ist kein Haß! Ich weiß, von Anfang an ist alles schiefgelaufen zwischen uns. Aber nachdem wir es trotzdem fertiggebracht haben, ein Kind zu zeugen und einander zu heiraten, sollten wir da nicht versuchen, besser mit uns umzugehen als bisher?«

Savanna biß sich auf die Lippen und versuchte, die Tränen zurückzuhalten, die in ihren Augen brannten. Denn wieder hatte Adam recht mit allem, was er sagte. Und mit diesen so ruhigen und besonnenen Worten rang er ihre Feindschaft gegen ihn nieder. Ohne sich zu Adam umzudrehen, flüsterte sie stokkend: »Es wird nicht leicht sein... schon durch unsere Herkunft trennt uns eine Kluft, die nicht zu überbrücken ist... und ich bin sicher, deine Familie wird mir nicht so bald vergessen, was mein Vater ihr angetan hat.«

Adams Griff auf ihrer Schulter wurde fester. »Ich will nicht behaupten, daß Jason und Catherine von unserer Hochzeit begeistert sein werden. Aber sie sind vernünftige Leute. Wenn sie erst begriffen haben, daß du weder mir noch ihnen übelwillst, werden sie dich willkommen heißen als das, was du bist, und nicht als das, was dein Vater war! Und was unsere Herkunft angeht...« Adam lächelte, drehte Savanna langsam zu sich um und schloß seine Hände um ihre Taille. »Habe ich dir denn noch nicht erzählt, daß ich bei Zigeunern aufgewachsen bin?«

Völlig überrascht starrte Savanna ihn an, ungläubig und doch brennend vor Neugier. »Bei Zigeunern?«

Er lächelte wie über einen besonders gelungenen Scherz. »Ach, mein Liebling, ich bin keineswegs der vorbildliche respektable Herr, für den mich deine Mutter hält. Meine Jugend war mindestens ebenso ungewöhnlich und abenteuerlich wie deine. Komm, setz dich zu mir auf die Couch und laß dir von Clive Pendleton, Reina, Manuel und Tamara erzählen. Meine Schwester Catherine wurde von den Zigeunern Tamara genannt, solange wir bei ihnen lebten.«

Fasziniert ließ sich Savanna von Adam zu der großen, mit feinstem Damast bezogenen Couch ziehen, ließ sich neben ihm in die weichen Kissen sinken und folgte gebannt seiner Erzählung. Und da Adam diese lange vergangenen Jahre als großes Abenteuer in Erinnerung behalten hatte, bot er Savanna eine farbenprächtige und dramatische Geschichte. Als er geendet hatte, schien es ihm, als flackerte ein schwacher Funke von Anerkennung in ihren Augen.

Sie hob die Hand und berührte ihn zum ersten Mal freiwillig. Ungezwungen streichelte sie seine Wangen. »War es hart für dich, als Reina dich zuletzt wieder zu dem Grafen brachte?«

Aufs äußerste erfreut von ihrer Zärtlichkeit, nahm Adam ihre Hand und küßte ihre Fingerspitzen. In versöhnlichem Spott sagte er: »Mit ihm zu leben war nicht halb so hart, wie dich zu überreden, meine Frau zu werden.«

Ihre Züge verhärteten sich, und sie wandte den Kopf von ihm ab. Adam verfluchte seine unüberlegten Worte. Der Waffenstillstand zwischen ihnen war noch zu frisch und sehr brüchig. Da er sie liebte, erhob er sich von der Couch, denn das war das einzige, was er tun konnte, damit er sie nicht in seine Arme riß und die leidenschaftliche Vereinigung mit ihr erzwang, nach der ihn so sehr gelüstete. Aber er hatte sich vorgenommen, ihr Herz zu gewinnen, damit sie sich ihm aus Liebe hingab und nicht, weil er sie überwältigt hatte.

Um die Spannung zu mindern, sagte er: »Ich vermute, daß du dich nach einem Bad sehnst. Danach können wir in unserer Suite essen.«

Savanna blickte ihn dankbar an, weil er ein so unverfängliches Thema angeschnitten hatte. Der Widerstreit ihrer Gefühle hatte sie erschöpft, und ein langes Bad in duftendem heißen Wasser und ein anschließendes Dinner in dieser luxuriösen Umgebung erschienen ihr wie ein Geschenk des Himmels. Sie lächelte ihn scheu an. »Was für eine wundervolle Idee!«

Adam blieb noch bei Savanna, bis das Bad bereitet war. Dann sagte er ihr, daß er sich im weitläufigen Foyer des Hotels etwas die Beine vertreten wolle, und verließ den Raum. Savanna blieb allein zurück. Eine Weile staunte sie noch, wie einfach und angenehm sich die Dinge zwischen Adam und ihr entwickeln konnten, dann ging sie in das große Ankleidezimmer hinüber, in dem das Bad auf sie wartete. Sie stieg in die beeindruckend große, hohe Messingbadewanne und ließ sich in das betörend nach Lavendel duftende heiße Wasser gleiten. Als sie nach einiger Zeit aus der Wanne stieg, hüllte sie ihre nassen Haare und ihren Körper jeweils in ein großes, weiches Badetuch des Hotels, verließ das Ankleidezimmer und ging ins Schlafzimmer, wo sie sich das sauberste und am wenigsten zerknitterte Kleid für den Abend anziehen wollte. Dort hielt sie überrascht inne, als sie auf dem großen Bett zwei unwiderstehlich aufregende Kleidungsstücke liegen sah.

Das verführerisch sündige Negligé bestand aus feinster Seidengaze und schimmerte in dem Aquamarinblau ihrer Augen. Das Oberteil bestand aus goldgelber Spitze, die mehr enthüllen als verhüllen würde. Savanna starrte es aufgeregt und sehnsüchtig an. Der seidene Morgenmantel, der daneben lag, war nicht weniger verführerisch. Prüfend streichelten ihre Finger über den blauen, golddurchwirkten Seidenstoff. Üppige goldgelbe Spitze schmückte Kragen, Ausschnitt und Saum des Mantels. Die Kleidungsstücke waren so wunderschön, daß Savanna, die immer nur gewohnt war, einfache und praktische Kleider zu tragen, zuletzt der Versuchung nachgab.

Sie warf die Handtücher beiseite und schlüpfte in das Negligé. Wie unter kundiger Zärtlichkeit seufzte sie, als die Seide sich sanft an ihre Haut schmiegte. Die goldgelbe Spitze lag genau über ihren Brüsten, und durch das feine Material zeichneten sich ihre rosafarbenen Brustwarzen ab. Als sie hörte, wie sich die Tür der Suite öffnete und wieder schloß, warf sie schnell den Seidenmorgenmantel über, der sie vor Adams Blicken schützen sollte.

Adams Schritte näherten sich der Schlafzimmertür. Savanna erstarrte, und ihr Herz schlug wild in ihrer Brust. Gleichermaßen unsicher und wütend darüber, daß sie Adams so verführerisch auf dem Bett ausgebreiteter Versuchung nicht widerstanden hatte, drehte sie sich mit hoch erhobenem Kopf zur Tür, während sie mit einer Hand den Kragen des Mantels zusammenzog.

Adam hielt mitten in der Tür inne, als er Savanna in der reizvollen Nachtwäsche sah. Kaum zu zügelnde Begierde durchfuhr ihn, doch obwohl jede Faser seines Körpers danach schrie, sie in die Arme zu reißen und zu küssen, ihren Körper zu enthüllen und in Besitz nehmen, sagte er gleichmütig: »Wie ich sehe, hast du die Kleider für diesen Abend gefunden. Ich hoffe, sie gefallen dir.«

Savanna schluckte schwer und war ihm dankbar dafür, wie leicht er es ihr machte, mit ihrer Lage zurechtzukommen. Sie liebkoste die dunkle Seide ihres Mantels und sagte scheu lächelnd: »Oh, die Sachen sind wunderschön. Ich danke dir!«

Adam konnte die Augen nicht von ihr lassen. Doch so sehr er sie auch begehrte, wollte er sich jetzt nicht auf sie stürzen und sie, ob sie sich widersetzte oder nicht, nehmen. Daher sagte er nur: »Wenn du mit deiner Toilette fertig bist, werde ich auch ein Bad nehmen. Später wird uns dann das Essen serviert.« Damit zog er sich in den Wohnraum zurück.

Von der erotischen Spannung zwischen ihnen noch wie berauscht, nahm Savanna die silberne Bürste vom Tisch und begann geistesabwesend, ihre rasch trocknenden Haare zu frisieren. Seit sie in New Orleans waren, verhielt sich Adam ihr gegenüber zuvorkommend, taktvoll und verständnisvoll. Nachdem er sie so eisern in die Ehe gezwungen hatte, wäre es nicht verwunderlich gewesen, wenn er sich weiterhin kalt und rücksichtslos verhalten hätte. Doch die Annehmlichkeiten ihres Aufenthaltes in dem eleganten Hotel wie auch die aufreizenden Wäschestücke bewiesen seine Freundlichkeit und Anteilnahme. Verzweifelt versuchte sie sich einzureden, wie glücklich sie war, aber es gelang ihr nicht.

Als Adam nach einiger Zeit ein Bad genommen hatte und in den Wohnraum ging, traf er Savanna dort auf der Couch sitzend an. Unfähig, ihrer verführerischen Schönheit weiterhin gleichmütig zu begegnen, ging er zu ihr, zog sie in seine Arme und küßte sie leidenschaftlich.

17

Savannas Empörungsschrei wurde von seinem sich fest auf ihre Lippen pressenden Mund erstickt. Seine starken Arme umschlossen sie fest, und sie wehrte sich heftig gegen ihr Verlangen, sich ihm hinzugeben. Doch schon jagte unbändige Lust in heißen Wellen durch ihren Körper. Sie erzitterte, als Adams Lippen und Zunge sie weiter verführten und sich sein heißer Körper gegen sie preßte.

Adam verschloß mit seinen Lippen ihren Mund, und seine starken Arme hoben sie mühelos hoch. Er trug sie in das Schlafzimmer und ließ sie auf das große, mit goldener Seide bezogene Himmelbett fallen, wobei sich der Seidenmantel öffnete und das verführerische Negligé enthüllte. Adam starrte reglos auf Savannas schlanken, aber wohlgerundeten Körper, als habe er nie einen schöneren gesehen. Savanna war in der Tat wunderschön. Ihre rotgoldenen Locken fielen in dichten schimmernden Wellen auf ihre Schultern, ihr Busen hob sich heftig von dem kurzen Kampf, und die steif aufgerichteten Brustwarzen verrieten ihre Erregung. Sein Körper glühte unter dem Ansturm der Gier, sie auf der Stelle zu besitzen.

Als sie den lüsternen Ausdruck in seinem dunklen Gesicht bemerkte, zog sie sich in die Mitte des Bettes zurück. Er ließ seine Hand vorschnellen, und bevor sie noch ihre Beine anziehen und unter dem Seidenmantel in Sicherheit bringen konnte, hatte er ihren linken Fußknöchel ergriffen und hielt ihn fest. »Laß mich los!« schrie sie und stieß wild mit den Füßen nach ihm. Er aber lockerte seinen Griff nicht. Da bemerkte sie, daß mit jeder ihrer Bewegungen das Negligé an ihrem Körper hochrutschte und Adam mit satanischer Freude beobachtete, wie sie ihren Körper immer weiter enthüllte. In ihren Augen tobte ein aquamarinblauer Sturm, als sie empört die Luft ausstieß und fauchte: »Ich hasse dich! Laß mich los!«

Adams Blick wirkte fast wie berauscht, als er ihre vom Kampf entblößten langen, herrlich geformten Beine betrachtete. Nur mit größter Anstrengung hob er den Blick und sagte dann langsam: »Dich loslassen? Niemals!«

Dann starrten sie einander in die Augen, und ihr Wille stritt lautlos mit seinem. Aber mit jeder Sekunde, die verstrich, ging Savannas Atem heftiger, schlug ihr Herz schneller, pulsierte eine immer größer werdende Hitze durch die Adern ihres Körpers. Unerbittlich stand er vor ihr, und seine beeindruckende Willensstärke, sein gutgeschnittenes Gesicht und sein starker männlicher Körper bezwangen sie. Voll Qual rief sie: »Laß mich los! Bitte! Ich wollte diese Ehe nicht! Und ich will dich nicht!«

Ein einzelner Muskel in Adams Wange zuckte, und sein Griff um ihren Knöchel wurde noch fester. Dann zog er sie langsam zu sich heran und flüsterte: »Du wirst mich wollen! Mein Liebling, glaub mir, dieses Mal wirst du mich wollen!«

Sie blickte zu ihm auf, wie er da so groß und beunruhigend stark stand; das Kerzenlicht warf flackernden Glanz auf seine schwarzen Haare, die nach dem kurzen Kampf in kühnen Locken um seine Schläfen fielen. Der lange Hausmantel aus schwarzer Seide, den er nach dem Bad angezogen hatte, lag schimmernd auf seinen breiten Schultern. Savanna wußte, daß sie sich nicht mehr lange gegen ihn behaupten konnte.

Schließlich war es die trunken machende Zärtlichkeit des seidigen Negligés, die Savannas Kampfgeist brach. Ihre Hüften, ihre Taille, ihr anschwellenden Brüste wurden kühl und zart von diesem teuflischen Stoff gestreichelt, als strichen Hunderte behender Finger über ihren Körper. Aufseufzend ergab sich Savanna in ihr Schicksal.

Kein Mann der Welt hätte sich in diesem Moment noch von Savanna abwenden können. Ihre rotgoldenen Locken waren um ihren Kopf ausgebreitet wie ein Strom aus Flammen, der sich über das Bett ergoß. Das verrutschte aquamarinblaue, sündige Nachthemd betonte ihre alabasterweiße Haut, die es so freizügig enthüllte. Savannas Augen leuchteten, ihre Wangen glühten, und ihre Lippen standen halb offen.

Adams Hand löste sich von ihrer Fessel, seine Finger strichen ihr wohlgeformtes Bein entlang nach oben und legten sich mit sanftem Druck auf ihren Unterleib. Plötzlich senkte Adam den Kopf, und seine Lippen hauchten einen langen, atemheißen Kuß auf ihre roten Locken, die das bis über die Hüfte hochgerutschte Seidenhemd bereits enthüllte. Savanna wand sich und stöhnte lustvoll.

Adam blickte sie an, und seine Stimme war dunkel vor Leidenschaft. »Wir haben eine lange Nacht vor uns, und das ist gut so. Es gibt so viel zu lernen... und so viel Lust zu teilen!«

Dann senkte er wieder den Kopf zu dem Lockendreieck zwischen ihren Schenkeln und bedachte es mit hundert kleinen Küssen. Auf jeden dieser Küsse hin erbebte Savannas Körper. Adams Lippen aber wanderten über ihren Bauch nach oben, liebkosten und knabberten an ihrer weichen Haut. Langsam schob Adam den Seidenstoff höher, und dann lag sein Mund auf ihrer halb entblößten Brust, seine Lippen folgten der unteren Wölbung, und seine Zunge leckte den feinen Salzgeschmack ihres Schweißes. Dann schloß sich sein Mund um die harte Brustwarze, die durch den dünnen Spitzenbesatz des Negligés stach. Seine Zähne schlossen sich um das hart geschwollene Stück Fleisch, und ein lüsterner Biß, zuerst sanft, dann fest, ließ Savanna den Rücken durchbiegen wie einen zum Schuß gespannten Bogen.

Adam ließ sich neben ihr auf dem Bett nieder und drängte seinen starken Körper gegen sie. Sein Hausmantel öffnete sich, und endlich legte sich seine heiße Haut gegen ihren bereits entblößten weißen Leib, während sie sich leidenschaftlich küßten. Dann ließ Adam von ihr ab, streifte seinen Hausmantel ab und schob Savannas Seidennegligé hoch, so daß auch ihr Körper endgültig freilag. Als der schlanke, wohlgerundete, alabasterweiße Frauenkörper vor ihm lag und er zusah, wie der träge tanzende Lichtschein der Kerzen lasziven Glanz und Schatten über die makellose Haut warf und die rotgoldenen Haare auffunkeln ließ, war Adam zufrieden. Das alles war nun sein eigen: das schöne Gesicht mit dem Ausdruck entrückter Freude; die vollen Lippen; die hochgewölbten Brüste, deren Nippel dunkel aufgerichtet standen; der immer noch flache Bauch, der sich heftig hob und senkte; die langen makellosen Beine und das Lockendreieck über der feuchten Höhle.

Als er sich über sie beugte und einen liebevollen Kuß auf den Bauch hauchte, in dem ihr Kind wuchs, überraschte er Savanna damit ebenso wie sich selbst. »Mein Kind!« flüsterte er mit einer Stimme, die heiser klang vor Zärtlichkeit, so als ob Adam das Wunder, das in ihrem Leib geschah, jetzt erst begriffe.

Dieser sanfte Kuß und diese tiefe Anbetung in Adams Stimme erfüllten Savanna mit einer Freude, die wichtiger, existentieller war als all die körperlichen Freuden. Adam mochte sie vielleicht nicht lieben, aber er würde das Kind lieben. Und sie würde damit zufrieden sein. Als er sich nun neben sie legte, drängte sie sich impulsiv in seine Arme. Seine Hand schloß sich über ihrer Brust. Als er dann die Brust leicht schwingen ließ und damit erreichte, daß sich die Brustwarze an seiner Handfläche rieb wie ein lüsternes kleines Tier, wimmerte Savanna leise. Gleichgültig was für Schwierigkeiten vor ihnen lagen – zumindest würde Savanna selige Momente wie diesen mit ihm erleben!

Savanna selbst hatte sich längst in Adams Zärtlichkeit verloren. Nun wollte sie seinen Körper ebenfalls erforschen. Ihre Hände glitten über seine breiten Schultern, ertasteten die stahlharten Muskeln seines Rückens und die straffe Rundung seiner Lenden. Es erregte sie, wie dieser harte Körper unter ihrer Zärtlichkeit erbebte. Und eine prickelnde Befriedigung durchströmte sie, Lust nicht nur zu empfangen, sondern auch zu geben. Sie trieb sein Fieber zu neuer Hitze und teilte diese

Hitze mit ihm. Beide wanden sich in der Glut desselben Feuers, das sie aufleuchten lassen und verzehren würde.

Wieder war sein Mund über ihren Brüsten, und das Spiel seiner Zähne an ihren harten Nippeln jagte ein nervöses Prickeln durch ihren Leib.

Dann ließ Adam seine eine Hand über ihren Alabasterkörper wandern und dem Pelz aus rotgoldenen Locken zustreben. Seine Finger spielten mit den rauhen Haaren, dann forschte er tiefer nach ihrer Honigperle, wobei er das so zarte Fleisch sanft mit den Fingern teilte. Als er die seidenweiche, pulsierende Haut streichelte, wurde Savanna angesichts der ungewohnten, kühnen, intimen Zärtlichkeit fast verrückt. Verschreckt und erregt bäumte sie ihm ihre Hüften entgegen, damit er tiefer in ihrer feuchtheiße Grotte drang.

»Ganz ruhig, mein Liebling, ganz ruhig«, besänftigte er sie mit heißem Atem, ohne von ihr abzulassen. Ihr Körper wand sich unter ihm wie eine wilde Schlange. »Vertrau mir! Überlaß dich mir, mein Liebling! Lerne die Lust kennen, die ein Mann einer Frau bereiten kann!«

Da schlossen sich Savannas Arme fester um ihn, und wieder legte sich sein Mund auf ihren. Nach einem langen Kuß wanderten seine Lippen küssend über ihre Brüste und ihren Bauch hinab zu Savannas Unterleib, wo er dann mit der Zunge den Eingang ihrer Grotte liebkoste. Savanna keuchte in wollüstiger Scham und lüsternem Entsetzen. Er war ihr erster Mann, und sie konnte nicht glauben, daß er wagen würde zu vollenden, was er gerade begann.

Längst waren Savannas Bedenken und Hemmungen restlos unterspült und fortgetragen worden. Und so erzitterte ihr Körper nur, als er ihre Schenkel weiter auseinanderbog, damit seine unersättliche Zunge in ihr nasses duftendes Fleisch dringen konnte. Savanna wälzte sich wie ein wundes Tier, bäumte sich auf, und ihre Hände umschlossen fest seine Schultern. Unablässig reizte er sie mit seiner Zunge.

Plötzlich versteifte sich Savannas Körper, und ein leiser, halberstickter Schrei entrang sich ihrer Kehle, als immer neue Wellen der Ekstase auf sie einstürzten und sie zum Höhepunkt trieben, nach dem ihr Körper befriedigt und erschöpft still lag. Warm spürte sie Adams Körper an ihren geschmiegt. Als ihr Atem wieder ruhiger ging und sie wieder klar denken konnte, wurde ihr bewußt, daß Adam sein Höhepunkt versagt geblieben war. Sie lag an seiner Brust geborgen, während er ihre Locken mit zärtlichen Küssen bedeckte. Doch hart, heiß, pulsierend und unerlöst lag sein mächtiges Glied an ihrer Hüfte und verbrannte ihre Haut.

Dann war Adam plötzlich über ihr, zwängte mit sanfter Hand ihre Beine auseinander und drang mit einer gleitenden herrischen Bewegung in sie ein. Ihr williger Körper hob sich ihm entgegen, und sie fanden den gemeinsamen Rhythmus, den sie keuchend steigerten und der sie in ekstatische Höhen hob.

Während dieser Liebesnacht lernte Savanna viel, und erst im Morgengrauen sanken sie erschöpft in den Schlaf.

Savanna wußte nicht, wie lange sie geschlafen hatte, doch als sie erwachte, merkte sie sofort, daß Adam nicht neben ihr war und sie allein in dem großen Bett lag. Einige Minuten dämmerte sie halbwach dahin, während Bilder von den Ereignissen der vergangenen Nacht durch ihr Bewußtsein zogen. Unbehaglich dachte sie daran, wie sie Adam nach diesen Ausschweifungen im hellen Licht des Tages gegenübertreten sollte. Doch noch unangenehmer war die Erkenntnis, daß sie Adam gezeigt hatte, wie sie nachts in seinen Armen zu einer leidenschaftlichen, hemmungslosen Geliebten wurde. Im hellen Licht des Morgens war ihr klar, daß sich ein Sachverhalt nicht geändert hatte: Der einzige Grund für ihre überstürzte Heirat war nicht Liebe, sondern das Kind, das in ihrem Bauch wuchs. Bei allen Schmeicheleien, Lockungen und Liebesbeweisen der vergangenen Nacht hatte Adam ihr gegenüber nie die drei erlösenden

Worte gesagt: Ich liebe dich. Und obwohl sie einander beglückt hatten, blieb doch eine tiefe, schmerzende Leere in ihrem Herzen. Savanna vergrub das Gesicht in den Kissen und stöhnte traurig. Ohne Liebe erschienen ihr die körperlichen Freuden geschmacklos und schmutzig. Wie sollte sie gegen Adam bestehen, wenn ihr lüsterner, verräterischer Körper ihr Nacht für Nacht neue Niederlagen bereiten würde? Sie wußte, daß Adam keine Schuld an den Ereignissen traf, denn sie hatte sich nach kurzem halbherzigen Widerstand nur allzu willig seinen Wünschen und Künsten unterworfen. Niedergedrückt richtete sie sich auf und zog die Vorhänge des Himmelbetts zur Seite. Helles Sonnenlicht durchflutete den Raum. Sie blinzelte und stellte fest, daß es beinahe Mittag sein mußte. Dann sah sie ihren Seidenmantel immer noch an derselben Stelle liegen, wohin Adam ihn am Abend zuvor achtlos geworfen hatte. Savanna zog ihn an und stieg dann unentschlossen aus dem Bett. Der Raum war ernüchternd leer ohne Adam. Dann endlich bemerkte sie das Blatt Papier, das Adam auf dem Schminktisch für sie hinterlassen hatte.

Hastig lief sie zu dem Tisch und las Adams Nachricht, die besagte, daß er Geschäften in der Stadt nachgehen müsse, alsbald aber zu ihr ins Hotel zurückkehren werde. Um ihr die Zwischenzeit so angenehm wie möglich zu gestalten, hatte er für sie ein Bad und Frühstück vorbereiten lassen. Sie brauchte nichts anderes zu tun, als nach dem Personal zu läuten und ihre Wünsche zu äußern.

Über seine Fürsorge lächelnd, ließ sie das Hotelpersonal wissen, daß sie nun wach war und bedient werden konnte. Während sie wartete, daß die Badewanne gebracht wurde, ging sie zu dem großen Schrank aus poliertem Holz, in dem ihre Kleidung aufgehängt worden war. Sie öffnete die Tür und betrachtete unzufrieden ihre Kleider.

Sie hatte nie eine umfangreiche Garderobe besessen. Bisher war es ihr auch ziemlich unwichtig gewesen, was sie trug.

Crow's Nest und O'Rourkes Taverne waren keine Orte, an denen sich eine Frau nach dem letzten Modeschrei zu kleiden hatte. Das Leben dort war rauh und gefährlich, und an die Männer unter den Gästen wäre jede Eleganz verschwendet gewesen. Nach der vergangenen Nacht hätte sie an diesem Morgen allzu gern ein elegantes Kleid, einen aufregenden Hut und schicke Schuhe angezogen – und wenn es nur dazu diente, neben Adam nicht wie eine grobe Hinterwäldlerin auszusehen! Unzufrieden entschied sie sich für ein blaßgrün gestreiftes Baumwollkleid.

Das Bad war erneut eine Wohltat, und sie räkelte sich behaglich in dem nach Lavendel duftenden Seifenschaum. War sie nach den wollüstigen Spielen der vergangenen Nacht in angenehmer Mattigkeit erwacht, so fühlte sie sich nach dem Bad frisch, jung und voller Energie. Sie kleidete sich rasch an und kehrte dann ins Schlafzimmer zurück. Kaum hatte sie den Raum betreten, atmete sie schon das belebende Aroma von frisch gebrühtem Kaffee. Und schon entdeckte sie auf einem der Marmortische neben dem Bett ein Tablett mit dem Frühstück.

Eine silberne Kanne mit dampfend heißem französischen Milchkaffee, eine kleine Schale glasierter Erdbeeren, dazu warme, duftende, köstlich mit Puderzucker bestreute Gebäckstücke waren verlockend für sie angerichtet worden. Sie lächelte glücklich, nahm das Tablett und ging damit auf den Balkon, wo sie das Frühstück in aller Ruhe genoß.

Anschließend kehrte sie ins Innere der Suite zurück, setzte sich an den Toilettentisch und flocht mit geübten Bewegungen ihre rebellischen roten Haare zu zwei dicken Zöpfen, die sie dann wie eine Krone um ihren Kopf feststeckte. Sodann stellte sie sich vor den Ankleidespiegel im Schlafzimmer und betrachtete sich kritisch. Sie sah frisch und hübsch aus, und das blaßgrüne Kleid betonte ihre rotgoldenen Haare.

Savanna ging hinüber in den Salon. Unruhig wanderte sie

dort auf und ab. Die heitere Gelassenheit, mit der sie das Frühstück gegessen hatte, war verflogen. Gerade als sie darüber nachsann, wie lange Adam fortbleiben wollte, hörte sie vertraute Schritte auf dem Korridor. Die Tür wurde geöffnet, und Adam trat ein.

Ein Stich ging durch ihr Herz, als sie ihn vor sich stehen sah. Wie schön und männlich er war! Sein dunkles Gesicht mit den schwarzen widerspenstigen Locken gab ihm stets das Aussehen eines Abenteurers. Daran änderte auch der makellose, weiße, gestärkte Kragen seines Hemdes und die modische Krawatte nichts. Das elegante dunkelblaue Jackett betonte seine breiten Schultern und kräftigen Arme, die einem edlen Flußpiraten gut anstanden. Und ebenso schienen seine gelben Nankinghosen zu keinem anderen Zweck geschneidert worden zu sein, als seine langen, muskulösen Beine zu betonen.

Savanna war befangen, als sie sich ihm gegenübersah. Bilder der vergangenen Nacht huschten durch ihre Gedanken, und die Erinnerung an ihr leidenschaftliches Liebesspiel ließ sie tief erröten. Sie versuchte, ihn unbefangen zu begrüßen, stammelte aber nur: »Guten Morgen! Hast du deine Geschäfte zu deiner Zufriedenheit erledigen können?«

Adam lächelte, nahm sie in seine Arme und küßte sie herzhaft. Dann murmelte er: »Ja, das konnte ich allerdings. Ich hoffe nur, daß ich sie auch zu deiner Zufriedenheit erledigen konnte!«

Verwirrt fragte sie: »Was habe ich denn mit deinen Geschäften zu tun?«

Doch statt zu antworten, lächelte er nur geheimnisvoll und fragte: »Hast du schon gefrühstückt?« Und als sie nickte, fuhr er fort: »Das ist gut! Dann komm jetzt mit mir, ich möchte dir einige wichtige Plätze in New Orleans zeigen.«

Widerstrebend folgte Savanna ihm aus der Suite. Unbehaglich wurde sie gewahr, wie sehr sie sich freute, daß er bei ihr war.

Und wieder verstrickte sie sich in ihre sinnlosen ablehnenden, kalten, feindseligen Gedanken. Obwohl sie ihn so sehr liebte, mußte sie ihm mit allem Nachdruck klarmachen, daß sie nicht gewillt war, mit ihm ein weiteres Mal das Bett zu teilen, nur weil sie sein Kind unter dem Herzen trug! Das verbot schon ihr Stolz! Sie wollte nicht von einem Mann in die süßesten Ekstasen getrieben werden, der sie nicht liebte. Und schon rebellierte ihr Körper, der bereits süchtig geworden war nach den wollüstigen Freuden, die Adam ihm zu bereiten verstand.

Doch plötzlich versteifte sich Adam. Sofort tauchte Savanna aus ihrem düsteren Grübeln auf und blickte ihn an. Sein Gesichtsausdruck war völlig beherrscht und ausdruckslos. Aber Savanna spürte sofort, daß ihn etwas beunruhigte, auch wenn sie die Ursache dafür noch nicht erkennen konnte. Sie schritten schweigend die große Treppe des Hotels hinunter in das elegante Foyer. Und erst als sie über das schimmernde Parkett durch die hohe, mit creme- und goldfarbenem Stuck dekorierte Halle gingen, bemerkte Savanna das junge Paar, das sie neugierig anstarrte. Sie verstand nicht, warum der Anblick dieses Paares Adam so heftig reagieren ließ, als habe er Micajah Yates hinter einer Säule lauern sehen. Lag es daran, daß er sich alten Freunden gegenüber schämte, Savanna an seiner Seite zu haben?

Die junge Frau war von berückender Lieblichkeit. Sie war nicht sehr groß, strahlend blond und mit einem überaus appetitlichen runden Körper gesegnet, der in modischen Kleidern steckte. Als Savanna mit Adam näher an die beiden herantrat, erkannte sie, daß der Begleiter der blonden jungen Frau mit ihr verwandt sein mußte, ein Bruder oder Vetter vermutlich. Beide waren sie schlank, blond, hellhäutig, auch wenn die berükkende Attraktivität der jungen Frau den Mann neben ihr etwas farblos aussehen ließ. Doch auch er war elegant gekleidet, sein dunkelgrünes Jackett war maßgeschneidert, sein Kragen weiß, seine Stiefel auf Hochglanz poliert.

Ohne Savanna auch nur eines Blickes zu würdigen, trat die junge Frau dicht an Adam heran, tippte ihm mit ihrem Fächer aus Seide und Elfenbein vertraulich auf den Unterarm und sagte munter: »O Adam! Was für eine Überraschung! Man sagte mir, daß du dich in der Gegend von New Orleans herumtreibst, aber ich habe nicht im Traum daran gedacht, daß ich dir tatsächlich begegnen würde! Charles und ich haben Natchez verlassen und sind auf dem Weg zu den Michauds, um ihnen auf ihrer Plantage Oak Shadows einen Besuch abzustatten.« Und dann schenkte sie Adam ein bezauberndes Lächeln. »Vielleicht möchtest du einmal dort vorbeischauen, wir würden uns freuen!«

Mit kalter Höflichkeit erwiderte Adam: »Hallo, Miss Asher – in der Tat, was für ein Zufall, Ihnen hier in New Orleans zu begegnen.« Dann nickte er dem Mann an ihrer Seite zu. »Guten Tag, Mr. Asher!«

Charles Asher war von der Begegnung mit Adam ebenso wenig erfreut wie Adam von der Begegnung mit den Geschwistern Asher. So grüßte er nur steif zurück: »Es ist mir eine Freude, Mr. St. Clair. Haben Sie vor, länger in der Stadt zu verweilen?«

»Nur ein paar Tage«, antwortete Adam. Und spätestens jetzt gebot es die Höflichkeit, daß Adam Savanna vorstellte. Indem er im stillen Betsey und Charles zum Teufel wünschte, sagte er kühl: »Erlauben Sie mir, daß ich Ihnen meine Frau Savanna St. Clair vorstelle. Savanna, das ist Miss Betsey Asher und ihr Bruder Mr. Charles Asher.«

Die Wirkung dieser Worte auf Betsey hätte nicht stärker sein können. Sie wurde leichenblaß, ihr Mund klappte auf, und sie schnappte nach Luft wie ein Fisch auf dem Trockenen. Ihr Bruder lächelte mit bösem Vergnügen dazu.

»Deine Frau!« stieß Betsey dann beinahe kreischend vor ungläubigem Staunen aus. »Ist das ein Scherz?«

Adam lächelte grimmig, dann schob er Savanna nachdrücklich an den beiden Geschwistern vorbei und sagte halb zurückgewandt: »Nein, ich scherze nicht. Und nun entschuldigen Sie uns bitte, wir sind verabredet!«

Aus wütend zusammengekniffenen Augen starrte Betsey Adam nach, als er mit Savanna am Arm durch die Hotelhalle davonging. Erst als Charles heftig ihren Arm packte, wandte sie den Kopf ab. Er flüsterte scharf: »Tja, so ist das also. Er ist verheiratet, und es gibt nichts, was du noch tun könntest. Also schlag ihn dir aus dem Kopf und such dir einen anderen.«

Da wurden Betseys Lippen weiß, und etwas Gefährliches trat in ihre Augen. Mit einer Stimme, die vor Wut zitterte, fauchte sie: »Sag mir nicht, was ich tun und lassen soll! Egal ob er verheiratet ist oder nicht, ich will, daß Adam mein Mann wird!« Voller Mißgunst blickte sie Savanna nach, die gerade durch die große Tür des Hotels ins Freie trat. »Ich habe da so eine Ahnung, wie sie ihn dazu gebracht hat, sie zu heiraten. Und ich sage dir, Charles, es muß eine verdammt plötzliche Hochzeit gewesen sein, und meistens ist bei solchen überstürzt geschlossenen Ehen keine Liebe im Spiel! Ich will Adam haben, und nicht einmal seine Frau wird mich daran hindern!«

Teil 4

Verrat und Triumph

18

Charles Asher wollte einen lästerlichen Fluch ausstoßen, aber die Tatsache, daß sie im Foyer eines der feinsten Hotels von New Orleans standen, ließ ihn sich beherrschen. Mit einem gezwungenen Lächeln sagte er: »Reiß dich zusammen, Schwesterherz! Wir sollten das Thema Adam St. Clair lieber in einer etwas privateren Umgebung diskutieren!«

Betsey zuckte aufgebracht mit den Schultern. Als Charles sich in Bewegung setzte und die breite Treppe des Hotels in das obere Stockwerk hinaufstieg, wo sie ihre Zimmer hatten, folgte sie ihm. Die Geschwister Asher waren erst zwei Tage zuvor in New Orleans eingetroffen. Doch sie hatten nicht gewußt, daß die Stadt wie jedes Jahr um diese Zeit von fast allen Mitgliedern der gehobenen Gesellschaft verlassen worden war. Die Plantagenbesitzer arbeiteten draußen auf ihren Besitzungen, und die reichen Städter hatten sich auf ihre Sommersitze im Norden des Landes begeben, um der erdrückenden Schwüle des Sommers und den Fieberepidemien, die damit einhergingen, zu entkommen. Im Sommer war New Orleans – vom gesellschaftlichen Standpunkt aus betrachtet – eine tote Stadt. So begannen sich die Ashers bereits nach kurzer Zeit zu langweilen. Das allerdings würde sich ändern, sobald sie erst einmal auf Oak Shadows eingetroffen waren. Dort, so hoffte Charles, würde Betsey sich von dem Erben der Michaud-Plantagen, Pierre, einen Heiratsantrag erschmeicheln. Die beiden Geschwister hatten Pierre Michaud und seine Mutter vor einigen Monaten kennengelernt, als diese in Natchez einen älteren Verwandten besuchten. Es bedurfte keiner großen Aufmerksamkeit, um zu erkennen, daß Pierre Michaud von Betsey äußerst angetan war. Und da das bestens in Charles' Pläne paßte, hatte er erfreut die Einladung des jungen Mannes nach Oak Shadows angenommen. Man war mit der Verabredung auseinandergegangen, daß die Ashers im späten Sommer zu einem längeren Besuch kommen sollten.

Kaum hatten die beiden Geschwister ihre mit einer Verbindungstür versehenen Zimmer betreten, schleuderte Betsey den teuren Fächer auf den Boden, und blinde Wut verzerrte ihr liebliches Gesicht, als sie schrie: »Verheiratet! Das darf doch nicht wahr sein! Mir sagt dieser Bastard frech ins Gesicht, er will mich nicht heiraten, weil er niemals heiraten will – und dann läßt er sich von so einer hochmütigen blassen Kuh vor den Altar schleifen!«

Charles kannte die Eitelkeit und die Wutausbrüche seiner Schwester nur zu gut. Darum hielt er sich mit einem Kommentar zurück und wartete ab, bis ihr schlimmster Zorn verraucht war. Aber erst nachdem sie eine Kristallvase gegen die Wand geschleudert, einen kleinen Mahagonitisch umgestoßen und alle Satinkissen ihres Bettes quer durch das Zimmer geworfen hatte, beruhigte sich Betsey etwas.

Mit bebendem Busen baute sie sich vor ihrem Bruder auf und fauchte: »Ich weiß, du wolltest niemals, daß ich Adam St. Clair heirate, weil er nicht in deine Pläne paßt. Mir aber kommt er gerade recht! Ich will ihn, verstehst du? Neben Adam sieht dieser Pierre aus wie eine Laus!«

Doch Charles gab seiner Schwester gegenüber nie klein bei. Bissig bemerkte er: »Damit magst du vielleicht recht haben. Aber ich glaube nicht, daß Adam es zuläßt, daß du mannstolles Engelchen ihm Hörner aufsetzt! Und ich glaube auch nicht, daß er großzügig darüber hinwegsieht, wenn ich sein Vermögen verschleudere.«

»Das, mein lieber Bruder, ist dein Problem. Schließlich warst du es, der unser Vermögen verspielt hat.«

Es gab nichts, womit Charles diese wütende Anklage hätte

zurückweisen können, denn er hatte genau das getan: Er hatte das stattliche Erbe, das ihm von seinem Vater hinterlassen worden war, an den Spieltischen durchgebracht. Niemand, nicht einmal ihre ältere Schwester Susan, ahnte, wie verzweifelt die Situation von Charles und Betsey geworden war, als sie die beiden zu sich nach Natchez einlud. Das Haus, die Plantage, Charles' Vermögen und Betseys gesamtes Erbe, das ihr Bruder verwaltet hatte, war aufgebraucht worden, um Charles' immense Spielschulden in Virginia zu bezahlen. Seit ihrem sechzehnten Lebensjahr war Betsey von Freiern umlagert, als aber das Gerücht von Charles' Spielschulden die Runde machte, zogen sich die meisten Freier von Betsey zurück, als habe sie eine ansteckende Krankheit. Und die wenigen Männer, die unbeirrbar weiter um Betsey warben, waren bei weitem nicht wohlhabend genug, um einen charakterschwachen Schwager wie Charles zu unterstützen. Daher war Susans Einladung wie ein Geschenk Gottes gewesen, erlaubte es den Geschwistern doch, eine Weile auf fremde Kosten leben zu können. Außerdem waren sie in Natchez auf eine Gesellschaft gestoßen, die die Gerüchte von Charles' Spielsucht – und von Betseys männerverschlingender Hemmungslosigkeit – noch nicht erreicht hatten.

Als damals das volle Ausmaß ihres finanziellen Ruins ans Tageslicht gekommen war, war Betsey in tiefste Verzweiflung gestürzt. Da ihr Bruder Charles aber der einzige Mensch auf der Welt war, den sie außer sich selbst liebte, willigte sie alsbald in seinen Plan ein, sich einen schwerreichen Ehemann zu angeln und so alle ihre finanziellen Probleme zu lösen.

Für Betsey war Adam St. Clair in jeder Hinsicht der ideale Mann – jung, gutaussehend, kultiviert, unersättlich im Bett und reich. Doch in dem Maße, wie sie alles daransetzte, Adam zu heiraten, versuchte Charles diese Ehe zu verhindern. Er brauchte Adam St. Clair nur einmal zu begegnen, um zu erkennen, mit was für einem Menschen er es zu tun hatte. Auf den ersten Blick wirkte Adam wie ein gelassener Abenteurer und ein großzügiger, sinnlicher Genießer. Aber der harte Glanz seiner Augen und die entschlossene Linie seines Kinns ließen keinen Zweifel daran, daß er sich weder auf eine flatterhafte untreue Ehefrau noch auf einen spielsüchtigen Schwager einlassen würde. Die beiden Geschwister hatten wegen Adam St. Clair harte Kämpfe gegeneinander ausgetragen, und zuletzt war es Charles wie ein weiteres Geschenk Gottes erschienen, daß Adam plötzlich wie vom Erdboden verschwunden und für die entnervte Betsey unauffindbar war.

Daß Adam nun verheiratet war, paßte Charles außerordentlich gut ins Konzept, war da doch ein anderer junger Mann in Erscheinung getreten, der ideal ihren Bedürfnissen entsprach. Pierre war das einzige Kind der schwerreichen, verwitweten Madame Michaud. Er war ein gutaussehender, sorgloser junger Mann von dreiundzwanzig Jahren. Er war überzeugt, daß Betsey ein süßer, knuspriger und unschuldiger Engel war. Doch dazu kam, daß er nicht nur von Betsey eingenommen war, sondern daß seine Mutter Charles auch sehr sympathisch fand. Während der Wochen in Natchez hatte Betsey dem jungen Pierre in einen Zustand trunkener Bezauberung versetzt, und Charles hatte die alte Madame Michaud mit seinem Charme derart eingewickelt, daß er sich gute Chancen ausrechnete, in die Position eines Beraters rücken zu können. Alles war einfach perfekt!

Da zeichnete eine tiefe Furche seine schöne Stirn. Alles war perfekt, es sei denn, Betsey entschloß sich, in ihrer Faszination für Adam St. Clair das ganze Spiel zu zerstören. Dieser Gedanke bedrückte Charles sehr.

So viele Minuten des Nachdenkens waren zwischen sie getreten, daß Charles nicht mehr wußte, ob es überhaupt sinnvoll war, auf Betseys Vorwurf zu antworten. Doch dann sagte er: »Es spielt doch keine Rolle mehr, wie wir in unsere üble Lage geraten sind! Wichtig ist nur, daß wir in der Klemme stekken und da rauskommen, wenn du diesen Adam St. Clair vergißt und dich auf Pierre Michaud konzentrierst!«

»Ich pfeife auf Pierre!« tobte sie. »Er ist doch noch ein Kind! Ich will Adam!«

Als Antwort schlug Charles ihr hart ins Gesicht. Bebend vor Wut prophezeite er ihr: »Wenn du Pierre fallen läßt, werde ich dein Leben vergiften, Schwesterchen, daß du dir wünschst, du wärest tot!«

Betsey rieb sich die brennende Wange und warf ihrem Bruder einen vernichtenden Blick zu. »Du drohst mir?« sagte sie kalt. »Ich kann Dinge über dich erzählen, die dich wünschen lassen würden, du wärest gar nicht geboren worden! Vergiß das nicht, Bruderherz!«

Mit Mühe beherrschte sich Charles und lächelte unsicher: »Ja, ja, ich weiß. Wir können einander ins Verderben stürzen – wir können uns aber auch wie bisher verbünden und das Beste aus allem machen. Wir haben die Wahl, und ich zumindest weiß, wie ich mich entscheiden werde.«

Mit einem falschen Lächeln auf den Lippen sagte Betsey leichthin: »O Charles! Schon wieder kämpfen wir! Laß uns über irgend etwas Angenehmes reden. Müssen wir eigentlich schon heute nachmittag nach Oak Shadows aufbrechen?« Dann zupfte sie an seinem Ärmel wie ein kleines Mädchen und fragte zuckersüß: »Könnten wir nicht einfach noch eine Nacht hier in New Orleans bleiben und erst morgen aufbrechen?«

Charles betrachtete seine Schwester argwöhnisch. Er kannte sie zu gut. Sie war die geborene Betrügerin und Intrigantin. Sie war durchaus in der Lage, mit strahlendem Engelslächeln unverfängliche Dinge zu sagen und zu tun, während sie insgeheim die abgefeimtesten Pläne schmiedete. Doch obwohl er am liebsten an diesem Tag noch so viele Meilen wie möglich zwischen Betsey und Adam St. Clair gebracht hätte, sah er keinen Grund, den Streit mit seiner Schwester zu verschärfen. Außerdem konnte er sich nicht vorstellen, daß sie in nur vierundzwanzig Stunden irgend etwas Schlimmes anstellen würde.

Betsey wußte nicht, was sie während dieser wenigen gewonnenen Stunden tun sollte. Sie wußte nur, daß sie auch nicht die geringste Chance ungenutzt verstreichen lassen würde. In Oak Shadows würde sie auf unbestimmte Zeit mit Charles, Pierre und seiner alten Mutter begraben liegen, dann gab es keinerlei Möglichkeit mehr, in irgendeiner Weise auf Adams Zukunft einzuwirken. Sie hatte nur eine einzige Nacht! Aber vielleicht würde sich eine Chance ergeben, die Eheleute St. Clair bis zum Wahnsinn gegeneinander aufzuhetzen. Es war eine Aufgabe, die Betsey gefiel. Sie lächelte.

Betseys Lachen wäre noch befreiter gewesen, hätte sie gewußt, daß ihre pure Gegenwart bereits zu Streit zwischen Adam und seiner Frau geführt hatte. Denn Savanna war überzeugt, Adam habe sich bei der Begegnung mit seinen Bekannten nur deswegen so unbehaglich gefühlt und so hastig verabschiedet, weil er sich ihrer schämte. Ein frostiger Schatten legte sich über ihr Gemüt und raubte ihr die Freude an allem, was dieser Tag brachte. Adams Verhalten hatte ihre schlimmsten Befürchtungen Wirklichkeit werden lassen, aber sie war nicht bereit, diese Erniedrigung kampflos hinzunehmen. Stolz aufgerichtet ging sie neben Adam her. Da eine Kränkung Savanna immer auch wütend machte, begegnete sie seinem Vorschlag, den französischen Markt zu besuchen, mit bissigen Worten: »Ich wundere mich, daß du einen so belebten Platz aufsuchen willst. Hast du denn keine Angst, dort wieder jemandem zu begegnen, den du kennst und dem du mich vorstellen mußt?«

Es war, als lastete ein Fluch über Adam und Savanna. Nachts im Bett, wenn sie sich einander in der wortlosen Sprache ihrer Körper hingaben, waren sie in vollkommener Harmonie. Doch tagsüber mißverstanden sie einander bei allem, was sie taten oder sagten. Daß die schöne, selbstbewußte Savanna große

Schwierigkeiten damit haben würde, in seine Welt einzutreten, war Adam nie zu Bewußtsein gekommen. Und auch in diesem Augenblick dachte er nicht daran, er ärgerte sich nur über Betseys anzügliches Verhalten. Selbst in einer Phase besten Einvernehmens zwischen ihm und Savanna war Betsey Asher die letzte Frau, der er Savanna vorstellen wollte. So verfluchte er aus ganzem Herzen Betseys Anwesenheit in New Orleans und dachte darüber nach, wie er eine neuerliche Begegnung mit ihr während ihrer verbleibenden Zeit in dieser Stadt vermeiden konnte. Da Adam nicht genau auf das hörte, was Savanna sagte, meinte er geistesabwesend lächelnd zu Savanna: »Ich glaube nicht, daß wir noch irgend jemandem begegnen. Die wohlhabenden und interessanten Leute meiden New Orleans um diese Jahreszeit. Wir haben die Stadt ganz für uns allein!« Damit vertiefte er den eisigen Schatten, der sich bereits über den warmen Sommertag gelegt hatte.

Ohne zu bemerken, daß er Savanna mit diesen Worten ein weiteres Mal verletzt hatte, führte er sie entlang der schattigen Gehwege zum französischen Markt. Unter normalen Umständen hätte es Savanna viel Spaß gemacht, durch das bunte Treiben auf dem Platz und in den Hallen zu schlendern, aber nicht an diesem Tag. Sie war in tiefes Grübeln versunken und nahm kaum wahr, wie viele verschiedene Sprachen durch die Luft schwirrten. Französische, spanische, indianische, englische, amerikanische und sogar deutsche Satzfetzen konnte man hören, als die Händler ihre vielfältigen Waren anpriesen und die Kunden heftig und vergnügt mit ihnen handelten. Lebende Hühner, Gänse und Wachteln in Käfigen aus Weidenrohr, fangfrische Fische aller Größen und Arten, Krabben und Langusten waren appetitlich auf den Tischen der Verkaufsstände arrangiert. Am anderen Ende der riesigen Markthalle stapelten sich große Körbe, die mit Erbsen und Bohnen, Runkelrüben, Artischocken und Tomaten, Mais und Ingwer, Erdbeeren und Stachelbeeren gefüllt waren. Und zwischen diesem üppigen

Warenangebot drängte sich eine vielgestaltige, farbenfrohe, lebhafte Menschenmenge: Negermischlinge in leuchtenden scharlachroten und gelben Gewändern, armselige Sklaven, verfilzte halbnackte Indianer, dazwischen elegant in dunkles Tuch gekleidete weiße Bürger und ihre Damen mit modischen Fächern, Hüten und Sonnenschirmen. Und zwischen allen wanden sich mit geschmeidiger Flinkheit schwarzhäutige Frauen, die Rosen, Veilchen, spanischen Jasmin und Lilien zum Kauf anboten.

Doch von all dem nahm Savanna kaum etwas wahr. Als Adam sie dann leicht verwundert über ihren Mißmut von dem lärmenden, überquellenden Markt fortführte und sie zu einem eleganten Modegeschäft in der Chartres Street führte, folgte sie ihm ohne Widerstreben.

Adam hatte keine Vorstellung davon, was Savanna so verstimmt hatte. Mit der vergangenen Nacht konnte es nichts zu tun haben, sie hatte warm und willig in seinen Armen gelegen. War ihr Zorn über die erzwungene Ehe vielleicht wieder aufgeflammt? Das bezweifelte er nach all den ausgetauschten Zärtlichkeiten.

Unbehaglich betrachtete er Savanna. Sie sah weder wütend noch verbittert noch angewidert aus. Aber ihre seltsam verschlossene Art beeinträchtigte dennoch sein Wohlbefinden. Resigniert stellte er fest, daß die vergangene Nacht wohl doch nicht alles zwischen ihnen geklärt hatte. Sie wußten nur eines ohne Zweifel: Er konnte sie dazu bringen, sich ihm rückhaltlos hinzugeben, und er war in der Lage, ihr größtmögliche Lust zu spenden. Adam stellte weiter Vermutungen über Savannas Verhalten an, anstatt sie einfach zu fragen, was los war. Nur zu gut wußte er mittlerweile, daß ein offenes Gespräch mit Savanna zumeist mehr Mißverständnisse erzeugte als alle vagen und falschen Vermutungen, die er im stillen über sie anstellen mochte.

Als sie dann das kleine Modegeschäft an der Chartres Street

erreichten, hatte sich auch Adams Laune verdüstert. Und für Savanna war die Hast, mit der Adam sie erst von den Geschwistern Asher und dann vom französischen Markt fortgezogen hatte, ein klarer Beweis dafür, daß er nicht mit ihr gesehen werden wollte. Offensichtlich schämte er sich ihrer und bedauerte bereits, daß er sie überhaupt geheiratet hatte. Sobald sie dann erkannte, zu welchem Zweck sie in die Chartres Street gegangen waren, bestätigte das ihre Vermutung.

Die Besitzerin des Geschäftes, Madame Galland, breitete vor ihnen eine atemberaubende Kollektion der elegantesten und edelsten Kleidungsstücke aus den erlesensten Materialien aus. Nicht umsonst war Madame Galland weit über die Grenzen der Stadt hinaus für ihre besonders feine Nadelkunst, Stilsicherheit und Farbkompositionen bekannt. Sie war eine kleine anmutige Frau von dunklem französischen Aussehen. Ihre schwarzen Haare hatte sie mit schlichten, aber edel verzierten Kämmen hochgesteckt und im Nacken zu einem sorgfältigen Knoten geschlungen. Sie führte Adam und Savanna zu einer bequemen Couch aus blaßrosa Seidendamast. Sollte sie die bedrückte Stimmung und das Schweigen ihrer Kunden bemerkt haben, so ließ sie sich nichts davon anmerken. Zuvorkommend breitete sie vor Savanna die beinahe fertiggestellten Kleider und Wäschestücke aus, die Adam bereits bei ihr bestellt hatte, als er auf dem Weg von Belle Vista zur Brautwerbung in Campo de Verde durch New Orleans gekommen war.

Freundlich lächelnd, die dunkelbraunen Augen aufmerksam auf jede Geste, jede Regung ihrer Kunden gerichtet, legte Madame Galland einen hinreißenden Mantel aus leuchtendblauer Seide über Savannas Schoß und fragte mit diskret gedämpfter Stimme: »Wollen Madame das Stück anprobieren? Ich könnte noch heute die wenigen Änderungen vornehmen, die vielleicht nötig sind, oui? Auch die anderen bestellten Kleider sind weitgehend fertig. Sie müssen nur entscheiden, ob sie Ihren Wünschen entsprechen. Ich bin sicher, es wird nur einiger weniger Stiche und Raffungen bedürfen, um sie Ihnen perfekt anzupassen.« Dann ließ sie ihren kundigen Blick über Savannas wohlgestalten Körper wandern und fügte munter hinzu: »O ja, Monsieur war in seinen Größenangaben sehr genau! Ich bin sicher, Ihre Garderobe wird auf Anhieb passen und Sie auf das vortrefflichste kleiden!«

Ebenso wenig wie Savanna den französischen Markt genau wahrgenommen hatte, wußte sie später über ihren Besuch bei Madame Galland kaum etwas zu sagen. Sie erinnerte sich nur, daß die Modistin sie in einen Umkleideraum führte und sie dort eine Unzahl von Mänteln, Kleidern, Kostümen, Röcken und Blusen anprobieren ließ. Anschließend stellten Madame Galland und der grimmig dreinblickende Adam noch eine umfangreiche Ausstattung an passenden Handschuhen, Tüchern, Fächern und Hüten zusammen. Obwohl alles Bemühen ihr galt, nahm Savanna den Einkauf nur halb bewußt und wie in einer nebeldumpfen Betäubung wahr. Innerlich starb sie. Alle diese duftigen Sommercapes, diese Seidentücher, Täschchen, Kämme, Broschen und feinen Handschuhe, die Adam und Madame Galland auf den ohnehin schon riesengroßen Haufen aberwitzig teurer Garderobe legten, schüchterten Savanna nur noch weiter ein. Immer deutlicher wurde sie sich der Kluft bewußt, die zwischen dieser eleganten, luxuriösen Welt von Adam St. Clair und ihrer eigenen bescheidenen klaffte.

Als die letzten notwendigen Änderungen an den Kleidern mit Madame Galland besprochen und die Lieferung aller Einkäufe für den späten Nachmittag vereinbart wurde, war die Spannung zwischen Adam und Savanna beinahe greifbar wie klamme Spinnweben.

Auf dem Weg zurück ins Hotel sprachen die beiden Eheleute nicht miteinander. Beide waren in ihre düsteren Gedanken versunken. Der Einkauf im Salon von Madame Galland hatte nichts verbessert, sondern alles verschlimmert zwischen

Savanna und Adam. Die Tatsache, daß auch Adam seine gute Laune und seinen Humor endgültig eingebüßt hatte, verschlimmerte Savannas Verzweiflung.

Als sie endlich ihre Suite betreten hatten, wandte sich Savanna an Adam und sagte: »Ich sollte dir danken für alles, was du mir gekauft hast.«

Adam befand sich in einer Situation, die ungewohnt für ihn war und über die er nur Ärger empfinden konnte: Wer hätte je gedacht, daß er sich in eine Frau verlieben würde, die nicht das geringste für ihn übrig hatte, solange sie sich nicht im Bett im Ansturm ihrer Leidenschaft verlor. Adam starrte sie an, und ein Lächeln von grimmigem Spott ließ seine Mundwinkel zukken. »Ja, das ist weiß Gott eine wichtige Frage: Solltest du mir danken oder nicht? Verdammt, Savanna, jede normale Frau würde wie auf Wolken schweben, wenn ihr Ehemann sie so großzügig mit Geschenken überhäuft.« Dann wurde sein Blick hart. »Aber wir beide wissen ja, daß du keine normale Frau bist!«

Adams Worte waren ein weiterer schmerzhafter Schlag für Savanna, bewiesen sie ihr doch, daß Adam tatsächlich glaubte, er könnte ihr Einverständnis zu ihrer Ehe und ihre Zuneigung einfach kaufen. Scharf entgegnete sie: »Vielleicht bin ich doch eine ganz normale Frau, und nur diese Ehe mit dir, zu der du mich gezwungen hast, ist nicht normal.« Alle aufgestaute Bitternis dieses Tages entlud sich plötzlich, und Savanna schleuderte Adam zornig die nächsten Worte entgegen. »Ich muß wohl oder übel dein Kind austragen und auch deinen Namen tragen, dafür hast du ja gesorgt! Aber ich werde dir nicht wieder zur Verfügung stehen, wenn du deine geschmacklose Lüsternheit befriedigen willst! Von jetzt an bestehe ich auf einem eigenen Schlafraum! Und wage es nicht, mich jemals dort aufzusuchen!«

Adams Gesicht wurde aschfahl, ein einzelner Muskel zuckte in seiner Wange. Daß sie die wundervollen gemeinsamen Stunden der vergangenen Nacht derart in den Dreck zog, verletzte ihn zutiefst. Selbst Micajah Yates hätte ihm während der Folter mit dem Messer keine schlimmeren Schmerzen zufügen können. Mit verbissenem Mund packte er Savanna an den Armen und schüttelte sie wie einen Feind. »Geschmacklose Lüsternheit? War es das, war wir heute nacht geteilt haben?«

Savanna konnte ihm nicht in die Augen sehen. Aber sie wußte, daß sie sich richtig verhielt, denn das verlangte ihr Stolz. Sie wandte sich von seinem stechendblauen Blick ab, blieb aber verstockt und sagte kein Wort.

Eine endlose Minute lang starrte Adam auf das versteinerte Profil von Savannas abgewandtem Kopf. Dann war seine Wut nicht mehr zu zügeln. »Ich habe verstanden!« sagte er leise und so kalt wie der Tod. »Da du also nicht weiter das Ehebett mit mir teilen willst, erlaubst du mir sicher, daß ich mir eine andere hübsche Frau suche, die nichts dagegen hat, meine geschmacklose Lüsternheit zu befriedigen!« Damit stieß er sie grob zur Seite, stürmte aus dem Raum und schlug hinter sich die Tür mit einem Schlag ins Schloß, der den Raum erzittern ließ.

Minutenlang starrte Savanna verzweifelt die geschlossene Tür an. Es ist gut so! versuchte sie sich einzureden. Sie hatte eine Trennung herbeigerufen, und das war richtig so, Adam und sie kamen aus zu verschiedenen Welten. Doch sie verspürte einen Schmerz, der kaum zu ertragen war. Sie weinte hemmungslos, und erst nach einer Weile bemerkte sie das Klopfen an der Tür, das ihre Verzweiflung durchdrang.

Sie sprang auf, wischte hastig vor dem Toilettenspiegel die verräterischen Spuren ihres Elends weg und ging zur Tür. Draußen stand Betsey Asher mit einem mädchenhaft scheuen Lächeln auf ihrem Engelsgesicht.

Betsey strahlte wie eine aus tausend Männerträumen entsprungene zierliche, dralle Fee. Leuchtendblonde Locken ringelten sich bezaubernd unter ihrem kessen Strohhut hervor, den sie mit einem Tuch aus violetter Seide unter dem Kinn festgebunden hatte. Dazu trug sie ein hochtailliertes lavendelfarbenes Kleid aus allerfeinstem Musselin mit hübschen Puffärmeln. Makellose weiße Handschuhe schmückten ihre schmalen Hände, und an ihrem linken Arm baumelte eine modische Handtasche. Bei Betseys Anblick wurde Savanna schmerzlich bewußt, wie groß sie war und wie schäbig ihr Kleid neben dieser geschmackvoll gekleideten zierlichen Frau wirkte.

»Oh, sagen Sie nichts, ich weiß, wie aufdringlich ich mich verhalte!« gurrte Betsey. »Aber ich weile doch nur so kurz in New Orleans. Doch bevor ich nach Oak Shadows aufbreche, wollte ich Sie unbedingt aufsuchen und Ihnen zu Ihrer Hochzeit mit Adam St. Clair gratulieren.« Dann warf sie einen prüfenden Blick in Savannas überraschtes Gesicht und fuhr munter fort: »Ich habe zufällig Adam das Hotel verlassen sehen. Und da ich annahm, daß Sie hier nun ganz allein sind, habe ich mir überlegt, ob Sie nicht Lust hätten, mit mir unten in dem bezaubernden kleinen Teesalon ein Glas Limonade zu nehmen.«

Savanna war über Betseys Auftauchen und die freundliche Einladung alles andere als erfreut. Ihre Gedanken rasten. Mit Betsey ein Glas Limonade zu trinken war so ziemlich das letzte, was ihr in den Sinn gekommen wäre. Betseys mädchenhaft-elegante Kleidung und ihr fröhlich-selbstbewußtes Auftreten ließen Savanna nur zu klar erkennen, daß die junge Frau aus Adams Welt stammte, von der sie sich eben erst mit aller Gewalt losgesagt hatte. Und nach allem, was an diesem entsetzlichen Vormittag zwischen ihr und Adam vorgefallen war, nach diesem grauenvollen Streit hätte der Anblick der süßen kleinen, unschuldig lächelnden Betsey Asher Savanna um ein Haar hysterisch aufschreien lassen. Daher sagte sie ehrlich: »Ich würde Ihre Einladung gerne annehmen, aber leider hat Adam mir kein Geld dagelassen.«

Betsey ließ ein vergnügtes, glockenhelles Lachen erklingen. »Das ist kein Problem! Seien Sie mein Gast. Und das nächste Mal laden Sie mich ein. Kommen Sie, ich freue mich so darauf, mit Ihnen zu plaudern!«

Widerwillig ließ sich Savanna von Betsey umstimmen. Als sie die Tür weiter öffnete, sagte sie nur höflich: »Warum kommen Sie nicht einen Augenblick herein? Ich möchte nur noch schnell Adam eine Nachricht schreiben.« Als sie sich dann an den eleganten Schreibtisch aus poliertem Kirschholz setzte und Adam eine kurze Mitteilung schrieb, bemerkte sie nicht, wie sie von Betsey aus hart glitzernden grünen Augen genau beobachtet wurde.

Dann wanderte die junge Frau durch den Salon der Suite und verglich die Eleganz und die Größe dieses Raumes neidisch mit den beiden kleinen, unkomfortablen Zimmern, in denen Charles und sie sich eingemietet hatten. Das ist nicht fair! dachte sie aufgebracht. Adam gehört mir! Ich sollte seine Frau sein und mit ihm in dieser traumhaften Suite wohnen! Nicht diese viel zu große Frau in ihrem altmodischen Kleid und der phantasielosen Großmutterfrisur!

Da sie jedoch eine geborene Betrügerin und Intrigantin war, gelang es ihr ohne Anstrengung, ein gewinnendes Lächeln auf ihre feingeschwungenen Lippen zu zaubern und im Plauderton zu sagen: »Ich muß mich noch bei Ihnen für mein merkwürdiges Verhalten heute morgen entschuldigen. Aber Sie müssen verstehen, für uns war es geradezu ein Schock zu erfahren, daß Adam jetzt verheiratet ist! Er war bekannt für seinen Entschluß, niemals im Leben zu heiraten. Wie also haben Sie es fertiggebracht, ihn umzustimmen?«

Savanna errötete. Sie wünschte sich in diesem Augenblick, eine redegewandte Zunge zu besitzen, dazu den Witz und den Charme, mit solchen indiskreten Fragen angemessen umzugehen. So aber konnte sie nur vorgeben, konzentriert an der Nachricht für Adam zu schreiben, und möglichst beiläufig sagen: »Das ist schwer zu sagen, Miss Asher. Lassen Sie es mich so ausdrücken, es schien uns einfach eine gute Entscheidung zu sein.«

Als Betsey sich dann über die ziemlich plötzliche Eheschließung äußerte und nach dem Grund dafür fragte, fiel Savannas Antwort abweisend aus. »Gesetzt den Fall, unsere Hochzeit war wirklich überraschend schnell, dann geht das niemanden außer meinem Mann und mir etwas an. Das sehen Sie doch sicherlich ein?«

»Oh, ich bin Ihnen zu nahe getreten? Bitte verzeihen Sie mir!« rief Betsey in falscher Verzweiflung. »Verzeihen Sie mir, das habe ich nicht gewollt. Aber Sie müssen mich verstehen! Adam und ich waren immer so enge Freunde, und plötzlich sehe ich mich einer fremden Frau als seiner Ehefrau gegenüber. Es ist schon alles sehr merkwürdig. Aber bitte entschuldigen Sie meine unhöfliche Neugier.«

Höflich nahm Savanna Betseys bestürzte Entschuldigung an, blieb aber jetzt bewußt reserviert. Sie hätte diese Frau sofort abweisen sollen, von der sie inzwischen annahm, daß sie etwas Böses im Schilde führte.

Betsey merkte, daß sie Savanna nichts mehr entlocken konnte und sich selber den Grund für die plötzliche Heirat liefern mußte.

Als sie zusammen mit Savanna die Suite verließ und zu der großen geschwungenen Treppe ging, die ins Foyer des Hotels führte, dachte sie über mögliche Gründe nach und zog schließlich den Schluß, daß Savanna schwanger war. Betsey starrte Savanna feindselig an, die diesen Blick aber nicht bemerkte und arglos weiterging. Als sie die Treppe erreichten, ließen blinde Wut und rasende Enttäuschung die junge Frau handeln, ohne darüber nachzudenken. Es war so einfach: Sekundenlang bot sich eine günstige Gelegenheit, und Betsey nutzte sie! Niemand aus dem Foyer konnte sehen, was sie tat, und hier oben auf dem Korridor gab es keinen Zeugen. Der Anblick der schwangeren Savanna, Adams Frau, wie sie gerade den Fuß hob, um die lange geschwungene Treppe hinabzuschreiten, war mehr, als Betsey ertragen konnte. Ihr süßes Engelsgesicht verzerrte sich zu einer teuflischen Grimasse, als sie vorstürzte und Savanna einen brutalen Stoß in den Rücken gab.

Von diesem hinterhältigen Angriff vollkommen überrascht, stieß Savanna einen leisen Schrei aus und stürzte. Instinktiv versuchte sie, das Gleichgewicht zu halten, doch Betseys Stoß war zu stark gewesen. Während sie stürzte, versuchte sie, das hölzerne Treppengeländer zu fassen. Aber der Griff ging ins Leere, und so fiel Savanna sich mehrmals überschlagend die lange Treppe hinunter. Schriller Schmerz explodierte überall in ihrem Körper, als sie mit dem Rücken, dem Gesicht, den Knien, dem Leib immer wieder auf den Stufen aufschlagend hinabstürzte. Sie blieb still und reglos am Fuß der Treppe liegen.

Bestürzt und zufrieden zugleich blickte Betsey hinab auf die scheinbar leblos daliegende Savanna. Sie hatte es getan! Sie hatte es vollbracht! Sie hatte diese schwangere Kuh umgebracht! Ihre Augen glitzerten irr. Als unten die schockierten Zeugen des Sturzes zu Savanna eilten, legte sich Betseys hysterische Freude soweit, daß sie sich unverdächtig verhalten konnte. Indem sie einen Ausdruck äußersten Schreckens auf ihr hübsches Gesicht zauberte, hastete sie die Treppe hinunter und schrie verzweifelt. »O mein Gott! Wie konnte das nur passieren! Ich sah sie stürzen und wollte sie noch ergreifen! O mein Gott! Das ist ja schrecklich! Die arme Frau. Sagt mir, daß sie nicht tot ist!«

Zuletzt versuchten etwa ebenso viele Männer die verzweifelte Betsey zu trösten wie der reglosen Savanna halfen. Dann aber sah der Mann, der Savanna als erster erreicht hatte, zu Betsey auf und sagte nüchtern: »Sie ist noch nicht tot, aber sie blutet stark, und ich befürchte das Schlimmste!«

Nicht tot? Betsey hätte vor Enttäuschung und Wut mit

ihrem zarten Fuß auf den Boden stampfen können. Doch dann hob sie ihren Kopf aus der tröstenden Umarmung eines unbekannten Mannes und betrachtete Savanna, und in ihrem Blick lag wieder Zufriedenheit, als sie das schimmernde hellrote Blut sah, das in einem satten Strom aus Savannas Unterleib quoll.

19

Langsam kam Savanna wieder zu Bewußtsein. Sie fühlte sich, als läge sie unter vielen weißen, duftigen Seidentüchern, die ihre Sicht dämpften und ihre Bewegungen träge machten. Sie wußte nicht, wie ihr geschah, aber es schien ihr, als würden nacheinander die Tücher von ihr gezogen. Und als ihr Blick schärfer, ihr getrübter Geist klarer wurde, erkannte sie staunend, daß sie in dem Himmelbett ihrer Hotelsuite lag. Die Bettvorhänge waren zugezogen. Aber warum lag sie im Bett? Es konnte doch nicht schon Abend sein? Und wo war Adam? Sie runzelte die Stirn, um sich zu erinnern. Die Ereignisse des Tages, der schreckliche Streit mit Adam, der überraschende Besuch von Betsey Asher zuckten durch ihr Gehirn. Alles war wieder klar – fast alles, denn an das, was nach Verlassen der Suite gewesen war, erinnerte sie sich nicht mehr ganz. Vage Bilder, wie sie neben der jungen Frau durch den Korridor ging, oben an der Treppe zum Foyer stand und hinabzugehen begann, mehr nicht.

Dieses erschreckende Gefühl der Unvollständigkeit ließ Savanna auffahren. Doch sofort überschwemmte eine heiße Welle aus Schmerz ihren ganzen Körper, sie schrie erstickt auf und fiel zurück in die Kissen. Jeder Knochen schmerzte, jeder Muskel tat weh. Für Sekunden trübte ihr Bewußtsein ein, und sie fürchtete sich, als lauerten in dieser Ohnmacht neuer Schmerz und neue Schrecken. Was war mit ihr passiert?

Als sie wieder still lag und der Schmerz verebbt war, blieb in ihr eine beklemmende Leere, so als wäre ihr Körper eine hohle Puppe. Dann erst spürte sie das dicke Wattekissen, das zwischen ihren Beinen steckte, als sollte es eine besonders starke Blutung auffangen und stillen. Ihr Kind! Entsetzliches Begreifen explodierte in ihrem Kopf: Sie hatte ihr Kind verloren!

Savanna hatte ihre Schwangerschaft immer mit gemischten Gefühlen betrachtet. Da dieses Kind während der Schrecken, Strapazen und Entbehrungen ihrer Entführung gezeugt worden war und da sie für Adam seither niemals etwas anderes als Haßliebe und Zerrissenheit gespürt hatte, waren ihr die stillen, liebevollen, weichen Gefühle verwehrt geblieben, die schwangere Frauen für die kleinen Wesen empfinden, die in ihren Körpern wachsen. Nur ein starkes Gefühl, das Kind vor jeder Gefahr schützen zu müssen, hatte sie beherrscht. Und nun hatte sie dieses Kind verloren! Tödliche Verzweiflung füllte die Leere in ihr. Ein leiser, brüchiger Schmerzensschrei entrang sich ihrer Kehle, als sie den Verlust in seiner ganzen Unabänderlichkeit erfaßte. Sie schluchzte, und Tränen strömten über ihre Wangen. Niemals würde sie dieses Kind in den Armen halten, niemals seinen hellen Schrei hören, niemals seinen weichen Kopf streicheln, niemals den wundervollen Duft seiner Haut einatmen!

Da wurden plötzlich die Seidenvorhänge des Bettes beiseite geschoben, und fahles Morgenlicht floß herein. Dann war Adam bei ihr. Sein Gesicht sah übernächtigt und eingefallen aus. »Du bist wach! Endlich wach!« sagte er mit so tiefer Erleichterung und verzweifelter Freude, daß Savanna ihn nur verwundert betrachtete.

Ihre schönen aquamarinblauen Augen schwammen noch in Tränen, aber sie bemerkte sofort, wie schrecklich er aussah. Seine Wangen waren von einem dunklen Stoppelbart bedeckt, seine Haare wirr und ohne Glanz, der Kragen seines Hemdes aufgerissen und die Krawatte nachlässig herabgezogen. Aber vor allem der tiefe Schmerz in seinen saphirblauen Augen ließ sie schaudern. Hatte ihm das Kind wirklich so viel bedeutet? Sie erinnerte sich fast schmerzhaft klar an diesen merkwürdigen Kuß, den er auf ihren Bauch gehaucht hatte, an das tiefe Staunen und die Ehrfurcht in seiner Stimme, als er gesagt hatte: »Mein Kind!« Sie erkannte, daß Adam den Verlust des Kindes nicht weniger betrauerte als sie selbst.

Mit schwacher Stimme fragte sie: »Was ist passiert? Wie konnte ich unser Kind verlieren?«

Adams Herz verkrampfte sich bei der Erinnerung an den Moment, als er das Hotel betreten, die allgemeine Aufregung bemerkt und am Fuß der Treppe die erschrockenen und besorgten Leute gesehen hatte, die neben dem reglosen Körper seiner Frau knieten. Gequält schloß er die Augen. Er hätte Savanna nicht verlassen dürfen! Hätte er nur nicht seinem gottverdammten aufbrausenden Temperament die Zügel schießen lassen, dann wäre nichts passiert! Alles war seine Schuld! Und es linderte seinen Schmerz auch nicht, daß er ins Hotel zurückgekehrt war, weil er erkannt hatte, daß wütendes Davonstürmen ihre Probleme nicht löste. Wie ein Blinder war er aus dem Hotel gestürzt und mit eiligen Schritten durch die Stadt gelaufen, so als müßte er seine Kränkung und Wut in Bewegung umsetzen. Erst als diese Wut langsam nachgelassen hatte und er wieder klar denken konnte, wußte er, daß es in seiner Situation keinen Sinn machte, Trost in den Armen einer anderen, willfährigen Frau zu suchen. Savanna war seine Frau! Irgendwie mußte es ihm doch gelingen, sie zu überzeugen, daß ihre beiden Leben unlösbar miteinander verbunden waren und daß es eine realistische Chance gab, daß ihre Ehe gut verlief. So hatte er auf der Stelle kehrt gemacht und war zum Hotel zurückgegangen. Seine Gedanken waren vollauf damit beschäftigt gewesen, wie er Savannas Liebe gewinnen konnte.

Und wieder übermannte die Verzweiflung Adam, und er legte sich langsam neben Savanna auf das Bett, nahm sie vorsichtig in die Arme, und als ihr blasses Gesicht an seiner Brust ruhte, flüsterte er: »Ich dachte, du wärest tot! Niemals in meinem ganzen Leben habe ich so viel Angst gehabt!«

Es war wundervoll, in Adams starken Armen zu liegen. Savanna drängte sich an ihn und streichelte mit einer Hand seine breite Brust. »Aber was ist passiert? Ich kann mich nur noch erinnern, daß ich mit Betsey Asher die Treppe ins Foyer hinuntergehen wollte, um dort Limonade zu trinken.«

Adam preßte die Lippen zusammen. Er hätte Betsey am liebsten den Hals umgedreht! Wenn sie sich nicht eingemischt und nicht versucht hätte, sich bei Savanna einzuschmeicheln, wäre es nicht zu diesem schrecklichen Unfall gekommen! Sie war die ganze Zeit über, während er bei Savanna kniete, wie eine verstörte kleine Biene um ihn herumgeschwirrt und hatte Unsinn geplappert. »O Adam! Ich wollte doch nur nett zu ihr sein. Ich hatte sie zu einem Glas Limonade eingeladen, und dann ist sie die Treppe hinuntergefallen! Stell dir das vor, im einen Moment stehen wir beide noch oben am Treppenabsatz, und im nächsten fällt sie einfach die Treppe hinunter! Es war entsetzlich für mich! Einfach grauenvoll! Der Schock war so groß, daß ich Mühe hatte, nicht in Ohnmacht zu fallen! Ach, Adam, du kannst dir nicht vorstellen, was ich mitgemacht habe!«

Adam hatte ihrem Geplapper keinerlei Beachtung geschenkt. Als ein herbeigeeilter Arzt erlaubt hatte, Savanna zu bewegen, hatte Adam sie vorsichtig in seine Suite getragen. Mit grimmiger Genugtuung hatte er Betsey Asher die Türe vor der Nase zugeschlagen. Die Nacht, die er allein neben Savanna wachend verbracht hatte, war die schlimmste Nacht seines Lebens gewesen. Zuerst war der Verlust des Kindes kaum in sein Bewußtsein gedrungen. Viel zu groß war seine Angst, er werde Savanna verlieren. Der Arzt hatte Savanna lange behandelt, bevor es ihm endlich gelungen war, die schreckliche Blutung zum Stillstand zu bringen. Die Minuten dehnten sich für den wartenden Adam zu einer qualvollen Ewigkeit. Dann endlich beendete der Arzt seine Untersuchungen und wandte sich an Adam. »Ihre Frau wird wieder ganz gesund. Jetzt schläft sie. Bei ihrem Sturz ist sie mehrmals schwer mit dem Kopf auf den Stufen aufgeschlagen, aber ich schätze, gegen Morgen wird sie aufwachen. Sie hat sich nichts gebrochen. Die Blutung war sehr stark, aber sie ist jetzt gestillt. Ihre Frau ist jung und gesund. Innerhalb weniger Wochen wird sie wieder ganz die alte sein.«

Während der sich unendlich hinziehenden Nacht hatte Adam an Savannas Bett gesessen, hin und wieder ihre Stirn mit einem kühlen Tuch abgetupft, dann hilflos ihre erschlaffte Hand gehalten und gehofft, sie werde die Augen aufschlagen und ihm ins Gesicht blicken. Während dieser langen, schwarzen, einsamen Stunden hatte er auch viel über das Kind nachgedacht und war noch bedrückter geworden. Bis zu diesem Tag, an dem Savanna ihr Kind verloren hatte, war es für Adam keine reale Vorstellung gewesen. Solange er sich selbst nicht eingestanden hatte, daß er Savanna liebte, war das Kind das Hauptargument gewesen, Savanna heiraten zu können. Doch nun, da Savanna das Kind verloren hatte, fühlte Adam sich, als wäre ihm das zuckende Herz aus dem Körper gerissen worden. Fast ebenso schrecklich war das Gefühl, nichts tun zu können, weder für das Kind noch für Savanna. Er konnte nur abwartend neben Savanna sitzen, ihre kraftlose Hand halten und hoffen, daß sie am kommenden Morgen erwachen werde, wie der Arzt angekündigt hatte. Und als sie dann tatsächlich aufgewacht war, war er nicht bei ihr gewesen, sondern im Salon, um einen Kanne Kaffee für sich zu bestellen. Doch dann hatte er ihr leises Schluchzen gehört und war an ihre Seite geeilt.

Adam beugte sich zu Savanna, zog sie zärtlich an sich, küßte ihre Wangen und flüsterte: »Nicht sprechen, mein Liebling. Der Arzt hat gesagt, du sollst dich ausruhen.«

»Aber wie kann ich Ruhe finden, wenn mein Kopf voll quälender Fragen ist«, antwortete Savanna. »Bitte, Adam, erzähl mir, was passiert ist.«

Nur widerstrebend berichtete er ihr alles, was er wußte. Dann blickte er in ihr blasses Gesicht und fragte: »Kannst du dich an irgend etwas erinnern?«

Savanna schüttelte den Kopf und zuckte unter den Schmerzen ihrer zerschlagenen Muskeln und ihres dröhnenden Kopfes zusammen.

»Der Arzt vermutet, du könntest dort oben an der Treppe eine kurzen Ohnmachtsanfall gehabt haben und deswegen gestürzt sein. Das klingt sinnvoll. Betsey sagt, es wäre alles sehr schnell gegangen. Im einen Moment wärst du noch neben ihr gegangen, im nächsten schon die Treppe hinuntergestürzt.«

Irgend etwas rührte sich in Savannas Bewußtsein, eine Erinnerung, Bilder, Gefühle, die sie nicht fassen konnte. Sie runzelte die Stirn. Dort oben an der Treppe war etwas anderes geschehen...

»Das ist alles, was ich darüber weiß«, sagte Adam. »Möchtest du über das Kind sprechen?«

Savannas Augen füllten sich wieder mit Tränen, und ein verzweifeltes Schluchzen würgte in ihrem Hals. Doch dann nickte sie und sagte: »Ich wollte unser Kind haben. Trotz allem, was zwischen uns liegt und was wir uns antun.«

»Ich weiß, mein Liebling«, sagte er traurig. »Ich wollte dieses Kind auch haben.«

Daraufhin verloren sich beide still in ihrem traurigen Abschiednehmen von dem ungeborenen Kind ihrer wechselvollen Liebe. Ein langes Schweigen hüllte sie ein. Erst viel später begannen sie wieder stockend zu sprechen, redeten über den Verlust ihres Kindes und ihr verzweifeltes Leid.

Während sie nebeneinanderlagen, aneinandergedrängt, als könnten sie sich gegenseitig in ihrem Leid Kraft und Trost spenden, betrachtete Adam Savannas Gesicht. Als die erste Verzweiflung ertragen und überstanden war und Adam bemerkte, wie erschöpft Savanna war, lenkte er das Gespräch auf andere Themen. Dann überredete er sie sanft, wieder etwas zu schlafen, und Savanna gehorchte.

Sie schlief fast den ganzen Tag. Erst gegen Abend erwachte sie wieder, und das erste, was sie wahrnahm, war ein starker, verlockender Duft von Hühnersuppe und frisch gebackenem Brot. Doch sofort überschwemmte sie wieder die Trauer um ihr verlorenes Kind. Da wußte sie, daß dieser Schmerz niemals vergehen würde. Er würde mit der Zeit schwächer werden, aber er würde nicht vergehen, solange sie lebte.

Als Adam zu ihr kam, sah er wieder besser aus, und Savanna vertrieb ihre düsteren Gedanken, setzte sich auf und ließ sich von Adam in ein Plaid hüllen und an den Tisch im Salon führen, wo ein großes Tablett mit Essen für sie stand. Sie ließ sich nieder, und zu Adams großer Zufriedenheit leerte sie erst eine, dann eine weitere große Schale mit Hühnerbrühe und aß fast einen halben Laib des frischen, ofenwarmen Brotes dazu.

Als sie gesättigt war und Adam sie wieder ins Bett bringen wollte, schüttelte sie widerwillig den Kopf. »Bitte, Adam, ich möchte mich nicht gleich wieder ins Bett legen. Ich würde mich viel besser fühlen, wenn ich mich anziehen und dann eine Weile aufrecht sitzen könnte.«

Adam betrachtete sie prüfend. Sie sah nicht mehr so besorgniserregend blaß aus wie am Morgen und wirkte, als ob sie sich wieder sicher auf den Beinen halten könnte. Er nickte zustimmend. »Ich kann mir nicht vorstellen, daß es dir schadet, wenn du eine Weile auf der Couch sitzt.«

Kurz darauf saß sie bequem von Kissen gestützt auf der großen Couch. Sie hatte sich gewaschen, ihre Haare ausgebürstet, bis sie wieder wie eine schimmernde rotgoldene Kaskade über ihre Schultern fielen, und eines der schönen Kleider angezogen, die inzwischen von Madame Galland geliefert worden waren. Diese wenigen Verrichtungen hatten sie mehr angestrengt, als ihr lieb war, und sie war froh, sich hinsetzen zu können. Adam nahm in einem Sessel ihr gegenüber Platz.

Ein kurzes unbehagliches Schweigen kam zwischen ihnen auf. Beide wußten sie, daß sie nach einem heftigen, fast unversöhnlichen Streit auseinandergegangen waren. Savanna fingerte nervös an den feinen Fransen ihres Schals. Da sie nicht wußte, was sie eigentlich sagen sollte, begann sie: »Ich danke dir für die traumhaft schönen Kleider, die du mir gekauft hast! Und gleich so viele auf einmal! Ich weiß gar nicht, ob ich sie jemals alle anziehen kann!«

Es gab so viel wichtigere Dinge zu sagen, zu erklären, zu entschuldigen und beizulegen, daß Adam staunte, als Savanna mit so nichtssagend höflicher Konversation begann. Andererseits war es nicht verfänglich und viel besser, als nur schweigsam dazusitzen. So lächelte er ironisch und sagte: »Es war mir ein Vergnügen. Ich bin sicher, du wirst innerhalb kürzester Zeit jedes Kleid getragen haben. Und nach allem, was ich über Frauen weiß, glaube ich, daß du ziemlich bald zu mir kommen und dich beklagen wirst, daß du überhaupt nichts anzuziehen hast. Dann werden wir wieder Madame Galland aufsuchen und dir noch einmal so viele traumhafte, elegante und sündhaft teure Kleider kaufen!«

Als er Savannas betroffenen Gesichtsausdruck sah, hätte er sich am liebsten auf die Zunge gebissen. Er sprang aus seinem Sessel auf, kniete sich vor sie, ergriff ihre Hände und besänftigte sie: »O Liebling! Schau mich nicht so wütend an! Ich habe doch nur Spaß gemacht!«

Sie aber wandte verletzt den Kopf ab und sagte bitter: »Wenn du dich meinetwegen und wegen meiner Kleider schämst, warum hast du mich dann geheiratet?«

Adam schüttelte mehrmals erstaunt den Kopf. Dann fragte er schockiert: »Wie kommst du darauf, daß ich mich deiner schäme?«

Savanna warf einen Blick auf ihn. Er wirkte völlig verwirrt, so als könnte er tatsächlich nicht verstehen, wovon sie redete. »Aber das war doch der Grund, warum du mich zu Madame Galland geführt hast! Du hast dich wegen meiner langweiligen und uneleganten Kleider geschämt und wolltest so nicht mit mir in der Öffentlichkeit gesehen werden.«

»So einen Blödsinn habe ich schon lange nicht mehr gehört!« sagte er mit äußerster Erbitterung und fuhr leidenschaftlich fort: »Mein Liebling! Ich habe dich aus dem einzigen Grund zu Madame Galland geführt, weil ich dachte, du würdest dich über ein paar neue, hübsche Kleider freuen! Gut, ich mache auch keinen Hehl daraus, daß ich ein reicher Mann bin und es mir leisten kann und daß es mir Spaß macht, einer schönen Frau schöne Kleider zu kaufen. Aber das hat doch nichts damit zu tun, daß ich mich deiner schäme! Wofür hältst du mich eigentlich?« Seine Augen wurden vor Erregung dunkel, als er heftig fortfuhr: »Du bist die schönste Frau, der ich jemals begegnet bin! Großer Gott! Du bist wunderschön, egal ob du ein schmutziges, zerschlissenes einfaches Baumwollkleid trägst wie damals, als ich dich zum ersten Mal vor mir stehen sah, oder ob du das eleganteste Kleid trägst, das man in New Orleans kaufen kann! Du kannst anziehen, was du willst, du wirst immer eine hinreißend schöne Frau sein!«

In seiner Stimme lag so viel wütende Ehrlichkeit, und in seinen Augen schimmerte so viel betörende Aufrichtigkeit, daß Savanna nicht anders konnte, als seinen Worten zu glauben. Und im selben Moment kam sie sich wie eine Närrin vor, weil sie an der Lauterkeit seines Verhaltens überhaupt zweifeln konnte. Sie wurde rot, schlug die Augen nieder und murmelte unbehaglich: »Entschuldige bitte! Ich hätte das eigentlich bemerken sollen. Aber ich habe mich wie so oft nur über dich geärgert!« Dann hob sie den Blick und sah ihm in die Augen. »Es tut mir leid!«

»Das will ich auch hoffen!« sagte er mit spöttisch glitzernden Augen. Doch dann wurde er wieder ernst und fragte: »Aber bitte sag mir, wie konntest du überhaupt annehmen, daß ich mich deiner schäme?«

Savannas Wangen glühten vor Verlegenheit, und es bedurfte aller Anstrengung, seinem harten, geraden Blick standzuhalten. Dann räusperte sie sich und bekannte: »Als wir deinen alten Freunden, den Ashers, begegnet sind, war dir das unangenehm. Du hast es so eilig gehabt, von ihnen wegzukommen, als würdest du mich ihnen am liebsten gar nicht vorstellen!«

»Ich wollte dich auch nicht mit ihnen bekannt machen!« gab Adam offen zu. Und als Savanna ihm einen bösen Blick zuwarf, fügte er lächelnd hinzu: »Aber es lag nicht daran, daß ich mich deiner schämte!« Dann trat eine tiefe Falte auf seine Stirn, und nun war er es, der sich unbehaglich räusperte. »Mein Liebling, ich habe mich deiner nicht geschämt, aber ich habe mich in einer sehr unangenehmen Situation befunden. Denn ich war mal einige Zeit...« Adam hielt inne. Und zu ihrer Überraschung sah Savanna ihren Mann erröten. Es war unglaublich! Adam St. Clair, dieser spöttische, unerschütterliche, gelassene Mann, wurde rot wie ein junges Mädchen, das sich schämte! Verlegen sprach er weiter: »Ich war ziemlich eng mit Betsey Asher befreundet, lange bevor ich dir begegnet bin!«

»Oh, so ist das!« sagte Savanna spitz, und ihre aquamarinblauen Augen fixierten ihren Ehemann vorwurfsvoll.

»Savanna! Ich wußte damals noch nicht einmal, daß du existierst! Du kannst mir doch daraus keinen Vorwurf machen!«

»Du hast recht, das kann ich nicht!« gab sie zu. »Aber es erklärt mir vieles, wenn auch nicht Betseys Freundlichkeit. Sollte sie mir noch einmal so freundlich kommen, werde ich ihr die Augen auskratzen!«

Adam vernahm ihren eifersüchtigen Ausbruch mit größter männlicher Zufriedenheit, und Savanna fügte hinzu: »So würde ich jedenfalls darüber denken, wenn wir unter normaleren Umständen miteinander verheiratet wären.«

»O natürlich! Ich verstehe!« nickte Adam und strahlte vor Vergnügen. Sein Herz jubelte, da er nun wußte, daß sie mehr für ihn empfand als nur Haß und Ablehnung.

Savanna wand sich unbehaglich in ihren Kissen. »Machst du dich über mich lustig?«

Da schenkte Adam ihr sein spöttischstes, strahlendstes Lächeln, so daß Savannas Herz erzitterte. »Natürlich mache ich mich über dich lustig! Aber viel lieber möchte ich dich küssen!« Und damit beugte er sich über sie, und sein warmer Mund senkte sich auf ihre Lippen.

Es war ein sanfter Kuß, der Savanna die Tiefe aller seiner Gefühle enthüllte. Hingegeben legte sie ihre Arme um seine Schultern. Er küßte sie lange, und zusammen trieben sie eine kleine schwingende Ewigkeit durch das Wissen um ihre Liebe zueinander, die sie einander wortlos mit ihren Lippen und Zungen gestanden.

Als er dann endlich seine Lippen von den ihren löste, lag ein verschleierter, traumverlorener Ausdruck in ihren Augen. Seine Hände legten sich weich an ihre Wangen, hoben ihren Kopf, damit sie in seine Augen sehen mußte. Und dann sagte er klar und fest: »Ich könnte mich niemals deiner schämen! Du bist meine Frau! Und sollte ich mich überhaupt für irgend etwas schämen, dann dafür, daß ich nicht so unschuldig in unsere Ehe gekommen bin wie du. Von den Ashers habe ich dich deswegen so schnell wie möglich weggeführt, weil sie keine angenehmen Leute sind. Mir war der Gedanke unerträglich, daß meine Frau einer meiner ehemaligen Geliebten begegnet.«

Savanna nickte. Und plötzlich war ihr Herz voller Freude und Hoffnung. Er hatte noch immer nicht die entscheidenden Worte ausgesprochen, die Erklärung seiner Liebe, aber sie entnahm allem, was er in diesen Minuten sagte und tat, daß er ihr gegenüber tiefe Gefühle empfand. Sie lächelte ihn so glücklich und warm an, daß Adam das Herz überging. Trunken vor

Freude, daß zum ersten Mal zwischen ihnen kein Mißtrauen und keine Mißverständnisse herrschten, berührte er mit leicht zitternden Fingern ihre Wangen und sagte mit dunkler Stimme: »O Savanna! Weißt du denn nicht, daß ich dich...«

In diesem Augenblick wurde heftig an die Tür geklopft, und die vertraute Atmosphäre verflog. Ärgerlich sprang Adam auf und eilte leise fluchend zur Tür.

Als er dann jedoch die Tür geöffnet hatte, verfinsterte sich sein Gesichtsausdruck noch mehr. Der Grund für diesen Unwillen wurde Savanna in dem Moment klar, als sie die Stimme der unerwarteten und unwillkommenen Besucherin vernahm.

»O Adam! Ich mußte dich einfach noch einmal sehen, bevor wir losfahren!« stieß Betsey Asher aufgeregt hervor. »Charles hat beschlossen, daß wir morgen früh aufbrechen. Wenn ich dich also jetzt nicht besuche, wer weiß, wann wir uns wiedersehen!« Erst jetzt bemerkte sie Adams finsteren Gesichtsausdruck und fragte bekümmert: »Wie geht es Savanna? Hat sich ihr Zustand etwas gebessert?«

»Komm rein!« sagte Adam unfreundlich und ließ sie mit sichtlichem Unbehagen eintreten.

Was für einen Anblick Betsey auch erwartet hatte, sie beherrschte ihre Bestürzung meisterlich, als sie Savanna aufrecht auf der Couch sitzen sah. Und obwohl die vergangenen Ereignisse ihre Spuren hinterlassen hatten, war Savanna anbetungswürdig schön. Ihre klaren, aquamarinblauen Augen wirkten riesengroß in ihrem makellosen alabasterweißen Gesicht, und ihre rotgoldenen Locken glühten intensiv. Während Betsey fieberhaft überlegte, wieviel Savanna von dem Vorfall an der Treppe noch wußte, stürzte sie zur Couch, ließ sich neben Savanna nieder und rief: »Meine Güte, wie gut Sie heute schon wieder aussehen! Was haben Sie mir gestern für einen Schrecken eingejagt! Ich schwöre Ihnen, ich habe heute nacht kein Auge zugetan vor Sorge um Sie!«

Savanna gab eine höfliche Floskel von sich, aber mit ihren Gedanken war sie nicht bei Betseys Worten. Beim Klang ihrer Stimme regte sich etwas in Savannas Erinnerung, was sie aber nicht klar zu fassen vermochte. Mit starkem Herzklopfen versuchte sie das Bild zu bestimmen, das sich verschwommen in ihr Gedächtnis drängte.

Betsey blieb nicht lange, sie hatte sich nur Klarheit über Savannas Zustand verschaffen wollen und war wütend, daß der Sturz sie nicht schlimmer getroffen hatte. Wenigstens hatte sie das Kind verloren.

Als Betsey sich von Savanna verabschiedete und auf Adam zuging, der abweisend neben der Tür stand, und ihm ihre schmale weiße Hand auf den Arm legte, hatte diese freche und vertrauliche Geste eine überraschende Wirkung auf Savanna. Mit einem Mal konnte sie sich wieder daran erinnern, wie diese kleinen, zartweißen Hände ihr einen festen Stoß in den Rücken gegeben hatten, so daß sie nach vorne stürzte.

Savanna sprang auf und rief zornig: »Sie haben mich gestoßen! Ich bin nicht die Treppe hinuntergefallen, Sie haben mich hinuntergestoßen!«

Betsey versteifte sich. Während des Bruchteils einer Sekunde senkten sich ihre grünen Augen in Adams Blick. Doch schon fuhr sie zu Savanna herum und fragte mit Unschuldsmiene: »Wovon reden Sie?«

Savannas Stimme bebte vor unterdrückter Wut. »Ich rede von gestern nachmittag, als Sie mich die Treppe hinuntergestoßen haben. Ich kann mich an alles genau erinnern.«

Betsey warf Adam einen bedauernden Blick zu. »Oh, es tut mir so leid, mein Schatz! Du hast mir nicht gesagt, daß Savanna nicht ganz bei Verstand ist.«

»Ich bin nicht verrückt!« fauchte Savanna. »Ich hatte es vergessen bis zu dem Moment, als ich Ihre Stimme gehört und Ihre Hand auf Adams Arm gesehen habe. Sie haben mein Kind getötet und wollten auch mich töten!«

Adams braunes Gesicht war fahl geworden, seine Lippen fast durchscheinend weiß. Betsey brauchte nur einen Blick in seine Richtung zu werfen, um zu wissen, daß von ihm keine Hilfe zu erwarten war. So kicherte sie nervös und schob sich dabei näher zur Tür. »Ich werde mich nicht mit Ihnen streiten, Savanna. Aber Sie irren sich. Wieso sollte ich so etwas Entsetzliches tun?«

Adam antwortete auf diese Frage mit kalter, feindseliger Stimme: »Weil du gehofft hast, daß ich zu dir zurückkehre, wenn es dir gelingt, Savanna zu beseitigen!«

»Ach, mein lieber, lieber Adam«, flötete Betsey. »Bist du da nicht ein bißchen zu selbstgefällig? Glaubst du wirklich, ich würde so etwas Schreckliches tun, nur um mir die Aufmerksamkeit eines Mannes deines Schlages zu sichern? Du weißt doch, daß ich auf dem Weg bin zu einem Mann, den ich heiraten werde. Unsere Affäre war wirklich himmlisch, aber sie ist lange vorüber, und niemand ist darüber glücklicher als ich! Wie kannst du nur annehmen, daß ich ausgerechnet deinetwegen einen Menschen töten will?« Eiskaltes Schweigen war die einzige Antwort auf Betseys Frage. So sprach sie weiter, doch diesmal mit deutlichem Ärger in der Stimme. »Na gut! Ich sehe, daß du mir nicht glaubst! Dabei bin ich aus purer Sorge und aus Mitgefühl gekommen! Wie dumm von mir! Mehr habe ich nicht zu sagen! Also entschuldigt mich bitte, ich habe noch einige Reisevorbereitungen zu treffen!«

»Nicht so schnell«, knurrte Adam und packte Betseys Arm mit einem brutalen Griff. »Glaubst du wirklich, ich lasse es zu, daß du erst meine Frau verletzt und mein Kind tötest und dann ungestraft davonspazierst?«

Was Betsey auch geplant und getan hatte, nichts hatte geklappt. Und so verlor sie ihre Beherrschung und schrie Adam ins Gesicht: »Faß mich nicht an! Mir ist egal, was du glaubst oder nicht!« An Adams eiskalter Miene erkannte sie, daß sie das Spiel um ihn verloren hatte. »Glaub, was du willst, du kannst ja doch nichts beweisen! Ihr Wort steht gegen meines, und jedermann weiß, daß sie heftig auf den Kopf gefallen ist!« Ein angestrengtes, höhnisches Lächeln verzerrte ihr hübsches Engelsgesicht, als sie hinzufügte: »Ich kann selber nicht verstehen, daß ich dich überheblichen, miesen Hurensohn mal heiraten wollte! Und jetzt nimm bitte deine verdammten Finger von mir!«

Doch Adams Hand schloß sich nur noch fester um Betseys Arm. Er wurde von Rachsucht geschüttelt wie ein Baum im Sturm. In seinem schönen Gesicht stand pure Mordlust, und einige gefährliche flirrende Sekunden war völlig unklar, was er tun würde. Er konnte dieses teuflische Engelchen Betsey Asher im Nu zerbrechen wie eine widerliche Porzellanpuppe. »Ich sollte dir das Genick brechen!« knurrte er. Doch mit äußerster Anspannung beherrschte er sich. Es würde ihm zwar Genugtuung bereiten, sie jetzt auf der Stelle mit bloßen Händen zu erwürgen, aber ihr das Leben zur Hölle zu machen und sie über lange schreckliche Jahre hinweg leiden zu lassen erschien ihm als eine bessere Strafe. Angeekelt ließ er Betseys Arm los und sagte: »Du bist es nicht wert! Ich lasse mich doch nicht aufhängen, nur weil ich dich Miststück erwürgt habe. Aber ich bin noch nicht fertig mit dir, Betsey!« Und dann lachte er grausam und gemein und fügte beinahe zärtlich hinzu: »Nein, ich bin noch nicht fertig mit dir. Und ich verspreche dir, es werden Tage kommen, an denen du dir wünschst, ich hätte dich heute getötet!«

Betsey packte den Türknauf, riß die Tür auf und spie vor Adam ihre letzten, haßerfüllten Worte aus: »Das wirst du büßen, Adam St. Clair! Verlaß dich darauf!« Damit schleuderte sie die Türe hinter sich so fest ins Schloß, daß die Wand vibrierte.

Adam wandte sich Savanna zu, die erschöpft und blaß vor dem Sofa stand. »Dios! Was für eine böse Frau!« sagte sie angewidert. »Ich würde sie am liebsten lebendig an die Alligatoren verfüttern, aber ich bin froh, daß du sie nicht erwürgt hast!« Sie lächelte schwach. »Es würde mir übrigens auch nicht gefallen, wenn du ihretwegen gehängt würdest!«

Mit raschen Schritten eilte Adam durch den Raum auf Savanna zu und nahm sie in die Arme. »Mein Liebling, es tut mir so leid, daß du diese schlimme Szene miterleben mußtest!« Dann atmete er gequält aus. »Ich kann es gar nicht verwinden, daß sie dich meinetwegen die Treppe hinuntergestoßen und meinetwegen unser Kind getötet hat!«

Doch Savanna barg ihren Kopf an seiner Schulter und tröstete ihn: »Du kannst nichts dafür, Adam. Du konntest nicht ahnen, daß sie so etwas tun würde. Sie muß verrückt sein!«

»Verrückt und gewalttätig«, sagte Adam grimmig. Dann merkte er, wie erschöpft sie war, hob sie hoch, trug sie in das Schlafzimmer und legte sie dort sanft auf das Bett. Liebevoll lächelte er auf sie nieder und sagte: »Ruh dich aus und schlaf ein wenig.«

Savanna leistete keinen Widerstand. Plötzlich war sie so müde, als sei alle Kraft, alle Energie aus ihrem Körper gewichen. Und so sehr sie sich vor einer halben Stunde danach gesehnt hatte, das Bett verlassen zu dürfen, so froh war sie nun, ihren Kopf in die Kissen sinken zu lassen.

Adam erwies sich als begabte Zofe, entkleidete sie mit kundigen, zarten Handbewegungen und half ihr in ein besticktes Nachthemd hinein. Dann klopfte er die Kissen für sie auf, machte es ihr so bequem wie möglich und betrachtete sie eingehend. Um ihre Augen lagen dunkle Schatten, und ihre Wangen wirkten eingefallen. Wenn er aber bedachte, wie schwer der Sturz und wie heftig die Blutung gewesen war, dann konnte er mit ihrem Befinden zufrieden sein.

Er legte sich neben sie, ergriff ihre Hand und sagte leise: »Sobald du reisen kannst, sollten wir nach Campo de Verde zurückkehren. Ich bin sicher, du wirst dich dort bei deiner Mutter und in der Nähe von Bodene besser fühlen als auf Belle

Vista.« Sein Mund wurde schmal. »Ich hätte dich nicht nach New Orleans mitnehmen sollen. Es ist ohnehin die unangenehmste Zeit im Jahr, und außerdem wären wir den Ashers nicht begegnet!«

Dann senkte sich wieder Schweigen über Savanna und Adam, als sie in die Trauer um das Kind versanken, das Betsey getötet hatte. Adam fand zuerst wieder hinaus und sagte mit leichter Stimme: »Ich habe gewartet, bis du heute morgen aufgewacht bist und ich sicher sein konnte, daß es dir einigermaßen gut geht. Dann habe ich deiner Mutter geschrieben, habe ihr alles berichtet und ihr mitgeteilt, daß du wieder ganz gesund werden wirst. Mittags habe ich einen Boten mit dem Brief zu ihr geschickt.«

»Sie wird mich zu Tode verwöhnen«, lächelte Savanna schwach.

»Natürlich!« bestätigte er. Dann ließ er seine Augen über sie gleiten. »Verwöhnt werden ist genau das, was du jetzt brauchst. Und das fängt damit an, daß ich dich jetzt schlafen lasse. Ich bleibe die ganze Zeit nebenan im Salon. Ruf mich, wenn du irgend etwas brauchst!«

Während Savanna bald in tiefen Schlaf versunken war, verbrachte Adam die nächsten Stunden in tiefer Rastlosigkeit und machte sich Vorwürfe, weil Savanna beinahe wie das Kind durch Betseys Hand umgekommen war, nur weil er einmal ihr Geliebter gewesen war.

Doch jenseits dieser düsteren Gedanken und jenseits seines Hungers nach blutiger Rache gab es auch noch andere Dinge, die ihm etwas Ablenkung und Erleichterung verschafften. Zuletzt schenkte er sich ein großes Glas Brandy ein, setzte sich an den Tisch und begann Briefe an seine Familie zu schreiben, um alle nicht nur von seiner Hochzeit mit Savanna, sondern auch von dem tragischen Verlust ihres Kindes zu unterrichten. Im Brief an seine Eltern beschränkte er sich auf die reinen Tatsachen und versprach, bald ausführlicher zu schreiben. In dem

Brief an Jason und Catherine jedoch gestand er ganz ehrlich, wie sehr er Savanna liebte und wie schuldig und verzweifelt er sich fühlte, weil Savanna seinetwegen das Kind verloren hatte. In keinem der Briefe jedoch erwähnte er Betseys brutale Tat, die zu dem Unglück geführt hatte. Er würde sich an Betsey Asher rächen und wollte nicht, daß sich irgend jemand einmischte und ihn davon abzuhalten versuchte.

20

Adam war so sehr mit seine Rachegelüsten beschäftigt, daß ihm nie der Gedanke kam, Betsey könnte ihre Drohung wahr machen und sich an ihm rächen! Bereits während sie keuchend vor Wut und mit gefährlich blitzenden grünen Augen den Korridor entlang zu ihrem Zimmer hastete, schmiedete sie ihren Plan. Wie konnte Adam es wagen, mich so zu behandeln? dachte sie, als sie in ihr Zimmer stürmte und die Tür hinter sich ins Schloß schmetterte. Schon der Gedanke, daß er sich von dieser gewöhnlichen Schlampe zum Vater hatte machen lassen und sie brav geheiratet hatte, trieb sie fast zum Wahnsinn. Und jetzt hatte er Savanna auch noch mehr geglaubt als ihr und sie sogar bedroht! Das sollte der Mistkerl büßen!

Als Charles Asher seine Schwester wie einen Wirbelsturm in ihr Zimmer stürmen hörte, wußte er sofort, daß sie so wütend war wie selten zuvor. Er erhob sich, trat an die Verbindungstür zu ihrem Zimmer und sah zu, wie Betsey alles zerstörte, was ihr in den Weg kam. Sie war in der Tat außer sich vor Wut! Als Betsey ihm gestern gestanden hatte, was sie Savanna angetan hatte, war er zuerst schockiert gewesen, aber er wußte auch, daß sie es nicht ertragen konnte, wenn jemand ihre Pläne durchkreuzte. Er fürchtete nur, daß diese Tat böse Folgen für sie und damit auch für ihn haben könnte. Als Betsey an diesem Nachmittag auch noch darauf bestanden hatte, die St. Clairs in ihrer Suite zu besuchen, hatte er versucht, sie davon abzuhalten. Der Streit zwischen ihnen war laut und erbittert gewesen. Aber er konnte ihr den Plan nicht ausreden. Und weil er Betsey ebenso wenig bis zum Aufbruch am kommenden Morgen in ihrem Zimmer einschließen konnte, mußte er sie gehen lassen. Wie so oft, war es Charles auch diesmal wieder als das Einfachste erschienen, Betsey ihren Willen durchsetzen und ihr Ungestüm austoben zu lassen. Die Tatsache, daß Betsey nun voll Wut von diesem Besuch zurückgekehrt war, ließ ihn vermuten, daß sie niemanden getäuscht hatte – oder schlimmer noch, daß die Wahrheit ans Licht gekommen war! Dieser Gedanke behagte ihm gar nicht. Doch dann schüttelte Charles seine Bedenken ab. Es gab keine Beweise. Betseys Wort würde gegen das von Savanna stehen. Er war sicher, daß Adam und Savanna die Sache nicht an die Öffentlichkeit bringen wollten.

Charles zog in der für ihn so typischen arroganten Art fragend die Augenbraue hoch. »Was ist los? Adam hat dich ja wie einen begossenen Pudel abziehen lassen!«

»Dumme Sprüche kannst du dir sparen!« fauchte sie ihn an. Normalerweise hätte sie sich, um ihre Wut abzureagieren, voll Ingrimm auf Charles oder jeden gestürzt, der ihr in diesem Moment in die Quere kam. Diesmal aber war sie viel zu aufgebracht, um sich mit einem sinnlosen Streit zufriedenzugeben. Sie wollte Rache! Sie wollte, daß Adam bestraft würde. Und Charles mußte ihr dabei behilflich sein.

Die Wut, die in ihr raste, verzerrte Betseys liebliches Gesicht zu einer Fratze reiner Bösartigkeit. So trat sie vor ihren Bruder und schrie: »Ich will, daß dieser Hundesohn stirbt! Er hat mich tödlich beleidigt!«

»Ich hoffe, du willst nicht, daß ich ihn deswegen zum Duell fordere«, sagte Charles trocken. »Es ist allgemein bekannt, daß Adam ein hervorragender Schütze ist und mit dem Degen umzugehen weiß wie kein zweiter.«

»Sei kein Narr! Natürlich will ich nicht, daß du zu Schaden

kommst! Aber ihn soll es treffen!« Dann dachte sie eine Weile mit gerunzelter Stirn nach. Plötzlich trat ein zufriedenes Funkeln in ihre grünen Augen. »Wir könnten doch einfach jemand bezahlen, der das für uns erledigt. Zwei oder drei Mann vielleicht. Sie müssen ihn ja nicht gleich umbringen, es genügt, wenn sie ihm das Blut herausprügeln! Kannst du dich nicht darum kümmern?«

Charles betrachtete sie nachdenklich. Dann fragte er langsam: »Bist du sicher, daß du das willst? Sollen wirklich ein paar Schläger deinem wundervollen Adam St. Clair weh tun?«

Betsey biß die Zähne zusammen und zischte: »Ja, das will ich! Er soll lernen, daß man mich nicht einfach benutzt und dann abschiebt wie ein billiges Flittchen.«

Auf diese Worte hin stieß Charles ein zynisches Lachen aus. »Ich wünschte, du hättest dich ein paar Wochen früher dazu entschlossen. Jemanden zu bezahlen, der Adam verprügelt, wäre viel billiger gewesen als das, was ich für ihn in die Wege geleitet habe.« Als Betsey ihn daraufhin verwirrt anblickte, setzte er sich lässig in einen Sessel und sagte: »Als du in Natchez so wild entschlossen warst, ihn zu heiraten, habe ich den größten Teil des Geldes, das ich aus Virginia retten konnte, für einen Killer ausgegeben.« Charles zog eine Grimasse. »Unglücklicherweise hat dieser Bastard zwar das Geld genommen, seinen Auftrag aber nicht ausgeführt. Da von unserem Geld fast nichts mehr übriggeblieben ist, will ich nicht noch einmal eine so große Summe riskieren.«

Betsey starrte ihren Bruder fassungslos an. Dann stürmte sie zu ihm und ohrfeigte ihn mit aller Kraft. Die Wucht des Schlages warf Charles fast aus dem Sessel. Doch er reagierte sofort, packte Betseys Handgelenk und verdrehte ihren Arm mit solcher Gewalt, daß sie einen langen, spitzen Schmerzensschrei ausstieß. »Tu das nie wieder«, sagte ihr Bruder atemlos, aber mit großer Eindringlichkeit. »Das ist meine letzte Warnung. Ich bin dein Bruder, aber deswegen hast du noch kein Recht, mich nach Belieben zu schlagen. Das nächste Mal breche ich dir den Arm. Hast du verstanden?«

Als Charles seinen Griff um ihren Arm etwas lockerte, ging ihr gepeinigtes Ächzen in bitterliches Weinen über. »O Charles, ich wollte dir doch nicht weh tun! Aber ich bin so wütend und so ratlos! Was sollen wir denn tun? Ich will, daß Adam nicht einfach so davonkommt. Das wäre nicht fair! Er soll büßen!«

Charles wußte nur zu gut, wie leicht Betsey Tobsuchtsanfälle, Schreikrämpfe, Zusammenbrüche und dumpfe Übellaunigkeit vorspielen konnte, die sein Leben und das Leben aller Menschen, die mit ihr zu tun hatten, zur Hölle machten. Da aber ihrer beider Wohlergehen davon abhing, daß der junge Pierre Michaud möglichst bald Betsey heiratete, mußte Charles seine Schwester unbedingt aufheitern. Er ließ ihren Arm los und sagte einlenkend: »Ich werde sehen, was ich tun kann. Ich kann dir nichts versprechen, aber es könnte sein, daß...«

Von einer Sekunde zur anderen verdrängte strahlendes Lächeln ihre Tränen. »Wenn du wirklich jemanden findest, der sich um Adam kümmert, könnte ich viel besser mit dem Gedanken leben, mich auf diesen naiven Knaben Pierre einzulassen.«

Charles grinste. »Das habe ich mir auch gedacht.« Doch dann packte er Betseys Kinn mit einem schmerzhaften Griff. »Du wirst dich nicht nur mit diesem naiven und reichen Pierre Michaud einlassen, sondern du wirst ihn auch heiraten, und zwar in jedem Fall. Du magst andere an der Nase herumführen können, mich nicht!«

Mit einem angewiderten Gesichtsausdruck nickte Betsey. »Ich hasse es, arm zu sein!«

»Gut! Dann denke immer daran, daß Pierre Michaud dir ein besseres Leben bieten kann.« Er schüttelte heftig Betseys Kopf, als wollte er jeden anderen Gedanken darin zerschlagen. Und als er sah, daß Betsey begriffen hatte, wie ernst es ihm war, entspannte er sich und fuhr in einem freundlicheren Ton fort: »Während du versucht hast, Adam St. Clairs Herz wieder für dich zu entflammen, habe ich eine Nachricht von Pierre erhalten. Er freut sich so sehr darauf, dich zu sehen, daß er sich entschlossen hat, uns morgen hier im Hotel abzuholen und uns nach Oak Shadows zu begleiten.« Dann warf Charles seiner Schwester einen strengen Blick zu. »Heute kannst du dich noch über Adam ärgern, soviel du willst, aber morgen früh möchte ich, daß du so hinreißend wie möglich aussiehst. Und wenn du Pierre entgegentrittst, wünsche ich, daß auf deinen Lippen dein verführerischstes Lächeln erscheint!«

Betsey schmollte wie ein verzogenes Mädchen. »Ich würde mich bestimmt viel mehr über Pierres Ankunft freuen, wenn ich wüßte, daß Adam seine Abreibung erhalten hat. Am liebsten würde ich dabei zusehen! O ja! Bitte, Charles, sorge dafür, daß wir zusehen können!«

Charles seufzte ergeben. Er kannte seine Schwester nur zu gut. Wenn sie sich in eine Idee verrannt hatte, war es unmöglich, sie wieder davon abzubringen. Er mußte ihren Wunsch erfüllen, sonst riskierte er, daß sie aus purer Enttäuschung dem kleinen Pierre und seinem großen Vermögen eine eiskalte Abfuhr erteilte. Und das wollte Charles auf keinen Fall! »Also gut, Schwesterchen«, sagte er grimmig. »Wenn ich dein Wort habe, daß du dich Pierre gegenüber wie ein verliebtes Täubchen verhältst, werde ich Leute auftreiben, die Adam St. Clair zu Brei schlagen, und du kannst dabei zusehen.«

Umgehend verließ Charles das Hotel und kehrte erst spätabends wieder zurück. An seinem zufriedenen Gesichtsausdruck erkannte Betsey sofort, daß seine Bemühungen erfolgreich gewesen waren.

»Du hast jemanden gefunden?« fragte Betsey in freudiger Erregung.

»Ja, zwei miese Kerle, die unten am Fluß auf einem Boot hausen und ihren Müttern ohne zu zögern die Kehle durchschneiden würden, wenn man ihnen genug Geld dafür gäbe.« Er sagte das mit großem Stolz auf seine Leistung. Doch dann runzelte er die Stirn. »Trotzdem haben wir noch ein kaum zu lösendes Problem: Mir fällt kein Trick ein, wie wir Adam heute nacht noch in diese finstere Gegend am Fluß locken können, wo die beiden Kerle auf ihn warten.«

Betsey, die geborene Betrügerin und Intrigantin, brauchte nicht lange nachzudenken. »Adam hat doch einen Schwager namens Jason Savage. Alle in Natchez wissen, daß die beiden so eng befreundet sind, als wären sie Brüder. Angenommen, Adam erhielte eine Nachricht, daß sich Jason Savage in der Stadt und in allergrößter Gefahr befindet. Angenommen, man schriebe ihm noch, daß nur sein Erscheinen am Fluß das Leben seines Schwagers retten kann – glaubst du nicht auch, daß Adam darauf hereinfallen würde?«

»Das ist eine glänzende Idee!« lobte Charles sie. »Da diese Nachricht ja nicht unbedingt von Jason Savage selbst zu stammen braucht, wird Adam wohl auch nicht mißtrauisch werden, wenn er die unbekannte Handschrift sieht.«

Bald darauf wurde von einem Boten der schmutzige und zerknitterte Brief, den Charles und Betsey verfaßt hatten, bei Adam abgeliefert. Immer wieder las Adam die hastig hingeworfenen Zeilen. Savanna schlief im Schlafzimmer, und Adam war allein im Salon gewesen, als die Nachricht eintraf.

Alles sprach dafür, daß dieser seltsame Brief eine Fälschung war, der ihn in eine Falle locken sollte. Denn es war kaum vorstellbar, daß es Micajah gelungen sein sollte, Jason zu entführen. Auf keinen Fall würde Micajah seinen Gefangenen dann aber nach New Orleans verschleppen. Und erst recht nicht würde er dann den Schwager seines Opfers sprechen wollen. Die Nachricht ergab überhaupt keinen Sinn! Doch dann dachte Adam an die unvorstellbaren Dinge, die ihm in den vergangenen Wochen widerfahren waren: die Entführung durch Micajah und Jeremy, die Flucht mit Savanna, die Liebe, das Kind, die Hochzeit, der Unfall. Niemand wußte, wo Micajah und Jeremy steckten. Sie konnte auf ihrer Suche nach dem Goldschatz in Spanisch Texas verschollen oder umgekommen sein. Sie konnten aber ebenso gut versuchen, Jason, Savanna oder gar ihm selbst nachzustellen, um sie zur Preisgabe des Geheimnisses zu zwingen. Adam erkannte alsbald, daß er keine Wahl hatte. Er mußte den Anweisungen des Briefschreibers Folge leisten, mußte um Mitternacht die Broken Sword Bar aufsuchen, die abseits der Girod Street am Ufer des Mississippi lag.

Bis Mitternacht waren es noch zwei Stunden, und es gab eine Menge Dinge, die Adam bis dahin erledigen mußte. Als erstes schickte er einen Boten zum Stadthaus der Savage-Familie, der prüfen sollte, ob Jason und Catherine dort eingetroffen waren. Dann suchte Adam den Nachtportier des Hotels auf und erkundigte sich nach der Broken Sword Bar. Wie er erwartet hatte, handelte es sich dabei um eine verrufene Spelunke, in der ein zwielichtiges Publikum verkehrte. Auch den Bericht, den der rasch zurückgekehrte Bote brachte, überraschte Adam nicht. Weder waren Jason und Catherine in der letzten Zeit in ihrem Stadthaus gewesen, noch wurden sie in der nächsten Zeit dort erwartet.

Adams Verdacht erhärtete sich, daß die Nachricht ihn in eine Falle locken sollte. Dennoch wagte Adam nicht, diese fragwürdige Nachricht unbeachtet zu lassen.

Einen Moment verfluchte er die Tatsache, daß Bodene auf Campo de Verde weilte. Mit ihm an der Seite hätte er sich mit Vergnügen in jeden Hinterhalt gestürzt! Aber da das nicht der Fall war, zögerte er nicht länger, sondern schickte eine Nachricht an Bodenes Vertrauten Jake, der während seiner Abwesenheit die Geschäfte in der Golden Lady führte. Bodene vertraute Jake blind und hatte Adam geraten, sich ebenfalls an diesen Mann zu wenden, sollte er jemals Hilfe brauchen. Während

Adam auf Antwort von Jake wartete, zog er sich um und legte die einfachste, unauffälligste Kleidung an, die er hatte.

Als es dann an der Tür klopfte, war es Jake persönlich, der eintrat. Adam erklärte ihm rasch die Situation.

Jake hielt den Brief ebenfalls für einen Köder. Als Adam aber sagte, daß er den Anweisungen Folge leisten und allein in die Broken Sword Bar gehen wollte, knurrte Jake: »Da begehen Sie einen Fehler! Nehmen Sie wenigstens Dooley und mich dorthin mit!«

Adam lächelte. »Ich brauche Dooley und Sie hier, damit Sie meine Frau beschützen und Alarm schlagen, falls ich nicht innerhalb von zwei Stunden aus der Broken Sword Bar zurückkehre!«

»Ich glaube nicht, daß Bodene es mir hoch anrechnet, wenn ich Sie allein gehen lasse!«

»Ich habe gar keine andere Wahl!« erwiderte Adam scharf. »Falls ich jemand mitnehmen würde, würde ich alles vielleicht nur noch schlimmer machen. Wer weiß, wie nervös diese unbekannten Halunken sind. Es geht um Jasons Leben!«

Jake nickte unzufrieden, verabschiedete sich und kehrte zur Golden Lady zurück, um Dooley zu holen. Adam trat an Savannas Bett. Wie bezaubert stand er da und konnte seine Augen nicht von ihrem schönen, völlig entspannten Gesicht abwenden, das von rotgoldenem Haar umflossen war. Sein Herz krampfte sich zusammen. Es hätte sein Leben zerstört, wenn Savanna bei diesem Treppensturz getötet worden wäre!

Nur mit Mühe riß er sich von ihrem Anblick los, kehrte in den Salon zurück und schrieb dort eine Mitteilung an Savanna, die erklärte, wohin er gegangen war und aus welchem Grund. Als wenige Minuten später Jake mit Dooley zurückkehrte, händigte er ihm dieses Schreiben aus. Dann steckte er einen kleinen Revolver in die Tasche seiner Jacke und verbarg ein Messer im Schaft seiner polierten Stiefel. Nun war er gut genug auf den Verfasser des fragwürdigen Briefes vorbereitet.

Wenige Minuten vor Mitternacht traf Adam in der Broken Sword Bar ein. Wie erwartet handelte es sich um eine wüste, heruntergekommene Spelunke am Ufer des Mississippi, die auf Pfählen halb über das Wasser gebaut war. Leise schlugen die Wellen des unablässig vorbeiziehenden Stromes an die Holzpfosten, die das Gebäude trugen. Der kleine Schankraum war nur schwach erleuchtet. Der scharfe Gestank nach ungewaschenen Menschen, verschüttetem Schnaps und verrottenden Speiseresten raubte Adam beinahe den Atem. Entsprechend den Anweisungen des Briefes trat er an einen leeren Tisch gleich neben der Tür. Nachdem er sich aufmerksam umgesehen und keine Gefahr bemerkt hatte, setzte er sich und bestellte ein Glas Whiskey bei der ungepflegten Frau, die die Gäste bediente.

Da er fürchtete, in dem Getränk könnte ein Betäubungsmittel aufgelöst worden sein, rührte er das Glas nicht an. Statt dessen zündete er sich mit gelassenen Bewegungen eine schwarze Zigarre an. Abwartend saß er da, ließ dünne Rauchschwaden an seinem Gesicht vorbeiziehen und beobachtete wachsam jede Bewegung im Schankraum. Die wenigen Gäste waren so rauh und ungebärdig, wie der Zustand der Bar es erwarten ließ. Zwei abgetakelte Huren tranken mit einem Fallensteller mit von Wind und Sonne gegerbtem Gesicht, an einem Tisch saßen reglos drei schmutzige, wild tätowierte Männer, die Flußpiraten sein mochten, an einem anderen lärmten die betrunkenen Matrosen eines Flußschiffes. Adams Auftauchen hatte Aufsehen erregt. Doch je länger er nun reglos dasaß, um so mehr wendeten die anderen Gäste sich wieder anderen Dingen zu. Niemand schien sich für Adam zu interessieren, und das hatte er nicht erwartet. Wozu war er hierherbestellt worden, wenn nichts geschah? Als die Zeit so verrann, fühlte sich Adam zunehmend unwohler. Immer wieder blickte er unauffällig auf seine Taschenuhr. Es war nun bereits eine halbe Stunde nach Mitternacht, und der Verfasser des Briefes war noch nicht erschienen. Äußerlich gelassen rauchte Adam seine Zigarre, doch in seinem Inneren waren alle Sinne gereizt, alle Muskeln gespannt. Wieder blickte er wachsam durch den düsteren Raum.

In einigen Lampen über der Theke und an einigen Tischen blakten billige Kerzen. Und obwohl die Ecken des Raumes praktisch in völliger Dunkelheit lagen, schien von dort keine Gefahr zu drohen. Mit wachsendem Ärger, aber auch mit zunehmender Sorge über die ereignislose Warterei starrte Adam auf das blaßgelbe Getränk in seinem Glas. Enthielt es eine Droge? Passierte nur deswegen nichts, weil er nicht davon getrunken hatte? Wollten seine Gegner ihn halb betäubt oder bewußtlos, bevor sie in Aktion traten? Dann sollten sie verdammt sein! Er würde ihnen nicht den Gefallen tun und diesen miesen Schnaps trinken, nur damit irgend etwas geschah.

Die Minuten verrannen träge. Und ebenso langsam wie eine Schlange, die auf ihr Opfer zukriecht, kroch die Sorge in Adams Kopf, daß der Brief nicht so sehr dem Zweck diente, ihn hierherzulocken, sondern ihn von Savanna wegzulocken. Nicht ihm drohte die Gefahr, sondern seiner Frau!

Sofort war Adam auf den Beinen. Achtlos warf er einige Münzen auf den zerschrammten Tisch und stürmte aus dem Schankraum. Hoffentlich war Savanna nichts passiert! Er wurde verrückt bei dem Gedanken, nur aus dem Hotel weggelockt worden zu sein, damit Savanna entführt oder gar getötet werden konnte. Zum Glück waren da noch Jake und Dooley! Würden sie geistesgegenwärtig genug sein und einen überraschenden Angriff abwehren können? Aber das war unwichtig, denn er selbst hätte es sein müssen, der Savanna schützte! Und er, Adam St. Clair, hatte fast eine Stunde in der Bar gesessen wie ein Trottel!

Blind vor Sorge um seine Frau stürmte Adam durch die engen, holprigen Gassen am Fluß. Immer wieder sah er Micajah, wie er sich grinsend über Savanna beugte, die zu geschwächt war, um Widerstand zu leisten. Und weil er so um Savannas Sicherheit besorgt war, bemerkte Adam nicht, daß doch er es war, dem die Falle galt.

Der erste gewaltige Knüppelschlag traf ihn völlig unvorbereitet. Mit dumpfem Dröhnen fuhr das Holz auf die linke Schläfe und die linke Schulter nieder. Die Wucht des Schlages ließ Adam taumeln, doch es gelang ihm, sich auf den Beinen zu halten. Als stechender Schmerz durch seinen Körper schoß und schwarze Nebel vor seinen Augen explodierten, drehte er sich torkelnd um. Der Angreifer hatte seinen Hinterhalt vortrefflich gewählt, es war eine lichtlose enge Gasse, in der er sich vor Adam versteckt halten konnte, bis er seinen ersten fürchterlichen Treffer landete.

Adam stolperte halb gelähmt und ziellos durch die Gasse, instinktiv auf den nächsten Schlag gefaßt, den er nicht mehr würde abwehren können und der ihm den Schädel spalten würde. Doch dieser Schlag blieb aus, und Adams Verstand wurde wieder klarer. Da hörte er Stimmen und bemerkte, daß er zwei Angreifern gegenüberstand.

»Verdammt!« flüsterte eine Stimme erregt. »Bring ihn nicht um! Wir sollen ihn doch nur zusammenschlagen! Wir bekommen nicht genug Geld, um ihn zu töten!«

Darauf gab die andere Stimme zurück: »Ich will nichts riskieren. Das ist ein Schrank von einem Mann! Ich werde ihn erst einmal zähmen, bevor ich meinen Knüppel wegwerfe und ihn anfasse!«

Und die erste Stimme schimpfte: »Red keinen Unsinn. Pack ihn! Pack an, verdammt noch mal! Die anderen warten schon!«

Adam fühlte sich von rauhen Händen gepackt und grob die Gasse entlanggezerrt. Da es ihm klüger erschien, vorerst ohnmächtiger und kraftloser zu erscheinen, als er tatsächlich war, riskierte er keinen Kampf, sondern ließ sich mit einknickenden Beinen von den Männern wegführen. Die wenigen Sekunden, die es dauerte, ihn durch die Gasse zu schleppen, nutzte er, um seinen Kopf klar zu bekommen und sich auf den bevorstehenden Kampf einzustellen.

Nur allzu schmerzlich wußte er nun, daß der Anschlag ihm und nicht Savanna gegolten hatte und daß er seinen Angreifern blind vor Sorge in die Hände gelaufen war. Der Zorn auf seine eigene Dummheit wirkte wie ein Guß kalten Wassers auf ihn. Trotz des schmerzenden Kopfes war er gewillt, seinen Angreifern und ihren Komplizen eine unangenehme Überraschung zu bereiten! Er war bei den Zigeunern aufgewachsen und ein geübter Kämpfer, der wenig einsteckte und hart zurückschlug!

Wer die Komplizen sein mochten, war Adam unklar. Aber es gab keinen Zweifel, daß seine beiden Angreifer bezahlte Schläger waren, die ihren blutigen Auftrag erst durchführen würden, wenn sie bei den anderen waren.

Doch schon erreichten seine Peiniger eine Stelle, an der schwacher Laternenschein die Gasse erhellte. Dort stießen die beiden Männer Adam zu Boden. Als er sich wieder erheben wollte, traf ihn ein brutaler Stiefeltritt in die Rippen, streifte sein Gesicht und raubte ihm fast die Besinnung. Verzweifelt versuchte Adam, nicht in Ohnmacht zu sinken. Gedämpft vom Rauschen des Blutes und dem Dröhnen der Schmerzen hörte er das Gespräch, das sich über seinem gekrümmt daliegenden Körper entspann.

»Ist das der Kerl?« fragte einer der Schläger.

Adam drehte leicht den Kopf und riskierte einen Blick. Das Licht der einzelnen Laterne ließ ihn nicht viel erkennen. Zwei in Mäntel und Kapuzen gehüllte Gestalten standen im Schatten außerhalb des Lichtscheins. Wer sie waren, konnte Adam nicht feststellen. Doch dann hörte er Betseys Stimme, die atemlos keifte: »Ja! Ja! Das ist er! Macht ihn fertig!«

Die beiden Schläger machten sich sofort an die Arbeit und fielen über Adam her. Da er halb bewußtlos am Boden lag, konnte er nichts anderes tun, als sich zusammenzurollen, den Unterleib zu schützen und die schlimmsten Tritte und Hiebe abzuwehren. Dennoch wurde er immer wieder grausam am Kopf, in die Rippen und überall am Rücken getroffen. Dazwischen nahm er Betseys schrilles Gelächter und ihre Anfeuerungsrufe wahr. »Ja! Ja! Schlagt ihn! Noch mal! Ja! Er soll bluten! Ich will endlich sein Blut sehen, verdammt noch mal!«

Ihre Stimme war wie eine Litanei des Bösen in Adams Kopf. Und plötzlich konnte er wieder klar denken und spürte neue Kraft in seinem gepeinigten Körper, als hätten ihn alle Schläge, die ihm die Rippen knacken und die Haut im Gesicht aufplatzen ließen, kaum getroffen. Er rollte sich blitzschnell zur Seite und sprang auf. Wenn er auch unter dem Ansturm der Schmerzen in seinem geschundenen Körper schwankte, so konnte er sich doch aufrecht halten und blickte wie ein gereizter Bär in das unstete Licht der Laterne. Eine kochendheiße Wut durchtoste ihn, und er war bereit, seine Schläge so brutal auszuteilen, wie er ihre empfangen hatte. Seine Wut war so groß, so bestialisch, daß er gar nicht an die Waffen dachte, die er mitgebracht hatte.

Mit einem Wutschrei stürzte er sich auf die Schläger. Seine kräftigen Fäuste stießen vor wie tödliche Waffen. Überrascht von Adams wildem Angriff, stürzte einer der Männer, und Adam trat ihm mit aller Kraft die Stiefelspitze mitten ins Gesicht. Gleichzeitig hieb er mit den Fäusten auf den anderen Mann ein.

Die beiden Halunken, die am liebsten aus dem Hinterhalt zuschlugen, wichen vor Adam zurück, der sie aber weiter mit Fausthieben und Tritten bearbeitete, bis sie vor Schmerz stöhnten. Als sie außer Gefecht gesetzt waren und zusammengekrümmt am Boden lagen, sprang plötzlich Charles vor und holte mit einem Stock nach Adam aus. Aber Charles war noch weit weniger ein Kämpfer als seine geheuerten Schläger. Adam wich dem Stockhieb mühelos aus und setzte Charles mit einem harten Kinnhaken außer Gefecht. Mit einem Aufschrei sank Charles zu Boden.

Langsam wandte Adam sich dorthin, wo Betsey immer noch im Schatten stand. »Sind Sie zufrieden, meine Liebe?« fragte er in ironischer Förmlichkeit.

Betsey erwiderte kein Wort. Dafür begann einer der beiden Angreifer zu sprechen. »Ich bin nicht zufrieden, das schwöre ich dir. Du solltest ein hochmütiger Dandy sein, der sich Prügel verdient hatte. Es schien leicht verdientes Geld zu sein. Und jetzt hat mir der verdammte Job eine gebrochene Nase und eine zerrissene Lippe eingebracht. Ich weiß nicht, wie die Lady darüber denkt, aber ich bin verdammt unzufrieden.«

Adam lächelte böse. »Das tut mir aber leid für Sie, mein Herr!« sagte er höhnisch. »Aber trösten Sie sich. Wenn Sie die Taschen Ihres Auftraggebers durchsuchen, werden Sie sicherlich genug Geld darin finden, um etwas zufriedener zu sein. In seinem derzeitigen Zustand wird der Herr wohl auch nichts dagegen haben!«

Die beiden Halunken grinsten sich überrascht an. »Das ist verdammt großzügig von dir!« sagten sie dann zu Adam, und ohne ihn weiter zu beachten, machten sie sich über Charles her und raubten ihm alles, was von Wert war.

Da konnte sich Betsey nicht mehr länger beherrschen. Sie trat in den flackernden Schein der Laterne und schrie wütend: »Hört auf damit, ihr verdammten Ratten! Laßt meinen Bruder in Frieden! Hört sofort auf!«

Das sollte sich für Betsey als ein schrecklicher Fehler erweisen. Die Kapuze ihres Mantels war zurückgerutscht, und das Licht der Laterne fiel auf ihr leuchtend blondes Haar und ihr bezauberndes Engelsgesicht. Die beiden Schläger, die gerade noch dabei waren, Charles auszuplündern, hielten in ihren Bewegungen inne und starrten Betsey an. Sie wirkte wie eine Vision himmlischer Schönheit in dieser schmutzigen, düsteren Gasse am Fluß. Der Ausdruck von Habsucht wich aus den Gesichtern der Männer, und lüsterne Begierde trat an seine Stelle.

Einer der Männer erhob sich und murmelte anerkennend: »Sieh da, sieh da! Wen haben wir denn hier? Das ist ja das knusprigste Hühnchen, das ich je gesehen habe!«

Sofort erkannte Betsey die Gefahr und sprang in das Dunkel außerhalb des Lichtscheins zurück. Aber es war zu spät. Auch der andere Schläger erhob sich und ging auf Betsey zu. Dabei kicherte er hämisch. »Wirklich ein knuspriges Hühnchen! Ich glaube, ihr Fleisch wäre genau das richtige Heilmittel, um meine Schmerzen zu lindern! Ich sollte dich auf der Stelle vernaschen!« Dann wandte er sich unsicher an Adam. »Natürlich nur, wenn du nichts dagegen hast!«

Adam betrachtete Betsey kalt. Zu klar war das Wissen in seinem Kopf, daß sie sein Kind getötet hatte. Zu sehr lastete die Erinnerung an jene schreckliche Nacht auf ihm, als er stundenlang neben der totenblassen Savanna am Bett gesessen und gefürchtet hatte, sie werde sterben. So sagte er geringschätzig: »Nein, ich habe nichts dagegen!«

Die Männer stießen ein wildes, ordinäres Gelächter aus. Schon streckte einer seine groben Hände nach Betsey aus und betastete prüfend ihre Brüste. Doch der andere fuhr rauh dazwischen: »Nicht hier! Wir nehmen sie mit zu uns, dann haben wir die ganze Nacht etwas von ihr!«

Betsey keuchte, und ihre Augen weiteten sich in Panik.

»Wohin wollen Sie die junge Dame denn bringen?« fragte Adam, als führte er eine recht langweilige Konversation.

»Auf unser Schiff, die ›Merry Madam‹. Sie liegt nicht weit vom Broken Sword.«

Wenn Adam die beiden grobschlächtigen, verwahrlosten Gesellen betrachtete, die ihn überfallen hatten, konnte er sich vorstellen, was für ein schmutziger, stinkender Kahn die »Merry Madam« sein würde. Nach allem, was Betsey seiner Frau und seinem Kind angetan hatte, schien Adam dieses Schiff genau der richtige Platz für sie zu sein. Und was die beiden Männer dort mit ihr machen würden, war eine angemessene Strafe für sie. So zuckte er gleichmütig die Schultern, drehte sich um und ging davon. Nach ein paar Schritten wandte er sich noch einmal um und sagte kalt: »Eine Bitte, meine Herren: Tötet sie nicht! Ich möchte, daß die junge Dame noch lange, lange lebt, um sich an diese Nacht zu erinnern!«

Eine groteske Grimasse verzerrte Betseys hübsches Gesicht, als sie Adams Gestalt nachstarrte, die im Dunkeln verschwand. Sie stieß die gierigen Hände des einen Mannes beiseite, stampfte wütend mit dem Fuß auf und schrie: »Adam! Du kannst mich doch nicht bei diesen stinkenden Ratten zurücklassen!«

Adam hielt noch einmal inne und drehte sich um. Seine saphirblauen Augen musterten Betsey vom Scheitel bis zur Sohle. Dann lächelte er, wie Tiger lächeln, bevor sie ihre Beute zerreißen, und sagte beinahe liebevoll: »Natürlich kann ich das, Schätzchen!« Dann verbeugte er sich mit beleidigender Höflichkeit vor ihr. Alle seine Gedanken kreisten um seine verletzte Frau und um sein totes Kind, und daher zögerte Adam keine Sekunde, als er Betseys schrillen Entsetzensschrei hörte, sondern ging mit energischen Schritten die staubige, düstere Gasse entlang und kehrte in den helleren und belebteren Teil der Stadt zurück.

Bis er das Hotel erreicht hatte, konnte Adam seinen zerschundenen Körper mit eisernem Willen aufrecht halten. Doch sobald er seine Suite betreten hatte und sich endlich sicher fühlen konnte, schaffte er gerade noch die wenigen Schritte bis zu der großen Couch, dann brach er stöhnend zusammen. Jake und Dooley schrien erschreckt auf, als sie den blutig geschlagenen Adam sahen. Aber sie waren hartgesottene Männer der Tat, griffen sofort nach der Brandyflasche, gossen Adam ein großes Glas ein und setzten es ihm an die Lippen. Adam knurrte wie ein verwundetes Tier, als der Brandy auf seiner zerrissenen Haut brannte. Danach fühlte er sich aber soweit gestärkt, daß er von den Ereignissen der vergangenen Stunden berichten konnte. Es gelang ihm auch, Jake und Dooley zu überzeugen, daß seine Verletzungen nicht so schlimm waren, wie sie aussahen. Danach schickte er sie nach Hause.

Weil Adam auf keinen Fall wollte, daß Savanna ihn so sah, quälte er seinen zerschundenen und schmerzdurchzuckten Körper aus der Couch und schleppte sich langsam in das Ankleidezimmer. Am liebsten hätte er ein Bad bestellt, aber das war mitten in der Nacht unmöglich. So zog er seine schmutzige, zerrissene und blutbefleckte Kleidung aus, goß lauwarmes Wasser aus der großen Porzellankanne des Waschgeschirrs in die dazu passende Schüssel und begann vorsichtig seine blutenden Wunden zu waschen.

Aber die wenigen Geräusche, die er machte, weckten Savanna aus ihrem unruhigen Halbschlaf. Sie erhob sich sofort und eilte in das Ankleidezimmer. »O Gott!« rief sie erschrokken aus, als sie sein von Rissen, Platzwunden und Schwellungen entstelltes Gesicht und seinen von blauschwarzen Blutergüssen gefleckten Körper sah. Aber Savanna war nicht umsonst an einem rauhen Ort wie Crow's Nest groß geworden und hatte auch in O'Rourkes Taverne mehr als einmal einen zusammengeschlagenen Mann gesehen. So faßte sie sich schnell, nahm Adam den Lappen aus der Hand und setzte mit zarten, vorsichtigen Bewegungen die Reinigung fort. Dabei sagte sie mit fester Stimme: »Jake hat mir deine Nachricht gegeben, als ich einmal aufgewacht bin. Es war eine Falle, nicht wahr?«

Adam ließ sich erschöpft auf einen Stuhl sinken. Dann erst antwortete er: »Ja, es war eine Falle. Unsere lieben Freunde Charles und Betsey Asher haben sie mir gestellt.«

Savannas Lippen wurden hart, und mit einer gefährlich leisen Stimme sagte sie: »Ich werde Miss Asher morgen früh einen Besuch abstatten und ihr die Haare vom Kopf reißen – und sie danach die Treppe hinunterwerfen!«

Da lächelte Adam schwach. »Nach allem, was sie diese

Nacht erlebt, wird sie sich nie mehr an uns heranwagen. Vergiß es. Ich habe für Betsey Asher gesorgt!«

Obwohl Savanna vor Neugier fast platzte, wartete sie mit weiteren Fragen, bis Adam ausgestreckt neben ihr auf dem weichen Bett lag. Dann jedoch hielt sie es nicht mehr aus: »Was ist passiert, Adam? Bitte, erzähle es mir! Alles!«

Adam seufzte, begann dann aber mit müder Stimme zu sprechen und erzählte ihr die Vorfälle der Nacht in allen Einzelheiten. Als er geendet hatte, lag Savanna für einige Minuten still. Dann beugte sie sich zu Adam und liebkoste seine zerschrammte Wange. »Ich bin froh, daß du Betsey zurückgelassen hast. Sie bekommt jetzt, was sie verdient!«

Am nächsten Morgen sah Adams Gesicht so schlimm aus, daß selbst ein hartgesottener Mann entsetzt gewesen wäre. Adam betrachtete sein zugeschwollenes, grüngelb verfärbtes Auge, seine aufgeplatzten Lippen und die dunkelrot verschorften Wunden an Wange und Kinn im Spiegel, betastete die Beulen und Blutergüsse an seinem Körper und stieg dann in das heißersehnte Bad, das die vielen Schmerzen aber kaum linderte. Da er aber so bald wie möglich nach Campo de Verde aufbrechen wollte, quälte er sich stöhnend in seine Kleider und Stiefel.

Savanna betrachtete ihn voll Sorge, als er den Salon betrat. Trotz des eleganten Jacketts und der gut geschnittenen Hose sah er schrecklich aus. Doch das schiefe Lächeln, das er ihr schenkte, sobald er sie sah, erfüllte sie mit einem warmen, süßen Glücksgefühl.

Sie trug ein wunderschönes Kleid aus elfenbeinfarbenem Musselin. Der tiefe, spitzenbesetzte Ausschnitt enthüllte verführerisch den Ansatz ihrer festen großen Brüste. Auch die Puffärmel waren großzügig mit Spitzen besetzt. Ihr glühend rotgoldenes Haar hatte sie mit einem gelben Seidenband durchflochten und anmutig hochgesteckt. Sie sah strahlend wie eine Göttin aus.

Obwohl jede einzelne Bewegung ein Gewitter aus Schmerzen nach sich zog, wollte Adam Savanna küssen, entkleiden und auf der weichen großen Couch lieben. Doch dann besann er sich, daß sie ja gerade erst ihr Kind verloren hatte und daß er sein Begehren zügeln mußte. So sagte er sachlich: »Ich werde eine bequeme Kutsche für uns mieten. Und wenn alles glatt geht, können wir morgen nach Campo de Verde aufbrechen. Ist dir das recht?«

Da Savanna mit seinem Vorhaben einverstanden war, machte sich Adam auf den Weg, um die nötigen Vorbereitungen zu treffen. Als er danach wieder das Hotel betrat, sah er Charles Asher im Foyer stehen.

Charles sah in Anbetracht der nächtlichen Ereignisse erstaunlich frisch aus. Er unterhielt sich angeregt mit einem überaus elegant gekleideten jungen Mann. Adam kniff die Augen zusammen und trat auf die beiden zu.

»Guten Morgen, Charles«, sagte er freundlich. »Ich hoffe, du hast die Eskapaden der letzten Nacht gut überstanden?«

Charles blickte ärgerlich auf, doch als er Adam erkannte, wurde er blaß. Mit großer Genugtuung bemerkte Adam die blau unterlaufene Schwellung an Charles' Kinn. Charles schluckte schwer und entschloß sich, gute Miene zum bösen Spiel zu machen. »Ja. Es war höchst amüsant!« gab er zurück.

Adam ließ nicht von ihm ab. »Und hatte auch unsere liebe Betsey ihren Spaß?«

Da runzelte der junge Mann an Charles' Seite die Stirn. »Monsieur, wie soll ich das verstehen?« fragte er unwillig. »Sie sagten mir, Mademoiselle Betsey wäre seit einigen Tagen krank und könnte mich deswegen heute morgen nicht empfangen.«

Bevor Charles noch eine Erklärung parat hatte, mischte Adam sich ein. »Nein, das ist unmöglich! Ich habe sie doch in der vergangenen Nacht mit eigenen Augen gesehen, und sie schien einen Riesenspaß zu haben. War es nicht so, Charles?«

Paralysiert von Wut und Angst starrte Charles in Adams zerstörtes Gesicht. Adam aber wandte ihm verächtlich den Rükken zu und sagte zu dem jungen Mann: »Mein Name ist Adam St. Clair, und Sie müssen Pierre Michaud sein. Ich freue mich, Sie kennenzulernen!«

Pierre lächelte höflich und nickte. Dann blickte er einen Moment zwischen dem übel zugerichteten Adam und dem wie versteinert dastehenden Charles hin und her, bevor er das einzige Thema, das ihn interessierte, erneut anschnitt: »Mademoiselle Betsey ist nicht krank? Wird sie mich also empfangen?«

Und wieder sprach Adam, bevor Charles eine Antwort parat hatte. Er wollte den unbeteiligten, unschuldigen Pierre nicht verletzen, er wollte nur das Zerstörungswerk an Charles und Betsey vollenden. Mit falscher Trauer in der Stimme sagte Adam: »Ich denke schon, daß Betsey Sie empfangen wird. Sie finden sie und ihre beiden – wie soll ich sagen – Gefährten auf der ›Merry Madam‹, die gleich bei der Broken Sword Bar vertäut liegt. Charles kennt die Gegend ganz gut, glaube ich. Sie müssen nur die Girod Street hinuntergehen.«

Charles gab ein ersticktes Röcheln von sich. Da lächelte Adam ihn an, zeigte ihm das gleiche Tigerlächeln, mit dem er Betsey ihrem Schicksal überlassen hatte. »Ich bin sicher, mein lieber Charles, daß Betsey sehr froh wäre, auch dich auf der ›Merry Madam‹ empfangen zu dürfen.«

Als Adam sich mit einem knappen Kopfnicken verabschiedete und zur Tür ging, tat Pierre Michaud ihm von Herzen leid. Er war verliebt. Die Enttäuschung und der Schmerz, die auf ihn warteten, würden schwer zu ertragen sein. Andererseits hatte er dafür gesorgt, daß der von Betsey inszenierte Überfall bekannt und damit ihr wahrer Charakter unvermeidlich enthüllt wurde. Die Geschwister Asher würden sich danach nie wieder in gehobenen gesellschaftlichen Kreisen bewegen können. Und nie wieder würde ihnen ein gutgläubiger junger

Mann wie Pierre Michaud in die Fänge geraten. Pierre Michaud mochte vielleicht unschuldig und naiv sein, aber ein Dummkopf war er sicherlich nicht. In seiner schmerzlichen Enttäuschung würde er nicht ruhen, bis er alle Gründe kannte, die zu Betseys Aufenthalt auf der »Merry Madam« geführt hatten. Und er würde sein Wissen sicherlich nicht für sich behalten. Charles und Betsey Asher waren gesellschaftlich ruiniert. Sie würden wie Aussätzige behandelt werden. Adam aber brauchte nur an sein totes Kind zu denken und daran, wie knapp Savanna dem Tod entronnen war, und schon kümmerte ihn das bittere Los, das den Geschwistern Asher bevorstand, nicht mehr.

21

Adams Brief, der von den sich überstürzenden Ereignissen in seinem Leben berichtete, erreichte Jason Savage auf Terre du Coeur an einem Tag Ende September. Die Nachricht, daß Adam Savanna O'Rourke geheiratet hatte, überraschte Jason ebenso wenig wie die Tatsache, daß seine glühende Liebe und Savannas Schwangerschaft der Grund für die Hochzeit waren. Als er aber las, daß Savanna das Kind verloren hatte, war Jason tief bestürzt. Nur zu lebhaft und schmerzvoll war die Erinnerung daran, wie Catherine ihr zweites Kind verloren hatte, kurz nachdem sie Blas Davalos entflohen war.

Lange nachdem Jason den Brief zu Ende gelesen hatte, saß er noch mit dem Blatt Papier in den Händen in seinem Arbeitszimmer. In langen, schrägen Strahlen fiel das Licht der Abendsonne durch die hohen Fenster des Hauses. Soso, jetzt ist also auch Adam verheiratet! dachte er. Und dann verzog er den Mund zu einem liebevollen Lächeln. Dieser Halunke Adam! Adam hatte den Brief ganz bewußt an seinen Schwager adressiert. So blieb es Jason nun überlassen, Catherine von den delikaten Ereignissen in Kenntnis zu setzen.

Wie erwartet war die Neuigkeit für Catherine ein Ärgernis. Nachdem sie Adams Brief überflogen hatte, funkelten ihre Augen wie geschliffene Amethyste. Und da sich der Gegenstand ihres Zornes sicher auf Campo de Verde befand, konnte sie Jason wütend ihr Herz ausschütten. »Verheiratet!« schimpfte sie. »Wie konnte er das tun? Wie konnte er nur die Tochter von diesem Schwein Blas Davalos heiraten!«

Aufgebracht ging sie durch Jasons großes Arbeitszimmer. Er betrachtete ihren schlanken Körper mit Wohlgefallen. Nun war sie schon mehr als zwölf Jahre mit ihm verheiratet, hatte ihm fünf Kinder geboren, und noch immer war sie für ihn die bezauberndste Frau, der er je begegnet war. Wenn sie sich wie jetzt ärgerte, wenn ihre Wangen sich röteten, ihre Augen Funken sprühten und ihre schwarzen Locken bei jeder wütenden Bewegung wild um ihr schönes Gesicht tanzten, erinnerte ihn diese Frau immer noch an die wilde Zigeunerhexe, in die er sich vor so vielen Jahren unsterblich verliebt hatte.

Er lächelte und begann besänftigend auf Catherine einzureden. »Mein Kätzchen, er hat es doch nicht getan, um dich zu verletzen oder zu ärgern. Er hat sich einfach verliebt und konnte nichts dagegen tun. Das kann jedem Mann passieren. Du kannst ihm das doch nicht zum Vorwurf machen!«

Catherine beendete ihr erregtes Umherlaufen und blieb vor einem der großen Fenster stehen. Und als sie sich zu Jason umdrehte, standen plötzlich Tränen in ihren Augen. »O Jason! Du weißt doch, daß ich ihm alles Glück der Welt gönne! Aber seit Jahren warten Mama und ich darauf, daß er ein hübsches, anständiges Mädchen aus guter Familie heiratet. Und was macht dieser Narr? Er läßt sich in einer Nacht- und Nebel-Hochzeit an die schwangere Tochter von Blas Davalos ketten!«

Da erhob sich Jason, trat um den mächtigen Schreibtisch aus Eichenholz herum, lehnte sich an dessen Vorderseite und zog die widerstrebende Catherine in seine Arme. Als er in ihr von Empörung erhitztes Antlitz blickte, flackerte ein Lächeln an seinen Mundwinkeln auf. Und als er sprach, wählte er sorgfältig seine Worte. »Ich weiß, es ist nicht die Frau und nicht die Art Hochzeit, die wir uns alle für Adam gewünscht haben. Aber ich sage dir, du wirst Adam als Bruder verlieren, wenn du bei eurer nächsten Begegnung nicht freundlich und zuvorkommend zu seiner Frau bist. Er liebt diese Frau! Und wie ich Adam kenne, wird ihn schon ein einzelner schräger Blick auf seine Savanna zur Raserei bringen!«

Catherine stieß einen verächtlichen Laut aus. Doch Jason sprach ruhig weiter: »Kätzchen, ich weiß, daß es schwer für dich ist, damit fertig zu werden. Aber glaub mir, nichts an Savanna erinnert an Davalos. Sie könnte ebenso gut die Tochter eines Iren sein, sie ist bestimmt einen Kopf größer als Davalos, ihre Haare sind feuerrot, ihre Haut weiß wie Milch. Und sie hat nichts von Davalos' schlechtem Charakter geerbt!«

Als Catherine immer noch nicht überzeugt war, schüttelte er sie sanft und fuhr fort: »Bluttrinker würde dir das Gleiche sagen. Auf unserem Ritt zurück nach Terre du Coeur hat er ganz richtig festgestellt, daß Savanna genau die Frau ist, die Adam braucht: schön, stark, starrköpfig und so temperamentvoll wie er.« Jason mußte lächeln. »Du hättest sie erleben sollen! Sie waren verliebt wie wild gewordene Pumas! Sie haben sich angefaucht, die Zähne gefletscht und mit ausgestreckten Krallen nacheinander geschlagen! Ehrlich gesagt, mich hat die Nachricht von ihrer Hochzeit nicht besonders überrascht.«

Catherine zeigte sich unversöhnlich. Doch dann nahm sie den Brief und las ihn noch einmal in aller Ruhe. Als sie zu der Passage kam, in dem Adam vom Verlust seines Kindes schrieb, füllten sich ihre Augen wieder mit Tränen. »Sie müssen verzweifelt sein«, sagte sie mit von Mitleid gedämpfter Stimme. »Wir sollten sie besuchen. Vielleicht können wir ihnen aus ihrer Verzweiflung helfen, weil wir wie sie eines unserer Kinder verloren haben!«

Jason entspannte sich. Mit einem liebevollen Blick betrachtete er seine Frau. Er hatte gleich gewußt, daß Catherine empört sein würde über Adams Hochzeit mit der Tochter von Blas Davalos, ihrem Entführer und Vergewaltiger. Doch ihr wahrer Charakter zeigte sich daran, daß sie ihre eigenen bitteren Gefühle bezwingen wollte, um Adams Frau zu helfen.

Er hauchte ihr einen zärtlichen Kuß auf die Nasenspitze und sagte: »Wenn es dir recht ist, überlasse ich das Packen dir!«

Jason und Catherine Savage waren nicht die einzigen, die eine Reise nach New Orleans vorbereiteten. Am selben Tag, an dem Catherine die Koffer zu packen begann, faßte im fernen Natchez der Verbrecher Micajah Yates den Entschluß, daß es nun an der Zeit war, der schönen Stadt am Mississippi einen Besuch abzustatten.

Viele Tage hatten Micajah und Jeremy damit vertan, auf eine Spur des blonden, gut gekleideten Mannes zu stoßen, der ursprünglich Adam St. Clair ermorden lassen wollte. Aber weder sie noch Jem hatten Erfolg. Dafür fanden sie heraus, daß sich Adam St. Clair in der Gegend um New Orleans aufhielt.

Immer noch war für Micajah nichts so wichtig, wie den Goldschatz der Azteken zu finden. Doch wegen des Scheiterns der Entführung hatten sie diesen Plan vorerst aufgegeben. Da er weder über das Wissen verfügte, das Jason Savage besaß, und auch keine Ahnung davon hatte, was Savanna von ihrem Vater über den Schatz wußte, blieb das einzige Bindeglied zu diesem Gold sein Partner Jeremy. Und Micajah war nicht gerade begeistert, bei dieser riskanten Suche tief in Spanisch Texas ausschließlich auf Jeremys Fähigkeiten angewiesen zu sein. Vielleicht würde es zuletzt dazu kommen, daß er sich von Jeremy zu dem Platz führen ließ, an dem Blas Davalos zu Tode gefoltert worden war. Aber bis es soweit war, würde Micajah noch eine ganze Weile genau über dieses Unternehmen nachdenken müssen. Im Augenblick jedenfalls waren New Orleans und Adam St. Clair wichtiger.

Micajah war entschlossen, Adam St. Clair zu ermorden, um seinen Ruf als zuverlässiger Killer wiederherzustellen. Natürlich hatte er auch das ursprüngliche Motiv für seine Reise nach New Orleans nicht vergessen: Savanna. Falls überhaupt irgend jemand etwas über ihr Schicksal wußte, dann war es ihr Vetter Bodene Sullivan.

Sobald die beiden Verbrecher in New Orleans eingetroffen waren, ließ Micajah seinen Partner Jeremy am frühen Abend allein und machte sich umgehend auf den Weg zu Bodene Sullivans Spielsalon. Er fand die Golden Lady ohne Schwierigkeiten. Doch als er vor dem schönen Gebäude stand, entschloß er sich, nicht sofort einzutreten. Statt dessen schlenderte er mehrere Male um das Haus und nutzte den Schutz der Dunkelheit, sich mit dem Platz vertraut zu machen. Es gab nur zwei Eingänge zur Golden Lady, das Hauptportal an der Vorderfront und eine kleine Hintertür. Schnell war Micajah klar, daß er keinen dieser beiden Eingänge benutzen würde, obwohl er ziemlich sicher sein konnte, daß niemand ihn erkennen würde. Soweit er wußte, gab es keine neuen Steckbriefe mit seinem Gesicht, und er würde in der Golden Lady auch keinem Opfer eines früheren Überfalls begegnen, denn er tötete sie gewöhnlich, um sich vor solch unangenehmen Überraschungen zu sichern. Doch es schien ihm keine gute Idee, offen auf Bodene Sullivan zuzutreten. Vielleicht hatte Savanna den Weg zurück nach Campo de Verde geschafft, vielleicht wußte Bodene also von Micajahs Tat. Es wäre höchst unklug, sich Bodenes Zorn auszusetzen.

Wieder umrundete Micajah den Spielsalon. Diesmal suchte er gezielt nach einem Weg, wie er unentdeckt in das Haus eindringen konnte. Im Erdgeschoß gab es nur wenige Fenster. Alle waren sie mit schweren Vorhängen verhangen. Als Micajah sein Ohr gegen das warme Glas dieser Fenster legte, konnte er jedesmal hören, daß dahinter Menschen an den Spieltischen saßen. Enttäuscht näherte er sich dem letzten Fenster und horchte auch hier. Da sagte die hämische Stimme eines Mannes, der sich an Micajah herangeschlichen hatte: »Sieh da, unser alter Freund Micajah Yates!« Es war Bodenes Stimme, und Micajah zuckte vor Schreck zusammen. »Einer meiner Männer hat beobachtet, daß du wie ein hungriger Kojote um mein Haus streifst. Was hast du vor? Hoffst du, hier Savanna zu finden?«

Micajah stieß einen wütenden Schrei aus. »Verdammt noch mal, Bodene! Findest du das lustig, dich wie eine Giftschlange an einen Mann heranzuschleichen?« Sein Unbehagen nahm zu, als er den schweren Revolver bemerkte, den Bodene auf seine Brust gerichtet hatte.

Bodene grinste kalt. »Was regst du dich so auf, mein Freund? Wenn du wie ein Kojote um mein Haus schleichst, kann ich mich ebenso gut wie eine Schlange anschleichen. Ich denke, wir sind quitt. Was hältst du davon, mich in mein Büro zu begleiten? Dort könnten wir nett und ungestört miteinander plaudern.«

Bei diesen Worten senkte Bodene die Waffe, und Micajah atmete erleichtert auf. Doch sofort warnte ihn Bodene scharf: »Ich werde den Revolver schußbereit tragen. Wenn du auch nur eine Bewegung machst, die mir nicht gefällt, werde ich dir mit größtem Vergnügen ein Loch durch die Brust schießen! Und ich werde dafür sorgen, daß ein Dutzend Männer bezeugen, daß ich in Notwehr gehandelt habe. Hast du mich verstanden?«

Micajah schluckte seine Wut und Angst hinunter und nickte.

»Gut so!« brummte Bodene zufrieden. »Du gehst jetzt vor mir her in die Golden Lady! Unterwegs redest du mit niemandem. Mein Büro ist hinter der zweiten Tür auf der linken Seite. Wenn du auch nur mit den Ohren wackelst, Micajah, dann werde ich deinem verpfuschten Leben sofort ein Ende machen! Also los jetzt!«

Micajah nickte unwirsch. Und während er voranschritt, dachte er verdrossen darüber nach, warum er immer wieder von Bodene überrascht wurde und dann wehrlos vor dem Lauf einer widerlichen Schußwaffe stand. Sobald er sich aber mit Bodene in dessen Büro befand, kehrte ein Teil seiner Kaltblütigkeit zurück, und als hätte er nichts Bestimmtes vorgehabt, grollte er: »Was zum Teufel denkst du dir eigentlich dabei? Kann ein Mann nicht einen Whiskey in der Golden Lady trinken wollen, ohne daß er deinen Atem im Nacken spürt?«

Bodene hatte für Micajahs Trick nur ein kaltes Lächeln übrig. »Wenn ich bedenke, was du Savanna angetan hast, kannst du froh sein, daß ich dich nicht auf der Stelle erschossen und den Whiskey über deinen Sarg gegossen habe. Ich habe das nur nicht getan, weil mir deine blinde Mordgier fehlt und weil ich mir die Hände nicht mit deinem Blut schmutzig machen will. Außerdem ist Savanna sicher auf Campo de Verde, und das ist das Wichtigste!«

Erleichterung erfüllte Micajah wie eine warme Flut, als er Bodenes Worte vernahm. Irgendwie mußte Savanna ihrem Entführer Jason Savage lebend entkommen sein und sich nach Campo de Verde durchgeschlagen haben. Doch dann bemerkte er, daß Bodene durch das glückliche Ende der Entführung keineswegs versöhnlich gestimmt war. Seine Augen blitzten erbarmungslos. »Komm schon, Bodene! Schau mich nicht so wütend an«, versuchte Micajah den aufgebrachten Bodene milder zu stimmen. »Ich wollte deinem Cousinchen nichts Böses antun! Du weißt doch, daß ich ein Auge auf sie geworfen habe, und ich schwöre dir, ich hätte sie zuletzt auch geheiratet! Aber wir beide kennen doch Savanna, ich hätte sie vorher noch etwas zähmen müssen!«

»Du meinst, du wolltest sie so lange vergewaltigen und verprügeln, bis du ihren Willen gebrochen hast!« Bei diesen Worten war in Bodenes Stimme eine so tödliche Wut getreten, daß Micajah eingeschüchtert zurücktrat, bis seine Schultern gegen die Wand des Büros stießen. Er schluckte schwer und krächzte: »Wenn sie nicht bereit gewesen wäre, sich mit Worten überzeugen zu lassen, was hätte ich dann tun können?« Und das meinte er ganz ehrlich.

Bodenes fein geschwungene Lippen verzogen sich angewidert. Aber der Wunsch, Micajah zu töten, war tiefer Resignation gewichen. Er kannte den Verbrecher seit seiner Kindheit. Er wußte, keine Diskussion, kein vernünftiges Argument würde Micajah je erkennen lassen, wie unmenschlich und brutal es gewesen wäre, so mit Savanna zu verfahren. Ihm würden Vergewaltigung und Prügel immer als vernünftige und angemessene Mittel erscheinen, eine widerstrebende Frau gefügig zu machen. Er war eben ein Verbrecher und kannte keine Skrupel. Bodene gab sich wenig Mühe, seine Verachtung zu verbergen. Kühl sagte er: »Schlag dir Savanna aus dem Kopf – sie ist jetzt eine verheiratete Frau!«

Micajah sprangen fast die Augen aus dem Kopf, als er in atemlosem Staunen Bodene anstarrte. »Verheiratet?« japste er. »Aber das gibt es doch nicht. Kein Mann außer mir kann so verrückt sein, diese Höllenkatze heiraten zu wollen!«

Bodene setzte sich auf die Kante seines Schreibtisches und betrachtete genüßlich den perplexen Micajah. »Es tut mir leid, daß dich die Nachricht von Savannas Hochzeit so wenig erfreut. Ich habe nämlich noch mehr unangenehme Neuigkeiten für dich.«

»Was meinst du damit?« fragte Micajah unbehaglich.

»Damit meine ich, mein Freund, daß du dich selber hereingelegt hast. Du hast einen folgenschweren Fehler begangen, als du den falschen Jason Savage entführt hast.«

»Den falschen Jason Savage?« wiederholte Micajah verwirrt.

Da lächelte Bodene mit grimmigen Vergnügen. »Der Mann, den du von Terre du Coeur entführt hast, war nicht Jason Savage, sondern sein Schwager. Und eben dieser Schwager, der übrigens ein reicher Plantagenbesitzer aus Natchez ist, hat

Savanna geheiratet. Man kann sagen, daß du selbst die beiden während ihrer Entführung zusammengebracht hast. Du kannst dir also selber dazu gratulieren, daß Savanna heute die Frau von Adam St. Clair ist!«

Sekundenlang schnappte Micajah lautlos nach Luft wie ein Fisch auf dem Trockenen. Dann schoß ihm das Blut in die Wangen, seine Augen wurden vor Wut schmal wie Messerklingen, und er öffnete und schloß seine Fäuste, als müßten sie auf der Stelle jemanden erwürgen. »Adam St. Clair!« schrie Micajah mit so viel hemmungslosem Haß in der überschnappenden Stimme, daß Bodene erstaunt aufsprang.

»Du kennst Adam St. Clair?« fragte er.

»Nein, ich bin diesem gottverdammten Hurensohn nie zuvor begegnet. Darum habe ich Narr ihn die ganze Zeit für Jason Savage gehalten!« In seinem haltlosen Zorn war Micajah nahe daran, die ganze Geschichte von dem Mordauftrag zu erzählen, aber in letzter Sekunde beherrschte er sich. Jetzt hatte er neben dem Blutgeld einen weiteren gewichtigen Grund, Adam St. Clair zu töten, und er wäre ein noch größerer Narr, wenn er ausgerechnet Bodene davon erzählen würde!

Mit gerunzelter Stirn wollte Bodene wissen: »Wenn du Adam St. Clair nicht kennst, warum hat dich dann allein schon die Erwähnung seines Namens zur Raserei gebracht?«

Blitzschnell überlegte sich Micajah eine Antwort, die bei Bodene keinerlei Verdacht aufkommen lassen würde. Dann sagte er mit einem schwachen Lächeln auf den Lippen: »Ich war nicht wegen St. Clair persönlich so wütend, sondern wegen der Tatsache, daß mir so ein hergelaufener reicher Dandy Savanna vor der Nase wegschnappt. Das ist nicht fair! Ich war mir immer sicher, daß Savanna und ich uns eines Tages zusammenraufen und irgendwo gemeinsam niederlassen würden.« Er seufzte schwer. »Da sie es aber nun vorgezogen hat, sich von einem Geldsack wie diesem St. Clair heiraten zu lassen, muß ich wohl von meinen Träumen Abschied nehmen und Mr. St. Clair mit einem Handschlag zu seinem Sieg gratulieren.«

»Ich glaube nicht, daß St. Clair dir gerne die Hand schüttelt. Ich glaube, daß er dir zum Dank dafür, daß du ihm einen Knüppel auf den Kopf geschlagen und ihn entführt hast, eine Kugel durch die Stirn jagen wird.«

Micajah brummte: »Es ist wohl am besten, ich gehe meiner Wege, nachdem ich nirgendwo willkommen bin.«

Sofort erwiderte Bodene kalt: »Das wird dir nicht möglich sein. Diesmal bist du zu weit gegangen, mein Freund. Ich werde dich hier festhalten, bis Jason Savage und Adam St. Clair beschlossen haben, was sie mit dir anfangen wollen!«

Urplötzlich herrschte tödliches Schweigen in dem großen Raum. Die beiden Männer starrten sich reglos an, jeder angespannt und kampfbereit. Einige Sekunden standen sie so ohne jedes Wimpernzucken, ohne jeden Atemzug, dann warf sich Micajah unvermittelt auf Bodene, und dieser taumelte unter der brutalen Wucht dieses Angriffs zurück. Micajahs Arme schlossen sich wie Eisenklammern um Bodenes Brust und preßten seine Arme an den Seiten fest, so daß er nicht mehr nach seinem Revolver greifen konnte.

In ihrem verbissenen Ringen stürzten die beiden Männer, und Bodenes Revolver fiel aus der Tasche. Micajah grunzte zufrieden, lockerte aber seinen Griff nicht. Mit äußerster Anstrengung kämpfte Bodene gegen Micajahs tödliche Umklammerung an, die ihm den Atem raubte und die Rippen knacken ließ. Die beiden Männer rollten keuchend über den Boden, warfen Stühle und kleine Tische um. Flaschen klirrten, und Gläser zersplitterten auf dem Boden. Dann endlich gelang es Bodene mit übermenschlicher Anstrengung, sich aus Micajahs mörderischem Griff zu befreien. Doch in dem Moment, den Bodene brauchte, um sich zu erholen, schmetterte Micajah eine Faust auf Bodenes Kinn, schleuderte ihn über den Schreibtisch – und schon war der Kampf vorüber. Micajah hatte seinen

Revolver gezogen und den Lauf auf Bodene gerichtet, der sich schwankend erhob.

Mit einem breiten Lachen sagte Micajah schwer atmend: »Da staunst du, wie schnell sich die Dinge ändern können, was, Bodene? Wann siehst du endlich ein, daß du mit mir nicht fertig wirst, wenn es ernst wird?« Mehr Zeit gönnte sich Micajah nicht, seinen Sieg zu genießen. Da sie weiter ungestört blieben, hatten die Geräusche der Spieler an den Tischen den Lärm des Kampfes wohl übertönt. Dennoch konnte jede Sekunde einer von Bodenes Leuten hereinkommen. Micajahs Lachen erlosch, und er befahl scharf: »Los, beweg dich, setz dich auf den Sessel hinter deinem Schreibtisch! Wenn du es wagst, um Hilfe zu rufen, schieße ich dir den Kiefer vom Kopf!«

Kochend vor Wut, aber unfähig, Widerstand zu leisten, tat Bodene wie befohlen. Und innerhalb kürzester Zeit war er gefesselt und geknebelt.

Da er sicher war, daß Bodene nun für eine ganze Weile außer Gefecht gesetzt war, steckte Micajah seine Waffe weg und sagte: »Ich werde jetzt meiner Wege gehen, wie ich es vorhin gesagt habe. Aber ich kann nicht sagen, daß ich mit deiner Gastfreundschaft zufrieden war!« Damit schlüpfte er aus der Tür des Büros und verließ unauffällig die Golden Lady.

Eigentlich hätte Micajah mit sich zufrieden sein können, aber seine Gedanken waren bitter. Zum Teufel mit diesem Adam St. Clair! Dieser Mann, den er hätte töten sollen und den er wochenlang ohne Erfolg gesucht hatte, hatte sich als hilflos gefesselter Gefangener in seinen Händen befunden. Und er hatte keine Ahnung davon gehabt! Kalte Wut stieg in ihm auf, als ihm klar wurde, wie sehr ihn das Schicksal zum Narren gehalten hatte. Und die Wut steigerte sich, als Micajah erkannte, daß eigentlich alles schiefgegangen war, seit er zum ersten Mal in Natchez den Namen dieses Bastards gehört hatte. In Micajahs Gedanken war die Liste der von Adam St. Clair begangenen Verbrechen endlos, und jedes einzelne davon konnte nur mit dem Tod bestraft werden. St. Clair war schuld an jedem Mißgeschick, jeder Pechsträhne, jedem Unglück, jedem Versehen, jedem dummen Zufall, wovon Micajah heimgesucht worden war, seit Jem Elliott mit dem blonden Fremden an seinen Tisch getreten war. Wütend stieß Micajah gegen die Steine auf der Straße, als er überlegte, wie anders die Dinge verlaufen wären, wenn es ihm gelungen wäre, diesen Hurensohn gleich am Anfang zu finden und zu töten! Er wäre nicht nur um zweitausend Dollar reicher, auch sein Ruf wäre noch makellos. Allein die Tatsache, daß St. Clair lebte, war eine Beleidigung für Micajah! Aber nicht genug damit. Indem sich St. Clair während seiner Entführung als Jason Savage ausgab und dann auch noch Jeremy überwältigte und floh, hatte er nicht nur Micajahs Plan, den Goldschatz zu finden, durchkreuzt, er hatte ihn auch zum Narren gemacht! Das schlimmste aller Verbrechen aber hatte er begangen, als er Savanna auf seine Flucht mitgenommen und zuletzt geheiratet hatte! Savanna, die Frau, die Micajah fast ebenso dringend besitzen wollte wie das Gold! Für all das mußte er sterben! Zuletzt trat ein kaltes Lächeln auf Micajahs Lippen, und er machte sich auf die Suche nach Jeremy. Langsam war in seinem Kopf ein Plan entstanden. In allernächster Zukunft würde auch Adam St. Clair erfahren, warum Micajah Yates der mörderische Micajah genannt wurde!

Kaum hatte sich die Tür hinter Micajah geschlossen, begann Bodene seinen wütenden Kampf gegen die Fesseln, die ihn an den Sessel geschnürt hielten. Doch obwohl Bodene ein außergewöhnlich kräftiger Mann war, gelang es ihm nicht, sich zu befreien. Je wütender er darüber wurde, um so heftiger kämpfte er, aber alles Bemühen war umsonst. Sein Kampf hatte ihn so angestrengt, daß er durch den Knebel nicht mehr genug Luft zum Atmen bekam und beinahe erstickte. So hielt er mit seinen Bewegungen inne und versuchte, den Knebel aus dem Mund zu bekommen oder ihn zumindest etwas zu lockern.

Doch Micajah war ein Berufsverbrecher, der sein Handwerk verstand. Zuletzt warf Bodene den Sessel um, auf den er gefesselt war, und schob sich damit bis zur Tür seines Büros. Er war in kalten Schweiß gebadet, als er endlich an der Tür war und mit seinen Stiefeln dagegentreten konnte. Die Fesseln ließen jedoch nicht zu, daß er weit ausholen konnte, und Bodene konnte nur hoffen, daß das schwache Pochen trotz des Lärms, den die Spieler gewöhnlich machten, von irgend jemandem gehört wurde.

Bodene schien es, als wäre eine Ewigkeit vergangen, als endlich die Türe langsam geöffnet wurde. Jack Mooney, einer der Männer, denen Bodene am meisten vertraute, blickte vorsichtig in Bodenes Büro. In seinem zerklüfteten Gesicht stand pures Staunen, als er seinen Boß an den Bürosessel gefesselt und geknebelt auf dem Boden liegend vorfand.

Jack kniete neben Bodene nieder und löste den Knebel, und sofort keuchte Bodene: »Kümmre dich nicht weiter um mich! Mach dich mit ein paar Männern auf die Suche nach Micajah Yates! Wir müssen ihn gefangennehmen, bevor er noch mehr Unheil anrichten kann! Und schick mir eines der Mädchen herein.« Jack rannte aus dem Büro.

Als Jack eine Stunde später in das Büro der Golden Lady zurückkehrte, traf er Bodene in größter Ungeduld an. Rastlos lief er durch den großen Raum. Kaum hatte Jack die Tür hinter sich geschlossen, fragte Bodene: »Habt ihr ihn?«

Doch Jack schüttelte den Kopf. »Nein. Wir haben jeden Platz abgesucht, an dem er sich befinden könnte – ohne Erfolg! Wir haben ein paar Halunken, die Micajah kennen, die Hölle heiß gemacht – nichts! Es ist, als hätte der Erdboden ihn verschluckt. Niemand hat ihn gesehen, weder irgendwo in der Stadt noch bei dem Versuch, die Stadt zu verlassen.«

Bodene fluchte leise vor sich hin, sein Unbehagen wuchs mit jeder Minute, die Micajah frei herumlief. Er nahm einen Brief vom Schreibtisch. »Bring diesen Brief so schnell wie möglich zu Adam oder Savanna St. Clair nach Campo de Verde. Reite sofort los und nimm Toby Willis mit. Ihr könnt zwei meiner besten Pferde haben. Bleibt auf Campo de Verde, bis ich dort eintreffe! Ich werde euch bald nachreiten, doch zuvor möchte ich mich noch mal in der Stadt umsehen. Vielleicht gibt es einen Platz, an dem ihr nicht gesucht habt. Ich will absolut sichergehen, daß Micajah wirklich die Stadt verlassen hat.« Bodene blickte in Jacks rauhes Gesicht. »Micajah will vor allem Adam töten, aber seid auch ihr auf der Hut! Und denkt daran, Micajah hat noch Jeremy Childers bei sich. Jetzt los! Geht hinten hinaus! Und alles Gute, euer Ritt ist gefährlich!«

Jack nickte, drehte sich um und verließ ohne ein weiteres Wort den Raum. Bodene blieb einen Moment sitzen und starrte auf die geschlossene Tür. Er hatte alles veranlaßt, was er zum Schutz von Adam und Savanna tun konnte. Dennoch erfüllte ihn ein nagendes Schuldgefühl. Er hätte wachsamer sein müssen und Micajahs Kraft nicht unterschätzen dürfen. Von Wut auf sich selbst erfüllt, erhob sich Bodene. Er würde seinen Fehler nicht gutmachen, wenn er weiter dumpf vor sich hin brütend im Büro saß. Er mußte Micajah finden, nur so konnte er seine Nachlässigkeit wieder wettmachen. Er nahm den kleinen Revolver, der stets in einer Schublade seines Schreibtisches lag, und steckte ihn in die Tasche seines Jacketts. Leise murmelte er: »Ich wußte immer, daß ich diesen Mistkerl irgendwann einmal töten muß!«

Am späten Nachmittag des nächsten Tages las Adam den Brief, den Bodenes Männer ihm überbracht hatten, und seine Miene verfinsterte sich. Nun, da Micajah alles wußte, gab es keinen Zweifel, daß Micajah ihn töten mußte, um seine Verbrecherehre wiederherzustellen. Micajah würde ihm irgendwo auflauern und ihn, ohne zu zögern, erschießen! Adam saß in einem kleinen Wohnzimmer, das Elizabeth ihm zur Verfügung gestellt hatte. In den ersten Tagen nach seiner Rückkehr nach

Campo de Verde hatte er seiner Schwiegermutter angeboten, sich um die Buchhaltung der kleinen Plantage zu kümmern. Er schlug mit der Faust auf den Tisch. Nichts kam ihm im Moment ungelegener, als sich vor dem rachedurstigen Micajah Yates in acht nehmen zu müssen! Er hatte Wichtigeres zu tun! Er mußte sich um die unerträglich gewordene Spannung zwischen ihm und seiner Frau kümmern!

Adam goß sich ein Glas Whiskey ein und blickte mißmutig aus dem Fenster und über den Garten des Hauses. Als Savanna und er nach Campo de Verde zurückgekehrt waren, hatte er gehofft, daß ihre enge Verbundenheit der letzten Tage anhalten würde. Aber je weiter sie sich Campo de Verde genähert hatten, um so mehr hatte sie sich von ihm zurückgezogen. Als sie dann den ausgefahrenen Weg zum Wohnhaus der Plantage hinauffuhren, war alle Vertrautheit verschwunden, die in New Orleans zwischen ihnen gewesen war.

Es herrschte zwar nicht mehr die alte Feindseligkeit zwischen ihnen – noch nicht, wie Adam zynisch dachte –, aber ihre kühle Zurückhaltung und zeitweilige Gleichgültigkeit machten ihm zu schaffen. Wütend bemerkte er jeden neuen Graben, den Savanna zwischen sich und ihrem Ehemann grub: Immer weiter zog sie sich von ihm zurück, hielt sich immer in Räumen auf, in denen er sie nicht aufsuchen konnte oder wo er nicht allein mit ihr war. Und wenn sie selten genug miteinander sprachen, war es nur höfliche und nichtssagende Konversation. Aber in dem Wissen darum, wie sehr ihr der Verlust des Kindes zugesetzt hatte, drängte er sich ihr nicht auf und machte ihr auch keine Vorwürfe. Doch als er bemerkte, daß Savanna die Verbindungstür zwischen ihren Schlafzimmern strikt verschlossen hielt, überwog Ärger sein Verständnis, und er mied sie genauso absichtlich wie sie ihn.

Während der Wochen, die er mit Savanna auf Campo de Verde verbrachte, hatte er kaum ein persönliches Wort mit ihr gewechselt. Je mehr Zeit verging und je besser sich Savanna fühlte, um so wütender wurde Adam angesichts ihrer Gleichgültigkeit ihm gegenüber. Was für ein verdammtes Spiel spielte sie mit ihm?

Savanna jedoch spielte kein Spiel mit Adam. Sie litt schlimmer, als es sich jemand vorstellen konnte. Und je tiefer sie in diesem Leid versank, um so klarer sah sie, daß es nur einen einzigen Weg gab, den sie gehen konnte, um ihren Seelenfrieden wiederzufinden.

Während Adam mit wütenden Schritten in dem kleinen Wohnraum auf und ab ging, lag Savanna im Schlafzimmer auf daunenweichen Decken und starrte blicklos an die Zimmerdecke. Sie wußte nur zu gut, daß sie sich seit vielen Tagen nun schon davor drückte, Adam mit ihrer längst getroffenen Entscheidung zu konfrontieren.

Aber vermutlich wird Adam sogar erleichtert und keineswegs wütend sein, sagte sie sich immer wieder bitter. Dutzende Kleider hatte er ihr geschenkt, ihr unzählige Komplimente gemacht, sie leidenschaftlich geliebt – aber er hatte ihr nie gesagt, daß er sie liebe. Demnach hatte er sie gar nicht heiraten wollen, sondern es nur wegen des Kindes getan. Und mit dem Verlust des Kindes hatte auch ihre Ehe jede Grundlage verloren.

Traurig schloß sie die Augen, aber sie konnte die Bilder, die vor ihren geschlossenen Lidern tanzten, nicht auslöschen: Adam, der sie mit schelmisch funkelnden blauen Augen anlachte; der feine Schwung seiner sinnlichen Lippen, Sekunden bevor er sie auf ihre legte; seine gerunzelte Stirn, wenn er überrascht oder nachdenklich war; diese störrische schwarze Haarlocke, die ihm stets in die Stirn fiel; dieses strahlende, unwiderstehliche Lächeln, das ihr immer wieder wohlige Schauer über den Rücken jagte. Sie hatte unzählige Bilder und Erinnerungen von Adam – und sie würde sie immer haben.

In jenen schrecklichen Momenten, als sie aus der Ohnmacht

nach dem Sturz erwacht war, war die Trauer über den Verlust ihres Kindes so groß gewesen, daß Savanna gar nicht begriffen hatte, was dieses Unglück eigentlich für sie bedeutete. Erst als sie sich mit Adam auf dem Weg nach Campo de Verde befand, war ihr die schreckliche Wahrheit bewußt geworden. Was er ihr Gutes getan hatte, hatte er aus Freundlichkeit, Höflichkeit und Ehrbarkeit getan, nicht aus Liebe. Nur wegen des Kindes hatte er den drastischen Schritt vollzogen und sie, Savanna O'Rourke mit ihrer anrüchigen Herkunft, geheiratet. Und sie war sich sicher, daß er sich bei der erstbesten Gelegenheit von den Fesseln einer Ehe befreien würde, die er freiwillig nie eingegangen wäre. Als Savanna am Tag ihrer Ankunft weinend in Elizabeths Arme gesunken war, war das nicht nur wegen des verlorenen Kindes geschehen, sondern weil sie auch Adam verloren hatte.

Immer wieder hatte Savanna versucht, diese bitteren Gedanken zu verdrängen, aber vergeblich. Und obwohl ihr Entschluß feststand, schreckte sie vor dem letzten, endgültigen Schritt zurück. So entzog sie sich Adam in ihrem Schmerz und ihrer Verwirrung, wo sie nur konnte, und ignorierte seine freundlichen Aufmerksamkeiten. Da ihr dieser Zustand jedoch nicht mehr erträglich war, mußte sie ihm endlich sagen, was sie bewegte. Sie sprang entschlossen aus dem Bett, zog ein feines Musselinkleid an, nachdem sie sich gewaschen und gekämmt hatte, und ging dann stolz erhobenen Hauptes wie eine Kriegsgöttin hinunter zu Adams Wohnraum. Als sie vor der Tür stand, zögerte sie jedoch. Lange stand sie so und kämpfte verzweifelt gegen die Tränen an, die in ihre Augen schossen.

Dann stieß sie einen Fluch aus, der einem blutgierigen Flußpiraten alle Ehre gemacht hätte, warf den Kopf zurück, und stürmte ohne anzuklopfen ins Zimmer, warf die Tür hinter sich ins Schloß und sagte scharf: »Adam! Ich muß mit dir reden!«

Sollte ihr dramatischer Auftritt in seinem unfreiwilligen

Exil ihn überrascht haben, so zeigte er es mit keiner Miene. Mit einer langsamen und sorgfältigen Bewegung setzte er das Whiskeyglas ab und blickte ihr mit freundlichem Interesse entgegen.

Savanna wankte in ihrer Entschlußkraft, als seine saphirblauen Augen mit beinahe hypnotischer Kraft auf ihr lagen. Ihr Herz raste, als sie ihn so attraktiv dasitzen sah, und sie spürte, wie ihre verdrängten Gefühle für ihn wieder aufloderten. Sie liebte ihn so sehr! Doch er tat es nicht, und daher wollte sie von ihrem Entschluß nicht abweichen.

Sie ahnte nicht, wie anbetungswürdig schön und wie verführerisch sie so vor Adam stand. Und sie erkannte nicht, wie Adam sich danach sehnte, sie in die Arme zu schließen und ihr zu sagen, wie sehr er sie liebte. Sie hätte nur so herausfordernd stehen bleiben müssen, hätte nur abwarten müssen, und Adam hätte ihr die drei Worte gesagt, nach denen sie sich seit so vielen Wochen sehnte. Sie aber versteifte sich, rang sich alle Kälte ab, zu der sie fähig war, und sagte mit ruhiger, aber seltsam klangloser Stimme: »Es reicht! So wie bisher kann es unmöglich weitergehen mit uns! Ich möchte, daß wir uns scheiden lassen!«

22

Savannas Worte ließen Adam sichtlich zusammenzucken und erblassen. Kurz wandte er den Kopf ab, um den zornigen Aufruhr seiner Gefühle wieder unter Kontrolle zu bekommen. Er starrte auf den abgetretenen Teppich und spürte einen Anfall von Schwindel. Er konnte es nicht fassen! Nach allem, was sie zusammen erlebt und erlitten hatten, wollte sie immer noch von ihm loskommen! In einem unbehaglichen Taumel zwischen Ärger und Schmerz sagte er sich, daß unerwiderte Liebe so ziemlich das letzte war, was er von seiner Frau erwartet hatte. Die Erkenntnis, daß Savanna ihn niemals lieben würde, schmerzte ihn wie eine gnadenlose Folter.

Alles in Adam bäumte sich dagegen auf, Savannas Forderung einfach zuzustimmen. Am liebsten wäre er aufgesprungen, zu ihr gestürmt, hätte sie in die Arme gerissen und gezwungen, ihre kalten Worte zurückzunehmen. Und er hätte sie nicht mehr losgelassen, bis sie verstanden hatte, daß sie beide durch gewaltige Gefühle aneinandergebunden waren und sich nicht einfach trennen konnten. Aber dazu war es jetzt zu spät. Er mußte die bittere Wahrheit akzeptieren, daß es letztlich zu nichts führen würde, wenn er versuchte, Savanna umzustimmen. Er hatte ihr seinen Willen von dem Moment an aufgezwungen, an dem sie sich begegnet waren, aber gebracht hatte es offenbar nichts.

Adam war ein intelligenter Mann, und mochte er auch übermäßig bestimmend und dickköpfig sein, so war er doch alles andere als ein Narr. Und nur ein Narr würde sich angesichts einer so kompromißlosen Zurückweisung weiter um Savanna bemühen. So atmete er tief ein und bemerkte, wie sein Herz flatterte und sein Körper zitterte. Vielleicht war Savanna ja auch die Vernünftigere von ihnen beiden. Vielleicht war es so tatsächlich am besten. Befreit und unabhängig voneinander konnten sie ihr altes Leben wieder aufnehmen. Doch ein freudloses Lächeln kräuselte seine schönen Lippen. Irgendwie konnte er sich ein Leben ohne Savanna nicht mehr vorstellen, aber genau das war es, was ihm bald wieder bevorstand. Nun war es nicht Adams Art, vor schmerzlichen Entscheidungen zurückzuschrecken. So wandte er seinen Kopf Savanna zu, blickte ihr gerade und gefaßt in die Augen und sagte mit gefühlloser Stimme: »Gut, einverstanden. Wenn du die Scheidung willst, widersetze ich mich nicht.«

Savanna hatte mit einem wilden Wortgefecht und wütenden Fragen, scharfzüngigen Vorwürfen und einer heiß entschlossenen Abfuhr gerechnet. Seine kalte Zustimmung traf sie wie ein

Schlag in die Magengrube. Beinahe betäubt blickte sie ihn aus unstet gewordenen Augen an. Sie hatte niemals damit gerechnet, daß Adam einer Scheidung so gelassen zustimmen würde. Sie hatte ohne jeden Kampf gesiegt und fühlte sich dennoch geschlagen und vernichtet. Ihre Verwirrung wuchs, als sie gewahr wurde, daß Scheidung eigentlich das allerletzte war, was sie von Adam haben wollte. In ihrer verqueren Haltung gegenüber Adam hatte sie sogar gehofft, ihr Wunsch nach der Scheidung würde ihn dazu bewegen, ihr endlich die erlösenden Worte zu sagen und ihr seine Liebe zu gestehen. Sie fühlte hysterisches Gelächter in ihrer Kehle aufsteigen und erstickte fast daran, es nicht ausbrechen zu lassen. Was für ein romantischer Unfug! Hatte sie wirklich erwartet, er werde vor ihr auf die Knie sinken und in Liebesschwüre ausbrechen? Hatte sie wirklich erwartet, daß er sie bitten werde, als seine Frau bei ihm zu bleiben?

So stand Savanna vor Adam von widersprüchlichen Gefühlen zerwühlt, gleichermaßen zornig wie eine Rachegöttin und vor Liebeskummer zitternd wie ein junges Mädchen. Zumindest weiß ich, daß ich ihm nichts bedeute, daß ich ihm vollkommen gleichgültig bin, dachte sie bitter. Warum sonst hat er sofort in die Scheidung eingewilligt? So fügte sie sich in die Rolle der Rachegöttin, schob herrisch das Kinn vor und fragte mit kampfeslustig sprühenden Augen schroff: »Sehr gut. Und wie wickeln wir unsere Scheidung ab?«

Mit unverändert gefühlloser Stimme antwortete Adam: »Ich habe keine Ahnung. Ich lasse mich zum ersten Mal scheiden. Ich werde wohl meinen Rechtsanwalt in Natchez bitten, die Angelegenheit für uns zu regeln.« Dann hob er die Stimme: »Möchtest du, daß ich Campo de Verde sogleich verlasse?«

Die Frage kam für Savanna so überraschend, daß sie beinahe laut hinausgeschrien hätte, daß sie niemals wollte, daß Adam sie verließ. Aber in letzter Sekunde hielt sie diese verräterischen Worte zurück, schüttelte den Kopf und stammelte dann:

»Ja ... nein ... ich dachte nicht ... ich habe ja nicht geglaubt ...!« Sie hielt inne, atmete einmal tief durch und sprach gefaßt: »Es ist nicht nötig, daß du sofort aufbrichst! Ich wollte nur Klarheit schaffen zwischen uns. Und ich sehe keine Veranlassung, warum wir nicht wie Freunde auseinandergehen sollten!«

Ein gefährlicher Glanz trat in Adams Augen. Er sprang auf, war mit zwei langen Schritten bei Savanna, riß sie an sich und begrub ihre Lippen unter den seinen. Savanna schauderte unter der stürmischen Gewalt seines Kusses. Wie bei einer Explosion rasten Wellen aus Leben, Hitze, Leidenschaft durch ihren Körper, ihr Blut kochte prickelnd vor Sehnsucht in ihren Adern. Die vielen Wochen, die sie seit ihrer letzten Liebesnacht ohne Berührung, ohne Zärtlichkeit, ohne den bezwingenden Rausch der Sinne verlebt hatte, ließ sie fast besinnungslos werden. Sie ließ ihren Leib gegen Adams harten Körper sinken und drängte sich seinem Mund entgegen.

Unter diesem wilden Kuß zerschmolz sie in Adams Umarmung. Doch gerade als sie ihre Arme hob, um das dunkle und so vertraute Gesicht zu streicheln, riß Adam seine Lippen von den ihren und stieß sie wild von sich. Sein Gesicht glühte vor Erregung, als er schwer atmend hervorstieß: »Von dem Augenblick an, als ich dich zum ersten Mal gesehen habe, war Freundschaft das letzte, woran ich gedacht habe! Wir beide können nur Feinde oder Liebende sein, aber niemals Freunde!«

Savanna stand noch wie betäubt vom Aufbrausen ihrer Sinne. Sie hielt ihren benebelten Blick auf Adam gerichtet und kämpfte um ein Aufklaren ihres Bewußtseins. Zuletzt trat sie einen Schritt von Adam zurück, drehte sich von ihm weg und sagte unglücklich: »Adam, ich möchte nicht mit dir kämpfen! Ich kann dich nicht lieben, aber wir haben zu viel geteilt und durchgestanden, um zu Feinden werden zu können. Ich kann dir nur meine Freundschaft anbieten. Bitte nimm sie an!«

Ruhig und beherrscht erwiderte Adam: »Wie kommst du nur

darauf, daß du mich nicht lieben kannst? Wir sind doch Liebende seit dem Augenblick, an dem wir uns begegnet sind. Ich weiß, daß du unsere Ehe nicht wolltest, aber behaupte nicht, du könntest mich nicht lieben!«

Wie schwer machte Adam es für Savanna! Immer noch umschiffte er die einzig gültigen Worte wie ein Lotse tödliche Klippen. Sie konnte nicht in Worte fassen, wie sehr sie von dieser Ungewißheit zerfressen wurde. Wie sollte sie ihm erklären, wie verletzlich sie ohne seine Liebe neben ihm war, wie unsicher sie sich fühlte als seine Frau? Savanna konnte so nicht weiterleben. Niedergedrückt sagte sie: »Du sagst ja selbst, daß unsere Ehe keine Liebesheirat war! Das Kind hat uns dazu gezwungen, aber ohne das Kind...« Der Schmerz über ihr verlorenes Kind erstickte ihre Worte, und erst nach einer Weile fuhr sie fort: »Da wir aber kein Kind haben werden, gibt es keinen Grund mehr, unsere Ehe mit Gewalt aufrechtzuerhalten. Also, mach es mir bitte nicht so schwer. Scheidung ist die einzige Lösung für uns. Laß uns unsere unglückliche Ehe wenigstens in Würde beenden!«

Adam blickte seine Frau hilflos an. Er erkannte, daß es ihr Ernst damit war, aber obwohl er sich innerlich zerrissen fühlte, spürte er einen winzigen Hoffnungsschimmer in der schrecklichen Tiefe seiner Wut und Verletztheit aufglühen. Er hatte ihre warme Erwiderung auf seinen Kuß gespürt, hatte ihr Drängen, ihr Hinschmelzen gespürt. Und er sah, daß sie litt. Wäre er ihr völlig gleichgültig, dann würde sie sich nicht so quälen. Als er das erkannte, änderte er auch seine Meinung. Mochte er auch seine Einwilligung in die Scheidung gegeben haben, so würde er Savanna doch nicht kampflos gehen lassen! Er liebte sie! Und irgendwie würde er sie dazu bringen, daß sie ihn ebenso liebte!

So legte er sacht die Hände auf ihre Arme und drehte sie zu sich. Und als er in diese lieblichen aquamarinblauen Augen blickte, zog sich sein Herz stechend vor Schmerz zusammen.

Er konnte sie nicht aufgeben! Doch so oft hatte er ihre Wünsche einfach überrannt, ihre Einwände arrogant beiseite gewischt und mit unerträglicher Anmaßung ihren Willen gebrochen! Diesmal würde er anders handeln – sofern er sich genug beherrschen konnte. Sanft begann er: »Savanna, wenn du die Scheidung haben willst, dann sollst du sie bekommen, aber... Wir haben so viel falsch gemacht! Unser Werben umeinander, das Kind, die Hochzeit, alles!« Nach einem tiefen Atemzug sagte er: »Vielleicht hast du recht, vielleicht sollten wir Freunde werden.« Da er nicht mehr weiter wußte und sie ihn schweigend ansah, versuchte er diesen hilflosen Bann zu brechen, indem er nach dem Brief von Bodene griff und ihn ihr hinhielt. »Bodene hat mir geschrieben. Es scheint, also ob unser alter Freund Micajah in New Orleans aufgetaucht ist und nach dir gefragt hat. Er war offenbar nicht begeistert, als er von meiner wahren Identität erfuhr und davon, daß wir verheiratet sind.«

Savanna riß den Brief aus Adams Händen und las Bodenes Nachricht. Sie kannte Micajah Yates seit vielen Jahren und wußte genau, wie wütend er werden konnte, wenn er zum Narren gehalten worden war. Bodenes Nachricht erhärtete ihre schlimmsten Befürchtungen. Die tödliche Gefahr, die von Micajah ausging, ließ ihre Eheprobleme sofort in den Hintergrund treten. Mit besorgter Miene wandte sich Savanna an Adam. »Bodene ist sicher, daß Micajah dich töten will. Was sollen wir tun?«

Aber Adam konnte nur mit den Achseln zucken. »Ich fürchte, solange Micajah hier nicht auftaucht und uns Schwierigkeiten macht, können wir gar nichts tun. Bodene hat uns seine zwei zuverlässigsten Männer geschickt, damit sie uns schützen. Je mehr Augen und Waffen wir hier haben, um so eher können wir vermeiden, daß wir überrascht werden. Aber etwas anderes als wachsam und auf das Schlimmste gefaßt sein können wir nicht tun. Micajah wird bestimmen, was passiert und wann das sein wird.« Er sah Savanna nachdenklich an. »Du kennst ihn besser als ich. Was, denkst du, wird er wohl unternehmen?«

Erregt trat Savanna einen Schritt vor. »Nach allem, was Bodene über Micajahs Haß schreibt, fürchte ich, daß er dich nicht einfach nur töten will, er will es auch genießen!« Dann trat sie nah an Adam heran, packte den Aufschlag seines Jakketts, und mit Augen, die blaß vor Angst waren, sagte sie eindringlich: »Bodene und ich sind mit ihm aufgewachsen. Er ist gefährlich und unberechenbar. Er liebt es, Menschen zu quälen. Er war immer grausam und erbarmungslos. Die Leute nennen ihn nicht umsonst den mörderischen Micajah! Als ich ein Mädchen war, habe ich mit eigenen Augen gesehen, wie er einen Mann erschoß, nur weil ihm der Hut dieses Mannes nicht gefiel!« Als Adam völlig ungerührt zuhörte, schüttelte Savanna ihn sanft. »Du mußt mir glauben! Du kannst dich glücklich schätzen, daß er dich nicht getötet hat, als du sein Gefangener warst. Und dieses Schicksal ist dir nur erspart geblieben, weil er dich für Jason Savage gehalten hat und dachte, du würdest über Informationen verfügen, die ihm bei der Schatzsuche dienten und die er notfalls gewaltsam aus dir herausholen wollte. Jetzt weiß er, wer du bist, und er wird jede Chance nutzen, dich zu töten!«

Savannas Sorge um Adam wuchs mit jedem Wort, das sie sprach. Sie holte tief Luft, als wollte sie alle Kraft sammeln, und bedrängte ihn: »Du kannst hier nicht länger bleiben! Micajah weiß, daß du dich hier aufhältst, Campo de Verde ist lebensgefährlich für dich. Wir leben hier viel zu isoliert!«

Doch Adam schüttelte seinen dunklen Kopf. »Nein! Ich werde dich nicht verlassen! Ich habe nicht vor, mich davonzustehlen wie ein feiger Hund. Außerdem ist er an dir ebenso interessiert wie an mir, hast du das vergessen?« Sein Gesicht verhärtete sich.

»O Adam, sei kein Narr! Ich halte mir Micajah schon vom

Leib, seit ich zur Frau herangewachsen bin. Mir kann nichts wirklich Schlimmes passieren – aber dich will er töten!«

»Soll er es doch versuchen. Aber glaubst du, ich könnte in Frieden weiterleben mit dem Wissen, daß du seiner Begierde zum Opfer gefallen bist, nur weil ich mein Leben retten wollte und dich allein gelassen habe?« Adam hatte sich in Rage geredet. »Glaubst du, ich könnte es mir je verzeihen, wenn er dich in seine Gewalt bekommt und bis zur Zerstörung mißbraucht?«

Insgeheim verwünschte Savanna Adams Sorge um sie. Es war zwar richtig, daß es Micajah gelungen war, sie zu entführen, aber es war ihm nur gelungen, weil sie ihn sträflich unterschätzt hatte. Doch das würde ihr nie wieder passieren! Natürlich konnte sie nicht ausschließen, daß Micajah einen neuen Anschlag auf sie plante, aber sie war sicher, daß sie ihn diesmal mit Erfolg abwehren konnte. Sie selbst war nicht wirklich bedroht, Adam hingegen war in Lebensgefahr! Micajah wollte ihn töten, und er war ein mörderischer Gegner!

Mit eisenhartem Glanz in den Augen sagte sie: »Was Micajah auch mit uns anstellen mag, ich würde hinterher immer noch am Leben sein, während du tot wärest!«

Adam lächelte sie spöttisch an. »Das käme dir doch ganz gelegen. Dann müßtest du dich nicht mehr von mir scheiden lassen, nicht wahr, mein Liebling?«

Schmerz, Angst und Wut wirbelten in Savannas Brust und entluden sich in blinder Wut. Noch bevor sie wußte, was sie tat, schlug sie Adam mit aller Kraft ins Gesicht. »Es ist mein Ernst! Also mach dich nicht lustig über mich!« schrie sie, und ihre Wangen glühten vor Zorn.

Sie hatte so schnell zugeschlagen, daß Adam sie nicht abwehren konnte. Nun berührte er mit tiefem Staunen seine brennende Wange, auf der sich die Kontur ihrer Hand dunkelrot abzeichnete. Während der vergangenen Wochen hatte er sich wie ein verwundeter Tiger in einem engen Käfig gefühlt.

Savannas Schlag aber hatte eine Wirkung, als ob die Tür dieses Käfigs geöffnet worden war. Alle Verletzung, alle Enttäuschung und Aggressivität brach mit einemmal durch. Er sah aus, als wollte er jeden Moment einen Mord begehen. Und mit einem gefährlichen Lächeln sagte er: »Diese Ohrfeigen sind eine lästige Angewohnheit von dir, Savanna! Ich habe dich doch schon beim letzten Mal gewarnt, daß du mich nicht mehr ungestraft schlagen wirst!«

Angst und lüsterne Erregung schüttelten Savanna, als sie bemerkte, wie sich Adams Wut bei seinen Worten in Begierde verwandelte. Sie wußte nur zu gut, wieviel Zurückhaltung er sich während der Wochen auf Campo de Verde auferlegt hatte, und sie spürte, daß ihr Schlag bei ihm alle Ketten gesprengt hatte. Mit einem Satz war Adam plötzlich bei ihr, und sein Mund preßte sich auf ihre Lippen, und sie überließ sich ihm mit einem Seufzer.

Es war verrückt! Es war Wahnsinn! Dabei hatte Savanna sich geschworen, niemals wieder in Adams Armen zu liegen. Um dieser lieblosen Macht zu entkommen, die sein Körper über ihr so verräterisch lüsternes Fleisch ausübte, hatte sie ihn eben erst um Scheidung gebeten. Und nun wand sich ihr nach Zärtlichkeiten, Küssen, Hingabe lechzender Leib bereits wieder in seinen starken Armen, drängte sich seinem harten, heißen Körper entgegen. Alle Vernunft, alles logische Denken und wohlüberlegte Handeln war dahin, und Savanna wollte nur noch, daß er sie bezwang.

Einige fiebrige Sekunden lang haßte sie sich selbst, wollte kalt und hart bleiben unter seinem Kuß, sagte sich, daß er sie nur als Werkzeug mißbrauchte, um seine eigene Lüsternheit zu stillen... aber sie liebte Adam, und das Verlangen, von diesem geliebten Mann berührt zu werden, war so mächtig, daß Savanna ihm auch dieses Mal erlag. Ihre so lange mit aller Gewalt kalt gehaltenen Sinne jubilierten, jeder Nerv ihres Körpers vibrierte vor Lust. Und stöhnend vor Erregung öffnete sie ihre Lippen. Mochte es richtig oder falsch, vernünftig oder verrückt sein, es kümmerte Savanna nicht mehr. Und als seine fordernde Zunge zwischen ihre bebenden Lippen schlüpfte, wußte Savanna, daß sie ihm nichts verwehren würde, was er auch von ihr haben wollte. Die Welt versank für Savanna, nur noch Adams herrisch fordernder Mund, seine starken Arme, sein heißer Körper waren wichtig.

Adam hatte nicht nur erreicht, daß sie ihn liebte, er hatte auch ihren jungen, sinnlichen Körper in die Geheimnisse und Exzesse der Lust eingeweiht. Nun war dieser Körper bereits süchtig nach den Spielen der Liebe wie nach einer erregenden Droge. Und nachdem Savannas Körper wochenlang unberührt gewesen war, raste er nun bei jeder Berührung und jeder lasziven Zärtlichkeit. Von ihrer Liebe zu Adam und von den rasenden Forderungen ihres Körpers besiegt, fügte sich Savanna in ihr Schicksal. Sie drängte sich an ihn, und ihre eigenen Arme schlossen sich unlösbar um seinen Nacken.

So standen sie lange besinnungslose Momente versunken in den Zauber ihres Kusses. Die Liebe zueinander, die sie so lange in den Kerkern ihrer zaghaften Seelen verschlossen gehalten hatten, loderte zwischen ihnen auf wie ein alles verschlingendes Feuer. Sie hatten sich so lange getrennt voneinander gehalten, daß sie nun wie von Sinnen die Wärme des anderen suchten. Und sie lösten sich auch nicht voneinander, als Adam seine Umarmung lockerte, mit unbeherrschten Bewegungen Savannas seidenes Kleid und ihre Wäsche zerriß und sie bis zu den Hüften entblößte. Dann lehnte sich Adam an seinen Schreibtisch, zog Savanna zwischen seine gespreizten Beine und ließ seinen Mund auf ihre Brüste sinken. Seine Lippen, seine Zunge, seine Zähne setzten jedes Stück Haut in Brand, das sie berührten. Savanna seufzte vor Lust, und in ihrem Unterleib entflammte eine unbändige Glut, deren pochende Hitze in all ihre Glieder ausstrahlte und sie zu verzehren begann.

Der Schlag ins Gesicht hatte Adam bis zur Weißglut gereizt, und bebend vor Rache hatte er Savanna an sich gerissen. Doch sobald er sie berührt und in seine Arme gezogen hatte, schwanden diese schwarzen Triebe, und schlagartig war er von reiner, heller Freude erfüllt. So lange hatte er seine Sehnsucht nach Savanna unterdrücken müssen, daß er nun wie unter allen Feuern des Himmels und der Hölle loderte. Aller Ärger, alle Unsicherheit und Enttäuschung, alle Angst, alle Gekränktheit, alle Wut verbrannten, und es blieb nichts als diese Liebe in seiner Seele und diese leidenschaftliche Gier seines Körpers, Savanna noch einmal zu besitzen. Mein Gott, wie sehr liebte er sie! Und war er auch nicht in der Lage, diese Worte laut auszusprechen, so würde doch sein Körper Savanna diese Liebe mitteilen!

Achtlos riß Adam sich die Kleider bis auf seine Reithose vom Leib, ohne mit seinen Küssen aufzuhören. Dann murmelte er einen liebevollen Fluch und schob Savanna von sich, um sich seiner Stiefel zu entledigen. Dann riß er sie wieder in seine Umarmung und überhäufte sie mit heißen, süßen Küssen. Mit festem Griff packte er ihre Hüften und begann ihren bisher nur ungestüm gegen seinen lauernden Schaft gepreßten Leib an dieser Härte zu reiben. Sie wand sich stöhnend und ächzend vor Lust, und er verstärkte den Druck auf das im Schnittpunkt ihrer Schenkel schmachtende Zentrum der Lust. Doch bei allem, was sie einander taten, waren sie wild, gehetzt und rasend, so als fürchteten sie, jeden Moment auseinandergerissen zu werden oder einer von ihnen könnte zur Besinnung kommen und vom anderen ablassen.

Adam riß Savannas Kleid weiter auf, bis es von ihren Hüften glitt und als ein knisternder Haufen pastellfarbener Seide um ihre Füße lag.

Savanna vollkommen nackt in seinen Armen zu halten stürzte Adam in einen Rausch unbändiger Leidenschaft. Er wurde von einem göttlichen Schauder geschüttelt, als er seine Hände in Savannas schwellendem Fleisch vergrub. Ja, er war ein lüsterner, animalischer, heidnischer Gott, und Savanna war seine duftende, strotzende Göttin. Und miteinander schufen sie die Lust und die Liebe, die Ekstase und die süße betörende Sünde.

Wie im Rausch stieß er sich von seinem Schreibtisch ab, drehte Savanna herum, bis sie an dem dunklen Holz lehnte. Dann packte er ihre Schultern und drückte ihren Rücken auf die glatte schimmernde Fläche des Schreibtisches nieder. Ihre rotgoldenen Haare breiteten sich wie ein glühender Mantel um ihre Schultern aus, ihre langen Beine hingen über die Kante des Tisches, und zwischen ihren gespreizten Schenkeln stand er, Adam, ihr Herr und Meister, ihr Gebieter und Sklave. Adam beugte sich über sie, sein Mund suchte ihre hoch gerundeten Brüste, seine kundigen Hände liebkosten ihren Bauch und ihre Hüften und folgten dann der Linie ihrer Leisten bis zum rotgoldenen Dreieck ihrer Scham.

Unter Adams drängenden Zärtlichkeiten wand sich Savanna auf der kühlen Platte des Schreibtisches. Sie ächzte und bäumte sich auf, sie seufzte und ließ sich sinken, dann hob sie sich ihm wieder entgegen. Ihre Hände fuhren über Adams muskulöse Brust, und ihre Finger glitten durch die Haare, suchten und fanden seine Brustwarzen. Sie rieb und kniff sie sanft, und dann glitten ihre Finger abwärts zu Adams Bauch, folgten dem scharfen Pfeil seiner Behaarung tiefer und tiefer, bis ihr der Gürtel seiner Hose Einhalt gebot. Und wie um ihn dafür zu strafen, daß er nicht völlig nackt war wie sie, streichelte sie das harte Stück Fleisch, das vom Stoff der Hose gefangen und niedergehalten wurde. Mit aufreizenden Bewegungen folgte sie der Kontur seines Pfahls, maß ihn in seiner ganzen Länge aus.

Sanft befeuchtete Adam seine Finger am Eingang ihrer heißen Grotte und drang dann langsam und in kurzen Stößen mit ihnen in sie ein. Savanna seufzte und wimmerte bei jeder dieser rhythmischen Bewegungen, und mit teuflischer Präzision streiften seine Finger dabei die geschwollene Perle ihrer Lust.

Jede dieser Berührungen ließ Savanna nach Erlösung wimmernd den Kopf hin und her werfen. Sie trieb unrettbar auf die Ekstase zu.

All das war mehr, als Adam ertragen konnte. Sein Körper wollte die Vereinigung mit ihr, wollte den Rausch, die Ekstase, die Erlösung. So erhob er sich einen atemlosen Fluch murmelnd von Savanna, öffnete seine Hose und ließ sein schimmerndes und pochendes Glied hervorschießen. Dann packte er Savannas Hüften, hob sie an und pflanzte seinen mächtigen Pfahl in ihren willigen Leib.

Als sich ihr seidenweiches Fleisch um seine Härte schloß, taumelte Adam wie unter der Wirkung eines süßen Giftes. Er schloß die Augen, riß den Kopf zurück und stöhnte wie in Trance.

Es war eine wilde, hemmungslose Vereinigung. Wie von Sinnen gab sich Savanna seinem wilden Ansturm hin. Bei jedem seiner Stöße stieß sie kehlige Laute aus. Sie war geliebt, erobert, erfüllt und besessen von ihm! Keiner seiner wilden Stöße war ihr zu hart und zu tief, und so drängte sie sich ihm entgegen, stürzte ihren Leib seiner harten Waffe entgegen, um ihn in ihrer hemmungslosen Hingabe doch zu besiegen! Als sie plötzlich in den Wirbelsturm ihres Höhepunktes davongerissen wurde, erfüllte sie ein bewußtloses, zeitloses, traumhaftes Staunen, das sofort mit ihr davongewirbelt wurde, und dann war alles Ekstase, unerträglich süße Ekstase – und sie stieß einen hellen befreienden Schrei aus, um nicht verrückt zu werden.

Adam, von Savannas rauschhaftem Gebaren erregt, stieß noch wilder und tiefer in sie ein und kam kurz nach ihr zu dem befreienden Höhepunkt. Zitternd und wie von schweren Schlägen getroffen, sank Adam über Savanna zusammen. Und während sie noch die vielen köstlichen Nachbeben ihres Höhepunktes genoß, hieß sie das heiße Gewicht von Adams großem Körper willkommen, das sich über sie legte.

Doch je ruhiger ihr Atem wurde, um so mehr nahm sie das Wissen um die Wirklichkeit wieder in Besitz. Zorn über ihre unentrinnbare Schwäche und Scham über ihre eigene Lüsternheit erfüllten sie, und sie versuchte, sich von Adams Körper zu befreien. Das brachte Adam mit einem Schlag in die kalte Realität ihrer Schwierigkeiten zurück. Sofort wußte er, daß das, was eben zwischen ihnen vorgefallen war, wie ein neues zerstörerisches Gift wirken würde. Er erhob sich, löste sich von Savanna und zog in einer Bewegung beinahe panischer Hast seine Reithose hoch und schloß sie.

In dem Augenblick, als Adam sich von ihr gelöst hatte, richtete sich Savanna auf, sprang vom Schreibtisch, bückte sich nach ihrem zerfetzten Kleid und versuchte mit fahrigen Bewegungen ihre Nacktheit zu verhüllen. Ihre Scham wurde zu heißer Wut, als das zerrissene Kleid unter ihren nervösen Fingern ein Eigenleben zu bekommen schien und sich weigerte, Savannas Körper so zu bedecken, wie sie es wollte. Zuletzt raffte sie das zerrissene Kleid fluchend und schluchzend um ihren Körper, unbekümmert darum, daß es an vielen Stellen aufklaffte und ihre weiße Haut durchschimmern ließ, und stürzte wie von Furien gehetzt aus Adams Zimmer.

Mit leerem Blick starrte Adam auf die Tür, durch die Savanna verschwunden war. Der Drang, ihr zu folgen, war so stark, daß er hastig seine herumliegenden Kleidungsstücke aufsammelte und sich anzog. Doch dann hielt er inne und beschloß, ihr Zeit zu geben, damit sie sich fassen und sammeln konnte.

Ein Klopfen an der Tür ließ Adam auffahren. In der Hoffnung, es möge Savanna sein, öffnete er die Tür. Jack Mooney stand mit besorgter Miene vor ihm.

»Haben Sie bemerkt, daß sich da draußen ein schwerer Sturm zusammenbraut?« fragte er sofort.

Adam winkte Jack ins Zimmer, schloß die Tür hinter ihm und trat an das Fenster. Draußen war die Sonne verschwunden, und grünschwarze Wolken zogen bedrohlich über den Himmel heran. Dann blickte er sich wieder zu Jack um und sagte: »Ich glaube nicht, daß dieser Sturm besonders schlimm werden wird. Wie steht's mit euch? Hast du dich mit Toby hier draußen eingerichtet?«

Jack nickte grinsend. »Ja. Wir haben die Pferde im Stall untergebracht und die Hälfte aller Vorräte des Hauses bereits zum Abendessen verzehrt!« Ernst fuhr er fort: »Ich wollte mich mit Toby abseits des Hauses verstecken – weit genug entfernt, daß wir alles überblicken können, und nahe genug, damit wir sofort zur Stelle sein können, falls es Micajah und Jeremy tatsächlich gelingen sollte, in das Haus einzudringen. Mit dem Sturm da draußen ist das alles nicht so einfach. Ich wollte den Bastard Micajah eigentlich nichts von unserer Anwesenheit hier wissen lassen, aber wegen des Sturms und der schlechten Sicht, die wir haben werden, halte ich es für das Beste, daß einer von uns deutlich sichtbar um das Haus patrouilliert. Ich hoffe, er wird es sich dann zweimal überlegen, ob er irgend etwas unternimmt. Wir haben dann immer noch den Vorteil eines zweiten Mannes hier im Haus auf unserer Seite.«

Plötzlich zuckte ein greller Blitz quer über den Himmel, und Sekunden später erzitterte das Haus unter der Explosion des Donners. Und als wäre das ein Signal gewesen, öffneten sich die Schleusen des Himmels, und eine graue Regenflut stürzte auf die Erde herab. Adam hoffte, daß das Gewitter nicht zu lange andauerte. Außerdem vertraute er darauf, daß Micajah nicht so schnell einen neuen Plan hatte, um noch an diesem Abend etwas zu unternehmen. So sagte er ruhig: »Macht euch doch erst mal mit dem Haus vertraut, bis der Regen vorüber ist. Dann können wir uns immer noch eine Strategie für die Nacht überlegen. Unter dem schlechten Wetter wird Micajah noch viel schlimmer leiden als wir, wenn er da draußen irgendwo auf der Lauer liegt.«

»Gut, Toby und ich sehen uns mal im Haus um«, sagte Jack knapp und verließ den Raum.

Doch Adam hatte die Gewalt des Sturmes unterschätzt. Mitternacht kam und ging, und mit unverminderter Stärke wütete das Gewitter um das Haus, und im Verlauf der Stunden nahm der Sturm sogar noch an Wildheit und Stärke zu. Donner und Blitze jagten einander, und die wilden Windböen peitschten den Regen auf das Haus und ließen es ächzen und stöhnen wie ein geschundenes altes Tier. Dazu rieben sich knisternd die Äste der Bäume und die Blätter der Weinranken an Dach und Fassade, verstärkten so das häßliche Konzert der Urgewalten und machten es den Bewohnern unmöglich, irgend etwas anderes als den Sturm zu hören.

Jack und Toby machten unermüdlich ihre Runden durch das erzitternde Haus, wobei sie diskret die Türen und Fenster kontrollierten. Savanna hatte sich während des ganzen Abends nicht mehr gezeigt und schlief wohl in ihrem Zimmer. Adam und Elizabeth hatten gemeinsam ein von unkonzentrierter Konversation und unbehaglichem Schweigen geprägtes Abendessen eingenommen und waren danach auseinandergegangen. Elizabeth saß nun im Wohnzimmer am Feuer und strickte einen Schal aus feinster Kaschmirwolle. Adam hatte sich in sein Arbeitszimmer zurückgezogen. Dort saß er vor einem großzügig gefüllten Glas Brandy und fühlte sich vor aufgestauten Gefühlen und Zerrissenheit wie ein Tiger, den man nach seinem wilden Ausbruch wieder an die Kette gelegt hatte wie einen Hund.

Die Wut seiner Gefühle wetteiferte mit dem Wüten des Sturmes vor dem Fenster. Und nachdem er einen tiefen Schluck des scharfen, wärmenden Brandys genommen hatte, war sich Adam nicht sicher, ob er sich an diesem Abend eine Kugel durch den Kopf schießen oder hinaufgehen und Savanna einfach erwürgen sollte. Vielleicht sollte ich beides tun, dachte er mit einem wilden Lächeln.

Er gestand sich ein, daß er bereits zu viel getrunken hatte, und obwohl er weder sich selbst noch Savanna ernstlich ein Leid zufügen wollte, mußte er sich doch mit aller Kraft beherrschen, nicht aufzuspringen, zu Savannas Zimmer zu stürmen und dort die Tür einzutreten. Irgendwie mußte er sie dazu bringen, die Situation im richtigen Licht zu betrachten. Sie mußte begreifen, daß er sie liebte und daß selbst der Teufel sie nicht von ihm trennen konnte! Dachte sie etwa, sie wäre nur eine austauschbare Frau, die er auf seinen Schreibtisch geworfen und wie von Sinnen geliebt hatte? Verdammt, sie war doch seine Frau! Er nahm einen weiteren Schluck Brandy. Sie war seine Frau, und sie würde es für immer bleiben, schwor er sich wütend. Und sie würde auch das Bett mit ihm teilen müssen! Er quälte sie doch nicht, er trieb sie in die süßesten Ekstasen. Was sollte falsch daran sein?

So saß Adam lange da und suchte im Brandy Frieden für seine aufgewühlten Gefühle. Zuletzt war er von dem Alkohol in seinen Adern so betäubt, daß er nichts von dem bemerkte, was hinter ihm vor sich ging. Aber vielleicht hätte er auch mit wacheren Sinnen nichts wahrgenommen, denn das Toben des Sturmes deckte jedes andere Geräusch im Haus zu. So geschah es, daß langsam und völlig unhörbar das Fenster aufgedrückt wurde, ein Mann schwarz wie ein Schatten hereinschlüpfte und auf Adam zuhuschte.

Erst als es bereits zu spät war, witterte Adam die Gefahr. So schnell es sein von Brandy trunkener Körper zuließ, sprang er aus dem Sessel hoch und warf sich herum. Gleichermaßen überrascht und schicksalsergeben blickte er auf Micajah Yates, der ihn haßerfüllt angrinste und bereits mit einem schweren Holzknüppel ausholte. Mit nacktem Überlebenswillen stürzte sich Adam auf seinen Angreifer. Aber sein von Alkohol benebelter Körper reagierte zu langsam – und es war ohnehin zu spät. Micajahs Knüppel traf auf Adams Kopf.

23

Als Adam wieder zur Besinnung kam, war es heller Tag. Er fand sich gefesselt und quer über den Rücken eines Pferdes gebunden wieder. Sein Kopf dröhnte vor Schmerz, und er konnte keinen klaren Gedanken fassen. Er vermochte den Kopf nicht weit genug zu drehen, um die Umgebung zu erkennen, stellte aber fest, daß er der einzige Gefangene war.

Micajah trieb die Pferde durch eines der Sumpfgebiete, von denen es unzählige im südlichen Louisiana zu beiden Seiten des Mississippi gab. Ihr Weg führte entlang eines von Algen und Seelilien bedeckten reglosen Wasserarms. Hin und wieder erhaschte Adam zwischen dem undurchdringlich verwucherten Unterholz aus Weiden, Eschen, Farnen und verwilderten Buchen einen Blick auf die Blätter von Zwergpalmen oder die verknoteten Stämme kahler Zypressen. Und schaudernd bemerkte er immer wieder Alligatoren, die sich halb im schlammigen Wasser liegend von der Sonne wärmen ließen. Er hoffte, daß Micajah nicht vorhatte, ihn bei lebendigem Leib an diese schrecklichen Echsen zu verfüttern.

Daß Micajah ihn töten würde, war Adam von der ersten Sekunde seines Erwachens an ohne jeden tröstlichen Zweifel klar. Aber warum war er nicht schon längst tot? Was hatte Micajah vor?

Die Antwort auf diese Fragen erhielt Adam erst einige Stunden später, als Micajah sein Reittier an einem Lagerplatz zügelte, wo Jeremy sie bereits erwartete. Während Jeremy die Pferde mit langem Zügel an dünne Bäume band, löste Micajah die Riemen, mit denen er Adam auf das Pferd gebunden hatte, zerrte ihn vom Sattel und ließ ihn grob zu Boden stürzen. Da Adams Hände und Füße immer noch fest verschnürt waren, konnte er sich nur mühsam aufsetzen.

Als Jeremy Adam so wehrlos sah, ließ er seine Arbeit bei den

Pferden ruhen, trat an den Gefangenen heran und gab ihm einen brutalen Fußtritt in die Rippen.

»Hast du hier auch schon ein paar Schlangen entdeckt, Mister?« fragte er gehässig. Der haßerfüllte Ausdruck in seinem Gesicht bewies, daß er durchaus nicht vergessen hatte, mit welchen Worten Adam ihn bei seiner Flucht hereingelegt und wie brutal er ihn niedergetreten hatte. Und weil Adam die Mißhandlung schweigend über sich ergehen ließ, knurrte Jeremy: »Versteh' ich dich richtig, du hast noch keine gesehen? Dann sei schön wachsam, damit du auch keine übersiehst!« Bei diesen Worten trat er wieder und wieder zu, so daß Adam fast die Besinnung verlor. Jeremy hörte erst mit seinen wahllosen brutalen Tritten auf, als Micajah ihn dazu aufforderte, ihm beim Absatteln der Pferde zu helfen.

Ächzend richtete Adam sich auf und lehnte sich an den Stamm eines Baumes. Dann blickte er sich um. Er wußte nicht genau, wo er sich befand, sie lagerten irgendwo tief in den Sümpfen. Unmittelbar am Ufer des stickig riechenden, blasenschlagenden Wassers standen hohe, verwüstete Zypressen, die mit geisterhaft grauen Vorhängen aus spanischem Moos behangen waren. Rings um die Landzunge erstreckte sich das Wasser bis weit hinein in den Mangrovenwald. In Adams Rükken stand wie eine grüne Wand der Dschungel des Sumpflandes. Von dort waren sie gekommen, dort lag der einzige Zugang zum Lagerplatz. Grimmig dachte Adam darüber nach, daß dieser öde Platz wohl das letzte war, was seine Augen sehen würden, bevor Micajah ihn ermordete.

Inzwischen hatte Jeremy in der Mitte des Lagerplatzes ein Feuer angefacht, dessen Flammen munter flackerten. Aus der Tatsache, daß die beiden Verbrecher es überhaupt wagten, ein Feuer zu machen, und aus ihrem entspannten, sorglosen Verhalten schloß Adam, daß sie den Platz gut kannten und sich vor Überraschungen sicher fühlten. Sein Mund verzog sich bitter. Micajah schien sein Vorgehen sehr genau geplant zu haben.

Die beiden Verbrecher saßen am Feuer, kochten Kaffee, redeten leise miteinander und kümmerten sich vorerst nicht weiter um ihren Gefangenen.

Erst viel später trat Micajah mit einer Tasse Kaffee in der Hand zu Adam und blickte mit grimmiger Genugtuung auf seinen Gefangenen hinab, als er fragte: »Interessiert es dich, warum du noch am Leben bist?«

Adam zuckte mit den Schultern und erwiderte gleichgültig: »Nicht sonderlich.«

Micajah grinste, kratzte sich am Stoppelbart und nickte langsam. »Du hältst dich wohl für einen verdammt abgebrühten Burschen, Adam St. Clair? Es hat dir wohl gefallen, den guten alten Micajah an der Nase herumzuführen? Du hast dich für deinen Schwager Jason Savage ausgegeben und mich zum Narren gemacht!« Er spuckte dicht neben Adam ins Gras und nahm einen weiteren Schluck Kaffee. »Aber Schwamm drüber, ich an deiner Stelle hätte genau das Gleiche getan! Daß du aber Savanna entführt und jetzt geheiratet hast, ist eine andere Sache!«

Plötzlich war alle höhnische Freundlichkeit aus Micajahs Augen verschwunden, und Grausamkeit und Mordgier flackerten in ihnen auf. »Daß du mir Savanna weggenommen hast, sollst du büßen! Savanna war für mich bestimmt. Für dich arroganten Geldsack ist sie zu gut, du hättest die Finger von ihr lassen sollen!«

»Warum bin ich dann jetzt noch am Leben?« fragte Adam mit Eiseskälte in der Stimme.

»Weil du mein Köder bist. Es war zu riskant, vergangene Nacht im ganzen Haus nach Savanna zu suchen. So habe ich dich mitgenommen und ihr eine kleine Nachricht hinterlassen.«

Adam versteifte sich. Aber trotz aller Wut und Angst, die in seinem Körper aufbrausten, gelang es ihm, fast gelangweilt zu fragen: »Eine Nachricht?«

»Ganz genau!« Micajah nahm einen weiteren Schluck und blickte sich selbstgefällig um. »Dieser Platz wird ›Alligatorkopf‹ genannt. Die Landzunge ist lang und schmal wie die Schnauze eines Alligators. Früher einmal war an den Baumstamm dort drüben der Kopf eines riesigen Alligators genagelt. Es gibt nur den einen Weg hierher, den wir benutzt haben, und das ist sehr vorteilhaft. Wir Jungs von Crow's Nest haben uns früher manchmal hier draußen versteckt, wenn wir eine Weile verschwinden mußten. Savanna und Bodene sind dann hierhergekommen, um uns mit Vorräten zu versorgen. Das war zu einer Zeit, als Bodene noch ein halbwüchsiger Halunke war und Savanna ein Mädchen, aber sie wird sicherlich wieder den Weg hierher finden.«

Spöttisch fragte Adam: »Warum sollte Savanna so verrückt sein und hierherkommen?«

»Natürlich um dich zu retten!«

Adam fühlte kalte Verzweiflung in sich aufsteigen. Falls Savanna trotz ihrer Feindseligkeit kam, um ihn zu retten, ging sie Micajah in die Falle. Und er war sicher, daß sie kam, denn sie würde ihn nicht von Micajah, ihrem schlimmsten Feind, umbringen lassen. Gleichmütig sagte Adam: »Das beantwortet mir aber nicht meine Frage. Du hättest mich jederzeit töten können. Savanna wird allein entscheiden müssen, ob sie kommt oder nicht. Also! Warum lebe ich noch?«

Micajah grinste verschlagen. »Savanna muß dich lebend sehen, erst dann kann sie glauben, daß ich dich freilasse, sobald sie sich mir hingegeben hat.«

»Sobald du sie in deiner Gewalt hast, wirst du mich töten.«

Micajah nickte. »Genau das wird passieren.« Selbstzufrieden fuhr er fort: »Ich will dich schon seit Monaten töten, Adam St. Clair! Ich war schon hinter dir her, lange bevor du mir diesen miesen Streich als Jason Savage gespielt hast.«

Adam runzelte die Stirn. »Das verstehe ich nicht! Du hast mich doch gar nicht gekannt?«

»Aber ich habe von dir gehört!« erwiderte Micajah selbstzufrieden. »Ich bin in Natchez in einer Bar in der Silver Street einem Mann begegnet – jung, blond, arrogant –, der mir einen Haufen Geld dafür angeboten hat, dich zu töten. Die eine Hälfte im voraus, die andere, wenn ich dich zur Hölle geschickt habe. Dummerweise hattest du gerade Natchez verlassen, um deinen Schwager zu besuchen. Aber niemand wußte, wo du warst. Ich habe wie verrückt nach dir gesucht und dich nicht gefunden. Allein dafür sollte ich dir die Ohren abschneiden! Wenn ich dich jetzt also töte, bekomme ich nicht nur Savanna, sondern auch die andere Hälfte des Geldes. Dann sind wir quitt, Adam St. Clair!«

Adam hatte keine Schwierigkeiten zu erraten, wer den Mordauftrag gegeben hatte – Charles Asher! Und es tröstete ihn in seiner Lage nur wenig, daß Micajah Yates von dem ruinierten Charles keinen roten Heller mehr erhalten würde, egal was er tat. Ohne Zweifel war Charles Asher ein ebenso skrupelloser Betrüger wie Micajah Yates!

Wie er da so gefesselt am Boden lag, hilflos, unfähig, sich oder die Frau zu schützen, die er liebte, konnte Adam nur beten, daß Savanna Micajahs Nachricht mißachten und nicht kommen würde. Vielleicht war sie so wütend über die wilde, triebhafte Vereinigung, zu der Adam sie wieder einmal gebracht hatte, daß sie nicht ihr Leben riskierte für einen Mann, von dem sie sich ja scheiden lassen wollte.

Auf Campo de Verde wurde Adams Verschwinden erst am Mittag des folgenden Tages entdeckt. Niemand hatte erwartet, daß Micajah so bald schon zuschlagen würde. So wurde am Morgen allgemein angenommen, Adam sei nachts erst sehr spät zu Bett gegangen und wolle nun ausschlafen. Niemand ahnte, daß Micajah in Campo de Verde eingedrungen war und Adam entführt hatte. Erst als Bodene kurz vor Mittag auf der Plantage eintraf, änderte sich das.

Er begrüßte Savanna und Elizabeth, und als er von den beiden Frauen erfuhr, daß Adam sich noch nicht gezeigt hatte, runzelte er sofort besorgt die Stirn, gab Jack und Toby ein paar knappe Anweisungen und machte sich auf die Suche nach Adam.

Als erstes stürmte Bodene in Adams Schlafzimmer, und als er den Gesuchten dort nicht fand, lief er hinunter zu Adams Arbeitszimmer. Nur wenige Minuten nach seiner Ankunft auf Campo de Verde fand er dort den Zettel mit Micajahs hastig hingekritzelter Nachricht. Er hätte diese Nachricht am liebsten für sich behalten, aber Savanna war ihm bei seiner Suche dicht auf den Fersen gefolgt, und Bodene hatte die Nachricht kaum gelesen, da war Savanna schon bei ihm und riß ihm den Zettel aus der Hand.

Nachdem Savanna Adams Arbeitszimmer betreten hatte, brauchte sie keine Sekunde, um zu erkennen, daß Micajah zugeschlagen hatte. Das zerschlagene Brandyglas am Boden und das weit offenstehende Fenster, wo der vom Sturm hereingewehte Regen als schwarze Pfütze auf dem Boden stand, verrieten genug.

Mit dumpfer, geistesabwesender Stimme murmelte sie: »Jemand soll mir ein Pferd satteln. Ich ziehe mich schnell um und kann in zehn Minuten aufbrechen.«

Bodenes Lippen wurden schmal. »Sei keine Närrin, Savanna! Es ist eine Falle, das weißt du genau!« Dann atmete er tief durch, um seinen Ärger zu dämpfen, und fuhr mit sanfterer Stimme fort: »Savanna! Du kannst nichts mehr tun. Adam ist wahrscheinlich schon tot. Es war Micajahs erklärtes Ziel, Adam zu ermorden!«

Da riß Savanna den Kopf hoch, daß ihre rotgoldenen Haare flogen, und mit zornblitzenden Augen fuhr sie ihren Vetter an: »Sag das nie wieder! Adam lebt! Ich weiß es!«

»Meinetwegen!« lenkte Bodene unwillig ein. »Aber glaubst du, ein Hurensohn wie Micajah hält sich an eine Abmachung?«

Er packte seine Base an den Schultern und schüttelte sie rauh. »Es ist eine Falle, Savanna! Du kannst nicht einfach zum Alligatorkopf reiten! Micajah will dich haben! Und wenn er dich hat, wird er Adam töten!«

Savannas Kinn spannte sich hart und entschlossen. Bodene fluchte in Gedanken und versuchte eine andere Taktik. »Falls Adam noch lebt, dann nur deswegen, weil Micajah dich noch nicht in seiner Gewalt hat. Doch in derselben Minute, in der du in seinem Lager eintriffst, wird er deinen Mann töten, glaube mir.«

Alles, was Bodene sagte, war logisch, sinnvoll und richtig. Savanna war längst selbst zu diesen schrecklichen Schlußfolgerungen gelangt. Aber trotzdem mußte sie das Risiko eingehen! Auch wenn es aussichtslos schien, sie mußte losreiten und den Mann, den sie liebte, zu retten versuchen. Um nicht durchzudrehen, klammerte sich Savanna an die Hoffnung, daß er noch lebte. Für Bodene war es viel leichter, kaltblütig und logisch zu bleiben. Er liebte Adam nicht. Natürlich würde Bodene alles tun, um Micajah das Handwerk zu legen. Aber immer noch war sein ganzes Handeln von dem starken Impuls geleitet, seine dickköpfige kleine Base auf jeden Fall zu schützen. Savanna wußte, Bodene würde niemals zulassen, daß sie Micajahs Anweisungen folgte. Er würde sicherlich bald einen Plan bereit haben, wie er allein oder mit seinen Männern losreiten und Adam retten konnte, während Savanna sicher auf Campo de Verde blieb und wartete. Aber Bodenes Plan würde Savanna vor Sorge verrückt werden lassen, und er würde Adams bedrohtes Leben nur noch mehr gefährden. Sie lächelte bitter und traurig. Denn vermutlich würde Bodene bei seinem Plan nicht berücksichtigen, wie gerissen, skrupellos und grausam Micajah war. Der rechnete sicher damit, daß Bodene versuchen würde, Adam zu retten, und hatte bestimmt schon einen Hinterhalt vorbereitet – und dann würden Bodene und Adam sterben! Adam besaß nur eine einzige Chance, und die bestand darin, daß sie allein bei Micajah eintraf. Savanna mußte Bodene daran hindern, daß er sie zurückhielt.

Wie von einem Bann gelenkt, fiel Savannas Blick auf die schwere Brandyflasche aus Kristallglas, die an der Ecke von Adams Schreibtisch stand. Und da wußte sie, was sie zu tun hatte, sobald sich die Gelegenheit dazu bot. Bis dahin versuchte sie Zeit zu gewinnen und fragte versöhnlich: »Du hast ja recht, Bodene. Aber was sollen wir nur tun?«

Bodene kannte Savanna gut. Lange starrte er sie mißtrauisch an. Savanna aber hielt seinem Blick mit unschuldiger Miene stand.

Langsam schlug Bodene vor: »Sag Jack und Toby, sie sollen Waffen und Ausrüstung einpacken, die Pferde satteln und sich bereithalten.«

Sie nickte. »Natürlich. Sonst noch etwas?«

Immer noch mißtraute Bodene seiner Base, aber er war bereits zu sehr mit den Gedanken beschäftigt, wie er Adams Leben retten konnte. So beugte er sich über den Schreibtisch, suchte nach Schreibstift und Papier. »Während du das tust, werde ich...«

Savanna griff nach der Kristallflasche und schlug sie Bodene auf den Kopf. In einem Regen aus Glassplittern stürzte er zu Boden und blieb reglos liegen.

»O Gott, Bodene!« stieß Savanna unglücklich aus, als sie auf seinen reglosen Körper blickte. »Es tut mir so leid, Bodene! Es tut mir so schrecklich leid, aber ich kann nicht zulassen, daß du mich daran hinderst, Adam zu retten. Bitte verzeih mir!«

Inständig hoffte sie, Bodene nichts Schlimmeres als heftige Kopfschmerzen zugefügt zu haben. Sie sah sich suchend nach Dingen um, mit denen sie ihn fesseln konnte. Neben der Tür hing zur Dekoration ein altes Pferdezaumzeug. Sofort eilte sie dorthin, löste die Schnallen der breiten Lederriemen und Zügel, fesselte Bodene damit und knebelte ihn mit seiner Krawatte.

Dann zögerte sie keine weitere Sekunde und eilte aus dem Raum. Doch bereits im Treppenhaus rannte sie beinahe in Jack Mooney. Sie hielt inne, lächelte ihn vertrauensvoll an und fragte atemlos: »Suchen Sie Bodene und Adam?«

Jack nickte.

Da murmelte sie bedauernd: »Es tut mir leid. Ich hoffe, es ist nichts Wichtiges. Die beiden sitzen zusammen und schmieden Pläne gegen Micajah. Sie haben mich gebeten, sie ein paar Stunden nicht zu stören. Kann Ihr Anliegen so lange warten?«

Jack machte eine vage Handbewegung. »Wenn Bodene es so haben will, ist es in Ordnung. Wir patrouillieren inzwischen weiter um das Haus.«

Savanna warf ihm ihr bezauberndstes Lächeln zu. »Das ist eine gute Idee!«

Innerhalb weniger Minuten hatte sie in ihrem Raum alles zusammengepackt, was sie für den Ritt zum Alligatorkopf brauchte. Als sie dann das Haus verließ, sah sie unverändert aus, trug nur einen unverdächtigen Korb am Arm. Freundlich lächelnd schritt sie an Jack und Toby vorbei die breite Freitreppe des Hauses hinunter und schlenderte in Richtung des Stalls davon. Sobald sie aber den Stall betreten hatte, wurden ihre Bewegungen schnell. Sie streifte sich das Kleid vom Leib und zog sich die männliche Reitkleidung an, die sie in ihrem Korb verborgen hatte. Dann sattelte sie eines der Pferde, führte es unbemerkt durch eine schmale Tür an der Rückseite aus dem Stall und von dort in die Wildnis, die überall um die Grenzen von Campo de Verde lag. Sie platzte fast vor Ungeduld. Als sie sich weit genug vom Haus entfernt hatte, stieg sie in den Sattel und galoppierte in Richtung der schmalen Halbinsel los.

Erst viele Meilen später konnte sie fassen, daß es ihr tatsächlich gelungen war, Campo de Verde unbemerkt zu verlassen. Falls sie Glück hatte, würde sie einen Vorsprung von zwei oder drei Stunden vor Bodene haben. Aber sie brauchte noch mehr

Glück, daß er sie nicht vor Wut erwürgte, sobald er sie eingeholt hatte.

Doch dann wischte sie die Gedanken an Bodenes Zorn und Rache beiseite. Und sofort überfiel sie die Angst. Voll düsterer Verzweiflung betete sie darum, Adam retten zu können.

Der Gedanke, Micajah könnte Adam längst bestialisch ermordet haben, war unerträglich. Und mit jedem Atemzug und jedem Hufschlag des Pferdes bereute sie ihr Verhalten Adam gegenüber mehr. Sollte es ihr gelingen, ihn aus Micajahs Gewalt zu befreien, würde sie ihm ihre Liebe gestehen und um Verzeihung bitten.

Tränen stiegen in ihre Augen. Würde sie jemals wieder seine Berührungen spüren? Würden sie süß und sanft oder wild und aufwühlend sein? Adam mußte leben! Ihr Herz zuckte wie eine frische Wunde in ihrer Brust. Doch dann sagte ein Teil ihres Verstandes, daß sie Adam niemals retten könnte, wenn sie sich jetzt in Angst, Mitleid und Selbstanklage auflöste. So schüttelte sie die kalte Angst ab und überlegte, wie sie der von Micajah gestellten Falle entgehen konnte.

Sie wußte nur zu gut, daß nur ein Weg zu der schmalen Landzunge führte. Das bedeutete, sie würde Micajah nicht überraschen können. Außerdem war sie überzeugt, daß Jeremy weiterhin mit Micajah gemeinsame Sache machte. Bei dieser Überlegung wurde ihr plötzlich klar, daß Jeremy mit Sicherheit irgendwo an diesem schmalen Pfad auf der Lauer liegen würde, um Micajah mit dem Ruf eines Vogels oder eines wilden Tieres ihre Ankunft anzukündigen. Und sobald sie einmal an Jeremy vorbeigeritten war, würde er in ihrem Rücken lauern, um jede Flucht zu vereiteln.

Was aber würde geschehen, falls es ihr gelänge, Jeremy zu überraschen? Sie mußte versuchen zu verhindern, daß er Micajah ihr Eintreffen mitteilen konnte.

Sie nahm die tief hängenden Ranken und Zweige nicht wahr, von denen sie während ihres ungestümen Ritts durch den

Dschungel des Sumpflandes gepeitscht wurde. Savanna befreite ihr Denken von der quälenden Vorstellung, Adam könnte bereits tot sein. Sie mußte sich auf seine Rettung konzentrieren. Und als ihr aufging, daß Micajah Adam nicht töten würde, bevor Savanna ihn lebend gesehen hätte, weil sie sich ihm andernfalls nicht ergeben würde, lachte sie vor Freude und Erleichterung laut heraus.

Doch ihre Freude schwand schnell wieder, als ihr bewußt wurde, welche schier unlösbare Aufgabe vor ihr lag. Sie mußte Jeremy unschädlich machen, und dann mußte sie den mörderischen Micajah töten, bevor der Adam töten konnte.

Die Abenddämmerung verdunkelte den Himmel bereits, als Savanna die Gegend des Alligatorkopfes erreichte. Jetzt erst zügelte sie ihr keuchendes Pferd und blickte sich lange um. Sie konnte auf dem Weg keinerlei Spur finden, daß hier in letzter Zeit Menschen durchgekommen waren. Eine schwüle, dumpfe Stille hing über dem Urwald, die sie bedrückte und ihr den Atem nahm wie in einem Alptraum. Eine Zeitlang saß sie reglos auf dem Pferd, das langsam ruhiger atmete. Sie versuchte sich möglichst genau an den Weg zum Alligatorkopf zu erinnern. Wo hatten damals die Outlaws, die sich hier versteckt gehalten hatten, ihre Wachposten aufgestellt, damals, als sie mit Bodene Vorräte und Schnaps hierhergebracht hatte? Mein Gott, wie weit das alles zurücklag!

Sie hatte an einem unheimlichen Ort haltgemacht. Reglos und bedrohlich wie ein einziges riesiges hungriges Ungeheuer lag der undurchdringliche Dschungel aus Farnen, riesigen Blattpflanzen und umgestürzten, vermodernden Baumstämmen um sie. Die rasch sinkende Dunkelheit machte den Ort noch unerträglicher. Savanna spürte, wie ihr Puls sich beschleunigte.

Mit einigen langen Atemzügen zwang sie sich zur Besonnenheit. Sie wußte, daß sie von hier an zu Fuß weitergehen mußte. Irgendwo würde Jeremy versteckt liegen, und sie mußte ihn finden! Mit versteinertem Gesicht stieg sie von ihrem Reittier und band es an einem dünnen Baumschößling fest.

Dann betrachtete sie die einzige Waffe, die sie in der Eile ihres Aufbruchs mitgenommen hatte: den Dolch, den Bodene ihr zum zehnten Geburtstag geschenkt hatte. Dieser Dolch war relativ klein mit schmaler biegsamer Klinge. Aber Savanna hatte diesen Dolch mehr als einmal benutzt und wußte nur zu gut, daß sie damit töten konnte. Also steckte sie die Waffe in den Gürtel und holte aus der Satteltasche noch einige Lederriemen. Dann verschwand sie lautlos im dichten Unterholz.

Geschmeidig wie eine jagende Tigerin schlich Savanna entlang der schmalen, kaum wahrnehmbaren Wildspur, die der einzige Zugang zum Alligatorkopf war. Ihre Sinne waren aufs äußerste angespannt. Ihre Augen bohrten sich in das letzte Zwielicht des Abends, ihre Ohren schmerzten vor Anstrengung, irgend etwas zu hören. Aber Jeremy lag so gut versteckt hinter dem Strunk einer abgeknickten Weide und verhielt sich so still, daß sie beinahe auf ihn trat, bevor sie ihn bemerkte.

Sie erstarrte und verharrte reglos und keuchend, bis sie sicher war, daß dieser Schatten, der da keine zwei Meter vor ihr zwischen großen nachtschwarzen Blattpflanzen lag, tatsächlich Jeremy war. Jeremy wirkte arglos, er hatte sie offensichtlich nicht gehört!

Savanna schluckte schwer. Plötzlich waren ihre Handflächen naß von Schweiß. Immer wieder hatte es harte Kämpfe in Crow's Nest und in O'Rourkes Taverne gegeben, aber niemals zuvor hatte Savanna einen Menschen dabei getötet. Während des ganzen Rittes hierher hatte sie sich gesagt, daß sie Jeremy töten mußte. Sie war entschlossen gewesen, ihn zu erstechen, damit er Micajah nicht warnen konnte. Doch nun, da sie unmittelbar hinter ihm stand, wußte sie nicht, ob sie in der Lage sein würde zu töten. Wieder schluckte sie schwer. Verzweifelt blickte sie sich nach einem Holzknüppel in Reichweite um, mit dem sie Jeremy niederschlagen konnte, um ihn danach zu fesseln und zu knebeln. Aber in der blauvioletten Dunkelheit konnte sie nichts finden. Jeremy mußte sterben!

Um sich Kraft zu geben, sagte sie sich, daß Adams Leben von ihrer Kaltblütigkeit abhing. Bevor sie es sich noch anders überlegen konnte, fiel sie Jeremy an. Der sprang auf, doch schon blitzte Savannas Messer auf, grub sich knirschend tief in seinen Hals, und mit einem leisen Röcheln stürzte Jeremy nach vorne aufs Gesicht.

So starb Jeremy Childers im Sumpfland bei der Landzunge Alligatorkopf. Er starb, ohne auch nur ein einziges Stück aus dem Goldschatz berührt oder ihn auch nur gesehen zu haben.

Von Grauen und Faszination geschüttelt, starrte Savanna auf den leblosen Körper zu ihren Füßen. Die aufkommende Übelkeit verdrängend, wandte sie sich um und eilte zu ihrem Pferd. Nur wenige Minuten später ritt sie wieder an der Stelle vorbei, wo hinter dem Sumpf der umgeknickten Weide der tote Jeremy lag. Sie blickte stur auf den Weg vor sich und konzentrierte sich auf ihr weiteres Vorgehen.

Sie sah ein, daß sie Micajah nicht überraschen und nicht hereinlegen konnte. Micajah hingegen würde im Moment ihres Auftauchens wissen, daß das Ausbleiben von Jeremys Warnruf nur eines bedeutete: Sie hatte ihn unschädlich gemacht. Und das war wie eine wortlose Kampfansage an ihn. Er würde sofort wissen, daß sie nicht bereit war, ihn kampflos gewinnen zu lassen. Sie zerbiß sich die Unterlippe bei dem Bemühen, eine Lösung zu finden: Wie konnte sie nahe genug an Micajah herankommen, um ihn zu töten?

Reglos saß Savanna im Sattel, und das letzte Licht des Tages erlosch um sie her, und irgendwann trat ein satter dunkelgelber Vollmond über den Horizont und stieg höher und höher in den schwarzen Himmel. Savannas Gedanken rasten wie eine Ratte in der Falle, als sie versuchte, Micajahs Verhalten vorherzusehen. Er würde sie wohl als erstes zwingen, abzusteigen und sich von ihrem Pferd zu entfernen. Außerdem würde er sichergehen wollen, daß sie keine Waffe bei sich trug, wenn er sie an sich herankommen ließ. Würde er sie mit vorgehaltener Waffe zwingen, sich nackt auszuziehen?

Sie zog eine Grimasse des Ekels; es war ihm zuzutrauen. Aber wo sollte sie dann ihren Dolch verborgen halten? Ratlos zwirbelte sie eine Haarsträhne mit ihren Fingern, als sie darüber nachdachte. Und dann lächelte sie plötzlich. Mit einer raschen Bewegung löste sie ihr Haarband, und die Locken ergossen sich über ihre Schultern und bedeckten sie wie ein edles, teures Cape. Dann flocht sie einen Teil der Haare zu einem kleinen festen Zopf und steckte dort ihren Dolch hinein wie in eine Scheide. Es würde weh tun, wenn sie dann den Dolch herausriß, aber um Adam zu retten, würde sie sich sogar skalpieren lassen!

Mehrmals überzeugte sie sich, daß der Dolch fest und unauffällig in ihren Haaren saß und doch mit einer einzigen schnellen Bewegung herausgezogen werden konnte. Dann trieb sie ihr Pferd zu langsamem Trab voran und auf den Treffpunkt mit Micajah zu. Ihr Herz schlug schwer. In wenigen Augenblicken würde sie wissen, ob ihre Annahmen richtig waren. Und sie würde wissen, ob der Mann, den sie liebte, noch am Leben war!

Kurz darauf sah sie das Leuchten eines kleinen Feuers, und sie wußte, daß sie am Ziel war. Nervös prüfte sie noch einmal den Sitz des Dolches, dann ritt sie weiter.

Ihr Pferd hatte kaum ein Dutzend Schritte gemacht, da hörte sie Micajahs Stimme sagen: »Halt an!«

Savanna tat, wie ihr geheißen. Aufrecht saß sie im Sattel. Mit kühlem Blick ließ sie ihre Augen über den Lagerplatz wandern. Das Feuer gab dem Platz ein fast friedvolles Aussehen. Wohin sich Micajah zurückgezogen hatte, konnte Savanna nicht erkennen. Aber dann sah sie Adam! Und er lebte! Er stand aufrecht auf einem etwa einen Meter hohen Holzblock. Vor Freude schwindelte ihr, und sie schwankte im Sattel.

Erst nach und nach nahm Savanna alle Einzelheiten der Szene war. Adam war nur einen Steinwurf von ihr entfernt. Er war an Händen und Füßen gefesselt. Der Holzblock, auf dem er stand, ragte einige Meter vom Ufer entfernt aus dem Wasser. Sie liebkoste seine Gestalt mit ihren Augen. Ihr Herz schmerzte, als sie sah, wie sehr seine schönen Züge von Leid überschattet waren, wie wild und wirr seine schwarzen Locken um sein Gesicht fielen. Dann sah sie die Spuren von Schlägen auf seiner Haut und erkannte bestürzt, daß er in unmittelbarer Gefahr war, von Alligatoren gefressen zu werden! Im Wasser um den Holzblock, auf dem Adam stand, funkelten die Augenpaare unzähliger hungriger Reptilien. Auch ohne von Jeremy gewarnt worden zu sein, mußte Micajah Savannas Herannahen gespürt und diese schreckliche Szene arrangiert haben.

In Adams Gesicht zuckte kein Muskel. Mit einem Blick so schwarz wie der Tod sah er über das flackernde Feuer zu Savanna. Erst jetzt bemerkte Savanna, daß um den Holzblock ein Seil geknotet war, dessen langes Ende sich aus dem Wasser und über das Ufer bis in den Schatten abseits des Feuers schlängelte. Immer noch konnte Savanna Micajah nicht sehen, aber sie war sicher, daß er das Ende des Seils in der Hand hielt. Machte sie auch nur eine falsche Bewegung, würde Micajah mit diesem Seil den Block umreißen, und Adam würde ins Wasser stürzen, wo die scharfen Zähne, die gnadenlosen Kiefer der Alligatoren darauf warteten, ihn zu zerfetzen.

Mühsam rang Savanna ihr Entsetzen nieder und versuchte mit ihren Augen den Schatten zu durchdringen, in dem Micajah sich verborgen hielt. Was sie auch erwartet hatte, diese Szene überraschte sie vollkommen. Fieberhaft dachte sie über die möglichen Handlungen nach, die ihr in dieser Situation noch blieben. Dennoch gelang es ihr, äußerlich vollkommen ruhig zu wirken. Beherrscht und kühl sagte sie: »Hol ihn von dort herunter, Micajah. Ich komme keinen Meter näher, wenn du ihn nicht von den Alligatoren wegholst!«

Das Licht des Mondes war hell genug, daß Adam seine Frau genau betrachten konnte. Und die Schläge seines Herzens wühlten wie Messerstiche in seiner Brust. Wie schön sie war! Er hatte gehofft und gebetet, daß sie nicht kommen würde. Aber nun war er dem Himmel dankbar, daß er sie noch einmal so groß, so stolz, so hinreißend schön sehen durfte, bevor er starb. Und daß er sterben würde, daran zweifelte Adam nicht. Wie aufrecht sie im Sattel saß, wie hochmütig sie ihren Kopf hielt, wie rot ihr offenes Haar auch unter dem blassen Licht des Mondes schimmerte! Er hatte mit seinem Leben längst abgeschlossen. Der Gedanke aber, daß Savanna alsbald von Micajah zugrunde gerichtet würde, ließ ihn wie ein Berserker gegen die Fesseln seiner Hände wüten. Es kümmerte ihn nicht, daß der Block bei jeder seiner wütenden Bewegungen wankte und schwankte. Er mußte Savanna retten! Er mußte sie zur Umkehr bewegen, bevor es zu spät war!

Weiter gegen seine Fesseln ankämpfend, hob er den Kopf, und seine saphirblauen Augen schleuderten Blitze aus Mondlicht und Feuerschein auf Savanna. Und laut sagte er: »Es war alles umsonst, Liebling! Micajah wird mich auf jeden Fall töten, egal was du tust! Also verschwinde von hier!«

Da spannte sich plötzlich das Seil mit einem schnalzenden Laut und riß an dem Holzblock, auf dem Adam verzweifelt um sein Gleichgewicht kämpfte.

»Nein!« schrie Savanna. »Nein!«

24

Savannas Herz zerriß, und sie rammte dem Pferd die Absätze ihrer Stiefel in die Flanken. Sie hatte nur noch ein Ziel: Sie wollte ihren Mann erreichen, bevor er sich nicht mehr halten konnte und ins Wasser stürzte – wo die aufgerissenen Mäuler der Alligatoren auf ihn warteten.

Doch ihr Pferd hatte gerade die ersten Galoppsprünge getan, als Micajahs Stimme aus dem Schatten jenseits des Feuers erklang. Mit tödlicher Stimme rief er: »Halt sofort an, oder ich mache dem Ganzen hier ein schnelles Ende!«

Sofort zügelte Savanna ihr Pferd so hart, daß es mit den Hinterläufen einknickte. Und mit bebender Stimme keuchte sie: »Hol ihn dort weg! Laß das Seil los!«

Tatsächlich lockerte sich das Seil, und dann trat Micajah aus dem Schatten. Immer noch hatte er das Ende des Seils gepackt. Seinen Blick starr auf Savanna richtend, hielt er in der anderen Hand einen Revolver, der auf Adam zielte. Mit einem lüsternen Lächeln sagte er: »Wenn du mich ganz lieb bittest, vielleicht tue ich es dann. Wenn nicht...« Er ließ den Satz drohend in der Luft hängen.

Ihre Hände verkrallten sich so hart in die Zügel, daß ihre Knöchel knackten. Und dann sagte Savanna durch zusammengebissene Zähne: »Micajah, ich bitte dich, laß das Seil los und nimm den Revolver herunter! Bitte!«

Genüßlich blickte Micajah zwischen Adam und Savanna hin und her, sah zufrieden deren erstarrte Gesichter und fragte dann hämisch grinsend: »Und wenn ich es nicht tue?«

Savanna konterte kalt: »Wenn du es nicht tust, reite ich auf der Stelle weg.« Es war ein verzweifelter Bluff, aber sie mußte versuchen, Adam und sich zu retten.

Ein Hauch von Unbehagen schlich sich in Micajahs Grinsen, und ein kurzes, gefährliches Schweigen entstand. Dann erst knurrte er bedächtig: »Wer die Waffe hat, hat auch das Sagen. Und ich sage dir: Erst steigst du vom Pferd, dann lasse ich das Seil los.«

Hilflos erkannte sie, daß sie kein größeres Zugeständnis von Micajah erwarten konnte. So glitt sie wortlos aus dem Sattel und wartete dann mit angstvoll bebendem Herzen, was Micajah tun würde. Der Verbrecher genoß den Moment äußerster Anspannung und ließ erst nach mehreren Sekunden das Seil aus der Hand fallen. Mit seinem Revolver aber zielte er weiterhin auf Adam. Savanna atmete flach aus. Zumindest eine der Gefahren für Adam hatte sie abwenden können.

Lustvoll ließ Micajah seine Augen über Savannas Körper wandern. Er würde sie besitzen! Adam versuchte sofort, Nutzen aus der Unaufmerksamkeit des Verbrechers zu ziehen, und mit aller Kraft nahm er wieder den Kampf gegen die Fesseln an seinen Händen auf. Falls er es nicht innerhalb weniger Minuten schaffte, die Lederriemen zu sprengen, mit denen seine Hände zusammengeschnürt waren, würde er sterben, und Savanna würde Micajahs erbarmungslosen Quälereien ausgeliefert sein. Wie ein Besessener kämpfte er gegen die Fesseln. Seine Hände waren bereits naß und sein Hemd am Rücken verklebt vom Blut seiner aufgerissenen Handgelenke. Doch Adam beachtete die scharfen Schmerzen nicht. Und dann spürte er ein winziges, kaum wahrnehmbares Nachgeben des Lederriemens. Er hätte seine Freude hinausschreien mögen!

Micajah lächelte indessen Savanna voll Lüsternheit und Grausamkeit an, und Savanna schauderte. Er ließ keinen Zweifel daran, daß er ihr Gewalt antun würde, um ihre Hingabe zu erzwingen, und daß er sich darauf freute, sie zu mißhandeln. Unverwandt starrte Savanna in Micajahs Augen, sie wagte es nicht, nach Adam zu sehen. Um ihren Mann zu retten, mußte sie hautnah an Micajah herankommen und ihren Dolch gegen ihn benutzen. Sie mußte ihn von Adam ablenken, ihn auf sie fixieren und ihm langsam näher kommen.

»Geh jetzt von deinem Pferd weg!« befahl Micajah barsch. Sein Lächeln und der Ton seiner Stimme wie auch seine ganze Haltung zeigten, wie überaus zufrieden er mit sich und dem Verlauf der Ereignisse war. Als Savanna gehorcht hatte, befahl er: »Und jetzt hebe deine Arme und dreh dich langsam um!«

Savanna kam diesem Befehl nach, doch ihre Gedanken tanzten wie dürres Laub im Sturm. Würde Micajah sie nahe genug an sich heranlassen, so daß sie ihn töten konnte, bevor er Adam tötete?

Plötzlich wandte Micajah den Kopf und warf Adam einen schnellen Blick zu. Der erstarrte in seiner Bewegung, kein Muskel regte sich in seinem Körper. Adam hoffte, daß er auch sein Gesicht genug beherrschen konnte, so daß Micajah darin nicht seine tiefe Befriedigung ablesen konnte – denn seine Hände waren frei! Doch schon wandte Micajah seinen Kopf wieder Savanna zu. »Du hast dir ja einen eindrucksvollen Ehemann geangelt«, sagte er vertraulich. Sofort fügte er schärfer hinzu: »Trotzdem bin ich der bessere Mann für dich!«

»Das glaube ich nicht«, sagte Savanna mit lauter, klarer Stimme. Dann sprach sie offen zu Adam, denn was sie nun sagte, war für ihn bestimmt und nicht für Micajah. »Ich liebe meinen Ehemann mehr als alles auf der Welt!«

Adam vergaß völlig, in welch lebensgefährlicher Situation sie sich befanden. Er reagierte auf Savannas Worte wie vom Blitz getroffen. »Du liebst mich?« fragte er zweifelnd. Er wagte es nicht, seinen Ohren zu trauen, und seine saphirblauen Augen verdunkelten sich in einem Ansturm wilder Gefühle.

Auch Savanna hatte sich nicht vorgestellt, daß sie Adam in solch einer verzweifelten Situation ihre Liebe gestehen würde. Doch die Angst, Adam werde sterben, ohne zu wissen, wie sehr sie ihn liebte, ließ sie die Worte aussprechen, die in ihrem Herzen brannten. »Ich liebe dich und nur dich! Nur dich, Adam St. Clair!«

Die tiefe Leidenschaft in Savannas Stimme ließ Micajah wütend dazwischenfahren. »Das reicht jetzt, Schätzchen! Ich habe dich nicht hierherkommen lassen, um mir dein Liebesgeflüster anzuhören!« Und als ob seine Gedanken in seinem Zorn einen Sprung gemacht hätten, kniff Micajah plötzlich die Augen zusammen, trat drohend einen Schritt auf Savanna zu und fragte hart: »Was ist mit Jeremy? Er sollte mich warnen, bevor du hier auftauchst.«

Nur mit Mühe konnte Savanna ihre Augen von Adam lösen. Doch dann funkelte sie Micajah herausfordernd an und sagte kalt: »Jeremy ist tot! Ich habe ihm die Kehle durchgeschnitten!«

Zu ihrer Überraschung versetzten ihre Worte Micajah nicht in Wut, sondern schienen ihm durchaus zu gefallen.

»Sieh an!« murmelte er. »Endlich hast du auch Blut an den Händen! Ich wußte immer, daß du das Zeug zum Töten hast! Willkommen auf meiner Seite, mörderische Savanna!« Er lächelte breit. »Ich muß dir auch danken, daß du mir diese kleine schmutzige Arbeit abgenommen hast!«

Savannas Gesicht verzerrte sich schockiert: »Du wolltest Jeremy töten?«

Als Micajah nickte, fragte Savanna: »Aber was ist mit dem Gold? Ohne Jeremy wirst du es niemals finden!«

»Das sehe ich ganz anders«, erwiderte er. »Ich brauche Jeremy nicht, denn du wirst mich zu dem Schatz führen!«

»Ich?« rief Savanna überrascht. »Ich weiß doch gar nicht, wo das Gold ist! Ich habe von dem Schatz keine Ahnung gehabt bis zu dem Moment, an dem Jeremy und du mir davon erzählt habt. Wie soll ich dich dann zu dem Schatz führen können?«

Adam ließ Micajah nicht für eine Sekunde aus den Augen. Doch der war so in das Gespräch mit Savanna vertieft, daß Adam es wagen konnte, vorsichtig nach den Lederriemen zu greifen, die seine Füße fesselten. Aber wie hart und kundig seine Finger auch an den Knoten zogen und zerrten, diese Fesseln bekam Adam nicht los. Schon fürchtete er, Micajah werde aus den Augenwinkeln etwas Verdächtiges bemerken, und so richtete er sich wieder auf. Wie zuvor stand er steif und still da, hielt die Hände auf dem Rücken gefaltet und gab vor, weiterhin gefesselt zu sein.

Plötzlich stieß einer der Alligatoren ein wildes kehliges Brüllen aus, das die drei Menschen die Köpfe herumwerfen ließ. Das Feuer war niedergebrannt. Und je schwächer der Flammenschein wurde, desto mutiger war eines der großen Reptilien geworden und bis auf wenige Meter an den Holzblock herangeschwommen, auf dem Adam stand.

Micajah wollte Adam sterben sehen, aber nicht in diesem Moment. So lief er fluchend zum Feuer und warf Zweige und dicke Holzstücke in die Flammen. Die hoch auflodernden Flammen und die Funken, die knisternd in den schwarzen Himmel stoben, trieben den Alligator zurück zu den anderen Tieren. Die Nacht war erfüllt von dem wütenden Fauchen und Zischen der Reptilien, dem Krachen der schweren Kiefer und den Schlägen schwerer Schwänze auf dem Wasser, als die Tiere untereinander um eine neue Rangordnung kämpften und dem voreiligen Männchen nur noch einen niederen Platz in ihrer Horde zugestanden. Erst als es wieder still geworden war und Micajah dafür gesorgt hatte, daß das Feuer mit hohen Flammen weiterbrannte, setzte er das abgebrochene Gespräch mit Savanna fort.

»Ich bin überzeugt, daß du viel mehr über das Gold weißt, als du bisher zugegeben hast«, erklärte er. »Dein Vater hat Jeremy erzählt, daß du ein goldenes Armband aus dem Schatz besitzt. Und ich bin sicher, wenn er dir das Armband gegeben hat, dann hat er dir auch einiges darüber erzählt, wie man den Ort finden kann, wo der ganze Schatz liegt.«

Savanna gab scharf zurück: »Micajah! Ich habe dir schon gesagt, daß ich diesen verdammten Armreifen nicht besitze, und ich habe keine Ahnung, wo dieser verfluchte Schatz liegt. Entweder hat Jeremy meinen Vater falsch verstanden – oder er hat die ganze Geschichte einfach erfunden!«

Nachdenklich rieb sich Micajah das stoppelige Kinn. »Das glaube ich nicht! Ich habe in den vergangenen Monaten immer wieder mit Jeremy über die Angelegenheit gesprochen. Ich habe ihn genau ausgefragt.«

Während des ganzen Gesprächs hielt Adam alle Aufmerksamkeit auf den Verbrecher gerichtet und kämpfte weiter darum, sich ganz zu befreien. Da es ihm nicht gelingen würde, die Fesseln an seinen Füßen zu lösen, versuchte er nun, zumindest einen Fuß aus dem Stiefel zu ziehen. Er mußte es schaffen! Und er hatte nicht mehr viel Zeit dafür!

Adams Befürchtung erwies sich als richtig. Micajah verlor die Geduld. Da war Savanna vor ihm in Reichweite, und er diskutierte mit ihr über das Gold. Doch sein Körper hatte längst auf ihre betörende Nähe reagiert, und in seiner Hose preßte sich sein erigiertes Glied gegen den Stoff, als wollte es die Nähte sprengen. Er starrte sie an. Bald würde er ihr weiches, weißes Fleisch unter sich begraben, und dann würde er ihr zeigen, was ein richtiger Mann war! Micajah atmete schwer bei dem Gedanken, was er mit ihr alles machen würde. Einen Moment vergaß er Adam ganz und gar und überließ sich der Wirkung ihrer verführerischen Reize, die ihm so lange vorenthalten worden waren. Seine Gier aber lullte ihn keineswegs so sehr ein, daß er vergaß, wie lebensgefährlich Savanna für ihn sein konnte. Immerhin hatte sie Jeremy kaltblütig getötet. So befahl er mit einer Stimme, die zäh wie vergifteter Honig war: »Zieh dich aus!« Und mit gehässigem Grinsen setzte er hinzu: »Ich muß doch sichergehen, daß du keine Waffe bei dir trägst. Also, zieh dich aus! Ganz langsam! Und versuch keine Tricks, sonst erschieße ich sofort deinen geliebten Mann!«

Ein galliger Geschmack stieg in Savannas Hals hoch. Obwohl sie erwartet und gehofft hatte, daß Micajah genau das von ihr verlangen würde, erschauerte ihr ganzer Körper vor Widerwillen. Aber Adams Leben hing davon ab, daß sie sich nackt in Micajahs Umarmung begab. Also legte sie ihre zitternden Finger an den Bund ihrer Reithose und öffnete sie langsam.

Jeder Muskel in Adams Körper wand sich in verzweifeltem Widerstand. Er schrie heiser auf: »Nein! Um Gottes willen, Savanna, tu es nicht! Ich bin das doch nicht wert! Er spielt nur mit dir.«

Micajah lachte dunkel zu Adam hinüber. »Ach, was weißt

du schon, ob ich spiele oder nicht! Deine Frau wird sich auf jeden Fall für mich ausziehen, weil sie keine andere Wahl hat.« Und zu Savanna sagte er: »Wenn du dich nicht sofort ausziehst, schieße ich deinem Mann eine Kugel zwischen die Augen! Ich weiß, daß du mich töten willst. Aber ich bin nicht Jeremy! Du wirst keinen Schritt näher kommen, bevor ich weiß, daß du keine Waffe trägst.«

Eine wilde, verzweifelte Sekunde lang wollte sich Adam blindlings auf Micajah stürzen und ihn erwürgen. Aber dann zwang er sich mit aller Gewalt zur Besonnenheit. Mit seinen gefesselten Füßen würde er Micajah niemals schnell genug erreichen. Er würde von ihm niedergeschossen werden, ohne Savanna geholfen zu haben. Er mußte abwarten und versuchen, von seinen Fußfesseln loszukommen.

Savanna blickte Adam nicht mehr an. Sie wagte es nicht. All ihre Konzentration war auf den lüsternen Mann vor ihr gerichtet, auf den Mann, den sie töten wollte! Ohne ihren Haß auf Micajah zu verbergen, schleuderte sie die Stiefel von ihren Füßen und streifte mit einer schnellen Bewegung ihre Hose ab. Der flackernde Feuerschein ließ die helle Haut ihrer glatten, langen Beine aufleuchten. Doch Savanna dachte nur daran, daß sie näher an Micajah herankommen mußte. Und während der wie hypnotisiert auf ihre wohlgeformten Beine starrte, machte sie einige langsame Schritte auf ihn zu.

Micajah starrte immer noch ihre Beine an, stellte sich schon vor, wie es sein würde, wenn diese Schenkel seine Hüften umklammerten und er seinen Schaft in das Fleisch dieser Frau pflanzte. Er war so in seine erotischen Visionen versunken, daß er gar nicht bemerkte, daß Savanna näher kam. Als sie fast bei ihm war, fuhr er auf und zischte: »Halt! Noch ein Schritt, und dein Mann stirbt! Zieh dein Hemd aus!«

Mechanisch zielte Micajah auf Adams Kopf. Also blieb Savanna stehen und bat: »Ich tue, was du willst, aber laß die Waffe sinken!«

Micajah blickte kurz zu Adam, dessen Miene eine Maske aus tödlichem Zorn und verzweifelter Hilflosigkeit war, lächelte hämisch und blickte wieder Savanna an, während er mit falscher Freundlichkeit sagte: »Wir sollten es eigentlich gleich hier miteinander treiben, Savanna. Ich könnte mir vorstellen, daß Mr. St. Clair großen Spaß daran hat, uns dabei zuzusehen.«

Aber Savanna hörte kaum auf Micajahs Worte. Sie sah nur, daß er die Waffe tatsächlich senkte, und war unsagbar erleichtert. Aber sie mußte noch näher an ihn herankommen.

Sie holte tief Luft, entschlossen, die Sache so schnell wie möglich hinter sich zu bringen. Sie zog das Hemd aus und warf es nachlässig zu Boden. So stand sie groß und stolz und nackt vor Micajah. Eine merkwürdige Gleichgültigkeit hatte von ihr Besitz ergriffen. Sie stand da wie in Trance. Es kümmerte sie nicht, daß sie nackt war, denn alle ihre Sinne, alle ihre Gedanken, alle Muskeln und Nerven ihres Körpers waren darauf konzentriert, ihre blutige Tat zu vollbringen.

Micajah zitterte vor Erregung, als er Savanna nackt, verführerisch und wehrlos vor sich stehen sah. Eine ihrer großen Brüste bot sich vollkommen entblößt seinem gierigen Blick. Von der anderen Brust konnte er nur die hoch aufgerichtete Warze sehen, die durch den hüftlangen Schleier aus rotblonden Haaren hervorstach. Sein Mund war ausgetrocknet, und sein Körper bebte. Endlich hatte er diese Frau nackt und wehrlos vor sich, und niemand würde ihn daran hindern können, sie zu Boden zu werfen und ihren Körper seinem Willen zu unterjochen. Ihre Lippen würden seinen Zähnen gehören, ihre Brüste seinen Händen, ihr Bauch, die schmale Taille und ihre schwellenden Hüften den scharfen Nägeln seiner Finger. Dann sah er das flammendrote Dreieck ihrer Scham. Ja! Diese Höhle dort sollte sein Schaft aufbrechen und schinden, bis sie um Gnade winselte, um Gnade, die er ihr nicht gewähren würde!

Savannas Geist war leer wie eine unermeßliche Wüste. Langsam tat sie den ersten Schritt auf Micajah zu.

Diese Bewegung unterbrach Micajahs starre Bewunderung, und er blickte ihr wachsam entgegen, als sie auf ihn zuging. Als sie in einer nervösen Geste durch die glutrote Kaskade ihrer Haare fuhr, hielt er das für Scham und Hilflosigkeit. Der Anblick ihrer vollkommenen Nacktheit versetzte Micajah in einen Rausch. Sie war die schönste Frau, die er je besessen hatte, und er würde es sie spüren lassen. Adam war vergessen, alles um ihn herum war vergessen. Da war nur noch diese nackte Frau, die ihm zu Willen sein würde und die er nicht schonen würde! Er hatte gewonnen! Nach Monaten voller Niederlagen hatte er zuletzt doch gesiegt. Strahlend stürzte er Savanna entgegen, warf den Revolver beiseite, um sie mit beiden Armen packen zu können. Schon riß er sie an sich und preßte gierig seinen Mund auf ihre Lippen, krallte herrisch seine Finger in ihre Schultern.

Savanna jedoch bemerkte von diesem Ansturm fast nichts. Sie spürte nicht, wie Micajahs rauhe Nägel ihre Schultern zerkratzten, wie seine groben Hände nach ihren Brüsten griffen und sie packten, wie seine bitter schmeckende Zunge ihren Mund aufbrach und seine Zähne sich in ihre Lippen gruben. Wie in Trance ergriff sie langsam den Dolch. Gedämpft wie aus großer Nebelferne hörte sie Adams verzweifelten Aufschrei. In diesem Moment hatte sie den Dolch aus den Haaren gezogen.

Micajah fieberte vor Begierde, aber er war nicht so besinnungslos, daß er bei Savannas willenloser Hingabe nicht mißtrauisch wurde. Irgend etwas stimmte mit ihr nicht! Alarmiert löste er den Mund von ihren Lippen. Mit zusammengekniffenen Augen versuchte er zu erkennen, warum Savanna keinerlei Widerstand leistete.

Da erstrahlte ein stolzes, tödlich schönes Lächeln auf ihrem Gesicht. Sie begegnete Micajahs skeptischem Blick mit der gnadenlosen Härte einer Göttin, und mit einer blitzschnellen Bewegung stieß sie ihm den Dolch bis zum Heft in die Brust. Tiefes Staunen trat auf Micajahs Gesicht, als er erst Savanna und dann den Dolch anstarrte, dessen Spitze sein Herz durchbohrt hatte. Dann seufzte er ergeben, sank auf die Knie, wankte, kippte zur Seite und blieb reglos neben seinem Revolver liegen.

In genau dem Moment, als Savanna zustach, bekam Adam seinen Fuß frei. Beflügelt von äußerster Wut sprang er vorwärts, stürmte durch das hoch aufspritzende Wasser und durchmaß die Entfernung, die ihn von den beiden anderen trennte. Doch er hatte kaum die halbe Strecke zurückgelegt, als er Micajah zu Boden stürzen sah. Adams Staunen darüber war nicht weniger groß als das des sterbenden Micajah Yates, und überrascht blieb Adam stehen. Er brauchte einige Sekunden, bis er begriffen hatte, was geschehen war. Dann aber stürmte er wieder vorwärts, und glühend vor Bewunderung und Liebe riß er Savanna in seine Arme.

Sie vergaßen die Welt um sich. Der reglose Micajah, die gurgelnden und zischenden Alligatoren, Savannas Nacktheit, alles versank um sie, als sie sich in einen verzweifelten, erleichterten, dankbaren Kuß warfen und ihre Körper zu einer schmalen Silhouette vor dem Feuer verschmolzen. Und während die beiden Liebenden sich in diesem Kuß verloren, tasteten ihre Hände nacheinander, als könnten ihre Lippen allein nicht glauben, was geschehen war – sie waren gerettet, sie lebten, sie lagen einander unversehrt in den Armen!

Erst viel später hob Adam den Kopf, blickte auf Savannas schöne Züge herab und sagte atemlos: »O mein Liebling! Du weißt nicht, wie sehr ich dich liebe! Ich will es dir schon seit so vielen Wochen sagen, aber immer ist irgend etwas Schlimmes dazwischengekommen.« Wieder küßte er sie, und diesmal war es der leidenschaftliche und doch so sanfte Kuß, wie ihn nur Liebende einander schenken können. Widerstrebend unterbrach Adam auch diesen Kuß. Doch als er sprach, waren seine blauen Augen dunkel unter dem Ansturm der Gefühle. Ernst und eindringlich sagte er: »Ich habe dich von dem Moment an geliebt, an dem ich dich zum ersten Mal gesehen habe. Ich war ein Narr, weil ich so lange nicht gemerkt habe, daß ich dich liebe.«

Savannas Lippen zitterten unter ihrem Lächeln. Wie sehr hatte sie sich danach verzehrt, genau diese Worte aus Adams Mund zu hören! Und die Freude darüber strömte warm und fast unerträglich schwer durch ihren Körper. Er liebte sie! Ihre aquamarinblauen Augen begannen zu leuchten, als sie flüsterte: »Wir beide waren Narren. Ich habe dich auch sofort geliebt und es so lange nicht gewußt. Und als ich es wußte, konnte ich es dir nicht sagen. Als ich Micajahs Nachricht las, bin ich vor Angst fast verrückt geworden, daß ich keine Gelegenheit mehr haben würde, es dich wissen zu lassen.«

Adam fand keine Worte und küßte sie. Sie liebte ihn! Niemals war er so glücklich gewesen!

Doch trotz ihrer überschäumenden Freude nagte ein kleiner Zweifel an Savannas Glück. Ein Schatten verdunkelte ihr Gesicht, als sie zögernd fragte. »Aber hast du mich nicht nur wegen des Kindes geheiratet?«

Adam streichelte ihre rotgoldenen Haare, lächelte zärtlich und sagte leise: »Erinnere dich! Ich wollte doch, daß du meine Frau wirst, lange bevor ich wußte, daß du ein Kind von mir bekommen würdest.«

»Aber ich dachte damals, du wolltest es, weil du dich als Ehrenmann geben wolltest und nicht weil du mich liebtest.«

Adams Lächeln hielt an. »Du warst mir wichtig. Auch wenn ich mir noch nicht eingestehen konnte, daß ich dich liebte, so war doch der Gedanke, dich nie mehr wiederzusehen, unerträglich. Er hat mir das Herz zerrissen!« Er blickte wehmütig zum Mond auf und fuhr dann fort: »Als ich Bodenes Brief mit der Nachricht erhielt, daß du schwanger bist, war ich überglücklich und hoffte, daß du mich nicht mehr so schroff abweisen würdest. Ich war sicher, als ich nach Campo de Verde aufbrach, daß ich dich mit allem meinen Charme bezwingen und zur Heirat bewegen konnte, auch wenn du in diese Ehe nicht meinetwegen, sondern wegen des Kindes eingewilligt hättest.« Wieder verzog sich sein Gesicht unter der Bitternis der Erinnerung. »Ach, Liebling! Du hast meinen ganzen Stolz in Stücke geschlagen! Und als ich erkannte, daß ich dich durch kein Wort und keinen Kuß dazu bewegen konnte, mich zu heiraten, ist mein Temperament mit mir durchgegangen, und ich habe dich gezwungen. Ich hatte es nicht geplant. Aber ich war so verdammt wütend auf dich, daß ich alle diese Worte sagte, bevor ich darüber nachdenken konnte.«

Ein zufriedenes Leuchten trat in Savannas Augen. »Danke, daß du das sagst! Ich bin froh, daß ich nicht mit einem Mann verheiratet bin, der die Menschen skrupellos unter Druck setzt, nur um seinen Willen durchzusetzen. Ich verzeihe es dir, Adam, aber vergiß nie, wie gemein es war.«

Um die Wirkung ihrer Worte zu verdauen, bückte sich Adam nach Savannas Hemd, reichte es ihr und half ihr hinein. Dann erst sprach er wieder. »Du hast recht, es war sehr gemein. Zu meiner Verteidigung kann ich nur sagen, daß ich besessen war, besessen von dir!« Bei diesen Worten sah er sie so voll Liebe und Aufrichtigkeit an, daß ihr die Knie weich wurden. Mit einem Finger strich er unendlich zart über ihre Wange und sagte mit belegter Stimme: »Was sollte ich denn tun? Die einzige Frau, die ich je geliebt habe und die ich immer lieben werde, wollte nichts mit mir zu tun haben!«

Es war ein sehr merkwürdiger Ort, um sich gegenseitig diese intimen Dinge zu gestehen. Immerhin lag ein Mann tot zu ihren Füßen, und nicht weit von ihnen knurrten und fauchten die um ihre Beute betrogenen Alligatoren. Aber viel zu lange hatten beide ihre wahren Gefühle voreinander verborgen gehalten. Die Todesgefahr, die sie überstanden hatten, trieb beide dazu, einander die Wahrheit anzuvertrauen. Nichts anderes war für sie wichtig als ihre Liebe, die sie sich zum ersten Mal ohne Mißverständnisse, ohne Vorurteile und ohne Angst eingestehen konnten.

Während Savanna ihre Reithose anzog, murmelte sie halb verärgert, halb scherzend: »Verdammt, Adam! Du hättest mir ruhig etwas früher sagen können, daß du mich liebst!«

Doch seine Augen begegneten sofort den ihren mit saphirblauer Härte. »Hättest du mir denn geglaubt?«

Schon wollte Savanna auf seine Frage mit einem nachdrücklichen Ja antworten, als sie an die Zerrissenheit und Unsicherheit denken mußte, die sie zermürbt hatten. Hätte sie ihm geglaubt? Wahrscheinlich nicht, gab sie ehrlich zu. Verwirrt, wie sie gewesen war, hätte sie das Geständnis seiner Liebe als einen weiteren seiner Tricks betrachtet, sie in die Ehe zu zwingen.

Sie lächelte reuevoll. »So wie ich mich damals dir gegenüber gefühlt habe, hätte ich dich wahrscheinlich einen Lügner genannt.«

Sie umarmten und küßten einander aufs neue, blind und taub für die Welt, die sie umgab. So bemerkten sie nicht, wie Micajah, der noch nicht tot war, mit zitternder Hand nach seinem Revolver griff und daß sich galoppierende Pferde näherten.

Micajahs Gesicht war zu einer teuflischen Grimasse verzerrt, und seine blauen Augen waren in tödlicher Konzentration auf die beiden Liebenden fixiert, während er seine Hand zentimeterweise näher an seine Waffe schob. Er spürte, daß er sterben würde, aber er würde seine allerletzte Kraft daransetzen, auch den Mann zu töten, der alle seine Pläne durchkreuzt hatte. Der Wunsch, Adam St. Clair zu töten, war das einzige, was ihn noch am Leben hielt. Endlich schlossen sich seine Finger um den Griff der Waffe. Und mit einer allerletzten unmenschlichen Anstrengung stemmte er sich hoch, hob den Revolver, der schwerer zu wiegen schien als eine Kiste Gold, und zielte mühsam auf Adams Kopf.

Erst als es zu spät war, als Micajah schwankend vor ihnen stand, leichenblaß, mit blutdurchtränktem Hemd und dem

Revolver im Anschlag, bemerkten Adam und Savanna, daß der Verbrecher noch nicht tot war. Entsetzt starrte Savanna auf den Mann, den sie für tot gehalten hatte. Doch noch bevor Micajah den Hahn der Waffe gespannt hatte, zerriß ein Schuß die Nacht.

Ein blutrotes Loch platzte in Micajahs Stirn auf, er wurde nach hinten geschleudert, und sein Revolver wirbelte in hohem Bogen davon. Ungläubig starrte Savanna auf Adam, der unversehrt bei ihr stand und sie noch immer in seinen starken Armen hielt. Da ließ sie ein Geräusch in ihrem Rücken herumfahren. Und als wäre er einer anderen Welt entstiegen, sah sie Bodene auf seinem Pferd sitzen. Er hielt noch seinen rauchenden Revolver in der Hand, und bei ihm waren Jack und Toby. Dann steckte er seine Waffe weg und trieb sein Pferd in den Schein des Feuers.

Großgewachsen und dunkel saß er im Sattel, als er auf Micajahs leblosen Körper herabblickte. Dann hob er seine Augen zu den beiden Liebenden und sagte emotionslos: »Ich habe immer gewußt, daß ich diesen Bastard einmal töten werde!«

Epilog

Der goldene Armreif

Das fahle Licht des Novembermondes strömte sanft durch das Fenster des großen Schlafzimmers, das Adam und Savanna nun auf Campo de Verde teilten. Zwei Monate waren bereits vergangen, seit sie auf die Plantage gekommen waren, die Blas Davalos seiner Familie vererbt hatte. Und nach all den erschöpfenden und lebensgefährlichen Abenteuern hatten sie beschlossen, den Aufbruch nach Natchez und Belle Vista bis ins neue Jahr zu verschieben. Die Liebenden waren der Meinung, daß sie nach dem wochenlangen Kampf gegen Micajah Yates und gegeneinander ausgedehnte Flitterwochen verdient hatten. Und nichts sprach dagegen, diese Wochen auf Campo de Verde zu verbringen. Während des vergangenen halben Jahres hatten sie so viele Stunden und Tage staubig und verschwitzt im Sattel verbracht, hatten so oft schlecht oder gar nicht gegessen und auf hartem Boden übernachtet, daß es ihnen beiden willkommen war, eine Weile an einem Platz zu verbringen. Sie wollten sich ausruhen, sich verwöhnen, sich lieben. Und obwohl Adam darauf brannte, Savanna ihr neues Zuhause, Belle Vista, zu zeigen, wußte auch er, daß die Reise dorthin nicht vordringlich war.

Sehr schnell erwies sich die Entscheidung, auf Campo de Verde zu bleiben, als klug. Geborgen in der vertrauten Umgebung, gleichermaßen verwöhnt von einem liebenden Ehemann und einer liebenden Mutter, blühte Savanna auf wie nie zuvor in ihrem Leben. Sie strahlte und leuchtete vor Glück. Und war sie immer schon eine aufregende Frau gewesen, so war sie nun zu einer wahrlich atemraubenden Schönheit gereift. Ihr leuchtend rotes Haar lockte sich glänzend um ihre Schläfen. Die helle Haut ihres Körpers war so gesund und makellos, daß sie Adam an den Glanz einer wertvollen Perle erinnerte. Sie kleidete sich in diesen Tagen sündhaft teuer und hochmodisch, und ihre elegante Erscheinung erinnerte nicht mehr an die hemdsärmelige Wirtin von O'Rourkes Taverne.

In dieser stillen, mondfahlen Novembernacht kuschelte sie sich tief in Adams Umarmung und lächelte bereits selig, als sie sich die Plätze ausmalte, die Adam ihr zeigen wollte. Sie würden über endlose Prärien ziehen, würden zu den heiligen Bergen der Indianer reiten, die wie verwitterte Festungen in der Wüste jenseits von Texas standen. Adam würde ihr die atemraubende Schönheit dieses riesigen Landes im Westen zeigen, das er mit Bluttrinker durchstreift und das noch nie eine weiße Frau gesehen hatte. Aber sie wußte, daß sie vor diesen Abenteuern erst einmal Belle Vista kennenlernen wollte – und auch den Rest von Adams Familie.

Micajah Yates war gerade einen Monat tot, da waren schon Jason und Catherine zu Besuch nach Campo de Verde gekommen. Sie hatten ihre Kinder mit einem Kindermädchen in ihrem Stadthaus in New Orleans zurückgelassen, um eigentlich Jasons Großvater Armand zu besuchen, der auf der Nachbarplantage lebte. Aber dann verbrachten Jason und Catherine doch die meiste Zeit auf Campo de Verde mit Adam und Savanna.

Savanna zog eine Grimasse, als sie sich an die erste kühle Begegnung mit Adams Schwester erinnerte. Bevor Jason und Catherine eintrafen, hatte Adam ihr die Geschichte seiner Familie erzählt, von Guy Savage und Rachael, von Catherine und Jason. Savanna hatte sich auf Jasons Besuch gefreut, und als er dann mit Catherine zum ersten Besuch auf Campo de Verde eintraf und sie sofort mit großer Freude und Wärme in die Arme schloß und begrüßte, hatte das Savanna tief beglückt. Die Tatsache, daß Jason ihre Ehe mit Adam rückhaltlos billigte, hatte es Savanna leichter gemacht, Catherines ablehnende Haltung zu ertragen, die jedoch erfreulicherweise nicht lange andauerte. Am Nachmittag dieses ersten gemeinsamen Tages erzählte Adam von seiner erneuten Entführung durch Micajah Yates. Und als er berichtete, wie Savanna allein zum Alligatorkopf gekommen war, um ihn zu befreien, und daß sie dabei nicht gezögert hatte, erst Jeremy und dann Micajah zu töten, änderte sich Catherines Haltung. Eine Frau, die ungeachtet aller Gefahren losritt, um ihren Mann zu retten, war genau die Art Frau, die sie sich immer für Adam gewünscht hatte! Und da Savanna weder im Aussehen noch im Wesen an ihren Vater Blas Davalos erinnerte, wurde Catherine im Verlauf dieses Nachmittags und Abends immer wärmer und freundlicher. Doch erst einige Tage später, als Savanna und Catherine allein durch den Eichenhain von Campo de Verde spazierten und leise über die Kinder sprachen, die sie durch Gewalt verloren hatten, begann ihre Freundschaft. Und als dann die Zeit für die Savages gekommen war, nach New Orleans zurückzukehren, schieden Catherine und Savanna traurig voneinander.

Doch die Trennung dauerte nicht lange. Da die Savages beschlossen hatten, den ganzen Winter in der Stadt zu verbringen, wie es die reichen Plantagenbesitzer Louisianas taten, waren sie nicht aus der Welt. Und als Savanna die ganze Familie Savage zu einem verspäteten Hochzeitsessen einlud, sagten Jason und Catherine sofort zu.

Danach schickten Jason und Catherine ihre Kinder und Armand mit einigen Dienern nach New Orleans, während sie selbst noch einige Tage bei Adam und Savanna bleiben wollten.

Savanna lauschte fasziniert den Geschichten, die Catherine und Adam über ihr Leben bei den Zigeunern in England erzählten. Und zwei Tage später wagte Savanna, Jason nach dem Schatz der Azteken zu fragen. Bereitwillig erzählte er die lange, tragische Geschichte in allen Einzelheiten. Gedrängt von der

Neugierde seiner Zuhörer, streifte er den Ärmel seines Hemdes hoch und zeigte ihnen den goldenen, smaragdbesetzten Armreif. Dieses Schmuckstück war so edel und so unsagbar schön, daß es Savanna schwerfiel, sich vorzustellen, wieviel Blut seinetwegen vergossen worden war. Gebannt starrte sie den funkelnden Reif an Jasons Arm an. Sie erinnerte sich daran, daß das Gegenstück dieses Armreifs, Nolans Reif, ihren Vater auf die Suche nach dem ganzen Schatz getrieben hatte, eine schreckliche Suche, die ihn zum Mörder und zum Vergewaltiger werden ließ und ihm den schrecklichen Tod durch Bluttrinkers Hand brachte. Doch dann hellte sich ihre Miene auf, und sie schenkte Adam ein strahlendes Lächeln. Wenn auch Nolans nun verschollener Armreif ihrem Vater letztlich den Tod gebracht hatte, so hatte er ihr, Savanna O'Rourke, doch Adam geschenkt! Wenn Jeremy Childers nicht die Geschichte von ihrem sterbenden Vater gehört und Micajah Yates sich nicht erneut auf die Suche nach dem Schatz gemacht hätte, wären Adam und sie nicht entführt worden – und wären einander nie begegnet.

In diesen Tagen liebten sich Savanna und Adam zärtlich und leidenschaftlich, und nichts trübte ihre Freude aneinander. Und als sie über die Zukunft sprachen, gestand ihm Savanna, daß sie im Frühjahr ein Kind von ihm erwartete.

Natürlich wollten die beiden Liebenden diese erfreuliche Feststellung nicht für sich behalten und setzten Elizabeth, Jason und Catherine bei einem gemütlichen Frühstück davon in Kenntnis, und alle beglückwünschten sie.

Der Nachmittag dieses Tages war so sonnig und mild, daß die beiden Paare beschlossen, einen längeren Spaziergang über Campo de Verde zu unternehmen. Und während sie unter schattigen Eichen und entlang der Wildnis, die die Plantage umlagerte, dahingingen, kamen sie noch einmal auf den goldenen Armreif zu sprechen. Nachdenklich sagte Savanna: »Ist es nicht eigenartig, daß dieser Armreif, der soviel Leid und Tod gebracht hat, zuletzt uns Angehörige der verfeindeten Familien zusammengeführt und zu einer neuen großen Familie vereint hat?«

Die anderen nickten zustimmend. Da zog Adam, der seinen Arm um Savannas Hüfte gelegt hatte, seine Frau näher an sich heran, gab ihr einen Kuß auf die Schläfe und lächelte auf seine unnachahmliche spöttische Art. »Jeremy und Micajah haben den Tod verdient. Aber im Grunde muß ich den beiden Halunken dankbar sein, daß sie Savanna und mich zusammengeführt haben.«

Da runzelte Jason die Stirn und wandte sich Savanna zu. »Nachdem Jeremy und Micajah dir von dem Armreif erzählt haben, den dein Vater Nolan abgenommen hat, hast du da je danach gesucht? Immerhin hat Davalos gesagt, daß du ihn hättest.«

Savanna lächelte traurig. »Ich glaube, diese Worte kamen von einem halluzinierenden, gefolterten, sterbenden Mann. Im Lauf der Jahre haben wir Campo de Verde während der Renovierungsarbeiten vom Dach bis zum Fundament auseinandergenommen. Am Anfang wußten wir ja gar nichts von dem Armreif, also haben wir auch nicht danach gesucht. Aber wäre er im Haus versteckt gewesen, hätten wir ihn gefunden.« Lächelnd fügte sie hinzu: »Und während der vergangenen Wochen hat ein gewisser Adam St. Clair jede Bohle, jeden Ziegel und jede Stufe des Hauses nach einem Versteck abgesucht.«

Bedauernd bestätigte Adam: »Jason, glaub mir, in dem ganzen Haus gibt es keinen Platz, wo der Reif versteckt sein könnte – ich weiß es! Jeremy muß Davalos mißverstanden haben, oder Davalos hatte bereits den Verstand verloren.«

Die Falten auf Jasons Stirn vertieften sich. »Nein! Davalos wußte, was er sagte. Er muß Nolans Armreif besessen haben. Nur weil er Nolan getötet und dessen Reif an sich genommen hatte, wußte er überhaupt etwas von dem Goldschatz.«

Nun runzelte auch Savanna die Stirn. »Aber wenn mein

Vater diesen Armreif hatte, wo ist er dann? Wo hat er ihn versteckt? Als er starb, hat er ihn nicht getragen. Und ich habe ihn nie gesehen.«

Jason dachte angestrengt nach und sagte dann: »Du hast den Armreif von deinem Vater nie erhalten. Aber du hast Campo de Verde von ihm geerbt. Vielleicht hat Jeremy deinen Vater zwar richtig verstanden, aber nicht begriffen, was genau er gemeint hat.« Und als die anderen drei ihn ratlos anblickten, fuhr Jason mit glühenden Augen ungeduldig fort: »Versteht ihr denn nicht? Davalos hat gesagt, Savanna habe den Armreif. Savanna aber hat nicht den Reif, sondern Campo de Verde bekommen. Das heißt doch, wer Blas Davalos' Plantage besitzt, besitzt auch den Armreif. Er muß hier irgendwo sein!«

»Aber wo?« fragte Savanna verwirrt. »Falls er den Armreif wirklich hier versteckt hat, dann hat er jedenfalls mit keinem Hinweis in seinem Testament angedeutet, wo ich den Reif finden könnte.« Dann breitete sie ihre Arme aus, als wollte sie damit alles Land umfassen, das zu Campo de Verde gehörte. »Falls mein Vater den Armreif hier irgendwo im Garten, im Eichenwald oder in den Zuckerrohrfeldern vergraben hat, werden wir ihn niemals finden!«

Plötzlich blieb Jason wie angewurzelt stehen. Sein Gesicht war eine starre Maske höchster Konzentration, seine smaragdgrünen Augen waren zusammengekniffen. »Ich könnte mich auch täuschen, aber es wäre den Versuch wert«, sagte er geheimnisvoll.

»Was zum Teufel meinst du?« fragte Adam, als er Jasons wachsende Erregung bemerkte.

Langsam antwortete Jason, als ob jedes Wort von größter Bedeutung wäre: »Als Davalos und ich kleine Jungen waren, haben wir Tag für Tag dieses Land durchstreift. Wir kannten jeden Baum, jeden Busch, jeden Stein, jedes Sumpfloch. Wir hatten geheime Plätze, an denen wir uns vor den Erwachsenen versteckten, und andere Plätze, an denen wir unsere Kinderschätze verbargen. Vielleicht weiß ich, wo der Armreif seit all den Jahren versteckt liegt.«

Jason kümmerte sich nicht um ihre erstaunten Gesichter und ging mit schnellen Schritten davon. Adam, Savanna und Catherine folgten ihm kopfschüttelnd. Jason blieb vor einer dicken, knorrigen, hochgewachsenen Eiche stehen. Schwere Vorhänge aus spanischem Moos hingen von den ausladenden Zweigen. Auf den ersten Blick unterschied sich dieser Baum in nichts von den vielen anderen Eichen, die in seiner Nachbarschaft standen. Nur wenn man den Baum genauer betrachtete, entdeckte man oben im Stamm ein beinahe rundes Loch, das von einem vor vielen Jahren herausgebrochenen Ast herrührte.

Jason stocherte mit einem Zweig vorsichtig in dem Loch herum. Zuerst förderte er nur verrottetes Laub und Reste alter Vogelnester zutage, doch dann stieß er auf etwas Hartes und hörte den leisen Klang von Metall.

Sofort packte eine Spannung die vier Menschen, daß sie kaum zu atmen wagten. Nach einigen Minuten gelang es Jason endlich, ein kleines Schmuckkästchen aus Zinn tief aus dem Inneren des Baumstammes zu ziehen. Obwohl die Schatulle schwer in seinen Händen wog, konnte sie auch leer sein. Er reichte sie Savanna, und sie nahm sie aufgeregt entgegen. Mit zitternden Fingern versuchte Savanna das Schloß zu öffnen. Doch Adams Arm lag ruhig und sicher um ihre Schulter, und als das verwitterte Metall endlich nachgab, blickte sie zu ihrem Mann auf. Savanna hatte keinerlei Zweifel, daß die Schatulle den so lange verschollenen goldenen Armreif enthielt. Und sie spürte, daß es ein besonderer Moment war, diese wenigen Sekunden, bevor sie den Deckel aufklappen ließ. Denn das alte indianische Schmuckstück, das sie darin finden würde, war ihr nicht wegen seines schweren Goldes und der unirdisch großen Smaragde so wertvoll, sondern wegen der Kraft, mit der es Adams und Savannas Begegnung bewirkt und ihre Verbindung geschmiedet hatte.

Savanna wurde von den anderen gedrängt, endlich das Schmuckkästchen zu öffnen. Als sie das getan hatte, hielt sie gespannt die Luft an. Darin lag nur ein einziger, sorgfältig in Wachspapier eingeschlagener Gegenstand. Sie nahm ihn heraus und ließ die Schatulle fallen. Schon die Form und das Gewicht des Gegenstandes machten allen klar, daß sie Nolans verschollenen Armreif gefunden hatten. Als Savanna das Wachspapier aufgerissen hatte und das Licht der tiefstehenden Nachmittagssonne das Gold liebkoste und die Edelsteine zum Leuchten brachte, standen die vier Menschen in stiller Ehrfurcht vor dem Schmuckstück, das bis in das letzte Detail ein Zwillingsstück zu dem Reif darstellte, den Jason immer trug.

Catherine gewann als erste die Fassung wieder. »Ich fürchte, ich habe mich so daran gewöhnt, den Armreif an Jasons Arm zu sehen, daß ich vergessen habe, was für ein atemraubend schöner Gegenstand er ist.« Dann verdüsterten sich ihre Züge. »Ach, Jason, ich habe auch vergessen, was uns seine pure Existenz an Blut, Schmerzen und Trauer gekostet hat!«

Beide dachten sie voll Wehmut an das Kind, das Catherine vor so vielen Jahren verloren hatte, und der Schmerz darüber war wieder so frisch, als wäre alles erst vor wenigen Wochen geschehen. Jason richtete sich auf und nahm Catherine in die Arme, neigte sein Gesicht auf ihre Haare und tröstete sie: »Sei nicht mehr traurig! Das ist alles lange her. Es ist Vergangenheit. Wir sind mit unserem Kind gestorben und sind größer und stärker aus diesem Tod hervorgegangen!« Dann sagte er zu Adam und Savanna: »Ihr wollt jetzt sicher allein sein.«

Dankbar nickte Adam seinem Schwager zu. Als sie allein waren, verharrte Adam lange schweigend mit Savanna im Arm. Und auch Savanna schwieg und hielt immer noch den schweren goldenen Reif in ihren Händen. Die Minuten verrannen träge, und die Sonne sank auf den Horizont zu. Adam wußte nicht, wieviel Zeit vergangen war, als Savanna sich plötzlich von ihm löste und ihm den Armreif darbot.

Doch Adam schüttelte langsam den Kopf. Bedächtig sagte er: »Ich glaube, niemand anderer als unser erstgeborener Sohn hat das Recht, diesen Reif zu besitzen.« Und zur Bekräftigung zog er sie an sich, so daß der Reif zwischen ihren Körpern lag, und küßte sie tief. Dann blickte er in ihr träumerisches Gesicht und lächelte. »Ich habe dich gefunden, ich brauche kein Gold und keine Smaragde mehr!«

Tränen unbeschreiblich süßen Glücks stiegen in Savannas Augen, sie konnte nicht sprechen, und ihre Lippen bebten, als sie ihn anlächelte. Wieder küßte er sie, tiefer, heißer, drängender. Und nur mit Mühe konnten sie sich dem Sog ihrer aufflammenden Leidenschaft entgegenstemmen. Wieder war es Adam, der den Kopf hob, tief in ihre Haare griff, ihren Kopf von seinen Lippen zog und murmelte: »Ich weiß nicht, ob du vorhast, alle zu schockieren, indem wir uns am hellichten Tag in Sichtweite des Hauses lieben. Falls du diesen kleinen Skandal vermeiden möchtest, sollten wir uns besser wieder Jason, Catherine und Elizabeth anschließen.«

Savannas Lippen waren erfüllt vom Kitzel seines Kusses, und nur ungern löste sie sich aus dem Zauber seiner Umarmung. Dann aber nickte sie zustimmend. Und als sie sich wieder an den Armreif in ihrer Hand erinnerte, sagte sie sinnend: »Ist es nicht seltsam, daß ein so schöner, aber lebloser Gegenstand so viele Menschenleben zerstören konnte?«

Adam ließ seine Finger sanft an der Kante des Reifs entlanggleiten. »Es war nicht der Armreif, der das bewirkt hat, es war die Habgier einiger Menschen nach dem Gold.«

Beinahe andächtig blickten sie auf das Schmuckstück, gedachten aller Untaten, aller Schmerzen und aller hingegebenen Leben, so als könnten sie mit ihrer Liebe den schrecklichen Fluch auflösen. Denn zuletzt hatte dieser Armreif sie beide zusammengeführt und Liebe zwischen ihnen entstehen lassen.

Und mochte auch noch so viel Blut wegen dieses Schmuckstücks vergossen worden, noch so viele Tode gestorben worden sein, so hatte das Leben am Ende doch gesiegt. Denn unter Savannas Herz wuchs neues Leben, wuchs das Kind ihrer Liebe zu Adam.

Unfähig, ein Wort zu sprechen, blickte Savanna zu Adam auf und ließ ihre Augen über das schöne, männliche, geliebte Gesicht ihres Mannes wandern. Selbst so voll Liebe für ihn, konnte sie sich im Licht seiner Liebe wärmen und geborgen fühlen. Es war wahr! Der Armreif hatte ihr Liebe gebracht, wertvoller als Gold und dauerhafter als alle Edelsteine der Welt…

GOLDMANN

Konsalik

Wie nur wenige hat es Heinz G. Konsalik geschafft, seine Leser mit packenden Storys zu weitentfernten Brennpunkten des Weltgeschehens zu entführen. Charaktere und Schicksale seiner Romane wurden dabei faszinierende Spiegelbilder exotischer Länder und Kulturen.

Tal ohne Sonne 41056

Das Regenwaldkomplott 41005

Unternehmen Delphin 6616

Ein Kreuz in Sibirien 6863

Goldmann · Der Taschenbuch-Verlag